À PROPOS DE L'AUTRICE

Sophie Dabat a commencé à écrire très tôt – dès le CP, après avoir découvert Roald Dahl. Ces écrits sont restés ébauches durant très longtemps, jusqu'au jour où, lassée de critiquer les réussites des autres, elle a décidé de prendre son courage – ou plutôt sa plume – à deux mains. Pari tenu, le premier roman était écrit quelques mois plus tard. Depuis, le virus des livres s'est emparé d'elle et c'est une quinzaine de romans aujourd'hui qui sont nés sous sa plume, de la fantasy urbaine pour adultes à de la dystopie pour adolescents, en passant par des romances érotiques – pour adultes aussi...

La guerrière des glaces

Collection : VICTORIA

HARPERCOLLINS FRANCE
83-85, boulevard Vincent-Auriol, 75646 PARIS CEDEX 13
Service Lectrices — Tél. : 01 45 82 47 47 - www.harlequin.fr
ISBN 978-2-2804-8821-1 — ISSN 2493-013X

Composé et édité par HarperCollins France.
Imprimé en novembre 2023 par CPI Black Print (Barcelone)
en utilisant 100% d'électricité renouvelable.
Dépôt légal : décembre 2023.

FSC www.fsc.org MIXTE Papier issu de sources responsables FSC® C159065

Pour limiter l'empreinte environnementale de ses livres, HarperCollins France s'engage à n'utiliser que du papier fabriqué à partir de bois provenant de forêts gérées durablement et de manière responsable.

SOPHIE DABAT

La guerrière des glaces

Victoria

HARLEQUIN

Prologue

Auðr regardait les navires disparaître à l'horizon.

Son père venait encore de partir... sans elle.

Non. Pas son père. Son géniteur. Car il ne méritait pas le titre de père. Jamais, depuis qu'elle était assez grande pour se souvenir, il n'avait manifesté le moindre intérêt envers elle, la moindre attention. Jamais il ne s'était comporté en père.

À chaque visite, tout ce qu'il faisait, c'était déposer dans ses mains un présent, dont la nature lui laissait supposer qu'il l'avait pris au hasard dans les cales de son navire, car quelle fillette de cinq ans aurait rêvé d'avoir un pot – certes finement ouvragé – contenant un onguent à base d'achillée et de jusquiame pour traiter la variole, à sept ans de recevoir un joli boîtier servant de réceptacle pour des feuilles de khat, cette plante arabe dont les Danois étaient devenus friands pour ses propriétés euphorisantes. L'année dernière, alors qu'elle venait de fêter ses neuf ans, il lui avait remis en grande pompe une collection de petits chevaux en bronze qu'elle aurait adoré si elle avait eu six ans de moins. Le seul présent qu'il lui avait fait et qui l'avait comblée de joie avait été deux ans auparavant, et elle soupçonnait que c'était encore une erreur : juste avant de remonter à bord de son *langskip*, il avait déposé à ses pieds un grand coffre plat en lui annonçant qu'à l'intérieur se trouvait une surprise pour elle, mais qu'il fallait attendre qu'il soit parti pour l'ouvrir. Trépignant de curiosité, la fillette avait patienté sans bouger – sans doute l'ordre de ne pas le découvrir plus tôt venait-il de son désespoir, l'année d'avant, à l'idée de son départ : Auðr avait piétiné, pleuré, hurlé et supplié qu'il reste ou l'emmène avec lui, attirant l'attention et les remontrances de nombre de spectateurs au départ des marins. Quand, enfin, il avait embarqué et que le navire s'était éloigné, la fillette avait soulevé le couvercle et découvert, bien rangées à l'intérieur, deux grandes haches de guerre, lourdes et massives, qu'elle n'avait même pas pu soulever. Elle en avait versé des larmes de frustration devant sa propre faiblesse, mais sa servante Ilanit, prenant ses pleurs pour de la déception devant ce présent inhabituel pour une gamine de huit ans, avait tenté de la consoler en lui promettant de rapporter elle-même ces armes inacceptables pour une fillette et de les revendre pour lui acheter de beaux tissus afin de lui confectionner une robe. Auðr avait essuyé ses pleurs avec rage et argué que, non, elle ne voulait pas se séparer d'un présent de son père.

— Et si, à son retour, il me demande où est son cadeau, et que je ne sais lui répondre ? avait-elle plaidé pour convaincre l'esclave.

Ilanit avait levé les yeux au ciel. Tout le monde savait que Larsen ne s'intéressait pas à sa fille et que, s'il revenait, il aurait oublié ce qu'il lui avait offert pour ses neuf ans et, en toute vraisemblance, ne lui adresserait même pas la parole.

Devant son silence, Auðr avait insisté :

— On ne sait jamais. Peut-être pourrai-je les offrir à mon futur mari, un jour ? Ou les revendre plus tard, si le besoin s'en fait sentir ? Ou sinon... je pourrais devenir *skjaldmö* ?

La dernière question avait été lancée sur le ton de la plaisanterie, mais le regard sombre de l'esclave, venue de ce pays mystérieux que les Danois nommaient Egiptaland, s'était attardé sur elle.

— Tu voudrais vraiment devenir une *skjaldmö*, Auðr ? avait demandé la femme, un soupçon d'horreur dans la voix.

Auðr avait compris que le sujet était douloureux pour l'esclave de guerre qui, après avoir été capturée dans son pays natal alors qu'elle n'était qu'une enfant, avait été vendue à maintes reprises. Elle avait traversé tous les pays conquis par les Maures jusqu'à se retrouver dans le royaume Al-Andalus, où un raid de l'oncle d'Auðr, le *jarl* Ingmar, avait abouti à une rançon phénoménale versée par le calife Abd Al-Rahman pour que la flotte ennemie se retire de Séville en 844. Ilanit avait fait partie du tribut et était repartie à bord du navire d'Ingmar, regardant disparaître au loin la ville en flammes et les contrées méditerranéennes qu'elle ne reverrait jamais. Quand l'esclave avait débarqué au Danemark, elle était devenue la maîtresse d'Ingmar deux ans plus tard et l'était restée jusqu'en 850 quand, son ventre lourd d'une première grossesse ayant déplu à Ingmar, il l'avait chassée de sa couche et envoyée en cuisine, où la chaleur lui avait fait perdre son bébé. Elle y avait végété durant quelques mois et, attirée par les pleurs d'un bébé orphelin, et dont personne ne savait que faire, elle s'était attachée à la petite Auðr. Cette dernière n'avait que quelques semaines, et Ilanit était devenue sa nourrice officieuse. Ingmar, soulagé de trouver un volontaire pour s'occuper de l'encombrante nièce que son frère avait déposée à sa porte au retour d'un voyage, la lui avait confiée officiellement. Les deux parias étaient devenues aussi proches que si elles étaient mère et fille de sang et, dix ans plus tard, Auðr était la seule à savoir à quel point son pays et sa famille manquaient à Ilanit, et à quel point celle-ci avait la guerre, les armes et le sang en horreur.

Elle avait donc éludé la question et suggéré à l'esclave de confier les deux haches à Ingmar, son oncle et tuteur, qui saurait, lui, quoi en faire.

Ce dernier, du haut de ses trente-sept ans, avait admiré les armes à leur juste valeur, éprouvant leur équilibre et leur tranchant, avant de soupeser la fillette du regard.

— Sais-tu pourquoi ton père t'a offert ça, Auðr ? avait demandé l'homme, presque plus large que haut, qui faisait penser à un sanglier.

Ingmar était affublé d'une crinière de cheveux blonds hirsutes, qui rejoignaient une barbe fournie dans laquelle tresses, bijoux et perles d'ivoire s'entremêlaient. Son visage, en partie recouvert de runes, affichait un mélange de ruse et de férocité, et jusqu'à ce qu'Auðr comprenne que son oncle était, pour elle, ce qui se rapprochait le plus d'un père et d'un protecteur, elle en avait eu une peur bleue. Les bribes d'informations qu'elle avait soutirées à Ilanit, sur le comportement de son oncle en privé, avaient achevé de la convaincre de l'éviter, et elle ne le voyait que pour les repas et les occasions solennelles.

Elle avait secoué la tête.

— Parce que c'est moi qui le lui ai suggéré.

L'enfant avait écarquillé les yeux.

— P… pourquoi ? avait-elle bredouillé. J'aurais préféré avoir une esclave de mon âge, pour jouer avec elle, ou une poupée pour faire semblant d'avoir une famille et un enfant.

Ingmar avait poussé un profond soupir exaspéré.

— Tu auras autant d'esclaves que tu le souhaites, tu sais très bien que tu n'as qu'à demander pour que je t'en donne, et des jouets aussi. Mais c'est ce dont tu as envie. Moi, je lui ai dit de t'offrir ce dont tu as besoin.

— Je n'ai pas besoin de haches ! avait protesté l'enfant, trouvant dans l'indignation née du rejet de ses envies puériles, la force de s'opposer à cet oncle qui lui faisait le plus souvent penser à un *jötunn*[1] qu'à un humain.

Pas par la taille. Ingmar n'était pas grand, la plupart des hommes adultes de son fief le dépassaient. Mais il compensait en carrure, en force et en rage à peine maîtrisée ce qu'il ne possédait pas en stature, et tous ceux qui le rencontraient apprenaient vite à le respecter. Auðr se demandait souvent si sa mère n'avait pas fauté avec un géant pour le concevoir, ou s'il n'était pas né de la terre, comme les nains, au vu de ses capacités étranges. Car outre une colère explosive et un tempérament bourru, Ingmar était également doté d'une force colossale et d'une habileté redoutable à la hache. Il s'enorgueillissait aussi de manier lui-même le marteau et le soufflet avec assez de talent pour forger lui-même ses armes.

À l'âge de neuf ans, Auðr affichait déjà les prémices de la haute taille de son père et se préparait bientôt à rattraper Ingmar. Ilanit déplorait cette stature, prétendant que cela affecterait les

1. Dans la mythologie nordique, les *jötunn* ou *jötnar* sont des géants prédécesseurs et ennemis des dieux, vivant dans le monde de Jötunheim. Tous les *jötunn* sont les fils d'Ymir, le premier d'entre eux.

chances de la jeune fille de trouver un bon époux, rares étant les hommes qui appréciaient de voir leur épouse les dominer.

— Tu as besoin de haches si tu veux devenir une *skjaldmö*, avait grondé Ingmar en réponse, sans paraître pour autant mécontent de l'étonnante rébellion de sa nièce.

— Mais… je ne veux pas devenir une *skjaldmö*…, avait protesté l'enfant d'une voix soudain éteinte, presque vaincue.

Elle savait déjà, à cet âge, qu'il ne fallait pas contrarier cet homme dont sa vie dépendait.

Depuis que son père l'avait ramenée, nourrisson vagissant, dans la halle de son frère au retour de l'une de ses innombrables expéditions, Auðr était restée là, consciente qu'elle dépendait de la générosité et de la bonne volonté de son oncle pour tout ce qui la concernait. Elle ne savait ni qui était sa mère, ni d'où elle venait, ni quel statut ou quelle importance elle avait eu aux yeux de son père. Elle supposait – ou plutôt espérait – que ce dernier avait éprouvé une sorte d'attachement pour elle, et que c'était pour cette raison qu'il ne s'était pas débarrassé de l'encombrant bébé. Nombre d'autres marins auraient jeté l'enfant par-dessus bord ou l'auraient revendu à la première enclave. Non. Larsen l'avait confiée à l'épouse d'un de ses marins qui avait accompagné son époux lors de ce raid et avait accouché à bord. La femme l'avait nourrie, changée et bercée en même temps que son fils, puis était repartie sans un regard en arrière quand ils étaient arrivés dans le fief d'Ingmar. Ce dernier, apprenant que son frère avait engendré une fille et qu'il comptait sur lui pour l'élever et l'éduquer en son absence, avait haussé les épaules, mais ne s'était pas dérobé. Il avait confié Auðr à son ancienne maîtresse, Ilanit, devenue esclave de cuisine, et l'avait sommée de l'informer des progrès d'Auðr à chaque *þorri*[1]. À partir des six ans de la fillette, quand il s'était avéré que Larsen ne s'y intéresserait définitivement pas et que l'enfant semblait brillante, Ingmar avait complété ces comptes

1. Fête viking dédiée à Thor destinée à marquer le début de chaque mois. Une autre fête marque son milieu, le *gói*, tandis que la fin du mois est célébrée par le *blót* avec des sacrifiés à Odin.

rendus mensuels d'entretiens personnels avec l'enfant, pour vérifier les progrès qu'elle faisait dans son éducation.

— Pourtant, tu seras une *skjaldmö*..., avait marmonné son oncle en la congédiant d'un geste désinvolte.

Un an plus tard, alors que les voiles rayées de rouge et de blanc de la flotte de son père diminuaient à l'horizon, Auðr refoulait ses larmes. Elle les essuya d'un geste rageur et repoussa avec colère la main qu'Ilanit voulait poser sur son épaule pour la réconforter.

— Retourne dans notre chambre, Ilanit, je veux rester seule.

— Je préférerais rester avec toi, Auðr, murmura la servante d'un ton compatissant. Je sais que tu n'aimes pas que l'on te voie pleurer, mais je comprends. Ton père...

— Ce n'est pas mon père, ragea la fillette entre ses dents serrées. Et je ne pleure pas.

Puis elle se retourna vers l'esclave, ses yeux brillants démentant ses propos.

— Et tiens, prends ça ! asséna-t-elle en remettant à l'esclave l'écrin de bois ouvragé dans lequel son père lui avait dit se trouver une parure de bijoux « dignes d'une reine ». Je n'en ai pas besoin. Je veux que tu les vendes.

La servante haussa des sourcils surpris.

— Que feras-tu de cet argent ? Ton oncle t'offre tout ce que tu veux.

— Je ne veux pas demander la permission, je veux le faire moi-même. J'en ai besoin ! trancha l'enfant d'un ton déterminé.

Sans doute la femme perçut-elle l'inflexibilité dans la voix de sa protégée, car elle ne protesta pas davantage et prit le coffret avant de quitter le quai d'un pas vif. Quels que soient les sentiments qui l'animaient, Ilanit était toujours ainsi : rapide, fluide, gracieuse, insaisissable et agile.

Auðr resta seule sur la jetée de bois, entendant les autres spectateurs du départ s'en aller les uns après les autres, commentant la force et la taille des navires, anticipant leur retour synonyme de richesses, déplorant l'absence des marins.

Puis le silence revint, et elle s'absorba dans la contemplation des flots. Le ressac la berçait, l'endormait, apaisait sa colère et sa frustration. Elle était tellement plongée dans ses réflexions qu'elle n'entendit pas le pas pourtant lourd qui fit grincer les planches de la jetée et sursauta quand une voix grondante résonna à côté d'elle.

— Une guerrière ne se laisserait pas surprendre comme ça.

— Je ne suis pas une guerrière, mon oncle, répondit-elle aussitôt. Du moins pas encore.

— J'en conclus que tu as réfléchi à notre conversation...

— Oui, mon oncle.

— Et quelle est ta décision ?

— Vous avez raison. Je vais devenir une *skjaldmö*, déclara-t-elle d'une voix claire, bien qu'empreinte de tristesse.

— Et pourquoi ?

— Parce que je ne veux pas passer le reste de ma vie à espérer l'affection et l'amour d'un homme qui ne s'intéressera jamais à moi. Parce que je ne veux pas dépendre d'un homme, que ce soit un père, un mari ou un frère. Parce que je ne veux pas devoir ma vie, mes habits, ma nourriture à un tiers. Parce que je veux conquérir ce que je désire.

— Et ? insista le *jarl*.

— Et parce que, si je ne peux inspirer son attention et son intérêt, je veux attiser sa peur. À défaut d'amour, de tendresse et d'affection, je susciterai la crainte et le respect dans le cœur des hommes.

— Et ? reprit le *jarl*.

— Et devenir une *skjaldmö* me le permettra. Je dévouerai ma vie à Freyja. Je deviendrai une guerrière, une prêtresse, et si je romps un jour mon serment, ce sera pour épouser un prince ou un roi, et régner à ses côtés. C'est ce que je veux, ce que je mérite, et ce dont j'ai besoin.

Le silence revint entre eux, et Auðr guetta la réponse de son oncle.

— C'est bien, ma nièce, conclut-il enfin, après avoir médité ses paroles. Je suis fier de toi.

Deux jours plus tard, Ilanit était revenue auprès d'Auðr, porteuse de l'écrin à bijoux. Elle avait revendu la parure à l'orfèvre favori d'Ingmar qui, sur ordre de ce dernier, avait fait façonner pour la fillette un collier à l'effigie de Freyja, pour témoigner de sa vocation. La servante lui avait également remis un bouclier, que l'enfant avait accroché au-dessus de son lit, n'ayant ni le droit ni la force de le soulever pour l'instant, pour se rappeler jour et nuit sa promesse. Les deux haches l'avaient encadré. Elles y étaient restées jusqu'aux quinze ans d'Auðr, quand elle avait prêté ses vœux définitifs de *skjaldmö*, entourée de ses sœurs à la fin de sa formation. Alors, elle avait décroché les haches et le bouclier, et avait entamé sa quête de pouvoir.

Jamais plus elle ne dépendrait d'un homme. Sauf s'il était prince ou roi.

1

Auðr
Mai 885, Aldeigiuborg
Près du lac Ladoga

— Auðr, veux-tu que je t'aide à t'apprêter ?

Contrairement aux trois femmes qui s'activaient autour d'elle, la *skjaldmö* ne sursauta pas. Elle avait entendu la princesse Hilde arriver avant même qu'elle ne soulève le rabat de cuir qui évitait aux courants d'air de pénétrer dans la pièce.

Depuis trois lunes qu'elle vivait dans la halle du *jarl* Gustav, elle avait appris à apprécier Hilde, qui s'était avérée aussi loyale et intelligente qu'elle était ambitieuse et rusée. Elle ne la considérait même plus comme une rivale. Certes, Hilde rêvait de succéder à son père sur le trône d'Aldeigiuborg, mais Auðr avait vite compris qu'il leur serait facile de parvenir à un agrément le jour où le vieux *jarl* disparaîtrait. Elles en avaient même discuté avec lui : Auðr, qui devait épouser Gustav, apprendrait à gouverner à ses côtés durant sa fin de vie. Il avait enseigné les devoirs d'un dirigeant à sa fille dès son plus jeune âge, et Hilde prendrait sa suite à sa mort, après avoir donné un fief en son nom à Auðr. Celle-ci éprouvait cependant encore des doutes. Hilde accepterait-elle de céder une portion de son nouveau royaume à une femme qui n'était ni de son sang ni de ses proches ? Une fois au pouvoir, se souviendrait-elle de leur pacte et le respecterait-elle ? Rien n'était moins sûr, le pouvoir corrompait les femmes aussi bien que les hommes, mais, pour la première fois de sa vie, Auðr avait envie d'y croire et de faire confiance à quelqu'un d'autre.

Autrefois, elle avait été honnête et fidèle dans ses pactes. Elle avait prêté serment de loyauté envers son oncle Ingmar, ancien *berserker* et *jarl* de son propre fief. Elle était devenue sa main droite, sa tueuse, son fer de lance quand il avait cessé de se battre. Mais Ingmar l'avait utilisée pour assouvir ses propres intérêts et l'avait trahie quand il n'était plus parvenu à la manipuler, avant de chercher à se débarrasser d'elle en la mariant au premier venu. Puis elle avait voué sa vie à Ansgar, le prince danois qu'elle aimait et adulait. Elle aurait dû devenir sa femme, sa reine, sa compagne. Il le lui avait promis, et son oncle avait juré de lui faire respecter sa promesse. Mais Ansgar était tombé amoureux d'une fauconnière varègue et l'avait rejetée malgré les années passées dans sa couche et à ses côtés. Tous ceux qu'elle avait aimés l'avaient déçue et, au fil du temps, elle avait cessé de croire en la parole donnée.

Mais elle voulait croire en celle de Hilde.

Elle avait compris, le jour où un traître avait failli la tuer et où la fauconnière dont Ansgar était amoureux l'avait sauvée d'un lancer de couteau exceptionnel, que les gens ne se liguaient pas contre elle dans le seul but de lui faire du mal. Tous poursuivaient leurs propres ambitions, comme elle, et tous aspiraient à trouver leur voie, leur bonheur… comme elle. Ils n'étaient ni meilleurs ni pires, peut-être juste aussi égoïstes dans leur quête d'accomplissement.

De plus elle en avait assez de se battre, d'écraser les autres pour parvenir à ses fins, de considérer chaque individu en face d'elle comme un adversaire à détruire.

Aussi, quand Gustav lui avait proposé un mariage de convenance pour lui conférer une légitimité sur le trône d'Aldeigiuborg et que Hilde avait juré de lui concéder un fief à la mort de son père pour qu'elle règne en son nom propre, elle avait décidé d'accepter et de les croire.

Elle détourna la tête de la cloison lambrissée sur laquelle

étaient accrochées ses armes et pivota vers Hilde avec un sourire contraint.

— Volontiers, ma... sœur. Mes dames de compagnie ont beau avoir des yeux, elles ne parviennent à rien de bien sans miroir.

Hilde secoua sa tête brune, faisant voler les deux tresses fines qui encadraient son visage, rappel de la couronne de nattes ornées de broches de bronze qui surmontait son crâne.

— Tu pourrais aussi leur faire plaisir et accepter un miroir. Tu sais que cela ne changerait rien, tu n'es pas laide.

— Je ne suis pas laide, corrigea Auðr. Je suis défigurée et j'ai juré ne plus jamais contempler mon reflet.

— Comme tu veux, soupira la princesse. Mais tu sais ce que j'en pense.

Auðr éclata d'un rire amer.

— Tu ne t'es pas privée de me le faire savoir, donc oui, je sais ce que tu en penses. Heureusement pour moi, il s'agit de mon corps, de mon visage, et c'est moi qui décide si je veux le voir ou non. N'oubliez pas mon masque, lança-t-elle à l'intention des femmes qui s'étaient écartées à l'arrivée de la princesse et attendaient, un peu en retrait, que celle-ci leur donne leurs ordres. Le trio cessa de ranger les vêtements étalés sur le lit, ne laissant que la robe qu'Auðr avait sélectionnée, et la plus âgée d'entre elles se dirigea vers une console contre un mur pour y prendre un accessoire inusité.

C'était un masque de peau souple et tannée, d'une finesse et d'une blancheur extrêmes, à la forme d'un profil, et dont un œil était découpé pour permettre d'y voir.

Son œil droit voyait encore. La *völva*[1] qui l'avait soignée, Frikke, était exceptionnelle et avait réussi à sauver l'organe fragile. Mais la chair tout autour avait souffert et ne reprendrait jamais sa forme d'antan.

Auðr serra les dents en repensant à la seule et unique fois où elle avait contemplé son visage dans un miroir de bronze poli. Sa paupière droite, par miracle, était en une seule pièce,

1. La prêtresse, guérisseuse et détentrice de la magie runique dans les sociétés scandinaves. Pluriel : *völur*.

Frikke étant parvenue à la recoudre et à l'immobiliser le temps que la peau délicate soit assez consolidée pour supporter les mouvements. Mais elle affichait des balafres hideuses, rouges et gonflées, qui ne disparaîtraient jamais. De même, son sourcil était coupé en deux par une cicatrice écarlate, et son front comme sa pommette et sa joue affichaient les mêmes traces.

Les faucons de Mya, l'esclave varègue que le prince Ansgar avait fini par épouser, lui avaient volé sa beauté en même temps que son amant et son honneur.

Ce n'était pas la première blessure qu'Auðr avait subie. Autrefois, des années plus tôt, elle avait reçu un coup de hache sur le cou, qui avait failli lui trancher la gorge, et avait abîmé à vie ses cordes vocales. Elle en gardait là aussi une marque à jamais : un trait inégal, devenu blanc au fil des ans, qui lui traversait la moitié du cou et avait rendu sa voix grave et profonde.

Mais elle avait survécu à cette blessure, ainsi qu'à l'attaque des faucons, et si ces nouvelles cicatrices ne s'effaceraient pas davantage que la première, voire resteraient rouges et hideuses jusqu'à sa mort, elle avait décidé de tourner la page.

C'était pour cela qu'elle refusait de se voir dans un miroir.

Ce n'était pas par orgueil, ni par rejet de son apparence, ni parce qu'elle n'acceptait pas de contempler l'image de sa beauté mutilée. En renonçant à Ansgar, elle avait aussi renoncé à son passé et à ses ambitions. Elle n'était plus cette femme qui aspirait à un prince, un trône, du pouvoir et des honneurs. Et elle refusait que son reflet lui rappelle celle qu'elle avait été.

Elle s'arracha à ses pensées et considéra la princesse Hilde. Celle-ci avait attendu patiemment qu'elle termine son introspection et s'affairait à lisser la robe qu'Auðr avait choisie pour son mariage. Il s'agissait d'une tenue d'une simplicité extrême, conçue à la requête de la *skjaldmö* pour refléter son statut comme son passé. Elle ne voulait pas des robes frivoles, complexes et coûteuses qu'une autre aurait affectionnées et avait tenu à ce que la tenue soit aussi dépouillée et martiale qu'elle. Sur sa sous-robe noire, autre exception à la traditionnelle sous-robe d'un blanc immaculé que la plupart des femmes portaient, et par-dessus ses chausses moulantes en laine épaisse, nécessaires sous ce climat glacial, elle arborerait donc une robe chasuble plissée dans la traditionnelle laine rouge vif, tombant jusqu'à ses chevilles et fendue de chaque côté pour lui permettre une plus grande liberté de mouvement. Hilde l'aida à l'enfiler sans en froisser les plis qui avaient été soigneusement repassés par les servantes, puis elle fronça le nez en observant la sur-robe qu'Auðr avait exigée. Une cotte sans manches de cuir gris foncé parsemé de clous d'argent et descendant jusqu'aux genoux, à mi-chemin entre une sur-robe féminine et une broigne de combat. L'équipement était plus fin qu'une véritable armure de cuir, mais assez épais pour parer un coup de poignard, et témoignait sans équivoque du statut de *skjaldmö*. Le message serait complété par la lourde ceinture d'Auðr, à laquelle elle comptait accrocher ses deux haches et son saxe court qui lui avait été donné par Ansgar lorsqu'elle était entrée à son service. Elle aurait pu porter également le bouclier rond qui lui avait été offert par son oncle Ingmar à sa majorité, quand il l'avait fait entrer au sein des *skjaldmös* de sa garde, mais Ingmar l'avait trahie et abandonnée, et elle ne souhaitait plus s'abriter derrière son bouclier, au sens littéral comme au sens symbolique. De toute façon, il y avait peu de risques qu'elle soit attaquée au cœur de la halle de Gustav, et dans un espace aussi exigu, son lourd bouclier l'encombrerait plus qu'autre chose. Avec résignation, elle se tourna vers Hilde qui, après avoir lacé sa sur-robe grâce à des liens de cuir sur ses flancs, appliqua son masque sur le côté droit de son visage.

Comme d'habitude, Auðr frissonna au contact du cuir, pourtant doux et souple. La princesse d'Aldeigiuborg avait même eu la délicate attention de réchauffer l'accessoire devant le brasero de sa chambre pour qu'il ne soit pas glacé sur sa peau, mais la sensation n'en demeurait pas moins déplaisante.

Auðr détestait les faux-semblants, les mensonges et dissimulations. Elle était guerrière, pas espionne. Et après avoir vécu tant d'années à la solde d'un oncle manipulateur et ambitieux, puis avoir rongé son frein sous l'égide d'un prince qu'elle avait espéré épouser, elle refusait à présent d'afficher un nouveau masque. Celui-ci, destiné à camoufler son visage balafré, était déjà de trop, mais c'était la dernière marque de son orgueil malmené, de sa féminité mutilée, de sa fierté de femme bafouée, d'amante rejetée, de *skjaldmö* vaincue, de princesse déchue. Elle n'avait jamais eu le titre, mais aujourd'hui elle l'obtiendrait, par le biais d'un mariage avec le *jarl* Gustav, et elle deviendrait la reine d'Aldeigiuborg.

Ce n'était pas un fief qu'elle avait convoité, l'endroit étant glacial, éloigné de tout et malmené par le vent, la neige et le froid. Mais la colonie était prospère, grâce aux efforts et au talent de Gustav déployés pendant plusieurs décennies, et surtout c'était la porte de son indépendance, de sa liberté et de sa rédemption.

Ici, personne ne la connaissait. Personne n'avait idée de son passé, de son vécu, de ses ambitions avortées.

Ici, personne ne la jugerait pour ses échecs ni ne la condamnerait de vouloir régner. Ce serait son droit. Ce serait à elle de faire ses preuves et de montrer aux gens qu'elle était digne de son titre.

C'était pour cela qu'elle dissimulerait son visage. Pour que personne ne la regarde et ne voie sur ses traits les stigmates d'une défaite.

Le contact du cuir n'en était pas moins atroce. Auðr avait toujours aimé sentir le vent, le soleil et la pluie sur sa peau, et le masque lui faisait l'effet de l'étrangler, de l'étouffer.

Elle secoua la tête avec amertume et se força à ne pas réagir quand Hilde noua les liens délicats derrière son crâne pour maintenir l'accessoire en place. Mais, alors qu'elle s'attendait à ce que la jeune femme qui lui avait demandé de la considérer comme une sœur s'écarte après avoir fixé le masque, celle-ci posa les deux mains sur ses épaules et les serra doucement.

— Tu sais que rien ne t'y oblige, Auðr, chuchota la princesse.

Auðr ne détourna pas la tête des armes accrochées au mur devant elle et saisit son poignard pour le passer à sa ceinture. Puis elle s'immobilisa.

— Je sais que tout m'y oblige, Hilde. J'ai tout perdu. Mon orgueil, ma famille, mon prince, mon amant. Ton père est ma seule issue pour survivre.

— Bien sûr que non, souligna Hilde. Je suis là. Tu pourrais

rester avec moi, devenir ma dame de compagnie, ma garde du corps, mon émissaire. Je vais assumer une part de plus en plus importante du pouvoir de mon père chaque année, et j'aurai besoin de toi. Nous pourrions régner ensemble, moi sur le trône et toi à mes côtés, deux femmes unies comme des sœurs. Je n'exigerais rien de toi qui te répugnes, et...

— Ton père ne compte pas exiger cela de moi non plus, trancha Auðr d'une voix indifférente. Et, même si c'était le cas, cela ne me dérangerait pas, c'est son droit. J'ai fait mon choix, Hilde, et je m'y tiendrai.

— Le choix le plus rapide vers le pouvoir, je comprends, mais est-ce celui le plus rapide vers le bonheur ? Je pense que tu fais une erreur, Auðr.

Mais celle-ci haussa les épaules et se retourna enfin vers la princesse qui lui ouvrit une autre voie.

— Je l'ignore, Hilde. Mais ton père est le seul jusqu'à présent à me proposer un nouveau départ, et je l'ai accepté. Je vais donc l'honorer. Il ne me reste que cela comme honneur et je ne compte pas le gaspiller.

La jeune femme au teint doré et aux longs cheveux noirs et raides, qu'elle avait pour une fois tressés en une couronne de nattes, portait la sarafane coutumière des nobles slaves, blanche pour la circonstance, et rehaussée d'une large ceinture brodée d'or et d'un mantelet de renard argenté qui adoucissait sa haute taille. Auðr la scruta quelques instants. Hilde était belle, d'une beauté étrange qui dégageait une noblesse accentuée par ses yeux bridés, ses pommettes hautes et son port altier. Elle aurait facilement pu devenir une compagne de choix. Quant à elle, regretterait-elle plus tard d'avoir épousé Gustav ? Peut-être. Mais c'était ainsi, et elle ne se détournerait pas du seul homme à lui avoir tendu la main.

— Je te remercie, princesse Hilde, pour ta proposition, souffla-t-elle avec un fin sourire. Je n'oublierai pas ta générosité et demeurerai fidèle à mes engagements, envers ton père comme envers toi. Nous allons devenir sœurs.

Hilde émit un petit rire et se rapprocha d'elle pour plaquer ses paumes fines de chaque côté de son visage. Elle n'hésita pas un instant avant de toucher la surface du masque de cuir, et, même à travers l'épaisseur, Auðr perçut la chaleur et la douceur de sa peau. Elle frissonna.

— Mon offre n'avait rien de généreux, ma chère Auðr, chuchota Hilde en se rapprochant encore, jusqu'à effleurer ses lèvres des siennes. Elle était même très intéressée, voire égoïste. Mais tant pis.

Auðr songea un instant que, sa pique lancée, la princesse allait reculer et l'abandonner à son sort, mais elle n'en fit rien. Hilde accentua la pression de sa bouche sur la sienne et, au bout d'un instant, Auðr entrouvrit les lèvres. Hilde n'hésita pas à insinuer sa langue pour explorer sa bouche, jouant avec ses dents et cherchant la sienne, et à entamer une lente danse sensuelle avec elle quand la guerrière répondit à son baiser. La princesse était aussi grande qu'elle, bien que fine et délicate, et quand ses mains vinrent s'enrouler autour de ses épaules, elle s'étonna de la différence de carrure avec Ansgar, le dernier homme qu'elle avait étreint. La jeune femme était aussi plus souple, plus douce et charnue, sa poitrine s'écrasa contre la sienne sans épaisseur rigide de métal et de cuir dur entre elles, et elle lui sembla fondre dans ses bras. C'était déroutant, mais en même temps très agréable. Elle s'abandonna aux sensations et se sentit transportée dans un monde de douceur, de féminité et de plaisir. Elle n'avait jamais embrassé de femme jusqu'à aujourd'hui et avait toujours supposé que cela lui ferait l'effet de manquer de quelque chose, mais c'était trop différent pour qu'un manque se fasse éprouver. Embrasser Hilde était... naturel, normal, bienfaisant. Cela la guérissait des maux du passé et des attentes masculines.

Leur étreinte se prolongea, le temps se suspendit, et ce ne fut qu'en entendant trois coups frappés sur le linteau bas surmontant l'entrée de la pièce qu'elles s'écartèrent l'une de l'autre, à bout de souffle, les lèvres gonflées et les joues empourprées. Auðr remarqua que, sur le teint bistre de Hilde, l'incarnat prenait des allures de meurtrissure, et elle pria pour que ce ne fût pas de mauvais augure. La princesse avait toujours été bonne envers elle, généreuse et attentionnée. Elle ne souhaitait pas qu'il lui arrive du mal.

En se détournant d'elle, refusant de croiser le regard de la jeune femme qui s'essuyait la bouche, un sourire satisfait et conquérant aux lèvres, elle se promit de veiller sur elle coûte que coûte. Elle n'avait pas besoin d'être unie à Hilde, de partager sa couche, ni d'être officiellement liée à elle pour se considérer comme redevable de sa bonté et souhaiter la protéger de son mieux.

Elle y veillerait, tout comme elle veillerait à ce que plus aucun homme n'ait jamais d'emprise sur elle. Jamais plus elle ne révélerait son visage à un homme, plus jamais elle ne se soumettrait, plus jamais elle n'obéirait.

Auðr carra les épaules, fixa ses deux haches à sa taille, et se redressa pour accueillir la *völva* qui l'attendait pour la mener devant l'autel de Freyja dans la halle de Gustav.

2

Auðr

Sa robe de noces était restée suspendue à un portant contre la paroi en bois de sa chambre, et Auðr lui lançait un regard indifférent chaque fois qu'elle entrait ou ressortait de la pièce. Chaque matin, Dagma, Eeva et Svea, ses trois servantes attitrées, la ressortaient pour l'y suspendre et l'incitaient à se choisir une tenue aussi belle et symbolique pour aller trôner aux côtés de son époux.

Auðr refusait systématiquement. Bien sûr, elle accompagnait le *jarl* Gustav dans ses œuvres et accomplissait son devoir d'épouse de *jarl*, donnant son avis sur les litiges lorsqu'il le lui demandait, régissait les querelles, récoltait les impôts ou gérait l'épineuse question des récoltes, des transactions commerciales et des traités avec les fiefs voisins. Auðr siégeait toujours à sa droite, sur l'estrade à deux marches installée au fond de la halle, derrière le grand foyer central, tandis que Hilde était assise à sa gauche, les deux femmes donnant leur opinion à égalité quand il les sollicitait.

Auðr s'était vite lassée de ces questions et découvrait que régner était bien plus contraignant que passionnant. Certes, elle savait depuis toujours que les disputes et chamailleries, que ce soit entre paysans, commerçants ou nobles, étaient monnaie courante. Le rôle du chef consistait bien plus à taper du poing sur la table et à décider de sanctions équitables – elle avait maintes fois vu son oncle Ingmar à l'œuvre – qu'à guerroyer par monts et par vaux ou se répandre en combats cérémoniels et festins dispendieux, mais elle n'avait pas imaginé que tout cela serait si répétitif et prosaïque.

Pourtant, Gustav prenait grand soin de tenir compte de son avis, autant que de celui de Hilde, qui avait bien plus d'expérience et d'érudition qu'elle, mais cela l'ennuyait à mourir. Elle en venait même à préférer les leçons qu'un *skald*[1] lui donnait en politique, histoire et calcul pour combler ses lacunes dans ces matières auxquelles elle ne comprenait rien. Son oncle Ingmar avait orienté toute son éducation sur le combat et la tactique, et si Auðr était aussi compétente en l'art de tuer un homme – ou un ours, la différence n'était pas bien grande – comme en histoire des guerres et méthodes de combat, voire en stratégie, techniques de siège et de navigation, elle était presque inculte dans tous les sujets traitant de l'art de gouverner ou de diriger un fief. L'économie, les lettres, les bonnes formulations pour rédiger un traité commercial ou territorial, la comptabilité, les récoltes et le mode de vie des paysans comme des négociants ou des artisans, tout cela lui échappait. Mais elle découvrait peu à peu à quel point c'était passionnant.

Elle s'étonnait encore de trouver du plaisir à déchiffrer les runes des sagas anciennes ou de parcourir les quelques volumes dans lesquels Gustav consignait l'histoire de son fief et de sa construction, d'une petite colonie qu'il avait fondée au détour d'une rivière jusqu'au comptoir florissant qui traitait avec des pays lointains. Il importait de la soie, des épices et autres produits exotiques et exportait des minerais rares, des fourrures luxueuses et des pierres précieuses. Voir l'évolution d'Aldeigiuborg était fascinant, et se dire qu'elle y participait et qu'elle apportait sa pierre à cet édifice était encore plus exaltant. Auðr découvrait qu'en dehors de ses ambitions d'autrefois, qui s'étaient résumées à tuer, conquérir et imposer sa loi, elle aspirait à présent à laisser

1. Poète, musicien et chanteur des cultures médiévales scandinaves. L'orthographe moderne est « *scalde* ». Il transmet les hauts faits des héros et écrit les sagas.

son nom à la postérité, et à faire en sorte que l'on se souvienne d'elle pour autre chose que des faits de guerre et des massacres. Elle voulait laisser une trace, poser son empreinte et se dire que, le jour où elle mourrait, ce serait entourée de gens qui se souviendraient d'elle comme une fondatrice, une bâtisseuse, et non une destructrice porteuse de mort.

De ce fait, elle se consacrait pleinement à ses études et avait été très fière le jour où Gustav lui avait dit que le *skald* et la *völva* qui lui enseignaient leur savoir étaient particulièrement satisfaits de son investissement et de ses progrès.

Gustav, sans être avare en compliments, n'était pas quelqu'un de très expansif et, s'il respectait à la lettre le pacte qu'Auðr et lui avaient conclu, ne se montrait guère prolixe lors de leurs échanges.

Comme ils en étaient convenus, ils faisaient chambre à part, le vieux *jarl* ne l'ayant touchée que pour nouer le cordon à leurs poignets le jour de leur mariage. Ils se retrouvaient seulement pour les repas, les cérémonies officielles et les matinées durant lesquelles ils géraient les affaires du fief. Fidèle à sa parole, il la traitait comme sa fille, à la différence près qu'il lui rappelait de temps en temps qu'il l'enverrait parfois en mission pour faire respecter sa loi auprès des pays voisins, négocier un traité ou rappeler des *jarls* belliqueux à l'ordre. Elle serait, avait-il dit, autant une émissaire qu'un fer de lance, un rappel que, même s'il vieillissait, il avait su s'entourer de jeunes âmes fortes et conquérantes aptes à le soutenir et à faire respecter sa loi en cas de besoin.

Jusqu'à présent, il n'en avait eu nul besoin. Après l'union du prince Ansgar avec sa fauconnière varègue, le *jarl* islandais Hrafn d'Onegaborg, l'ennemi juré et rival de Gustav, avait annoncé que le prince danois n'était autre que son neveu par sa défunte mère, et qu'il le désignait comme son successeur. Depuis, les relations entre les deux colonies s'étaient quelque peu apaisées. Hrafn ne cherchait plus querelle à Gustav, certainement modéré par la présence d'Ansgar, qui prônait la négociation plutôt que la guerre, et surtout par celle du jeune prince Igor, qui était devenu son pupille et n'était jamais retourné à la cour de la

Rus' de Kiev. Gustav fulminait toujours de s'être fait spolier de sa demande de tutelle pour Igor et enrageait de savoir Hrafn toujours sur son trône, comme si sa simple existence suffisait à le narguer ou à mettre son règne en péril. Mais il avait cessé de prétendre à conquérir Onegaborg et préférait se consacrer à accroître la richesse de son fief à défaut de sa surface, et à préparer sa succession.

Auðr se demandait néanmoins ce qui adviendrait à sa mort. Durant des années, il avait tenté d'imposer à Hrafn une union entre Hilde et le fils aîné de son rival pour mettre un pied dans la place grâce à sa fille, pour que le jeune couple succède à Hrafn à sa mort et qu'ils puissent unir les deux fiefs. Mais, Ansgar étant devenu l'héritier en titre de Hrafn, le prince islandais n'était plus d'aucun intérêt pour Gustav et il avait cessé toute négociation pour lui faire épouser Hilde – celle-ci, de toute façon, y avait mis son veto. Depuis, tout laissait à penser qu'après Gustav ce serait Hilde – et peut-être son époux, si elle en prenait un – qui régnerait à sa suite. Auðr et Hilde avaient conclu un accord oral dans cette éventualité pour que la guerrière hérite d'un fief voisin d'Aldeigiuborg afin d'y devenir elle-même *jarl*. Auðr avait même déjà repéré un petit domaine à quelques lieues d'Aldeigiuborg, qui se trouvait elle-même à une soixantaine de lieues d'Onegaborg, bien que sur les rives d'un autre lac. L'endroit auquel elle pensait se situait en dehors du fief de Gustav, à plus de quatre-vingts lieues à l'ouest, mais c'était un village composé d'une multitude d'îles à l'embouchure du fleuve Kymi, qui délimitait la zone peuplée par les tribus finnoises disparates. Depuis qu'elle étudiait l'histoire et la géographie, Auðr s'intéressait à ce coin reculé presque à l'extrémité du golfe de Suomenlahti[1] que tout le monde semblait dédaigner tant il était isolé, peu propice à la culture et aux constructions, et soumis à un climat venteux et froid.

Gustav l'avait envoyée à Riga quelques semaines plus tôt – son seul et unique voyage en tant qu'envoyée du vieux *jarl*

1. Nom finnois pour l'actuel golfe de Finlande, qui ne pouvait porter ce nom à l'époque, puisque la Finlande, en tant que pays, n'existait pas encore.

jusqu'à présent – afin qu'elle y conclue un traité après l'escale qu'Ansgar y avait faite l'année précédente lors de son expédition du Danemark à Kiev. La négociation avait été serrée : Gustav n'avait pas été enchanté d'apprendre que le prince, qui l'avait rencontré quelques mois plus tôt et qui avait dédaigné la main de sa fille et failli mettre le feu à son bourg, était devenu l'héritier de son rival, et avait décrété qu'il devait nouer une alliance avec le seigneur de Riga, également allié au roi Godfried du Danemark, le père d'Ansgar, afin d'éviter tout risque d'être écrasé par le prince. Gustav avait donc envoyé par troïka une petite ambassade de commerçants locaux pour présenter leurs produits et proposer les bases d'un traité commercial, et, en parallèle, il avait donné l'ordre à Auðr de s'embarquer, seule et sans escorte, sur un navire marchand pour rallier Riga par la mer Baltique et conclure l'accord final dès que les marchands en auraient semé les graines. Tout s'était déroulé comme prévu, malgré la méfiance initiale du *jarl* local envers une femme seule et prétendument épouse d'un *jarl* notoirement connu pour son tempérament belliqueux et cupide. Apaisé par l'idée qu'une personne isolée ne risquait pas de déclencher une guerre et tranquillisé par les offres pécuniaires des marchands d'Aldeigiuborg, le *jarl* Aivars avait signé les documents sans tergiverser, et Auðr était repartie par la mer quelques jours plus tard, rassurée et fière de rentrer dans son fief avec le sentiment de la mission accomplie. Mais ce qui l'avait le plus marquée dans ce voyage avait été la traversée du détroit entre deux petites îles aux confins du golfe de Suomenlahti, le seul passage où, les courants et les vents n'étant pas trop forts, les navires marchands pouvaient caboter. Un petit marché se tenait sur une troisième île, un peu plus au nord, et la jeune femme y avait déambulé avec plaisir, s'étonnant de découvrir une telle variété de marchandises dans un lieu si retiré et rustique. L'endroit, elle l'avait appris en posant quelques questions au fil des étals, était connu sous le nom de Kotka et était gouverné par une femme appelée Jānis, veuve de l'ancien *jarl* – lui-même autrefois forgeron du village. Elle avait été nommée à ce poste faute de nobles de sang. Apparemment, Jānis n'avait juré allégeance à aucun *jarl* ni roi, et les tribus finnoises environnantes étaient tant occupées à se faire la guerre entre elles et à se chamailler pour des bouts de terrain bien plus fertiles que nul ne s'intéressait à ce petit archipel à l'écart. Mais Auðr y avait vu du potentiel. L'endroit était loin des grands royaumes, certes, mais cela lui éviterait le risque d'être conquis ou de recevoir la visite d'armées conquérantes. Surtout, à la fois riche en îles et cours d'eau permettant la circulation maritime et le commerce, il était doté de plusieurs éminences qui permettraient de fortifier le village et de protéger la zone fluviale. Les lieux étaient en outre irrigués par le delta du fleuve Kymijoki, dont les rives planes abondaient en résineux de haute taille qui protégeaient la navigation des vents trop forts, et dont le fond vaseux regorgeait de lamproies qui ravitaillaient les étals des poissonniers et les tables des habitants. De surcroît, sa position, au centre nord du golfe de Suomenlahti, ne manquerait pas d'en faire un comptoir commercial à fort potentiel, à condition que quelqu'un y construise un port et des équipements adaptés. Ce serait un travail colossal, mais Auðr fourmillait autant d'idées que de détermination, et elle ne doutait pas que, avec le soutien et la protection de Hilde quand celle-ci hériterait d'Aldeigiuborg, elle pourrait établir le fief qu'elle désirait – et nouer en plus une alliance aussi lucrative que profitable avec Hilde. Le seul inconvénient de ce voyage avait été qu'elle avait dû porter des « tenues adaptées à son rang », comme l'avait dit Hilde en donnant à sa place les ordres à ses trois servantes pour préparer ses bagages. Auðr n'avait pas eu le droit de prendre sa broigne et ses chausses – ce qu'elle aurait porté quotidiennement si elle avait pu le décider – et s'était vue munie d'une dizaine de chemises fines et blanches, d'autant de cottes aux riches couleurs automnales, et de quelques sarafanes pour les festins et présentations durant lesquels elle devrait porter le costume traditionnel slave. Cette robe droite sans manches, qui ressemblait beaucoup aux robes plissées danoises, n'était pas inconfortable en elle-même, et Auðr, après avoir un peu rechigné à porter des jupons qui l'empêchaient de marcher à grands pas et lui imposaient de relever une masse considérable de tissu pour monter des marches, avait juste imposé de conserver sa lourde ceinture de cuir à laquelle elle pouvait accrocher ses armes. C'était le seul point sur lequel elle avait eu gain de cause : il était hors de question qu'elle s'aventure dans une contrée probablement hostile en affichant une ceinture de tissu brodée d'or et de perles qui ne pourrait soutenir le poids de ses deux haches, et dont les pans retombants l'empêtreraient si elle devait dégainer en hâte. Elle n'en avait finalement pas eu besoin, mais cette concession gagnée lui avait permis de sauver son honneur de *skjaldmö* et avait même impressionné le *jarl* Aivars qui, après avoir douté de ses compétences martiales, avait accepté de croiser le fer avec elle dans un duel « amical » et avait fini par s'avouer vaincu. Il avait levé sa corne de bière, le midi même, en l'honneur de « la meilleure guerrière qu'il eût jamais croisée ». Auðr n'avait pas protesté devant le compliment. Elle se savait excellente dans ce domaine et était fière aujourd'hui encore de continuer à pratiquer chaque jour pour maintenir sa force et ses réflexes. Cela permettait en outre aux hommes d'Aldeigiuborg de se rappeler au quotidien qu'elle n'était pas juste la femme du *jarl* et la sœur adoptive de leur princesse, mais avant tout une guerrière redoutable qui avait le droit de leur donner des ordres et les compétences pour, si besoin, les mener au combat. Elle s'était d'ailleurs efforcée de faire la connaissance de la plupart des guerriers de la troupe de Gustav pour se les allier et avoir sa place parmi eux. S'ils maintenaient toujours une certaine réserve envers elle, en raison de son statut d'épouse du *jarl* et de ses origines étrangères, ils n'affichaient plus ce rejet franc et massif qu'elle avait connu à son arrivée. Elle ne doutait pas qu'au fil du temps elle parviendrait à les amadouer pour obtenir d'eux si ce n'était la franche admiration qu'ils témoignaient envers Hilde du moins une acceptation sans réluctance.

Soudain, alors qu'elle comptait se changer pour aller s'entraîner avec eux afin de dépenser son surcroît d'énergie après cette journée sans grande activité physique, une rumeur à l'autre bout de la halle attira son attention.

Un brouhaha inhabituel, accompagné de quelques clameurs plus sourdes qui devaient provenir de l'extérieur.

Puis un cri de détresse féminin.

Auðr reconnut aussitôt la voix et oublia toute autre idée pour dégainer son poignard et se ruer hors de sa chambre.

Hilde.

À peine avait-elle franchi la cloison de bois ajouré qu'elle eut l'impression d'arriver sur un champ de bataille. La halle, habituellement calme, sombre et presque vide, était emplie d'inconnus vêtus de fourrures épaisses qui leur donnaient des silhouettes d'ours et dont les cris se joignaient aux hurlements de la princesse. Celle-ci, sur l'estrade où Auðr et elle avaient trôné un peu plus tôt dans la journée, soutenait son père qui se trouvait affaissé dans son siège, le visage exsangue et les traits plissés en une grimace douloureuse.

Malgré sa surprise, Auðr ne paniqua pas. D'un même élan, elle s'élança pour s'interposer entre son époux et les intrus dans la halle et rengaina son poignard pour décrocher la hache à sa ceinture. Sa portée lui serait bien plus utile pour tenir les assaillants à distance le temps que Gustav se reprenne.

— Hilde ! Protège Gustav ! s'écria-t-elle en effectuant un moulinet de son arme. Et vous, reculez !

La dizaine d'inconnus qui s'avançaient vers le trône ne fit que se rapprocher davantage. L'un d'eux en particulier attira l'attention de la *skjaldmö*. Loin d'être le plus grand ou le plus impressionnant du groupe, il n'était pas non plus le plus voyant et sa tenue ne se distinguait en rien des fourrures brunes et beiges qui les couvraient tous. Mais il émanait de lui une impression de ruse et de danger qui la fit penser à un renard acculé dans son terrier. Ses paupières étrécies, à peine visibles sous son bonnet en fourrure marron, semblaient épier le moindre mouvement dans la pièce, et le poignard à lame ondulée qu'il tenait à la main, braqué vers elle, évoquait tant un outil à dépecer qu'un instrument de torture.

Auðr n'aimait pas ce genre d'arme. Les lames de cette sorte, si elles n'étaient pas plus dangereuses que d'autres, causaient des blessures traîtresses, qui peinaient à cicatriser et s'infectaient facilement, voire entraînaient la mort dans d'horribles souffrances. Ce n'était pas une arme de guerrier, c'était une arme d'assassin.

— Que voulez-vous ? rugit-elle en focalisant son attention sur l'homme.

Celui-ci esquissa un sourire cynique.

— Nous voulons celui que tu protèges. Nous voulons Gustav.

— Pourquoi ?

— Cela ne te concerne pas, femme. Tu n'es ni des siens ni des nôtres, et je n'ai aucune querelle contre toi. Écarte-toi, laisse-nous accomplir notre mission, et tu pourras repartir comme tu es venue : sans fortune ni titre, mais sans blessure non plus. Cet homme ne vaut pas que tu risques ta vie.

Auðr se redressa de toute sa taille. L'assassin – si elle présumait juste – n'avait pas cessé d'avancer, un pas après l'autre, d'une foulée souple presque glissante, comme si ses pieds, au lieu de marcher, frôlaient le sol, sans faire le moindre bruit. Cela aussi dénotait un individu habitué à se faufiler, à s'insinuer, à trahir, à espionner. Elle se promit de ne lui accorder aucune confiance.

Derrière elle, Gustav émit un son de gorge rauque qu'elle peina à identifier. Essayait-il de parler ? Était-ce un râle de douleur ? D'agonie ?

Que se passait-il ?

— Cet homme, comme tu dis, est mon *jarl* et mon époux. Je lui dois respect, protection et obéissance, et je suis prête à me battre pour lui et pour sa fille. À toi de repartir comme tu es venu si tu ne veux pas que je tranche cette main qui nous menace.

L'homme cessa enfin de progresser et l'inspecta de la tête aux pieds.

Auðr n'aimait pas son regard. Il semblait l'examiner comme si elle était une pièce de viande. Dans ses yeux ne luisait aucun désir, aucun sentiment, aucune émotion. Elle n'y voyait qu'une sorte d'intérêt morbide. Il jugeait sa force, ses faiblesses, il étudiait sa posture.

— On ne m'a donc pas menti, le vieux Gustav, sur ses derniers jours, s'est pris un garde du corps pour égayer sa couche et protéger ce qu'il a acquis par traîtrise. Mais dis-moi, *skjaldmö*, quel genre de guerrière es-tu, pour avoir été défigurée ainsi ? Es-tu de celles qui se font vaincre au combat, ou de celles qui ne savent que lutter dans les fourrures ?

Auðr réprima un cri de rage à cette provocation qui la touchait à un point sensible, mais elle ne mordit pas à l'hameçon. Des critiques sur son physique, elle en avait subi plus que sa part, et elle savait que tout guerrier essuyait son lot de blessures et de défaites, mais celle-ci appuyait sur une plaie qui était doublement douloureuse. Elle affectait son intégrité de femme, tant à cause du rejet qu'elle avait subi de la part d'Ansgar que de l'affront à sa beauté, et c'était pour cela même qu'elle rechignait à se regarder dans un miroir. Ses traits clamaient à la face du monde son échec de femme.

Qu'un inconnu le lui jette au visage était inacceptable.

Mais elle ne céda pas à sa colère. Elle serra les dents et transforma son cri de guerre en un grondement menaçant.

— Et toi, assassin ? À part te glisser dans la halle d'un *jarl* pour t'en prendre à ses femmes et cracher des injures, que sais-tu faire ?

L'homme émit un petit rire.

— Ça.

Soudain il lança son poignard.

Mais, contrairement à ce qu'Auðr avait envisagé, il ne visa ni elle ni Hilde, qui étaient toutes deux campées devant Gustav et le protégeaient de leur corps. Il projeta sa lame ondulée sur le rideau qui se situait sur le flanc sud de l'estrade, là où, pour ce qu'en savait Auðr, ne se trouvait qu'une paroi de bois noirci par le temps, et trancha de ce geste le bout du fin lacet qui suspendait la tapisserie. Le lourd pan de tissu ne tomba pas tout de suite, il fallut que la cordelette, qui sinuait entre les mailles de l'ouvrage, se défasse et glisse hors de ses trous peu à peu, pour que la tenture s'affaisse progressivement.

Auðr eut tout le temps de découvrir que, contrairement à ce qu'elle avait imaginé, le mur, certes constitué de lourdes épaisseurs de bois grisé et fumé, n'était pas nu et vide. Il contenait en son centre dissimulé par le motif de chasse à l'ours, un petit renfoncement, peu profond, mais tout en largeur, qui contenait de nombreux rouleaux de couleur crème, ainsi que plusieurs liasses de ce qu'elle présumait être des parchemins.

Elle réprima un halètement de stupeur en découvrant ce

secret. Ces documents, peut-être des chartes commerciales, à moins que ce ne soient des volumens religieux, étaient d'une rareté infinie, on n'en trouvait généralement que dans les édifices religieux les plus fortunés ou dans les scriptoria, ces ateliers où des moines copistes confectionnaient des manuscrits précieux. Les Danois, quant à eux, ne faisaient que noter, le plus souvent sur des tablettes de pierre, leurs runes les plus magiques, ou sur des tapisseries les sagas les plus prestigieuses. Tout le reste appartenait à la tradition orale. Pour que Gustav ait amassé ces parchemins, il fallait qu'ils aient une valeur toute particulière à ses yeux, et elle était à la fois vexée qu'il ne lui en ait pas parlé et stupéfaite que ces intrus en aient eu connaissance. Alors qu'elle se tournait vers lui, instinctivement, pour le consulter du regard, l'assassin profita de son instant d'inattention pour se ruer vers l'ouverture qu'il avait créée et mettre la main sur une partie des rouleaux.

Son geste l'arracha à sa contemplation – Gustav, de toute façon, n'avait pas réagi : affaissé dans les bras de sa fille, il était évanoui et seule sa respiration saccadée et irrégulière témoignait du souffle de vie qui l'habitait encore. Elle pivota sur ses talons et, d'un geste vif, lança sa hache en direction de l'assaillant.

Celui-ci l'esquiva en plongeant au sol. L'un de ses compagnons, juste derrière lui, s'écroula alors, le tranchant de l'arme planté dans son torse. Tandis que l'assassin roulait en boule au sol, disparaissant derrière ses hommes, ceux-ci se ruèrent en avant pour le protéger dans sa fuite, formant un mur de fourrures et de haches qui empêcha Auðr de se lancer à sa poursuite.

Elle ne recula pas pour autant.

Alertée par un cri de Hilde, qui avait suivi chaque seconde de l'altercation, elle porta la main à sa taille, où se trouvaient ses armes. Elle n'y trouva que le poignard qu'elle avait remis dans son fourreau quelques instants plus tôt. Elle le dégaina et se rua à l'assaut.

Elle savait déjà que son adversaire était hors de portée : bloquée par ses subalternes, à qui il avait dû donner la consigne dès le début de couvrir son départ dès qu'il aurait mis la main sur son butin, elle l'avait vu franchir la porte sans encombre. Elle n'avait plus qu'à espérer que la garde de Gustav l'arrêterait, mais elle en doutait : si cette demi-douzaine d'inconnus avait pu pénétrer jusque dans la halle sans se faire intercepter, elle avait dû au préalable neutraliser les soldats de Gustav, soit en les droguant, soit en les assassinant. Auðr vérifierait plus tard. Dans l'immédiat, elle devait éliminer ces opposants, et en conserver au moins un en vie pour lui soutirer des informations.

Ça, elle pouvait le faire. Elle était née pour combattre, et avait appris à y exceller. Ce serait même un moyen idéal de raffermir son orgueil froissé par la façon dont cet étranger était parvenu à faire main basse sur un trésor de Gustav en sa présence.

Un sourire prédateur aux lèvres, elle se campa face aux hommes et poussa son cri de guerre.

Auðr la *skjaldmö* passa à l'attaque.

Trois hommes, enhardis de ne trouver comme adversaire qu'une femme seule armée d'un poignard, se ruèrent sur elle. Elle évita le premier en se jetant sous son bras, qui brandissait une épée un peu trop haut par rapport à sa taille, et lui trancha les jarrets d'un mouvement vif. Il s'écroula à terre avec un hurlement de douleur et, son arme lui échappant, Auðr la saisit alors qu'elle tombait et profita de son élan pour poursuivre la chute de la lame et l'accentuer jusqu'à ce que son tranchant atteigne le bras du deuxième combattant. Coupé juste avant le coude, le membre tomba, et l'homme saisit son moignon avec une plainte douloureuse, toute idée de combattre disparue. Le troisième parut hésiter en voyant comment, en quelques secondes, ses deux compagnons avaient été mis à terre par une simple femme en robe. Mais, quand ses trois autres camarades le rejoignirent, l'entourant toutes armes dressées, il parut reprendre courage, et ils se lancèrent ensemble à l'assaut.

Mais Auðr n'était déjà plus là.

Glissant à terre dans son élan, son épée volée traînant au sol derrière elle dans un sillon de bois fendu et de sang, elle avait imité l'assassin et se retrouvait à présent derrière eux. Quand ils se retournèrent pour la suivre du regard, elle avait eu le temps de récupérer sa hache, plantée dans le corps de son premier ennemi, et la faisait tournoyer à son côté d'un air prédateur.

La hache avait toujours été son arme de prédilection. Offensive, impressionnante, maniable, aussi dangereuse à la main que pour le lancer, c'était l'outil de mort le plus parfait qui soit, et le fait que peu de femmes sachent la manier la rendait encore plus précieuse à ses yeux.

Avec un sourire carnassier, elle s'élança à leur rencontre. Maintenant qu'elle détenait sa plus fidèle amie, il n'était plus question d'esquiver et de trancher des jarrets. Elle voulait les tuer proprement, sans merci, comme elle savait si bien le faire.

Il lui suffit de trois moulinets pour les abattre, et aucun d'eux n'eut le temps ni de lui porter un coup ni même de fuir, tant sa rapidité et sa rage étaient sans égales.

Quand elle eut fini, elle haletait à peine, et la halle de Gustav était emplie de cadavres et de sang.

Puis elle reporta son regard sur l'estrade, vers Hilde et Gustav, et tout sentiment de victoire l'abandonna.

Gustav était toujours en vie, certes, et Hilde n'avait pas été blessée. Mais le quinquagénaire impérieux et autoritaire qui était devenu son mari semblait transformé en vieillard frêle. Les mains tendues vers le renfoncement où ses volumens avaient été rangés, il tremblait, et son regard empli de larmes faisait écho au gémissement qui émanait de sa gorge.

Auðr fronça les sourcils.

Que représentaient donc ces parchemins aux yeux de Gustav ? Que contenaient-ils de si précieux ? Pourquoi les lui avoir dissimulés ?

Elle secoua la tête et nettoya le tranchant de sa hache sur les fourrures de son ennemi le plus proche, puis enjamba les corps étendus au sol sans prêter davantage attention au *jarl* brisé ni à sa fille.

En tant que *skjaldmö* aussi bien qu'épouse de chef, son devoir allait avant tout à ses hommes et à la sécurité du fief, à présent que celle de son mari était assurée. Elle allait donc découvrir comment ces intrus avaient pu pénétrer à Aldeigiuborg et investir sa halle sans obstacle, puis se mettre en chasse de l'assassin qui lui avait échappé. Une fois que tout cela serait fait, elle reviendrait et arracherait la vérité à Gustav et à Hilde. Auðr n'aimait ni les secrets ni les mensonges et, s'il s'avérait que son époux lui avait imposé les deux, il lui en cuirait.

3

Auðr

Le trio s'était retranché dans la chambre du *jarl*, pièce dans laquelle Auðr n'était même pas entrée le soir de ses noces et où elle mettait très rarement les pieds.

Gustav avait autrefois eu plusieurs épouses – dont Madde, la mère de Hilde, qu'il avait ensuite répudiée pour épouser une autre femme qu'il espérait plus fertile – ainsi que de nombreuses maîtresses. Mais, depuis qu'il avait adopté Hilde, la fille de l'un de ses vassaux, et avait renoncé à l'idée d'avoir son propre héritier, plus aucune femme n'était entrée dans sa chambre, encore moins dans sa couche.

Auðr s'était parfois interrogée sur cette abstinence. À son âge, Gustav devait encore connaître des élans virils – son propre oncle, le *jarl* Ingmar, était de sa génération et avait à la fois plusieurs *húsfreyjas*[1] et de nombreuses *frillas*[2], qui cohabitaient toutes de manière plus ou moins pacifique. Pourquoi Gustav dédaignait-il donc les plaisirs de la chair ? D'ailleurs, pourquoi l'avait-il épousée sans jamais désirer ni envisager de la toucher ? Elle

1. Terme de vieux norrois signifiant « épouse, maîtresse de maison » (*hús* signifiant maison) et faisant référence à la déesse Freyja, dont le nom signifie la « dame ».

2. Terme de vieux norrois signifiant « concubine » ou « maîtresse ». Dans la société viking, les *frillas* étaient reconnues et légitimes, tout autant que les épouses « officielles ».

ne s'en plaignait pas, le vieil homme ne l'attirant absolument pas – elle aurait d'ailleurs refusé sa demande en mariage s'il avait voulu la mettre dans sa couche – mais elle s'interrogeait. À moins que son manque de fertilité ne soit dû à un problème de virilité – elle avait entendu dire que certains hommes perdaient leurs moyens avec l'âge –, ou qu'il ait été blessé à cet endroit et ne puisse plus posséder de femme.

La question l'interpellait soudain de manière plus pressante.

Assise sur un petit tabouret incurvé dont les lamelles de bois, en forme de côtes d'animal, étaient adoucies d'une fourrure de renard argenté, elle inspecta Gustav du regard. Le *jarl* était installé en face d'elle, étendu dans sa couche et le dos rehaussé par une multitude de coussins. Hilde se tenait à son chevet, raide et droite, le visage impénétrable, et la *völva*, assise à côté de lui sur le matelas épais, lui administrait une fumigation pour stabiliser sa respiration.

Gustav semblait avoir été victime d'un mal subit touchant son cœur, après la vive émotion qu'il avait vécue.

Cela aussi étonnait Auðr.

Le vieux *jarl* était un ancien guerrier, un conquérant, un marin expérimenté, un combattant aguerri et un dirigeant retors, rusé et impitoyable. Il avait traversé des guerres, des expéditions dangereuses, des sièges interminables – et il avait remporté très souvent la victoire. À coup sûr, il avait surmonté des émotions bien plus fortes que celle de l'irruption d'un groupe de guerriers. Comment se faisait-il que cette simple altercation, si imprévue et brutale qu'elle soit, suffise à le terrasser ? À moins que cela ne cache autre chose, plus ancien et plus grave ?

Elle fronça les sourcils et se racla la gorge.

Le son attira l'attention de la *völva*, prénommée Assia, qui lui lança un regard réprobateur. Mais elle n'eut pas le temps d'ouvrir la bouche et de la tancer pour son interruption que Gustav leva la main et écarta le bol rempli d'une mixture fumante à l'odeur âcre qu'elle lui imposait sous le nez.

— Il suffit, Assia, cesse tes fumigations, je vais mourir de ta main à défaut de mourir de celle de mes agresseurs.

Puis il tourna son regard vers Auðr.

— Les as-tu retrouvés ?

Si sa force n'était pas revenue, en témoignaient son teint blême et sa main qui tremblait toujours pour repousser le bras de la guérisseuse, sa voix grondait toujours autant et il avait repris son ton impérieux.

Auðr secoua la tête.

— Leur chef a réussi à s'enfuir.

— Comment sont-ils entrés ? Où étaient nos hommes ?

— Ils étaient tous en train de se vider de leurs tripes à la suite d'un empoisonnement. Il semblerait que la viande de ce midi ait été... avariée, émit-elle d'un ton sceptique. Heureusement que nous n'en avons pas mangé.

Gustav hocha la tête d'un air pensif.

— C'est pour cette raison même que j'ai toujours réclamé que mes repas soient préparés séparément par une personne de confiance. J'ai moi-même utilisé ce procédé pour atteindre mes ennemis. Mais cela ne me dit pas qui était cet assassin, qui l'envoie, et ce qu'il voulait. Pourquoi ne l'as-tu pas rattrapé ?

Auðr releva le menton.

— Je ne l'ai pas rattrapé parce que je me suis attardée ici, j'ai éliminé ses six compagnons pour ne pas vous laisser, Hilde et toi, sans défense et à leur merci. Et en partant, ou avant d'entrer, il avait pris soin de trancher les jarrets de nos meilleurs chevaux. J'ai suivi ses traces aussi longtemps que possible, mais la neige s'est mise à tomber et il était déjà trop loin. Je suis... désolée.

Prononcer ce dernier mot lui avait été difficile. Même si elle estimait avoir échoué dans sa mission, elle savait qu'il n'aurait humainement pas été possible pour elle de rattraper cet homme qui avait beaucoup trop d'avance sur elle et avait de toute évidence prévu sa mission avec talent. Sans équipement, sans vêtements adaptés, sans monture ni réelle connaissance de sa direction, elle n'aurait fait que perdre son temps tout en laissant Gustav et Hilde sans défense, puisque leur garde rapprochée était malade. Elle avait cru plus prudent de revenir à la halle pour veiller à leur sécurité... et soutirer des confidences à Gustav.

— Mais puisque l'heure des reproches semble avoir sonné, il me semble que j'aurais pu bien mieux assurer ta protection, ainsi que celle de tes biens, si j'avais été au courant de leur existence, et de ta santé. Pourquoi ne m'en as-tu pas informée, ô mon époux ? lança-t-elle avec une hargne qui ne reflétait que très faiblement la colère qu'elle ressentait encore.

À sa grande surprise, Gustav émit un petit rire.

Puis, la surprenant encore davantage, Hilde se mit elle aussi debout.

— Je suis d'accord avec Auðr, père. Pourquoi nous avoir caché ces parchemins ? Pourquoi nous avoir menti sur ta santé ? Ne fais-tu confiance ni à ta fille ni à ta femme ?

Ainsi, Hilde non plus n'était pas au courant, songea Auðr. Voilà qui était étrange. Gustav semblait tout confier à sa fille, qui était également son héritière. Découvrir qu'elle non plus n'était pas dans le secret témoignait d'une suspicion extrême et la rassérénait sur le fait que ce n'était pas d'elle spécifiquement qu'il se méfiait. Mais son comportement était pour le moins louche. Était-ce personnel ? Douloureux ?

Elle fronça les sourcils et consulta derechef Hilde du regard, mais celle-ci était focalisée sur son père, guettant sa réponse, et l'ignora. Alors qu'Auðr la scrutait, la Slave reprit.

— Pourquoi nous as-tu caché ces parchemins ? Et ces hommes, comment se fait-il qu'ils en aient eu connaissance ? Qui étaient-ils ? Que te voulaient-ils ? Réponds-moi, père ! Je suis ta fille, ton héritière, cela m'importe autant qu'à toi !

Auðr fit de son mieux pour réprimer sa grimace. Malgré l'étonnante faiblesse dont il venait de faire preuve, Gustav était un homme autoritaire et dominant, qui détestait qu'on lui tienne tête. Hilde le savait bien, d'habitude, et parvenait le plus souvent à obtenir gain de cause avec lui en usant de ruse et de diplomatie. L'affronter face à face de cette manière ne servirait pas sa cause.

Et, comme elle l'avait prévu, le vieux *jarl* s'emporta.

Rejetant d'un geste brusque le bol que la *völva* avait pourtant reculé de son visage, il se redressa sur sa couche et repoussa les fourrures qui l'alourdissaient pour toiser sa fille du regard. Bien qu'elle fût debout et lui assis, le lit était suffisamment surélevé et Gustav assez grand – en fait, c'était même un ours – pour qu'il la domine légèrement. Hilde dut sentir qu'elle avait commis une erreur, car elle recula d'un pas et baissa aussitôt la tête. Mais cela ne lui suffit pas pour éviter l'ire de son père, qui, d'un revers de son autre bras, lui asséna un soufflet qui la fit trébucher en arrière, une main sur sa joue brûlante.

— N'oublie pas qui tu es, Hilde ! Tu es peut-être ma fille adoptive et mon héritière, mais cela peut se révoquer sans difficulté si j'estime que tu es indigne de cet honneur comme de ma confiance ! Je suis peut-être âgé, mais je ne suis pas encore dans la tombe, et si j'ai décidé de te celer ces informations, c'est pour de bonnes raisons !

— Lesquelles ? insista néanmoins Hilde, se tenant à distance prudente.

Cette fois-ci, Auðr ne put retenir sa consternation et pinça les lèvres. Elle ne voulait pas s'en mêler, mais Hilde possédait, sous ses dehors policés, une détermination sans faille et une volonté aussi forte que celle de son père. Tout comme lui, une fois qu'elle avait pris une décision ou visé un but, elle n'en démordait pas et se révélait incapable de reculer. C'était ce qui provoquait très souvent les disputes entre eux.

— Parce qu'il s'agit de ma vie, de mon passé, de ma famille, Hilde ! Et tu n'en fais pas partie ! tonna le *jarl* en jaillissant de sa couche comme si le coq Gullikambi y avait établi son nid et l'avait picoté.

Il se rapprocha à grands pas de Hilde et la saisit par les épaules pour la secouer comme un frêne souple. La jeune femme poussa un cri de terreur et tenta de se dégager de l'emprise de son père, mais en vain. L'homme avait gardé toute sa vigueur, et la rage lui faisait crisper les doigts sur la peau délicate. Auðr ne bougea pas. Elle savait que Gustav maîtrisait parfaitement sa colère et que s'interposer entre eux ne ferait qu'envenimer les choses, voire la placerait dans le même camp que Hilde contre Gustav. Pour l'instant, son but était de récupérer les informations que la jeune femme avait échoué à obtenir.

— Si je peux me permettre, ô mon époux, tenta-t-elle néanmoins de sa voix rauque, qu'elle fit le plus mesurée possible, il me semble que le plus urgent, à l'heure actuelle, est de remettre la main sur ces documents qui vous sont si chers. Accepteriez-vous que je prenne un groupe de soldats pour me lancer à la poursuite de l'homme qui s'est échappé ? Malgré son avance, je pense qu'avec de bons chevaux et des vivres j'ai mes chances de pouvoir le suivre, où qu'il aille. Je suis une bonne pisteuse.

En guise de réponse, Gustav émit un grondement furibond, et son visage se gonfla de colère comme celui d'un crapaud, devenant cramoisi. L'espace d'une seconde, Auðr craignit qu'il ne soit en train de faire une autre crise comme celle à laquelle il avait succombé dans la halle et ne tombe cette fois raide mort à ses pieds. Puis, soudain, il cessa de secouer Hilde et se tourna vers elle.

Auðr était restée assise et, voyant l'immense stature de Gustav, qui était bien plus grand qu'elle, même si pour une femme elle était d'une taille honorable, elle regretta de ne pas s'être mise debout. Gustav lui donnait l'impression d'être un géant, peut-être même Ymir lui-même, le géant de glace à l'origine de la création. Elle craignit un instant qu'il ne la brise entre ses doigts comme si elle n'avait été qu'un fétu de paille. Par prudence, elle se leva lentement et redressa sa silhouette, carrant les épaules et redressant le menton comme pour affronter une tempête. Mais le tout sans mouvement brusque, pour ne pas déclencher la fureur de son adversaire.

Néanmoins Gustav s'arrêta devant elle, le souffle rauque et le regard sombre. Ils demeurèrent ainsi figés, chacun toisant et jaugeant l'autre, dans un silence menaçant. Seule Hilde, dans un coin, reniflait, prostrée sur elle-même, tandis que la *völva* faisait mine, de l'autre côté du lit, de ranger ses bols et fumigations pour donner l'impression qu'elle ne voyait ni n'entendait rien.

Puis, au bout de ce qui parut une éternité à Auðr, Gustav éclata d'un rire tonitruant. Il parut se délivrer de sa colère, comme si son hilarité avait la vertu de faire jaillir la rage qui l'avait submergé, et reprit visage humain. Il rit longuement, puis essuya les larmes qui perlaient aux coins de ses yeux plissés, et braqua un doigt boudiné et rougeaud sur son épouse.

— Auðr, ma chère Auðr... Si je m'attendais à ce que, de vous deux, tu sois la plus manipulatrice... Tu apprends vite, ma tendre épouse.

La *skjaldmö* s'efforça de sourire. C'était un compliment. Mais cette mimique lui était le plus souvent étrangère. Au quotidien, elle avait l'impression de vivre, avec Gustav et Hilde, dans un champ de bataille, où il fallait en permanence éviter les coups blessants et user de tactiques pour survivre. Aujourd'hui n'en était qu'une preuve de plus. Alors, oui, elle apprenait vite. Mais cela ne voulait pas dire qu'elle appréciait la leçon.

— Et donc, si j'ai bien retenu tes enseignements, ô mon époux, que reçois-je en récompense ?

Le sourire de Gustav se fit encore plus rusé, et un éclair de malice traversa ses yeux.

— Tu as gagné ma confiance... et le droit de partir enfin en mission en mon nom. Et pas en mission sur un territoire ami, précédée de commerçants et vêtue de belles robes, non. Cela, tu l'as déjà fait avec brio, et je ne doutais pas de ta compétence. Ce n'était qu'une façon d'établir notre relation et de montrer aux yeux du monde que tu étais mon épouse en qui j'ai confiance. Mais, aujourd'hui, je t'envoie accomplir quelque chose de bien plus important pour moi... et de bien plus risqué pour toi. Mais d'abord...

Il se retourna vers Hilde. Assia, la *völva*, avait profité de ce que l'attention de son *jarl* était portée sur Auðr pour contourner le lit, passant derrière lui à petits pas pressés, pour rejoindre la princesse, auprès de qui elle se tenait, sa sacoche de simples en bandoulière et une main réconfortante sur son épaule.

— Sortez, toutes les deux ! tonna Gustav d'une voix forte. Je ne veux aucun intrus entre mon épouse et moi, ce que je vais dire ne concerne que ses oreilles.

— Mais, père ! osa protester Hilde. Je suis...

Un simple regard de Gustav la fit s'interrompre et baisser les yeux. Malgré sa témérité et sa détermination, Hilde aussi avait appris la leçon.

Les deux femmes sortirent en même temps, la *völva* suivant la princesse et refermant le battant en bois derrière elles.

Puis Gustav se tourna vers Auðr et lui adressa un clin d'œil matois.

— Ne crois-tu pas qu'elles ont déjà l'oreille collée à la porte pour guetter ce que je vais te dire ?

Il grimaça.

— Maudites soient les femmes curieuses et les cloisons ajourées.

D'un geste vif, il rabattit l'épaisse tenture qui servait, la nuit, à mieux isoler la pièce. Celle-ci, privée des rayons du soleil qui filtraient à travers les découpes décoratives du bois, se trouva plongée dans une pénombre douce, et les sons de la halle centrale - bavardages des servantes qui nettoyaient les dégâts, grommellements des hommes qui emportaient les corps, grincements des meubles que l'on tirait, crépitement du feu - furent étouffés. Un cri féminin de frustration retentit, et Auðr comprit que Hilde devait écumer de rage de ne pas pouvoir espionner la conversation.

Puis, voyant la mine madrée de Gustav, elle se rendit compte que, depuis le début, le vieux *jarl* avait prévu sa réaction et l'avait menée là où il voulait qu'elle soit : seul à seule, en toute intimité. Avait-il également surjoué sa faiblesse, tout à l'heure, pour inciter les intrus à le prendre pour un vieillard usé et à l'agonie ? Tout ceci n'était-il qu'une mise en scène ?

Mais il ne lui laissa pas le temps de s'interroger davantage.

— Viens ici, ma femme, rapproche-toi. Installons-nous de l'autre côté. Nous y serons plus à l'aise… et surtout loin des oreilles indiscrètes.

Il lui fit signe de le suivre et la guida vers un petit recoin, de l'autre côté de la pièce, où deux petits sièges incurvés et sans dossier se faisaient face, autour d'un coffre bas que Gustav ouvrit pour en tirer deux cornes à boire et une bouteille poussiéreuse.

— Ma réserve personnelle, annonça-t-il avec fierté. Un hydromel pétillant aux baies de Carélie, ma terre d'origine. Je le réserve pour les grandes occasions, et ceci en est une.

— Puis-je te demander pourquoi ? demanda prudemment Auðr.

— Parce que cela fait des années que j'attends cette occasion.

— Quelle occasion ?

— Celle de renouer avec mes origines, mon peuple, ma patrie.

— La Carélie...

— Tout à fait, confirma Gustav en s'installant sur l'un des deux tabourets.

Après avoir rempli les deux cornes, il fit signe à Auðr de s'asseoir en face de lui et lui tendit l'un des récipients. La jeune femme prit l'objet avec circonspection et s'étonna de le trouver si lourd. Gustav l'avait honoré d'une quantité non négligeable de ce breuvage rare et coûteux, et elle fut encore plus étonnée quand elle découvrit que la corne était presque blanche de vieillesse, et entièrement sculptée de runes primitives presque maladroites. Elle fronça les sourcils. On aurait dit que l'os avait été gravé par un enfant. Puis, imitant Gustav, elle trempa les lèvres dans le breuvage. Elle avait déjà goûté de l'hydromel et avait trouvé cette boisson à la fois grisante et pétillante, très parfumée et agréable.

Mais celle-ci était exceptionnelle. Jamais elle n'avait eu en bouche boisson aussi délicieuse, à la fois légère et intense, comme si elle avait avalé un nectar directement issu de la table d'Odin. Elle en ferma les yeux de délectation et savoura ce goût unique.

Puis elle rouvrit les paupières et constata que Gustav la scrutait avec attention. L'homme avait toujours eu un regard aiguisé, dont il dissimulait souvent l'acuité grâce à des manières rustres et une apparence ursine. Mais, à cet instant, il ne se donnait plus cette peine, et Auðr eut l'impression de recevoir un coup de poignard en plein ventre tant elle fut transpercée par l'intelligence de son regard. C'était comme s'il lisait en elle.

Elle se força à ne pas détourner la tête. Elle ne voulait pas céder. Leur duel s'éternisa, puis Gustav rompit le combat en premier, mais pas sans un petit rire qui laissa Auðr songer que, peut-être, il avait remporté cette manche. Que peut-être il avait espéré depuis le début qu'elle relève son défi, et qu'elle avait marché droit dans son piège.

— Que voulez-vous donc que je fasse, hormis vider vos

réserves de cet excellent hydromel ? gronda-t-elle de sa voix cassée pour masquer sa gêne.

— Tu peux en reprendre une corne, Auðr, lui proposa-t-il. Je t'invite même à emporter la bouteille tout entière. Tu en auras bien besoin.

Un frisson glacé la saisit malgré la chaleur touffue de la pièce. Cela n'augurait rien de bon.

— Alors, dites-moi.

— Quelle impatience. Savoure donc cette boisson divine...

— Non. Dites-moi ou je pars.

— Et où irais-tu, mon épouse ? Tu n'as nulle part où aller, nulle famille qui t'attend, nul combat à gagner. Je sais que tu t'impatientes à étudier ici sans autre but que de parfaire tes connaissances mais, crois-moi, tu as largement atteint le mien, de but, et tu as déjà accompli ta première mission pour moi, sans même le savoir. Tu peux donc bien patienter quelques minutes de plus, pour faire plaisir à un vieil homme.

— Vous n'êtes vieux que lorsque cela vous arrange, grommela-t-elle. Quelle était donc cette première mission que vous m'avez confiée à mon insu ? Je sais que ce n'est pas ce traité commercial avec le seigneur de Riga.

— Tout à fait. Mais tu en seras tout autant récompensée, même si ce n'était qu'un test. Ta première mission, vois-tu, était tout simplement d'apprendre. Apprendre à connaître ce fief, apprendre à connaître mon histoire, mes origines. Apprendre la diplomatie, l'écriture, l'histoire, l'art des négociations et de la patience. Apprendre à te comporter en noble et épouse de noble, apprendre à gérer un fief et à traiter d'égale à égal avec des commerçants comme avec des boyards.

— Je l'ai fait, certes, mais cela ne me donne pas vos raisons.

— Parce que tu es une arme, Auðr. La meilleure qui soit. Je l'ai vu en toi dès que mes yeux se sont posés sur ton visage brisé, sur ton expression guerrière. J'ai su à l'instant que tu serais prête à tout pour accomplir ta vengeance et obtenir ce pour quoi tu t'es toujours battue. Ma mission était de polir cette arme que tu étais, de la peaufiner, de l'aiguiser jusqu'à ce qu'elle soit tranchante comme un rasoir, effilée comme une dague, meurtrière comme une hache. Et j'ai réussi. Maintenant, tu es parfaite, et je suis fier de ce que tu as accompli. Je suis aussi fier de toi que je le suis de Hilde, même plus, car, malgré tous mes efforts, elle demeure insolente et effrontée, elle est incapable de masquer ses sentiments et son ambition, et cela la dessert.

Auðr baissa les yeux pour dissimuler sa colère. Malgré les compliments dont il la parait, elle avait l'impression d'avoir été manipulée dans un but inconnu, et les critiques envers Hilde, qui avait consacré sa vie à obtenir la reconnaissance de son père adoptif, lui paraissaient d'autant plus injustes.

— Vous n'êtes pas juste envers votre fille. Si Hilde était un homme, vous apprécieriez son insolence, sa détermination et sa franchise.

— Mais elle n'est pas un homme, justement, et ce qui serait des qualités chez un homme est vu comme autant de défauts chez une femme. Je ne lui demande pas, ni à toi, de ne pas être ambitieuse, de ne pas vouloir gagner du pouvoir, de l'argent et des titres. Mais, pour obtenir cela, il vous faut dissimuler vos armes, vos atouts, sous un masque de douceur et d'obéissance, alors qu'un homme pourrait s'en vanter sans que nul n'y trouve à redire. Ce n'est pas juste, certes, mais c'est comme ça. Hilde, si elle a bien appris l'art de la duplicité et de la manipulation, ne sait pas camoufler ses sentiments dès qu'elle se sent lésée ou attaquée, et c'est pourquoi elle ne sera jamais aussi forte que toi. C'est sur toi que je parie, Auðr, pas sur elle.

— Cela veut-il dire que je deviens votre héritière pour Aldeigiuborg à sa place ? demanda Auðr d'un ton prudent.

Cela aussi lui déplaisait. Hilde deviendrait son ennemie, et la majeure partie des habitants du fief se retournerait contre elle, la considérerait comme une arriviste et une opportuniste. Le combat pour gagner le trône que ce titre lui octroierait lui semblait perdu d'avance. Mais elle ne pensait pas que Gustav envisageait cela.

— Non, confirma-t-il, et tu le sais très bien : ce serait courir à l'échec. Pour toi, je l'ai déjà prévu, je ferai en sorte que tu deviennes la reine de ce fief de Kotka, près de Riga, que tu as repéré lors de ton expédition là-bas. J'ai bien remarqué que tu te renseignais beaucoup sur cette région à ton retour, et mes marins m'ont confirmé que tu avais posé beaucoup de questions là-bas, et que tu avais énormément inspecté la région. Ton intérêt est bien placé, et ta récompense, si tu réussis cette mission que je vais te confier, sera ce fief.

Auðr médita ses mots quelques instants. Tout faisait sens. Ce qu'il disait sur les ambitions des hommes et les moyens pour les femmes d'y parvenir était injuste mais vrai. Ce qu'il disait sur Hilde aussi. De plus il ne s'était pas trompé pour l'archipel de Kotka. Elle le voulait. Elle avait envie d'en faire son fief, son royaume, et d'y construire ce qu'elle n'avait jamais eu : un foyer. Faute de mari et de famille avec qui fonder un endroit qui leur serait cher, elle voulait le faire seule, pour elle-même, et que les habitants l'y respectent pour ses compétences de dirigeante, voire pour ses talents humains.

Lentement, elle hocha la tête.

— Je suis d'accord. Je ferai ce que vous voulez.

Gustav émit un petit rire satisfait et leva sa corne en salut avant de se taper sur la cuisse. Le vieillard usé presque à l'agonie avait disparu. Avait-il seulement existé ?

— Tu ne me demandes même pas la teneur de la mission que je vais te confier ?

— Je n'en ai pas besoin. Je sais que vous ne me demanderiez pas quelque chose qui n'est pas à ma portée, vous avez passé trop de temps à me préparer pour m'envoyer droit à l'échec.

Un nouveau rire, encore plus réjoui. Cette fois, Gustav entrechoqua sa corne à la sienne et se lécha la main là où quelques gouttes d'hydromel avaient débordé.

— Une fois de plus, tu me prouves que j'avais raison en te choisissant, et que tu as énormément appris. Tu as raison.

— Alors, cette mission ?

— Tu vas aller en Carélie de la mer Blanche retrouver ma famille, mes origines, mes ancêtres. Je ne doute pas que peu sont encore en vie. Je n'ai peut-être qu'une cinquantaine d'hivers, mais la vie là-bas est rude et si je ne suis pas de première jeunesse, nul doute que beaucoup auront succombé dans les quelques proches qui restaient quand je suis parti. Mais je veux que tu les retrouves et établisses un contact avec eux. Je veux que tu recrées un lien avec ma famille. Vois ça comme le dernier vœu d'un vieil homme qui, après avoir tout perdu, a tout regagné et cherche à présent, avant son dernier voyage, à établir un pont entre ses deux vies, comme le Bifröst établit un pont entre Miðgarðr et Ásgarðr.

Auðr partit d'un grand rire amer.

— Vous considérez-vous comme un dieu, pour prétendre habiter Ásgarðr, ou envisagez-vous de rallier directement la halle d'Odin sans passer d'abord de vie à trépas ?

— Ni l'un ni l'autre, ma chère. Mais, le temps passant, j'ai envie de retrouver mes racines, c'est tout.

Elle étrécit les yeux.

— Ne me faites pas croire que vous devenez sentimental sur vos vieux jours. Vous n'êtes pas aux portes de la mort, contrairement à ce que vous avez tenté de nous faire croire tout à l'heure, et je vous sais plus intéressé par le pouvoir et l'argent que par les liens familiaux. Cette mission n'est qu'un leurre.

— Tout à fait, confirma-t-il à voix plus basse. La vérité est qu'en partant, il y a presque trente ans, j'ai laissé là-bas une situation très conflictuelle, difficile. J'y ai beaucoup perdu. Je veux retrouver tout cela. Et, pour parvenir à cette fin, j'ai besoin que tu retrouves les membres de ma famille, de mon fief d'origine, que tu les rallies à ma cause, que tu les débarrasses du *jarl* qui m'a renversé, et que tu établisses sur le trône quelqu'un qui saura respecter le chef légitime de la région, avec qui tu pourras établir de nouveaux traités commerciaux, qui seront profitables à tous. Est-ce clair ?

Cette tirade, il l'avait prononcée tout bas, en se penchant vers elle au-dessus du petit coffre bas, et il avait parlé si vite qu'Auðr avait dû tendre l'oreille pour tout comprendre. Mais elle avait tout compris, et cette requête lui semblait bien plus logique et plausible qu'une quelconque histoire sentimentale.

Si elle accomplissait cette mission, Gustav renouerait avec ses proches, certes, mais il récupérerait surtout tout ce qu'il avait perdu en fuyant trente ans plus tôt, serait vengé de l'homme qui l'avait détrôné, et acquerrait une puissance et une influence qu'il n'avait jamais osé espérer. Ce serait le coup d'éclat de sa vie de conquérant.

Elle le scruta longuement, notant qu'il soutenait son regard avec la détermination de celui qui est sûr de son fait, puis hocha la tête.

— Je ferai cela pour vous, mon époux. Merci de m'avoir dit la vérité.

Il opina à son tour puis plongea la main dans le coffre qui avait contenu la bouteille et les cornes pour en tirer un nouveau volumen.

— Lorsque tu traqueras l'homme qui a volé mes parchemins, tu ne manqueras pas de les récupérer, mais toutes les informations qui étaient consignées dessus se trouvent inscrites sur celui-ci. Les noms de ma famille, jusqu'à la troisième génération, une carte ébauchée de la Vienan Karjala, comme on appelle mon pays, les années durant lesquelles j'ai régné, puis le récit bref de l'invasion de mon village, Soroka, par un envahisseur pomor. J'avais tout consigné en détail dans ces parchemins, afin que mon histoire ne soit pas oubliée, mais cet homme a tout volé. Heureusement, j'avais copié un double, par prudence. Le voici. Je te le confie, en guise de preuve quand tu retrouveras mes ascendants. Il contient des détails que nul autre que moi ne peut connaître sur mon peuple et ses origines. Mais si, durant ton voyage, tu peux retrouver les volumens originaux, ce serait encore mieux, tant pour démontrer ta bonne foi auprès des miens que pour moi. Je n'aime pas savoir ces documents aux mains d'inconnus.

Auðr haussa un sourcil circonspect.

— Alors, pourquoi les avoir écrits ? Si notre peuple préfère la tradition orale, c'est justement pour éviter que les écrits s'abîment, ne tombent entre de mauvaises mains ou soient utilisés à des fins néfastes, contra-t-elle en agitant le rouleau sous le nez de Gustav. Pour moi, c'est juste une perte de temps et de cuir. Les parchemins devraient être réservés aux adorateurs du dieu crucifié.

Gustav lâcha un rire amer.

— C'est ce que tu penses maintenant, du haut de ta jeunesse. Mais crois-en mon expérience : avec le temps, ce sont les écrits des chrétiens qui perdureront, et non nos croyances orales, pourtant transmises de *völva* en *völva*, de *skald* en *skald*. Nous ne sommes pas voués à demeurer et, bientôt, ceux qui voudront survivre dans les mémoires rédigeront leurs souvenirs, leurs histoires, leurs croyances, pour les transmettre au plus grand nombre, tandis que nos dieux et nos héros sombreront dans l'oubli.

Auðr réprima une réplique abrupte devant ce blasphème. Elle savait que Gustav, à ce sujet, était d'une conviction inébranlable. La preuve : il lui avait fait étudier, depuis plusieurs mois, nombre d'ouvrages écrits, que ce soient des tablettes de pierre couvertes de runes gravées, des volumens commerciaux issus de traités entre différents peuples, des grimoires religieux de la foi chrétienne comme des parchemins racontant les voyages des aventuriers varègues, finnois ou danois. Elle avait même eu l'occasion de contempler des traités étranges issus de ces cultures exotiques de l'autre côté de la mer centrale où les gens avaient la peau sombre et les cheveux frisés, comme si le soleil ardent de ces régions les avait brûlés. Jamais, quand elle avait rencontré Gustav pour la première fois, elle n'aurait imaginé qu'il puisse collectionner ces écrits si fragiles et délicats, qui nécessitaient tant de temps et de soins à être fabriqués comme entretenus. Et même maintenant, après avoir contemplé l'immensité de savoir qu'ils contenaient, elle peinait à accepter l'idée qu'ils puissent représenter l'avenir des connaissances humaines. Mais c'était possible, elle l'admettait.

Aussi, elle reporta son regard sur le document qu'elle tenait dans sa main, puis finit par hocher la tête.

— Quand voulez-vous que je parte ?

— Le plus tôt possible. Cette nuit même, si tu le peux. Je veux que cela se fasse dans le plus grand secret, sans que nul ne puisse deviner qu'il y a une raison cachée à ton départ ou un but à tes préparatifs.

Elle plissa les paupières.

— Les gens vont s'interroger. Vous avez été détroussé et agressé, vous avez fait un malaise dans votre propre halle. Si, dès le lendemain, votre épouse disparaît, tout le monde se demandera si je suis partie à la poursuite du voleur ou s'il y a une autre raison.

— Rassure-toi, je ne te ferai pas passer pour ce que tu n'es pas. Demain j'expliquerai ouvertement à Hilde que je t'ai envoyé quérir des remèdes à la demande d'Assia, pour assurer ma santé mise en péril par cette agression, et que tu en profites pour tenter de retrouver la trace de ce qui m'a été dérobé, pour apaiser mon esprit. J'enverrai en outre un groupe d'hommes à Onegaborg informer son nouveau *jarl*, ton ancien maître Ansgar, des derniers événements. Cela corroborera mon histoire et confirmera aux esprits suspicieux que je suis véritablement en quête de soins. Cela te convient-il ?

Auðr réfléchit quelques instants avant d'acquiescer. Puis une idée lui vint.

— Soroka, votre village d'origine, est bien plus au nord. Je pourrai en chemin m'arrêter moi-même en personne à Onegaborg pour informer Ansgar de ce qui s'est passé. J'y laisserai vos hommes avant de repartir, seule, vers la Carélie de la mer Blanche, tandis qu'ils reviendront vers vous, porteurs de remèdes, de nouvelles et de promesses d'alliance.

Gustav sourit.

— Voilà qui est bien pensé, Auðr. Je savais que je pouvais te faire confiance.

Sur ces mots, il se mit pesamment debout, indiquant à Auðr que leur entretien touchait à sa fin. Il avait gardé sa bouteille d'hydromel à la main, et la jeune femme espéra un instant qu'il allait la lui tendre. Mais il émit un rire matois et souleva le récipient pour en boire une gorgée à même le goulot.

— J'en ai une seconde que je garde pour ton retour. Ce soir, tu as tes bagages à faire et un long périple à entamer. Tu dois garder la tête claire. Cela te motivera pour revenir plus vite.

Auðr réprima une grimace. Au lieu de siroter ce nectar divin, elle allait devoir se préparer à parcourir des milliers de lieues dans un froid glacial. Puis elle repensa à la récompense qui l'attendait, son fief, et elle afficha un air déterminé.

Avec un profond soupir, elle s'inclina devant Gustav pour le saluer et fit demi-tour. Une longue nuit l'attendait, qui ne serait que la première de nombreuses autres.

4

Auðr

La tempête était pire que tout ce qu'Auðr avait jamais traversé, que ce soit sur terre ou en mer.

Dans cette contrée dépourvue du moindre relief comme du moindre arbre, à part quelques saules nains torturés, aucune aspérité ne faisait obstacle aux vents, et les bourrasques furibondes menaçaient de lui arracher son manteau et son bonnet à chaque pas. Parfois, elle se demandait même si des mains divines ne tentaient pas de l'étrangler avec sa propre écharpe, ou si quelque dieu farceur ne lui faisait pas des croche-pieds invisibles pour la forcer à s'étendre dans la neige et ne jamais s'en relever.

Déjà, elle était tombée une bonne dizaine de fois et, au froid et à l'humidité, s'ajoutait une cheville douloureuse sur laquelle elle peinait à s'appuyer.

À chaque pas, avancer lui paraissait plus difficile et son traîneau devenait plus lourd.

Elle avait abandonné ses deux derniers chiens derrière une congère. Ils s'étaient effondrés après plusieurs heures de trajet, alors que la tempête, qui soufflait depuis le lever du soleil, les empêchait tant de voir que de s'arrêter.

Elle était partie d'Onegaborg avec un traîneau offert par Ansgar et Mya, tracté par douze chiens spécialement sélectionnés par la fauconnière varègue pour résister au long périple qui l'attendait. Mya avait également fait préparer un traîneau pour remplacer l'attelage tiré par trois chevaux qu'Auðr avait emprunté à l'écurie de Gustav pour effectuer la première partie de son voyage. Malgré son départ furtif, Gustav avait bien insisté pour qu'elle n'ait pas l'air de s'enfuir et l'avait fait accompagner d'une cohorte de soldats à cheval, ainsi que d'un coffre de présents pour le *jarl* danois et sa compagne varègue. Comme Soroka était bien plus au nord et que la piste serait probablement accidentée et effacée, voire impraticable selon le temps, Mya avait expliqué à Auðr qu'il valait mieux qu'elle voyage avec un traîneau léger tiré par des chiens habitués au climat. Ces animaux seraient plus rapides que des chevaux et surtout, plus près du sol, repéreraient mieux les pièges.

Mais, malgré ces précautions, tout s'était envenimé très vite. Dès le deuxième jour de ce périple qui aurait dû n'en compter que quatre, le blizzard s'était levé, soulevant des nuages de neige fraîche et rendant le paysage invisible. Les flocons qui ne cessaient de tomber avaient dissimulé en à peine quelques heures les traces des précédents voyageurs et il avait fallu la tombée de la nuit pour qu'Auðr réalise, en passant à trois reprises devant le même rocher monumental ressemblant au crâne d'un géant, qu'ils tournaient en rond. Les chiens, qui devaient suivre les traces, s'étaient perdus et suivaient leur propre piste. Combien d'heures de trajet avaient-ils ainsi perdues ? Elle n'en savait rien mais, quand le crépuscule était tombé et que le vent avait charrié des épines de glace et non des flocons, elle avait compris qu'il lui faudrait passer la nuit sur place et attendre que la tempête se calme pour se réorienter et repartir dans la bonne direction : elle était trop loin pour retourner à Onegaborg et, si elle continuait sans savoir où elle allait, elle risquait de finir dans l'un des innombrables lacs, peu profonds et ressemblant à des marais, qui se dissimulaient sous le relief plat et les myriades de tapis de roseaux. Si, quand il faisait beau, ce paysage de miroirs bleus et blancs, souvent étincelant de glace, parsemé des tiges folles des massettes et autres végétaux ras, était splendide, de nuit ou sous un rideau de neige ou de brouillard, il se transformait en piège mortel pour le voyageur imprudent. Auðr ne tenait pas à prendre ce risque et avait décidé de miser sur la sécurité en passant la nuit sur son traîneau, enroulée dans ses fourrures et entourée de ses chiens qu'elle avait attachés aux montants de l'appareil en bois.

Mal lui en avait pris. Durant la nuit, paniqués par une rafale plus forte dont les hurlements, semblables à ceux d'un loup tout proche, l'avaient réveillée en sursaut, trois des animaux avaient rongé leurs sangles et s'étaient enfuis. Elle n'était pas partie à leur recherche. Ils étaient taillés pour l'endurance et la vitesse et se fatigueraient moins vite qu'elle. Aussi avait-elle réorganisé son attelage au petit matin, quand le vent était un peu tombé, pour que six chiens puissent tracter en éventail sur le tapis de neige souple, tandis que les quatre autres suivaient derrière sans tirer de charge et se reposaient.

Le début de cette troisième journée s'était bien passé : malgré la blancheur omniprésente et le vent qui soufflait sans discontinuer, lui brûlant les yeux de son haleine glaciale en dépit de ses protections, elle avait réussi à retrouver des signes de passage d'anciens voyageurs : des lanières de cuir accrochées à des rochers ou à des branches torses, à hauteur de visage indiquaient qu'elle suivait une piste. Au sol, il n'y avait plus qu'un épais tapis de neige fraîche qui dissimulait parfois des trous d'eau ou des étendues de glace glissante.

C'était cela qui avait causé la perte de deux autres chiens. Entraîné par l'animal de tête, le traîneau s'était engagé sur une zone plate qui semblait sans limites et avait accéléré. Les bêtes n'avaient pas eu le temps de sentir une différence de texture sous leurs pattes quand, sous un monticule de neige, une pente dangereuse s'était profilée, accentuée par une plaque de glace invisible. Entraîné par son propre poids, le traîneau avait pris encore plus de vitesse et glissé, rattrapant les chiens de queue qui s'étaient fait écraser. Quand Auðr avait été en mesure de freiner, ce qui n'avait pas été facile sur de la glace, elle avait dû constater que les deux samoyèdes avaient les pattes cassées. De longues traînées de sang s'étiraient derrière les patins de son chariot, et elle avait compris qu'il lui faudrait achever les animaux et repartir au plus vite avant que l'odeur n'attire des prédateurs.

Elle l'avait fait sans tarder, rechignant davantage à donner la mort à ces âmes innocentes qu'elle ne l'avait jamais fait au combat. Les humains savaient ce qu'ils risquaient quand ils s'affrontaient. Ces chiens, eux, n'avaient fait que lui obéir, et c'était elle qui les avait entraînés à la mort. Elle s'en voulait de ne pas avoir su les protéger.

Elle s'en était voulu encore plus quand, au crépuscule, le vent s'était relevé et s'était transformé, cette fois, en un véritable blizzard. Elle s'était alors souvenue de ce que Mya lui avait dit : en cette saison, les tempêtes étaient souvent annoncées par des vents violents deux ou trois jours plus tôt et, quand elles se levaient, elles pouvaient durer facilement une semaine, voire plus. Elle avait cette fois décidé de continuer, à allure très basse, dans l'espoir de parvenir à effectuer la fin du trajet. Si la tempête devait s'éterniser, elle ne pourrait pas attendre dans cette immensité hostile qu'elle s'apaise, seule, sans abri et surtout sans suffisamment de nourriture pour aussi longtemps. Il lui fallait donc continuer coûte que coûte, quitte à multiplier les précautions.

Cela n'avait pas été suffisant.

Malmenée par une bourrasque à la force incroyable alors qu'elle piétinait à côté des chiens pour les aider à monter une côte, Auðr avait vu le traîneau se renverser et son contenu s'éparpiller au loin, porté par les vents. Les fourrures, rations de nourriture, gourdes d'eau et d'alcool, bandes de cuir pour protéger mains, pieds et pattes, tout avait disparu en l'espace de quelques secondes. Elle s'était jetée au sol pour récupérer ce qu'elle pouvait mais, quand elle avait examiné son butin, elle avait vu qu'il ne restait pas de quoi tenir plus d'une journée. Elle avait sauvé un sac de lamelles de viande séchée, ce qui suffirait à peine aux chiens, et une gourde d'eau, ainsi qu'une pièce de cuir tanné dans laquelle elle pourrait découper des chaussons pour protéger les pattes des animaux. La mort dans l'âme, elle s'était résignée à continuer dans l'espoir de parvenir dans une zone un peu plus abritée à défaut de trouver un refuge. Elle savait qu'il était parfois possible de trouver, le long des pistes les plus périlleuses, des cachettes creusées à même le sol, des grottes ou des cabanes érigées par d'anciens voyageurs en prévision de pareils coups de froid. Certains de ces abris n'étaient que des renfoncements dans des rochers, des tas de pierres assemblés pour former une niche contre les vents et les flocons, ou des sortes de terriers. Les commerçants les utilisaient quand les éléments se révélaient trop violents pour que leurs lourds chariots suffisent à les abriter : ils se réfugiaient dans ces abris sommaires, faisaient entrer leurs chevaux ou leurs chiens devant eux, puis plaçaient les véhicules encore devant afin de former une barrière. Ainsi, ils pouvaient attendre une accalmie tout en ayant accès à leurs réserves de nourriture. Mais elle n'avait pas cette chance : son traîneau léger était aussi fragile qu'un berceau d'enfant en osier, et les chiens pas assez massifs pour l'abriter comme l'auraient fait des chevaux. Elle était donc condamnée à rester en mouvement pour ne pas geler sur pied, sauf si elle trouvait un véritable toit. Cependant, dans ce blizzard, elle savait qu'il serait impossible d'en discerner un : les isbas, dans cette région, étaient basses, à moitié creusées dans le sol pour offrir peu de résistance au vent et être protégées par la terre des changements de température. De plus, leurs parois en rondins et leurs toits recouverts de neige les rendaient quasiment impossibles à reconnaître dans une tempête aussi aveuglante. Elle aurait aussi bien pu passer devant plusieurs d'entre elles sans les repérer.

Aussi avait-elle repris sa lente progression après avoir redressé son traîneau. Ne restaient alors plus que six chiens.

Lesquels s'étaient réduits à deux peu avant l'aube, quand les quatre premiers étaient tombés dans un trou dissimulé par une épaisseur de neige fraîche. Ils avaient été attachés ensemble et la chute avait été si brusque qu'Auðr n'avait pas eu le temps d'intervenir. Elle avait juste pu tirer son couteau pour trancher le harnais du plus proche, qui n'avait pas encore été entraîné par les autres et gémissait, arc-bouté contre la traction du cuir qui l'attirait inexorablement vers le gouffre en formation. Les quatre chiens n'avaient même pas hurlé, et elle n'avait pas entendu le choc de leurs corps s'écrasant au fond du puits.

Elle en avait pleuré. Non pas de tristesse pour les animaux, mais pour elle. Leur mort signifiait qu'elle devrait tirer son traîneau elle-même avec l'aide des deux derniers chiens restants et mettrait bien plus de temps à parvenir à sa destination – si elle y parvenait, ce dont elle doutait de plus en plus.

À travers ses larmes, qui gelaient immédiatement sur ses joues, elle maudissait Gustav de l'avoir envoyée dans cette épopée. Elle s'imaginait parfois périr gelée au fond d'un puits de glace, ou abandonnée gelée derrière une congère comme ses deux derniers chiens. Gelée, dans tous les cas. Car c'était ce qui advenait de ceux qui tentaient ce voyage et échouaient.

Leurs cadavres demeuraient pétrifiés par le froid jusqu'à ce qu'un hypothétique redoux les ramollisse et qu'ils deviennent la proie des quelques prédateurs survivant ici.

Elle se savait responsable de la perte de ses bêtes de trait. Ces animaux, élevés par Mya et accoutumés aux rigueurs du climat de Carélie, auraient dû être en mesure de survivre. S'ils étaient morts, c'était à cause de son inexpérience. Elle en avait lourdement conscience et se demandait constamment, entre deux accès de désespoir, si, en les amenant à leur mort, elle ne s'était pas elle-même condamnée. Aurait-elle dû, pour ménager les forces de ses deux derniers chiens, tirer le traîneau elle-même pour les laisser se reposer ? Ou abandonner son véhicule ? Elle l'ignorait. Quand elle avait décidé de les atteler, elle avait cru qu'il valait mieux réserver son énergie pour la fin du voyage, si les animaux n'y résistaient pas, sachant que, sans son véhicule, elle n'aurait plus ni nourriture, ni eau, ni fourrures, donc aucune chance de survivre.

Néanmoins elle se retrouvait là, avec un traîneau qu'elle ne pouvait plus tirer elle-même tant sa cheville lui faisait mal, sans bêtes de trait, sans idée de la direction où aller, épuisée et à bout de forces comme d'espoir.

Mais elle ne renonça pas pour autant.

Elle avait fait le plus dur du voyage, elle ne devait plus être qu'à quelques dizaines de lieues de Soroka, ce qui signifiait seulement quelques heures de voyage à pied, à tout le moins une journée, pour une bonne marcheuse comme elle. Mais ce qui n'aurait dû être qu'un périple délicat se révélait impossible. Elle se savait probablement condamnée. Elle ignorait même si elle se dirigeait toujours dans la bonne direction : le ciel était si sombre qu'elle ne distinguait ni Soleil, ni Lune, ni étoile, il était même difficile de discerner si le jour s'était levé. Il n'y avait aucun arbre dont la mousse aurait pu lui indiquer le nord, aucun repère géographique, aucune piste de chariot ou de traîneau, rien pour l'orienter ou la guider.

Les yeux rivés à l'horizon qu'elle devinait à peine, elle ne remarqua pas un trou dans le sol et trébucha une fois de plus. Sa cheville lâcha, et elle s'effondra avec un cri sourd.

Elle se releva. Lentement, laborieusement, mais elle le fit, en serrant les dents sur les jurons qu'elle brûlait de lancer. Mais elle devait retenir ses forces, aussi ne fit-elle qu'esquisser un rictus de rage mêlé de douleur.

Elle se remit en marche après avoir accroché à son épaule les deux sacs de vivres.

Le traîneau resterait là. Il représentait un poids supplémentaire et ne lui servirait à rien. Mieux valait emporter le minimum nécessaire.

Elle marcha encore, boitant de plus en plus fort, mais rechignant à laisser transparaître cette marque de faiblesse. Il n'y avait aucun autre témoin qu'elle à sa douleur mais, si elle se laissait aller à afficher cette vulnérabilité, son propre esprit deviendrait son ennemi et l'inciterait à s'incliner dans ce combat contre elle-même. Et la défaite était impossible.

Un caillou dissimulé par la neige la fit de nouveau tomber.

Ses sacs lui échappèrent et, cette fois, un juron lui échappa quand elle vit sa réserve d'eau s'écouler. Dans sa chute, sa gourde s'était fendue, et son contenu s'échappait. Des larmes s'échappèrent aussi de ses yeux et se transformèrent en glace à peine la barrière de ses cils franchie. Elle s'asséna deux gifles, tant pour chasser les perles gelées qui menaçaient de bloquer sa vision que pour se fustiger de cette faiblesse interdite.

Avec un gémissement de souffrance, elle s'appuya de tout

son poids sur son pied gauche pour ménager l'autre et se remit debout. Elle se força à songer qu'elle pouvait se passer d'eau pour la journée et que cela lui faisait moins de poids à porter. Elle se remit en marche, encore plus lentement.

Encore une chute, due à un vertige.

Puis une autre, peu de temps après, et encore une autre.

À présent, les larmes coulaient en permanence de ses yeux et elle ne les chassait plus. Son esprit avait déserté toute idée de combat, de victoire, de lutte, de mission. Elle ne pensait plus qu'à son but : atteindre Soroka. Chaque pas l'en rapprochait, aussi elle continuait, laborieusement, douloureusement.

Un gémissement constant de douleur émanait de sa gorge, comme un chant lugubre.

Puis elle tomba encore, alors que le soleil tentait une percée timide à travers le couvercle presque noir des nuages. La neige avait cessé de tomber dru, et seuls des flocons légers parsemaient le ciel, puis son bonnet, puis son visage, du moins ce qui en était encore visible entre deux couches de fourrures. Elle se releva, mais son pied ne la porta pas quand elle tenta de s'appuyer dessus, et elle retomba aussitôt.

Cette fois, elle ne se releva pas.

Une pensée la traversa.

Soroka n'est pas loin. Je peux y aller en volant.

Dans son esprit, son corps était devenu si léger qu'elle ne sentait plus ni la douleur, ni le froid, ni la fatigue. Elle se sentait planer, voler au-dessus de sa carcasse gelée, prête à fuir cette terre hostile et étrangère qui ne l'avait jamais acceptée. Pas une seule fois elle n'avait abandonné la lutte, et quand elle ferma les yeux, ce fut en se disant qu'elle avait enfin atteint son but : elle était libre.

Ce fut une brûlure cuisante qui la tira de la torpeur bienfaisante dans laquelle elle avait sombré.

Une douleur horrible, atroce, telle qu'elle n'en avait jamais subi de toute sa vie. Jamais pareille souffrance ne lui avait été infligée. Ni le coup de hache qui avait presque tranché sa gorge ni les serres des oiseaux qui lui avaient déchiqueté le visage, manquant de l'aveugler, ne l'avaient autant blessée.

Elle avait l'impression qu'on l'avait plongée dans un chaudron bouillant pour la faire cuire comme un homard. De la tête aux pieds, elle brûlait, c'était tout juste si elle ne sentait pas sa peau se détacher en lambeaux.

Elle poussa un hurlement.

Mais rien ne sortit. Sa gorge n'émit qu'un chuintement plaintif qui s'éteignit aussitôt dans une quinte de toux qui lui déchira la poitrine.

Elle peinait aussi à respirer. Ses poumons aussi la brûlaient, son gosier aussi la brûlait, sa langue aussi la brûlait.

Avait-elle quitté le Niflheimr[1] durant son périple pour atterrir, via le Bifröst, à Muspelheimr[2] ? Allait-elle brûler avec les géants et les démons jusqu'au jour du Ragnarök quand ils seraient enfin libérés de leur royaume infernal pour détruire les neuf mondes ?

Un contact subit sur sa joue la fit tressaillir. La douleur était moindre, presque inexistante, mais elle s'y était si peu attendue qu'elle lui parut insupportable et elle recula la tête en hâte en esquissant un geste de protection. Mais elle ne put réellement bouger. Ses mains étaient ligotées aux poignets, et elle dut juste lever les bras pour abriter son visage.

Puis elle ouvrit les yeux.

Tout d'abord, ce fut la lumière qui la frappa. Une clarté blanche et brillante, immense, presque éblouissante, qui l'aveugla et la terrifia.

Puis un visage s'immisça dans ce néant clair.

Des yeux d'un vert très clair, presque transparents. Un visage acéré qui lui évoqua un museau de renard : à la fois fin et élégant,

1. L'un des neuf mondes de la mythologie viking. C'est le monde des glaces situé sous la troisième racine d'Yggdrasil. On le confond parfois avec Niflhel ou Hel, l'endroit froid et brumeux des morts où règne la déesse du même nom, fille défigurée de Loki.

2. Le monde du feu où règne le géant Surt. Avec Niflheimr, c'est l'un des deux mondes originaux dont la rencontre du feu et de la glace créa le géant Ymir et Audhumla, la vache primordiale.

mais aussi fier et rusé. Des cheveux d'un roux pâle quasiment blond, qui dépassaient en une cascade raide et épaisse d'un bonnet en fourrure argentée. Des pommettes aiguisées, une mâchoire bien découpée, des lèvres fines mais structurées révélant des dents blanches et un nez un peu busqué qui ajoutait au côté patricien de son visage.

Elle réfléchit un instant. L'être la dominait de toute sa taille et, malgré sa minceur, il semblait posséder une robustesse sèche et énergique. Il paraissait ne pas souffrir du froid ni de la brûlure qui continuait à la tarauder. Voire, il paraissait se moquer d'elle.

— Qui es-tu, Loki ou Surt[1] ? chuchota-t-elle de sa voix brisée.

La créature fronça les sourcils d'un air perplexe, puis éclata d'un grand rire.

— Non, je suis juste Asdan, répondit-il d'une voix étonnamment humaine - amusée, aimable et pacifique. Je ne suis ni un géant du feu ni un dieu d'Ásgarðr. Mais j'apprécie le compliment, il paraît que l'Ase de la traîtrise et de la malice est un être à la fois séduisant, puissant et très intelligent, cela me convient parfaitement. As-tu d'autres compliments à me faire ou préfères-tu te réchauffer et manger ?

— Man… ger, répondit Auðr entre ses dents serrées.

Elle n'avait plus froid. Elle brûlait toujours mais, peu à peu, la sensation atroce diminuait et se transformait en une chaleur certes douloureuse, mais supportable, qui lui indiquait sans équivoque qu'elle n'était pas morte.

Elle était donc toujours à Miðgarðr, et probablement toujours sur cette maudite piste qui avait failli causer sa perte. Comment s'en était-elle tirée vivante, elle l'ignorait, mais elle se doutait que cela avait un rapport direct avec cet inconnu énigmatique qui lui tournait à présent le dos et, courbé sur lui-même, semblait touiller quelque chose d'une main affairée.

Elle se redressa avec difficulté, ne pouvant s'aider de ses mains, et vit que l'homme avait réussi à faire brûler un petit feu

1. Surt ou Surtr est un géant maléfique régnant sur le monde du feu Muspelheimr. Son nom signifie « noir », probablement à cause de son apparence carbonisée. C'est lui qui doit entamer le Ragnarök en tuant le dieu Frey avec son épée enflammée.

sur la glace à partir de quelques brindilles sèches et de copeaux d'excréments mêlés de paille. L'odeur puissante qui en émanait lui fit froncer le nez mais, en même temps, comprendre une bonne fois pour toutes qu'elle était bel et bien en vie. La constatation ne la remplit qu'à moitié de joie. Si elle était en vie, elle était néanmoins prisonnière, perdue au milieu de nulle part et à la merci de quelqu'un dont elle ignorait tout.

Elle inspecta directement son environnement des yeux et repéra que ses armes avaient été posées en tas dans un coin de l'espace, qui semblait être une grotte de glace soutenue par des arceaux de bois courbé. L'homme l'avait-il emmenée dans une de ces caches de chasseurs ou de marchands itinérants qu'elle avait désespéré de trouver durant la tempête ? Elle calcula que, s'il continuait à lui tourner le dos de la sorte, elle avait le temps de bondir sur ses armes et de dégainer son poignard. Même avec les mains entravées, elle ne doutait pas de pouvoir vaincre cet homme qui ne devait pas être beaucoup plus grand qu'elle et semblait fin comme un saule.

Elle replia les pieds pour prendre son élan et... ceux-ci ne lui obéirent pas. Ses membres semblaient plus lourds que des sacs de farine et, si elle parvenait à contracter ses orteils dans ses bottes – ce qui signifiait, et c'était déjà positif, qu'elle n'avait pas perdu des parties de son corps à cause du gel –, elle ne pouvait guère les bouger.

Elle était impuissante.

Elle s'efforça de remuer au moins les mains et, si ses doigts s'agitèrent, ses bras lui parurent perclus de courbatures douloureuses.

À présent qu'elle faisait l'inventaire de son état, elle se rendit compte que son corps lui semblait toujours sous le coup d'une forte fièvre – d'où la chaleur – et restait fébrile. Des frissons la parcouraient, sa gorge la brûlait comme si un brasier l'avait desséchée, et sa peau était à la fois rêche et moite d'une sueur malsaine.

Un gémissement sourd lui échappa.

Elle paniqua.

La mort, la souffrance, les blessures, rien de tout cela ne

l'effrayait. Mais la maladie, la lente agonie dans un lit et les infirmités, tout cela lui paraissait bien pire qu'un coup d'épée dans le ventre ou un coup de hache en travers de la gorge. Finir décrépite sur une chaise roulante comme nombre d'anciens guerriers devenus trop faibles ou séniles pour continuer à porter leurs armes et mourir vaillamment sur un champ de bataille lui semblait la déchéance ultime. Une mort lente, silencieuse et humiliante, à macérer dans ses propres excréments et sa crasse jusqu'à ce qu'enfin Hel vienne la chercher – puisque les Walkyries ne voudraient pas d'une *skjaldmö* qui n'avait pas péri au combat. Était-ce le sort qui l'attendait ? Était-elle paralysée ? N'avait-elle survécu que pour agoniser durant des lunes sans gloire ni honneur ?

Un frisson la parcourut et, en voyant l'inconnu se tourner vers elle, l'air attentif, elle comprit qu'un autre gémissement avait dû lui échapper.

Elle était terrifiée, impossible de le nier.

Mais, si elle avait perdu le contrôle de son corps, elle pouvait encore conserver celui de son esprit et protéger le peu d'honneur qui lui restait.

Elle crispa les dents et renvoya un regard de défi à celui, inquiet, qui la scrutait.

— As-tu faim ? Soif ? Besoin de te soulager ? s'enquit l'homme après l'avoir brièvement examinée.

— J'ai besoin… de mes armes, grommela-t-elle, soulagée de constater que sa voix, encore plus rauque que d'habitude, dissimulait le soupçon de crainte qui la faisait vibrer.

L'homme émit un rire clair.

— Tu dois bien te douter que je ne vais pas te les donner. Tu sembles être une guerrière affirmée, et si j'en juge ta présence, sans escorte, dans cette région hostile, peu de choses doivent t'effrayer. Je ne vais donc pas te fournir les moyens de m'assassiner.

— Pourquoi irais-je assassiner l'homme qui m'a sauvé la vie ? protesta-t-elle d'une voix un peu plus claire. Je suis une *skjaldmö* en mission, pas une *thrall*[1] en fuite ni un banni prêt à n'importe quel crime pour survivre.

— Tu me demandes donc de faire confiance à ton honneur ? s'amusa l'homme. Je ne te connais pas, *skjaldmö*, et je ne connais pas non plus ta mission. Je tiens à ma vie autant que toi à la tienne et je ne compte pas la risquer entre tes mains. La nature hostile suffit amplement à la menacer.

Auðr baissa la tête. Il avait raison et, à sa place, elle aurait fait de même.

Mais cette impuissance lui pesait. Elle finit par secouer le menton.

— Je n'aime ni être ligotée, ni être à la merci d'un inconnu, ni être privée de mes armes et de tout moyen de me défendre. Dis-moi qui tu es, où nous sommes et ce que tu comptes faire de moi, et si tes réponses me conviennent, je ferai de même et jurerai de ne pas te faire de mal tant que nous serons en compagnie l'un de l'autre.

— Là aussi, il me faudrait faire confiance à ton honneur alors que j'ignore tout de toi. Mais soit, je comprends que ta position puisse être difficile. Je vais te répondre, assura-t-il avant de s'accroupir près d'elle - assez près pour qu'elle puisse, si elle parvenait à déplier ses jambes d'un coup sec, le faire basculer en avant, sur le bas de son corps, pour saisir sa gorge entre ses mains et le faire prisonnier.

L'homme plissa les yeux, et elle se rendit compte qu'il avait dû lire son plan sur ses traits. Mais il ne bougea pas. Il se contenta de raffermir sa position en mettant une main sur sa cuisse, et de se protéger en portant ostensiblement l'autre sur la garde du poignard qu'il portait à sa taille. C'était une belle arme, nota-t-elle, à la garde ouvragée et ornée de pierres précieuses. Le fourreau était beaucoup plus sobre, voire miteux. Le contraste la choqua, puis la rendit encore plus méfiante. Elle scruta l'homme à travers ses paupières étrécies.

1. Des trois castes de la société viking, les *Jarls*, les *karls* et les *thralls*, ces derniers correspondent aux esclaves soit capturés lors des raids, soit bannis et ayant perdu leur liberté.

De près, maintenant que sa peur et sa douleur initiales s'étaient estompées, elle le trouvait moins terrifiant et encore plus intéressant. Sa minceur confinait à la maigreur, mais malgré sa sveltesse, accentuée par ses traits délicats, il émanait de lui une impression de force et de résilience. Elle se força à maintenir ses yeux à hauteur de ses pommettes, pour qu'il ne remarque pas qu'elle l'étudiait. Il était accroupi face à elle et semblait ménager son côté gauche, s'appuyant plus sur l'autre. Son dos lui dissimulait l'entrée de la grotte creusée dans la glace et son propre équipement – si tant est qu'il en eût. Peut-être avait-il tout perdu dans la tempête et ne l'avait-il secourue que dans le but de lui extorquer des vivres et du matériel. Il en serait pour ses frais. Elle avait failli mourir et elle avait besoin du peu de ses affaires qu'elle était parvenue à sauver pour parvenir à son but – Soroka, et la tribu des Bepslaane, dont Gustav était issu.

— Je m'appelle Asdan, comme je te l'ai déjà expliqué, reprit l'inconnu d'une voix apaisante. Je n'appartiens à aucun clan, aucune tribu, aucune famille. Je suis barde, ou plutôt *skald* comme vous dites, vous autres *wīcings*[1]. Je voyage de village en village, de pays en pays, pour rassembler des histoires et des légendes, et les raconter aux gens pour les distraire de leur vie rude... et gagner quelques sous qui me permettront de continuer mon périple.

— Et à part extorquer leurs dernières économies aux pauvres gens en échange de chansons et autres fariboles, que sais-tu faire d'utile ? contra Auðr avec un rictus arrogant. Et d'où viens-tu, Asdan qui n'a ni nom de famille, ni clan, ni tribu ?

Il esquissa un sourire moqueur.

— Je sais survivre dans cette contrée hostile, c'est déjà plus que toi, visiblement, ricana-t-il. Je sais faire d'innombrables choses, comme tu t'en apercevras si cette tempête, qui semble déterminée à s'éterniser, nous force à cohabiter. Je sais aussi sauver les jeunes filles en détresse, trouver des abris dans la

1. Terme de vieux norrois pour désigner les Vikings. Ce mot, avéré dès le VIIIe siècle, est certainement emprunté à une autre langue, puisqu'il signifie « pirates ». Les Vikings ne devaient donc pas se qualifier eux-mêmes de voleurs et maraudeurs.

glace, allumer un feu à partir de presque rien et soigner engelures et brûlures de neige. Et toi, qui es-tu, *skjaldmö* inconnue ?

Auðr pinça les lèvres. Elle ne pouvait rien répliquer à ce qu'il lui avait dit. Il lui avait sauvé la vie, il avait raison, mais, en dehors de ça, elle ignorait toujours tout de lui. Et elle ne comptait pas lui en révéler davantage.

— Je te l'ai dit, je suis une *skjaldmö*, rien de plus. Je vais moi aussi de village en village pour gagner ma vie. Je prête, ou plutôt je loue mon épée à ceux qui en ont besoin. Je défends les pauvres, je les protège des bannis, des maraudeurs, des pillards, je traque les loups et les ours. Lorsqu'on n'a plus besoin de moi et que ma bourse est remplie, je repars pour chercher un autre lieu.

L'homme – Asdan – hocha la tête et parut réfléchir.

— C'est curieux. Pour ce que j'en savais, les *skjaldmös* étaient vouées à la déesse Freyja et se consacraient à un chef, un *jarl* ou un roi, pour ne servir que lui jusqu'à la mort.

— Mais quand le *jarl* ou le roi ne veut plus de sa *skjaldmö*, celle-ci n'a d'autre choix que de partir, marmonna Auðr.

Ce n'était pas réellement un mensonge : elle avait voué sa vie à Ansgar et celui-ci l'avait rejetée. Depuis, son cœur et son âme n'appartenaient plus à personne et elle était comme un navire en perdition, cherchant un but sans fin.

Cette fois, Asdan parut la croire. Il hocha la tête, l'air pensif, et laissa son regard errer autour d'eux.

— Où sommes-nous ? s'enquit Auðr pour combler le silence.

Il reporta son attention sur elle.

— Nous sommes à quelques lieues du village de Sumskii, qui n'est lui-même qu'à une quinzaine de lieues de Soroka. C'est bien là que tu allais, non ?

Auðr fronça les sourcils.

— Qu'est-ce qui te fait dire ça ?

Asdan haussa les épaules.

— J'ai ôté tes vêtements trempés et glacés, pour t'éviter de geler à mort. Il y avait un parchemin dans l'une des épaisseurs, écrit, si j'en crois mes souvenirs de runes, par un certain *jarl* Gustav, qui dirige une colonie plus au sud. Il t'a rédigé un sauf-conduit pour que l'on te porte assistance afin de parvenir à Soroka pour que tu y négocies des traités commerciaux avec les Vepses et les Samis qui y seront de passage. J'ai raison ?

Auðr sentit son sang bouillir.

— Tu as fouillé dans mes affaires ? Tu m'as déshabillée, dépouillée, espionnée ?

— Je t'ai sauvé la vie ! protesta Asdan en levant les mains en l'air d'un geste outré.

Auðr le vit crisper les muscles comme s'il s'apprêtait à se lever, mais elle ne lui en laissa pas le temps. De ses jambes entravées, elle faucha les siennes pour le déséquilibrer et lui saisit le coude pour le faire basculer sur elle. Ses doigts effleurèrent la garde du poignard qu'il portait, et elle serra le poing dessus, profitant de son mouvement pour le faire culbuter et passer au-dessus de lui. Même ligotée, il ne lui fut pas difficile de le renverser et de s'installer sur lui, l'immobilisant sous son poids tout en plaquant la lame de son poignard sur son cou de ses mains jointes. Troussée comme elle l'était, il lui était impossible de l'empêcher de bouger mains et pieds, mais elle savait qu'il comprendrait vite qu'au moindre mouvement elle lui trancherait la gorge. Même s'il la prenait de vitesse – ce qui était fort peu probable –, son poids en mourant s'appesantirait sur lui et sa main appuierait sur le couteau et le tuerait.

Il était à sa merci, comme elle l'avait été.

Elle esquissa un rictus prédateur.

— Si tu n'es qu'un conteur itinérant, pourquoi m'avoir fouillée et ligotée ? Que veux-tu réellement ? gronda-t-elle de sa voix rauque.

À sa plus grande surprise, l'homme sous elle émit un rire bas qui le fit tressauter. À présent qu'ils s'étaient rapprochés, elle sentait que, sous son apparence frêle, il était bien plus musclé qu'il n'y paraissait, tout en force nerveuse et membres secs. Elle se demanda à quoi il ressemblait sous ses fourrures.

— Je suis... exactement ce que je t'ai dit que j'étais. Je ne te cache pas plus de choses que tu ne m'en caches, *skjaldmö* itinérante. Si je t'ai fouillée, c'est pour t'enlever ces vêtements glacés qui allaient te faire attraper la mort. Si j'ai lu cette lettre, c'était pour savoir à qui annoncer ton décès si tu ne survivais pas. Si je t'ai sauvée, c'est parce que la vie est précieuse et que je refuse de laisser quiconque mourir quand je peux l'éviter. Certaines religions disent d'aimer son prochain comme soi-même.

Auðr émit un rire rauque.

— En plus d'être un menteur, un voleur et un banni, tu es chrétien ?

Elle cracha au sol.

— Je ne suis ni un banni ni rien de ce que tu prétends, s'exclama-t-il avec un dégoût qu'elle s'étonna de sentir si virulent. Je n'ai jamais volé qui que ce soit ni tué personne sans raison. Je n'aime pas mentir, à part pour embellir une histoire.

— Tu ne nies pas être chrétien ? insista-t-elle.

— Je pourrais être pire, chuchota-t-il. Mais non, je ne suis pas chrétien. J'ai beaucoup voyagé et vu beaucoup de choses. Pour te dire la vérité, je ne sais plus en quoi je crois. Les innombrables dieux des Danois ne me semblent pas plus crédibles que le dieu unique venu de l'est. Peut-être les croyances animistes des tribus samies me paraissent-elles plus logiques, plus... fondées. La nature est à la fois bonne, cruelle et juste. Les esprits des animaux sont purs, innocents, honnêtes. Cela ne me déplairait pas de croire en eux.

Surprise par une telle profession de foi, Auðr relâcha sa garde. Son poignard se détendit et s'écarta de la gorge de sa proie.

— Pourquoi m'as-tu sauvée ? souffla-t-elle, désarmée par sa sincérité.

— Je te l'ai dit : parce que je refuse de sacrifier inutilement une vie. Je t'ai trouvée par hasard et je ne pouvais pas te laisser périr de la sorte, pas alors que je savais qu'il y avait une grotte à proximité, et qu'il me suffisait d'en déboucher l'entrée. Le plus dur a été de t'y traîner et de creuser la couche de glace qui en obstruait l'accès. Cela m'a pris un long moment, et j'ose t'avouer que j'ai failli renoncer. Mais nous serions morts tous les deux. Alors je me suis acharné. J'ai emprunté ta hache, celle qui était dans ton dos, et je m'en suis servi pour découper des blocs de glace. Ensuite, je t'ai portée à l'intérieur, j'ai allumé un feu, je t'ai déshabillée et j'ai frotté tes membres jusqu'à ce qu'ils cessent d'être raides et bleus. Puis j'ai préparé un bouillon avec les lamelles de viande séchée que tu avais dans ta sacoche et je t'ai fait boire le plus possible de cette soupe pour aider ton corps à reprendre des forces. Depuis, j'attends.

Auðr hocha la tête.

— Pourquoi m'avoir ligotée ?

— Tu te débattais. Tu ne cessais de te griffer, de chercher à te déchirer la gorge, de t'arracher les yeux. Je ne voulais pas que tu te blesses, alors je t'ai attachée. J'espère que je ne t'ai pas fait mal.

Auðr détourna la tête devant son regard interrogateur. Curieusement, alors qu'il était à sa merci, c'était elle qui était mal à l'aise et se sentait vulnérable. Pourtant, il n'en profita pas. Il demeurait sous elle, sans chercher à lui échapper.

— Qu'as-tu vécu qui te trouble à ce point, *skjaldmö* voyageuse ? Pourquoi cherches-tu autant à te faire du mal, y compris dans tes rêves ?

Elle haussa les épaules.

— Je ne cherche pas à me faire du mal, je devais faire un cauchemar. C'est fréquent chez les guerriers. Tous ceux qui ont traversé beaucoup de combats, beaucoup de guerres, ont leur lot de souvenirs douloureux. Ils nous hantent durant notre sommeil, et chaque nuit est peuplée de monstres et d'ennemis à combattre, issus de notre passé ou de notre imagination. Je devais affronter quelque démon.

Il haussa un sourcil.

— Tu as combattu beaucoup de démons dans ta vie ?

Elle esquissa un sourcil moqueur.

— Un certain nombre. Des maris infidèles, des amants inconstants, des hommes jaloux, des pères abusifs, des chefs tyranniques, des adversaires cruels. Ceux qui sont en vie continuent de me suivre, et ceux qui sont morts me hantent dans mes rêves.

Un silence lourd de sens les sépara. À côté d'Auðr, le feu crépitait doucement et sifflait chaque fois qu'un peu de neige fondue tombait dedans, émettant un peu de vapeur.

Puis elle fit un geste pour se dégager, mais il réagit aussitôt et elle se replaça sur lui pour l'empêcher de bouger. Sous elle, ses jambes étaient fortes, et elle appuya son bassin pour ne pas tomber. Comme il n'avait cessé de la scruter, elle se sentit rougir. Au contact de son entrejambe, elle sentit que le sien avait durci et elle comprit que la position l'excitait. Elle aurait dû se relever, le laisser faire de même. Soit c'était un ennemi à éliminer, soit ils étaient alliés le temps de la tempête et elle devait lui accorder une méfiance – toute relative, certes, mais réelle. Mais elle ne parvint pas à passer à l'acte. Elle était figée sur lui et baignait dans la sensation de son sexe contre le sien. C'était étrangement nouveau, rare. Cela faisait si longtemps que plus aucun homme ne l'avait désirée. Plus aucun depuis Ansgar, qui l'avait rejetée pour sa fauconnière varègue depuis si longtemps. Dès lors elle n'avait plus accueilli aucun homme dans sa couche et, à partir du moment où elle avait épousé Gustav, plus aucun homme n'avait osé lui faire part de son intérêt – si intérêt il y avait, bien sûr. Son visage défiguré devait autant les repousser que l'idée de se faire un ennemi du vieux *jarl* irascible.

Mais là, pour la première fois depuis une éternité, un homme la désirait, avec une évidence indéniable. Et, sans le souhaiter, elle ne pouvait s'empêcher d'y répondre. Elle se sentait chauffer, brûler de désir, d'une envie de glisser ses mains sous les vêtements pour découvrir la peau chaude et souple de cet homme qui avait envie d'elle. Elle voulait sentir un sexe masculin la pénétrer, la posséder, la faire crier. Elle avait envie de perdre toute idée de civilisation, toute retenue, et de s'abandonner à ce côté animal qui ne s'exprimait plus, depuis longtemps, que les armes à la main.

Sa main, d'ailleurs, tenait une arme qui lui paraissait étrangère. Elle raffermit ses doigts dessus, mais le contact lui parut inhospitalier, inamical. Elle voulait juste redevenir humaine, animale. Un instinct primitif la poussa à s'incliner, à se pencher vers cet homme qui, bien qu'à sa merci, la tenait sous l'emprise de son regard. Elle baissa le front, se courba vers lui, puis se figea.

L'idée qui l'avait traversée était folle, aussi dangereuse que bête. Cet Asdan pouvait l'attaquer, la blesser, l'agresser. Il pouvait reprendre le contrôle sur elle et renverser leurs rôles.

Et, surtout, il pouvait la rejeter. Et, ça, elle ne le supporterait pas. Pas une fois de plus.

Aussi elle se redressa, saisie d'un étrange regret.

Elle hésita un instant et, comme elle l'avait craint, Asdan en profita.

Il tendit une main vers elle et la glissa sur sa nuque pour l'empêcher de reculer davantage.

Ils s'immobilisèrent.

Auðr retint son souffle.

— Non, souffla-t-il. Non...

Puis il releva la tête et appliqua sa bouche sur la sienne.

Le temps se figea.

Auðr n'osait plus respirer, plus bouger, plus esquisser le moindre geste. Les lèvres d'Asdan sur les siennes étaient à la fois brûlantes et glacées, douces et fermes, déterminées sans être oppressives.

Après être entré en contact avec elle, il s'était immobilisé, comme pour la laisser décider de la suite des événements, et elle décida. Elle ouvrit la bouche pour laisser passer sa langue et la laissa fusionner avec la sienne. Leur baiser fut brûlant, intense, fort, possessif, agressif et ardent. Ce ne fut pas un combat, mais un échange entre égaux, entre belligérants consentants.

Puis Auðr reprit le contrôle.

Elle refusait de se retrouver à la merci une fois de plus d'un homme qui pourrait la dominer, la soumettre pour mieux la rejeter.

Elle arracha sa bouche à la sienne avec un cri désespéré et se releva, se heurtant au passage la tête au plafond de la grotte.

Elle s'accroupit de nouveau en marmonnant des jurons et se porta vers le recoin de l'abri où Asdan avait entreposé ses armes. Elle récupéra son poignard, qu'elle passa à sa ceinture, puis inspecta le reste : ses deux haches, son épée courte, sa pierre à aiguiser. Tout était là. Asdan ne l'avait pas détroussée.

— Je ne t'ai rien volé, confirma-t-il avec un rire amer, dans son dos.

Elle lui lança un regard en coin par-dessus son épaule et constata qu'il s'était accoudé sur le sol de la grotte et la contemplait avec un air mi-déçu, mi-appréciateur.

— Tu es grande, constata-t-il ensuite. Tu es grande, et la grotte est basse.

Auðr émit un rire moqueur. Oui, elle était grande. Plus grande que la plupart des hommes. Elle se demanda un instant si Asdan était plus grand qu'elle.

Mais ce n'était pas important. Dès que la tempête serait finie, leurs routes se sépareraient, et seul le hasard déciderait s'ils devaient se recroiser. En attendant, elle devait juste survivre à cette cohabitation sans y perdre trop de résolution ou de dignité. Elle ne voulait pas s'attacher une fois de plus à quelqu'un qui la décevrait ou la trahirait.

— Oui, je suis grande. Je suis grande, forte, courageuse et indépendante. Je n'ai besoin de rien ni de personne, lança-t-elle sans se tourner vers lui. Je te remercie de ton geste durant la tempête mais, dès que celle-ci s'achèvera, je repartirai. D'ici là, je te demanderai donc de respecter ma solitude et mon intimité. Je n'ai besoin ni de compagnie ni de chansons, et encore moins d'un beau parleur pour me charmer et me faire oublier toute prudence.

Elle avait craché ces mots avec le plus de hargne possible, mais, dans son dos, Asdan y répondit par un petit rire.

— Bien sûr, ô farouche guerrière indépendante et invaincue. Je ne te dérangerai ni ne te perturberai pas un instant. Consentiras-tu néanmoins à ce que nous partagions nos réserves de nourriture et nos repas ?

Elle leva les yeux au ciel.

— Bien sûr. Mais toute coopération entre nous s'arrête dès que le beau temps revient. As-tu des chiens ?

— Non. Je marche seul.

— Ça tombe bien, moi aussi, marmonna-t-elle.

L'idée qu'elle avait envisagée, un instant plus tôt, de profiter de la nuit pour disparaître avec les chiens qu'aurait eus Asdan disparut. Non, elle n'était pas une voleuse. Mais sa mission était plus importante que sa vie.

Tant pis. Ou tant mieux.

— Je vais faire fondre de la neige pour préparer un bouillon, reprit-elle. Nous devons manger, et j'ai des racines en plus des lamelles de viande.

5

Auðr

— Non, mais qu'est-ce que tu fais ?

Le son qui irritait tant Auðr depuis une heure s'interrompit aussitôt. Asdan lui jeta un coup d'œil surpris par-dessus l'espèce de luth à tablette qu'il tenait dans ses mains.

Il haussa un sourcil interrogateur.

— Je vérifie l'état de mes instruments.

Elle fit une grimace maussade.

— Merci, j'avais bien remarqué, cela produit des sons atroces. Tu es vraiment sûr que tu es *skald* ?

Puis elle secoua la tête.

— Non, je te demandais ce que tu faisais, là, avec ta bouche. Ces bruits.

Il éclata d'un rire moqueur.

— Je ne sais pas, j'étais concentré sur mon *jouhikko*[1]. Son bois a beau être très dur, il est aussi très peu résistant, et les variations brusques de température pourraient le fissurer ou en détruire la musicalité. J'y tiens beaucoup.

— Pourquoi tiens-tu autant à un instrument dont le bois est si fragile ?

— Son timbre est exceptionnel.

1. Le *jouhikko* est un instrument originaire de Carélie qui comporte une caisse de bois évidée et bombée, une table plate et trois cordes de crin. On en joue avec un archet.

Auðr afficha une mine sceptique.

— Ce n'est qu'un instrument. N'importe quel luthier pourra le réparer ou t'en vendre un autre, plus solide et plus beau. Pourquoi y tiens-tu autant ?

Asdan poussa un soupir agacé.

— Il a une histoire. Il est irremplaçable.

— Tu me racontes ?

Auðr se surprit elle-même en posant cette question. À la base, elle avait juste souhaité interrompre Asdan, qui fredonnait en accordant son instrument mais, à présent qu'elle voyait que son compagnon d'infortune rechignait tant à se séparer de cet objet qu'à lui en parler, elle voulait savoir.

— Pourquoi le ferais-je ? marmonna Asdan d'une voix maussade. Depuis trois jours que nous sommes piégés dans cette grotte, tu repousses toutes mes avances, tu éludes toutes mes questions, tu rejettes toute tentative de rapprochement. Pourquoi te dirais-je quoi que ce soit sur moi alors que tu ne veux rien me dire de personnel sur toi ?

Auðr poussa un soupir agacé. Il avait raison. Mais sa curiosité était plus forte et, surtout, elle s'ennuyait. C'était peut-être d'ailleurs ce qui la rendait aussi irritable.

— On peut passer un marché, si tu veux. Une question pour toi, une question pour moi. Rien de trop intime ou personnel, mais un échange d'informations pour passer le temps. Et hors de question de mentir ou de raconter des sagas pour duper l'autre. Qu'en penses-tu ?

Il hocha la tête.

— Je suis d'accord.

— Je commence alors, annonça-t-elle aussitôt. Que chantais-tu ?

Il leva sur elle des yeux clairs. Dans la lueur changeante du feu qui brûlait en permanence, tout bas, son regard était presque transparent. Et surtout trop perspicace. Elle détourna la tête. Dehors, le vent continuait de hurler et la neige crépitait sur le dessus de leur abri malgré la couche épaisse qui le recouvrait déjà. Auðr commençait à craindre qu'ils ne soient ensevelis trop profondément et ne puissent sortir de leur grotte lorsque le temps serait calmé. Si la couche blanche durcissait trop, il leur serait difficile de se frayer un passage et ils risquaient de périr ainsi, de faim et de soif, enterrés vivants. Elle frissonna à cette idée.

— Juste des chansons traditionnelles caréliennes. La mythologie orale de mon pays est riche et variée, et j'aime la transmettre. Je la connais depuis mon plus jeune âge.

— De quoi ça parle ?

— Du barde Väinämöinen, fils de la déesse Ilmatar et de la mer. Väinämöinen vit de nombreuses aventures, épouse la fille de Pohjola et envoie le forgeron Ilmarinen forger un objet magique, le Sampo, qui doit apporter la fortune à ceux qui l'utilisent.

Intriguée malgré elle, Auðr inclina la tête sur le côté. Cette histoire lui rappelait les sagas des *skalds*, mêlant héros du passé, hauts faits des dieux d'Ásgarðr et mythes.

— Et alors, à la fin ? Väinämöinen épouse sa promise, sauve le monde et règne jusqu'au dernier jour ?

Asdan émit un petit rire amer.

— Non. Sa fiancée meurt, l'instrument magique qu'il avait fabriqué est détruit, et Väinämöinen finit par partir vers l'horizon avec son bateau.

— C'est triste.

— Non, c'est la vie. Le Sampo, l'instrument qu'il avait fabriqué, sombre dans les flots, mais un de ses fragments s'échoue sur le rivage et apporte la paix et la prospérité aux humains. Väinämöinen est un barde extraordinaire, qui joue si bien du *kantele*[1] que nul ne peut réprimer ses larmes en l'entendant, et son enfant devint le premier roi de Carélie.

Auðr esquissa une moue sceptique.

— Ces contes et légendes se ressemblent tous. Pourquoi chantais-tu cela en particulier ?

— Je ne sais pas. Comme je te le disais, j'ai appris ces chansons avant même de savoir marcher. Je dois les fredonner machinalement dès que j'ai l'esprit ailleurs.

1. Le *kantele* est un instrument à cordes pincées que l'on trouve en Finlande et en Carélie. Traditionnellement, il est doté de cinq cordes, mais les modèles récents peuvent en comporter entre 5 et 50, le faisant davantage ressembler au *koto* japonais. Il est très proche à l'origine du *jouhikko*.

— Et à quoi pensais-tu, alors ?

— À toi.

— À moi ? s'étonna-t-elle.

— Oui. Tu me fais penser à Louhi.

— Et qui est Louhi ?

— L'ennemie de Väinämöinen. Elle est à la fois la sorcière des glaces et la reine du Pohjola. C'est elle qui veut s'approprier le Sampo.

Auðr plissa les lèvres.

— Je suis donc une sorcière..., marmonna-t-elle.

— Louhi est une adversaire de taille pour Väinämöinen, mais tout ce qu'elle souhaite, c'est récupérer un objet qui assurera la prospérité à son pays. Elle peut changer de forme à volonté et lancer de puissants enchantements. Elle met les héros à l'épreuve pour qu'ils prouvent leur valeur. Elle est forte, courageuse, intègre, à la fois puissante et protectrice.

Flattée malgré elle, Auðr détourna la tête pour ne pas laisser transparaître la rougeur qui s'emparait de son visage.

— J'aimerais bien changer de forme.

— Tu ne devrais pas. J'aime bien ta forme, chuchota Asdan à sa grande surprise.

Auðr retroussa les lèvres en une grimace féroce et tourna, cette fois volontairement, la tête vers lui, laissant les flammes basses illuminer ses traits.

— Regarde-moi, Asdan le *skald*. Regarde-moi bien, et imagine ce que doit être la vie d'une femme avec un visage tel que le mien.

Il posa les yeux sur elle et la scruta longuement, en parcourant ses traits avec attention. Sous son insistance, Auðr s'empourpra davantage, mais se força à ne pas se dérober. Elle en avait fini avec les masques, se rappela-t-elle.

— Je te vois, Auðr, reprit-il après un long silence. Et je maintiens ce que je dis. J'aime bien ton visage. Tu es belle, combative et courageuse. Tu n'as pas de quoi rougir.

— Tu es un barde, tu sais manier les mots et dire aux gens ce qu'ils veulent entendre. Mais je ne suis pas imbécile ou inculte, je sais ce que je suis et je comprends le message implicite dans chaque regard. Je suis laide. Défigurée. Mutilée.

— Je ne trouve pas, chuchota-t-il en posant avec soin son *jouhikko* sur ses fourrures avant de se mettre à genoux pour se rapprocher d'elle.

Elle recula d'instinct et ne s'arrêta que lorsque la paroi de glace dans son dos l'empêcha de continuer. Asdan, lui, poursuivit son chemin et se tint face à elle, s'insinuant entre ses jambes jusqu'à la dominer de toute sa taille. Il était plus grand qu'elle et, bien que plus fin en stature, assez imposant malgré tout pour qu'elle perçoive toute sa virilité l'oppresser.

— Je te trouve très belle, moi.

— Je l'étais peut-être avant, mais je ne le suis plus.

— Je ne te connaissais pas avant, alors je ne peux en juger. Mais je te connais maintenant et je pense ce que je dis. Tu es belle et tu me plais, Auðr la guerrière.

Elle inspira brusquement, étouffée par sa proximité, et posa une main sur son torse pour le repousser.

— Écarte-toi, tu m'écrases, protesta-t-elle faiblement. Je n'aime pas que l'on envahisse mon intimité.

Elle se déroba en passant sous son coude et, une fois à distance plus sûre, reprit son interrogatoire.

— Tu ne m'as pas dit pourquoi tu tenais à cet instrument en particulier. Chez nous, les *skalds* jouent de plusieurs instruments. N'en as-tu qu'un seul ?

Il émit un petit rire et, sans se rapprocher d'elle, pivota pour lui faire face.

— Non. J'ai ce *jouhikko*, mais je possède aussi une flûte, un *skalmeden*[1] et une lyre, ainsi que des clochettes, des tambourins et une guimbarde, qui me permet de distraire les gens lorsqu'ils veulent danser et non écouter des chansons. Mais je crois que c'est à mon tour de te questionner. Tu m'avais promis une question chacun, et je ne cesse de répondre aux tiennes.

Avec réticence, Auðr dut admettre qu'il avait raison. Elle avait poussé son avantage au maximum.

— Alors, dis-moi, de quel instrument joues-tu, toi ?

1. Un vestige de cet instrument inconnu a été découvert lors de fouilles au Danemark. Cet instrument devait ressembler à une cornemuse ou à un hautbois.

Elle éclata d'un ricanement amer.

— Mon instrument favori est la hache, de préférence la hache double à deux mains, avec laquelle je peux faucher mes ennemis, les décapiter de près ou les égorger à distance en la lançant. Je sais aussi jouer de l'épée, du poignard, de l'arc et de la lance. Et bien sûr, comme je suis une *skjaldmö*, je sais utiliser un bouclier.

— Ce sont des instruments dont le chant ne me plairait guère, moi qui n'aime pas ôter la vie.

Auðr leva les yeux au ciel.

— Ce sont à cause de gens comme toi qu'il faut des gens comme moi. Vous refusez de vous battre, et votre hypocrisie nous force à le faire pour vous. Je n'aime pas tuer, moi non plus, mais j'y suis bien obligée.

— Pourquoi ?

— Parce que…

Comment lui dire ? Comment dire qu'autrefois elle avait aspiré à un homme, une famille, un foyer, la liberté de faire ses propres choix et la sérénité, et que le meilleur moyen pour y parvenir lui avait semblé d'emprunter la voie de la *skjaldmö*, en utilisant le seul don qu'elle possédait : celui des armes. Mais que, finalement, les armes ne lui avaient apporté qu'un pouvoir dérisoire, celui de tuer, et qu'elle avait perdu le peu de choses qu'elle avait : sa beauté, sa fierté. Et son amant. Celui qu'elle avait espéré.

En chemin, elle avait aussi perdu tout espoir qu'un homme veuille un jour d'elle. C'était pour cela que les chansons parlant d'amour, de famille et de filiation ne faisaient que l'horripiler davantage. Elles lui rappelaient tout ce qu'elle avait perdu, et tout ce à quoi elle avait dû renoncer avant même d'avoir réalisé qu'elle le voulait.

Et son regard… Ce regard insistant, sagace et compréhensif, la désarmait en même temps qu'il lui donnait l'impression de lire en elle à cœur ouvert. Elle s'en agaçait et finit par se détourner avec un geste énervé.

— Cet endroit me tape sur les nerfs, marmonna-t-elle en faisant les cent pas dans leur petit abri. Que pourrions-nous faire pour nous changer les idées ? Nous allons finir par nous étriper, à rester ici sans pouvoir mettre le nez dehors.

Depuis trois jours qu'ils étaient enfermés à subir le hurlement incessant de la tempête, Auðr avait eu tout le loisir d'inspecter leur petit refuge.

La grotte de glace ressemblait à l'idée qu'elle se faisait des habitations samies telles que les lui avait décrites Gustav : des trous creusés dans la glace, sous l'épaisseur de neige, accessibles par des escaliers raides et dont les parois blanches étaient parsemées de cavités et de renfoncements pour y ranger divers objets. C'était exactement ça, en dehors du fait que Gustav lui avait précisé que ces demeures étaient étonnamment spacieuses pour des « trous dans la glace » et qu'une famille entière pouvait y loger sans souffrir de promiscuité. Ici, ni Asdan ni elle ne pouvait se tenir debout et, quand ils s'étendaient sur leurs fourrures, leurs têtes frôlaient une extrémité de la grotte tandis que leurs pieds n'étaient qu'à quelques pouces de la paroi en face.

Auðr, habituée aux grands espaces, terrestres ou marins, enrageait d'être cantonnée à cette exiguïté.

— J'aurais bien une activité pour te distraire..., proposa soudain Asdan, l'arrachant à sa morosité.

Elle lui jeta un regard peu amène.

— Après les compliments sur mon physique, tu tentes une approche plus frontale ? Es-tu tellement en manque de femmes que même ma compagnie te semblerait acceptable ? lança-t-elle avec mépris.

Il gloussa.

— Les compliments étaient sincères, je te l'ai déjà dit. Enjoliver la vérité est mon travail, pas ma nature. Et il ne serait guère malin de ma part de me faire une ennemie de la femme avec qui je dois cohabiter. Mais ta compagnie, avec ou sans vêtements, me ravirait en toutes circonstances, y compris dans une halle emplie de Walkyries dénudées.

— Dans pas longtemps, c'est de ma hache que tu vas te faire une ennemie, gronda Auðr.

— Ce serait fort déplaisant, pour moi comme pour toi, qui

serais ensuite forcée de dormir dans des fourrures imbibées de mon sang. Mais je ne te proposais pas ce à quoi tu penses.

— Alors quoi ?

Il se leva d'un mouvement gracieux et, avec un geste ostentatoire, lui présenta une branchette claire.

Elle haussa un sourcil.

— Veux-tu que je t'apprenne comment allumer du feu ?

— Ce n'est pas du bois, regarde mieux.

Étonnée, elle prit le bâtonnet et l'inspecta de plus près. Elle remarqua aussitôt sa texture lisse et son côté poreux. Ce n'était en effet pas du bois mais de l'os. Un bel os, certainement un tibia de caribou ou d'élan vu la taille.

— En effet, ce n'est pas du bois. Et que suis-je censée en faire ?

— Une flûte.

— Je ne sais ni fabriquer de flûte ni en jouer, et je n'en aurai pas l'usage, à part pour la revendre.

Elle lui rendit son os.

— La tempête semble déterminée à durer encore quelques jours. Je te propose d'apprendre à la sculpter, puis à en tirer des sons plus agréables que ceux que je produisais tout à l'heure, puisque le fait que j'accorde mon *jouhikko* ne te sied guère.

Elle y réfléchit quelques instants. L'idée ne l'avait jamais effleurée d'apprendre à se servir d'un quelconque instrument mais, après tout, qu'avait-elle de mieux à faire ? À force de les aiguiser, ses lames étaient plus tranchantes que lorsqu'elles avaient été forgées, ses cheveux avaient été tressés des myriades de fois, elle ne pouvait ni sortir chasser ni aller ramasser du bois, et elle n'avait pas de matériel pour tanner du cuir, fabriquer une cotte de mailles ou des flèches. Donc, finalement, une flûte...

Elle hocha la tête.

— J'espère que tu ne t'attends pas à faire de moi une *skald*, tu as dû remarquer que ma voix n'était pas des plus mélodieuses, le prévint-elle néanmoins.

— Je trouve au contraire que ton timbre rauque et sensuel donnerait de l'âme à n'importe quelle chanson, mais tu n'es pas prête à l'admettre. La flûte est un bon début, puisqu'elle te permettra de te familiariser avec la musique sans pour autant partager quelque chose d'aussi intime que ta voix.

Elle admit que sa réflexion était assez pertinente et s'assit en tailleur face aux braises. Ils avaient décidé d'un commun accord de ne plus allumer le feu en permanence mais uniquement le soir et la nuit, quand les températures étaient au plus bas. Ils se contentaient d'enfiler une épaisseur supplémentaire de fourrure pendant la journée tandis que leur chaleur corporelle, emmagasinée dans cet espace restreint, maintenait des conditions acceptables. Aussi, seules les quelques lueurs orangées, répercutées par les parois blanches, éclairaient la salle, accentuées par les endroits du plafond où la neige, en couche plus fine, laissait encore transparaître un peu de jour. Asdan lui avait dit que, lorsque la tempête cesserait, le soleil brillerait de nouveau et leur abri étincellerait des rayons transmis et augmentés par la réverbération de la neige. Leur grotte s'illuminerait comme un diamant, signalant la fin de leur emprisonnement.

— Que veux-tu que je fasse ? finit-elle par demander, en le voyant s'installer en face d'elle et l'observer sans mot dire.

— Ressens l'os. Éprouve sa texture, sa légèreté, son chant. Écoute ce qu'il te dit. Il est déjà creux, tu n'as qu'à tailler l'embouchure et les trous pour les doigts. Pour le reste, c'est lui qui t'indiquera comment le sculpter pour qu'il prenne vie.

Auðr hocha la tête comme si elle avait compris – mais en fait, ce n'était pas le cas. Le seul chant qu'elle connaissait était celui des armes et de la mort. Les os, pour elle, n'étaient que les ultimes vestiges de ses ennemis, ceux dont le chant s'était déjà arrêté. Ils n'avaient rien à lui dire.

Mais pour passer le temps et ne pas donner à Asdan l'impression qu'elle se moquait de ses conseils, elle lui obéit. Après tout, Thor seul savait combien de temps encore ils devraient cohabiter dans cet espace confiné. Elle reprit le tibia entre ses mains et fit courir ses doigts dessus. Le matériau était à la fois lisse et dur, presque ligneux comme un tronc de bouleau, et étonnamment léger.

Elle consulta Asdan du regard.

— Cela me rappelle les bois d'un cerf, en moins velouté.

Il hocha la tête d'un air satisfait.

— C'est vrai, j'y ai pensé aussi en le touchant. Regarde...

Il lui tendit son *jouhikko*, qu'il avait repris, et l'invita à le soupeser. Elle le manipula avec précaution, s'étonnant de la façon dont son bois était comme torturé : les fibres sinuaient avec autant de circonvolutions que les méandres d'une rivière, les mouchetures qui le marquaient témoignaient d'une vie et d'une forme étrange, et il était aussi souple que dur. Malgré les encoches qui marquaient sa surface et le polissage soigneux dont il avait été l'objet, l'instrument semblait vivre, respirer, comme si son bois était prêt à reprendre sa vie d'avant et à croître, à faire pousser des bourgeons et des feuilles. Il présentait une coloration à la fois claire et dorée, presque comme une peau, mais se voyait marbré de mouchetures telles qu'Auðr n'en avait jamais vu, et qui rappelaient les ocelles du lynx boréal, dont Ingmar, l'oncle de la *skjaldmö*, avait fait son emblème.

À une époque, il avait même reçu cet animal en cadeau - un paysan ayant tué la mère, il avait récupéré son petit et l'avait offert à son *jarl*. Auðr, alors petite, s'était entichée de cette petite femelle pas beaucoup plus grosse qu'un chat adulte et l'avait nommée Ketta. En grandissant, le fauve avait largement dépassé la taille du félin domestique, et Ingmar avait alors interdit à sa pupille de le fréquenter et accroché l'animal avec une chaîne au centre de sa halle, pour impressionner ses visiteurs. Mais c'était compter sans l'obstination et la détermination de la fillette qui, chaque nuit, se sauvait de sa chambre pour venir se réfugier entre les pattes du grand chat, jusqu'à s'endormir contre son ventre chaud, le nez plongé dans son pelage au poil dense et hirsute, un peu rêche. Sa nourrice Ilanit avait eu beau s'affoler et menacer de rapporter ses méfaits à son oncle, Auðr n'en avait eu cure, jusqu'à ce que tous abandonnent et s'habituent à voir une enfant déambuler avec un lynx adulte. Le jour où Ketta avait été abattue par Ingmar, pour avoir attaqué un *jarl* en visite diplomatique, Auðr avait pleuré pendant des jours.

Elle chassa ses souvenirs douloureux de ses pensées.

— Je n'ai jamais vu un bois pareil, commenta-t-elle d'un ton prudent.

Asdan sourit comme s'il était fier de sa remarque.

— Tu en verras bientôt, quand nous serons parvenus à notre but. C'est du bouleau de Carélie. Il est réputé pour sa robustesse, ses rainures et ses inclusions sombres qui le font ressembler à du marbre. Ce sont les vents forts et la neige abondante qui lui donnent sa forme tortueuse et le rendent aussi filamenteux. C'est une plaie à sculpter, mais le résultat en vaut la peine.

Auðr réprima un sourire en voyant le jeune homme si enthousiaste. Elle se rappelait avoir affiché la même passion pour sa première hache, son premier bouclier et sa première broigne. Soudain, il lui sembla retourner plusieurs années en arrière, quand elle était encore si jeune qu'elle s'émerveillait de tout et de rien. Ce temps-là était si lointain, elle avait tant vécu.

Sans réfléchir, elle leva les yeux et considéra Asdan. Il lui semblait être du même âge qu'elle, en tout cas pas plus de vingt-cinq ou vingt-sept ans, mais sa peau lisse et son regard pétillant lui conféraient une innocence et une gaieté, qui l'avaient désertée à force de batailles, de pertes et de blessures – dont certaines ne se voyaient pas autant que celles de son visage.

Repenser à ses marques lui fit se remémorer que son interlocuteur devait les voir en permanence, et elle baissa la tête en hâte. Quand elle s'était éveillée, la douleur et la désorientation avaient été telles qu'elle n'avait pas pensé à dissimuler ses traits et, depuis, elle n'y avait plus songé. Mais Asdan devait subir sa défiguration au quotidien. Cela devait le dégoûter, l'horrifier. Qui aurait voulu contempler cette horreur des jours entiers, surtout un *skald* accoutumé à l'art et à la beauté ? Et même si cela ne le gênait pas, il devait s'interroger sur l'origine de ses blessures et la prendre en pitié, et c'était encore pire.

Affichant un air désinvolte, elle lui rendit son instrument et, tenant d'une main le tibia qu'il lui avait confié, fit mine de fouiller dans son sac d'affaires en quête d'un petit couteau. Asdan l'avait laissé à sa place, considérant sans doute qu'elle ne pourrait lui faire grand mal avec cette lame qui n'était pas plus longue que son majeur. Il avait tort, même à mains nues, elle aurait pu le tuer, et ce couteau à manger lui suffirait largement pour l'aveugler, l'égorger ou lui trancher une artère vitale. Mais ce n'était pas son but. Quand ses doigts trouvèrent le manche doublé de cuir martelé, elle fouilla un peu plus loin jusqu'à dénicher ce qu'elle cherchait et, d'un mouvement fluide, tira le masque de peau souple du bagage pour le placer directement sur son visage. Elle posa l'os et leva les bras pour fixer les lanières qui pendaient de chaque côté de sa tête derrière son crâne et, enfin, releva les yeux.

Un lourd silence s'ensuivit.

Auðr continua à fourrager dans ses affaires puis, ne sachant comment dissimuler sa gêne, reprit son couteau en main et son tibia pour commencer à le sculpter.

Asdan ne parlait toujours pas.

Elle n'osait pas lever les yeux.

Le tibia était creux, comme il le lui avait annoncé mais, ne sachant pas comment façonner le sifflet, elle se mit à tracer des motifs en spirale le long du corps de ce qui serait l'instrument, tout en évitant les zones où elle savait qu'elle devrait creuser les trous pour ses doigts. Elle dessina plusieurs cercles successifs à un bout du corps puis, inspirée par un relief qui devait correspondre à l'emplacement d'une ancienne veine, en profita pour esquisser la forme d'un long serpent qui ondulait.

Elle réprima un sourire. Représenter Níðhöggr était mal vu dans son peuple. Le serpent caché sous Yggdrasil était aussi honni que Loki et Hel, et le dessiner, voire le mentionner, était censé porter malheur. Mais elle avait déjà vécu le pire et survécu, il ne pouvait plus rien lui arriver. Aussi continua-t-elle son motif, ajoutant des ailes à l'animal féroce, qui s'enroulèrent autour du tibia, puis un écureuil, pour montrer Ratatosk[1] en train de transmettre les messages de Veðrfölnir[2] au serpent dévoreur.

Enfin, quand elle eut fini, elle contempla son œuvre d'un air

1. Dans la mythologie scandinave, Ratatosk est un écureuil dont le nom signifie « dent de forêt ». Son rôle est d'entretenir la haine entre le serpent dans les racines d'Yggdrasil et l'oiseau dans ses branches.

2. Veðrfölnir est un aigle vivant au sommet d'Yggdrasil et dont la vue perçante lui permet de surveiller les neuf mondes. Dans certaines sagas, il est également appelé Hraesvelg.

outrancièrement satisfait. Asdan n'avait toujours rien dit. Elle força son expression convaincue et corrigea quelques défauts sur l'os. Níðhöggr n'avait pas d'œil ni de crocs, Ratatosk avait les pattes trop courtes et le museau chafouin, mais elle était contente du résultat.

Enfin, elle leva un regard qu'elle espérait indifférent sur Asdan… et le baissa aussitôt.

Le *skald* la fixait. Non, il la scrutait ouvertement, comme s'il ne l'avait pas vue sans masque depuis plusieurs jours. Il affichait une mine qu'elle ne parvenait pas à interpréter, ni de commisération ni de dégoût. Elle finit par conclure que ses traits exprimaient un mélange de déception et d'offense. Pourquoi ?

Elle haussa son sourcil libre et l'interpella.

— Alors, tu me montres comment finir cette flûte ou dois-je attendre le dégel pour aller chercher un vrai barde ?

Asdan attendit si longtemps qu'elle se demanda s'il allait lui répondre. Enfin, il poussa un soupir.

— Je vais faire mieux que ça : je vais te confier ma propre flûte, pour que tu puisses regarder toi-même à quoi ressemble un sifflet et que tu le reproduises. Ce n'est pas très compliqué, tu es très douée avec ce couteau.

Elle émit un grognement de dérision.

— Je suis une *skjaldmö*. Heureusement que je suis douée avec une arme, je ferais une piètre guerrière sinon.

— Utiliser une lame pour créer la mort n'a rien à voir avec utiliser une lame pour créer la beauté. Je dis juste que tu es douée de tes mains. Sais-tu faire d'autres choses avec ?

Elle éclata d'un rire amer.

— Si je n'étais pas au fait de ma laideur, je pourrais presque croire que tu me fais des avances ! lança-t-elle. Fais attention à ce que tu dis. D'autres *skjaldmös* ayant subi des blessures pourraient croire que tu te moques d'elles et s'offenser de tes paroles. Toutes n'ont pas ma patience.

Enfin, il releva les yeux vers elle.

— Je ne me moquais pas de toi, et tu le sais très bien. Pas plus que je ne te fais des avances, car je me doute que tu les refuserais, et c'est bien dommage. Pourquoi cherches-tu à te disputer avec moi alors que je voulais simplement te faire un compliment ?

Gênée, elle haussa les épaules. Il avait raison. Elle avait parfaitement compris qu'il ne cherchait ni à la blesser ni à la mettre dans sa couche, et elle avait juste cherché à le provoquer. Peut-être pour cacher le fait qu'elle s'attendait à ce qu'il parle de son visage ou de son masque et qu'elle préférait déclencher une querelle elle-même pour un prétexte de son choix plutôt que de subir une humiliation de plus sans même pouvoir en contrôler l'origine.

— Compliment noté, alors : je sais me servir de mes mains et d'un couteau pour faire autre chose que tuer. Ce n'est pas un exploit. Nous autres *skjaldmös* sommes entraînées à utiliser de nombreuses armes et à être autonomes. Je sais me servir d'un couteau pour tuer, mutiler et torturer, mais aussi pour achever une proie, dépecer une bête, tailler des branches, couper des légumes, débiter du bois, et tout ce qui pourrait être utile.

Asdan hocha la tête d'un air pensif.

— Je comprends. Je le savais, j'ai déjà croisé plusieurs *skjaldmös*, même si je n'ai pas eu l'occasion de les fréquenter de près comme toi. Néanmoins je me pose une question…

Auðr l'invita d'un signe à poursuivre.

— Pourquoi parles-tu de blessures reçues au combat alors qu'il me semble évident que ces marques que tu viens de cacher n'ont pas été infligées par une main humaine mais par les griffes d'un animal, ou les serres d'un rapace ? Est-ce la façon dont tu les as reçues qui te pose un problème ?

Auðr sentit une vague de fureur la submerger. Jamais elle n'avait éprouvé une telle colère. Cette question était… d'une insolence percutante. Elle ne s'était pas attendue à une telle franchise, à une question aussi crue, encore moins de la part d'Asdan, ce *skald* mince et désarmé qu'elle aurait pu briser comme un fétu de paille. Comment osait-il l'interroger ainsi, la mettre face à sa honte, à son humiliation ? Elle crut avoir été plongée dans un bain d'huile bouillante tant, d'un seul coup, une bouffée de chaleur la traversa, si cuisante qu'elle dut desserrer le col de sa tunique pour pouvoir respirer. Ses doigts se crispèrent sur l'os qu'elle tenait encore, si fort que ses jointures en devinrent blanches, et quand elle entendit le tibia grincer, elle dut se forcer à relâcher sa prise de peur de briser son futur instrument. Elle imagina les doigts d'Asdan à la place et envisagea de prendre sa main pour la broyer, lui faire mal comme il venait de lui faire mal, ou son poignet. Avec les os fragiles de son articulation écrasés, il ne pourrait plus jouer de musique. Il serait aussi inutile et sans valeur qu'elle, et ce serait bien fait pour lui. Cela lui apprendrait.

Puis, soudain, tous ses sentiments haineux la quittèrent. Pourquoi s'offenser d'une simple question ? Il avait raison.

D'habitude, les gens faisaient semblant de la croire quand elle disait avoir reçu ses blessures au combat, soit parce qu'ils avaient peur d'elle et de ce qu'elle leur ferait si elle s'offensait de leurs paroles, soit parce qu'ils ignoraient tout des différentes formes que pouvaient prendre des blessures de ce genre. Dans tous les cas, jamais elle ne s'était retrouvée au pied du mur comme ça, et cela l'avait prise au dépourvu. Mais quelle importance ? Asdan n'avait fait qu'émettre une simple vérité. À elle d'y faire face.

Elle poussa un long soupir et reposa le tibia entre eux d'une main tremblante.

— Je... je ne m'attendais pas à cette question. Je n'aime pas parler de ça. Et comme, en général, les gens évitent le sujet et tiennent les *skjaldmös* en assez haute estime pour ne pas remettre leur parole en doute, je préfère dire que je les ai reçues au combat pour éviter que l'on s'appesantisse sur un sujet douloureux.

— Je suis désolé, souffla alors Asdan d'un ton compréhensif qui la surprit. Je me doutais que cela te ferait de la peine d'en parler, mais... je n'ai pas apprécié que tu mettes ce masque comme ça, d'un coup, sans m'en parler, alors que cela fait plusieurs jours que nous cohabitons sans que tu l'aies mis une seule fois. J'avais vu que tu possédais un masque quand j'ai fouillé tes affaires à la recherche de simples pour te soigner mais, comme tu ne l'avais jamais mis en ma présence depuis, j'en avais conclu que tu étais assez à l'aise avec moi pour t'en passer. Cela m'a fait de la peine que tu le mettes. J'ai eu l'impression d'avoir fait ou dit quelque chose qui t'avait blessée et que c'était un moyen de me rejeter, de me faire comprendre que je n'étais pas assez bien pour te voir, toi, telle que tu es.

Il avait prononcé ces mots très vite, comme s'il avait redouté qu'elle l'interrompe, et quand il s'arrêta, il était un peu à bout de souffle et la voix haletante. Auðr se demanda soudain si, en fait, il n'avait pas cherché à retenir des sanglots.

Aurait-il pleuré pour elle ? Parce qu'il s'était cru rejeté quand elle avait enfilé son masque ? Quelle idée...

Elle se racla la gorge avec gêne et tritura la neige tassée entre eux de la pointe de son couteau, traçant des runes irrégulières au hasard pour dissimuler son trouble.

— Je ne voulais pas te rejeter, c'est juste que... je me suis rendu compte d'un coup que mon apparence pouvait te mettre mal à l'aise, voire te dégoûter. La plupart des gens n'aiment pas voir mon visage, et je les comprends. Moi non plus je ne l'aime pas. Je ne veux pas infliger ma laideur aux autres. J'ai mis mon masque pour ne pas t'imposer plus longtemps ma défiguration.

De nouveau, le silence revint entre eux, toujours aussi lourd, toujours aussi prégnant.

Entre eux, là où les braises rougeoyaient doucement, la chaleur qu'elles dégageaient faisait fondre la glace au plafond de leur petit abri et des gouttes d'eau dégelée tombaient, une à une, dedans, fumant et sifflant tandis qu'elles s'évaporaient. Auðr les compta. Une, deux, trois. Arrivée à dix, elle leva les yeux pour guetter la réaction d'Asdan.

Cette fois, c'est bien de la compassion qu'elle lut sur ses traits. L'aspect juvénile qu'elle avait noté en lui tout à l'heure avait disparu, et il la fixait comme si elle avait tenu des propos absurdes.

Quand leurs yeux se croisèrent, il esquissa un petit sourire.

— Si je comprends bien, nous nous sommes mutuellement vexés. Toi en me laissant croire que tu me rejetais avec ton masque, moi en te faisant imaginer que tu me dégoûtais. Pourtant, je puis t'assurer que tu es loin de me dégoûter, tout comme je puis t'assurer que tu es loin d'être défigurée. Qui t'a fait croire ça ?

— Personne, lança Auðr à voix basse. Tout le monde. Depuis... depuis que ces faucons m'ont attaquée, entièrement par ma faute si tu veux tout savoir, je vois les regards des gens sur moi. Je vois le reflet que me renvoient les miroirs. Je vois la pitié, l'horreur, le dégoût et la peur dans les yeux de tout le monde. Je rebute les gens, j'effraie les enfants. Les mères me montrent à leurs petits en leur disant que « la méchante guerrière » viendra les prendre s'ils ne sont pas sages, comme si j'étais Hel[1], la gardienne du royaume souterrain. Les femmes prient Freyja de ne pas me ressembler, les hommes détournent la tête comme si ma simple présence risquait de racornir leur virilité. Même les guerriers détournent le regard, comme si ma honte était contagieuse. Je n'ai pas accueilli un homme dans ma couche depuis...

— Tes blessures devaient être impressionnantes au début, avant qu'elles ne cicatrisent, commenta Asdan. Mais aujourd'hui, elles ne sont plus très visibles. Es-tu sûre que ce n'est pas ton expression féroce et ton agressivité qui rebutent les gens, bien plus que ton visage ?

Auðr éclata d'un rire amer.

— Tu l'ignores certainement, mais je suis mariée, figure-toi. Je suis l'épouse d'un *jarl*. Il ne m'a jamais touchée. Notre seul contact a été lors de la cérémonie où nous avons été unis, quand il a pris ma main pour que l'on noue nos poignets ensemble pour l'éternité.

Asdan écarquilla les yeux.

— J'ignorais en effet que tu étais mariée, et je te promets de ne jamais t'offenser en te faisant des avances inappropriées. Mais ton époux est soit aveugle soit fou s'il ne veut pas de toi. Tu es une belle femme, Auðr, et je suis désolé que tu penses autrement. J'aimerais te prouver que ce n'est pas le cas.

Auðr haussa de nouveau les épaules. Asdan était bien rapide à lui jurer de ne pas chercher à la séduire. Si rapide qu'elle ne pût qu'en conclure qu'il avait sauté sur ce prétexte pour ne pas risquer d'être confronté à un contact entre eux. Elle le répugnait,

1. Dans la mythologie scandinave, la déesse Hel, fille de Loki et de la géante Angrboda, a la moitié du visage plongé dans les ténèbres et défiguré, et l'autre dans la lumière et ressemblant à celui d'une belle jeune fille. C'est elle qui règne sur le royaume des morts et qui accueille les mortels qui sont décédés de mort naturelle et non au combat.

lui aussi. Malgré ses protestations et ses promesses, il était comme tous les autres. Il cherchait avant tout dans une femme une apparence, une beauté, un agrément. Qualités qu'elle ne possédait plus. Elle n'avait jamais correspondu à l'idéal que les hommes recherchaient souvent, ces femmes douces et fines, gracieuses et délicates, à la peau claire et aux longs cheveux blonds, aux mains lisses et aux courbes dénuées d'aspérités. Elle n'était pas cette fleur fragile qu'ils voulaient chérir, nourrir et protéger – ou briser, pour certains d'entre eux. C'était pour justement ne jamais risquer de dépendre de quelqu'un ou d'être à sa merci qu'elle était devenue ce qu'elle était : forte, déterminée, indépendante. Même avant de devenir une *skjaldmö*, elle était trop grande, trop brune et trop bruyante pour ressembler à une jeune fille de bonne famille – de toute façon, ça non plus, elle ne l'était pas. Quand Ingmar avait fait d'elle sa pupille, elle n'avait été que la bâtarde de son frère, que ce dernier avait reléguée dans sa halle pour mieux courir les mers et les femmes sans s'encombrer du souvenir d'une conquête passagère qui avait déposé un nourrisson dans ses bras avant de disparaître dans les brumes du passé. Auðr ne connaissait même pas le nom de sa génitrice, elle ne savait pas même si elle était épouse d'un *bónði*[1], d'un *þræll*[2] ou une *ambát* elle-même. Elle se doutait juste que, si elle avait été noble, elle n'aurait pas eu à l'abandonner : au sein des hautes castes, une bâtarde était acceptée, hormis pour l'épouse d'un *konungr*, d'un *jarl* ou d'un *goði*[3] – et encore. Fille d'un noble et d'une inconnue, qui était-elle ? Sa haute stature, sa peau brune et ses cheveux frisés, épais et sombres, clamaient que son ascendance n'était pas *wīcing*. Sans doute sa mère venait-elle d'un autre pays, peut-être la compagne ou la fille d'un commerçant itinérant ou d'un voyageur ayant fait

1. Dans la société viking, un *bónði* est un homme libre, qu'il soit propriétaire terrien, paysan, artisan, pêcheur, guerrier ou autre.

2. Le *þræll* est l'esclave masculin tandis que l'*ambát* est la femme esclave.

3. Respectivement : roi, comte ou chef de clan. Pluriels : *konungar*, *jarls* et *goðar*.

escale sur le fief d'Ingmar. Elle soupçonnait, ayant croisé à de nombreuses reprises des esclaves venues des pays du sud, que son sang remontait à ces contrées lointaines où le soleil tannait les peaux et noircissait les cheveux. Ingmar avait même possédé une esclave au teint foncé comme de l'ambre et aux cheveux noirs et crépus qui formait un riche halo autour de sa tête. Ilanit avait à peine vingt ans quand Auðr lui avait été confiée. Ingmar lui avait alors ordonné de s'occuper d'elle, et la fillette s'était attachée très vite à cette esclave délaissée dont l'apparence inhabituelle dissimulait une affection et une douceur sans limites. C'était Ilanit qui lui avait appris à tresser ses cheveux comme elle le faisait, en une myriade de nattes plus fines que son petit doigt, dans lesquelles elle nouait une multitude d'ornements, runes ciselées, perles d'ambre et d'ivoire, anneaux métalliques et autres plumes colorées. Cependant, quand Ilanit avait proposé de lui fixer des clochettes, comme elle-même le faisait, Auðr avait émis une réserve. Le tintement de ces décorations issues d'une autre contrée aurait alerté ses ennemis au combat. Auðr n'avait alors que douze ans, mais elle était déjà plus grande que l'esclave qui lui servait encore de nourrice et avait entamé son entraînement pour devenir *skjaldmö*. Elle connaissait alors son but et sa destinée, et refusait tout ce qui pourrait y faire obstacle – clochettes incluses. Ilanit avait disparu quelque temps plus tard. Un hiver rigoureux avait généré une disette sur le fief, à laquelle beaucoup de vieillards avaient succombé, et la servante, qui connaissait les propriétés des herbes et des onguents, était partie en forêt cueillir des simples et des racines, pour soigner les malades et remplir les estomacs affamés. Elle n'était jamais revenue et, lorsque Auðr avait supplié son oncle de partir à sa recherche et qu'il avait refusé, elle s'était mise elle-même, seule, en quête de son amie. Elle n'avait retrouvé, au cœur des bois enneigés, que son manteau en fourrure maculé de sang et une chaussure déchiquetée. Auðr n'avait pas pleuré. Elle avait dissimulé ses larmes lorsque des esclaves avaient emporté les quelques effets de sa protectrice pour les répartir entre eux. En fait, elle n'avait plus jamais pleuré. Peut-être était-elle issue de l'union d'une femme comme Ilanit et du frère d'Ingmar. Même de lui, elle s'en souvenait très peu. Il était revenu de ses voyages à plusieurs reprises durant son enfance, ne restant à terre que quelques semaines, le temps de vendre ce qu'il rapportait, faire réparer son bateau, établir des cartes. Puis il repartait sans même avoir pris des nouvelles de sa fille. Auðr n'avait jamais demandé à Ingmar si, en privé, Larsen s'enquerrait d'elle. Elle ne le pensait pas. Puis, un jour, il n'était pas revenu. Ingmar l'avait mentionné d'un ton désinvolte et avait signalé que l'on dresse une stèle en souvenir de son aîné disparu en mer. Et plus jamais on n'avait parlé de Larsen le voyageur. Pour Auðr, le secret concernant sa naissance et ses origines s'était éteint avec lui, et elle n'en saurait jamais plus, aussi ne se questionnait-elle pas à ce sujet. Cela n'avait aucune importance, ni sa beauté, ni son lignage, ni ses origines. Elle n'était pas noble et ne dépendait ni de son apparence, ni de sa fortune, ni de sa noblesse pour faire une union rentable ; elle était une *skjaldmö*, uniquement dévouée à Freyja.

Elle se moquait de l'avis d'Asdan, ou de n'importe quel autre homme sur son physique. Et le fait que Gustav ne l'ait jamais touchée était en soi un avantage, le vieil homme était tout sauf séduisant. Pourtant, cela la blessait, quoi qu'elle prétende. En l'espace de ces quelques jours, elle avait eu amplement le temps de réviser son avis sur le physique d'Asdan, qu'elle avait jugé fin et délicat au premier abord. Malgré sa minceur et sa carrure élancée, il était tout sauf rachitique, et sa musculature, plus nerveuse que volumineuse, témoignait d'une vie au grand air. Ses mains, dont il prenait grand soin, étaient longues et fines, dotées de doigts habiles, et elle s'était surprise plus d'une fois, en le voyant caresser son *jouhikko* ou effleurer la peau de son tambourin, à imaginer ce qu'elle ressentirait s'il la touchait avec une telle sensualité.

Mais non. Il l'avait bien dit : il ne tenterait pas de la séduire ou de la coucher dans son lit. Elle devait se focaliser sur sa mission, sur son but immédiat, qui lui permettrait d'accéder ensuite à son objectif à long terme : son fief à Kotka. C'était à cela uniquement qu'elle devait penser. Asdan n'était qu'un outil qui l'aiderait à remplir ce contrat.

— Dans combien de temps la tempête cessera-t-elle, penses-tu ? demanda-t-elle soudain pour rompre le silence entre eux.

Asdan tendit l'oreille, guettant les hurlements du vent, puis se leva pour soulever le rabat qui les isolait de l'opercule de glace qui s'était formé à l'entrée de leur abri. La couche, plus mince, laissait passer la lumière du jour, et Auðr songea que, si le soleil permettait de voir à travers la neige, le beau temps devait être sur le point de revenir.

— Dans pas plus d'un jour ou deux. Dès que le vent cessera, nous pourrons nous remettre en route. Avec un peu de chance, nous arriverons à rallier Sumskii en quelques heures. Puis, de là, il nous suffira de louer un traîneau et des chiens pour parvenir à Soroka en moins d'une journée. Il faudra néanmoins faire attention au terrain : la zone est très plate et il suffit d'un peu de pluie pour que la Vyg déborde et que les lacs environnants transforment le terrain en marécage. Avec la glace qui se forme très vite, si tu poses le pied au mauvais endroit, tu peux te retrouver engloutie dans une étendue d'eau en moins de temps qu'il n'en faut pour le dire.

Auðr ne releva qu'une chose : il avait dit « nous ». Tout le trajet qu'il avait envisagé, il semblait penser le faire avec elle. Pourquoi ?

Elle posa la question sans hésiter.

— « Nous » ? lança-t-elle. Tu veux faire la route avec moi ?

Asdan lui jeta un regard surpris.

— Bien sûr. Nous allons au même endroit et le trajet est dangereux, tant à cause des brigands que de la nature du terrain. Il serait bête de ne pas profiter de notre compagnie mutuelle pour voyager ensemble.

La jeune femme réfléchit quelques instants. Elle avait toujours été seule, sans personne pour l'aider ni lui prêter main-forte. Mais, de toute évidence, Asdan connaissait la région bien mieux qu'elle et il l'avait déjà sauvée une fois. En outre, sa présence l'aiderait peut-être à se faire mieux accepter par les autochtones et les rassurerait – les gens, en général, accueillaient avec plaisir les *skalds* et musiciens itinérants. Elle en profiterait pour poser des questions, se renseigner sur la situation et les allégeances depuis le départ forcé de Gustav.

— Volontiers, tu as raison. Au fait, tu ne m'as pas dit pourquoi tu devais aller à Soroka. Tu connais le but de mon voyage, puisque tu as fouillé dans mes affaires, mais j'ignore le tien...

Asdan lui adressa un sourire complaisant.

— Je suis un *skald*, il est dans mes habitudes d'aller de village en village pour distraire les gens de l'hiver et de leurs soucis, et d'égayer les populations de mes chants. J'espérais également en profiter pour élargir mon recueil de contes et légendes. Tout le monde finit par connaître les mêmes chansons, les mêmes histoires, et j'ai besoin d'entendre de nouvelles musiques.

Auðr hocha la tête avec sagacité. Elle ne doutait pas de la véracité de ces dires, c'était logique, mais elle supposait qu'Asdan avait une raison bien plus pragmatique de tenter ce voyage périlleux en plein hiver qu'une quête de musique. Après tout, il aurait tout aussi bien pu faire ce périple à la belle saison. Mais, comme elle aussi avait usé d'un prétexte semi-fallacieux pour justifier sa présence, elle devait accepter qu'il en fasse de même.

— Ce que je remarque, en tout cas, c'est que tu ne m'as toujours pas montré ta flûte, commenta-t-elle abruptement pour changer de sujet. Comment vais-je pouvoir façonner mon sifflet ?

Asdan éclata d'un rire moqueur.

— Tu veux que je te montre ma flûte pour que tu souffles dedans ? Si je ne t'avais pas promis de ne pas profiter de la situation, je jurerais que tu me fais des avances...

Cette fois, Auðr ne réprima pas son amusement. Le quiproquo était savoureux.

Malgré sa méfiance innée et sa susceptibilité quant à son apparence, elle appréciait de plus en plus le jeune musicien. Ils avaient déjà passé plusieurs jours ensemble, à cohabiter dans un espace réduit sans pouvoir sortir ni fréquenter d'autres personnes, et ils ne s'étaient pas entretués. Pis, ils en venaient à plaisanter et à s'accorder un semblant de confiance. C'était dangereux. Elle devrait y mettre un terme dès qu'ils reprendraient la route et maintenir une saine distance entre eux. Elle ne devait pas accorder sa loyauté à la légère ni se fier à n'importe qui. Mais c'était bon de souffler, de baisser ses boucliers et de se laisser aller, pour une fois, à traiter un autre être humain en ami, en proche. Elle découvrait qu'elle aussi était humaine, et que cette vulnérabilité lui plaisait.

6

Auðr

La neige cessa de tomber au sixième jour de leur emprisonnement. Cela se passa si lentement et discrètement qu'Auðr faillit ne pas s'en apercevoir. Ils étaient enfouis sous une telle épaisseur blanche que le bruit des flocons et le hurlement des bourrasques ne leur parvenaient que de très loin. Il fallut qu'une lumière d'une blancheur aveuglante traverse l'opercule qui scellait leur abri pour qu'ils se rendent compte qu'un soleil resplendissant s'était levé.

Ils se consultèrent du regard sans parler, hésitant à formuler à voix haute l'espoir qui les taraudait tous les deux de peur d'être déçus quand, soudain, Auðr trancha.

— Je vais voir !

Elle se dressa et traversa leur refuge en quelques pas hâtifs, puis arracha le rideau de cuir pour donner de grands coups de poing dans la neige durcie qui les protégeait. Elle martela la glace à plusieurs reprises, sans prêter garde à la sensation cuisante dans ses articulations. Asdan ne l'arrêta pas. Il devait avoir compris qu'elle ne supporterait pas le moindre obstacle à sa fureur.

Six jours qu'ils étaient emprisonnés. Six jours sans respirer l'air du dehors, sans contempler l'horizon, sans voir le soleil. Pour la *skjaldmö*, c'était intenable.

Soudain, la couche de glace céda, et Auðr bascula en avant.

Asdan la retint de justesse d'un bras sur son épaule, et elle le remercia d'un hochement de tête distrait. Elle allait se remettre à la tâche, un peu apaisée, quand il lui saisit le poignet.

— Tiens, prends ça. Tu n'iras pas plus vite avec les mains en sang.

Elle faillit le réprimander de l'avoir interrompue, quand elle vit ce qu'il lui tendait.

Sa hache.

Il lui rendait ses armes.

Elle manqua de suffoquer. Lui faisait-il confiance à ce point ou outrepassait-il les règles de toute prudence tant il avait lui aussi hâte de sortir ? Elle ne s'en soucia pas et prit son instrument de mort, savourant le poids familier du manche, la sensation du bois dans ses mains, le balancement de la tête métallique quand elle la fit osciller devant elle.

Puis elle asséna un grand coup de hache dans la glace. Puis un autre. Et encore un autre. Et encore un autre. Elle n'avait jamais utilisé son arme favorite de la sorte, mais il y avait une certaine jouissance à le faire.

La glace cédait, elle l'entendait gémir et craquer, elle voyait les éclats voler autour d'elle et avançait, pas à pas, dans le tunnel de glace qu'elle creusait. Mais ce massacre, pour une fois, n'était pas accompagné de hurlements de douleur, de cris d'agonie ou de giclées de sang. C'était une mise à mort propre, un défoulement, mais sans souffrance. C'était une sensation nouvelle, mais agréable, cuisante et apaisante. Elle força ainsi longuement, songeant qu'elle était semblable à un bûcheron infernal, sous le regard d'Asdan, puis, après une éternité, la dernière couche de glace céda, et elle se retrouva à l'air libre.

Le bonheur. La liberté.

L'air vif et frais, presque brûlant tant il était froid, le soleil éblouissant, la neige, le... Des mains se posèrent sur ses yeux et lui obstruèrent la vue. Elle poussa un cri d'effroi, lança la tête en arrière pour frapper son assaillant avec son crâne, et bascula sur le dos pour l'écraser de son poids. Ils s'effondrèrent en tas à l'intérieur du terrier qu'elle venait juste de dégager et dévalèrent, l'un sur l'autre, les marches hâtivement creusées à la main dans la glace.

Quand Auðr se releva, prête à affronter son ennemi, elle découvrit que c'était Asdan qui se tenait face à elle, encore étendu au sol, une grimace de douleur sur le visage et une lanière de cuir à la main.

Il la lui tendit.

— Tiens, marmonna-t-il d'un ton grincheux.

— Pour quoi faire ?

— Cela fait presque une semaine que tu es enfermée sans voir le soleil. Sa réflexion sur la neige risque de t'aveugler. Je n'ai pas envie que tu te brûles les yeux.

Stupéfaite, Auðr resta figée, à contempler la bande de cuir qu'il lui présentait. Il n'avait pas voulu l'agresser, juste la protéger. Elle n'avait pas l'habitude de ça. Et elle savait qu'il avait raison. Gustav l'avait avertie de ce risque avant de l'envoyer dans ce périple et, dans sa hâte à revoir la lumière du jour, elle l'avait oublié. Avec gêne, elle récupéra la bande et l'approcha de son visage.

Puis elle se rendit compte qu'elle portait encore son masque.

Depuis leur altercation quelques jours plus tôt, elle ne s'en était pas défaite. Malgré la plaidoirie d'Asdan et ses regards peinés chaque fois qu'elle se détournait, le soir, afin de l'enlever pour la nuit, et le matin pour le remettre, elle avait conservé cette habitude. Mais, avec cet accessoire, il lui serait difficile de mettre par-dessus la bande de cuir qui lui protégerait les yeux. Et il était hors de question qu'elle finisse aveugle pour une raison aussi absurde.

Enlever d'elle-même son masque lui était néanmoins douloureux. C'était l'admission de son état, de sa laideur aux yeux du monde.

Elle se détourna donc une nouvelle fois, échappant ainsi à l'expression peinée d'Asdan, et ôta son masque pour mettre aussitôt le bandeau doté de deux fines fentes au niveau de ses yeux. Presque aveugle dans la pénombre de la grotte, elle remonta à tâtons l'escalier qu'ils venaient de dégringoler.

Dehors, elle prit conscience qu'Asdan avait eu raison. Si, la première fois, elle avait été tellement obnubilée par l'idée de sortir qu'elle n'avait pas pris garde à la luminosité, là, elle découvrait que la neige avait recouvert la moindre surface au sol et que le soleil brillait tellement fort que le paysage immaculé en était éblouissant. Si elle n'était pas devenue aveugle à la seconde, elle le serait devenue en l'espace de quelques heures, les yeux brûlés par cette lumière intense.

Néanmoins, le spectacle était magnifique. Le relief, quasi inexistant à la base, avait été totalement aplani par les monceaux de neige tombés depuis le début de la tempête, et seule la cime des rares arbres rachitiques – des bouleaux de Carélie, lui avait dit Asdan – perçait cet océan de blancheur. Jusqu'à l'horizon, tout n'était qu'uniformité de neige, en douces ondulations qui se fondaient avec le blanc des nuages au loin. Auðr aurait presque juré être en chemin pour la halle d'Odin si le froid vif ne lui avait pas douloureusement rappelé qu'elle était bien en vie, et qu'elle mourrait si elle s'obstinait à demeurer immobile en plein air.

Avec regret, elle s'arracha à sa contemplation et fit demi-tour pour retourner auprès d'Asdan, qu'elle trouva juste derrière elle. Il avait profité de son immobilité pour se relever et monter lui aussi les marches, jusqu'à se poster dans son dos pour la laisser profiter du spectacle sans la déranger.

— C'est beau, hein ? souffla-t-il, lui aussi sous le charme du paysage.

Auðr se força à hausser les épaules.

— Ça manque de fjords, de falaises, de mer et d'arbres, si tu veux mon avis. Et ça manque surtout de maisons, d'un bon feu et d'un bon repas. J'en ai marre de tes lanières de viande séchée et de ce bouillon de racines si mijoté qu'il a un goût de vieille semelle de cuir. Ne m'avais-tu pas dit que Sumskii n'était qu'à quelques heures de marche ? Qu'attendons-nous pour nous mettre en route ?

Le jeune homme hocha la tête avec détermination.

— Laisse-moi juste le temps d'empaqueter mes affaires. Mes instruments sont fragiles et craignent les changements de température.

Auðr faillit lui crier de se dépêcher et le menacer de partir sans lui, puis elle se rappela qu'il l'avait sauvée lors de la tempête et qu'elle aussi prenait grand soin de ses armes. Que l'on soit *skald* ou *skjaldmö*, sans son équipement, l'on n'était plus rien. Elle fit contre mauvaise fortune bon cœur et décida d'en profiter pour aller explorer les environs, n'ayant quasiment plus rien à préparer puisque l'intégralité de ses affaires à part ce qu'elle portait sur elle avait disparu dans la tempête.

Quand Asdan ressortit de leur abri, son équipement emballé dans les fourrures qui leur avaient servi de couche durant leur séjour et ses vivres répartis dans plusieurs petits sacs attachés à sa ceinture, elle ne le remarqua pas. Elle s'était un peu éloignée et avait retrouvé l'endroit où elle avait failli périr gelée. Elle n'aurait pas pu le localiser si elle n'avait pas repéré les lames de son traîneau qui dépassaient de la neige, dressées comme deux piquets vers le ciel. Quand elle l'avait abandonné, le vent avait dû s'engouffrer dans la toile qui le surmontait et, sans son poids pour le lester, il s'était gonflé comme une voile et s'était dressé à la verticale, sa base coincée contre une pierre ou un tronc effondré. Elle avait consacré un long moment à dégager le reste de la structure à mains nues, pensant cette fois à se protéger avec des gants en cuir qu'Asdan lui avait confectionnés à partir des lambeaux de la couverture dans laquelle elle était enroulée quand il l'avait trouvée – à l'origine, il s'agissait d'une grande chute de cuir dans laquelle elle aurait dû fabriquer des chaussons de protection pour les chiens. Elle avait vidé le traîneau de toute la neige et, quand Asdan arriva derrière elle, elle ne sursauta pas – son ombre l'avait avertie.

— Que fais-tu ?

— Je suis revenue sur mes pas et j'ai retrouvé mon traîneau. Je n'étais pas allée bien loin après l'avoir abandonnée quand tu m'as trouvée.

— J'ai failli te piétiner. Tu t'étais effondrée dans la neige et, sans cette couverture en cuir qui battait au vent, je serais passé à côté de toi sans te remarquer, plaisanta-t-il.

Auðr frissonna à ce souvenir. Plus que la sensation d'avoir failli mourir, elle en gardait le sentiment d'un abandon, d'une lâcheté. À ce moment-là, épuisée et persuadée d'avoir échoué, elle avait lâché prise. Elle avait renoncé. Dans sa mémoire, elle croyait même avoir volé jusqu'à sa destination, comme si elle était devenue un oiseau.

Elle s'arracha à cette réminiscence effrayante de son délire et baissa les yeux sur son œuvre. Le traîneau était encore à demi enfoui, une grosse roche coinçant sa tête, mais le reste était accessible.

— Que veux-tu en faire ? s'enquit Asdan. Sans chiens, il est trop lourd pour que nous puissions le tirer, et tu n'as pas d'affaires...

— Si ! Maintenant, j'en ai ! s'exclama Auðr triomphalement.

Elle plongea le bras dans l'habitacle de l'appareil et en tira deux sacs. Elle n'avait pas encore inspecté leur contenu, mais elle se doutait que, conservés par le froid, les vivres seraient intacts.

— Nous avons donc de la nourriture, reprit-elle avec fierté en brandissant le premier.

— Et l'autre ? insista Asdan en remarquant qu'elle n'avait pas décrit son contenu.

— L'autre... c'est personnel, répondit évasivement Auðr en se détournant pour se diriger vers le nord, en direction de leur abri.

Le second sac ne contenait rien qui leur serait utile pour poursuivre leur route. Mais il contenait toute sa vie. La robe de ces noces avec Gustav, son couteau de cérémonie, qui lui avait été offert par la *völva* d'Ingmar quand elle était devenue *skjaldmö*, son bracelet d'Odin, qu'elle avait retiré pour ne pas attirer l'attention durant ses pérégrinations et, surtout, la parure qu'Ansgar lui avait offerte à l'époque où elle était sa maîtresse et espérait qu'il finirait un jour par l'épouser. C'était un magnifique ensemble de bijoux assortis : torque, boucles d'oreilles et bracelet épais, mêlant or et rubis, car il savait qu'elle aimait cette couleur. Autrefois, il lui avait dit qu'elle était comme cette pierre précieuse, à l'image du sang et du feu : ardente, brûlante, dangereuse et fascinante. Aujourd'hui, elle n'était plus que dangereuse, et cette parure représentait davantage le symbole de sa déchéance qu'autre chose, mais elle la conservait en souvenir de la folie qui avait été la sienne de croire qu'elle pourrait devenir épouse de *jarl*.

Maintenant, son rêve était tout autre : un jour, elle serait elle-même *jarl* et régnerait sur son fief, sans homme à ses côtés pour la freiner ou lui donner des ordres. La parure d'Ansgar constituait un très bon rappel.

Asdan n'insista pas et se mit en route derrière elle sans tarder ni jeter un coup d'œil dans leur dos. Elle devait lui reconnaître cette qualité : il savait quand il devait se taire et accepter de ne pas avoir toutes les réponses à ses questions. Cela en faisait un compagnon plutôt agréable et accommodant.

Ils arrivèrent à Sumskii juste avant la nuit, harassés et les jambes lourdes. Malgré le soleil qui s'attardait à l'horizon, le froid était tombé et l'épaisseur de neige avait rendu leur progression plus difficile qu'Auðr ne l'avait imaginé. Ils devaient, à chaque pas, lever les pieds très haut pour avancer et, malgré sa grande taille, l'effort était épuisant. Asdan, qui était aussi grand qu'elle, se voyait bien plus chargé. Il aurait pu se plaindre et la ralentir, mais il n'en avait rien fait, et elle lui en avait été reconnaissante. Aussi, quand ils arrivèrent dans le village, qui n'était en fait qu'un rassemblement d'une dizaine d'isbas de bois profondément enfouies dans la neige, elle s'empressa de se diriger vers la plus grande, qu'elle imaginait être celle du chef de clan, pour réclamer hospitalité et assistance.

Contrairement à ce qu'elle avait imaginé, ce ne fut pas un chef qui l'accueillit mais une femme. Toute petite et plus ronde que la pleine lune, elle affichait un visage aux traits empâtés, mais plaisants, et des yeux si bridés qu'ils semblaient en permanence fermés. Ses longs cheveux noirs et tressés tombaient jusqu'à sa taille, et elle portait une large robe d'un bleu foncé lui tombant à mi-mollet et dont la ceinture brodée en tissu rouge ne suffisait pas à lui dessiner une taille. Par-dessus cette sorte d'immense tente, elle avait enfilé un châle rouge en laine dont les franges tombaient jusqu'à sa taille. Ses chaussures au bout pointu relevé devaient être en peau de renne, comme son bonnet, et elles étaient ornées de pompons et de bandes colorées qui encerclaient ses chevilles – sans doute pour ne pas perdre les précieux accessoires dans la neige. La vision était si incongrûment colorée qu'Auðr faillit éclater de rire avant de se rappeler qu'elle risquait d'offenser son hôtesse. Aussi, elle s'inclina avec respect et attendit que la femme se racle la gorge pour se relever.

Elle avait eu beau apprendre la langue des Samis du Nord, comme Gustav le lui avait ordonné, elle savait qu'elle ne la maîtrisait qu'imparfaitement et réfléchit longuement avant d'avancer une salutation.

— *Buorre veaivi*[1], fit-elle en priant pour ne pas se tromper.

La femme haussa un sourcil si fin qu'il en était presque inexistant.

— Je ne suis pas samie même si mon costume ressemble à un *kofte*[2], vous êtes encore en territoire vepse[3]. Si vous voulez me saluer, vous devez le faire en bepslaane, c'est le dialecte de cette région.

Auðr s'empourpra de honte. Elle n'avait pas encore prononcé une phrase entière qu'elle avait déjà réussi à offenser son hôtesse.

— Je suis désolée, reprit-elle en carélien, qu'elle parlait bien mieux. Je viens de loin et j'ai beaucoup voyagé, je ne voulais pas...

— Ma compagne est fatiguée et maladroite, l'interrompit Asdan en s'interposant entre la femme et elle. Elle ne pensait pas à mal. Nous sommes de simples voyageurs surpris par la tempête, nous vous demandons juste l'hospitalité, et du matériel pour reprendre notre route dès demain, en échange de quelques pièces et d'une chanson.

De toute évidence, il était au fait des us et coutumes de la région et pratiquait la langue locale comme un natif. Auðr hésita entre s'irriter de son aisance sociale et se féliciter d'avoir accepté de voyager avec lui.

À ces mots, le visage lunaire de la femme s'illumina et elle claqua dans ses mains avec bonhomie.

— Aucune offense de faite, mes amis. Si je m'indignais de

1. « Bonjour » (le matin) en langue same du nord.

2. Le costume traditionnel des Samis.

3. Les Vepses sont un peuple finno-ougrien qui vit encore entre le lac Ladoga, le lac Onega et le lac Beloïe en Carélie. Leur dialecte ressemble beaucoup au carélien et se ramifie selon la région : le vepslaine, le bepslaane, le lüdinik et le lüdilaine.

chaque maladresse des visiteurs venus de loin, nous ne parlerions plus à personne. Entrez et débarrassez-vous de vos fourrures avant qu'elles ne ruissellent partout dans mon isba. Installez-vous près du feu, je vais préparer une tasse de thé bien chaud, et vous me raconterez vos mésaventures pour que je décide si je vous présente à mes villageois ce soir.

Auðr lança un regard circonspect à Asdan, mais rien en lui n'indiquait une quelconque crainte ou méfiance. Sans doute était-il normal que cette femme, qui semblait être la chef du village, souhaite en savoir plus sur eux avant d'exposer ses compatriotes à des inconnus qui auraient tout aussi bien pu être des brigands ou des pillards.

Elle s'installa comme on le lui avait recommandé et profita de ce qu'Asdan échangeait avec la femme pour se débarrasser discrètement de ses armes, ne gardant qu'une petite hache et un poignard à sa ceinture. Mieux valait ne pas faire étalage de son arsenal assez impressionnant, pour ne pas risquer d'attirer les soupçons sur elle. Une fois son matériel remisé sous ses fourrures, elle se détendit et profita de la chaleur du feu pour étudier l'intérieur de l'isba. Celle-ci, à moitié enterrée dans le sol, semblait ne comporter qu'une seule pièce – sans doute pour être mieux chauffée. Seules quelques fenêtres étroites et en hauteur permettaient au soleil d'entrer, et des banquettes munies de paravents en cuir sur les parois du fond délimitaient les zones de couchage. Au centre, un foyer de pierre au-dessus duquel trônait un chaudron crépitait gaiement et apportait une touche de lumière, tandis que les autres cloisons débordaient d'étagères de bois sombre sur lesquelles s'entassaient des bouquets d'herbes séchées, des flacons au contenu inconnu, des pots de toute taille et des bouteilles dont la plupart étaient couvertes d'une épaisse couche de poussière. Partout ailleurs se trouvaient des instruments dont Auðr n'aurait su dire l'utilité ou l'origine. Elle se demanda un instant quel était le commerce de cette femme avant de chasser cette idée de son esprit. À quoi bon ? Demain, ils seraient repartis.

Bercée par la chaleur du feu et par le plaisir de se reposer, elle sombra peu à peu dans une torpeur bienheureuse d'où elle ne sortit que lorsqu'on lui plaça un récipient en bois lisse dans les mains. Par réflexe, elle sursauta et porta la main à sa ceinture avant de se rappeler qu'elle était censée être une voyageuse inoffensive et non une *skjaldmö*. D'ailleurs, elle n'aurait jamais dû s'assoupir de la sorte. Si Ingmar ou la femme qui l'avait formée l'avaient vue ainsi, elle aurait reçu une volée de coups ou le fouet. Même si elle n'en portait pas de cicatrices, elle se rappelait très bien comment Veborg, sa maîtresse d'armes, l'avait châtiée quand elle était enfant et manquait à ses obligations ou échouait à une épreuve. La *skjaldmö* avait été sévère mais juste, et, avec le temps, Auðr l'avait considérée à la fois comme une mère de substitution et une figure d'autorité. Ilanit et elle avaient été les deux visages de la même femme, celle qu'Auðr n'avait jamais connue.

Elle sursauta au contact du bol brûlant et sortit de sa torpeur pour regarder autour d'elle. La vision d'Asdan, penché devant elle, la rassura. C'était lui qui lui avait mis la boisson dans les mains, raison pour laquelle elle ne s'était pas méfiée : après une semaine à vivre en sa compagnie, elle avait laissé sa méfiance naturelle s'adoucir en sa présence et le considérait à présent comme un élément stable de son environnement. Pas comme une menace. En découvrant son visage attentif si près du sien, elle se demanda quand ce changement avait eu lieu. Quand ces yeux verts et vifs, ce sourire à la fois malicieux et dénué de méchanceté et ces pommettes hautes étaient devenues plus rassurants qu'effrayants. En temps normal, un visage aussi empreint de ruse aurait attisé sa méfiance. Elle se rappela notamment Sigurd, l'espion d'Ansgar avec qui elle avait noué une alliance, fut un temps, dans l'espoir de se débarrasser de la fauconnière varègue dont son amant s'était entiché. Bien mal lui en avait pris : Sigurd s'était avéré doublement déloyal, et son manque de fidélité lui avait coûté très cher puisqu'il était mort, terrassé par une lame de poignard en plein cœur que Mya lui avait lancée avec une dextérité et une précision qui avaient rempli Auðr d'admiration. Asdan était bien plus bel homme que Sigurd, dont le physique était des plus banals – ce qui était un atout indéniable dans son métier, alors qu'un *skald* se devait d'être avenant et plaisant à regarder. Mais il émanait de lui la même malice et la même impression de ruse, sans pour autant laisser supposer une quelconque cruauté ou méchanceté, contrairement au défunt Danois. Asdan était délicat et délié, élégant et souple, avec une agilité physique et mentale qui dénotait une profonde culture et une éducation sans faille. Auðr se demanda tout à coup d'où il venait. De toute évidence, il n'était pas d'origine rustre. Il dégageait trop de confiance en lui, trop de subtilité, pour avoir grandi dans un environnement dépourvu d'art, de culture et de raffinement. Son corps tout entier affichait les traces d'une bonne alimentation et d'un exercice physique qui ne correspondaient pas à la dure vie d'un paysan ou d'un esclave. Était-il fils de noble ou de commerçant ? Était-il seulement *wīcing*, varègue ou slave ? Aucun accent ne ressortait de son timbre affirmé, et son visage affichait un mélange intéressant mais indéchiffrable, sans doute comme le sien, supposa Auðr. Était-il, comme elle, un bâtard ? Était-il arrivé dans cette contrée gelée à bord d'un navire, délaissé par un père peu soucieux d'une progéniture née en terre étrangère, ou rejetée par une mère désireuse d'oublier le fruit d'une faute ? Était-il seulement né de l'amour ou d'une union consacrée, ou avait-il été conçu dans la violence pour être ensuite abandonné comme un déchet ?

Elle se promit qu'un jour, s'ils poursuivaient leur route ensemble, elle en découvrirait plus sur lui. Le mystère qu'il représentait l'intéressait soudain bien plus qu'il ne l'aurait dû.

Elle s'amusa même, l'espace d'un instant, à s'imaginer déjà en possession du fief de Kotka, devenue *jarl* de cette terre promise qui l'attendait quand elle aurait accompli sa mission et serait libérée de Gustav. Elle aurait alors besoin d'un lettré, d'un sage et d'un barde pour égayer ses soirées, tenir le livre de son règne, rédiger ses traités diplomatiques et commerciaux, établir ses comptes et relater ses hauts faits. Il chanterait ses louanges et écrirait la saga d'Auðr la *skjaldmö*. Durant quelques secondes, elle se délecta d'imaginer la scène. Elle, dans une splendide robe écarlate bordée de fourrure de renard polaire, trônant dans un siège surélevé, entourée de ses nobles. Asdan à ses côtés, avec son *jouhikko*, régalerait les oreilles de l'assemblée de contes narrant ses exploits. L'image était plaisante, et elle s'y complut. Puis elle éprouva une sensation désagréable.

Avec la chaleur émanant du bol, le cuir de son masque s'était humidifié et lui collait à la peau.

Son masque.

Dans son rêve, elle ne portait pas de masque. Elle était intacte, aussi impressionnante et rayonnante qu'autrefois, à l'époque où son corps et son cœur n'étaient pas striés de cicatrices.

Elle s'arracha à ses songes.

Ce n'était qu'un rêve. Elle n'était plus cette femme qui avait rêvé d'une cour amoureuse, d'un homme pour régner à ses côtés, terrassé par sa beauté et par sa puissance. Elle était Auðr, la *skjaldmö* défigurée qui devrait se reposer sur sa ruse, sa force et ses armes pour se forger le fief qu'elle convoitait.

Elle crispa les dents sur son amertume et les doigts sur son bol, et avala une gorgée d'infusion.

Le goût la surprit, et elle fronça les sourcils.

— Qu'y a-t-il ? s'enquit Asdan à voix basse. Tu avais l'air si sereine, si heureuse, que j'ai hésité à te déranger et, soudain, tu as l'air aussi amère que Thor devant la chevelure coupée de sa femme.

Auðr hésita entre s'amuser de la référence et grimacer. Une fois de plus, on la comparait à une femme ayant perdu sa beauté, même s'il s'agissait ici des atours d'une autre. Mais elle préféra passer outre l'image et hocher la tête en signe de compréhension.

— Je me remémorais des souvenirs. Tout le monde n'a pas eu la vie aussi facile que toi, Asdan. Moi, je n'ai pas eu de serviteurs, de mets de luxe et de vêtements confortables toute ma vie. Tout ce que j'ai, j'ai dû me battre pour le gagner, tu n'as pas idée de ce que c'est.

Mais, contrairement à ce qu'elle avait imaginé, le jeune homme n'afficha pas son air aimable habituel. Il afficha soudain une mine si contrariée qu'elle pensa immédiatement à ses propres réactions, et cette amertume était si incongrue chez lui qu'elle comprit aussitôt qu'elle l'avait blessé. Elle n'eut pas le temps de s'excuser qu'il s'était redressé, les traits tendus et austères.

— Je ne sais pas ce qui t'a fait croire que j'avais eu une vie facile jusqu'à présent. Tout le monde n'aime pas afficher ses malheurs en permanence, et je n'ai pas, moi, des cicatrices à arborer pour prouver que j'ai essuyé des déboires.

Elle posa le bol par terre à côté des pierres du foyer et se remit debout, ses articulations grinçant de fatigue, pour lui faire face. Le sentiment de désolation qui l'avait envahie quand elle avait compris qu'elle avait vexé son compagnon de route venait de s'effacer devant la colère irrépressible qu'elle éprouvait devant sa riposte blessante. Il n'avait pas le droit, pas le droit !

— Et, moi, je ne sais pas ce qui te fait imaginer que je prends plaisir à exhiber mes cicatrices, comme tu dis ! Si c'était le cas, crois-tu que je m'affublerais chaque jour de ce masque qui me démange et m'irrite pour ne pas infliger ma laideur à d'autres ? Crois-tu que je prenne plaisir à savoir que je suis laide, répugnante et repoussante, et que plus aucun homme ne voudra de moi ? Crois-tu que je ne vive pas chaque jour avec le souvenir de mes blessures ? C'est par ma faute que je les ai reçues, par ma jalousie et ma colère, et je vais devoir passer le restant de ma vie dans la solitude et la douleur à cause d'une erreur que je ne pourrai jamais effacer.

Elle n'eut pas le temps de poursuivre sa diatribe qu'Asdan l'avait saisie par les épaules et secouée pour la faire taire. Elle s'interrompit, à bout de souffle.

— Je suis désolé, Auðr. Vraiment. Pardonne-moi. Nous sommes tous les deux fatigués, et peut-être lassés de notre seule compagnie pendant si longtemps. Mes mots ont dépassé ma pensée. Tu m'as blessé en me prenant pour un fils de nobles oisif et privilégié, ce que je ne suis pas, et j'ai répondu avec méchanceté et agressivité, et j'en ai honte. Tu n'es ni laide ni défigurée, je ne pense pas ça de toi, et je ne veux pas que tu croies...

— Moi, je le pense, souffla Auðr d'un ton vaincu.

Sa colère s'était éteinte aussi vite qu'elle était née et, dans ses cendres, ne restaient que sa douleur et sa détresse.

— Je suis laide et défigurée, et je sais que c'est ce que tout le monde pense de moi. Je porterai à tout jamais le châtiment de mes erreurs.

— Non, tu n'es pas laide, je t'interdis de le penser ! protesta encore Asdan en élevant le ton. Si tu n'étais pas mariée, je te...

— Mais je le suis ! tonna Auðr en levant les bras en l'air, touchant presque le plafond de l'isba tant il était bas. Je suis laide et mariée, et c'est bien pratique pour prétendre vouloir me séduire sans avoir réellement à le faire.

Puis elle baissa les bras, l'épuisement prenant le dessus sur son courroux.

— Je suis laide, à l'intérieur comme à l'extérieur. La seule différence avec autrefois, c'est que maintenant je dois porter un masque pour le cacher, et cela ne fait que rendre plus visible ce que je suis. Un monstre. Une créature inhumaine, indigne d'Ásgarðr comme de Miðgarðr. Si ce n'était pas me condamner à une vie éternelle ignominieuse, cela ferait longtemps que j'aurais mis fin à mes jours. Mais je suis une guerrière, et j'ai encore l'espoir de mourir au combat. Cela seul fera cesser mes souffrances.

Elle se détourna d'Asdan pour se retirer dans le coin le plus éloigné de l'isba, là où une paillasse solitaire attendait son occupant de la nuit.

— Va voir notre hôtesse et dis-lui que je suis trop fatiguée pour participer à la veillée qu'elle a prévue. Je repartirai demain avec les vivres qu'elle voudra bien me vendre. Tu peux prendre des pièces dans mon sac et justifier mon voyage comme il te plaira, cela n'a aucune importance à mes yeux. Je veux juste rester seule.

Sans attendre sa réponse, elle ôta ses bottes encore trempées de neige et commença à ôter ses vêtements sans se soucier de la présence d'Asdan. Depuis qu'ils cohabitaient, ils ne s'étaient jamais réellement déshabillés, mais cela aussi n'importait plus. Elle savait ne plus pouvoir attirer aucun homme et se sentait sans beauté, sans féminité, sans sexualité. Elle se fichait qu'il la regarde, que ce soit avec désir ou avec horreur. Elle n'était plus qu'un corps en mouvement qui attendait enfin de s'arrêter pour se reposer.

Elle ne prêta même pas attention à son regard inquisiteur ni à son soupir défait, et continua à se dévêtir dans son coin. Quand il franchit la porte de l'isba après avoir remis son manteau, elle était déjà couchée dans la paillasse, les fourrures remontées jusqu'à son menton, face à la cloison de bois, et attendait le sommeil.

Celui-ci mit une éternité à venir, mais ni les bruits, ni le feu, ni les occupants de la petite demeure qui se préparèrent pour la nuit ne la dérangèrent tant elle s'était enfoncée dans ses pensées.

Quand Auðr ouvrit les yeux, les quatre fenêtres de l'isba, orientées au sud et protégées de claustras davantage destinés à parer les flocons que les bourrasques, laissaient filtrer quelques rayons de soleil à la blancheur grisâtre.

Durant la nuit, elle avait dû se tourner dans sa couche, car elle faisait à présent face à l'espace central de la salle. Sans bouger autre chose que la tête, elle étudia la pièce. Tout était silencieux, à tel point qu'elle comprit qu'il n'y avait personne d'autre qu'elle. L'âtre était éteint, la lourde table en bois ne comportant qu'une écuelle, un pichet et un plat recouvert d'un linge. Elle devina que la propriétaire des lieux avait dû lui laisser de quoi manger pour quand elle se réveillerait. Elle laissa son regard errer sur le reste de l'espace. Presque rien n'avait bougé depuis hier. Ses vêtements et ceux d'Asdan n'étaient plus déposés en tas par terre et sur le dossier des chaises, mais proprement pliés sur une tablette entre sa couche et une autre. Ils devaient avoir séché pendant la nuit. Les étagères débordaient toujours de fioles, flasques et pots divers, mais l'épaisse couche de poussière qui les recouvrait n'avait pas changé. Seuls quelques bouquets d'herbes inconnues avaient été ajoutés au-dessus de la table, suspendus par des ficelles au plafond. Leur odeur lui parvenait, mais elle ne put les identifier. Un grand métier à tisser vertical, qu'elle n'avait pas remarqué la veille, occupait le côté le plus éloigné de la salle, supportant deux barres horizontales entre lesquelles une myriade de fils colorés était tendue. Juste à côté, une petite table accueillait une corbeille en osier avec une multitude de pelotes de fil, un fuseau et un bougeoir dont la noirceur indiquait qu'il devait servir au quotidien. Par terre, un autre panier contenait un gros tas de fibres végétales qu'elle identifia comme des fibres d'orties.

Intriguée, elle se leva et se dirigea à petits pas vers le métier à tisser. Avec précaution, elle alluma la bougie et la rapprocha du tissu en cours pour en examiner le motif. Le dessin ne ressemblait en rien à ce qu'elle avait pu voir dans la halle de son oncle, ni dans celle de Gustav ou à la cour des souverains varègues. Ici, point de scène de chasse, de guerre ou de religion. Le tissage représentait des fleurs et des branches entrelacées pour former une sorte de guirlande dans des tons de bleu et de rouge sur fond crème. Tout était très clair et vif, sans violence ni descriptions de hauts faits sanglants. Une bordure rouge en forme de petits carrés délimitait le motif, et Auðr se demanda à quoi servirait ce modèle. Elle inspecta autour d'elle, mais ne vit aucune tapisserie, aucune tenture, ni aucun tapis. La femme vendait-elle ses œuvres ? Pourtant, elle aurait juré qu'elle était guérisseuse, au vu des nombreux simples qu'elle conservait chez elle.

Soudain, quelque chose l'alerta. Il n'y avait pas eu de bruit derrière elle, aucune porte claquée ni même refermée avec soin, aucun changement dans la lumière, pourtant elle comprit qu'elle n'était plus seule. Sans se retourner, elle avança lentement, la main derrière, elle pour éviter que l'intrus ne repère son mouvement et en profita pour saisir le fuseau sur la table devant elle. La baguette de bouleau, à peine plus longue que son avant-bras, se terminait par une pointe sur laquelle des fibres d'un vert boueux étaient enroulées. Auðr se demanda ce que c'était avant d'évacuer cette pensée parasite de son esprit pour se focaliser sur la menace derrière elle. D'un geste vif, elle se débarrassa de la pelote en cours de filage et plissa les yeux devant la pointe du fuseau. C'était bien mince comme arme, mais ce serait mieux que de se battre à mains nues.

Puis une voix résonna.

— Tu n'es pas la coutelière dont ton compagnon a parlé, Auðr la voyageuse, lança la femme qui les avait accueillis la veille, et dont la *skjaldmö* ne connaissait toujours pas le nom. Mais je m'en doutais. Rares sont les coutelières à voyager avec autant d'armes... et autant de cicatrices.

Auðr porta la main à sa joue avant de réaliser que, durant la nuit, les liens qui maintenaient son masque en place avaient dû se défaire. Ses traits mutilés étaient à nu et, au réveil, tous avaient pu regarder son visage défiguré.

Ils avaient dû la contempler de tout leur soûl, se moquer, s'apitoyer, se questionner. Quelle horreur !

— Mon métier et mes cicatrices ne concernent que moi, gronda-t-elle en crispant les doigts sur son arme improvisée. Donnez-moi les vivres dont j'ai besoin, et je partirai dans la journée, après vous les avoir payées. Nul besoin de mourir pour ça.

La femme éclata d'un rire clair.

— Qui te parle de mourir ? Je faisais juste une constatation. J'ai souvent remarqué que les gens avaient tendance à mentir pour des raisons qui, si elles ne concernent qu'eux, n'en valent souvent pas la peine. Quelle importance ont pour moi ton métier et ton visage tant que ton séjour chez moi ne cause aucun mal ?

Auðr inclina la tête, sans pour autant se départir de son fuseau.

— Il est vrai, mais l'expérience m'a prouvé que les gens étaient souvent inamicaux quand ils voyaient mon visage.

— Ton visage témoigne d'une vie de combats. Les gens ont peur et préfèrent attaquer avant d'être eux-mêmes attaqués. Mais je ne suis pas les gens et je n'ai aucune querelle envers toi, ni envers ton compagnon, qui nous a régalés de belles histoires hier soir, dont je suis sûre que la plupart sortent de son imagination. Sauf si tu es une de ces guerrières légendaires assises à la droite du dieu de la Guerre, que tu as épousé un roi et que tu es en quête d'un objet précieux à lui rapporter en échange d'une récompense…

Auðr frissonna à la mention de cette histoire fictive qui se révélait bien trop proche de la vérité. Asdan n'avait fait que s'inspirer des contes anciens de son peuple, dans lesquels nombre de Walkyries accomplissaient des exploits, épousaient des mortels ou siégeaient dans la halle d'Odin après avoir remporté des victoires… Mais elle n'était pas l'une d'elles.

— Asdan n'a fait que son métier, qui est de distraire les gens en leur racontant des légendes. Quant à moi, je ne suis qu'une voyageuse ordinaire, partie chercher les survivants de la famille de son époux qui se meurt.

Enfin, elle se retourna.

Son hôtesse se tenait derrière elle, devant un lourd rideau de cuir drapé devant un encadrement de bois. La veille, elle avait cru qu'il s'agissait d'une couchette parmi d'autres, mais elle comprenait à présent que derrière le rabat devait se trouver une autre pièce, peut-être une étable ou une réserve, puisque la femme portait dans ses bras épais deux gros sacs bien remplis. Elle s'avança au milieu de la pièce et lui tendit son fardeau.

— Je me doutais que tu voudrais repartir au plus vite, tu ne me semblais pas liante et en manque de compagnie humaine, contrairement à ton compagnon. Je t'ai préparé le nécessaire pour que tu puisses parvenir à ton but sans avoir à t'arrêter de nouveau.

Auðr plissa les yeux.

— Que te devrai-je pour cela ?

— Rien du tout. Je veux juste que tu t'en ailles au plus vite.

— Et que me vaut ta générosité ?

La femme s'avança encore davantage, sa masse la rendait plus imposante que la pleine lune. Sans qu'elle ait effectué le moindre mouvement offensif, et Alors que la *skjaldmö* était plus grande qu'elle et que son hôtesse n'avait esquissé aucun mouvement offensif, elle se sentit soudain menacée, comme si elle la dominait de son poids. Elle se força à planter les talons dans le sol pour ne pas reculer et dressa le menton dans un mouvement agressif.

L'autre sourit et hocha la tête, comme si elle avait deviné ses pensées.

— Regarde-toi. Prête à m'attaquer, alors que je ne t'ai rien dit ni fait. Comprends-tu pourquoi je veux que tu partes ? Tu es une créature de guerre et de mort, tu apportes le combat avec toi, et la mort marche dans ton sillage. Si tu restes, tu n'entraîneras rien de bon dans mon village, et j'ai le devoir de protéger mes proches. Pars, guerrière, et ne reviens pas ici.

Sur ces mots, la femme ouvrit les bras, et les sacs tombèrent au sol entre elles. Ils n'étaient pas fermés et leur contenu se déversa en partie sur la terre battue. Sans baisser les yeux, Auðr nota qu'il y avait de la viande séchée, des galettes de pain de seigle, des fromages et bien d'autres choses qui se conserveraient longtemps.

— Je n'ai pas besoin de tout ça, commenta-t-elle d'un ton prudent. Je me rends à Soroka, qui n'est qu'à une journée de voyage d'ici.

La femme secoua la tête.

— Tu ne trouveras pas ce que tu cherches à Soroka, crois-moi. Ton voyage durera bien plus longtemps que tu ne le penses, et cette nourriture te sera nécessaire. Emporte-la et considère-la comme le prix de la paix que je souhaite ici.

Sans dire un mot de plus, la femme se détourna et prit le chemin de la porte. Sur le seuil, elle décrocha son énorme manteau de la patère à laquelle il était attaché et le posa sur ses épaules, avant d'en relever la capuche sur sa tête.

— Je t'ai préparé une *bulke*[1] attelée à un *komi*[2]. Prends-en soin. Ils ne m'appartiennent pas, tu pourras les rendre à leur propriétaire, Lasse, qui est éleveur de rennes. Il vient d'une famille akkala et voyage souvent entre Sevettijärvi et Kannanlakši. À cette époque, il y a un grand marché sur les îles Solovki. Tu devrais l'y trouver, il te dira ce que tu cherches.

Auðr secoua la tête.

— Je ne compte pas aller aussi loin que Kannanlakši, et encore moins à Sevettijärvi. Je me rends à Soroka pour y retrouver la famille de mon mari, qui est d'origine vepse. Je n'ai que faire des Akkalas et de ton éleveur de rennes. Je n'ai pas besoin de ta *bulke*, de ton chien, ni de ta pitié. Je sais me débrouiller seule.

La femme haussa les épaules et ouvrit la porte de son isba.

— Fais comme tu veux, guerrière. Mais, lorsque tu seras à Soroka et que tu découvriras que les réponses à tes questions n'y sont pas, tu regretteras de ne pas avoir suivi mes conseils. Rappelle-toi : Lasse, l'éleveur de rennes. Il sera à Solovki et te

1. Également appelé *pulkka* en finlandais, il s'agit du traîneau traditionnel du peuple sami.

2. Le *komi* est une race de chien de Carélie, aujourd'hui éteinte. Elle est à l'origine du chien d'ours de Carélie, connu pour ses excellentes capacités de chasse.

conduira à Kannanlakši, le but de ton voyage. En attendant, prends ce que tu veux de ces vivres, et mange à ta faim ce que je t'ai laissé sur la table. Qu'il ne soit pas dit que Sari, la guérisseuse et chef de Sumskii, a manqué à son devoir. Veille juste à être partie à mon retour, quand le soleil aura dépassé l'horizon.

Surprise, Auðr détourna la tête pour regarder la lumière qui se déversait à travers l'ouverture. Pour elle, il faisait déjà grand jour, le soleil devait donc être levé. Mais la luminosité était étrange, et elle se demanda soudain si elle ne s'était pas trompée.

Voyant son regard, la femme émit un bougonnement de réprobation.

— Tu vois ? Tu n'as rien d'une des nôtres ni d'une voyageuse. Tu ne sais même pas distinguer le jour de la nuit, ici. Nous sommes au début de *sumar*[1], au mois d'*Einnmanuuthur*[2], la période des nuits blanches, quand le soleil, même derrière l'horizon, ne disparaît pas totalement et que la nuit n'existe pas. Plus tu monteras vers le nord, moins les ténèbres se feront et, quand tu arriveras à Sevettijärvi, si tu y parviens, tu découvriras qu'il y fait jour durant tout *sumar*, et nuit durant tout *vetr*, sans qu'il y ait cette alternance de jours et de nuits à laquelle tu es habituée. Il faudra t'y faire… ou bien devenir folle. Mais peut-être est-ce déjà le cas, ou est-ce ce que tu cherches ?

Avec un rire amer, la femme poussa résolument la porte et sortit, faisant entrer une bouffée d'air glacial dans la pièce. Auðr frissonna, à cause non seulement du froid qui venait de la saisir, mais surtout des paroles inquiétantes de son hôtesse. Sari, comme elle venait de s'identifier, s'était révélée bien plus inquiétante et perspicace qu'elle ne l'avait cru au premier abord, la veille, au contact d'Asdan. Sans doute le côté convivial et aimable de son compagnon l'avait-il circonvenue, et elle n'avait révélé son jour le plus menaçant qu'en présence d'Auðr, dont elle se méfiait. Celle-ci résolut de ne pas tenir compte de ses avertissements

1. L'année viking était divisée en deux grandes périodes, appelées *misseri* : l'hiver, *vetr*, et l'été, *sumar*. Ces périodes n'étaient pas figées selon le climat mais en fonction des tâches à accomplir ou des événements qui s'y produisaient.

2. Le mois de mai.

et de ses conseils, et de poursuivre sa route comme elle l'avait prévu. Après tout, cette femme ignorait tout d'elle, de son passé comme de son but, et elle ne pouvait avoir la moindre idée de sa destination et de son objectif réel. Même Asdan, qui aurait pu l'en informer, les ignorait.

Après avoir remis les provisions dans les sacs, elle les posa sur la table et ôta le tissu qui protégeait la nourriture préparée à son intention. Malgré sa réticence à profiter de la générosité de Sari la guérisseuse, elle avait faim, s'étant couchée la veille sans manger, et elle se mit à saliver en découvrant les mets proposés. Le plateau comportait un petit empilement de beignets *karjalanpiirakkas*. Asdan lui avait précisé qu'il s'agissait du plat emblématique des tribus caréliennes du Nord. Conçues à partir de farine de seigle, ces tartelettes étaient garnies de purée de tubercules mélangés à des œufs durs écrasés, que l'on réchauffait en y ajoutant du beurre fondu. Ils étaient accompagnés de *rieska*[1], et d'un bol encore fumant de soupe *maimorokka*, à base de petits poissons, d'oignons et de racines. Ce n'était pas un festin de roi, mais elle savait que ce serait nourrissant et savoureux.

Elle s'installa sans rechigner et commença à piocher dans les beignets, puis déchira des morceaux de pain pour les tremper dans la soupe le temps qu'elle refroidisse un peu, avant de la boire à même le bol.

Quand elle eut l'estomac plein, elle s'interrogea sur la suite des événements. Devait-elle chercher Asdan pour repartir avec lui ou s'en aller au plus vite, comme Sari l'y avait incitée ? La prudence aurait voulu qu'elle continue à voyager avec Asdan, mais elle ne savait ni où il était ni s'il n'était pas déjà reparti, et, sans vouloir obéir à la guérisseuse, elle n'avait aucune envie de s'attarder dans un lieu si peu accueillant.

Elle s'essuya les lèvres et décida de reprendre la route. Même si la journée ne faisait que commencer, elle n'avait pas envie de perdre de temps. Avec un peu de chance, grâce au traîneau promis, elle serait à Soroka dans la soirée et aurait fini sa mission.

1. Un pain plat comme le traditionnel pain de seigle finlandais, mais à base d'orge et de lait fermenté.

Avec un hochement de tête décidé, elle se leva, jeta un coup d'œil au métier à tisser – elle ne saurait sans doute jamais à quoi était destiné le tissu en cours de fabrication – et retourna à sa couche pour y récupérer ses affaires.

Une heure plus tard, elle était prête. La *bulke* dont Sari lui avait parlé était un appareil certes petit mais parfaitement fonctionnel, et ses arceaux étaient suffisamment hauts pour créer, quand elle tendrait la couverture de cuir qui était pliée à sa base, un abri pour elle si le vent se levait. Elle avait réparti le contenu de ses sacs dans plusieurs poches fixées aux tiges de bois et ses quelques affaires personnelles, une tenue de rechange, les documents de Gustav et ses armes, étaient accrochées à différents supports tout en restant à portée de main. Le chien komi de Sari ressemblait aux samoyèdes de Mya, bien que de taille un peu plus réduite et le poil moins long. Il était noir et blanc, avec un corps trapu et des pattes musclées aux coussinets larges, sans doute pour ne pas s'enfoncer dans la neige. Quand elle se rapprocha prudemment de lui, craignant une réaction agressive, il se mit à trépigner d'impatience sur place, la gueule élargie et la langue pendante, comme s'il avait hâte de partir. Elle lui flatta le cou pour qu'il s'habitue à son odeur, puis s'installa sur le traîneau et fit claquer sa langue. Avec un peu de chance, le soir même, elle serait à destination.

7

Auðr

Auðr avait déchanté et, un goût amer dans la bouche, fini par admettre que Sari l'avait bel et bien cernée.

Elle était arrivée à Soroka sans encombre, le crépuscule s'étant éternisé, comme à l'aube, en une clarté surnaturelle qui avait prolongé la journée de plusieurs heures, lui permettant de cheminer sans difficulté sur la piste enneigée qui s'était élargie au fur et à mesure qu'elle se rapprochait de sa destination.

Sans être une grande ville, Soroka semblait être un comptoir commercial prospère, et les nombreux navires qu'elle apercevait, ralliant le port aux multiples îles environnantes, témoignaient d'un trafic ininterrompu.

Sa première surprise avait été de constater que, contrairement à ce qu'elle avait cru, Solovki n'était pas une seule île, mais tout un archipel, la terre émergée la plus importante comportant plusieurs bâtiments de bois, dont un si haut qu'elle avait pu en distinguer la silhouette depuis l'entrée de Soroka. La toiture de ce bâtiment, en forme de bulbe, était surprenante et permettait de le reconnaître de loin.

Sa deuxième surprise avait été de voir que, aux portes du village, elle était attendue.

Deux gardes en tenue samie rouge et bleue, portant la tunique large ceinturée de broderies et tombant en plis à mi-genoux, avaient entrecroisé leurs lances en la voyant approcher et lui avaient interdit le passage.

Elle avait fait freiner son chien et mis pied à terre sans tenter de forcer le passage. Après tout, elle était censée être en mission diplomatique, elle n'était pas là pour déclencher une rixe, encore moins une guerre.

— Auðr d'Aldeigiuborg, épouse du *jarl* Gustav d'Aldeigiuborg, est-ce vous ? lança l'un des soldats d'une voix si forte que la *skjaldmö* se demanda s'il souhaitait que la cohorte de personnes campée de part et d'autre de la porte les entende.

Elle hocha la tête.

— Tu n'as pas le droit d'entrer dans cette cité. Gustav en a été exilé et s'est vu refuser le droit d'accès. Sa femme et sa descendance en sont bannies aussi.

Elle pinça les lèvres.

Cela augurait mal de la suite de sa mission.

Si elle avait prétendu à Asdan être seulement en quête d'accords commerciaux pour Gustav avec des membres éloignés de sa famille, elle devait en fait retrouver la tribu dont il était originaire, les Bepslaane, afin de négocier une alliance avec eux. Gustav avait bien insisté sur ce point : sans l'aide des Samis, qui connaissaient bien la région et possédaient des troupeaux et des hommes en masse, il lui serait impossible de vaincre le *jarl* qui l'avait détrôné et de récupérer son fief. Car tel était son but ultime. Plusieurs décennies après avoir été vaincu et chassé de son trône, Gustav ambitionnait de finir ses jours sur un dernier coup d'éclat : récupérer ce dont il avait été spolié et ajouter à son fief déjà florissant d'Aldeigiuborg son territoire d'origine, la région de Soroka et les îles environnantes, pour doubler ses richesses et sa puissance. Quand il lui en avait parlé, après plusieurs cornes d'hydromel, la veille de son départ, Auðr avait cru qu'il avait sombré dans la folie. Comment pourrait-il diriger deux fiefs à la fois, si éloignés l'un de l'autre ? Comment pouvait-il espérer unir des peuples si différents que les Varègues, les Samis, les Vepses et les Bepslaanes ? Comment pouvait-il croire qu'après tant d'années sa tribu natale se souviendrait de lui et, surtout, accepterait de se rallier à sa bannière ? C'était démentiel... Mais

Gustav l'avait convaincue, point par point. Il régnerait sur Soroka durant ses dernières années, retrouvant son climat et son pays d'origine, tandis que Hilde, sa fille, monterait sur le trône d'Aldeigiuborg. Il jouerait sur le fait qu'il était originaire de cette contrée pour attirer la sympathie des gens et les réunir autour de lui, tandis que Hilde ferait de même avec son lignage en partie *wīcing* et en partie *gautar*. Quant à la loyauté des Samis, il n'aurait aucune peine à la gagner, avait-il argué. Son peuple était tribal, très attaché aux traditions et à son mode de vie d'antan, et les liens du sang étaient très importants pour eux. À choisir entre un dirigeant venu d'ailleurs qui ignorait leurs us et coutumes et le retour d'un ancien chef issu des leurs et qui les connaissait tous personnellement, ils n'hésiteraient pas. Il en était sûr et avait convaincu Auðr. Elle avait osé lui dire que se lancer dans une telle croisade alors qu'il se croyait en fin de vie n'était pas une bonne idée, qu'il ne profiterait guère de sa conquête, si tant était qu'il en récolterait les fruits, et ne mourrait pas avant, mais à ces mots il avait esquissé un fin sourire cruel. Son but n'était pas tant de régner durant des années que de se venger de l'homme qui l'avait détrôné, humilié et forcé à fuir tant d'années plus tôt. Au fil des décennies, sa haine avait eu tout le temps de mûrir et, à présent, il voulait à tout prix faire mordre la poussière à Eero, le parvenu qui était comme une épine dans son pied. Quand Auðr avait argué qu'envoyer une femme seule n'était peut-être pas une bonne idée pour mener une telle mission, d'autant plus qu'elle ne connaissait ni la région ni les traditions des peuples qui y habitaient, Gustav avait éclaté de rire.

— Eero ne les connaissait pas plus quand il m'a vaincu, et ça ne l'a pas empêché de régner sur ces gens durant plus de trente ans. Je te fais confiance, tu te débrouilleras très bien, avait-il ajouté en ricanant.

Puis il s'était penché au-dessus du coffre entre eux et avait repris d'un ton encore plus bas, rendu rocailleux par l'alcool fort.

— Mais, souviens-toi, si tu n'obtiens pas le soutien des Bepslaanes, ou s'ils ont disparu... il y a d'autres moyens de convaincre Eero...

Auðr avait étréci les paupières.

— Je suis une *skjaldmö*, pas une...

Il avait levé une main épaisse comme un tranchoir.

— Je ne te dis pas quoi faire, mais je sais que tu sauras prendre la bonne décision. Eero est un parvenu, un étranger sans loi ni pitié, qui étrangle et dépouille mon peuple. Tout ce que je veux, c'est rétablir un peu de justice avant de m'en aller à mon tour. Je veux que tu sois la main de cette justice, Auðr, puisque je ne peux le faire moi-même. La présence d'une femme, qui plus est mon épouse, attirera moins les soupçons que si j'envoyais une horde de guerriers ou même une mission diplomatique. Je ne veux pas éveiller les rancœurs ni déclencher une guerre. Avise de la situation sur place, fais-toi des alliés si tu peux, et agis pour le mieux, je te fais confiance. Mais, si tu veux avoir ton fief à ton retour, je veux que tu me rapportes le mien... avec la tête d'Eero de préférence.

Auðr avait avalé sa salive avec difficulté et laissé son regard errer sur les cornes et la bouteille d'hydromel. Malgré sa formulation, la requête de Gustav était très claire. Mais, après tout, qui était-elle pour discuter des ordres de son époux et *jarl* ? Gustav avait le droit de vouloir se venger et, en tant que femme et *skjaldmö*, elle lui avait juré obéissance et fidélité. Auðr s'était donc résolue à mener à bien cette mission, tout en la taisant à tout le monde.

Mais, arrivée à Soroka, elle découvrait que peut-être cette mission n'était pas si secrète qu'elle l'avait espérée, puisqu'on l'empêchait de mettre ne serait-ce qu'un pied dans la ville.

— Je suis bien Auðr Larsendöttir, épouse du *jarl* Gustav d'Aldeigiuborg et *skjaldmö* vouée à Freyja. Qui me refuse le passage alors que je suis en mission diplomatique ? lança-t-elle d'une voix encore plus forte que celle de son interlocuteur, afin que tous sachent qui elle était et qu'elle n'était pas là dans un but d'agression.

Les deux hommes se consultèrent du regard.

— On nous a avertis de votre possible arrivée et qu'il risquait d'y avoir un... des... Vous n'avez pas le droit d'entrer.

— Qui a décrété ça ? insista-t-elle. Qui refuse le passage à une guerrière protégée par Freyja ? Qui refuse l'hospitalité à une épouse de *jarl* ?

— Personne, c'est juste que...

— Mon époux m'a envoyée discuter de manière pacifique avec son homologue, le *jarl* Eero, dirigeant de la colonie de Soroka. Me refuserez-vous de parler à un pair ? déclama-t-elle, remerciant Gustav de lui avoir fait prendre des cours d'élocution pour apprendre à s'exprimer comme une noble.

Par souci de persuasion, elle posa la main sur sa hache et se redressa de toute sa taille. Son masque, qu'elle n'avait pas mis, se balançait à sa ceinture et, pour une fois, elle se félicita d'avoir exposé son visage. Avec ses cicatrices, il était impossible de ne pas la reconnaître, et elle était d'autant plus impressionnante.

— Non, bien sûr que non...

— Alors laissez-moi passer ou, à tout le moins, faites avertir le chef des lieux de ma présence à sa porte. J'ai parcouru une longue route et je n'ai nulle envie de m'attarder dans le froid et la neige.

Sans avoir à se concerter, les deux soldats hochèrent la tête et l'un d'eux fila en direction de l'intérieur de la cité, tandis que l'autre reprenait sa position de gardien.

Auðr ne le lâcha pas du regard, pas plus qu'elle ne dégagea le passage. Derrière elle, les marchands qui attendaient pour entrer piétinaient, certains grommelant des jurons, d'autres talonnant leur monture tandis que ceux qui aiguillonnaient des caravanes en profitaient pour sangler des sacs et vérifier leur chargement en lançant des coups d'œil mauvais au soldat qui les mettait en retard.

Elle ne bougea pas.

Quand la première sentinelle revint, l'attroupement à l'entrée de Soroka s'était renforcé d'une dizaine de moines chrétiens qui avaient rejoint la file d'attente et psalmodiaient leurs prières et louanges d'une voix monotone tout en brandissant la croix représentant leur dieu martyr. Auðr ne leur accorda pas une seconde de son attention. Elle était familière de leurs coutumes pour avoir vu la mère du prince Ansgar prier comme eux, mais leurs simagrées l'indifféraient. Leur dieu était mort, et sa fin n'avait pas entraîné le Ragnarök. C'était donc une fausse divinité, une invention de ses prêtres pour servir leurs ambitions. Bientôt, ils disparaîtraient et nul n'entendrait plus parler du faux dieu crucifié.

D'un geste machinal, elle effleura le bracelet d'Odin qu'elle portait au poignet, puis leva les doigts pour toucher le collier de Freyja, symbole des *skjaldmös*, à son cou. Elle avait toujours vénéré les dieux de son peuple et, même si sa croyance avait perdu de son innocence d'autrefois et s'était un peu effritée, elle conservait sa foi intacte.

Malgré sa hâte, elle n'ouvrit pas la bouche et attendit que le soldat parvienne jusqu'à elle pour baisser les yeux sur lui. Perchée sur son traîneau et jouant de sa haute taille, elle le dominait d'une bonne tête.

L'homme haletait quand il s'arrêta devant elle, sa pelisse en peau de loup battant ses mollets.

Elle haussa un sourcil.

— Vous… le *jarl*… Otto vous invite à le rejoindre dans son isba. Il vous offre l'hospitalité pour la nuit.

Auðr se força à ne pas afficher sa surprise en entendant ce nom inattendu. Gustav lui avait dit que c'était un certain Eero qui l'avait détrôné et régnait à Soroka à sa place. Pendant trente ans, il avait espionné son ancien fief sans discontinuer et prétendait être au courant des moindres faits et gestes de son successeur sur le trône. Qui était donc ce *jarl* Otto et où se plaçait-il dans ce jeu de pouvoir dans lequel Gustav l'avait embarquée ? Avait-il détrôné Eero récemment, ou l'avait-il fait en secret sans que Gustav ne l'apprenne ? Elle ne manifesta aucun étonnement et se contenta de hocher la tête pour signaler qu'elle acceptait son offre.

Puis, lorsque le soldat se décala sur le côté, elle fit claquer sa langue et se rassit pour indiquer à son chien de reprendre sa progression. Le komi, qui avait attendu patiemment, allongé entre les rênes du chariot, se remit debout et tendit le cou pour marcher.

— Non…, bredouilla le soldat en s'interposant.

— Pardon ?

— Le *jarl* demande que vous soyez escortée à pied à son isba. Vos affaires seront portées dans son écurie par des serviteurs, qui s'occuperont de regarnir vos réserves de provisions et de préparer votre traîneau et votre chien pour votre retour. Vous devez me suivre.

Elle plissa les yeux et réfléchit quelques instants. Sans ses affaires et son *bulke*, il lui serait impossible de fuir si cette proposition se révélait être un piège. Mais...

Elle se pencha et sortit ses deux grandes haches et son bouclier de son traîneau, les accrochant ostensiblement dans son dos. Puis elle tendit les rênes de son véhicule à l'homme.

— Le traîneau et le chien appartiennent à un certain Lasse, éleveur de rennes. Il devrait se trouver sur les îles Solovki pour le marché de *sumar*. Je tiens à les lui restituer en personne, pour le remercier de sa générosité. Veillez à ce qu'ils soient à ma disposition au plus vite.

Elle accompagna ses mots de son sourire le plus féroce et réprima son amusement en voyant l'homme, qui avait déjà blêmi en découvrant son arsenal, se ratatiner sur lui-même. Apparemment, les *skjaldmös* étaient soit inconnues en Carélie soit suffisamment célèbres pour susciter une peur abjecte. Tant mieux. Cela servirait ses objectifs.

Le seigneur de ce fief était plutôt bel homme, constata-t-elle lorsqu'elle entra dans l'isba seigneuriale. Elle avait été avisée de lui donner le titre de boyard, le nom « *jarl* » étant réservé aux chefs vikings et varègues. Otto était également fier de se différencier des *hoavdatt*[1] samis qui dirigeaient les tribus des régions plus au nord – même s'il aurait bien aimé, de toute évidence, les rallier à sa bannière, voire s'approprier leurs terres.

Auðr avait découvert ce fait dans les secondes qui avaient suivi son arrivée et, à chaque instant qui passait, son sentiment d'insécurité grandissait. Chez elle, cela ne se manifestait pas par une peur ni par un désir de fuite, mais par une urgence qui la sommait de saisir ses armes et de faire une démonstration

1. Le *hoavda* (*hoavdatt* au pluriel) est le chef chez les Samis.

de force pour s'assurer que personne ne s'en prendrait à elle. Elle brûlait de dégainer ses haches et de faire rouler la tête du boyard qui lui faisait face et l'ignorait ostensiblement, pour résoudre la menace qu'il représentait et le châtier d'oser la dédaigner après l'avoir fait mander dans son isba.

Mais elle se força à prendre son mal en patience et continua à afficher le même sourire condescendant qu'elle exhibait depuis son entrée dans la salle, sans lâcher Otto du regard.

Ce dernier contrastait fortement avec les hommes qui l'entouraient, tous étant visiblement d'origine samie, avec des yeux bridés et des cheveux noirs qui encadraient des visages au teint doré. Si certains avaient le nez trapu et les pommettes larges typiques des habitants de ces régions nordiques, d'autres affichaient le nez busqué et le front haut plus caractéristique des Slaves. Mais tous, sans exception, portaient le costume traditionnel des éleveurs de rennes, malgré des différences visibles dans les couleurs et les broderies de leurs tenues. Auðr reconnut les motifs floraux qu'elle avait remarqués dans l'isba de Sari la guérisseuse et comprit qu'elle avait dû tisser des ceintures pour les membres de son clan. Otto, lui, était bien plus grand que les autres, et cela n'était pas uniquement dû à ses bottes à semelle de bois ni à l'estrade sur laquelle il trônait. Sa carrure large et sa crinière épaisse à la blondeur toute scandinave renvoyaient à des origines vikings, et même les tatouages qui marquaient son cou et remontaient sur sa mâchoire, sa joue et sa tempe, comportaient des motifs runiques familiers à la *skjaldmö*. Elle se demanda si leurs origines communes lui vaudraient un traitement de faveur ou si, au contraire, cela lui causerait préjudice.

Enfin, après avoir fini de parler aux hommes qui l'entouraient, Otto les congédia d'un geste désinvolte de la main et tourna la tête vers elle. Les éleveurs de rennes s'inclinèrent brièvement devant lui et quittèrent l'isba en hâte, comme s'ils étaient pressés de s'en aller, la contournant sans lui prêter la moindre attention.

Elle se raidit en sentant le regard d'Otto l'inspecter de la tête aux pieds.

Pour cette première entrevue, elle n'avait pas mis son masque, espérant que son visage impressionnerait son interlocuteur.

Mais celui-ci, étudiant ses traits mutilés, ne fit qu'esquisser un sourire, qui révéla des dents cruelles – il les avait limées en pointe, sans doute pour effrayer ses adversaires au combat. Cela ne fit aucun effet à Auðr. Elle avait déjà côtoyé des *berserkers* et savait, pour les avoir vus le faire, que c'était une pratique courante au sein de cette caste de guerriers sanguinaires, afin de parfaire leur apparence sauvage. Mais Otto n'avait rien d'un ancien *berserker*. D'ailleurs, pour ce qu'elle en savait, elle n'avait jamais vu un membre des guerriers sacrés quitter les siens après avoir passé son initiation, et leur intégration dans leur confrérie était aussi irrémédiable que le tatouage qu'ils se faisaient faire ensuite. S'il avait été un *berserker*, Otto serait resté auprès des siens et n'aurait pas eu suffisamment de lucidité pour diriger un fief. Les *berserkers* étaient fous, Auðr en avait conscience, et même ceux qui parvenaient à dominer leur part animale possédaient trop de fureur en eux, trop de colère sacrée, pour la juguler au quotidien, et les histoires narrant des drames à leur sujet abondaient. Certains *jarls* avaient même interdit aux *berserkers* vivant sur leur fief de prendre épouse ou maîtresse de peur que, à la moindre contrariété ou sous l'effet de leurs pulsions les plus primaires, ils n'en viennent à les massacrer.

Ainsi, Otto s'arrogeait des attributs de *berserker* sans l'être. Cela augurait mal de l'éthique du personnage, et Auðr se promit de se méfier de lui.

Sa réserve s'accentua quand elle remarqua le sourire prédateur qu'il affichait en la contemplant.

— Le spectacle te plaît, *jarl* Otto ? lança-t-elle au bout d'un moment, fatiguée de son inspection impolie.

— Dire qu'il me plaît serait mentir, je préfère les femmes plus petites et plus féminines. Mais je te trouve... intéressante, guerrière, et je ne refuserais pas de te mettre dans mon lit, pour voir si tu possèdes le feu que ton regard et ta langue semblent promettre.

— Mon corps est réservé à mon époux, qui n'a pas tes réserves sur mon physique, contra-t-elle en levant le menton d'un signe de défi. Et je ne suis pas venue chercher un amant, mais une alliance. Le *jarl* Gustav, mon époux...

— Je sais parfaitement qui est ton époux et une alliance avec lui ne m'intéresse pas. Je me suis déjà renseigné sur lui, et sur toi, et vous n'avez rien à m'apporter. Si je n'avais pas été curieux de te rencontrer en personne, je t'aurais fait refuser l'entrée de Soroka. C'est ce que j'avais prévu jusqu'à ce que mon soldat mentionne ton physique intrigant.

— Ainsi, tu fais partie de ces gens qui jugent leurs interlocuteurs sur leur apparence, et non sur leurs actes ou sur leurs propositions. Tu fais un piètre chef, dans ce cas, et je me demande comment tu as pu rester sur ce trône si longtemps. À moins que tu ne l'aies acquis récemment, ce qui expliquerait pourquoi c'est toi que j'y trouve, et non le boyard Eero que je voulais rencontrer.

Les dés étaient lancés. Otto avait entamé les hostilités en attaquant directement Auðr sur ses cicatrices et Gustav sur son alliance, et elle ne pouvait se laisser mettre en position de faiblesse. Elle se força à décrisper ses mains, qui s'étaient posées sur le manche de ses haches, et carra les épaules en signe de défi. Otto le remarqua et éclata d'un rire franc qui lui fit rejeter la tête en arrière, révélant son cou épais comme une colonne et ses dents de loup aiguisées.

Puis, aussi brusquement qu'il avait ri, son expression se referma, et il darda sur Auðr un regard plus gelé que la mer Blanche en hiver.

— Tu m'amuses, guerrière, mais veille à ne pas me lasser. Je ne suis plus un *jarl*, mais un boyard, comme on a déjà dû te le dire. Et mon nom est Ottar, pas Otto. Otto est la version dont les souverains varègues aiment m'affubler pour faire croire que je suis un Slave de plus à leur botte, mais je ne suis ni slave ni varègue, je suis Ottar du Hålogaland et, même si mon pays n'existe plus, j'existe toujours et je revendique ce que je suis.

Auðr fronça les sourcils. La situation était encore plus complexe que Gustav ne le lui avait laissé comprendre. Le Hålogaland était le royaume le plus septentrional des contrées nordiques, mais elle en était partie depuis plusieurs années et elle ignorait ce qui avait pu se passer dans ces pays bien plus au nord que son Danemark natal. Ingmar, son oncle, avait bien mentionné que le nouveau roi du Vestfold prévoyait d'unifier la myriade de petits royaumes qui cernaient son pays, mais elle n'avait pas pris ses dires au sérieux : le devenir de contrées si lointaines à son Danemark, et si enclines à changer de dirigeant à la mort du précédent, ne lui importait guère. Elle avait vu Ingmar pour la dernière fois avant de quitter la cour du régent Oleg de la Rus' de Kiev, trois ans plus tôt, juste avant qu'elle rencontre Gustav et qu'il lui propose de l'épouser. Quand elle s'était unie à lui, elle avait renoncé à toute allégeance avec Ingmar – ce qui n'avait fait qu'amplifier leur désaccord depuis qu'elle avait trahi l'alliance qu'il avait forgée avec Oleg pour se ranger du côté d'Ansgar et de sa fauconnière – et, dès lors, elle n'avait plus eu de nouvelles ni de son oncle ni du Danemark. Le nouveau roi du Vestfold avait-il donc conquis le Hålogaland ?

Elle secoua la tête et écarta les mains en signe de défaite.

— Tu me vois consternée par ce que tu as subi. Cela fait plusieurs années que j'ai quitté mon pays, et je n'ai pas eu de nouvelles du Danemark, du Vestfold, ni du Hålogaland depuis bien longtemps. J'ignorais que ton pays avait été conquis, et on m'avait parlé de toi comme étant le *jarl* Otto. Je te prie de m'excuser de ma méprise, et je te demande de ne pas m'en tenir rigueur. Ainsi que je te l'ai dit, je viens à toi pour négocier une alliance, et je n'avais aucune intention de t'offenser.

— Tu ne m'offenses pas, guerrière, mais comprends bien que la piètre qualité des renseignements qui t'ont été fournis à mon sujet augure mal de l'intérêt d'une alliance entre ton mari et moi.

— Boyard Ottar, même si mes informations ne sont pas à jour, cela ne diminue pas l'intérêt commercial...

— Cesse tes arguments, femme ! rugit soudain Ottar. Nous savons l'un comme l'autre que tu n'es pas venue en quête d'alliances, mais pour récupérer des documents dont mes hommes se sont emparés chez ton époux, et que tu n'hésiteras pas à m'assassiner pour les obtenir ! Crois-tu que j'aie survécu si longtemps sans être doté d'un minimum d'intelligence ?

Auðr crispa les mâchoires et recula d'un pas. La situation venait tout d'un coup de s'envenimer. Elle écarta les mains de ses haches pour afficher qu'elle n'avait pas d'intentions hostiles, mais parcourut la pièce du regard pour voir si une issue était toute proche. Là ! La fenêtre, dans la paroi sud de l'isba. Elle était suffisamment éloignée d'Ottar pour qu'il n'entrave pas sa fuite, mais pas assez proche pour que ses soldats, de chaque côté de la porte, ne puissent l'intercepter.

Mais Ottar n'en avait pas fini.

— J'ai quitté mon Hålogaland[1] quand ce maudit Harald l'a envahi, pour ne pas avoir à me soumettre à lui, et j'ai pris avec moi de nombreux navires, ainsi que plusieurs autres *jarls* déterminés à ne pas se soumettre au Vestfold. Nous avons navigué jusqu'à la mer de Barents, nous avons traversé la mer Blanche et rencontré les Samis. J'ai exploré le Bjarmeland et remonté la Dvina jusqu'à Kotlas, où j'ai vécu avec les Nénètses durant plusieurs mois. Ensuite, je suis remonté à bord de mon navire et je suis revenu ici, où je me sens chez moi, pour diriger ce peuple qui avait besoin d'un chef fort et puissant pour se développer.

À ces mots, Ottar se redressa sur son trône et carra les épaules. Il avait tout du roi magnanime et charismatique qu'il venait de présenter. Mais Auðr ne se laissa pas impressionner par sa diatribe. Elle aussi se redressa et, avec autant de suffisance que lui, braqua un index vers son trône.

— Laisse-moi reformuler : tu craignais d'être vaincu par le roi Harald, donc tu as fui avec d'autres lâches. Tu as navigué jusqu'au Bjarmeland où tu as vécu de raids et de rapines jusqu'à ce que les chefs des tribus locales s'unissent pour te chasser. Après quoi, tu es revenu ici où tu as profité de la faiblesse du boyard local pour t'emparer de son fief et t'asseoir sur son trône.

Un lourd silence s'ensuivit, et Auðr se demanda un instant si, en révélant son opinion sur la vie d'Ottar telle qu'elle l'imaginait de manière plus réaliste, elle n'avait pas signé son arrêt de mort. Sans quitter des yeux le boyard norvégien, elle garda ses doigts prêts à décrocher ses haches et resta sur le qui-vive pour pouvoir sauter par la fenêtre aussitôt que possible. Mais rien ne se passa. Ottar ne réagit pas. L'explosion de fureur – ou

1. Ottar de Hålogaland est un personnage historique, dont la vie et la fin ont été ici largement adaptées à l'intrigue.

l'ordre d'exécution – qu'elle attendait ne se produisit pas et, au contraire, un calme surprenant parut s'emparer de l'explorateur *wīcing*. Il s'adossa à son trône et plissa les yeux.

Il avait un regard étonnant, d'un bleu foncé presque noir, troublant et vif à la fois, et le charbon qui entourait ses yeux, pour les protéger sans doute de la réflexion intense de la lumière, ne faisait qu'accentuer leur expression. Auðr se sentit soudain mise à nu par ces iris inquisiteurs et dut résister à l'envie de baisser la tête pour dissimuler son visage.

Enfin, Ottar réagit. Il hocha lentement la tête et croisa les mains sur ses cuisses en se penchant en avant. Il se racla la gorge deux fois et, enfin, claqua dans ses doigts pour appeler ses hommes. Auðr se prépara au combat.

— Tu es pleine de surprises, *skjaldmö*, commença-t-il lentement en lui donnant son titre pour la première fois. Je suis aussi étonné de ta perspicacité qu'admiratif de ton courage. Ce n'est pas souvent qu'une femme seule ose me défier dans mon isba, face à mes hommes, en territoire hostile et sans renforts. Comment sais-tu tout cela ?

Auðr haussa les épaules.

— Ce n'était pas difficile à deviner. J'ai été éduquée non seulement au combat mais aussi à la politique.

Nul besoin de lui dire que ce qu'elle avait appris en diplomatie et en politique était tout récent. Mais les phrases d'Ottar lui laissaient espérer que ce n'était pas aujourd'hui qu'elle se battrait pour sa vie.

— Finalement, une alliance avec toi m'intéresserait, susurra Ottar. Que dirais-tu que nous en discutions autour d'un bon repas ?

Auðr hocha lentement la tête.

— Pourquoi pas. Tant que tu m'assures que, quelle que soit ma réponse, je repartirai demain sans avoir été molestée… et avec les documents que je suis venue chercher.

Ottar éclata d'un rire franc.

— Tu as ma parole pour ce qui est de ton intégrité physique. J'aimerais me battre avec toi pour déterminer qui de nous deux est le plus fort, mais je n'ai aucun intérêt à te blesser ni à te tuer, je ne veux pas déclencher de guerre entre nos fiefs. Mais, en ce qui concerne les parchemins du *jarl* Gustav, je n'ai aucune raison de te les céder.

— Pourrons-nous en discuter durant le dîner ? plaida Auðr. Je suis sûre qu'un arrangement nous serait profitable à tous les deux...

— Discutons-en si tu y tiens, répondit Ottar. Mais ne te fais pas trop d'illusions, tu as deviné beaucoup de choses sur moi, mais tu ne sais pas tout...

Quand Auðr revint dans la salle principale de l'isba après s'être apprêtée pour le dîner, une nouvelle surprise l'attendait. Ottar s'était changé lui aussi, arborant à présent un kaftan russe traditionnel et des bottes valenki[1] brodées d'un motif suffisamment repris dans la décoration de la salle pour que la jeune femme comprenne qu'il s'agissait du blason d'Ottar – une flamme surplombant le ciel. Auðr supposa qu'il s'agissait d'un symbole en hommage au pays d'origine d'Ottar, le Hålogaland, qui était surnommé « pays des aurores boréales », ces lumières du Nord qui créaient comme des halos enflammés dans le ciel nocturne, dans les régions les plus septentrionales.

Quelques notes de musique résonnèrent à son arrivée, et Auðr espéra un instant qu'il s'agissait d'Asdan, qu'elle n'avait pas revu depuis son départ de l'isba de Sari la guérisseuse. Elle avait regretté de ne plus faire route avec lui et, malgré ses efforts, n'avait pas réussi à le chasser de son esprit. Le son du *jouhikko* dans la pièce le lui rappelait, et elle porta aussitôt son regard vers le recoin où le musicien se produisait, mais la petite flamme qui s'était allumée dans son cœur mourut aussitôt. Au lieu du jeune homme élancé au regard malicieux et au sourire creusé de fossettes, se trouvait un vieil homme aux mains prématurément usées et au sourire las. Mais il jouait bien, et la jeune femme se laissa bercer par le son agréable, se remémorant ces journées interminables, piégée dans leur abri de glace, où Asdan avait

1. Bottes traditionnelles en laine feutrée idéales pour les conditions extrêmes.

égayé les heures en lui chantant chanson après chanson pour faire passer le temps.

Il lui manquait. Le constat était aussi triste qu'étonnant, mais c'était un fait. En dépit de tous ses efforts, elle ne parvenait pas à le chasser de son esprit et tout le lui rappelait, de la nourriture sur la table – qui évoquait le bouillon de légumes qu'il lui avait préparé pour la réchauffer quand elle avait failli mourir dans la neige – à la flûte en os qu'il lui avait appris à fabriquer et dont la jumelle se trouvait à la ceinture du musicien.

Sans doute ne le reverrait-elle jamais, et c'était bien dommage. Elle aurait été curieuse d'en découvrir plus sur lui.

Entendant Ottar marmonner quelques mots depuis l'estrade, elle se força à reporter son attention sur lui.

Il se leva en la voyant s'approcher et tendit une main prudente vers elle.

— J'ai promis de ne pas m'en prendre à toi mais, si je me souviens bien, tu ne m'as pas rendu la politesse, guerrière. Dois-je craindre d'avoir la main coupée si je te touche ?

— Tout dépend comment tu me touches, contra-t-elle avec un sourire qu'elle voulut plaisant. Si tu ne m'agresses pas, je ne t'agresserai pas.

— Pourtant, tu portes des armes à ta ceinture.

— Simple précaution. En outre, une *skjaldmö* n'est jamais sans armes sur elle, ce serait une offense à Freyja. Tu remarqueras néanmoins que je n'ai pas pris mes haches.

— Ton arme de prédilection ?

— Tout à fait. J'aime leur poids et leur balancement au combat.

Ottar hocha la tête d'un air entendu, et ils continuèrent à discuter un moment des mérites de la hache par rapport à l'épée. La guerrière s'étonna de voir que l'explorateur préférait aussi cette arme.

Puis, dès qu'il porta à sa bouche la corne dans laquelle un serviteur venait de verser du vin sirupeux, le festin commença. Contrairement à ce qu'Auðr avait imaginé, ils n'étaient que tous les deux à manger, et seule une demi-douzaine de gardes veillait à l'entrée des portes. Malgré la présence des soldats, elle ne se sentait pas menacée. Ottar avait juré de ne pas s'en prendre à elle, et elle n'avait aucune raison de ne pas le croire.

Le repas était délicieux. Outre une soupe au saumon et à la crème particulièrement savoureuse, un gros plat de ragoût de renne trônait au milieu de la table, entouré de bols de purée, de confiture de mûres arctiques et d'airelles et de pains de seigle ronds à côté desquels des fromages étaient disposés. Bien entendu, les traditionnelles tranches de renne fumé attendaient qu'ils se servent, ainsi que les *karjalanpiirakkas* dont Auðr avait déjà trop mangé chez Sari au petit matin – ces beignets ouverts étaient tellement fades que, sans le beurre fondu dont elle les avait imbibés, elle n'aurait su dire s'ils étaient salés ou sucrés. Elle s'abstint donc d'en prendre et préféra se resservir du délicieux cabillaud aux herbes et des boulettes de viande aux carottes.

Lorsque Ottar fit signe aux serviteurs qu'ils avaient assez mangé, ceux-ci débarrassèrent la table sur tréteaux et revinrent quelques minutes après, porteurs de sucreries tout aussi appétissantes. Auðr put savourer des brioches aux épices, du gâteau aux pommes, des gâteaux à la rhubarbe et à l'angélique, et de nombreuses confitures aux baies arctiques, adoucies au miel et à la mélasse, qu'elle put tartiner sur un pain plat traditionnel encore chaud et moelleux.

À la fin du repas, elle était repue et ses papilles fourmillaient de plaisir, mais elle avait également compris que, quoi qu'Ottar en dise, son allégeance restait envers son pays d'origine. Tout le repas avait été dédié à la cuisine norvégienne.

Elle profita de ce que son hôte dégustait une corne d'hydromel, hochant la tête au rythme de la musique que le *skald* jouait, pour aborder le sujet qui lui tenait à cœur.

— Vous souhaitiez dîner avec moi pour discuter d'une possible alliance. Or, nous n'avons quasiment pas parlé. Que souhaiteriez-vous négocier ?

Ottar la regarda longuement par-dessus sa corne. Puis, sans prononcer un mot, il claqua dans ses doigts et fit un signe en direction d'une tenture, située derrière lui, sur sa gauche. Le lourd tissu se souleva, et trois femmes émergèrent du passage sombre dissimulé derrière. Au vu de leur promptitude, Auðr comprit qu'elles avaient dû guetter ce signe pour apparaître, peut-être par la petite fenêtre munie de claustras en bois dans l'angle de la pièce. Elle avait déjà vu ce genre de cloison au Danemark ; c'étaient des ouvertures réservées pour que les épouses ou maîtresses d'un *jarl* puissent profiter d'une fête ou d'un dîner sans être en présence d'autres hommes. Pourquoi les avait-il cachées ? Elle n'en avait pas la moindre idée.

Les nouvelles venues vinrent se présenter devant la table, face à Auðr et Ottar. Muettes et les yeux baissés, elles attendaient qu'il leur donne l'autorisation de parler. Il n'émanait d'elles aucune peur, elles ne tremblaient pas et n'avaient ni les épaules basses ni le regard fuyant, elles étaient juste... en attente. Auðr se demanda ce qu'il avait pu leur faire ou leur dire pour obtenir d'elle une telle passivité. De gauche à droite, la plus âgée devait avoir une quarantaine d'années, soit quinze ans de plus qu'elle et peut-être dix par rapport à Ottar, qui avoisinait la trentaine. Le visage marqué de stries dues à l'usure de la vie, elle affichait une silhouette au ventre mou qui témoignait de nombreuses grossesses et des cheveux prématurément gris. Ses mains rougies et gonflées indiquaient qu'elle devait passer du temps à faire la lessive ou à jardiner. Sa voisine, au milieu, était au contraire très jeune. Elle devait à peine avoir quinze ans et arborait un visage rond et innocent, encadré d'épaisses tresses blondes qui accentuaient le côté enfantin de ses grands yeux bleu clair. Sa silhouette était bien en chair et ses lèvres charnues. Quant à la dernière, d'une vingtaine d'années, au visage empreint d'une gravité presque religieuse, elle n'était pas belle à proprement parler, avec ses traits longs et ses yeux en amande, mais sa stature si fine qu'elle en était presque maigre contrastait avec son abdomen proéminent, signe d'une grossesse proche de son terme.

Auðr les considéra toutes les trois, puis tourna un visage interrogateur vers Ottar. Ce dernier désigna les femmes.

— Noble *skjaldmö*, je te présente mon épouse, Ambjørg, et mes deux *frillas*, Fridgunn et Sollaug. Trois incapables qui ont échoué à me fournir un héritier.

Auðr haussa un sourcil dubitatif. La première, Ambjørg,

avait peut-être multiplié les fausses couches, mais la dernière était de toute évidence enceinte.

Ottar éclata d'un rire amer.

— Je me doute de ce que tu dois penser en contemplant ces femmes : l'une d'elles a déjà porté plusieurs enfants et est épuisée par les grossesses, la deuxième est trop jeune pour en avoir, et la troisième devrait combler tous mes espoirs. Mais il se trouve que ce n'est pas le cas. Ambjørg est mon épouse légitime, qui m'a été imposée par mon père pour sceller une alliance dans le Hålogaland, et si je l'ai honorée comme je le devais, elle n'a pas réussi à produire un héritier. Fridgunn était prometteuse, car sa mère a eu plus d'une dizaine d'enfants, mais malgré les dires de son père, qui me l'a donnée quand je suis arrivé ici, elle n'est jamais tombée enceinte. Quant à Sollaug, elle est issue du peuple vepse, je l'ai eue à Kotlas, où son père me l'a donnée pour que je ne réduise pas sa ville en cendres. Elle était déjà pleine quand je l'ai prise, raison probable pour laquelle il me l'a donnée : ça l'arrangeait de se débarrasser d'elle, puisqu'elle n'était pas mariée, et j'espérais qu'elle me donnerait à moi aussi un héritier. Hélas, l'enfant qu'elle portait quand je l'ai ramenée était mort-né et, depuis, tous ceux que je lui ai faits n'ont jamais respiré non plus.

Auðr ne put s'empêcher de plaindre la jeune femme. Vendue comme une jument et destinée à porter enfant mort-né après enfant mort-né, sans autre espoir que de mourir un jour en couches sans même avoir donné la vie. L'idée la fit frissonner d'horreur.

— Qu'attends-tu de moi ? Espères-tu que je demande à Gustav de te donner une femme d'Aldeigiuborg pour te fournir un héritier ? Hilde, sa fille, est belle et avenante, mais il ne la cédera pas sauf à un roi ou à un prince, et il refusera qu'elle soit moins qu'une épouse légitime...

Ottar éclata d'un grand rire.

— Je ne veux pas m'encombrer d'une femelle de plus, je veux juste un enfant. Et, forte comme tu me sembles l'être, je ne doute pas que tu en produirais un en parfaite santé. Voici le marché que je te propose : reste ici le temps de m'en donner un.

Tu n'auras rien à faire à part écarter les jambes. Je ne t'épouserai pas, je ne ferai pas de toi ma *frilla* officielle. Tu seras juste ici, dans mon isba, et tu pourras repartir quand tu auras accouché. Ni Gustav ni personne n'auront besoin de le savoir, et tu seras justement récompensée de ta peine : non seulement je te donnerai ces documents que ton époux tient tant à récupérer mais, en outre, je te concéderai un traité commercial entre Soroka et Aldeigiuborg qui sera tout à ton avantage. Qu'en dis-tu ?

Auðr faillit s'en étrangler de fureur.

Sans réfléchir, elle se remit debout et dégaina le poignard qu'elle portait à la ceinture pour le plaquer sur la gorge d'Ottar. Son autre main s'était enfoncée dans son cuir chevelu et le maintenait par sa crinière dorée.

— J'en dis que c'est une offense envers Freyja, envers Gustav, et envers moi, chien de pillard ! rugit-elle. Rends-moi tout de suite ces parchemins que tes hommes ont volés à Gustav, ou je t'égorge devant tes femmes !

Face à eux, les trois concubines n'avaient eu d'autre réaction que de frémir devant l'éclat de la *skjaldmö*. De même, le musicien en fond de salle avait cessé de jouer, mais il n'avait ni crié ni laissé tomber son instrument. Seuls les soldats, disséminés à chaque angle de la pièce, avaient braqué leurs armes vers elle, mais elle savait que, leur chef étant à sa merci, ils n'oseraient rien faire.

— Où sont ces parchemins ? insista-t-elle en appuyant un peu plus fort.

Sous la lame de son poignard, le sang d'Ottar se mit à couler.

— Tu… Je ne… les… ai pas…, finit par souffler l'explorateur devenu boyard, à moitié étranglé.

— Où sont-ils ?

Malgré la douleur, il parvint à esquisser un rictus mauvais.

— Croyais-tu vraiment que j'allais les laisser à ta portée, sachant que Gustav ne manquerait pas d'envoyer sa chienne enragée aux trousses de mes hommes ? Je leur avais donné pour consigne de les mettre en lieu sûr au plus tôt, là où tu ne pourras jamais aller les chercher…

— Où ? hurla-t-elle à pleins poumons.

— Je ne te… le dirai… jamais.

— Alors, meurs !

Mais, à l'instant où elle s'apprêtait à trancher la gorge de son adversaire, une voix l'interrompit. Elle se figea, la lame déjà dans le cou d'Ottar, à deux doigts de lui sectionner les veines. Lentement, sans tourner la tête pour ne pas perdre sa proie de vue, elle orienta ses yeux vers la femme qui avait parlé.

La plus âgée, celle qu'il avait dit s'appeler Ambjørg. L'épouse légitime d'Ottar, qu'il avait épousé dans le Hålogaland.

Elle s'avança d'un pas, tendant ses mains ravinées vers Auðr.

— Ne… ne le tuez pas, s'il vous plaît. Je sais où sont ces parchemins que vous cherchez, je vous dirai…

— Ne lui dis pas, sale chienne ! rugit Ottar entre ses dents serrées. Si tu parles, je te…

— Que peux-tu me faire que tu ne m'as pas déjà fait, ô mon époux ? protesta la femme en dressant le menton d'un air de défi. Tu m'as tout volé : ma jeunesse, ma liberté, mon espoir de fonder une famille, et même ma dignité. Depuis quinze ans, je maudis le jour où mon père m'a donnée à toi pour gagner quelques terres, je te maudis de m'avoir épousée, et je me maudis d'avoir accepté cette union. Je n'ai été pour toi qu'une poulinière, tu ne m'as jamais accordé le moindre respect, la moindre gentillesse. Même au lit, tu te comportes comme un chien en rut, et même tes *frillas* Fridgunn et Sollaug te haïssent tellement que nous sommes devenues sœurs grâce à notre détestation de toi.

Elle cracha au sol, et Auðr remarqua que la femme n'avait quasiment plus de dents. Conséquence de longues traversées en mer où le scorbut dû à la mauvaise alimentation provoquait maladies et mort, ou résultat de mauvais traitements durant des années ? Elle détourna la tête tant la vision l'écœurait. Plus que les blessures et la mort, la maladie l'effrayait. L'idée de finir ainsi, à dépérir dans un lit, à la merci d'un époux indifférent ou de guérisseurs impuissants, l'horrifiait.

— Que peux-tu me dire, femme ? Ne crains pas sa colère, je te protégerai de lui.

La dénommée Ambjørg retroussa les lèvres, pour révéler des gencives rougies et gonflées.

— Je n'ai plus peur de lui. Tu viens de nous montrer qui il est vraiment : un petit homme lâche, opportuniste et désespéré. Je suis restée avec lui toutes ces années et l'ai accompagné dans toutes ses expéditions, car je ne savais pas quoi faire d'autre, mais le peu d'estime que j'avais pour lui a totalement disparu. Depuis qu'il a succédé à la tête de ce fief au boyard Eero, il n'a fait que des erreurs. Il est tout aussi incapable de diriger qu'il l'est de produire un héritier.

De nouveau, elle cracha à terre et, cette fois, Auðr remarqua que sa salive était tachée de sang.

— Alors ? insista-t-elle en secouant Ottar comme pour rappeler à la femme quels étaient les enjeux.

Elle en profita pour le faire pivoter vers la salle, pour qu'il voie ces femmes qu'il avait humiliées et maltraitées depuis des années, et qui, à présent, se vengeaient. Contre elle, il se raidit et tenta de se débattre, mais elle resserra sa prise sur ses cheveux et tira vers le haut, pour l'empêcher de bouger. Contre sa gorge, son poignard n'avait pas bougé. Mais il fallait que la femme se dépêche de parler. Même si elle savait comment immobiliser un adversaire, Ottar était plus grand et plus massif qu'elle, et elle ne pourrait pas le maintenir de la sorte indéfiniment. Déjà, ses mains devenaient douloureuses et la posture inconfortable.

Elle se demandait également si, si elle le tuait ou le relâchait, ses soldats se retourneraient contre elle. Seraient-ils comme les concubines d'Ottar, ravis d'être débarrassés de lui, ou vengeraient-ils leur maître ? Elle n'avait aucune envie de devoir le vérifier. Durant un instant, elle se demanda si elle ne ferait pas mieux de le prendre en otage pour retourner à sa chambre et récupérer ses armes avant d'aller chercher un véhicule et de s'enfuir, mais traverser la grande isba et ses dépendances en traînant un homme qui se rebellerait serait périlleux, et il lui faudrait ensuite prendre la fuite avec toute une armée à ses trousses. Sans parler du fait qu'elle ignorait toujours où se trouvaient les documents de Gustav.

— Dis-moi ! ordonna-t-elle une dernière fois pour inciter Ambjørg, qui semblait encore hésiter, à parler.

— Ottar a dit à ses hommes d'apporter les documents

au boyard Eero. Quand Ottar est arrivé à Soroka, il avait de nombreux navires de guerre et marchands, et Eero était en position de faiblesse. Il a eu peur qu'Ottar ne s'empare des îles Solovki, dont il dépend pour le commerce. Il a donc accepté de céder ce fief, riche et florissant, à Ottar, pour s'exiler dans son territoire d'origine, plus au nord.

— Où ? tonna Auðr de sa voix brisée.

La femme tressaillit. Sans doute avait-elle l'habitude que les cris soient suivis de coups.

— Il règne à Kannanlakši, au nord de la mer Blanche, juste avant le territoire des Samis.

— C'est là qu'il a fait envoyer les parchemins de Gustav ? souffla Auðr, peinant à y croire.

C'était une catastrophe. Elle ne connaissait pas la région et n'était pas équipée pour la traversée. Déjà, parvenir à Soroka avait failli lui coûter la vie. Elle n'imaginait pas pouvoir se rendre sans aide ni matériel à Kannanlakši, qui se trouvait à presque cent lieues au nord.

Soudain, elle se remémora les paroles de la guérisseuse tisserande qui l'avait hébergée contre son gré la veille :

« Lasse, l'éleveur de rennes. Il sera à Solovki et te conduira à Kannanlakši, le but de ton voyage. »

Comment avait-elle su avant elle qu'elle devrait se rendre à Kannanlakši, en plein territoire sami ? Avait-elle été en lien avec Ottar, ou avec ses voleurs ? Il lui faudrait en avoir le cœur net. À son retour, si elle survivait, elle s'arrêterait à Sumskii et lui soutirerait des réponses.

En attendant, Sari lui avait soufflé la solution : elle devait se rendre à Solovki pour trouver Lasse et le convaincre de l'emmener là-bas.

Ambjørg hocha la tête avec frénésie.

— Ottar pensait m'avoir brisée, mais j'ai toujours gardé espoir de l'humilier, un jour, comme il m'avait humiliée. Alors j'ai guetté, année après année, en quête d'une information, une faiblesse, qui me permettrait de lui rendre la monnaie de sa pièce. Un jour, je l'ai entendu dire à son espion favori d'aller dérober des parchemins chez un *jarl* nommé Gustav, au sud, et d'aller les cacher ensuite au plus vite chez son ami Eero, pour que personne ne les y retrouve. Il a ensuite parlé d'une guerrière balafrée dont Gustav avait obtenu la fidélité. Il se doutait que le *jarl* t'enverrait aux trousses de ses hommes, et il t'attendait. Alors, moi aussi, je t'ai attendue. Et quand je t'ai vue, tout à l'heure, j'ai compris que l'heure de ma vengeance avait sonné. Si tu n'avais pas refusé sa proposition, je lui aurais moi-même tranché la gorge quand il serait venu se coucher, et ensuite je t'aurais tranché la gorge à toi aussi et j'aurais récupéré les parchemins chez Eero pour forger une alliance avec Gustav.

Auðr considéra la femme avec un respect renouvelé.

— Et maintenant que comptes-tu faire ? demanda-t-elle avec un signe du menton pour montrer Ottar.

— Ne le tue pas, s'il te plaît, c'est un plaisir que mes sœurs et moi attendons depuis longtemps, susurra la femme avec un sourire malsain en interrogeant du regard les deux *frillas*.

Celles-ci hochèrent la tête à l'unisson. Auðr leur jeta un coup d'œil. La plus jeune, celle qui se nommait Fridgunn, avait dans l'œil une lueur que la guerrière aurait crue impossible à voir dans le regard de personne d'autre qu'un *berserker*. Finalement, ce n'était pas Ottar le plus dangereux de cette isba, mais peut-être bien cette gamine rendue folle à cause de maltraitances. Sa compagne, Sollaug, tira un fuseau de sa robe. La pointe fine, qui aurait dû servir à filer la laine et l'ortie, avait été aiguisée jusqu'à en devenir plus luisante et pointue qu'une aiguille à tricoter, et la guerrière comprit que les trois femmes préparaient leur révolte depuis bien longtemps.

— Je dois récupérer mes armes, et il me faut de l'avance pour pouvoir quitter ce fief sans être poursuivie. Pensez-vous pouvoir me garantir ça ?

Ambjørg se redressa et afficha un sourire fier. Soudain, Auðr la trouva moins vieille, moins fatiguée, moins usée. Malgré son visage flétri et sa silhouette affaissée, il émanait d'elle une noblesse et une détermination qu'elle n'aurait pas imaginées quand elle l'avait vue entrer dans la pièce, et elle comprit que, durant des années de servitude et d'humiliation, rien n'avait pu entamer l'orgueil et la volonté de cette femme. Les sévices endurés et les fausses couches subies n'avaient fait que renforcer son désir de vengeance. La femme leva le menton et esquissa un signe dédaigneux.

— Les gardes ne vouent aucune fidélité à Ottar. Ce n'est pas lui qui les paie, qui les nourrit, qui les ravitaille en boissons, en armes et en femmes : c'est moi. Depuis des années, je m'occupe de tout ce qu'Ottar néglige et méprise, je le fais depuis qu'il m'a arrachée à mon village sur l'île de Vargfót, dans l'archipel des Lófótr[1]. L'intendance, la gestion, les récoltes, les vivres, les paiements. La loyauté des hommes va à qui leur fournit tout ce qu'ils aiment, et je ne doute pas qu'en vingt ans ils aient compris à qui ils doivent leur vie confortable.

Elle jeta un coup d'œil inquisiteur à l'intention des hommes qui montaient la garde de part et d'autre de l'isba et leur lança un signe du menton d'un air de défi.

— Oddgeir ! Henning ! Ivar ! Narve ! Me suivrez-vous ? s'exclama-t-elle d'une voix qui, si elle n'était pas tonitruante, n'en était pas moins péremptoire.

Aussitôt, les hommes baissèrent leurs lances, qu'ils avaient maintenues braquées sur Auðr et son prisonnier, et se remirent en position de vigile.

— Oui, *jarl* Ambjørg. Nous sommes à votre service ! clama l'un d'eux, qui affichait, en sus d'un casque à cornes aussi étonnant que ridicule, une longue barbe grisonnante qui lui mangeait les joues.

Ambjørg reporta son attention sur Auðr. Celle-ci commençait à fatiguer et, devant l'évidente servilité des soldats, se permit de baisser quelque peu sa garde. Elle se décala pour passer derrière Ottar et, sans cesser de le maintenir par le crâne, pressa sur sa tête pour le faire asseoir. Il résista un peu, mais il lui suffit d'appuyer davantage son poignard dans son cou pour qu'il cesse toute révolte et obtempère, le visage écarlate et les mâchoires crispées de fureur. Il n'avait pas articulé un mot depuis le début de l'altercation, et Auðr se demanda si elle ne

1. Nom, en vieux norrois, de l'archipel des Lofoten, au nord de la Norvège, dans ce qui était autrefois le royaume du Hålogaland.

lui avait pas coupé la respiration quand elle avait plaqué son arme sur sa gorge. Elle n'avait pas senti la lame trancher de veine ni d'artère, mais sa main était rouge de sang. Peut-être le boyard craignait-il d'augmenter son ire en ouvrant la bouche de manière malvenue et de se faire tuer de la sorte.

— Mon époux a commis l'erreur fatidique de ne se fier qu'aux hommes qu'il connaissait depuis notre départ de Norvège. Ce qui en soi n'aurait pas été bête s'il avait veillé à s'en faire des alliés et à mieux les traiter. Les Vepses et les Bjarmiens ne le connaissant pas comme nous le connaissons, ils lui auraient peut-être été plus loyaux.

— Non, grogna soudain Sollaug, la seconde *frilla*, celle qu'Ottar avait obtenue à Kotlas, le village le long de la Dvina, en plein territoire de Bjarmeland. Il n'aurait pas eu le soutien des miens. Mon père m'a donnée à lui pour se débarrasser de sa présence et de celle de ses hommes, qui pillaient, brûlaient et massacraient sans raison ni discernement. Il a préféré sacrifier sa fille que son peuple. Jamais il ne l'aurait soutenu.

Malgré la lame qui lui sciait le cou, Ottar marmonna quelques mots parmi lesquels Auðr crut comprendre « traîtresse » ou « traînée », mais elle ne s'en soucia pas. Pour ce qu'elle en savait, Ottar méritait ce qui lui arrivait et, dès qu'elle aurait eu ce qu'elle était venue chercher, son sort ne la concernerait plus.

— Allez-vous me fournir ce que je veux, alors ? insista-t-elle.

Les trois femmes hochèrent la tête sans même s'être consultées du regard.

— Je vais t'accompagner sur l'archipel pour te présenter au marchand Lasse, proposa la seule qui n'avait pas encore parlé, la jeune Fridgunn. J'ai grandi à Solovki et j'y connais tout le monde. Je serai contente de revoir les miens, cela fait plus de deux ans que je n'ai pu retrouver ma famille, alors qu'elle habite à moins de vingt-cinq lieues.

— Il y a aussi de la navigation à faire, observa Auðr avec perplexité. La mer Blanche n'est-elle pas constamment gelée ?

— Pas en cette saison, et je connais bien le chenal. Les courants n'y sont pas trop forts. La traversée compte moins de dix lieues, et les bateaux la font constamment pour approvisionner les marchés de pêcheurs. Il suffira de trouver une embarcation et, d'ici demain, nous y serons.

— Puis-je passer la nuit ici sans craindre d'être assassinée, ni qu'il se libère ?

Ambjørg esquissa un sourire carnassier.

— Ottar aimait bien jouer avec nous, la nuit, chacune à son tour. Nous allons lui montrer que, nous aussi, nous connaissons des jeux amusants. Ne t'inquiète pas pour ta sécurité ni pour la sienne, il aura trop à faire pour se soucier de toi.

Quand elle frappa dans ses mains, deux hommes qui montaient la garde se précipitèrent et vinrent prendre Ottar des mains d'Auðr. Leur manque de douceur et la façon dont ils le relevèrent lui firent comprendre que, comme Ambjørg l'avait dit, l'ancien boyard aurait d'autres préoccupations à l'avenir, à commencer par celle de survivre…

Après un dernier hochement de tête à l'intention des trois femmes qui venaient de reprendre leur vie en main, elle fit demi-tour et retourna dans sa chambre. Elle devait faire ses préparatifs pour repartir dès le lendemain. Sa mission, qu'elle avait crue sur le point de s'achever, venait de prendre une nouvelle tournure : elle partait pour le Kannanlakši, en plein territoire sami.

Une fois de plus, elle regretta l'absence d'Asdan. Certes elle ne serait pas seule, mais le voyage aurait été à la fois plus rassurant et plus agréable avec lui.

8

Asdan

Le *skald* n'en pouvait plus d'attendre.

Il avait quitté l'isba de Sari sur un coup de tête, après s'être disputé avec Auðr. La guerrière était aussi impétueuse qu'entêtée et, même s'il appréciait en général sa franchise et son honnêteté, il n'avait cette fois-là pas supporté qu'elle le traite comme un enfant gâté, un fils de noble qui ignorait tout de la vie et des difficultés des petites gens. Selon elle, il ne connaissait que le luxe, le confort et les privilèges, et n'avait jamais subi la moindre privation.

En soi, elle n'avait pas tort.

Fils d'un *jarl* islandais et d'une Slave de haute lignée, il avait grandi dans le confort d'une halle et n'avait jamais manqué de rien. En outre, son père Hrafn, ayant déjà perdu une épouse, une sœur et deux enfants, avait chéri ce fils inespéré qu'il avait eu de sa seconde épouse, Akoulina, et lui avait apporté tout ce que son cœur avait pu désirer.

Asdan avait toujours tout eu : nourriture à profusion, serviteurs, chevaux et rapaces, vêtements de luxe, une éducation digne d'un roi. Tout... sauf la liberté de choisir son avenir.

Depuis tout petit, il s'était évertué à satisfaire son père qui désirait qu'il lui succède un jour, et, pour ce faire, il s'était consacré à ses études, assimilant les leçons de ses précepteurs avec détermination, apprenant à se battre, à chevaucher et à guerroyer avec acharnement, écoutant son père chaque matin lors de ses jugements pour découvrir comment gérer un fief, prélever des impôts, négocier des traités, résoudre des querelles et mille autres problèmes qui se présentaient au *jarl* au quotidien.

Asdan, intelligent et obéissant, était devenu, au fil de ses vingt-huit ans, l'incarnation de tout ce dont un père noble aurait pu rêver chez son héritier. Hrafn ne lui avait jamais caché sa fierté d'avoir un fils aussi doué, talentueux et respectueux.

Mais, le jour où Asdan avait fêté ses vingt ans, il avait fini par avouer la vérité à son père : il n'était pas heureux. Cela s'était passé en pleine veillée, alors que Hrafn et Akoulina, en heureux parents, avaient organisé une célébration réunissant tous les notables de leur fief d'Onegaborg. Ils avaient convié plusieurs *skalds*, dont certains venus de loin, pour égayer la fête, et l'un d'eux avait fini, devant la façon qu'avait eue Asdan de tourner autour de lui et de lui poser mille et une questions à chacune de ses chansons, par lui proposer d'essayer son *stråkharpa*[1] – peut-être pour se débarrasser de ce spectateur insistant, peut-être pour l'humilier en lui faisant mesurer son ignorance. Asdan n'avait pas hésité et, s'emparant de la grande lyre aux quatre cordes à crin de cheval, avait pris l'archet que le musicien tenait toujours et s'était lancé dans une mélodie bien plus entraînante que les louanges à Hrafn que l'homme déclamait depuis un moment.

Le silence s'était fait dans la salle et, si certains s'étaient laissés aller à taper du pied ou des mains en rythme, l'ébahissement général les avait très vite fait cesser pour se tourner soit vers Asdan soit vers son père.

Il était évident que le jeune homme n'était pas novice dans l'art de faire chanter les cordes d'un instrument. À la fin de la chanson, quand Asdan, remarquant les regards portés sur lui, était sorti de sa fascination et avait rendu l'instrument à son légitime propriétaire, qui l'avait récupéré d'un air offusqué, il s'était rapproché de son père d'un air contrit.

1. Existant encore aujourd'hui sous le nom de « *tallharpa* » (grande harpe), cette lyre à quatre cordes en crin de cheval date du Moyen Âge et se joue à l'aide d'un archet.

— Je suis désolé, père. Je n'avais pas osé vous en parler mais, en plus de mes leçons, je me suis pris de passion pour la musique et j'ai convaincu mon précepteur de m'enseigner les rudiments de quelques instruments…

Mais Hrafn, toujours débonnaire, avait ouvert les bras en grand.

— Je vous présente mon fils, Asdan Hrafnson ! avait-il clamé à l'intention de l'assistance, accompagné du sourire fier d'Akoulina, qui trônait derrière lui, assise à côté de sa mère.

La grand-mère maternelle d'Asdan, la digne Berislava, était la veuve de l'ancien *jarl* d'Onegaborg, un chef varègue du nom d'Ingemund, et avait régné sur le fief depuis que son mari avait trouvé la mort, quinze ans plus tôt, dans les griffes d'un ours. Berislava, qui gérait le fief depuis toujours à la place de son époux passionné de chasse – ce qui avait fini par lui coûter la vie – avait été une dirigeante aimée de son peuple. Mais, au fil des ans, elle s'était lassée des responsabilités et avait souhaité se retirer du trône. Quand Hrafn était arrivé d'Islande, en 856, à bord des trois navires qu'il avait réussi à sauver de la destruction de son petit village de colons, elle avait vu dans cet ancien guerrier devenu éleveur et qui avait tout perdu l'occasion de changer de vie. Berislava avait envoyé sa fille Akoulina, alors âgée de dix-neuf ans et dotée d'une beauté qui impressionnait autant qu'elle fascinait, en émissaire pour accueillir les rescapés islandais à l'embouchure de la Svir. Hrafn, épuisé par le voyage, avait raconté à la jeune femme avoir fui l'Islande après avoir vu son épouse et ses jumeaux se faire assassiner par le roi danois Godfried. Il avait ensuite traversé la mer du Nord et la mer Baltique, traqué par les vaisseaux royaux, qui n'avaient renoncé à le poursuivre qu'une fois dans le golfe de Suomenlahti. Là, Hrafn et ses hommes avaient dirigé leurs navires sur la multitude de petits lacs qui parsemaient la contrée, puis étaient parvenus sur le lac Ladoga. Ils avaient espéré trouver refuge à Aldeigiuborg, dont on leur avait dit que le nouveau *jarl*, un certain Gustav, était originaire de Carélie et cherchait des hommes pour renforcer sa flotte et son armée. Mais Gustav, lui-même en pleine expansion et craignant la rivalité d'un ancien jarl étranger, les avait chassés, avait menacé Hrafn de mettre le feu à ses *langskips* s'il ne partait pas dans la nuit. Hrafn avait alors repris la mer et s'était engagé dans la Svir. Après plusieurs jours de navigation dangereuse, car la rivière était presque gelée, ils étaient arrivés sur le lac Onega et étaient remontés à son nord, cherchant à s'éloigner le plus possible de la Rus' de Kiev comme de Gustav. Une fois parvenu en vue d'Onegaborg, Hrafn n'avait eu d'autre choix que de s'arrêter et de prier ses dieux pour que l'accueil lui soit plus favorable : l'hiver arrivait, ses hommes étaient à bout de force et désespérés. Leurs réserves ayant disparu, ils ne passeraient pas la saison froide s'ils restaient à naviguer. Heureusement, Thor et Ægir avaient dû l'entendre et la princesse d'Onegaborg les avait accueillis avec bienveillance.

Trois mois plus tard, Akoulina épousait Hrafn, et Asdan naissait l'année suivante.

Le jeune homme n'avait jamais vu ses parents se disputer ou même se tenir rigueur d'une divergence d'opinions – pourtant, leurs cultures étant très différentes, ils en avaient. Mais Hrafn était follement attaché à cette seconde épouse si belle et si sage, malgré sa jeunesse, et Akoulina chérissait tendrement cet époux qui vénérait le sol qu'elle foulait et respectait sa mère. Leur couple était le plus soudé qu'Asdan ait jamais vu, et il brûlait de connaître un jour une telle relation avec une femme.

En attendant, l'union de ses parents ne faisait qu'accentuer son propre sentiment de solitude et d'incompréhension et, quand son père, après avoir clamé leur fierté, avait repris son annonce, il en avait eu la gorge nouée.

— Mon fils Asdan, âgé aujourd'hui de vingt ans, fait ma joie et ma fierté, et je ne remercierai jamais ma tendre Akoulina de m'avoir donné un tel héritier. Car Asdan est mon héritier, je le dis et je le clame. Dès que la belle saison sera revenue, je compte réunir le *Þing*[1] pour que ce soit officiel et qu'Asdan commence

1. Assemblée gouvernementale qui existait dans chaque communauté scandinave. Elle était composée de tous les hommes libres de la communauté et dirigée par un *lögsögumad*. De nombreux pays d'Europe du Nord en possèdent encore de manière officielle.

à siéger à mes côtés, afin de me remplacer avec compétence lorsque mon heure aura sonné.

Asdan avait failli s'étrangler et n'avait pu retenir son cri.

— Père, non !

Hrafn avait froncé les sourcils.

— Qu'y a-t-il, Asdan ? Je ne compte pas trépasser dans l'année, rassure-toi. Mais je tiens à ce que tu deviennes mon héritier en titre. Ainsi, le jour où je mourrai, il n'y aura pas de querelle de succession.

— Père, je suis désolé, avait alors lâché Asdan, sans parvenir à retenir ses larmes. Pardonnez-moi, mais... je ne veux pas régner sur le fief.

Cette fois, le silence dans la salle s'était fait assourdissant. Hrafn était demeuré muet quelques instants, puis s'était tourné vers les convives qui assistaient à la scène.

— Sortez, tous ! avait-il clamé. Je crois que mon fils et moi devons parler en privé.

Les murmures, accompagnés de martèlements de pieds, avaient succédé au silence et la foule s'était éclipsée sans demander son reste. Tous semblaient croire qu'une violente dispute allait éclater.

Même Asdan le redoutait. Il avait passé sa vie à dissimuler son amour de la musique et son aversion pour les responsabilités des chefs, et il craignait plus de décevoir son père que la punition qui, sans aucun doute, l'attendait.

— Je suis désolé, père, avait-il repris dès que le dernier homme fut sorti. Ne me prenez pas pour un ingrat, je sais tout le temps et l'argent ce que vous avez consacré à mon éducation et la douleur que je vous cause, mais... je n'ai pas envie de régner. Je n'aime pas ça et...

— Mon fils, tais-toi, l'avait interrompu Hrafn en levant une main fatiguée. Viens t'asseoir.

La gorge nouée, Asdan avait obéi à son père, et les deux hommes s'étaient installés sur leurs sièges habituels, sur l'estrade au fond de la pièce.

— Ma chère, voulez-vous bien nous laisser ? avait ensuite

demandé Hrafn à Akoulina. Je crois qu'une discussion entre hommes s'impose. Je vous ferai appeler ensuite.

Akoulina avait lancé un regard dévasté à son fils et était sortie sans prononcer un mot, suivie de sa mère, qui peinait à marcher, ayant pris énormément de poids depuis qu'elle ne régnait plus. Sa silhouette, qu'elle qualifiait de « majestueuse » à l'époque où elle dominait Onegaborg, s'était arrondie à force de repos et de pâtisseries. Hrafn l'accompagnait bien volontiers dans ses expéditions dans les cuisines de la halle et l'aurait tout aussi bien suivie dans son embonpoint si Akoulina ne l'avait pas incité à la modération, avec plus ou moins de succès.

Asdan avait ouvert la bouche pour reprendre sa plaidoirie dès le départ des femmes, mais Hrafn avait frappé du poing sur l'accoudoir de son siège.

— Laisse-moi parler, fils ! avait-il tonné.

— Père, je…

— C'est moi qui suis en tort, mon fils, avait alors lancé Hrafn d'une voix lourde, coupant Asdan. Je ne t'ai jamais demandé ce que tu voulais faire de ta vie. Je suis parti du principe que tu serais comme moi : un meneur d'hommes, un chef né, avide de responsabilités, de charge d'âmes, de devoirs.

Il avait secoué la tête.

— Pourtant, j'aurais dû m'en douter. Malgré ton application à absorber les enseignements de tes précepteurs et ton obéissance à mes ordres, j'avais bien remarqué que tu n'étais jamais aussi heureux que lorsque tu étais dehors, à jouer avec les animaux, à chevaucher ou faire voler tes oiseaux, ou durant les veillées, quand tu pouvais écouter les musiciens ou questionner les voyageurs sur leurs explorations… Alors dis-moi, mon fils, maintenant que je sais ce que tu ne veux pas, que veux-tu faire de ta vie ?

Asdan en avait eu la gorge nouée, à tel point qu'il lui avait fallu plusieurs longues inspirations pour retrouver la parole.

— Je… je… je ne sais pas encore, père. Mais je crois que j'aimerais voyager pour le découvrir. Vous avez raison, j'ai envie de partir à la conquête du monde, de voir les merveilles d'autres contrées, d'autres cultures. J'ai envie d'écouter les chants des princes et des rois, d'en écrire moi-même, de poser mes doigts sur des instruments inconnus et d'en tirer des sons nouveaux. J'ai envie de vivre tout cela, et de revenir un jour ici pour partager avec vous tout ce que j'aurai vu et entendu, grâce aux chants et aux sagas que j'aurais composés.

Quand il s'était tu, il avait retenu son souffle. Il n'avait plus peur que son père le fouette ou le renie pour ses propos, il avait compris que Hrafn n'avait jamais voulu que son bonheur. Mais son choix serait-il possible, ou même acceptable, pour le *jarl* ?

Hrafn avait lentement hoché la tête.

— Ainsi, si je comprends bien, tu veux devenir *skald*, avait-il énoncé. Cela ne m'étonne pas, je viens d'entendre ton talent. Mais es-tu prêt à une vie d'errance, de pauvreté, de surprises et de voyages, toi qui n'as connu ici que confort et aisance ?

Asdan avait haussé les épaules.

— Ce serait l'occasion de le découvrir. J'espère que, malgré la déception que je vous cause, vous m'accueillerez toujours comme un fils à mon retour. Car, même si je mène une vie de *skald*, je désire revenir vous voir régulièrement.

Hrafn lui avait adressé un sourire fier.

— Bien sûr. Tu es et resteras toujours mon fils. Et, même si je ne pensais pas sincèrement ces mots, Akoulina me les arracherait de la gorge avec son fuseau si je rechignais à te les dire. Mais je les pense et je te les dis : tu as ma bénédiction pour faire ta vie et tu seras toujours le bienvenu ici.

Puis il s'était levé et avait fait signe à Asdan de l'imiter. Une fois face à lui, il avait posé les mains sur ses épaules. Asdan, stupéfait, s'était alors rendu compte que son père et lui faisaient la même taille. Il avait toujours vu son père comme un géant. Mais ils étaient en fait à égalité.

— Il va donc falloir que je me cherche un nouvel héritier, avait soupiré Hrafn. Acceptes-tu de rester ici jusqu'à ce que je le trouve ? Cela m'évitera d'avoir à décapiter tous ceux qui voudraient m'assassiner pour me voler le fief en ton absence, s'il n'y a personne pour monter sur le trône à la suite de ton départ. Je ne te demande rien de plus, et cela nous laissera aussi le temps de préparer tout le nécessaire pour ton voyage. Tu seras peut-être un *skald*, mon fils, mais tu ne seras pas un *skald* miséreux ni un vagabond. Je veux que tous ceux qui t'accueilleront sachent que tu es avant tout fils de *jarl*, et que l'on te doit hospitalité et respect.

Asdan avait encore attendu cinq ans. Cinq longues années durant lesquelles il s'était évertué à trouver un remplaçant pour succéder à son père, sans succès. Aucun aspirant au trône d'Onegaborg ne trouvait grâce aux yeux du *jarl* : trop jeune, trop ambitieux, trop inculte, trop impétueux, trop dur, trop laxiste. Hrafn leur trouvait à tous des défauts irrécupérables et Asdan désespérait de pouvoir enfin poursuivre le chemin de sa vie, ce chemin qui commençait juste après les remparts en bois de sa ville natale. Il avait beau savoir que son père ne refusait pas les candidats pour le garder, mais bien parce qu'il tenait à ce que la colonie prospère, même après sa mort, cette attente n'en était pas moins désagréable. Le jeune homme avait l'impression que le moment béni où il pourrait enfin s'élancer sur les chemins inconnus n'arriverait jamais. Jusqu'au jour où, dans un déferlement d'événements et de drames, un *jarl* danois, accompagné d'un prince varègue, d'une fauconnière slave et d'une *skjaldmö* défigurée, était apparu aux portes d'Onegaborg.

Ce jour-là, Asdan se tenait sur les remparts de bois, à guetter l'horizon – ou plutôt à rêver du jour où il pourrait enfin le poursuivre – quand la petite troupe était apparue.

Il les avait tous inspectés de la tête aux pieds pendant que les hommes les questionnaient. Ils avaient d'abord prétendu être des mercenaires danois accompagnant une caravane kriviche. Mais, quand le quatuor était entré quelque temps plus tard dans la halle de Hrafn pour lui parler, Asdan, qui avait profité de ce battement pour faire son rapport à son père, avait appris qu'il ne s'agissait de nul autre que du fils bâtard du roi Godfried Haraldsson et de sa compagne Mya Lissenko, ainsi que plusieurs autres personnes de sang noble.

Ansgar, neveu de Hrafn et donc son cousin, possédait toutes les qualités que son père recherchait en son successeur et avait accepté de prendre sa suite. Mais soudain, son désir de fuir le fief avait été effacé... par une femme.

Asdan n'avait eu d'yeux que pour elle : Auðr, la guerrière qui accompagnait Ansgar, la *skjaldmö*, une de ces jeunes filles vouées à Freyja qui dédiaient leur vie à servir la déesse sur le champ de bataille. Quand il l'avait découverte, grande et fière, malgré les cicatrices qui témoignaient d'une vie jalonnée d'épreuves, bardée d'armes et affichant ses blessures comme une armure, il avait vu en elle une femme exceptionnelle. Et il avait deviné qu'il lui faudrait se montrer patient pour la conquérir.

Aussi avait-il tout fait pour qu'elle ne le remarque pas. Il avait compris à l'instant où il l'avait vue interagir avec Ansgar, Hrafn et le prince Igor, pupille du roi Oleg de la Rus' de Kiev, qu'elle se méfiait des hommes comme des nobles, et que, s'il lui était présenté comme étant le fils de Hrafn, elle le détesterait aussitôt. Il s'était donc posté en retrait de son père et n'était intervenu, à la demande de celui-ci, que pour proposer une solution. Celle-ci aurait permis d'éviter une guerre entre Hrafn et Gustav s'ils échouaient à trouver un terrain d'entente. L'idée aurait été qu'il parte en voyage avec la princesse Hilde, dans l'espoir que celle-ci s'amadoue et accepte de régner à ses côtés à Aldeigiuborg après leur expédition. Mais heureusement, sa proposition n'avait pas été retenue. Asdan l'avait avancée dans l'unique espoir d'être capable, après un voyage, d'épouser une femme qu'il n'aimait pas – mais qu'il savait belle et intelligente – et de se résigner à régner sur un fief alors qu'il n'en avait aucune envie. Il ne connaissait pas Aldeigiuborg comme il connaissait Onegaborg et peut-être, après avoir voyagé, l'attrait de découvrir ce lieu inconnu aurait-il compensé l'obligation d'y passer le restant de sa vie. Mais il n'avait pas eu à le faire. À peine avait-il émis sa suggestion qu'Auðr l'avait écartée sans lui jeter un regard – ce qui l'avait arrangé – pour annoncer qu'elle avait accepté d'épouser Gustav et de régner à ses côtés.

Il avait alors compris qu'Auðr ne serait pas à lui. Elle était déjà promise à un autre.

Il avait perdu tout espoir et, après avoir envisagé de rester pour le banquet que son père avait prévu de donner le soir même pour fêter l'arrivée d'Ansgar et de sa compagne, célébrer leur union à venir et la succession réussie d'Onegaborg, il avait préféré fuir. La fête lui aurait permis de faire davantage connaissance avec

Auðr, et il avait été tenté d'en profiter... Mais à quoi bon faire connaissance avec une femme qu'il savait définitivement hors de portée ? Certes, il aurait peut-être eu une chance de la mettre dans son lit. Il se savait plutôt séduisant et les femmes ne lui résistaient guère, même si son physique ne correspondait pas aux critères de beauté, mais il n'avait aucune envie de coucher avec elle si c'était pour la perdre dès le lendemain. À vrai dire, il n'avait plus eu envie de coucher avec qui que ce soit depuis. Quant à faire sa connaissance... oui, il aurait aimé. Il avait eu l'impression que cette femme lui correspondait. Elle l'attirait physiquement, c'était indéniable, mais son ressenti allait au-delà. Il aimait sa fougue, sa passion, son intelligence brute et sa détermination encore plus intransigeante. Il avait perçu en elle une passion à peine domptée et avait dès le début brûlé d'envie d'en découvrir davantage sur elle, certain que tout ce qu'il apprendrait à son sujet ne ferait que confirmer cet élan qui le poussait vers elle. Or, il ne souhaitait pas se torturer inutilement.

Il avait donc consacré les heures du crépuscule à plier bagage, puis, son équipement et son traîneau prêts, il était allé faire ses adieux à sa mère et était parti avant même le dîner. Il n'avait pas revu son père.

Quand il avait salué une dernière fois Berislava, sa grand-mère, celle-ci, sans se lever de son siège, avait pris son visage entre ses mains et l'avait inspecté avec attention avant de pousser un grand soupir.

Akoulina en avait été étonnée.

— Que fais-tu, mère ?

— Ton petit est amoureux, ma fille. Tu ne le vois pas ?

— Amoureux ? Asdan, est-ce vrai ? Est-ce pour cela que tu pars si soudainement ?

Asdan avait poussé un soupir.

— J'attendais que père m'ait trouvé un successeur pour poursuivre ma voie et, maintenant que c'est fait, je n'ai plus aucune raison de m'attarder, mais...

— Mais ? avait insisté la femme.

— Mais, oui, j'ai rencontré une femme, et mon cœur brûle d'amour pour elle.

— Qui est-ce ?

Berislava avait asséné une tape sur l'avant-bras de sa fille et émis un bruit réprobateur.

— Qui veux-tu que ce soit ? Il n'y avait que deux femmes en compagnie de l'homme qui remplacera ton époux à la tête de notre fief. La fauconnière slave, cette Mya, qui semble aussi douce que gentille, et cette immense guerrière au visage b...

— Elle n'est pas balafrée ! l'avait interrompue Asdan dans un cri de protestation. Elle a des marques, oui, mais elle n'est pas défigurée !

Berislava avait hoché la tête d'un air sagace.

— Si, elle est défigurée, mais cela ne veut pas dire qu'elle est laide, mon garçon. Je ne la qualifierais pas de « belle », je ne pense pas qu'elle l'ait jamais été, avec cette stature et ce visage arrogant. Mais elle est fascinante, et je vois ce que tu lui trouves.

Akoulina avait poussé un soupir mélancolique.

— Elle est surtout quasiment mariée à Gustav, ce maudit *jarl* ambitieux et rancunier. Décidément, il nous gâche la vie...

— Pas forcément, avait conclu Berislava d'un ton mystérieux. Les voies du Seigneur sont impénétrables, et Lui seul sait quels chemins notre Asdan devra emprunter pour trouver son bonheur. Mais il le trouvera, j'en suis sûre.

Asdan s'était incliné devant la sagacité de sa grand-mère. Même si Berislava avait renoncé au panthéon des dieux de ses ancêtres depuis son enfance et refusait d'admettre la possibilité de mystères et de prophéties, il arrivait souvent qu'elle annonce les événements avant qu'ils ne se produisent. Elle parlait alors de réflexion, d'expérience et de sagesse quand les gens lui parlaient d'oracles et d'augures. Mais Asdan en était venu à ne pas prendre ses avertissements à la légère et savait surtout qu'il ne servait à rien de la contredire.

Il avait donc décidé d'engranger ses propos dans son cœur pour garder espoir les jours où il se morfondrait trop en pensant à Auðr dans les bras de ce vieux Gustav et de partir, comme il l'avait prévu.

C'était trois ans plus tôt.

Depuis, il n'était jamais retourné chez lui. Pas plus qu'il n'avait touché une femme.

Il avait essayé. Des conquêtes de passage, filles de marchands itinérants, fermières accueillantes, épouses de nobles esseulées. Même les plus belles ou les plus entreprenantes n'étaient parvenues à susciter le moindre intérêt en lui. Il courtisait, il charmait, il plaisait, mais quand, comme cela arrivait parfois, il était invité à rejoindre une dame dans sa chambre, il finissait soit par fuir soit par s'avérer incapable de la toucher, et il prétextait une promise qui l'attendait dans son fief d'origine pour se rétracter sans blesser la fierté de la personne.

Il avait erré dans toute la Rus' de Kiev sous le nom d'« Asdan le conteur », puis avait élargi ses pérégrinations autour de la mer Blanche et du lac Ladoga. Il avait hésité à s'en rapprocher, sachant qu'il pénétrait sur les terres du *jarl* Gustav et que cela augmentait ses risques de croiser la route d'Auðr. Mais, les années aidant, il s'était aventuré de plus en plus près d'Aldeigiuborg et avait même fini par y entrer. Ainsi, il avait appris que la *skjaldmö* avait bel et bien épousé le *jarl* irascible et que celui-ci l'envoyait parfois en mission pour négocier des traités. Ils n'avaient pas d'enfants et il avait même découvert, de bouche-à-oreille, que la princesse Hilde, la fille adoptive du *jarl*, était devenue son héritière légitime et qu'elle avait conclu un pacte avec sa belle-mère pour que celle-ci reçoive un fief en son nom lorsque Gustav ne serait plus de ce monde.

Cela avait étonné Asdan et, en creusant un peu, il avait su, au gré d'une veillée chez un *jarl* dans la halle duquel Auðr avait fait halte peu de temps auparavant, que cette rumeur n'était pas erronée et que Gustav, Auðr et Hilde ne faisaient pas mystère de l'accord conclu entre eux.

Asdan en avait tiré une autre conclusion, bien plus intéressante pour lui : selon sa réflexion, l'union entre Gustav et Auðr devait être soit blanche soit stérile, et le *jarl* avait nommé sa fille comme héritière pour éviter qu'Auðr, qui l'avait épousé pour gagner l'accès à un trône, ne se lance en guerre contre

Hilde – guerre qu'elle ne manquerait pas de gagner, Asdan en était sûr, mais qui provoquerait un bain de sang.

Ainsi, il avait encore ses chances auprès de la belle *skjaldmö*. Il lui faudrait attendre le décès du *jarl* carélien mais, si les rumeurs disaient vrai, sa santé était fragile et il ne lui restait plus que quelques années de règne. Ensuite, Auðr serait libre. Alors il tenterait sa chance. Il n'avait pas de fief à lui proposer mais, si c'était ce qu'elle voulait, il en conquerrait un. Il ne voulait pas disputer son titre à Ansgar, puisqu'il s'était retiré de la succession de Hrafn, et il se sentait capable, pour Auðr, de gravir cette montagne. Sauf si elle accédait à son propre fief, comme Hilde le lui avait promis, ou s'était lassée de régner après l'avoir fait durant plusieurs années pour Gustav.

Il verrait. Tout ce qu'il voulait, c'était Auðr, et après plusieurs années d'attente, il tenait enfin sa chance.

Mais, cette chance, il l'avait laissée fuir à cause d'une parole maladroite, d'un mot de trop, et de son caractère trop fier pour accepter qu'elle ne le connaisse pas encore très bien.

Lui, il la connaissait, mais elle ne le connaissait pas.

Il s'en était vexé et avait pris la fuite comme un enfant capricieux.

Cela avait donné raison à Auðr, et le lendemain, alors qu'Asdan se demandait comme revenir auprès d'elle lui présenter ses excuses, il avait appris de la bouche de Sari que la guerrière avait quitté son isba à l'aube sans se retourner ni demander de ses nouvelles.

Il avait cru avoir tout perdu.

Alors que les *nornir* [1]- ou la main du hasard – avaient enfin placé Auðr sur son chemin, il l'avait côtoyée quelques jours qui n'avaient fait qu'amplifier ses sentiments, et l'avait aussitôt perdue.

Il n'avait pas fait exprès de la croiser, et encore moins de la secourir. Le sort, ou la chance, avait fait surgir cette tempête alors qu'il cheminait vers Onegaborg dans l'idée de retourner voir ses parents pour la première fois en trois ans. Pris de court, il

1. Divinités du panthéon viking prédisant le destin des mortels.

s'était dirigé vers un abri sommaire qu'il connaissait pour l'avoir monté avec des caravaniers slaves du lac Ilmen, qui avaient été retardés par une altercation avec un groupe de soldats vepses. La douzaine de tribus slaves qui peuplait les alentours de la Rus' de Kiev était toujours en guerre, les frontières de territoires trop floues pour bien délimiter leurs droits, et leurs rancunes remontaient souvent à des siècles. Il les avait aidés à creuser la neige pour créer cet abri, taillant les marches à l'aide de son poignard tandis que d'autres façonnaient des blocs de glace puis les assemblaient pour créer un dôme de protection qui avait rapidement été englouti par la neige. Ce refuge était minuscule. À six, ils avaient suffoqué. Mais avec Auðr, la promiscuité ne l'avait pas gêné.

Quand il l'avait trouvée, à moitié gelée et enfouie sous une couche de neige, seules ses tresses noires virevoltaient dans les bourrasques tandis que sa manche rouge tranchait comme du sang dans un océan de blancheur. Sans cet éclat de couleur et le mouvement de ses mèches, impossibles à confondre avec des herbes ou des branches basses malmenées par le vent, il serait passé à côté d'elle sans la voir. Mais il l'avait vue et s'était aussitôt empressé de la dégager du piège qui durcissait autour d'elle.

Sur le moment, il n'avait pas cru à sa chance en la reconnaissant et s'était tout de suite affolé de la trouver aussi froide et raide qu'une statue. Il l'avait giflée et enroulée dans son propre manteau, avait réchauffé ses lèvres glacées avec les siennes pour vérifier si elle respirait toujours, puis avait fini de l'extirper du trou dans lequel elle s'était blottie et l'avait traînée jusqu'à l'abri qu'il savait tout proche.

Le destin l'avait remis en présence de la femme qu'il n'espérait plus.

Quand il l'avait vue gémir, puis hurler de douleur sous l'effet des vigoureux massages qu'il lui avait prodigués après avoir allumé un feu et l'avoir débarrassée de ses vêtements trempés, il avait cru entendre un chant divin et s'était émerveillé de sa force. N'importe qui d'autre aurait trépassé en de telles circonstances. Pas elle.

Elle s'était réveillée quelques heures plus tard, toujours

souffrant des blessures dues au froid, mais cherchant une arme du regard et le défiant déjà de l'affronter.

Depuis, sa mission était de la conquérir.

Il pouvait même affirmer, plusieurs jours après avoir cohabité et voyagé avec elle, avoir progressé dans sa mission. Il pensait qu'elle le considérait comme un ami, ou presque. En tout cas, elle lui accordait un début de confiance et lui parlait, se confiait à lui et avait accepté de se débarrasser d'une partie de ses armes et de sa méfiance. Jusqu'à ce qu'il gâche tout.

Depuis, il s'en voulait terriblement.

À cause de son orgueil mal placé, il était revenu au point de départ : seul, à se languir d'une femme hors de sa portée, et sans savoir quand il la reverrait, ni s'il la reverrait un jour.

Mais, cette fois, il avait décidé de ne pas attendre trois ans.

Il savait qu'Auðr se dirigeait vers Soroka et qu'elle n'y trouverait pas ce qu'elle était venue chercher. Sari, la guérisseuse et chef de la communauté de Sumskii, lui avait confié avoir croisé peu de temps auparavant un visiteur d'une tribu amie, un dénommé Svartgeirr, qui revenait d'une mission pour le boyard de Soroka, un certain Otto ou Ottar, comme il préférait être nommé. Détenteur de documents précieux, il devait les rapporter à son allié le boyard Eero, qui régnait dans son fief d'origine, à Kannanlakši, bien plus au nord.

L'homme, un espion et un assassin à la morale douteuse et aux mœurs peu recommandables, avait confié tout cela à Sari, car ils étaient tous deux apparentés : il était le frère d'un pêcheur de Solovki, parti de son île à la suite d'une sombre histoire de tromperie et de meurtre, et son aîné avait épousé la sœur de la guérisseuse. Ensemble, ils avaient eu une fille, que le boyard Ottar avait remarquée et épousée pour s'allier aux locaux. Depuis, Sari échangeait régulièrement avec sa sœur grâce à Svartgeirr, qui profitait de ses voyages pour transmettre des messages oraux qui lui servaient avant tout de couverture pour ses activités les plus répréhensibles. C'était ainsi que Sari avait appris que les trois épouses d'Ottar s'étaient liguées pour le faire tomber et n'attendaient qu'une occasion pour le détrôner. Elle avait également découvert que Svartgeirr avait dérobé des documents à un *jarl* du sud qui enverrait certainement une femme balafrée à ses trousses pour récupérer son bien.

Au début, Sari n'avait eu aucune envie de transmettre toutes ces informations à Asdan. Le secret mettait la vie de sa nièce en danger et elle n'avait aucune empathie ni compassion envers Auðr, qu'elle jugeait dangereuse et menaçante. Il avait fallu qu'Asdan lui confie sa véritable identité pour commencer à la faire céder, et ce n'était que lorsqu'il lui avait avoué qu'il était amoureux d'Auðr et craignait de la perdre s'il ne la retrouvait pas qu'elle avait accepté de lui révéler tout ce qu'elle savait.

Asdan avait été choqué par l'ampleur des mensonges et la perfidie tant du dénommé Svartgeirr que de son maître Ottar, et des épouses de celui-ci. Même Sari, en fin de compte, n'avait pas été honnête avec lui. Cette constatation le conforta dans sa décision de ne pas se mêler des affaires politiques entre les fiefs. Mais la vie d'Auðr et son amour étaient en jeu, aussi avait-il décidé de s'immerger dans ce puits de serpent pour sauver l'élue de son cœur. Selon lui, Auðr était trop droite, trop franche et trop honnête pour pouvoir se tirer d'affaire dans une telle situation. Elle foncerait dedans tête baissée et ne s'arrêterait que lorsqu'elle aurait détruit tous les obstacles sur sa route... ou serait morte en tentant de le faire. Et, cela, il ne pouvait l'accepter.

Il avait donc pris la direction de Kannanlakši pour y attendre Auðr, car il savait qu'après s'être rendue à Soroka, puis aux îles Solovki, elle ne manquerait pas d'en prendre le chemin. Il ne pouvait pas entrer dans ces deux villes : il y avait déjà fait escale à plusieurs reprises et, même si le boyard Ottar n'y régnait pas à l'époque, trop de gens l'y connaissaient sous sa véritable identité et ne manqueraient pas de transmettre sa présence à Ottar. Cela ruinerait sa couverture et briserait ses chances avec Auðr.

L'idée de devoir la laisser entrer dans ce nid de vipères sans pouvoir l'en empêcher ni la protéger le tourmentait, mais il devait lui faire confiance. Elle avait survécu à bien pire, affronté des rois et des princes, des guerriers et des *berserkers*, il devait croire qu'elle ressortirait de Soroka indemne et qu'il la retrouverait sur la route de Kannanlakši.

Il en prit donc l'itinéraire, après avoir soigneusement calculé combien de temps il lui faudrait pour s'y rendre, et combien de temps il supposait qu'Auðr mettrait à parvenir à Soroka, découvrir la vérité et repartir dans la même direction que lui.

9

Auðr

Les îles Solovki étaient aussi différentes de celles du Danemark qu'elles l'étaient de l'archipel de Kotka.

Auðr s'était attendue à y retrouver les mêmes odeurs de poisson et de phoque, les mêmes étals de fourrures et d'huile de baleine, les mêmes paniers d'osier emplis d'anguilles, mais elle s'était vite aperçue que le marché de Solovki n'avait rien en commun avec ce qu'elle avait imaginé.

Déjà, les commerces n'étaient pas restreints à une seule île, même si la principale langue de terre, sur laquelle s'étendait l'ébauche d'une église orthodoxe toute de bois bâtie, comportait plus d'étals que les autres. Chaque îlot possédait son propre commerce, et il fallait naviguer de l'un à l'autre pour trouver son bonheur.

Sur le moment, cela ne lui avait pas semblé pratique mais, quand elle s'en était ouverte à Fridgunn, celle-ci l'avait fixée d'un air stupéfait, avec la même expression que si elle s'était retrouvée aux prises avec une lamproie, et lui avait expliqué en termes simplistes que le marché de Solovki ne s'adressait pas à des gens du commun, même s'ils pouvaient y venir, mais à des commerçants, négociants et marchands. Répartir les matières premières et les négoces par îles permettait aux professionnels de savoir immédiatement où aller sans perdre de temps à passer d'un étal à l'autre et d'éviter les concurrences déloyales et autres désagréments. Elle lui avait donné l'exemple d'un revendeur d'épices dont les relents indisposaient son père, qui vendait des produits de la mer, jusqu'à ce qu'ils manquent d'en venir aux mains et que le négociant étranger accepte de migrer vers une île plus à l'écart, où ses sacs de poudres pourraient exhaler tous leurs parfums sans perturber les émanations de poisson frais.

Auðr avait songé que la réciproque avait dû être vraie et que le marchand d'épices avait dû trouver un étrange parfum de marée à ses produits de luxe, mais elle n'avait pas soufflé mot et s'était contentée de hocher la tête avec raison.

La journée nécessaire pour rallier l'archipel Solovki – c'était le véritable nom de cette agglomération d'îles et îlots – avait permis à Auðr de faire davantage connaissance avec la jeune Frigdunn. Celle-ci, contrairement à ce qu'elle avait imaginé, n'avait que quatorze ans et avait épousé Ottar juste avant ses douze ans. Le mariage avait été forcé par le boyard dès son arrivée dans l'espoir de s'imposer aux commerçants locaux, réfractaires à l'arrivée d'un nouveau dirigeant étranger, qui risquait de mettre à mal leurs contrats et leurs relations avec leurs alliés. Le père de Frigdunn était un des meilleurs nacriers de tout le littoral de la mer Blanche. Il possédait sa propre ferme de coquillages, qui lui fournissait toute la matière première dont il avait besoin sans dépendre d'un tiers, employait une vingtaine d'artisans et presque autant d'apprentis pour fabriquer boutons, éventails, bijoux et motifs à incruster sur des meubles qui voyageaient parfois aussi loin que jusqu'à Tsargrad[1]. Auðr n'avait pas su identifier cette contrée, jusqu'à ce que Fridgunn précise que, pour s'y rendre, il fallait passer par Novgorod et la capitale de la Rus' de Kiev, et que cette route, « des Varègues aux Grecs », permettait de rallier la grande ville en moins d'une saison en empruntant les différents fleuves qui reliaient les grands lacs et les mers. La guerrière en avait déjà entendu parler : cet itinéraire, son peuple l'avait déjà emprunté et l'utilisait

1. Nom que les Slaves donnaient à la ville d'Istanbul, autrement nommée à l'époque Constantinople. La confusion d'Auðr vient du fait que les Vikings appelaient cette ville Miklagarðr en vieux norrois.

régulièrement pour atteindre Miklagarðr, la « grande ville » des empereurs byzantins. Il partait de Björkö, en Suède, pour rallier Aldeigiuborg, puis Novgorod et Kiev avant d'entrer dans la mer Noire. Non seulement elle savait qu'Ingmar, son oncle, rêvait de l'emprunter un jour, mais Gustav lui avait fait étudier cet itinéraire, car il était aussi important pour lui, enrichissant son fief du commerce avec les marchands qui faisaient escale là, que pour Soroka d'où certains navires partaient également, porteurs de nacre, d'huile, de fourrures et de poisson salé. La carte qu'il lui avait montrée, et dont elle savait maintenant qu'elle faisait partie des documents précieux que l'homme d'Ottar avait volés, l'avait fait rêver aussi. Richement illustrée et annotée, elle dépeignait le trajet pour ce voyage que seuls les navigateurs et marchands les plus intrépides pouvaient envisager d'entreprendre. Elle soupçonnait même que Gustav devait avoir des plans pour organiser une expédition de ce genre et que cette carte lui était indispensable pour la préparer.

Elle n'avait néanmoins pas insisté sur la question auprès de Fridgunn, de peur d'attirer ses suspicions, et s'était contentée de l'inciter à lui raconter son enfance sur l'archipel et le quotidien d'une apprentie nacrière, puisque la jeune fille, avant d'épouser Ottar, avait été destinée à prendre la relève de son père à la tête de son commerce, quand elle serait mariée.

— Je devais épouser un cousin de ma tante, expliqua la jeune fille à une nouvelle question de la guerrière. Il s'appelait Svartgeirr et je ne l'aimais pas, mais c'était un bon artisan et il était gentil avec moi. Et pas laid en plus. Il n'avait que quatre ans de plus que moi et m'apportait souvent des fleurs et des friandises.

Auðr réprima un sourire devant l'innocence de la jeune fille. Le dénommé Svartgeirr avait-il été attiré par elle, ou n'avait-elle été qu'un moyen facile et rapide d'accéder à un commerce florissant et à une place de choix dans la communauté ? Hélas, les rêves de l'adolescente avaient vite été brisés.

— Un jour, reprit Fridgunn d'une voix morose en continuant à arpenter le littoral d'Anzerski, la deuxième plus grande île de l'archipel après Solovki. Un jour, il n'est pas venu me voir comme il l'avait promis et, à la place, ce sont les hommes d'Ottar, ces marins brutaux du Hålogaland, qui sont arrivés. Ils ont dit à mon père que Svartgeirr était un voleur et un traître, et que mon père était certainement son complice, et moi sa putain. Ils ont... ils ont battu mon père et... fait du mal à ma mère. Ils ont dit que, si mon père ne prouvait pas sa loyauté à Ottar, mes sœurs et moi serions emmenées et vendues comme esclaves à Tsargrad, et que son atelier de nacre serait brûlé, avec ma mère et lui dedans.

— Personne ne vous a défendus ? Tes frères, tes oncles et cousins, les artisans et amis de ton père ? N'y avait-il personne pour vous protéger ou vous cacher ? s'étonna Auðr.

— Je n'ai pas de frère, juste trois sœurs, précisa Fridgunn en haussant les épaules. Tout le monde avait déjà peur d'Ottar, à l'époque. Le boyard Eero l'avait engagé comme mercenaire, pour qu'il fasse régner la loi sur les îles, et il adorait humilier et blesser les gens. Personne n'aurait osé s'opposer à lui, ou ne serait-ce que le contredire.

— Et c'est comme ça que ton père t'a vendue à Ottar, pour protéger son commerce.

— Pour nous protéger tous, protesta Fridgunn en campant ses talons dans le sable comme pour valider ses propos. Ottar nous aurait tous tués, je le sais, il l'avait déjà fait à d'autres familles. Et il ne se serait pas arrêté à la nôtre, il aurait aussi massacré celles de nos ouvriers, et de nos clients.

— Non, pas de vos clients, contra Auðr en secouant la tête. Personne ne s'en prend jamais aux riches. Mais, oui, je comprends. Vous seriez tous morts. Je n'aime pas ce que ton père a fait, ni ce qui t'a été fait, mais je comprends pourquoi.

Fridgunn émit un reniflement amer.

— Comment pourrais-tu comprendre ? marmonna-t-elle, en reprenant sa marche en direction du petit établissement sur pilotis qui se dessinait devant elles. Tu es une *skjaldmö*. Tu n'as jamais connu autre chose que les combats, la gloire et les honneurs. Tu n'as jamais été menacée d'être vendue à un étranger, forcée d'en épouser un, contrainte de partager son lit en attendant de porter son rejeton.

— Tu n'as jamais eu envie de fuir ?

Fridgunn lui adressa un regard outré.

— Pour condamner ma famille ? Crois-tu qu'Ottar n'aurait pas mis sa menace à exécution si je m'étais sauvée ? Et pour aller où, de toute façon ? Qui voudrait d'une fille seule, sans métier ni argent ? Je suis une proie facile... Je ne sais pas me battre, moi.

Auðr se mordit les lèvres et retint les remarques acerbes qui lui venaient en tête. Même si son orgueil la poussait à protester contre les récriminations que Fridgunn avait eues à son égard, elle ne pouvait nier qu'elles contenaient une part de vérité.

— Je ne suis pas née guerrière, finit-elle par arguer. Je me suis consacrée à Freyja, la déesse de l'amour et de la guerre, parce que je ne voulais pas dépendre d'un homme, que ce soit un père, un époux ou un fils. Tu pourrais en faire autant.

Fridgunn se mordit la lèvre inférieure. Auðr avait remarqué que la toute jeune fille avait ce tic quand elle était stressée, ainsi que celui de tirailler ses lourdes tresses. Enfin, après un long moment de réflexion durant lequel elle avait presque cessé de marcher, elle pivota vers Auðr. Les vagues de la grève léchaient ses bottes épaisses.

— Il n'y a pas de déesse de la Guerre dans mon peuple. Nous vénérons de nombreux dieux, mais Radigost, Rugevit, Ranovit et Iarovit, nos divinités belliqueuses, sont toutes masculines. Je n'ai pas d'image féminine à laquelle me consacrer et m'identifier. Qui plus est, on m'a toujours appris que le rôle d'une femme est de donner la vie et non la mort, de vénérer Lada et Zywienia, la fertilité et la nourriture. J'ai été élevée comme ça, et il est trop tard pour me changer. À moins que ta déesse ne veuille d'une fille presque femme, déjà trop âgée pour apprendre à se battre ?

Auðr en resta bouche bée.

— Tu... n'es pas encore femme ? s'écria-t-elle.

— Chut ! la tança Fridgunn avec un regard terrorisé. Pas si fort ! Pourquoi crois-tu que mon père m'ait donnée à Ottar, si ce n'est pour gagner du temps ? J'étais la plus jeune de ses filles et la seule à ne pas avoir encore eu son sang. Il espérait que, le temps que je devienne adulte et qu'il m'engrosse, il se serait fait tuer par un rival en ne laissant personne de sa lignée pour lui succéder. Hélas, Ottar continue à s'acharner à vouloir produire un héritier, et il est prêt à tout pour y parvenir.

— Il n'y parviendra pas, lui promit Auðr. Il n'est plus en mesure de te faire du mal. De vous faire du mal.

Fridgunn la scruta avec ses grands yeux bleus, qui contenaient cette fois plus de tristesse que de colère.

— Je te crois, guerrière. Il est trop tard pour moi, mais tu peux encore sauver les autres, et te sauver toi.

— Et si tu venais avec moi ? lui proposa soudain Auðr. Quand je repartirai…

La jeune fille secoua la tête.

— Non. Mon destin est lié à Soroka, et je ne souhaite pas en partir. Maintenant qu'Ottar n'est plus en mesure de terroriser la population, je veux rester ici et aider mes sœurs à reconstruire ce qu'il a détruit. Je ne prendrai pas la suite de mon père à la nacrerie, mais une autre vie m'attend. Ambjørg, Sollaug et moi avons discuté, la nuit dernière. Nous allons régner ensemble sur Soroka, trois *jarls* unies et égales. Désormais, nous n'accepterons plus d'ordres des hommes.

Auðr s'apprêtait à répondre, notamment qu'il leur faudrait bien se résoudre à se battre ou à subir la domination masculine, quand des cris au loin attirèrent son attention.

Elle pivota sur ses talons, ses mains agrippées déjà au manche de ses haches. Sa discussion avec la jeune fille avait beau avoir monopolisé son attention, elle n'avait pas négligé le fait que, mine de rien, elles se rapprochaient à bonne allure d'un établissement qui, aux dires de son interlocutrice, renfermait une quarantaine d'hommes que l'on avait régulièrement menacés et qui devaient être prêts à défendre chèrement leurs biens et leur vie.

Comme elle l'avait prévu, les doubles portes en bois du bâtiment principal, une sorte de halle basse, mais dont le pignon dépassait ses voisins, étaient ouvertes. Des personnes s'amassaient sur les terrasses qui entouraient et reliaient les bâtiments et servaient à la fois de séchoirs, de présentoirs et de supports pour les coquillages, nacres en cours de travail et autres bijoux. Les gens s'entassaient à l'entrée des escaliers en bois qui, surmontant dangereusement le vide, reliaient le complexe au-dessus de l'eau et la terre ferme.

En cette saison, les eaux n'étaient pas encore gelées et léchaient la base de la forêt de poteaux qui supportaient la structure, mais en hiver, quand la mer Baltique était prise en glace, le spectacle devait être magnifique à contempler, avec le givre qui blanchissait le bois, craquelant la surface des flots, obscurcissant la frontière entre terre et mer, figeant les embruns, les vagues et l'humidité.

Auðr songea qu'elle devrait revenir admirer ce paysage, avant de conclure que, finalement, il devait être aussi dangereux que beau.

Une pensée lui revint : Asdan lui avait dit la même chose. Les mots qu'il avait prononcés durant la tempête faisaient écho à ce que Fridgunn venait de lui dire. Elle n'était peut-être pas belle selon les canons de son époque, mais elle était fascinante et dangereuse, et c'était peut-être mieux. C'était un atout qui ne disparaîtrait pas avec l'âge, contrairement à des traits délicats et une peau lisse.

Elle esquissa un fin sourire et se demanda où était le *skald* en ce moment. Pensait-il encore parfois à elle ou l'avait-il déjà oubliée ?

Puis de nouveaux cris l'arrachèrent à sa rêverie et elle crispa les doigts sur sa hache.

— Fridgunn ! Fridgunn ! C'est ma petite Fridgunn !

La personne qui avait hurlé ces mots faisait partie des premières à avoir dévalé les escaliers pour se précipiter à la rencontre des visiteuses, mais, à la grande surprise d'Auðr, ce n'était pas une femme qui les avait prononcés mais un homme.

Ce dernier, aussi sec que sa compagne de voyage était ronde, lui était visiblement apparenté et, voyant son visage à la fois affolé et extatique, elle comprit aussitôt qu'il devait s'agir de son père.

— Par Biélobog et Yarilo, tu es vivante, ma petite fille ! reprit l'homme.

Auðr constata, alors qu'il se rapprochait, que des larmes baignaient son visage buriné aux traits slaves. Comme sa fille, il avait de grands yeux bleus, pour sa part entourés de profondes rides creusées par le rire et les chagrins, et sa bouche charnue était plissée en un sourire qui aurait paru comique s'il n'avait pas été si sincère. Mais la partie droite de son visage affichait d'autres traces qui la firent lâcher sa hache pour caresser sa joue. L'homme avait été brûlé sur tout le côté droit et, du menton au sourcil, arborait les cicatrices d'une brûlure devant dater d'au moins un an, déjà cicatrisée mais encore rouge.

Quand elle se décala pour laisser Fridgunn apercevoir son père – par réflexe, elle s'était portée devant elle pour la protéger –, elle entendit la jeune fille pousser un cri d'horreur.

— Père ! Que vous est-il arrivé ?

À la seconde suivante, Auðr fut bousculée par Fridgunn, qui se précipitait à la rencontre de son père pour le serrer contre elle.

— Il m'est arrivé Ottar, voyons. Que veux-tu qu'il me soit arrivé d'autre ? bougonna l'homme en secouant les bras comme pour se débarrasser de l'inquiétude de sa fille. Mais ce n'est pas important. L'important, c'est toi. Tu es là, tu es vivante... cela veut-il dire que... Ottar est mort ?

Fridgunn éclata d'un grand rire, si fort qu'Auðr repensa un instant à ce qu'elle avait imaginé la veille en découvrant le regard halluciné de la concubine du boyard : que celle-ci avait sombré dans la folie.

— Pas mort, hélas non, mais il n'est plus sur le trône, et il n'y sera plus jamais. C'est Ambjørg, Sollaug et moi qui allons régner, désormais.

— Ambjørg, Sollaug et toi ? Mais comment... ? balbutia l'homme avant de se reprendre pour lancer un regard inquisiteur à la *skjaldmö* qui assistait à la scène.

Il esquissa un pas en arrière en considérant son visage, puis plissa les yeux et porta les doigts à sa tête en un geste qu'Auðr devina inconscient. Enfin, il carra les épaules et s'inclina légèrement devant elle.

— Je ne vous ai jamais vue ici, mais je suppose que si, à votre arrivée, ma fille devient soudain libre et Ottar asservi, vous n'y êtes pas pour rien. Soyez donc la bienvenue chez moi et sachez que, tant que ma Fridgunn sera en sécurité, je serai à votre service.

Auðr réprima un sourire à cette phrase qui était autant une menace qu'un remerciement. Elle ne le prendrait pas à la légère. Ces gens avaient souffert sous le joug d'un envahisseur, ils ne se laisseraient pas faire à l'avenir.

— Je ne suis pas là pour vous causer le moindre tort, répondit-elle à ce salut ambigu. Je n'ai joué qu'un rôle bien modeste dans la destitution du boyard Ottar, et j'y avais un intérêt. Fridgunn m'a amenée ici, car je suis en quête d'un éleveur de rennes, un dénommé Lasse, qui pourrait m'aider à poursuivre mon voyage. Je cherche...

L'homme leva la main.

— Allons en discuter à l'abri, autour d'un verre de *kvass*[1], cela nous fera du bien à tous. Je connais bien Lasse, comme tous les producteurs qui viennent ici régulièrement, et je vais le faire mander. Le temps qu'il arrive, nous aurons fait connaissance et je saurai ce qui s'est passé. Au fait, je m'appelle Anton.

Les deux femmes hochèrent la tête, et Auðr emboîta le pas au père et à la fille qui ne s'étaient pas lâchés et progressaient sur le sable tassé en direction de l'attroupement qui s'était formé devant eux.

Lorsque Auðr se retrouva face à la mère de Fridgunn, Souane, et que celle-ci apprit que la guerrière était en partie responsable de l'émancipation de sa fille, il ne fut plus question d'un simple verre de *kvass*. Habituée à régenter et à satisfaire les estomacs d'une armée d'artisans affamés, Souane leur présenta un véritable festin. Elle avait d'abord servi une soupe froide aux petits légumes, dans des bols évidemment ornés de nacre étincelante, dont Auðr avait appris qu'elle se nommait *okroshka* et était très appréciée en été, épaissie de crème fraîche et d'œufs durs et assaisonnée à la moutarde de raifort. Le goût était très fort mais délicieux. Elle l'avait accompagné de pain sur lequel elle avait été invitée à tartiner du fromage frais. Bien sûr, il y avait aussi pléthore de coquillages marinés, farcis, confits ou

1. Boisson fermentée très populaire dans les pays slaves encore de nos jours, qui se prépare traditionnellement avec des tranches de pain noir, de la levure et du sucre.

grillés, et de nombreux poissons spécifiques à la mer Blanche qu'elle avait découverts dans de nouvelles soupes, des ragoûts et des tourtes. Il lui avait fallu plus d'une heure pour parvenir, entre deux bouchées, à rappeler à ses hôtes qu'elle n'était pas seulement venue leur ramener leur fille. Anton avait alors hoché la tête pour lui signaler que Lasse avait déjà été mandé et qu'il ne tarderait plus – il devait d'abord en finir avec ses derniers clients et fermer son étal – tandis que Souane claquait dans ses mains pour faire venir d'autres victuailles.

Une cohorte de femmes de divers âges s'était amassée dans la grande pièce, où ils étaient assis sur des coussins, pour venir débarrasser les plats à moitié vides et les remplacer par d'autres. Cette fois, des douceurs diverses furent proposées. Des petits carrés de *kozinakis*, dont elle apprit qu'il s'agissait de graines de sésame agglutinées grâce à de la mélasse, des gâteaux dont la semoule moelleuse et sucrée était parfumée grâce à des baies rouges séchées et des fruits à coque, des zéfirs à base de blancs d'œufs tellement battus qu'ils ressemblaient à des nuages, agrémentés eux aussi de fruits rouges et cuits lentement au four, et des pains bruns à l'odeur de pomme entêtante.

Auðr était rassasiée et peu encline à goûter un nouveau mets inconnu, quand Souane lui mit une douceur entre les mains pour l'inciter à mordre dedans. Un régal. Elle eut l'impression d'avoir en bouche une mousse de pommes mûres à point et sucrées. Malgré son estomac rempli, elle en prit trois fois et ce ne fut qu'en découvrant que Fridgunn la contemplait avec un regard amusé qu'elle réalisa qu'elle mangeait encore.

Puis Auðr remarqua autre chose.

La demi-douzaine de femmes qui leur avait servi à manger ne s'était pas retirée après avoir servi les plats et s'était amassée dans un coin de la pièce, ne lâchant pas la jeune fille des yeux et lui adressant des signes de connivence et des regards insistants. Fridgunn faisait son possible pour ne pas leur répondre, mais il était évident qu'elle brûlait de les rejoindre.

Auðr comprit alors qu'il ne s'agissait pas de servantes ni d'apprenties, mais plutôt de ses sœurs. Pourtant... elles ne se ressemblaient pas. Il y avait bien quelques traits de famille dans les fossettes, les yeux bleus – qu'elles devaient donc toutes tenir de leur père – et les expressions du visage, mais les silhouettes, la taille et les teints ne correspondaient pas. Il y avait là un mystère qu'elle se promit d'élucider.

Or quand elle tourna la tête pour poser discrètement la question à Fridgunn, celle-ci lui asséna une petite tape sur le bras.

— Nous ne sommes sœurs que par un côté de la famille, lui expliqua-t-elle sans lui laisser le temps de l'interroger. Baran, Vera et Casimir sont les filles de la première épouse de mon père. Et ma mère, Souane, avait déjà eu Mila, Anka, Ivanie et Cassy d'une précédente union, elle aussi. Je suis la seule enfant survivante de leur mariage.

— Survivante ? répéta Auðr ahurie tant par le nombre d'enfants que par le fait qu'il ne s'agisse que de filles.

— Mon père avait eu deux fils, des jumeaux, mais ils sont morts noyés à l'âge de trois ans. Après moi, il y a eu des triplées, Anja, Selena et Sasha, mais elles sont mortes d'une fièvre quand je n'avais que cinq ans. Et, après trois fausses couches, mes parents ont décidé qu'ils avaient suffisamment essayé d'avoir des garçons et qu'ils arrêtaient. Huit filles, ça fait déjà beaucoup.

Auðr se retint de commenter que c'était énorme, même si elle avait déjà vu des familles plus nombreuses, mais alors qu'elle cherchait une repartie spirituelle, un tumulte sur la plage, en bas des escaliers extérieurs, attira son attention.

Elle se leva d'un bond, saisissant les haches et le bouclier qu'elle avait posés derrière elle, à côté du coussin sur lequel elle avait été assise, et se campa en position défensive.

Aucune des personnes de la pièce n'avait eu le temps de réagir. Tous la contemplaient d'un air effaré, certains une cuillère de soupe à mi-chemin de leur bouche, d'autres figés de stupeur, voire d'effroi.

Enfin, Anton dressa une main apaisante.

— Repose tes armes, guerrière, tu n'as rien à craindre sous mon toit. Les hommes d'Ottar n'auraient pas signalé leur arrivée de la sorte. Ce doit être Lasse qui annonce sa présence.

Auðr ne lâcha pas ses haches pour autant. Un homme arborant un manteau orné de broderies en forme de bois de renne entra dans la pièce en déclarant fièrement son statut, porteur de fourrures et suivi d'un chien hirsute. Alors elle se redressa et baissa les armes.

L'animal se rua aussitôt vers elle, la gueule ouverte et les babines retroussées sur une denture impressionnante. La guerrière eut à peine le temps de lever son bouclier qu'il lui sautait dessus et manquait de la faire basculer sous son poids. Les griffes du chien heurtèrent le bois de sa protection avec un crissement sonore et, tandis qu'elle s'arc-boutait pour garder son équilibre, plusieurs voix se mirent à crier. Elle lâcha ses haches pour tenter de dégainer son poignard, plus utile pour une lutte si rapprochée, mais alors qu'elle refermait les doigts sur le manche et s'apprêtait à dégainer, elle se rendit compte que, si l'animal avait voulu la mordre, il lui aurait déjà déchiqueté l'avant-bras. Ses crocs, en fait, bien que luisants de bave et très proches de son poignet droit, n'avaient pas fait mine de s'enfoncer dans sa chair, et l'humidité qu'elle sentait sur sa main n'était autre que la salive dont la langue de l'animal dégoulinait tandis qu'il léchait son bouclier.

— Ottar ! Ottar, lâche ! lança à plusieurs reprises le nouveau venu, tandis que Fridgunn enroulait ses doigts autour du collier en cuir de l'animal déchaîné pour l'écarter de force d'Auðr.

Mais le chien était plus fort que la jeune fille, et il fallut qu'Anton et Souane la rejoignent pour qu'ils parviennent, à trois, à la dégager.

Le tumulte dans la pièce était insupportable et Anton dut crier « Silence ! » à de multiples reprises pour ramener l'ordre et le calme. Enfin, Auðr put baisser son bouclier et considérer le chien qui, maintenu par son maître, s'était assis devant lui et la regardait, l'air très satisfait de lui et la queue battant les pieds de son maître. Ses pattes frémissaient, et il avait le cou tendu comme s'il s'apprêtait à repartir à l'assaut. Son propriétaire, d'ailleurs, ne devait pas s'y tromper et resserra sa prise sur son épaisse fourrure dorsale avant de lui tapoter le crâne d'un air mécontent.

— Calme-toi, Ottar, répéta Lasse d'un ton plus bas, mais toujours empreint d'autorité.

Il ôta son haut bonnet cylindrique en feutre rouge bordé d'une bande de broderie bleue et dorée, et s'épongea le front avant de froisser l'épaisse coiffe dans ses mains d'un air maussade. Enfin, ses yeux se portèrent sur Auðr.

— Je suis désolée, guerrière. Mon chien ne te voulait aucun mal. Il est juste… jeune et enthousiaste. Et il aime beaucoup les femmes. J'ignore pourquoi, il cherche toujours à leur sauter dessus.

Auðr leva un sourcil ironique avant de se rappeler que cela plissait ses cicatrices. Ayant passé la nuit avec les trois épouses d'Ottar, sans avoir vu le moindre homme, elle n'avait pas pris la peine de porter son masque et, ce matin, quand elle avait pris le chemin de l'archipel Solovki avec Fridgunn, elle avait préféré ne pas le mettre non plus. Elle s'était dit que la présence d'une inconnue qui dissimulait ses traits, dans un contexte où les gens étaient méfiants et s'attendaient à être rudoyés, ne l'aiderait pas à gagner leur confiance et leur aide. La réaction d'Anton et de Souane, passé la première surprise à sa vue, l'avait confortée dans ce choix. Mais, à présent qu'elle se retrouvait face à Lasse, elle doutait de sa pertinence et regrettait, devant son regard inquisiteur qui s'attardait sur ses traits, que ses cicatrices soient exposées. Elle n'aimait pas sa façon de les inspecter et de les détailler, comme s'il cherchait à lire en elle.

— C'est parce qu'il saute sur toutes les femelles à sa portée que tu l'as appelé Ottar ? lança-t-elle d'un ton qu'elle espéra moins agressif qu'il ne sonnait à ses propres oreilles.

Un silence surpris lui répondit et, quand elle consulta Anton du regard, elle le vit esquisser un petit sourire approbateur. Enfin, après une hésitation, Lasse hocha timidement la tête, sans cesser de triturer son couvre-chef. L'homme avait une cinquantaine d'années au moins, mais semblait pourtant en meilleure santé que Gustav. Il affichait la silhouette sèche de quelqu'un qui vivait au grand air et marchait beaucoup, et une carrure nerveuse, sans doute acquise à force de voyages et de migrations. Ses vêtements bleus et rouges, ornés de broderies aux motifs floraux, lui firent comprendre qu'il appartenait aux tribus samies. Il arborait d'ailleurs la plupart de leurs caractéristiques physiques, à commencer par des cheveux noirs et raides qui, ébouriffés par le port de sa coiffe, pointaient dans toutes les directions, ainsi que des yeux légèrement bridés qui accentuaient la largeur de ses pommettes. Son kofte bleu vif s'arrêtait à mi-cuisses en une jupe large qui révélait des chausses en cuir. Celles-ci s'enfonçaient dans des bottes en peau de renne relevées à la pointe et ornées de pompons et de bandes colorées qui les maintenaient à la cheville.

L'homme hésita encore un instant et finit par accentuer son sourire.

— J'ai toujours dit que c'était mon meilleur chien, un fidèle compagnon et un guide loyal pour ma *bulke*, et que c'est pour ça que je lui ai donné le nom de notre vénéré boyard. Mais... (Il consulta de nouveau Anton du regard.) Mais ce chien est bête, en quête permanente de femelles, et il ne pense qu'à manger, copuler et se battre. Ottar est un nom sur mesure pour lui.

Aussitôt, il tordit de nouveau son bonnet entre ses mains, manquant d'arracher les pans de tissu rouge qui en dépassaient.

— Je n'aurais pas dû dire ça. Je n'aurais pas dû dire ça. Maintenant, mon troupeau va se faire massacrer et je n'aurai plus de quoi vivre. Mais qu'est-ce qui m'a pris...

Alors qu'il continuait à marmonner, passant d'un norrois lourdement accentué à une langue qu'Auðr supposa être du sami du Nord, elle chercha l'approbation d'Anton et, devant son hochement de tête, s'avança vers Lasse pour poser une main sur son épaule. Aussitôt, son chien – Ottar – vint s'asseoir sur ses pieds et se remit à lui lécher les jambes avec application. Sachant qu'elle devrait naviguer et marcher, Auðr n'avait pas voulu porter de robe ce matin et s'était contentée d'enfiler ses braies de voyage sous une tunique qui évitait que sa broigne frotte contre sa peau. Par-dessus la tenue en cuir bouilli incrusté de plaques métalliques, elle portait un manteau épais qui la protégeait du froid comme de l'humidité et descendait jusqu'à ses genoux. Mais, la pièce étant relativement chaude, elle l'avait ouverte et repoussée dans son dos, ce qui laissait au chien Ottar toute liberté pour accéder à ses jambes. Elle lui asséna une petite tape sur le museau, sans méchanceté, qui le fit reculer avec un gémissement mécontent.

— Laisse-moi, Ottar. Tu n'as plus le droit d'embêter les gens, les éleveurs de rennes comme les femmes.

Puis elle reporta son attention sur Lasse, qui continuait lui aussi à geindre dans sa langue.

— Tu n'as rien à craindre de moi, Lasse l'éleveur. Je ne suis ni sujette à l'ancien boyard Ottar ni alliée à lui. Je suis juste une voyageuse venue d'Aldeigiuborg qui cherche à se rendre à Kannanlakši. Une femme m'a informée que tu en étais originaire, et Fridgunn ici m'a confirmé que tu y retournais souvent. Accepterais-tu que je fasse le voyage avec toi ? Je sais me battre, je pourrai protéger ta caravane et ton troupeau, en échange de nourriture, de l'accès à ton feu et de l'équipement nécessaire pour parvenir à Kannanlakši au plus vite.

Après réflexion, elle ajouta :

— Je souhaiterais aussi bénéficier de tes relations pour être présentée au chef sami sur place, ou au boyard de l'endroit, si c'est un boyard qui règne. En échange de ça, je peux te payer ou te proposer un traité commercial avec mon fief. Mon jarl est toujours intéressé par des contrats fructueux.

Un éclair de convoitise traversa les yeux noirs de l'homme, qui parut soudain grandir tant il se redressa.

— Une femme t'a informée ? Quelle femme ? demanda-t-il néanmoins.

Auðr comprit qu'il devait craindre que ses propos reviennent à Ottar ou à ses soldats et qu'on les lui reproche.

— Une guérisseuse du nom de Sari, dans le village de Sumskii, à quelques lieues de Soroka. C'est elle qui m'a parlé de toi pour la première fois, juste avant que je me confronte à Ottar.

De nouveau, l'homme parut se ratatiner à la mention de ce nom.

— Même si ta présence chez Anton me laisse croire que tu n'es pas une amie du boyard, qu'est-ce qui me prouve que ce n'est pas un piège pour me faire dire des choses que je ne devrais pas dire ? Je n'ai pas envie que le boyard me bannisse de ce comptoir ou confisque mon troupeau, mes chiens ou mes marchandises. Je n'ai jamais dit de mal de lui et...

— Et tu as juste appelé ton animal le plus bête comme lui tellement tu l'apprécies, ironisa Auðr d'une voix qui ne laissait planer aucun doute sur son opinion. Tu présentes un curieux mélange de témérité et de couardise, Lasse l'éleveur. Je ne sais que penser de toi, à part que j'ai besoin de ton aide. Tu peux donc te rassurer, je te promets que ma présence à tes côtés lors de ton voyage ne te vaudra aucunes représailles de la part de l'ancien boyard.

À ces mots, Lasse se tourna vers Anton et sa famille.

— Elle ne cesse de dire qu'Ottar est l' « ancien boyard » mais, à ma connaissance, c'est toujours ce maudit étranger qui règne ici...

Alors qu'Anton s'apprêtait à répondre, Fridgunn le prit de court et s'avança devant ses parents pour répondre à l'homme.

— Je t'assure qu'Auðr dit vrai : hier soir, cette *skjaldmö*, l'épouse d'Ottar, son autre *frilla* et moi l'avons détrôné. Ambjørg, Sollaug et moi régnons désormais à égalité sur Soroka et régissons le commerce avec le marché de Solovki. Tu n'as plus rien à craindre d'Ottar ni de ses hommes : l'explorateur du Hålogaland est emprisonné et ne sortira de sa geôle que pour retourner dans son pays, si nous nous lassons de le garder, et ses soldats ont juré allégeance à Ambjørg et à nous. Ils nous seront fidèles.

Un sourire incrédule naquit sur les lèvres de l'éleveur. Auðr nota qu'il les avait enduites de graisse, sans doute pour les protéger du vent et du froid. Puis il se tourna vers elle, l'air plus rassuré.

— Tu es donc l'une de ces guerrières mythiques dédiées à la déesse des *wīcings*. Sais-tu te battre aussi bien que le racontent les histoires ? Est-ce ainsi que tu as gagné tes cicatrices ? demanda-t-il.

Auðr reçut la question comme un coup de poing, puis se rendit compte que c'était, pour un novice, elle était tout à fait logique. Elle ne devait y voir ni insulte ni intrusion, juste de la curiosité naturelle de la part de quelqu'un qui voulait savoir à qui il avait affaire avant de s'engager à voyager avec elle.

Elle secoua la tête.

— Oui, je sais me battre, et je me flatte d'être douée dans

l'art de la guerre. Mais nul combattant n'est invincible, et je trouverai tôt ou tard mon égal ou mon maître. C'est pourquoi je m'entraîne chaque jour. Mais ce n'est pas ainsi que j'ai reçu ces cicatrices. C'est un oiseau qui me les a faites.

L'homme hocha la tête.

— Je m'en doutais, cela ressemble aux marques que font les serres d'un rapace sur sa proie. Tu as dû beaucoup souffrir, j'en suis désolé pour toi.

— Moi aussi, je suis désolée pour toi, Auðr, souffla soudain Fridgunn, qui s'était rapprochée d'elle lorsqu'elle était intervenue. Je n'ai pas eu le temps de te le dire hier, mais je t'admire beaucoup, et encore plus après ce que tu m'as raconté ce matin. J'aimerais avoir ton courage et de telles marques qui prouvent ta valeur.

Auðr se sentit traversée d'une multitude de sentiments qu'elle peina à identifier. Tristesse, fierté, honte, peut-être un peu de crainte à l'idée de ne pas être à la hauteur de l'image que ces gens avaient d'elle. Mais, pour la première fois depuis longtemps, elle n'éprouva ni colère ni frustration à la mention de ces cicatrices. Personne ne mettait en doute son courage ni sa force, personne ne commentait sa beauté ou sa laideur. Ils l'acceptaient telle qu'elle était, voire l'admiraient. C'était aussi étonnant que bouleversant.

— Je te remercie, Fridgunn. Et vous aussi, Anton et Souane. Lasse, acceptes-tu que je voyage avec toi ?

L'éleveur réfléchit quelques instants, puis secoua la tête.

— Je ne dois pas retourner dans mon pays tout de suite, les rennes n'ont pas fini de brouter et ils doivent encore s'engraisser avant de remonter dans le Nord pour y passer la fin de l'été. J'y resterai alors plusieurs lunes avant de redescendre passer l'hiver dans les régions plus tempérées pour les y vendre. Je ne peux te guider dans ton voyage si tu dois rallier Kannanlakši au plus vite. Mais je peux te fournir tout le matériel dont tu auras besoin et t'aider à te préparer à ce périple. Je te donnerai aussi si tu le souhaites un sauf-conduit pour que tu sois bien reçue dans ma tribu.

Auðr plissa les lèvres, mécontente de cette réponse. Elle avait appris à la dure à quel point les conditions de voyage dans cette région étaient difficiles et avait failli y perdre la vie. Elle n'avait nulle envie de la risquer de nouveau. Mais quel autre choix avait-elle ? Quant au sauf-conduit de Lasse, elle envisageait de le refuser : si elle l'acceptait et se retrouvait, comme Gustav l'avait insinué, à devoir assassiner le jarl Eero, Lasse risquait d'être inquiété si on le considérait comme responsable de sa présence dans le Nord et d'en faire les frais. Elle se garderait bien de s'attarder dans ce fief après en avoir assassiné le chef, et ceux qui chercheraient un coupable devraient donc se rabattre sur ses complices, à savoir Lasse, voire Fridgunn et ses parents, qu'elle regrettait déjà d'avoir impliqués dans sa quête. Mais sa mission passait avant tout et, même si elle n'avait aucune envie de mettre en péril la sécurité de ses hôtes, elle ne leur devait rien. Son allégeance envers Gustav comme son but personnel la poussaient à faire passer sa quête en priorité.

— J'accepte ta proposition, Lasse. Je prendrai tout l'équipement et les conseils que tu voudras bien me donner, en échange d'une bourse bien remplie, et je prendrai aussi ton sauf-conduit et tes recommandations. Je te promets d'en faire bon usage.

Elle ne précisa pas pour qui l'usage serait bon.

— Quand pourrai-je partir, d'après toi ?

L'éleveur jeta un coup d'œil vers l'extérieur pour regarder le ciel. Il réfléchit quelques instants puis esquissa une grimace.

— La journée est bien avancée, et il me faudra toute la matinée de demain pour préparer ton matériel. Tu pourras partir pour *gaskabeaivi*.

Auðr consulta Fridgunn du regard.

— Le milieu de journée, traduisit la jeune femme. Je vais faire envoyer un messager à Ambjørg et Sollaug pour leur dire que nous passons la nuit ici. J'ai hâte de parler à mes sœurs et envie de te faire visiter le reste de l'archipel. J'ai moi aussi des fournitures à t'offrir en remerciement pour ce que tu as fait pour nous. Demain matin, nous retournerons à terre pour qu'Ambjørg te prépare des documents de voyage et des réserves de nourriture, puis tu partiras rejoindre Lasse pour qu'il te confie ce qui sera nécessaire à ton voyage. Nous nous dirons alors adieu, guerrière.

Auðr hocha la tête sans hésiter. Cela lui convenait parfaitement.

10

Auðr

La mère de Fridgunn s'était montrée plus que généreuse dans ses présents, et la *skjaldmö* était retournée à Soroka munie de plusieurs sacs de nourriture qui se conserverait sans difficulté le temps de son voyage. Avant qu'elle parte, Anton l'avait prise à part pour lui faire visiter son atelier et lui avait remis, un peu à la sauvette pour éviter que ses employés ne le voient, une magnifique dague de chasse dont le manche était ouvragé et incrusté de nacre à la finesse incomparable. C'était, lui avait-il dit, sa plus belle pièce, qu'il avait passé des lunes à confectionner et qu'il avait eu l'intention d'offrir à Fridgunn pour son mariage avec son promis. Lorsque celui-ci avait disparu et que Fridgunn avait été contrainte d'épouser Ottar, l'arme avait été reléguée dans un coffre discret pour ne pas être remarquée par le boyard cupide. Fridgunn n'en aurait jamais l'usage, et il tenait à l'offrir à Auðr en gage de gratitude pour ce qu'elle avait fait pour leur fille et leur famille.

Auðr le remercia chaleureusement, doutant qu'une lame aussi voyante puisse lui être d'une quelconque utilité pour elle, mais elle ferait un objet d'apparat impressionnant qu'elle arborerait avec fierté quand elle régnerait.

Puis, à son retour dans la demeure du nacrier, Souane la prit à son tour à part pour lui offrir un coffret contenant des bijoux. Eux aussi avaient été destinés à Fridgunn, et elle tenait à ce qu'Auðr en hérite. Enfin, tour à tour, les demi-sœurs de la jeune fille vinrent la trouver, certaines avec une timidité presque maladive, d'autres avec une admiration si outrancière qu'elle en devenait presque insupportable, pour lui confier qui une ceinture, qui une flasque d'alcool, qui un bonnet brodé pour son voyage, qui une pâtisserie confectionnée durant la nuit spécialement pour elle.

Les bras chargés, Auðr regagna la terre ferme et rangea tous ses présents dans un plus grand sac pour se rendre à la porte sud de la ville, où les éleveurs samis devaient se regrouper pour entrer et sortir de la colonie. Lasse l'y attendait, comme promis, et la guida sans attendre une lieue plus loin, où son troupeau paissait près de la Shizhnya. La traversée de la rivière avec les centaines de bêtes fut plus rapide qu'Auðr ne l'avait imaginé. Le lit était bas et caillouteux, et les rennes ne furent pas effrayés par son débit lent. Puis ils parcoururent l'unique lieue de terre ferme les séparant de l'autre rivière qui alimentait la ville, la Vyg. Au passage, Lasse lui expliqua que le site était très vieux, à tel point que les anciens hommes – ou les anciens dieux – avaient gravé et dessiné des motifs que l'on pouvait encore admirer sur les roches, les pierres dressées et le sol[1]. Auðr demanda à les voir, et Lasse lui confirma que, quand le troupeau ralentirait pour brouter puis pour traverser la Vyg là où elle se ramifiait, elle pourrait les contempler, car la zone en regorgeait, notamment dans les champs avant la forêt et sur les îles du cours d'eau. En effet, Auðr n'eut pas à attendre longtemps pour les apercevoir. Entre deux explications de Lasse sur la façon de conduire le *bulke* qu'il lui avait confié, bien différent du traîneau avec lequel elle avait commencé son voyage, elle pouvait baisser la tête et examiner les dessins primitifs d'humains, d'animaux et de scènes de chasse qui avaient été gravés là par des gens décédés depuis des milliers d'années. Incrustés de calcaire clair ou de pierre plus foncée, les motifs étaient étonnants de vie et de réalisme malgré leur simplicité, et elle se sentit émue par ces

1. Ces gravures rupestres, nommées « pétroglyphes de Belomorsk », existent toujours et sont inscrites au patrimoine mondial de l'UNESCO.

traces des anciens temps. Les troupeaux de rennes succédaient aux groupes de chasseurs, et les images d'adoration de femmes opulentes lui évoquèrent une féminité qu'elle n'avait jamais imaginé être sienne depuis bien longtemps, mais qui l'emplit soudain d'une confusion étonnante. Elle se retrouva devant une gravure noire représentant un personnage incontestablement féminin, reconnaissable grâce à sa poitrine proéminente et à ses longs cheveux, tenant ce qui devait être une lance ou une épée. Déjà, des millénaires plus tôt, les femmes se battaient – ou les hommes rêvaient de femmes capables de se battre. Elle n'était peut-être pas à l'image de ces déesses callipyges donneuses de vie, mais elle portait le bouclier et la hache des *skjaldmös* et correspondait à un autre idéal tout aussi honorable et important.

Elle se redressa et inspecta l'horizon du regard. Devant elle, la Vyg étalait ses méandres, ses bassins et ses courbes, parsemant d'étendues bleues le plateau verdoyant entrecoupé de zones rocheuses où les plaques gravées d'inscriptions, de circonvolutions et de silhouettes témoignaient d'une vie pas si différente de la sienne. Derrière la rivière, la même plaine, verte et suffisamment plate pour que le cours d'eau y crée des zones de rétention nombreuses mais peu profondes, était bordée d'une forêt de hauts conifères d'un vert plus foncé.

Ce fut vers cette forêt nordique que Lasse lui indiqua de se diriger lorsque son troupeau de plus de trois mille têtes eut fini de se rassembler sur la zone de terre la plus avancée dans la rivière. Comme elle lui demandait ce qu'il comptait faire, il lui expliqua qu'il allait laisser les bêtes traverser à leur rythme pour que les jeunes de l'année, qu'il avait marqués au printemps, ne soient pas séparés de leur mère. Cela prendrait plusieurs jours et ensuite, quand il n'y aurait plus aucun animal de ce côté-ci, il reprendrait sa migration vers le nord pour atteindre les étendues où la végétation était plus dense. Il attendrait alors que d'autres le rejoignent pour gagner, tous ensemble, les grandes étendues de toundra, où la fine couche de neige n'empêcherait pas les troupeaux de trouver feuilles, herbes, mousses et champignons dont ils raffolaient. Ils passeraient l'été autour de Kannanlakši, se réuniraient au printemps en famille pour aider au vêlage et marquer les jeunes, profitant des premiers bourgeons pour laisser les animaux se repaître des pousses tendres de bouleau.

Auðr comprit que Lasse lui expliquait tout cela pour qu'elle ne s'offense pas qu'il ait refusé de modifier ses projets de voyage pour elle : ce n'était pas lui qui décidait de ses parcours, mais ses rennes. Il ne faisait que les suivre et les guider en fonction de leurs besoins.

Elle hocha la tête puis prêta encore plus d'attention lorsqu'il lui montra comment dresser et replier la tente de voyage qu'il lui avait préparée sur son traîneau. La *lavvu*[1] était semblable à ces tentes *goahtis* qu'elle avait déjà commencé à apercevoir en découvrant les campements des Samis à l'entrée de Soroka, mais Lasse lui précisa que, si elles se ressemblaient, la *lavvu* était plus petite, légère et rapide à assembler, ce qui en faisait l'abri idéal lors de ces pérégrinations. La *goahti* n'était pas conçue pour être démontée et pouvait même être renforcée par une couche d'écorces, de terre ou de pierres qui la protégerait des éléments. La *lavvu*, en peau de renne, n'avait pas besoin de cordes pour que sa structure de branches fourchues tienne, la dizaine de perches suffisait, et Auðr devrait monter un foyer en pierres au centre de la tente. Un trou resterait aménagé en haut de l'édifice, pour qu'elle se réchauffe vite et soit protégée des moustiques omniprésents. S'il pleuvait ou neigeait, elle tirerait une corde pour réduire cet orifice et l'air passerait sous le bas de la *lavvu* pour lui éviter d'être asphyxiée par la fumée.

— Et les chiens ? demanda Auðr, refroidie par le souvenir de la fin qu'avaient connue ceux que Mya lui avait confiés.

Elle n'avait pas envie d'entraîner d'autres créatures à la mort par son ignorance. Quand elle tuait, ses adversaires avaient pris les armes en toute connaissance de cause. Ils savaient ce qu'ils risquaient et l'acceptaient. Les animaux, eux, n'avaient pas idée de ce qui pouvait leur arriver en liant leur vie à la sienne, et elle

1. Bien que confectionnée aujourd'hui à l'aide de matériaux modernes (aluminium, textiles synthétiques, etc.), la *lavvu* traditionnelle est toujours utilisée par les éleveurs de rennes ou les campeurs amateurs de régionalisme.

refusait de causer des souffrances et des pertes inutiles. Cette dignité ne l'avait jamais quittée depuis l'assassinat de Ketta, devenue prétendument dangereuse, par son oncle Ingmar. Même si le lynx femelle avait attaqué un invité, Auðr se rappelait très bien que l'homme s'était montré violent, en paroles comme en gestes, envers Ingmar et elle, et que le fauve n'avait fait que réagir à ce qu'il considérait comme une menace. Mais Ingmar avait voulu apaiser son hôte et avait offert la fourrure de Ketta en cadeau à son invité, en compensation des stries profondes qui marbraient son bras et l'empêcheraient de manier l'épée durant plusieurs mois. Auðr avait eu la satisfaction, quelques années plus tard, de retrouver ce *jarl* sur le champ de bataille et de l'affronter. Elle avait récupéré la peau de Ketta à l'issue du combat et l'avait cérémonieusement brûlée au clair de lune, pour apaiser l'esprit de l'animal injustement tué. Elle avait découvert cette pratique après avoir assisté à la cérémonie d'initiation d'un jeune *berserker* qui avait tué l'« esprit » de son animal pour intégrer les rangs de cette caste. Il avait ensuite porté la fourrure d'un loup en hommage à l'animal censé le posséder lors de ses transes. Auðr aimait songer que, au combat, lorsque la rage de se battre la saisissait et qu'elle se sentait invincible, c'était la fureur de Ketta l'indomptée qui la dominait et qu'à travers elle le lynx vivait encore.

Lasse la rassura : les chiens qu'il lui confiait, en nombre bien moins important que la meute de Mya, étaient habitués à la fois au climat et à ce trajet, et la guideraient sans difficulté jusqu'à son but. Il lui suffisait de leur fournir à manger et à boire le matin et le soir, d'inspecter leurs pattes pour vérifier qu'ils ne s'étaient pas blessés durant leur journée de traction, et de respecter l'ordre de l'attelage afin d'éviter les bagarres. Auðr s'étonna de voir l'homme, qui lui avait paru si timoré et craintif lors de leur première rencontre, aussi assuré une fois dans son élément. Fridgunn lui avait confié que, tout comme son père était le meilleur nacrier de l'archipel Solovki, Lasse Jåma était un éleveur réputé dont la fiabilité et l'expérience n'étaient plus à prouver.

Enfin, il lui confia un sac rempli de vêtements adaptés à son périple, et une petite bourse dans laquelle se trouvaient des boutons en bois de renne sur lesquels il avait apposé sa marque. Celle-ci lui servirait de monnaie d'échange au sein des tribus qu'elle rencontrerait et fonctionnerait aussi comme un sauf-conduit pour gagner l'accès au chef de clan une fois parvenue à destination. En échange, Auðr lui remit sa propre bourse, emplie de pièces de monnaie danoises en argent, de dirhams[1] coupés en forme de cubes, et de valeurs varègues.

Puis ils se séparèrent sans s'attarder : Lasse voulait recenser son troupeau avant d'entamer la traversée de la Vyg, et Auðr tenait à se mettre en route au plus vite pour profiter d'une longue période ensoleillée. Après avoir fait passer le gué aux chiens, qu'elle attacha à un piquet comme le lui avait recommandé l'éleveur, elle revint tirer son traîneau vide, puis repartit une dernière fois récupérer ses provisions. Enfin, elle chargea le tout sur son *bulke*, puis attela son équipage, laissa deux chiens à l'arrière pour relayer ceux des quatre de devant qui fatigueraient en premier, et fit claquer son fouet pour les faire s'élancer.

Asdan

Le *skald* commençait à s'impatienter.

Cela faisait plusieurs jours qu'il guettait le passage d'Auðr sur la piste qu'il avait estimé être celle de son passage pour Kannanlakši, et la guerrière n'arrivait toujours pas. Il en venait à se demander s'il n'avait pas fait une erreur dans son estimation, ou si elle n'avait pas changé d'avis et décidé de rester à Soroka ou de repartir pour Aldeigiuborg.

1. Étonnamment, le dirham islamique circulait énormément dans les pays scandinaves à cette époque. En effet, il provenait des pays du Moyen-Orient, que les Vikings fréquentaient beaucoup, et les pièces étaient pesées et coupées pour correspondre à un poids standard. Ainsi, on retrouve des cubes aux coins tronqués ou en forme de billes ovoïdes dans toute l'Angleterre, dans les pays nordiques et même dans ce qui était la Rus' de Kiev. Les gens utilisaient également de petits objets de valeur en métaux précieux pour commercer.

Il n'était pas mal installé : il s'était abrité au sein d'un campement sami qui attendait, un peu au nord d'une bourgade carélienne nommée Aittaniemi. Ce n'était rien d'autre qu'un assemblage de *goahtis* que les éleveurs utilisaient lors de leurs transhumances pour s'abriter si les troupeaux avaient besoin de faire une pause. Le reste de l'année, les huttes de toile et de branches lestées de pierre étaient désertées, à la disposition des voyageurs, à condition que ceux-ci regarnissent les réserves de bois et de viande séchée qu'ils y trouvaient. Seule une vieille femme y habitait à l'année, une ancienne éleveuse de rennes, veuve, qui avait décidé de rester à l'endroit où son époux était décédé pour entretenir sa mémoire. La vieille Sissel vivait donc là, avec son arrière-petite-fille Silje, survivant grâce aux quelques têtes de l'immense troupeau de rennes de sa descendance qui n'avait pas suivi le reste de la horde. Elles tuaient les bêtes trop âgées pour transhumer, prélevaient une partie du lait des femelles gestantes, tannaient les peaux et passaient les soirées à tisser des *gáktis*[1] pour les jeunes et des bonnets aux couleurs du clan, afin de les échanger contre les vivres qui leur manquaient.

La vie avec elles n'était pas désagréable : Asdan troquait la nourriture et l'abri contre des chansons et des histoires lors des veillées mais, alors que Sissel était amusante et sagace, l'insistance de Silje à vouloir s'introduire dans sa couche le perturbait. Il avait d'abord prétendu être fiancé pour ne pas la vexer, puis, quand elle avait fait remarquer qu'il n'arborait pas les moufles qu'il aurait dû voler à sa promise pour qu'elle vienne les chercher, ne possédait aucun renne qu'il aurait pu lui offrir, ni aucun bijou à proposer pour son *irgástallan*[2], il avait fini par avouer qu'il n'était ni fiancé, ni marié, ni promis, mais

1. Nom en sami du nord pour le *kofte*, le costume traditionnel des Samis (« *kofte* » signifiant « tunique » en norvégien).

2. La phase de « cour » chez les Samis, qui se fait à l'initiative des garçons. Ils peuvent offrir des bijoux ou des rennes pour convaincre la jeune fille d'accepter leurs avances (même si l'élue doit ensuite rendre les présents aux garçons qu'elle aura rejetés une fois son choix effectué), ou voler les moufles de leur dulcinée pour attirer son attention et la pousser à venir les récupérer.

qu'il convoitait une femme bien précise et qu'aucune autre ne l'intéressait, quand bien même elle ne lui avait laissé aucun espoir pour l'avenir.

Silje s'était d'abord émue de sa situation, la trouvant romantique à souhait, puis s'était mis en tête de le convaincre d'abandonner sa poursuite désespérée dans l'espoir qu'il s'intéresse à elle. Elle avait même poussé l'outrecuidance jusqu'à détourner la coutume du vol de moufles pour cacher les siennes dans l'étui de son *jouhikko* et venir ensuite les rechercher en prétendant que c'était lui qui les avait mises là. Quand Asdan l'avait trouvée, en *kofte* de tissu fin écru sous son épais caftan d'extérieur, allongée sur sa couche, il avait vu rouge. Malgré la beauté de la jeune fille, qu'il ne niait pas, il l'avait vertement sermonnée et lui avait jeté ses moufles au visage en lui rappelant que, si elle avait abîmé son précieux instrument, elle n'aurait pas eu assez de tous les rennes de son arrière-grand-mère pour le lui remplacer. Silje s'était vexée et, depuis, saisissait la moindre occasion pour le critiquer ou se moquer de lui. Sissel avait même fini par rabattre le caquet de la jeune fille en lui assignant la mission d'aller traire les femelles chaque soir à l'heure du repas, afin de permettre à Asdan de dîner tranquillement avec elle sans être en butte aux commentaires de la jeune fille.

Asdan s'en moquait. Il ne pensait qu'à Auðr. À sa silhouette fière et son visage noble. À son caractère de feu et son orgueil indomptable. À son intelligence affûtée et son incapacité à mentir. Tout en elle lui plaisait : de ses blessures et de ses cicatrices à sa rigueur, qui la poussait à être la meilleure dans son domaine. Il ne doutait pas que, de guerrière invincible qu'elle était, si elle parvenait un jour à conquérir le fief dont elle rêvait, elle en deviendrait le *jarl* incontesté sans difficulté, et susciterait l'admiration et la révérence de ses sujets. Et elle le méritait. Ce qu'elle n'acquérait pas par la force, elle le gagnait par son travail et son acharnement.

Il se demandait néanmoins s'il ne ferait pas mieux de prendre le risque d'être reconnu à Soroka et de retourner là-bas pour voir si Auðr ne s'y trouvait pas. Plus il y pensait – et, au fil des jours, il finissait par être obsédé par la question – plus il craignait pour sa sécurité. Il savait que c'était une guerrière compétente et chevronnée mais, quel que soit son talent, une femme seule ne pourrait vaincre une armée entière, et il avait ouï dire que le *jarl* Ottar possédait de nombreux hommes qui lui étaient dévoués. Où était Auðr à cette heure ? Saine et sauve en route pour Kannanlakši et sur le point de le retrouver ici, ou prisonnière des geôles d'Ottar à la merci de ses sbires, voire morte ?

Il en devenait fou.

Lorsque la nouvelle lune arriva, il finit par décider de repartir. Il allait reprendre le chemin de Soroka, en tant que *skald* itinérant, et s'introduire dans l'isba d'Ottar pour voir si Auðr s'y trouvait, que ce soit libre ou piégée. Il s'en ouvrit à Sissel, qui lui enjoignit d'attendre encore un peu. Elle avait vu passer, peu de temps avant son arrivée, l'homme à la poursuite duquel Auðr se trouvait, et elle savait qu'il devrait faire halte assez longtemps à Kannanlakši : non seulement la saison chaude annonçait le dégel des rivières et des crues importantes qui rendraient toute traversée dangereuse, mais l'espion était malade. Il portait un bandeau sur les yeux et trébuchait souvent, lui avait expliqué Sissel, ce qui était probablement dû à la cécité des neiges. La vieille femme, n'ayant pas examiné l'homme qui ne s'était pas arrêté dans son campement, ignorait si son affliction était temporaire ou définitive, mais il lui faudrait dans tous les cas du temps pour se remettre ou s'habituer à sa nouvelle condition. Asdan s'était réjoui de ce contretemps qui jouait en sa faveur et avait songé qu'Auðr saurait en tirer parti. Il ne lui restait plus qu'à l'attendre.

Pendant ce temps, il écoutait Sissel lui raconter les légendes de son peuple, lui parler de Dierpmis, le dieu du Tonnerre, de Beaivi-Nieida, la vierge du Soleil, et de Mánnu, que l'on vénérait lors des nuits polaires. Il avait vu Sissel adresser un sacrifice à Kied-Kie Jumel, le dieu de la Pierre et de la Chasse, juste après avoir abattu un renne, pour qu'il la protège et avoir dédié les entrailles de l'animal à Varaldenolmmái, le dieu de la Fertilité, pour qu'il rende Silje féconde, puis son cœur à Uksáhkká, la déesse du Foyer, pour qu'elle protège leur maison.

La seule chose que Sissel avait refusé de lui montrer était son tambour magique, grâce auquel elle priait ses dieux. Il l'avait vu de loin, puisque l'instrument était suspendu à la place d'honneur dans sa *goahti*, mais elle le gardait là en sa présence, refusant d'officier tant qu'un étranger résidait sous sa tente. Il savait que, dès qu'il serait reparti, elle le descendrait et irait invoquer ses dieux dans son *sieidi*[1], son lieu sacré, pour frapper son tambour jusqu'à parvenir à l'état de transe qui lui permettrait de pénétrer le monde des dieux et des ancêtres, le *saivo*. Il n'en savait pas plus et s'en voyait frustré. Même le *joik*, le chant sacré traditionnel de ce peuple, lui échappait. Il avait beau en avoir entendu à plusieurs reprises, chaque *joik* était unique, en fonction de la personne dont il émanait, et il ignorait comment il était composé. Tous les Samis qu'il avait rencontrés refusaient de lui révéler ce secret.

Il n'insistait pas et se contentait des bribes d'informations qu'on laissait deviner en sa présence. Pour remercier son hôtesse, il égrenait ses mélodies sur son *jouhikko* et sa flûte, partageant ses connaissances avec elle dans l'espoir qu'elle finirait par lui rendre la pareille. Mais il doutait que ce jour arrive. Sissel était, à ses yeux et à ceux de son entourage, une prêtresse, une *noaidi*[2], et prenait son rôle très au sérieux. Un jour, Silje prendrait sa relève et hériterait de son tambour et de sa flûte sacrée pour perpétuer la tradition de son clan.

Enfin, quand la nouvelle lune fut passée, Asdan prépara ses bagages. Malgré les injonctions de Sissel, il n'en pouvait plus d'attendre et s'était persuadé qu'un malheur était arrivé à Auðr. Il rangea donc ses instruments, empaqueta vivres et fourrures, et attela les chiens qu'il avait gardés depuis qu'il avait quitté l'isba de Sari pour retourner sur ses pas en direction de Soroka.

1. Les *sieidis* samis sont des lieux sacrés souvent naturels, marqués par un repère géographique exceptionnel (une roche caractéristique, une pierre levée, une concrétion inhabituelle), où les croyants pratiquaient des sacrifices. Le chamane considérait ces endroits comme des passerelles avec le monde des esprits et des ancêtres. On en trouve encore dans toutes les terres samies.

2. Chamane samie.

Il savait que, aucune tempête n'étant prévue, les soixante lieues du trajet lui prendraient à peine une journée s'il partait assez tôt.

Il se résolut donc à se lever à l'aube, profitant de ce que la lumière ne disparaissait jamais vraiment en cette saison estivale de nuits blanches pour faire le voyage d'une traite. Il se mit en route comme prévu, malgré les protestations de Sissel – Silje ne s'étant pas montrée pour lui dire adieu, certainement parce qu'elle était encore offensée par le fait qu'il lui préfère une femme lointaine et inaccessible.

Contrairement à son premier voyage, quand il avait rencontré Auðr, le temps était superbe. Seules la silhouette des hauts arbres et les taches d'un bleu presque blanc dues à une multitude de lacs peu profonds qui reflétaient la couleur du ciel crépusculaire créaient une rupture dans la blancheur omniprésente. Les roches qui affleuraient à la surface de la neige formaient une sorte de ponctuation bienvenue, signalant aux chiens que la neige était moins épaisse à ces endroits-là et qu'ils ne devaient pas s'y briser une patte. Malgré la difficulté de sinuer entre ces écueils terrestres, Asdan avançait à bonne allure et, après plusieurs heures de trajet, les relents salins qui lui parvinrent aux narines lui signalèrent qu'il avait quitté la profondeur des terres pour se rapprocher de la mer.

En effet, en continuant vers le sud-est, comme il l'avait prévu, il découvrit, au détour de la piste, le panorama stupéfiant de la mer Blanche qui longeait la côte carélienne. Dans ces lueurs crépusculaires où les bleus alternaient avec les roses, la frontière entre l'eau et l'air était infime, et l'on aurait pu se croire capable d'avancer de la sorte jusqu'au bout du monde. Seule l'absence de rochers, presque noirs dans cette lumière rase, signalait qu'il n'y avait plus de terres passé un certain endroit.

Asdan fit s'arrêter les chiens le temps de contempler ce spectacle et, quand le froid prégnant lui fit comprendre que l'immobilité permettait à la glace de se former contre sa peau, il leur demanda de se remettre en route. Il les dirigea vers le sud pour continuer à longer la côte et s'engagea sur la voie qui sinuait entre les arbres, de plus en plus nombreux à l'approche du Kem. Le fleuve se trouvait au nord de Soroka et signalerait qu'il avait fait les deux tiers de son voyage.

À son entrée entre les hauts résineux, il ralentit encore : les racines apparentes constituaient autant de pièges pour son traîneau et pour les chiens, et il ne voulait pas risquer de devoir s'arrêter pour des réparations ou une blessure qui le retarderaient. Sa progression, plus lente, l'irrita et il commença à chantonner pour calmer sa frustration. Il entonna alors la saga des Skjöldungar[1], la première qu'il avait apprise et qu'il se remémorait fréquemment quand il avait besoin de s'apaiser tant elle le ramenait à son enfance. Elle était très populaire en Carélie, où la présence danoise était très forte, et les Caréliens l'aimaient, car leur pays y était fréquemment mentionné.

Absorbé par le récit des hauts faits des rois danois, Asdan oublia peu à peu sa colère et sa frustration, et se laissa emporter par sa rêverie. Il s'imaginait, un jour, composer sa propre prose décrivant les exploits d'un *jarl* – pourquoi pas son père, qui en était largement digne – et devenir lui-même un auteur de sagas connu. Il se laissa bercer par la prose épique à tel point que le balancement du traîneau, le rythme de sa respiration et la foulée des chiens se fondirent pour accompagner son chant.

Puis, soudain, tout s'arrêta.

Dans un tumulte de cris de guerre, d'armes entrechoquées et de hurlements de chiens paniqués, une horde s'abattit sur lui et lui fit un barrage.

En un clin d'œil, Asdan vit le tableau sanglant se former.

Devant lui, une dizaine de guerriers bruns enveloppés de fourrures, si énormes et imposants qu'ils ressemblaient à des ours. Des haches dressées, des épieux, des lances, des boucliers aux couleurs délavées ou écaillées. Des bottes ressemblant aux *skallers* samis, mais dépareillées et recousues, des châles féminins transparaissant entre les cuirs rapiécés, eux aussi désassortis,

1. Saga sur la dynastie légendaire des Skjöldung. Cette saga a été paraphrasée et reprise dans d'autres textes contemporains et ultérieurs, mais son texte original n'est plus connu aujourd'hui.

des visages dissimulés sous des bonnets, des chapeaux, des chapkas, des fourrures et des écharpes. Des brigands.

Et il se vit, lui. Dans la neige, mort ou en train de se vider de son sang, tandis que ses chiens s'enfuiraient ou se rendraient à ses détrousseurs, voire se nourriraient de son cadavre tandis qu'on lui déroberait ses vivres.

Il comprit que sa fin était arrivée.

Plongé dans sa récitation et mis en transe par la monotonie du voyage, il n'avait pas prêté garde à son environnement et s'était laissé surprendre par cette troupe de hors-la-loi qui, s'il avait de la chance, le feraient prisonnier pour le vendre comme esclave ou, plus sûrement, le tueraient sans attendre pour le dépouiller.

Mais il ne se rendrait pas sans se battre. Entre la proximité et le fait qu'il n'était pas un guerrier, il n'avait pas l'avantage, mais il ne laisserait pas de vulgaires inconnus lui mettre les fers sans honorer son nom et sa lignée.

Tandis que les premiers hommes s'approchaient, à grand renfort de cris et de gestes effrayants, il immobilisa son chien de tête, enroula les rênes de ses chiens à la poignée du traîneau et porta les mains à sa ceinture.

Il ne possédait pas de *langsaxe*, l'épée favorite des Vikings, qui, grâce à leur grande taille et à leur carrure, pouvaient manier cette arme parfois aussi longue que le bras d'un homme. Il avait préféré ajuster son équipement à sa morphologie plus fine et s'était équipé de deux scramasaxes ressemblant davantage à des coutelas semi-longs. Protégés dans leur fourreau en bois ornementé, ils faisaient la taille de son avant-bras et offraient une garde plus courte et moins lourde, mais la lame était décorée de sillons et de cercles qui, s'ils étaient avant tout décoratifs, avaient également pour but d'empêcher les plaies qu'ils créaient de se refermer, favorisant les infections. Ce n'était pas une arme noble, étant donné sa nature perverse, et Hrafn avait froncé les sourcils quand Asdan en avait ordonné la confection, mais le *jarl* islandais avait fini par se rendre à l'évidence quand son fils avait déclaré son désir de devenir *skald* : il n'était pas et ne serait jamais un guerrier, et son but était avant tout de survivre à une échauffourée et non de gagner les honneurs d'un combat.

Asdan dégaina sans attendre et bondit à l'avant de son traîneau pour se placer en position supérieure. Il était toujours trop loin pour atteindre les hommes qui s'affairaient à dételer ses chiens sans lui prêter attention, comme s'il était déjà mort, mais il résolut le problème en faisant passer la poignée de l'une de ses épées dans l'autre main pour dégainer son petit poignard de poitrine, et le lancer en un tir efficace qui fit pénétrer la lame dans l'œil droit de l'un de ses agresseurs. L'homme porta les mains à sa tête avec un cri étranglé et s'effondra au sol sur-le-champ.

Cela attira l'attention des autres.

Asdan reprit un scramasaxe dans chaque main et se prépara au combat. À présent qu'il savait tous les regards focalisés sur lui, il avait conscience de ne pas avoir beaucoup de chance de s'en tirer vivant. Tandis qu'ils s'approchaient de lui, il les inspecta. Ils étaient huit à progresser dans sa direction, trois hommes restant en retrait, prêts à reprendre leur tâche de détacher les chiens dès qu'il serait neutralisé. Ceux qui venaient à lui étaient hirsutes, dissimulés derrière leurs vêtements rafistolés et épais qui les faisaient ressembler à des ours. Découvrant, au gré d'un mouvement, que l'un d'eux était de plus petite taille et possédait une rondeur au niveau du torse qui suggérait une poitrine féminine, Asdan comprit que le groupe de pillards était vêtu des vêtements dérobés à ses victimes et se composait certainement d'une famille complète, ou d'une tribu recomposée à partir de bannis et d'exclus d'autres clans. À bien les regarder, trois autres étaient encore plus petits que la femme et devaient être des enfants. Cela n'empêchait pas que, s'il le devait, il les occirait pour survivre.

Il se prépara à vendre chèrement sa peau.

Les premiers échanges furent équilibrés. Sa hauteur lui donnait l'avantage dont la faible allonge de ses épées manquait, et il pouvait, grâce à sa position, asséner de grands coups à la tête et aux bras sans que les hommes puissent les parer. Qui plus est, ils semblaient se fatiguer assez vite d'avoir à lever les bras et la tête, alourdis par leurs fourrures et leurs armes massives, et baissaient rapidement les bras comme si le poids de leur équipement menaçait de les faire s'effondrer. À moins qu'ils n'aient été affaiblis par le froid et le manque de nourriture, songea Asdan en administrant un nouveau revers de son scramasaxe droit à l'homme à sa gauche. Ce dernier esquiva en se baissant, mais son voisin reçut le coup à sa place. Asdan ne réprimait pas la force de ses attaques, et le tranchant de sa lame s'enfonça profondément dans le cou de son adversaire, faisant gicler le sang en une gerbe écarlate qui trancha vivement sur le blanc de la neige. Il vit le contraste du coin de l'œil et se laissa subjuguer, l'espace d'un instant, par la beauté des couleurs, avant qu'une vive douleur au mollet ne le ramène à la réalité. Profitant de sa distraction, un de ses assaillants les plus éloignés avait lancé son épieu qui, manquant de précision, l'avait heureusement manqué, ne faisant que l'effleurer. Néanmoins, Asdan sentit aussitôt un froid brûlant sillonner sa peau là où le cuir de ses braies avait été entamé, accentué par la brûlure insoutenable de la blessure. Il baissa le regard et vit, par la déchirure, que la plaie était longue mais peu profonde. Du sang en coulait néanmoins, et une vague de faiblesse due à la peur comme à la douleur le submergea. Il se força à crisper les mâchoires puis, les doigts sur ses armes, reprit le combat en ménageant sa jambe droite. Il s'efforça d'éliminer les deux opposants qui le harcelaient au plus près en élargissant la portée de ses coups, mais il était trop haut pour les toucher à des zones vitales, et sa blessure à la jambe l'empêchait de se mouvoir comme il l'aurait souhaité.

Soudain, une autre douleur lui arracha un cri, et il tomba sur le genou droit. Il jeta un coup d'œil et manqua de s'évanouir en découvrant qu'un empennage de flèche dépassait de sa cuisse. À la jambe où il était déjà blessé, il venait de se faire transpercer d'un trait grossier, et il lui était impossible de soutenir son poids. Il resta sur le genou et, utilisant son autre jambe sur son sac de vivres pour s'équilibrer, profita de sa position plus basse pour planter son épée dans la gorge de l'homme qui lui faisait face. Un de moins.

Son assaillant poussa un hurlement qui s'étrangla dans un gargouillis écœurant et, entendant le timbre aigu de la personne qu'il venait d'assassiner, Asdan comprit qu'il avait tué une femme. Il ferma les yeux un instant, dévasté par ce qu'il avait fait. Lui qui n'avait jamais tué, qui avait toujours refusé de se battre autrement que contre des mannequins ou avec des armes en bois, avait ôté la vie, à une femme de surcroît. La honte et l'horreur de son geste faillirent lui faire lâcher ses armes pour s'offrir à la mort, mais le visage d'Auðr lui apparut soudain. Ses traits fiers et nobles, sa férocité, la rage avec laquelle elle n'hésiterait pas à abattre ses adversaires. Il ne voulait pas abandonner. Il ne voulait pas être faible et lâche, renoncer et laisser ses agresseurs faire de lui une victime.

Cette femme, en choisissant cette vie de maraudes, avait accepté les risques qu'elle comportait, et la fin qu'il lui avait infligée était celle qu'elle avait dû imposer à nombre de voyageurs innocents, au vu des épaisseurs de vêtements dépareillés qu'elle portait. Peut-être avait-elle dû se résigner à cette violence pour survivre, peut-être n'avait-elle eu d'autre option pour manger que de priver ses adversaires de nourriture. Mais qui vit par l'épée périt par l'épée, disaient les chrétiens, et elle était morte d'avoir tenté de le tuer.

Lui qui ne voulait pas infliger de violence inutile risquait à présent de mourir par la violence, mais s'il était adepte des principes chrétiens que ses parents, convertis de la première heure, lui avaient enseignés, il était également pétri des traditions slaves et varègues et refusait de se laisser occire sans se défendre. Ce serait indigne de lui, de sa lignée et de ses ancêtres.

Aussi s'arracha-t-il à sa faiblesse, qui le portait à sombrer dans des pensées parasites, pour redresser ses épées et parer un nouveau coup de lance qui visait son visage. Mais son bras le lança soudain. Une nouvelle flèche venait de traverser son biceps, emportant une partie de sa manche avec elle.

Ses doigts s'engourdirent d'un coup, et son scramasaxe tomba dans la neige. Il esquiva une attaque d'estoc en se baissant et plongea la seule arme qu'il lui restait dans le ventre de son adversaire le plus proche, qui se plia en deux avec un cri de douleur, cette fois masculin.

L'homme ne se releva pas, mais Asdan se sentait prêt à s'effondrer avec lui. Il perdait ses forces. Il comprit que, s'il respirait encore, il avait déjà perdu la bataille.

Il lui restait encore cinq adversaires et, en relevant la tête pour vérifier ce nombre, il découvrit avec horreur que les trois qui étaient restés en arrière auprès des chiens venaient prêter main-forte à leurs compagnons, suivis par deux autres silhouettes qui se rapprochaient en courant, soulevant avec leurs bottes des gerbes de neige.

Dix hommes. Alors que lui était seul, blessé, épuisé, affaibli.

Il n'y survivrait pas.

Il ne reverrait pas Auðr, ne lui parlerait plus, ne la tiendrait jamais dans ses bras, ne goûterait jamais à ses lèvres.

Avec résignation, il ferma les yeux pour imaginer une dernière fois son visage et crispa les doigts sur son épée, qu'il porta devant sa tête pour parer les derniers coups.

Il se remémora les traits de la *skjaldmö*. Ses sourcils arrogants et son sourire conquérant. Ses pommettes hautes, ses yeux à la fois féroces et si doux, ses lèvres pleines et son nez patricien. Les cicatrices blanches qui traversaient son visage et lui donnaient cette apparence unique, qui effrayait tant les inconscients et qu'il trouvait si attirante. Ces marques étaient comme elle : vivantes, survivantes, invincibles.

Elle, elle ne serait pas morte de la sorte. Elle se serait battue jusqu'au bout et aurait gagné la bataille, ou serait morte sans jamais se résigner à son sort.

Alors qu'un nouveau choc faisait vibrer sa lame devant lui, il ouvrit les yeux pour affronter la mort en face, l'esprit encore empli du visage d'Auðr.

Soudain il la vit.

Loin, à l'orée de la forêt, descendant d'un traîneau sami qui supportait avec difficulté le poids d'une *lavvu* traditionnelle et de plusieurs sacs bien remplis. Elle affichait l'air le plus affolé et le plus féroce qu'il lui eût jamais vu, et son bouclier, accroché dans son dos, lui créait comme une auréole tandis qu'elle courait vers lui, ses cheveux volant autour de sa tête.

Il crut à une illusion, un mirage créé par son esprit aux portes de la mort.

Il crut à une bénédiction, une vision bienfaisante imaginée par son cerveau pour l'apaiser alors qu'il allait mourir.

Il crut à un ange de la mort venu l'accompagner dans l'au-delà, peut-être une de ces Walkyries que les Vikings espéraient rencontrer à leurs derniers instants sur le champ de bataille, ou cet Izrā'īl[1] que les Maures étaient censés voir à leur chevet, terrifiant pour les impies, consolateur pour les fidèles.

Il se crut déjà mort sans s'en être aperçu.

Puis il se rendit compte qu'il était toujours terrassé par la souffrance de sa jambe et de son bras, transi par le froid qui s'insinuait en lui par les déchirures de ses vêtements, en proie à des vertiges dus à la peur et à la perte de sang, assourdi par les cris. Cris de douleur des assaillants qu'il avait blessés, cris de rage de ceux qui avaient cru leur proie à leur merci, cris de peur de ceux qui affrontaient un nouvel adversaire, bien plus terrifiant que le *skald* frêle qu'ils avaient imaginé sans défense, cris de fureur de la *skjaldmö* qui se ruait vers eux en brandissant ses deux haches.

Ce n'était pas un rêve ni une illusion.

Auðr était là.

Enfin, contre toute attente, elle était arrivée, et c'était elle qui le sauvait.

Même s'il risquait de décéder de ses blessures dans l'instant, il était heureux. Il avait enfin pu la revoir, et il comprenait, en découvrant le rictus de terreur furibonde sur ses traits magnifiques, qu'elle avait des sentiments pour lui et le regretterait à sa mort.

Il esquissa un sourire heureux, serra une dernière fois les doigts sur la poignée de son scramasaxe pour ne pas le lâcher, conscient qu'Auðr serait fière de le voir agripper son arme jusque

1. Izrā'īl est le nom arabe pour Azraël, cité dans le Coran comme étant l'ange de la mort.

dans le trépas, et ferma les yeux sur la vision de la guerrière faisant tournoyer ses haches et envoyant, d'un seul coup, voler les têtes des deux maraudeurs les plus proches d'elle.

Leurs cris d'agonie, interrompus net, lui parurent la plus belle des musiques, et il se laissa enfin aller avec un sentiment extatique.

11

Auðr

Auðr avait été alertée, peu après avoir traversé la Kem, par des cris qu'elle connaissait bien.

Des hurlements d'agonie, des cris de rage, des appels à l'aide, des grognements furibonds, le tout entrecoupé par des aboiements paniqués de chiens.

Elle savait ce qu'un tel tumulte signifiait : une bataille.

Sans hésiter, elle fit bifurquer son traîneau de la piste qui longeait la côte, là où la rivière devenait trop large pour qu'elle puisse progresser sans s'enliser dans le sol devenu boueux, et s'engagea dans les traces qui sinuaient entre les résineux.

Les hauts arbres au feuillage dense et sombre, qui ne perdaient jamais leurs aiguilles, dissimulaient la scène, mais il lui suffisait d'entendre les cris pour savoir qu'il devait y avoir plus d'une dizaine de combattants, hommes et femmes mélangés d'après les différentes tessitures. Les quelques mots qu'elle percevait la firent penser à un dialecte sami du Nord qu'elle ne comprenait pas mais dont elle reconnaissait l'accent.

Soudain, un cri de douleur lui sembla encore plus proche. Un des combattants venait d'être blessé. Plusieurs autres s'ensuivirent, émanant de gorges différentes, et elle comprit que les deux partis avaient réussi à causer des pertes dans l'autre camp. Mais d'un coup, alors qu'elle pressait ses chiens d'un claquement de langue, au détriment de leur sécurité, une voix bien connue résonna.

Asdan !

C'était lui, elle en était sûre. Son timbre grave, sombre et mélodieux lui était devenu aussi familier que sa propre voix déchirée, et elle incita son attelage à foncer à pleine allure à travers les arbres.

Que faisait-il donc là ? Ne lui avait-il pas dit qu'il se rendait à Soroka, lui aussi ? Pourquoi s'y dirigeait-il en provenance du nord ? À moins qu'il n'ait fait un détour, ou changé d'itinéraire pour profiter de la belle saison et visiter les contrées polaires. Après tout, rien ni personne ne l'attendait, ni dieu, ni maître, ni famille. Et il n'avait certainement pas de comptes à lui rendre, pas même sur son trajet ou son but. Après tout, ils n'étaient rien l'un pour l'autre.

Malgré le nœud dans la gorge que lui provoqua cette pensée, elle continua à presser les chiens pour qu'ils achèvent de gravir la butte vers laquelle ils se dirigeaient et, soudain, ils se retrouvèrent au sommet de la colline.

Devant eux s'étalait la plaine de Poduzhem'ye, vaste coulée verte bordée de résineux, qui s'étendait au nord de la Kem, encadrée par deux longs plateaux rocheux d'où s'élançaient des alignements de collines comme celle sur laquelle elle se trouvait.

L'endroit était parfait pour une embuscade, songea-t-elle brièvement. Les assaillants pouvaient guetter leur proie depuis les hauteurs, se rapprocher en s'abritant derrière les arbres, et s'élancer à pleine vitesse sur la surface lisse et stable des zones rocheuses pour fondre sur leur victime. Celle-ci n'aurait alors d'autre choix que de se jeter dans la gueule du loup ou de rester sur place pour se battre.

C'était ce qui avait dû arriver à Asdan, conclut Auðr en le voyant poser un genou à terre, juché au-dessus de son traîneau arrêté.

Elle prit un instant pour examiner la scène. Le *skald* était en très mauvaise posture, seul contre une dizaine d'adversaires. Son unique atout était sa position au sommet de son véhicule, qui lui servait de point d'appui, et de toute évidence il faiblissait. Sa jambe droite, maculée de rouge à plusieurs endroits, ne soutenait plus son poids et, alors qu'elle réfléchissait à la meilleure solution pour lui venir en aide, Auðr vit une flèche traverser son bras. Le cri de douleur qu'il poussa juste avant de lâcher le scramasaxe qu'il tenait oblitéra toute pensée cohérente de son esprit. Si elle n'agissait pas très vite, dans peu de temps, il serait trop tard pour le sauver.

Auðr ne réfléchit pas davantage et, lâchant les rênes de son attelage, elle ordonna aux chiens de se lancer au galop en direction de l'échauffourée et se maintint en équilibre sur son traîneau en appuyant ses hanches sur le montant courbe pour libérer ses mains. Comme la descente était heureusement droite et sans cahots, elle en profita pour faire basculer son bouclier à l'avant et passer son bras droit dans ses sangles, puis pour décrocher ses haches.

Enfin, quand elle parvint à quelques dizaines de pas des combattants, elle bondit du traîneau sans l'arrêter et se mit à courir pour ne pas tomber en roulant. Quand elle reprit son équilibre, elle releva la tête et accéléra encore.

Elle poussa son cri de guerre.

Sa voix rauque et puissante, rendue encore plus sonore par la peur, déchira le silence de la forêt et écrasa les imprécations des assaillants.

Asdan, qui s'était mis à genoux sur son traîneau et ne tenait plus qu'une épée dans sa main gauche, parant les coups que trois hommes vêtus de fourrures, devant lui, lui assénaient sans lui laisser le moindre répit, leva les yeux vers elle.

Leurs regards se croisèrent.

Dans le sien, elle lut de la fatigue et du renoncement, une sorte d'acceptation, mais, quand il la reconnut, un éclair fugitif traversa ses iris verts. Incrédulité, espoir, émerveillement.

Que lisait-il dans son regard ? se demanda-t-elle en faisant tournoyer ses haches au-dessus de sa tête pour leur donner le plus d'impulsion possible. Y voyait-il la rage qui l'habitait ? L'impatience de se mêler au combat ? L'envie d'en découdre et de donner la mort ? Ou percevait-il la peur qu'elle éprouvait à l'idée qu'il meure ou soit grièvement blessé, et sa crainte qu'il reçoive un coup fatal avant qu'elle soit assez proche pour le protéger ?

Mais, alors qu'elle s'interrogeait sur la possibilité de lancer une de ses haches pour éliminer l'homme qui menaçait le plus Asdan, ce dernier eut un geste étrange.

Il ferma les yeux.

Après l'avoir scrutée une dernière fois, il se mit à genoux et plaça son épée courte devant lui. Son visage afficha une sérénité qu'elle n'avait jamais imaginé voir sur les traits d'un vivant.

Il était prêt à mourir.

— Non ! rugit-elle, attirant l'attention des trois hommes qui, près du traîneau d'Asdan, s'affairaient à détacher les chiens.

Ils portèrent leur attention sur elle, et leurs mains prirent la direction de leurs armes. L'un d'eux était muni d'une lance sur laquelle était fixée une lame courte mais large et ébréchée, et l'autre maniait une faux rustique. Il la fit tourner au-dessus de sa tête comme elle le faisait avec ses haches.

Lui. C'était lui qu'elle devait éliminer en premier. Ces faux n'étaient pas des instruments de guerre mais, bien manipulées, elles étaient terriblement redoutables et aussi dangereuses qu'une épée ou une lance, voire que les fléaux, ces étonnantes boules métalliques ornées de pics que les guerriers francs aimaient faire tournoyer au bout d'une chaîne fixée à un bâton. Ces armes pouvaient écraser un casque, réduire un bouclier en miettes ou enfoncer une poitrine à travers une broigne ou une cotte de mailles sans difficulté, tandis que les pointes crevaient les yeux, perçaient les gorges ou déchiraient les articulations.

Elle visa l'homme à la faux en premier et, sans ralentir sa charge, passa sous son arme pour effectuer un grand geste de ses haches, en bas pour celle de droite, en haut pour celle de gauche. Ses deux adversaires s'effondrèrent, le premier plié en deux, ses entrailles se déversant par la fente dans son ventre, l'autre décapité, sa tête volant à plusieurs pas en arrière.

Auðr ne perdit pas une seconde à les contempler. Toute son attention était rivée sur Asdan. Il avait rouvert les yeux et semblait la regarder, mais son regard était vitreux, et elle se demanda si ce n'était pas un cadavre qui tenait à genoux sur son traîneau, dans un équilibre miraculeux. Puis il cligna des paupières, lentement, et un sourire émerveillé naquit sur sa bouche.

Il était vivant.

Elle continua sur sa lancée, fauchant ses ennemis sans même les regarder. Ils se ruaient vers elle l'un après l'autre, dès qu'elle s'en approchait, pour ne pas lui laisser l'avantage du premier coup, mais, prise par son élan, elle les abattait sans coup férir, sans même paraître les remarquer. Les moulinets que faisaient ses haches étaient vifs, précis. Des cercles croisés qui brisaient les casques, broyaient les côtes, enfonçaient les cages thoraciques et tranchaient les membres tendus vers elle.

Enfin, il n'en resta plus que trois devant elle. Trois silhouettes élargies par des pelisses d'ours et de loups rapiécées, qui l'empêchaient d'atteindre Asdan.

Elle n'hésita pas.

Trois ennemis dépenaillés et affamés, ce n'était rien pour une *skjaldmö* comme elle, qui avait affronté des dizaines de guerriers chevronnés sur des champs de bataille dans toutes les terres nordiques et au-delà. D'ailleurs, ils avaient peur. Elle le voyait à la façon dont leurs yeux écarquillés, rivés sur elle, laissaient deviner le blanc autour de leurs iris presque noirs de terreur. Elle le savait car leurs mains crispées sur le manche de leurs lances et de leurs couteaux rouillés tremblaient. Elle le lisait dans la raideur de leurs gestes tandis qu'ils se campaient en posture défensive, un devant et deux derrière.

Ils avaient peur.

Ils n'eurent pas peur longtemps.

Avec un nouveau hurlement de rage, Auðr se rua sur eux, les lèvres retroussées dans une grimace belliqueuse, et, après avoir effectué un dernier moulinet avec sa première hache, elle la projeta en un coup latéral qui faucha les deux hommes de droite. Le premier eut la cuisse déchirée par le tranchant de la lame, qui basculait vers lui dans sa rotation, tandis que l'autre la reçut en pleine poitrine. Il bascula en arrière, la hache plantée dans son torse, ses yeux exorbités fixant le ciel sans le voir.

Plus qu'un.

Auðr s'arrêta.

Elle se campa face à lui, sa hache restante suspendue souplement à son poignet, balançant avec légèreté le long de sa cuisse, comme un enfant l'aurait fait d'un jouet. Elle esquissa un sourire mesquin.

— Veux-tu mourir ou veux-tu vivre ? lança-t-elle de sa voix rauque, sachant que son timbre brisé effraierait plus l'homme que n'importe quelle menace.

En guise de réponse, l'homme écarquilla les yeux et secoua la tête. Il portait un bonnet en fourrure d'un brun sale et avait la moitié du visage mangée par une barbe de la même couleur qui ne laissait deviner que des lèvres gercées et déchiquetées et un regard hagard. Un filet de bave jaillit soudain de sa bouche, marron et terne, qui souilla la neige.

— Je répète : veux-tu mourir ou veux-tu vivre ? insista Auðr en haussant le ton.

La première fois, elle s'était efforcée de parler en sami du Nord, le dialecte skolt dont le territoire était juste au nord de Kannanlakši, puis elle avait répété la même phrase dans le dialecte vepse dont Gustav lui avait enseigné les rudiments en prévision de son voyage.

Cette fois, l'homme parut comprendre, car il hocha frénétiquement la tête et, dans un mouvement qui se passait de traduction, lâcha son arme et se mit à genoux en joignant les mains. Il bavait ouvertement et roulait des yeux exorbités, marmonnant des mots sans queue ni tête.

Auðr émit un soupir de frustration. Elle brûlait d'envie de le tuer, de débarrasser Miðgarðr de ce rebut qui avait osé s'en prendre à Asdan et s'attaquerait certainement à d'autres innocents si elle le laissait vivre. Mais elle n'avait pas envie de tuer un homme terrorisé. Il n'y avait aucune gloire à cela, et elle ne voulait pas qu'Asdan la considère comme un monstre impitoyable. Donc il allait vivre.

— Retourne auprès des tiens, où qu'ils soient, et fais passer le mot : Auðr la guerrière tuera tous ceux qui s'en prendront à elle et à son compagnon. Nous allons à Kannanlakši. Je ne veux voir personne. Aucun humain ni aucune arme sur ma route. Toute rencontre sera considérée comme une agression et traitée comme telle. Est-ce bien clair ?

De nouveau, elle eut l'impression que l'homme ne comprenait pas. Son vepse était-il si mauvais que ça ? Pourtant, durant les lunes où, chaque soir, après sa journée d'études, elle avait appris les mots de la langue maternelle de Gustav, elle avait cru avoir progressé, et le *jarl*, pourtant avare de compliments, le lui avait confirmé, la déclarant prête à communiquer avec son peuple.

Mais, alors qu'elle se demandait si elle allait se donner la peine de tenter de répéter ses phrases en skolt ou si elle devait se contenter de tuer l'homme et de planter sa tête au bout d'une pique dans la neige en guise d'avertissement, il hocha la tête et marmonna des « *kâ'l, kâ'l* » convaincus, suivis d'une logorrhée totalement incompréhensible.

Aucune importance.

Elle lui adressa un signe de tête dédaigneux, et l'homme ne demanda pas son reste. Après un regard à ses compagnons, dont un gémissait faiblement et qu'Auðr acheva d'un coup de hache dans la gorge, il s'enfuit en trébuchant dans la neige.

Auðr le suivit quelques secondes des yeux, le voyant zigzaguer entre les défunts, s'interrompant au passage pour récupérer quelques effets sur la dépouille de l'un d'eux. Elle émit un cri de rage et s'amusa de le voir sursauter et repartir avec la rapidité d'un lapin affolé.

Puis elle reporta son attention sur Asdan. Ce dernier s'était effondré sur le dos, et son épée gisait à côté de lui. Il ne l'avait pas lâchée et, quand elle escalada son traîneau pour poser une main sur sa gorge après avoir arraché son gant avec ses dents, il sursauta et essaya de redresser son arme pour parer un coup.

Elle appuya une main sur son front et l'autre sur son épaule.

— C'est moi, ne crains rien, chuchota-t-elle de la voix la plus rassurante qu'elle put prendre. C'est moi, Auðr. C'est fini.

— Auðr, souffla-t-il. Tu es… je suis… Je suis mort ?

Elle émit un petit rire.

— Tu parles beaucoup pour un mort. Tu saignes un peu trop. Mais tu seras bientôt mort si je ne te soigne pas très vite, tu as reçu de mauvais coups. Ne bouge pas et laisse-moi m'occuper de toi. C'est à mon tour de te sauver, maintenant.

Comme il l'avait fait pour elle, Auðr s'occupa d'Asdan.

La première chose qu'elle avait apprise de son premier voyage, dont elle avait failli mourir, fut qu'il fallait abriter le blessé. Cette fois, ce ne serait pas difficile puisqu'il lui suffisait de monter la *lavvu* que Lasse lui avait confiée. Mais, malgré les explications qu'il lui avait données, la tâche s'avéra moins simple et rapide qu'elle ne l'avait imaginé en voyant l'éleveur de rennes manipuler les branches de bouleau. Leur dimension et leur poids ne lui posèrent pas de problème, mais ce ne fut pas une mince affaire de les assembler de façon à former une structure conique solide, au centre de laquelle elle devait fixer une cordelette à base de plusieurs brins de ligaments tressés, certainement de renne. Elle jura à plusieurs reprises en voyant, au fur et à mesure que le temps s'écoulait, le visage d'Asdan blêmir et se couvrir de sueur. Enfin, elle parvint à relier les perches et à les entrecroiser. Puis elle façonna le trépied de branches fourchues sur lequel la base de cette tente reposerait et, avec un « han » d'effort, mit les deux en place. Ensuite, elle déplia l'immense toile de peaux de renne cousues qu'elle lança dessus. Il lui fallut trois essais pour réussir à centrer le trou circulaire au sommet du cône et, quand elle y parvint, un sentiment de satisfaction disproportionné l'emplit. Elle s'empressa de tirer Asdan à l'intérieur de son abri pour qu'il soit plus au chaud et termina seulement après de consolider leur tente. À l'intérieur, l'espace était plus grand qu'elle ne l'avait cru et il y régnait une pénombre réconfortante après la blancheur aveuglante de l'extérieur. Elle alluma un petit feu, dételа les chiens avant de leur donner à manger et les attacha peu de temps après avec des cordes plus longues afin qu'ils puissent se dégourdir les pattes facilement. Elle rentra leurs affaires à l'intérieur avant de redresser les deux traîneaux de part et d'autre du rabat de l'entrée pour atténuer les bourrasques susceptibles de survenir durant la nuit.

Enfin, elle sortit sa petite marmite et jeta dedans des légumes séchés et du poisson fumé qu'elle recouvrit de neige avant de la placer au-dessus du feu qui crépitait gaiement.

Puis elle s'occupa d'Asdan. Elle ne pouvait plus l'ignorer davantage. Elle avait beau savoir qu'il était blessé et nécessitait des soins urgents, une étrange pudeur la poussait à ne pas se tourner vers lui. Elle savait que, pour le soigner, elle devrait le déshabiller.

Pourtant, elle avait vu sa part de corps masculins, avait blessé certains d'entre eux, caressé d'autres, torturé quelques-uns et couché avec l'un d'eux – Ansgar. Mais la vulnérabilité d'Asdan la touchait intimement, et cela faisait longtemps qu'elle n'avait pas touché une peau humaine. Elle n'avait pas contemplé d'homme depuis qu'elle avait été défigurée en réalité et Asdan… l'attirait bien trop.

À présent qu'elle se retrouvait face à l'imminence de ce spectacle, elle était bien forcée de l'admettre. Elle était fascinée par son agilité et sa grâce, par le relief de ses muscles secs et déliés, par la délicatesse et la force de ses mains de musicien, et elle était choquée par son désir, son impatience de le découvrir sans les épaisseurs de tissu et de fourrure qui masquaient son corps.

Elle brûlait d'envie de poser ses mains sur lui et de faire courir ses doigts sur sa peau.

Elle ôta d'abord une épaisseur de ses propres vêtements qui lui tenaient trop chaud.

Après avoir ôté sa lourde pelisse et sa broigne, elle ne portait plus que ses braies de voyage et sa tunique de lin épais. Elle l'enleva aussi pour se retrouver vêtue de sa chemise de soie écarlate, teinte à partir de racine de garance et ornée de galons dorés brodés sur ordre Gustav pour témoigner de son rang. Auðr avait argué que personne ne la verrait en sous-vêtements, mais le vieux *jarl* lui avait rappelé qu'il y avait de fortes chances que, en tant qu'invitée chez les boyards qui l'hébergeraient, elle soit dotée de servantes. Celles-ci ne manqueraient pas de la déshabiller et elles se feraient un plaisir de colporter son statut et l'état de ses atours. Ainsi, toutes les épaisseurs des tenues d'Auðr, de la sous-robe d'hiver à la sarafane prestigieuse en passant par les chemises de voyage et les bandes de tissu à nouer par-dessus ses braies et ses pantalons pour protéger ses jambes du vent et de la neige, étaient brodées et enrichies de motifs au fil d'or, de galons et autres passementeries. Ce n'était pas du tout au goût d'Auðr, car elle préférait les tenues simples et pratiques, plus confortables qu'ostentatoires, qui lui laissaient sa liberté de mouvement tout en la protégeant des éléments. Mais là, même en sachant qu'Asdan n'était pas en état de la contempler, elle se sentait mal à l'aise de s'afficher dans une telle tenue qui la faisait passer pour ce qu'elle n'était pas : une femme séductrice et séduisante, de pouvoir et d'apparence. Son apparence n'avait jamais été celle d'une courtisane ou d'une *frilla* et ne le serait jamais. Elle avait l'impression de mentir en se présentant comme telle.

Un gémissement attira son attention.

Asdan venait de bouger sur la couche qu'elle avait confectionnée avec leurs deux pelisses en fourrures et les capes de feutre épais qu'elle avait étalées par-dessus. Les yeux brillants, il la regardait comme s'il ne la connaissait pas, et ses lèvres entrouvertes laissaient passer un souffle court.

Elle se précipita vers lui.

— Pardon, je t'ai négligé. Je vais te soigner.

Il détourna la tête.

— Tout… va bien, souffla-t-il. Je ne souffre pas.

Auðr émit un rire amer.

— Bien sûr, c'est pour ça que tu geins, que tu saignes sur mon manteau et que tu es fiévreux.

— Je ne suis pas fiévreux et je ne geins pas, protesta-t-il d'une voix sensiblement plus assurée.

— Mais tu saignes. Je ne veux pas que de mauvais esprits s'installent dans tes blessures, je dois les nettoyer et les panser.

Toujours sans la regarder, Asdan hocha la tête et porta les mains à son col pour défaire les lacets qui fermaient sa tunique épaisse. Elle l'aida à la passer par-dessus sa tête, puis fit de même avec la seconde, en laine moins rude, jusqu'à ce que, comme elle, il se retrouve juste vêtu d'une chemise fine dont le tissu léger était plus destiné à éviter les frottements irritants qu'à réellement protéger du froid. Même si ses habits étaient moins luxueux que les siens, ils n'en étaient pas moins de bonne facture et récents, et elle s'étonna qu'un simple *skald* itinérant possède des biens aussi coûteux. Leurs teintes, un rouge presque aussi vif que le sien, un bleu intense dont la couleur avait dû être obtenue grâce à du coûteux pastel, et un jaune provenant de plantes méditerranéennes nommées genêts, témoignaient d'une origine noble. Elle se demanda un instant s'il n'était pas issu d'une lignée royale avant de se reprendre. Jamais un roi ou un prince n'accepterait que son fils devienne barde ou musicien itinérant. En général, même les deuxième ou troisième fils, voire les bâtards, de familles nobles devenaient moines pour les chrétiens, ou soldats pour asseoir la puissance et les intérêts de leurs aînés. À moins qu'ils ne partent en mission ou à l'aventure, comme son ancien amant Ansgar l'avait fait, afin de conquérir leur propre fief. Les bardes n'existaient pas dans ce monde, pas plus que les *skjaldmös*, malgré leur statut particulier, mi-guerrières, mi-prêtresses.

Elle se ravisa et se concentra sur sa tâche. Une fois les blessures d'Asdan mises à nu, celles-ci n'étaient plus aussi impressionnantes qu'elle l'avait imaginé au début. Les deux plaies par flèches étaient profondes, mais l'un des projectiles avait traversé la chair sans la déchiqueter ni laisser de résidus à l'intérieur de la plaie. Elle se contenta de verser une bonne rasade de vin de pain[1] pur sur la zone pour laver la chair, puis la recousit comme elle l'aurait fait d'un vêtement déchiré. Ainsi, le sang cesserait de couler et aucun corps étranger ne rentrerait dans la plaie pour la faire pourrir de l'intérieur. Enfin, elle appliqua dessus un cataplasme de miel, d'ail écrasé, de genévrier et d'angélique, qu'elle fit tenir par une feuille de chou maintenue grâce à une bande de tissu. L'action de ces plantes – elle l'avait remarqué après avoir soigné de nombreuses blessures reçues au combat – aidait à arrêter l'épanchement de sang et accélérait la cicatrisation sans que la chair autour s'enflamme. Nombre de *skjaldmös* comme elle possédaient une dizaine de petites

1. L'ancêtre de la vodka, obtenu à base de malt de seigle, dont on pouvait augmenter la teneur en sucre en faisant fermenter les céréales.

bourses contenant des poudres de ces ingrédients. Elles les mélangeaient à du miel pour pouvoir se soigner rapidement sans devoir monopoliser les services d'une *völva*, qui pourrait plus tard intercéder auprès des dieux en leur faveur. Après avoir traité cette première plaie de la sorte, elle fit de même avec la seconde, à la cuisse. Là, la flèche n'était pas ressortie, car Asdan avait cassé la tige en bois pour qu'elle ne dépasse pas trop et qu'elle ne risque pas d'aggraver la plaie s'il tombait dessus. Si l'aspect de la blessure était plus inquiétant, la chair autour s'étant déchirée, le corps étranger avait empêché l'écoulement de sang. Elle le consulta du regard. Ses yeux étaient brillants, mais elle ne parvenait toujours pas à savoir si c'était de fièvre ou de douleur. Il hocha la tête.

Sans échanger un mot, ils savaient tous deux ce qu'elle allait devoir faire. Elle répondit à son signe et articula un décompte.

Un...

Deux... Elle n'attendit pas de dire « trois » pour tirer en arrière.

Asdan poussa un cri de douleur et reposa sa tête dans les fourrures, l'air épuisé.

La pointe de la flèche était dans la main d'Auðr, rouge de sang. Un filet de fluide écarlate jaillit de la plaie, et Auðr versa aussitôt dessus une rasade de vin de pain pour la nettoyer avant d'appliquer le même cataplasme que sur la première blessure. Elle appuya une nouvelle feuille de chou et pendant quelques secondes garda la main sur son emplâtre pour aider le flux à ralentir.

La flèche avait dû être tirée de loin, car elle n'avait pas pénétré en profondeur et s'était arrêtée dans le muscle sans atteindre l'os. Quand elle examina l'objet qu'elle tenait entre ses doigts, Auðr découvrit qu'en fait le projectile ne comprenait pas de tête. C'était une simple tige de bouleau dont l'extrémité avait été taillée en une pointe sommaire. Les pillards devaient fabriquer leur propre matériel et manquer de métal pour façonner des armes plus élaborées, en témoignaient également leur faux rustiques et les poignards rouillés et ébréchés, certainement volés à leurs premières victimes et jamais entretenus. Cela avait été la chance d'Asdan : si elle avait été davantage perfectionnée, cette flèche aurait pu faire bien plus de dégâts.

Pour l'instant, les blessures étaient moins graves qu'elle l'avait cru au début.

Enfin, elle s'intéressa à sa dernière plaie, celle du mollet. Celle-ci était réellement superficielle, une simple éraflure, certes longue, mais pas profonde. Elle avait déjà beaucoup saigné, ce qui l'avait nettoyée. Auðr se contenta alors de verser une fois de plus de l'alcool dessus et refit son cataplasme avant de nouer autour une des étroites bandes de laine qui lui avait servi à maintenir ses chausses et à le réchauffer.

Après avoir terminé, elle se redressa et le contempla.

Asdan la regardait enfin, les pupilles dilatées et l'air serein. Elle haussa un sourcil.

— Quoi ?

— Tu es... réelle.

Elle émit un rire bref.

— Je ne t'ai donc pas fait assez mal, si tu en doutes encore.

Il secoua la tête.

— Non, ce n'est pas ça, c'est...

— C'est ?

— Je pensais mourir. En fait, j'ai cru être déjà mort. Et quand je t'ai vue arriver, tes cheveux volant autour de ta tête, l'air si féroce, tes haches à la main... j'ai cru qu'une des Walkyries de ton peuple était venue me chercher.

— Mais tu ne fais pas partie de mon peuple, argua Auðr.

— Mon père était suédois, avant...

Auðr étrécit les paupières. Ainsi, Asdan était d'origine suédoise. Il pouvait donc tout à fait être noble : en général, ceux qui faisaient cette longue traversée étaient des chefs de clan ou des *jarls* exilés ou à la recherche de nouvelles terres à conquérir. À moins qu'il n'ait été qu'un simple marin, venu avec son chef et resté sur ses terres. Mais il en avait parlé au passé, l'homme devait donc être décédé. Peut-être était-ce pour cette raison qu'Asdan était devenu un modeste *skald* : soit son père noble était mort en le laissant sans nom, sans famille ni protection, soit c'était un simple homme libre qui n'avait laissé d'autre choix à son fils que de prendre sa suite, intégrer un monastère ou courir le monde en espérant y trouver sa place. Comme elle, Asdan avait dû faire un choix difficile pour se forger un avenir sans dépendre d'autrui.

Elle comprenait mieux, à présent, pourquoi il n'avait pas apprécié qu'elle se moque de son apparence et de la vie aisée dont elle croyait qu'il avait profité. Il n'était jamais agréable d'être pris pour un oisif et un parvenu quand on avait dû se battre pour obtenir le peu que l'on avait. Elle baissa la tête, empreinte d'un inhabituel sentiment de honte. Elle l'avait jugé comme on le faisait si souvent avec elle et, avec ses mots, l'avait blessé. Elle n'aimait pas cela. Elle s'enorgueillissait de son honnêteté et de sa franchise au quotidien et détestait se tromper sur les gens comme être prise en défaut. Elle allait devoir se résoudre à...

— Pardon.

Asdan, qui avait clos les yeux, les ouvrit en grand et la fixa avec un air incrédule.

— Pardon de quoi ?

— D'avoir dit que tu avais toujours eu une vie facile, que tu n'avais jamais dû te battre pour te créer une place. Je suis désolée.

Cette fois, son rire fut beaucoup plus franc, et il se redressa sur un coude – le gauche.

— Pourquoi reparles-tu de ça ? Nous nous sommes déjà expliqués à ce sujet, et je t'ai déjà dit que je ne t'en tenais pas rigueur.

— Tu l'as dit, mais j'ai l'impression que, si ton esprit m'a pardonné, ton cœur ne l'a pas encore fait. C'est pourquoi je tiens à te redemander pardon. Je me suis trompée sur toi, je t'ai jugé à tort et je n'aime pas faire ça. Je n'aime pas que l'on me juge sur mon apparence, et c'est ce que j'ai fait avec toi.

Il se redressa un peu plus et, une fois assis, leva la main gauche pour soulever une des nombreuses tresses qui encadraient le visage d'Auðr et retombaient devant ses yeux. Il la tirailla doucement, faisant jouer les perles d'ivoire et d'ambre qui l'ornaient, avant de la repousser derrière son oreille. Quand il la lâcha, ses doigts s'attardèrent et redescendirent pour glisser le long de sa pommette, puis de sa joue.

Auðr frissonna.

Les yeux d'Asdan étaient rivés aux siens, et elle se retrouva incapable de détourner son regard. Son index continuait à descendre, caressant sa peau avec une délicatesse qu'elle avait rarement connue. Il l'effleurait comme si elle avait été une porcelaine fragile, comme s'il avait eu peur de la briser... ou qu'elle le brise pour son impudence. Mais elle n'avait pas la moindre intention de reculer ou de le rejeter. Son contact, aussi terrifiant qu'il soit pour elle qui n'avait pas été touchée depuis plusieurs années, était délicieux et affolait son corps et son cœur.

Il fit glisser son pouce le long de sa lèvre inférieure, retraçant le contour de sa bouche. Quand elle l'entrouvrit, il s'y insinua avec délicatesse et joua avec sa pulpe, éprouvant sa texture, sa douceur, frôlant ses dents. Elle hésita une seconde puis répondit à sa caresse en mordillant tendrement son doigt. Son cœur battait à tout rompre, et une chaleur intense s'était emparée d'elle. Leurs regards ne se lâchaient pas, et son souffle était court, affolé, comme son esprit, à la fois vide et empli de questions qu'elle ne se sentait pas prête à affronter.

Puis Asdan se pencha en avant, lentement, doucement. On aurait cru qu'il apprivoisait un animal sauvage, qu'il craignait de l'effaroucher. Elle avait envie de fuir, de lui sauter dessus, de le repousser comme de l'attirer à elle et d'écraser sa bouche sur la sienne pour le posséder d'un baiser sauvage. Elle brûlait de mordre ses lèvres, d'avaler son souffle, de saisir Asdan par les épaules pour le serrer contre elle, presser ses seins contre son torse et éprouver la force de ses biceps en plantant ses ongles dedans. Elle n'en fit rien. Elle était pétrifiée de peur et craignait de s'évanouir si elle prenait la moindre initiative. Elle était terrorisée par les sensations qui envahissaient son corps et qu'elle avait cru ne jamais retrouver. Sur la peau sensible de son visage, les doigts d'Asdan étaient d'une douceur extrême. Soudain, après avoir exploré le côté gauche de son visage, sa bouche et son menton, il continua sa découverte et fit glisser sa main de l'autre côté. Elle se raidit et retint son souffle. La terreur la paralysait. Elle ferma les yeux pour dissimuler l'effroi qu'Asdan aurait pu y lire. Des larmes brûlantes menaçaient de couler.

Dans un instant, il allait arrêter. Au premier contact avec

la chair abîmée de sa joue droite, il interromprait son geste, il enlèverait sa main et la repousserait d'un air horrifié. Elle ne voulait pas voir ça. Elle était incapable de s'opposer à ce qu'il faisait, elle le voulait presque. Elle voulait avoir la preuve qu'elle était écœurante, indigne d'un contact humain, semblable à un animal dangereux que l'on tenait à distance. Elle ne méritait pas mieux. Elle se figea et cessa de respirer.

Asdan n'avait pas ôté sa main. Il s'était immobilisé devant sa panique évidente et attendait. Elle ne bougea plus. Au bout de quelques secondes, il reprit son exploration et remonta, encore plus lentement, vers le début des déchirures qui marbraient sa peau. Les rapaces de Mya avaient creusé de profonds sillons dans la chair de sa joue qui remontaient sur sa pommette et sa paupière, avant de strier son sourcil et de traverser son front pour se perdre dans ses cheveux. Sans son masque, sans les tresses qu'elle faisait souvent retomber devant, elles étaient visibles. Depuis le temps, leur couleur d'origine, une teinte violacée répugnante, avait disparu, ne laissant qu'une chair blanche à peine plus claire que son teint normal, et les trous s'étaient rebouchés. Seuls la texture et le motif témoigneraient à vie de ce qu'elle avait subi.

Asdan atteignit les marques. Son index les lissa, retraça leur forme, remontant lentement jusqu'à sa pommette. Sa paume se posa dessus et engloba l'intégralité de sa joue. Auðr poussa un soupir. La sensation était exquise. Jamais elle n'avait osé se toucher à cet endroit, limitant tout contact à un linge humide rapidement passé dessus pour se nettoyer. La peau y était d'une sensibilité extrême, comme si sa chair était à vif. Ou comme si Asdan, touchant la partie la plus meurtrie de son être, prenait son cœur dans sa main.

Elle réprima un sanglot. Dans une seconde, il allait reculer, la rejeter, se moquer. Elle devait profiter de sa caresse tant qu'il était encore temps, car elle allait s'arrêter et jamais plus personne ne la toucherait avec une telle tendresse.

Enfin, son parcours reprit, et il effleura sa paupière fermée et redessina son sourcil.

— Tu es si belle, Auðr.

Elle émit un hoquet amer.

— Ne te moque pas, s'il te plaît. Je peux accepter beaucoup de choses, le rejet, le dégoût, mais pas la moquerie. Pas venant de toi.

Les mots étaient sortis de sa bouche avec une spontanéité et une sincérité qu'elle n'avait pas anticipées, et elle essaya d'identifier les sentiments qui la traversaient. Elle avait du mal à réfléchir avec la main d'Asdan qui continuait à parcourir ses cicatrices comme si elle les explorait, les lissait, les adoucissait. Son contact était une torture exquise, et elle ferma les yeux, à la fois pour éviter son regard compatissant et pour savourer les sensations qu'il lui procurait.

— Regarde-moi, Auðr.

Elle secoua imperceptiblement la tête, hésitant avant d'appuyer sa joue au creux de sa paume. Elle craignait qu'au moindre mouvement trop accentué il retire sa main.

— Regarde-moi, s'il te plaît, insista-t-il d'une voix si douce qu'elle ne put résister et ouvrit les paupières.

Son regard sombre plongea dans les iris verts d'Asdan. À sa grande surprise, elle n'y lut ni dégoût ni pitié. Juste une profonde tristesse et une tendresse qui l'émurent au plus profond d'elle-même.

— Pourquoi ? Crois-tu que je n'aie jamais vu l'horreur que je provoque ?

— Vois-tu de l'horreur en moi ? poursuivit-il sur le même ton en effectuant de petits cercles sur sa joue.

Elle refusa de répondre et de garder les yeux dans les siens. Elle se focalisa sur sa bouche et riva son attention sur les fossettes que son sourire creusait dans ses joues. Asdan était si proche d'elle qu'elle sentait son souffle sur sa peau, qu'elle voyait le chaume clair sur son visage – elle brûlait d'envie d'en découvrir la texture, sans oser effectuer le moindre geste de peur de briser l'enchantement dans lequel il la tenait. Elle déglutit avec difficulté, et il l'imita. Ses yeux se baissèrent pour suivre le mouvement de sa gorge. Ses doigts la démangeaient d'explorer la texture de sa peau là où elle devait être à la fois si douce et rêche à cause de son duvet.

Un instinct subit la poussa à lever une main. Elle avait le poing crispé de peur et se força à déplier les doigts, puis à tenter un mouvement vers lui. Elle s'interrompit à mi-chemin, la main tendue entre eux.

— Vas-y, Auðr, la pressa-t-il. Touche-moi si tu en as envie. Moi, j'en ai envie.

— Tu... tu as envie que je te touche ? souffla-t-elle.

— Terriblement envie. J'ai envie de te toucher, de te goûter, partout. Et j'ai envie que tu me le fasses aussi. J'en ai envie depuis la première fois que je t'ai vue, et il m'a fallu user de toute ma volonté pour ne pas embrasser chaque parcelle de ta peau quand je t'ai déshabillée, dans notre abri de glace.

Elle hoqueta et ravala sa salive. Sa main poursuivit son mouvement et, au bout d'une éternité, elle effleura le cou d'Asdan du bout des doigts. Il sursauta comme si elle l'avait brûlé et elle se raidit, en attente d'un mouvement de recul. Mais il se rapprocha d'elle. Si près que son haleine frôlait ses lèvres. Il lui aurait suffi de pencher la tête pour l'embrasser.

Elle ne le fit pas. Mais elle reprit contact avec son cou et laissa ses doigts glisser vers le bas, à la rencontre de sa clavicule, là où la peau était lisse et claire, protégée du soleil et des intempéries. Elle avait envie de l'embrasser, de le lécher, de goûter la saveur de son corps. Partout, comme il avait dit.

Elle pencha la tête. Leurs souffles se mêlèrent.

— Embrasse-moi, Auðr. Je ne te repousserai pas. Je te le redis : je te trouve belle, et j'ai très envie que tu m'embrasses.

— Je ne peux pas, gémit-elle d'une voix qu'elle ne reconnut pas, empreinte à parts égales de désespoir et de désir. Fais-le.

— Non. C'est à toi de le faire. Je ne veux pas t'imposer quoi que ce soit, je veux que ce soit toi qui viennes à moi, qui m'embrasses, me possèdes.

Elle se rapprocha encore plus. Elle sentait presque le goût des lèvres d'Asdan. Elle percevait la chaleur de son corps, sentait son parfum musqué. Ses doigts étaient toujours sur son cou, et elle enfonça légèrement les ongles pour sentir sa chair résister. Il poussa un gémissement – de douleur ou de plaisir ? – mais esquissa un sourire.

— Recommence, chuchota-t-il.

Ce fut ce simple mot qui la décida. Elle recommença et, quand il entrouvrit les lèvres pour laisser passer une autre plainte, elle plaqua sa bouche sur la sienne.

Au même instant, les chiens se lancèrent dans un vacarme affolant. Un mélange d'aboiements, de glapissements, de hurlements et de jappements les fit sursauter. Sans hésiter, Auðr s'arracha aux lèvres d'Asdan et se rua vers la sortie de la *lavvu*, saisissant ses armes au passage.

Quand elle émergea de la tente, à peine vêtue de sa chemise fine et de son sous-pantalon en tissu presque aussi délicat, un spectacle inattendu la figea sur place. Seuls ses réflexes de *skjaldmö* lui firent garder ses haches à la main. Elle les dressa même en posture défensive, tout en ayant conscience que, si c'était une attaque, elle n'avait aucune chance.

Pas contre la caravane entière qui les encerclait.

12

Auðr

La *skjaldmö* ignorait s'il s'agissait de renforts du pillard qu'elle avait laissé fuir ou d'un convoi de commerçants itinérants, à moins que ce ne fût une tribu d'éleveurs samis, mais le nombre de personnes seul suffisait à la mettre en garde.

Plus d'une vingtaine de cavaliers, dont la majorité était montée sur des rennes, l'entouraient, accompagnés d'autres juchés sur des *bulkes* rapides. Derrière eux se trouvaient deux gros véhicules tractés par des rennes, conduits par des femmes qui portaient le *kofte* traditionnel des Samis – mais elle pouvait confondre car le costume vepse lui ressemblait beaucoup.

Surtout, tous arboraient, à la ceinture ou à la main, des fouets, des épieux, des couteaux ou des bâtons pouvant sans difficulté devenir des armes contondantes.

D'un air nonchalant, elle fit jouer ses haches dans ses mains et se campa devant l'entrée de leur petite *lavvu*, bloquant son entrée sans en avoir l'air. Ceux qui voudraient du mal à Asdan – ou voler leurs quelques possessions – devraient passer sur son corps.

Son mouvement suscita une vague de méfiance en face d'elle, et les cavaliers vêtus de rouge et de bleu se postèrent en demi-cercle face à elle, leurs yeux sombres rivés sur sa silhouette.

Plusieurs d'entre eux se consultèrent du regard après l'avoir étudiée et, sachant qu'ils devaient s'interroger sur la conduite à tenir, elle leur adressa un sourire carnassier.

— Bonjour à vous, voyageurs, lança-t-elle d'une voix assurée dans son meilleur dialecte skolt. Cherchez-vous également à vous abriter pour la nuit ? La plaine est grande et découverte, nous pouvons y cohabiter à plusieurs sans nous gêner ni nous menacer.

Les deux hommes les plus proches d'elle, qui se tenaient côte à côte, se regardèrent. Ils portaient des épieux noircis au feu et parsemés de clous qui, plantés dans une chair, feraient des dégâts importants. Et, surtout, ils les tenaient avec la même désinvolture qu'elle, ce qui dénotait soit une habitude de longue date soit une méfiance tenace. Elle résolut de se méfier encore plus d'eux.

— Salut à toi, voyageuse. Tu sembles bien loin de ta contrée, et très seule. Que viens-tu faire sur notre territoire ?

Elle réfléchit un instant.

— Mes affaires ne regardent que moi… et mon époux, ajouta-t-elle après une seconde d'hésitation. Je suis ici dans un but bien précis, mais il n'est pas offensif et je ne cherche pas la confrontation. Je veux juste passer la nuit en toute tranquillité et reprendre ma route demain sans me battre.

L'un des hommes émit un rire bref et la toisa de la tête aux pieds.

— Et tu te battrais, seule contre nous tous ? Penses-tu vraiment avoir une chance de gagner ?

— Peut-être, ou peut-être pas, admit-elle sans difficulté. Mais, ce qui est sûr, c'est que je ne me laisserais pas vaincre sans rendre coup pour coup, et vous seriez nombreux à perdre quelques membres, ou la vie, avant de me tuer. Mais, je le répète, je ne tiens pas à me battre.

Le compagnon de son interlocuteur baissa l'écharpe épaisse qui dissimulait le bas de son visage, révélant des traits larges et un nez épaté, dans une peau mate et marbrée de taches brunes certainement dues au soleil et à la neige. Ses yeux étaient vifs et perçants, similaires dans leur forme et leur expression à ceux de son voisin, et Auðr comprit que, comme dans beaucoup de clans samis, ses membres devaient faire partie d'une même famille.

— Tu ne veux pas te battre, dis-tu ? Ce n'est pas ce qu'on nous a rapporté, cracha-t-il d'une voix moins moqueuse que celle de son voisin, mais bien plus acerbe. Et ce n'est pas ce que disent tes armes et tes cicatrices. J'ai déjà entendu parler des guerriers de ton peuple, femme d'au-delà de la mer Blanche. Des brutes avides de sang et de mort, qui sombrent dans la folie de la bataille et en viennent à ne même plus discerner leurs frères de leurs ennemis. Es-tu de ceux-là ?

Auðr hocha lentement la tête.

— Je sais me battre, je n'en fais pas mystère. Une femme seule doit pouvoir se défendre dans ces contrées hostiles. Mais je le maintiens : je ne suis pas venue chercher querelle à qui que ce soit et je souhaite juste dormir ici et reprendre ma route demain sans effusions de sang. Quant au peuple dont je suis originaire, nous avons en effet des combattants redoutables, les *berserkers*. Ce sont nos guerriers sacrés, ils sont empreints de la fureur divine et de l'esprit des animaux les plus redoutables, et se battent jusqu'à ce qu'il ne leur reste plus un souffle de vie, car ils ne craignent ni la douleur ni la mort. Mais je ne suis pas des leurs. Je ne porte ni le tatouage ni la fourrure de l'ours, et n'ai pas été initiée à leurs rites. Je suis juste une voyageuse.

Les deux hommes se consultèrent une fois de plus du regard et, cette fois, hochèrent la tête.

— On veut bien te croire, femme. Mais, alors que nous faisions route, nous avons croisé le chemin d'un individu hagard, un membre éloigné de notre clan que nous n'avions pas revu depuis longtemps et que nous croyions mort. Il nous a raconté un conte terrifiant, parlant d'une femme redoutable, arborant des cicatrices semblables aux tiennes et porteuse de deux grandes haches, qui l'aurait agressé après avoir massacré tous les membres du groupe qu'il avait rejoint. Il était tellement hors de lui que nous avons dû le… calmer.

Auðr se demanda ce qu'il sous-entendait par ces mots. Elle savait sans le moindre doute qu'il s'agissait du maraudeur à qui elle avait laissé la vie sauve. Son geste de charité, si inhabituel chez elle, s'en trouvait puni : au lieu d'avertir les locaux d'éviter de s'en prendre à elle, comme elle l'avait espéré, l'homme s'était empressé de rapporter qu'une dangereuse étrangère avait attaqué les siens et, à présent, elle se retrouvait avec une tribu entière liguée contre elle.

Elle devait désamorcer la situation au plus vite. Elle n'avait pas menti : elle ne souhaitait pas se battre et n'avait d'autre but que de soigner Asdan et de reprendre sa route avec lui pour rallier Kannanlakši au plus vite. Mais une autre chose était certaine : elle n'hésiterait pas à se lancer dans un combat à mort s'il le fallait et, si elle était sûre d'y perdre la vie, elle ferait en sorte d'entraîner le plus d'ennemis possible dans sa chute.

— Tu sais te battre, dis-tu ? reprit l'homme de gauche, tandis que les membres de son clan, derrière lui, guettaient leur échange, la main toujours sur leurs armes. C'est fort probable, le récit que nous avons entendu donne froid dans le dos. Qu'est-ce qui nous dit que, si nous campons ici, tu ne profiteras pas de la nuit pour nous égorger dans notre sommeil et nous détrousser ?

Auðr partit dans un grand rire qu'elle força pour bien montrer qu'elle n'avait pas peur.

— Je pourrais vous poser la même question. Vous êtes nombreux et je suis seule. C'est moi qui devrais redouter de passer la nuit dans votre voisinage. Que proposes-tu, qui nous rassurerait tous ?

Cette fois, les deux *hoavdatt*, les chefs du clan, esquissèrent le même signe approbateur, se frappant l'épaule de leur poing gauche. Aussitôt la plupart des hommes qui les entouraient les imitèrent, et tout le clan se martela le torse d'une main gantée. Auðr les considéra tour à tour avant d'opiner. Le sens de leur geste lui semblait évident : ils attendaient un duel, un combat rituel qui prouverait à tous la valeur de chacun et la maîtrise des armes comme du caractère. Ainsi, des liens seraient tissés, et le risque d'une trahison nocturne, sans être éliminé, diminuerait.

— À l'automne, quand les rennes s'accouplent, les mâles s'affrontent pour prouver leur force et gagner le droit de saillir les femelles. Ainsi, les autres membres du troupeau savent qu'ils doivent respecter le vainqueur ou prendre le risque de se battre avec lui. Nous appelons ça le *riidalit*. Que dirais-tu si nous organisions un *riidalit*[1] entre nous pour déterminer lequel de nous aura le droit de camper ici… et de repartir avec le chargement de l'autre ?

Un sourire cruel se dessina sur les lèvres d'Auðr. Elle avait parfaitement compris la manœuvre des éleveurs. La voyant seule et ayant appris de la bouche du pillard qu'elle détenait les biens de deux personnes, ils espéraient la vaincre sans difficulté pour s'approprier son matériel et celui d'Asdan. Cela lui allait. Un combat à la loyale, entre deux opposants choisis, lui laissait plus de chances qu'une mêlée généralisée dans laquelle elle devrait affronter une tribu entière en priant pour qu'Asdan ne subisse pas un mauvais coup dans son dos. Elle aussi avait bien manœuvré, finalement. En se montrant ouvertement sans peur, elle les avait désarçonnés au point qu'ils ne souhaitaient pas, eux non plus, risquer d'affronter un de ces légendaires *berserkers*, même si nulle femme n'avait jamais fait partie de leurs rangs, et de laisser nombre de leurs proches se faire massacrer.

Ils ne doutaient pas de gagner, mais ils voulaient limiter le risque de pertes. Cela lui convenait parfaitement puisque c'était également son but. Elle était certaine de gagner. Elle bénéficiait d'une formation et d'une expérience du combat que des éleveurs de rennes ne possédaient pas et provenait d'un peuple qui avait fait de la guerre son mode de vie.

Elle hocha la tête.

— Je suis d'accord. Si je vaincs votre champion, je gagne le droit de laisser ma tente ici… et d'emporter tous vos biens demain.

Les deux hommes échangèrent un regard mi-incrédule, mi-amusé.

— Tu penses donc réellement avoir une chance de gagner ? N'est-ce pas présomptueux de ta part, femme ?

— Tu l'as dit toi-même : je suis une guerrière redoutable, et le peu de pillards qui survivent à mes haches en tremblent durant des jours. Oui, je suis sûre de gagner. J'espère juste que vos provisions en valent la peine.

1. Terme en sami du nord qui signifie « combat ».

L'homme de droite secoua la tête.

— Ce ne serait pas équitable. Même si je ne pense pas que tu gagneras, je ne veux pas risquer les biens de mes proches. Si on gagne, on emporte tes affaires et ta *lavvu*. Il n'est pas normal qu'une femme qui n'est pas de notre peuple s'exhibe avec une tente fabriquée par les nôtres. Mais, si tu gagnes, je m'engage à t'offrir les biens de la personne que tu auras vaincue. Ses biens à elle, pas ceux de toute la tribu.

Auðr fit la moue.

— Cela me semble bien moins intéressant, finalement. Mais soit. Je suis lasse de discuter avec vous, je suis une guerrière, pas une commerçante, je n'aime pas négocier. Propose ton champion. Je suis prête à me battre à mort avec lui.

À ces mots, plusieurs membres de la tribu se jetèrent des regards consternés. Sans doute n'avaient-ils pas prévu qu'elle proposerait un combat aussi acharné. La perspective de trépasser aujourd'hui ne devait pas leur sembler si attrayante, pensa-t-elle, amusée.

Le *hoavda* de gauche fronça les sourcils.

— Les rennes ne se battent pas à mort, ils veulent juste savoir qui est le plus fort. Nous n'avons aucun intérêt à te tuer ni aucune envie de perdre un de nos proches. Un affrontement au premier sang sera suffisant.

Auðr approuva. Cela ne changeait rien pour elle mais lui éviterait de s'attirer la rancune des proches du défunt.

— Je vais rentrer dans ma tente pour me préparer et vous laisser choisir qui m'affrontera. Dépêchez-vous, j'ai hâte de découvrir de quelles possessions je vais pouvoir profiter ce soir.

Sans attendre leur réponse, elle fit demi-tour et se plia en deux pour pénétrer dans la *lavvu*. Dès qu'elle fut hors de leur vue, elle resta immobile quelques secondes pour laisser ses yeux s'habituer à la pénombre. Quand elle rouvrit les paupières, elle découvrit qu'Asdan était debout et tentait désespérément d'enfiler sa tunique sans déplacer le cataplasme qui recouvrait son épaule. Il avait déjà remis ses braies et noué les bandes en cuir sur ses mollets pour maintenir le tissu, et il se débattait pour passer la tête dans le col de son haut à grand renfort de gestes maladroits, son bras droit peinant à lui obéir.

Quand il ressortit le crâne de l'ouverture, il la trouva face à lui, et la surprise conféra à son visage un air presque comique. Avant qu'il ne puisse articuler un mot, elle posa un index sur ses lèvres.

— Pas un mot ! souffla-t-elle d'un ton impératif. Je ne veux pas qu'ils aient vent de ta présence. Du moins, pas tant que je n'ai pas gagné ce combat.

— Tu vas te battre ? Contre une tribu entière ? protesta Asdan en cherchant ses armes du regard dans la tente. Tu es folle mais, quitte à mourir, laisse-moi t'accompa…

— Pas un mot, j'ai dit. Ils discutent entre eux, mais je suis sûre qu'ils doivent guetter ce que je fais, expliqua Auðr avant de presser l'épaule gauche d'Asdan pour l'inciter à s'asseoir.

Elle s'agenouilla devant lui et s'inclina pour rapprocher sa bouche de son oreille.

— J'ai réussi à négocier un duel. J'affronterai leur champion, et le gagnant remportera les biens de son adversaire et le droit de passer la nuit ici. Dès que j'en ai fini avec lui, je reviens te chercher. Surtout, ne révèle pas ta présence.

Le visage à demi dissimulé dans l'ombre, Asdan la scruta longuement.

— Je ne te ferai pas l'offense de te demander si tu es sûre de gagner, je te sais plus forte que n'importe quel éleveur de rennes. Mais sois prudente. Je n'ai pas envie que tu sois blessée.

Touchée tant par sa confiance que par sa sollicitude, Auðr fut saisie de l'envie subite de déposer un baiser rapide sur ses lèvres. Elle faillit le faire, d'un geste instinctif, puis se ravisa. Ce n'était pas le moment, et même si, juste avant d'être interrompus, ils avaient été à deux doigts de s'embrasser, elle le connaissait à peine et ne voulait pas prendre le risque d'un rejet qui la perturberait et la déconcentrerait juste avant un combat. Elle hésita un instant, puis recula.

Mais Asdan ne la laissa pas faire. La saisissant par la nuque, il la rapprocha de lui et plaqua sa bouche sur la sienne.

Ce ne fut pas un vrai baiser. Juste ses lèvres écrasées sur

les siennes, leurs souffles qui se mélangèrent, une pression possessive et ses iris verts qui plongèrent dans les siens et la remuèrent jusqu'aux tréfonds de son être.

— Pourquoi ? souffla-t-elle quand il la lâcha enfin.

— Parce qu'ils nous ont interrompus alors que tu allais le faire et que, là, tu as failli m'embrasser, sans oser. Et parce qu'il était hors de question que tu partes au combat sans que je t'aie embrassée au moins une fois.

— Même si tu ne doutes pas que je vais gagner, riposta-t-elle d'un ton ironique.

— Même si je sais que tu vas gagner, confirma-t-il en hochant la tête, avec un sourire qui révéla ses fossettes. Va gagner notre place pour cette nuit, guerrière. Je t'attendrai ici et disperserai les restes de tes ennemis vaincus.

Elle sourit à cette idée. Asdan contredisait tout ce qu'elle avait toujours su sur les hommes et leurs tendances dominantes. Le *skald* n'éprouvait aucune gêne à ce que, de tous les deux, elle soit la guerrière. Lui était le musicien, qui chanterait sa saga et vanterait ses louanges. Cela lui allait tout aussi bien.

Puis elle s'arracha à cette idée. Elle n'était pas un roi pour avoir un *skald* qui raconte ses hauts faits ni l'épouse d'Asdan pour qu'il vante ses mérites. Elle n'était rien pour lui, même s'il avait failli se passer... elle ne savait quoi.

Ce n'était pas le moment d'y penser. Chassant toute idée autre que le combat de son esprit, elle enfila rapidement sa chemise épaisse et sa broigne, dont elle serra les lacets en cuir sur les côtes pour qu'elle moule son torse et la protège au mieux, et fixa par-dessus sa cape de *skjaldmö*, teinte de l'écarlate traditionnel et bordée de fourrure de renard argenté. Elle l'accrocha sur la gauche pour dégager son bras droit à l'aide d'une broche trilobée, qui servait à la fois à maintenir les deux angles supérieurs du tissu et à répartir les sangles du baudrier maintenant son bouclier. Un second accessoire en bronze vint se rajouter à sa taille pour maintenir les sangles de l'épaisse bande de cuir clouté sur laquelle elle accrochait ses haches grâce à des passants spéciaux. D'autres décorations, des billes d'ivoire et d'ambre, assorties à celles qui ornaient ses cheveux, parsemaient la double ceinture et se mariaient avec les perles de mer qui ornaient la broche pectorale. Ces bijoux, réservés aux guerriers, étaient ceux que les *skjaldmös* portaient pour ne pas entraver leurs mouvements et alourdir leur tenue de colifichets inutiles. Elles n'affichaient, en sus, que leur collier de Freyja, qu'elles recevaient lors de leur consécration à la déesse et qui les suivrait jusque dans l'au-delà quand elles recevraient les derniers honneurs sur le bûcher funéraire. Mais, sur un coup de tête, Auðr ouvrit un de ses sacs et en tira un petit écrin : quand elle avait quitté l'atelier de nacrerie des parents de Fridgunn, sa mère, Souane, le lui avait donné avec pour ordre de ne l'ouvrir que le jour où elle serait sûre d'avoir rencontré un homme digne d'elle, comme elle l'avait espéré pour sa fille. Elle en tira deux boucles d'oreilles en nacre, dont les pendants, en forme de trèfle, n'étaient pas assez longs pour la gêner. Elle les mit à ses oreilles et inclina la tête pour que ses tresses retombent devant et dissimulent les bijoux à Asdan. Sans nul doute, son œil observateur lui aurait demandé la signification de ces ornements, et elle n'avait envie ni de lui mentir ni de lui dire la vérité.

Dehors, des voix masculines résonnèrent. L'heure du combat approchait.

Elle fixa les haches à sa taille, sous le regard inquisiteur d'Asdan, puis, après un instant de réflexion, ajouta le poignard orné de nacre qu'Anton, le père de Fridgunn, lui avait offert. Il n'était pas très offensif, mais une arme de plus était toujours utile. Qui plus est, il distrairait peut-être son adversaire.

Enfin prête, elle se redressa et adressa un dernier sourire à Asdan.

— Je vais au combat.

— Alors, bats-toi courageusement, noble *skjaldmö*, répondit-il d'un ton solennel. Fais honneur à ta déesse et à ton rang.

Elle inclina la tête. Le salut lui plaisait. Mais, quand elle fit demi-tour pour sortir de la tente, il ajouta :

— Et surtout, rapporte-moi à manger, j'ai faim !

C'est avec un rire qu'elle ressortit à l'air libre. Devant elle, les cavaliers samis étaient descendus de leur monture et formaient un cercle interrompu devant la *lavvu*, au centre duquel un homme se tenait.

Elle ne le regarda pas. Ce n'était qu'un pion, leur champion certes, mais pas quelqu'un qui prenait les décisions. Elle se focalisa sur le duo dirigeant qui s'était campé derrière lui.

— Ris-tu toujours face à la mort, guerrière ? lui lança l'un des deux.

— Je croyais que ce combat serait juste au premier sang, souleva-t-elle.

— L'idée de perdre ton sang ne te fait pas peur, femme ?

Auðr haussa une épaule désinvolte.

— Toutes les femmes perdent leur sang chaque mois. L'idée est moins effrayante pour elles que pour nombre d'hommes.

Puis elle se redressa de toute sa taille et posa les mains sur le manche de ses haches.

— Je suis prête au combat, annonça-t-elle avant de pointer le menton vers l'homme au centre du cercle. C'est votre champion ?

Les deux *hoavdatt* posèrent chacun une main sur les épaules de l'homme pour le pousser vers elle. Il était plus grand qu'eux mais pas gigantesque. La plupart des membres de cette tribu semblaient plus petits que les Danois ou les guerriers francs qu'elle avait rencontrés. Mais ce spécimen était aussi large que haut, avec des épaules plus massives qu'un bœuf et des jambes épaisses comme des piliers, qui paraissaient aussi lourdes et solides que le tronc d'Yggdrasil. Forcément, les chefs samis avaient choisi leur meilleur combattant, même si leur peuple était plus connu pour ses compétences en survie dans le milieu rude du Grand Nord et l'élevage des rennes que pour la guerre. Mais, par sa simple force et sa résistance, il lui donnerait du fil à retordre.

Elle s'avança dans le regroupement de spectateurs et effectua un cercle autour de lui. Elle le jaugea de la tête aux pieds mais, contrairement à ce que les témoins devaient croire, elle ne voulait pas particulièrement examiner sa stature. Non, le but était de le forcer à bouger, qu'il se déplace pour rester face à elle. Elle voulait juger de sa vitesse, de sa souplesse, de sa façon de se déplacer. Ce serait la seule occasion de pouvoir estimer s'il était lourd et lent, ou si sa taille ne dissimulait pas d'autres atouts. Comme elle l'avait craint, dès qu'il eut pivoté d'un quart de tour pour la suivre des yeux, elle comprit qu'elle avait bien deviné : malgré sa stature, il se déplaçait sans faire de bruit, ses pieds glissant sur la neige sans la faire voler ni l'écraser. Il lui faudrait se méfier.

Son regard se porta sur les deux *hoavdatt*. Elle soutint leur examen et s'immobilisa. Du coin de l'œil, elle surveillait son adversaire. Elle avait fait exprès de l'obliger à se tourner mais l'avait alors forcé à se placer entre la tente et elle. Il avait donc à présent libre accès à la *lavvu* et à Asdan, même s'il leur tournait le dos. Un mouvement subtil derrière lui attira son attention. Le *skald* avait entrouvert, avec discrétion, le rabat en cuir de l'entrée pour surveiller la scène. Si elle l'avait remarqué, d'autres pourraient y prêter également attention et, sans paraître le regarder, elle effectua un signe du menton pour l'inciter à refermer le rideau. Il obéit à moitié, laissant une ouverture de quelques doigts, pour continuer à espionner sans se faire repérer. Elle devrait s'en contenter.

Les dirigeants se consultèrent du regard.

— Auðr, guerrière *wīcing*, va affronter Ture Fjellheim, bûcheron pour la tribu Fjellheim. Le combat est au premier sang, à mains nues, comme le font les rennes lors du *riidalit*, déclara le premier. Combattants, dépouillez-vous de vos armes.

La *skjaldmö* pinça les lèvres. Cela ne lui convenait pas du tout. Comparée à la force de Ture, sans ses haches et son bouclier, elle serait privée de ses principaux atouts. Mais elle avait accepté ce combat et n'avait pas pensé à imposer cette condition. Avec réticence, elle porta les mains à sa taille et dégrafa la fibule qui maintenait la ceinture portant ses deux haches et son poignard. Puis elle se sépara également de son bouclier et de sa cape. Celle-ci, de toute façon, n'aurait fait que la gêner et fournir une prise à son adversaire. Ture, quant à lui, avait renoncé à deux gros épieux entrecroisés dans son dos. Il laissa également une hache si massive qu'Auðr s'était demandé si elle aurait pu seulement la soulever, ainsi qu'une scie courbe aux dents redoutables qui, si elle n'était pas conçue pour être utilisée à la guerre, aurait pu sans difficulté la mettre en difficulté ou la blesser grièvement. Un grand coutelas avait également émergé de la botte de Ture.

Enfin démunie, après avoir posé son équipement au sol, à la bordure du cercle, elle reprit sa place et se redressa, écartant les mains pour témoigner de sa bonne foi.

— Je suis Auðr Larsendöttir, fille de Larsen Ulrikson et nièce du *jarl* Ingvar Ulrikson du Danemark, *skjaldmö* vouée à Freyja, déclama-t-elle, désireuse elle aussi d'affirmer ses racines et sa lignée, même si elle n'y accordait pas une importance monumentale.

Ses victoires au combat témoignaient davantage de sa valeur que son nom et ses ancêtres.

À ses mots, le rideau de la *lavvu* frémit, et elle comprit qu'Asdan l'avait entendue et savait à présent son identité réelle. Tant pis. Malgré leur rapprochement un peu plus tôt, elle n'avait pas oublié qu'il lui avait juré de respecter son serment de mariage et de ne pas lui faire d'avances. Un rappel ne serait pas superflu, pour elle comme pour lui.

— J'accepte d'affronter Ture Fjellheim quand vous voulez.

À peine avait-elle prononcé ces paroles que les deux *hoavdatt*, dont elle ne connaissait toujours pas le nom, lâchèrent les épaules de son adversaire. Sans attendre, Ture s'élança vers elle, aussi rapide qu'elle l'avait craint. Heureusement, elle avait anticipé sa réaction. C'était ce que n'importe quel combattant un peu novice aurait fait : attaquer en premier dans l'espoir de surprendre son adversaire. Mais elle n'était pas novice et elle avait lancé ses jambes en avant, glissant presque sur le dos sur la neige pour parvenir sous son ennemi. Ainsi allongée, elle se trouvait sous lui, qui avait foncé sur elle, et, d'un mouvement en ciseaux de ses jambes, elle le fit trébucher et basculer en avant. Sur sa lancée, elle continua et se releva derrière lui. Sans lui laisser le temps de se relever, elle pivota et bondit. Ture se remit debout dans la seconde, mais elle avait déjà atterri dans son dos et lui avait asséné un grand coup de coude sur le visage. Elle avait visé son nez pour le casser, dans l'idée de faire jaillir un flot de sang qui signerait la fin du combat et sa victoire immédiate, mais l'homme avait détourné la tête à la dernière seconde et son articulation s'écrasa sur son crâne. Le choc retentit comme si elle avait trappé un tronc creux. Son adversaire émit un cri étouffé et vacilla, mais pas une goutte de sang ne perla.

Dommage.

Elle se décrocha de ses épaules en voyant qu'il levait les bras pour l'attraper. Il ne fallait surtout pas qu'elle reste à sa portée. S'il parvenait à la saisir, c'en serait fini d'elle, il était trop lourd et trop massif pour qu'elle puisse lutter au corps-à-corps avec lui.

Avec rapidité, elle réitéra son geste dans l'espoir de le prendre de nouveau à revers, mais Ture apprenait vite : il pivota aussitôt et referma les jambes, emprisonnant sa cheville gauche. Auðr se retrouva prisonnière au sol et n'eut que le temps de se plier sur le côté pour éviter son poing qui vint s'écraser dans la neige. Elle riposta d'un coup de pied sur son bras. L'articulation du poignet de son adversaire craqua avec un bruit sinistre qu'Auðr connaissait bien. Les os délicats de son poignet, les plus fragiles de tout le membre, venaient de céder. Si Ture n'était pas habitué à se battre de l'autre main, il venait de perdre un atout de taille et serait désavantagé pour la suite.

Elle n'attendit pas de voir sa réaction et profita de ce que la douleur l'avait paralysé un instant pour donner un second coup de pied, cette fois sur une cheville. Celle-ci ne se brisa pas, mais il desserra son étreinte sur sa jambe et elle put reculer en la libérant. Elle se remit aussitôt debout et encaissa un revers du bras gauche de Ture. Ce dernier savait donc aussi viser avec son autre poing. Le choc dans son flanc lui coupa le souffle et la fit reculer de plusieurs pas dans la neige. Pliée en deux, elle hoqueta et chercha sa respiration. La douleur, quand elle se redressa, lui fit comprendre que plusieurs côtes avaient dû se casser. Sans céder à la panique ni à la souffrance, elle cracha dans la neige, et le jet incolore la rassura : si ses os brisés avaient déchiré ses poumons, il y aurait eu du sang dans sa salive.

Elle se força donc à ignorer la brûlure qui la traversait à chaque respiration et se focalisa sur son adversaire. Ture aussi devait avoir mal, car il avait profité de sa pause pour reprendre son souffle et tenait son poignet droit contre son abdomen, comme pour le protéger.

Auðr étrécit les paupières. Avec ses côtes cassées, si elle n'achevait pas ce combat très vite, elle se fatiguerait plus rapidement que lui, et il la vaincrait à l'usure. Un poignet cassé, si douloureux fût-il, n'empêchait pas de respirer. Elle comprit ce qu'elle devait faire. Il ne devait pas s'y attendre.

Avec une grimace de douleur, elle reprit son attaque. Elle laissa sa jambe gauche traîner un peu en arrière, comme si elle cherchait à dissimuler une faiblesse sans y parvenir totalement, et resta un peu voûtée pour ménager ses côtes cassées. Il ne lui fut pas difficile d'exagérer sa souffrance et de rester pivotée d'un côté pour donner l'impression qu'elle ne voulait surtout pas qu'il l'attaque de ce côté-là.

Comme elle l'avait espéré, son stratagème fonctionna : Ture se rua vers elle et, au dernier moment, bifurqua sur sa gauche pour lancer son attaque vers son flanc maltraité et plus vulnérable. Mais cet assaut mettait son poignet brisé à sa portée, et elle concentra toute son énergie dessus. Sautant avec une force que sa jambe – qui n'était pas du tout abîmée, car les bandes de cuir qu'elle avait enroulées autour pour les protéger avaient amorti l'étreinte de la première prise de Ture – ne laissait pas présager, elle prit appui sur la cuisse de son adversaire pour bondir encore plus haut et asséna simultanément un coup de poing au centre de son visage et un coup de pied sur son poignet. Ture bascula en arrière tant la puissance du double choc fut violente. Mais à peine eut-elle atterri qu'Auðr réitéra son attaque, cette fois au sol. Sa cheville gauche la soutenait parfaitement, et elle s'appuya dessus de tout son poids pour lancer son autre jambe en l'air, faisant suivre tout son corps dans l'assaut, dans un saut périlleux parfait, qui envoya ses pieds en plein dans le visage de son adversaire. Ture détourna la tête juste à temps pour éviter que sa semelle ne frappe son nez de plein fouet.

Dommage.

Ture vacilla et tituba.

Dès qu'elle toucha le sol, elle recommença. Elle bondit et

lança la jambe pour la faire retomber sur le poignet de son adversaire, qui pendait lamentablement.

Ture recula encore d'un pas.

Un nouveau coup de pied.

Un pas en arrière.

Encore un coup de pied.

Encore un pas en arrière.

Autour d'elle, les Samis hurlaient et sifflaient pour encourager leur champion, mais Ture ne pouvait plus réagir tant il était assommé de coups trop violents et rapides sur une zone déjà malmenée.

Auðr savait que, dans une guerre, elle aurait déjà gagné. Son adversaire était vaincu. Mais aucune goutte de sang n'avait coulé.

Elle décida donc de réitérer son assaut et s'élança une nouvelle fois en l'air, s'appuyant derechef sur la cuisse de Ture, qui s'était en partie plié en deux pour tenir son poignet, lequel affichait à présent un angle écœurant. Elle bondit, prit de l'élan pour asséner un coup encore plus violent sur son nez, mais, à l'instant où elle s'apprêtait à frapper, elle vit que son adversaire avait fait de même.

Ture, malgré la douleur et l'engourdissement provoqués par la succession de coups qu'elle lui avait infligés, surmontait sa souffrance et, de son seul bras valide, allait l'envoyer au sol. Il ne manquerait pas de lui casser une pommette ou de lui fendre la lèvre, ce qui la ferait perdre.

Elle fit donc dévier son coup sans réfléchir.

Son poing se décrispa, sa main se transforma en serre et son assaut, au lieu de viser son visage, se porta sur sa gorge vulnérable.

En voyant, dans une fraction de seconde, son geste, elle se remémora les rapaces qui avaient déchiqueté son visage.

Elle imita leur férocité en griffant le cou de son adversaire.

Elle n'était pas un faucon, elle ne le défigurerait pas. Ture n'aurait pas la gorge arrachée par ses ongles. Mais le sang coulerait, et c'était tout ce qui importait.

Le sang coula.

Auðr comprit, avant même d'être retombée au sol et d'avoir

reculé pour se placer hors de portée du coup de Ture, qu'elle avait gagné. Elle n'avait même pas besoin de le regarder ni de vérifier sur ses doigts, elle avait senti la chair de sa gorge se déchirer. Elle percevait encore de la matière sous ses ongles.

Le poing de Ture l'effleura, et elle tourna la tête sur le côté pour esquiver l'ultime assaut de son adversaire, qui ignorait encore qu'il avait déjà perdu.

Un sourire triomphant aux lèvres, elle recula de plusieurs pas, sans faire mine, cette fois, de boiter.

Elle leva les deux bras en l'air et poussa son cri de guerre.

Le cercle autour d'elle se figea. Les Samis étaient incrédules, atterrés. Les deux *hoavdatt*, bouche bée, faisaient passer leurs regards d'un des combattants à l'autre.

Soudain, l'un d'eux ouvrit la bouche :

— Vas-y, Ture ! Achève-la !

Auðr se tourna vers lui.

— Il n'attaquera pas, il a perdu. Je gagne ce combat.

Les Samis se tournèrent vers leur champion. Ture n'avait toujours pas prononcé un mot – en fait, depuis son apparition, il n'avait rien dit, et Auðr se demandait même s'il n'était pas muet, ou simplet. Mais, lentement, alors que les membres de la tribu le haranguaient et le pressaient de reprendre le combat, à grand renfort de cris et de hurlements, il se redressa et, de sa seule main valide, abaissa l'écharpe nouée autour de son cou.

Tous purent alors le voir.

Entre son menton et sa gorge, là où le tissu de son col laissait une bande de peau à l'air nu, les ongles d'Auðr avaient créé cinq stries parallèles, profondes et écarlates, d'où s'écoulait un sang vif.

— La guerrière danoise a gagné, grogna l'homme en vepse, en articulant les mots avec lenteur, comme si la langue lui était inconnue.

Auðr comprit qu'il n'était ni ignorant ni muet, juste incapable de parler la même langue qu'elle.

Autour d'eux, les huées cessèrent et les spectateurs se mirent à commenter le combat, lui lançant des regards mauvais.

Les deux *hoavdatt* échangèrent quelques mots à voix basse, si vite qu'Auðr ne comprit pas ce qu'ils disaient, mais elle devina qu'ils devaient se demander s'ils ne pouvaient pas tenter d'inciter Ture à poursuivre l'affrontement, voire ordonner à leurs hommes de la massacrer sur place.

Mais ils se tournèrent ensuite vers elle.

— L'attaque qui t'a permis de gagner était fausse et méprisable, cracha le premier, celui dont elle avait déjà remarqué qu'il était plutôt agressif et acerbe.

Elle lui adressa un sourire moqueur.

— L'honneur n'a jamais gardé personne en vie. Et opposer un combattant d'un tel gabarit contre une simple femme n'était pas non plus très correct. Je n'ai fait que compenser un désavantage évident.

L'homme sembla s'étouffer de rage. Mais son compagnon posa une main sur son épaule et la tapota avec un petit rire.

— Elle a raison, mon aimé. Qui plus est, leur combat nous a offert un beau spectacle. Je n'avais jamais vu de femme combattre avec une telle férocité.

Il se tourna vers Auðr.

— À présent, je serais curieux de voir ce que tu sais faire avec ces haches, guerrière. Je ne doute pas que tu dois être aussi douée avec elles pour abattre tes ennemis que Ture l'est avec la sienne pour abattre les arbres, annonça-t-il avant de pouffer en voyant Auðr se raidir à l'idée d'un nouveau combat. Mais, ne t'inquiète pas, je compte respecter notre marché et le faire respecter à mon irascible mari et à tous nos cousins. Tu peux nous accorder ta confiance et récupérer tes armes, tu es à présent des nôtres pour la nuit. Je demanderai aux enfants de déposer devant ta *lavvu* ce que tu as gagné. Si tu le veux bien, j'aimerais t'offrir un objet de chacun de nous, plutôt que de dépouiller totalement Ture de ses biens. Il s'est battu pour nous et, même s'il n'a pas remporté ce combat, il ne mérite pas de perdre tout ce pour quoi il a travaillé. Je te promets que tu y gagneras : Ture n'est pas un homme riche, mais notre clan est assez grand, et tout le monde te donnera quelque chose. Tu n'as qu'à me dire ce que tu souhaites ou ce dont tu as besoin en particulier, et je ferai en sorte de te l'offrir, du moment que c'est raisonnable. En attendant, accepte de partager notre repas, raconte-nous tes combats, et profite de notre baume. Nous le confectionnons à partir des baies polaires de notre territoire, et il est incomparable.

Auðr hocha la tête avec circonspection. Elle ne connaissait pas ce « baume », mais n'avait pas l'intention de s'enivrer alors qu'elle se retrouvait entourée de potentiels ennemis, dans un lieu inconnu.

L'homme dut sentir sa réticence, car il émit un nouveau rire.

— Je comprends ta méfiance et je la respecte. Nous avons aussi du *glögi* qui te permettra de garder la tête claire tout en savourant une boisson chaude et savoureuse. Ce soir, on va organiser une fête en l'honneur d'une grande guerrière pour célébrer une rencontre amicale. Nous ferons griller des *grillimakkaras* sur le feu, que nous mangerons avec des pains *reikäleipä*. Tu goûteras notre ragoût de renne avant de déguster les brioches aux épices de Svante, reprit-il avec un gloussement en tapant dans le dos de son compagnon. Il a beau être bourru et désagréable, personne ne sait les cuisiner comme lui.

— Svante, commenta Auðr en désignant le Sami renfrogné qui avait donné l'impression d'avoir envie de l'assassiner. Et toi, comment t'appelles-tu ?

— Håkan. Nous sommes cousins par nos mères et nous avons grandi ensemble, expliqua son interlocuteur avec un grand sourire. C'est pour ça que nous nous ressemblons. Mais nous sommes surtout *boatnjit* depuis plusieurs années, et *hoavdatt* à égalité pour diriger ce clan.

Cette fois, la réserve d'Auðr disparut davantage et elle s'autorisa à relâcher sa posture défensive. Avec sincérité, elle hocha la tête et se tourna de profil pour désigner la tente.

— J'accepte tes présents, et je serai heureuse de partager votre repas et mes histoires avec vous, mais mon… *boadnjá*, articula-t-elle avec difficulté pour s'efforcer de répéter le terme qu'elle supposait vouloir dire « mari », le fera bien mieux que moi puisqu'il est conteur et musicien, et aime faire profiter les gens de son talent.

Les deux chefs samis hochèrent la tête de concert et,

étonnamment, le dénommé Svante parut soulagé par son aveu. Il s'avança vers elle, l'air moins agressif.

— Je me doutais que tu cachais quelque chose dans cette *lavvu*, guerrière. Je trouvais ça surprenant que tu sois prête à risquer ta vie pour de simples biens matériels que tu aurais pu remplacer sans difficulté dès ton arrivée. Ainsi, c'est un époux. Tu dois le chérir énormément pour le défendre avec tant de passion.

Auðr hésita à répondre mais, heureusement, une voix derrière elle lui évita d'avoir à le faire.

— Mon épouse est plus douée avec ses armes qu'avec les mots et les poèmes. Quant à moi, je n'aime pas me battre et préfère vaincre mes ennemis par mes chants et ma musique. Nous sommes complémentaires.

Si Asdan avait été surpris par sa décision de se faire passer pour mari et femme, il ne l'afficha pas et, au contraire, sortit de la tente avec désinvolture et se rapprocha d'elle pour passer un bras possessif autour de ses épaules. Il semblait en bien meilleur état, et elle se demanda s'il ne s'efforçait pas de dissimuler sa faiblesse pour ne pas donner à leurs hôtes l'impression qu'il ferait une victime facile. Son bras sur elle était peut-être destiné à se soutenir, et non à marquer une affection factice. Elle ne le rejeta néanmoins pas, car sa chaleur et sa proximité, bien que certainement forcées, étaient agréables, et elle lui adressa un sourire aimable.

— Je t'avais bien dit que je gagnerais ce combat, mon tendre époux.

— Je n'en avais jamais douté, ma tendre femme, lui rappela-t-il à voix haute, avant de se pencher vers elle pour lui chuchoter à l'oreille : même si j'ai tremblé pour toi quand je l'ai vu essayer de te faire cracher tes côtes par les oreilles.

Elle réprima un gloussement amusé à cette image et se retint d'éclater de rire. Ses flancs malmenés le lui reprocheraient.

— Je ne serais pas contre un cataplasme et un bandage, mon époux, susurra-t-elle avant de se tourner vers les deux chefs et époux, qui conversaient dans leur langue avec Ture, dont le poignet brisé semblait avoir triplé de volume. J'ai l'habitude des blessures et j'aimerais aider Ture à guérir plus vite et avec moins de douleur. Je sais faire un très bon emplâtre à base de plantes qui le soulagera et évitera toute purulence. Mais il faudra lui remettre les os en place et immobiliser son articulation le temps qu'ils se ressoudent. Voulez-vous que je le fasse ou avez-vous une guérisseuse qui s'en chargera ?

Les trois hommes la regardèrent d'un air surpris, puis Ture secoua la tête.

— Tu m'as fait trop mal, guerrière, gronda-t-il de sa voix hésitante. Ne me touche plus. Notre *noaidi* me soignera.

Auðr hocha la tête.

— Je suis désolée, mais tu m'en aurais fait autant. Mes côtes n'aimeraient pas non plus que tu approches encore tes mains d'elles. Je te souhaite une bonne guérison, Ture Fjellheim. Et je te remercie pour ce beau combat, et pour tes présents.

L'homme hocha la tête puis, avec une grimace de douleur, fit signe à ses chefs qu'il allait s'éloigner et s'enfonça dans le cercle de Samis qui commentaient toujours le combat en mimant les différents coups qui avaient été portés. Soudain, Håkan frappa dans ses mains, rompant les échanges animés, et annonça qu'il fallait donner à leur invitée ce qu'elle avait mérité, monter le camp et préparer le repas. Les histoires et pantomimes attendraient que la nuit soit tombée, les chiens nourris et les tentes montées pour que tous en profitent.

Auðr s'étonna de ce que tous les Samis obéissent immédiatement sans protester, puis se rappela que les Danois aussi, en expédition, étaient efficaces et organisés. Avec un dernier salut aux deux chefs, elle fit signe à Asdan de l'accompagner dans la tente et, récupérant ses armes et sa cape au passage, s'enfonça dans les profondeurs de leur abri pour se soigner et se reposer avant le repas.

13

Auðr

Entre deux bouchées de brioches *korvapuusti*, qui s'avéraient aussi délicieuses que le chef sami l'avait annoncé, Auðr se posait une dernière question. Le *glögi*, dont elle avait bu plusieurs tasses, pour ne pas abuser de l'alcool fort dont leurs hôtes semblaient raffoler, était chaud et savoureux, parfumé aux baies arctiques et suffisamment sucré pour qu'elle ait l'impression de déguster du miel liquide.

Au bout de plusieurs heures, quand la nuit blanche eut cédé le pas à une réelle obscurité ponctuée d'étoiles, elle osa enfin poser sa question.

— Qu'est devenu l'homme qui vous a parlé de moi ? lança-t-elle d'un ton désinvolte qui dissimulait à peine son inquiétude.

Svante et Håkan se consultèrent du regard, et ce fut le second qui parla.

— Nous l'avons tué, bien sûr. C'était un paria, un pillard, qui avait été chassé de notre tribu pour avoir commis plusieurs crimes. Il savait, en revenant dans notre clan, qu'il serait mis à mort pour cela. Nous ne pensions pas le revoir un jour.

Svante haussa des sourcils broussailleux.

— Tu as dû le terroriser s'il a osé revenir nous voir. Il devait te craindre plus que nous.

— Et il a eu tort..., marmonna son époux avant de se tourner vers elle. Que lui as-tu fait pour lui inspirer une telle terreur ?

— J'ai tué tous ses compagnons, répondit Auðr sans émotion apparente. Ils avaient attaqué le traîneau d'Asdan et menaçaient sa vie. Ils sont tous morts.

— Sauf Enar, commenta Håkan.

— Même si Enar est mort juste après, ricana Svante d'un air mauvais qui intrigua encore plus Auðr.

— Quel était son crime, si ce n'est pas indiscret ? s'enquit-elle.

— Ça ne l'est pas, nos coutumes sont très claires : il a volé des rennes. Mes rennes, déclara Svante.

Auðr fronça les sourcils.

— Comment peut-on voler des rennes ? Je croyais que vos troupeaux étaient un bien commun ?

— Lors des rassemblements oui, mais au printemps nous marquons les jeunes pour reconnaître quelles bêtes appartiennent à qui. Il a volontairement blessé des bêtes qui étaient miennes pour effacer ma marque et appliquer la sienne par-dessus.

— Comment t'en es-tu aperçu ?

— Je connais toutes mes bêtes par leur nom, gronda Svante. Je les connais et les reconnais, aucune ne ressemble à une autre. Et elles aussi me connaissent et me reconnaissent. Enar n'était pas un bon éleveur, il ignorait que chaque renne est différent. S'il avait été meilleur éleveur, et meilleur Sami, il n'aurait jamais tenté de me dépouiller de mes bêtes et serait encore en vie et dans notre tribu.

Auðr hocha la tête et ne posa pas d'autre question. Elle comprenait. Pour ces gens, les rennes étaient toute leur vie : leur gagne-pain, leur nourriture, leur moyen de locomotion. Ils leur fournissaient vêtements, viande, lait, chaleur et monture. Voler un renne devait être aussi grave pour eux que voler un bouclier pour une *skjaldmö*. Elle ne pleurerait pas Enar.

Durant la soirée, elle avait vu les enfants déposer une multitude d'offrandes devant sa tente. Avec discrétion, elle avait inspecté les ballots de loin. Les Samis ne s'étaient pas moqués d'elle : il y avait des sacs de céréales, de viande séchée, de poisson fumé, de baies arctiques et de légumes conservés. Des pots de confitures, des fourrures et des habits en peau de rennes. Plusieurs châles aux couleurs vives et des robes brodées.

Elle avait vu un joli peigne sculpté et une ceinture martelée de métal. Chaque membre de la tribu avait, comme promis, apporté quelque chose et, quand le défilé s'était achevé, elle avait pris une décision : quand Svante était venu lui demander si elle était satisfaite de ce qu'ils lui avaient présenté, elle lui avait dit de tout reprendre. Elle ne voulait pas dépouiller la tribu ni s'octroyer des affaires inutiles qui l'encombreraient et qu'elle peinerait à transporter, bien que tout fût magnifique. Elle se contenterait à l'heure de son départ de prendre des vivres et des affaires pour finir son voyage plus confortablement, dans la limite de ce que son traîneau pourrait porter. Svante n'avait pas commenté et s'était empressé d'ordonner aux enfants de récupérer la majeure partie des offrandes, hormis la nourriture, mais elle avait remarqué un éclair bien plus amène dans son regard quand il s'était retourné vers elle.

— Ton geste sera apprécié, guerrière, et je veillerai quand tu repartiras à ce que ton traîneau soit lesté de tout le nécessaire. Mais je tiens à ce que tu choisisses néanmoins un objet en particulier en souvenir de ton combat contre Ture et de ton passage parmi nous.

Auðr avait opiné et pris le temps d'inspecter les cadeaux. Après un instant d'hésitation, elle avait fini par choisir un châle sami à la magnifique teinte écarlate qui lui rappelait sa cape de *skjaldmö* et dont les broderies blanches et noires faisaient un très beau contrepoint sur les franges rouges. Svante avait hoché la tête d'un air approbateur, puis s'en était allé.

Durant le repas, ils n'en avaient pas reparlé, mais Auðr avait trouvé que le Sami bourru était bien moins acerbe avec elle qu'au début de leur rencontre. À côté d'elle, Asdan n'avait pas tardé à se détendre et avait engourdi ses blessures à grand renfort de baume de Carélie. Il ne semblait pas ivre et avait mangé en conséquence mais, quand Auðr le vit dodeliner de la tête et osciller sur le rondin qui lui servait de siège, elle lui asséna une bourrade dans les côtes, prenant garde à éviter les zones où il était blessé.

— Il va falloir penser à dormir. La journée a été longue et éprouvante, et nous avons de la route demain.

Asdan hocha la tête, l'air à la fois assommé et réjoui.

— Oui, dormir… ou pas. Dormir avec ma petite femme…, marmonna-t-il d'une voix bien plus avinée que quelques instants plus tôt, quand il échangeait sur l'itinéraire avec Svante.

Les deux hommes, après les instincts ouvertement belliqueux de Svante au premier abord, s'étaient rapidement rapprochés et avaient passé la soirée à discuter de musique, de cuisine et de l'élevage des rennes, dont étonnamment Asdan semblait être au fait. Svante lui avait posé de nombreuses questions sur ses instruments, et Asdan ne s'était pas fait prier, pendant que les saucisses de renne grillaient sur le feu, pour entonner quelques chansons gaies qui avaient fait taper dans les mains toute l'assemblée. Sa prestation entraînante lui avait aussitôt attiré la sympathie des Samis, qui semblaient apprécier les divertissements et la musique, et il avait enchaîné les mélodies et chansons paillardes, faisant reprendre le refrain des airs les plus connus à tout le monde. Certains avaient chanté en vepse, d'autres en sami, tandis qu'Auðr se gardait bien de faire entendre sa voix cassée. Malgré la cacophonie discordante, l'ambiance avait été festive et les éleveurs s'étaient ouvertement réjouis d'accueillir un musicien.

Si, au début de la veillée, les regards insistants ou ombrageux en direction d'Auðr avaient été nombreux, toute méfiance envers elle s'était dissipée au fil des chansons d'Asdan et, comme elle avait veillé à ne pas trop se mêler aux autres ni à faire entendre sa voix, on l'avait oubliée. Cela lui convenait très bien. Elle n'aimait pas se faire remarquer et, après ce combat contre Ture, elle n'avait pas envie de devoir de nouveau faire ses preuves ou revivre cet affrontement. Ce n'était pas un duel honorable ni équilibré, elle n'en était pas fière. Elle avait fait ce qu'elle avait à faire et n'avait plus envie d'y repenser. Par moments, elle avait vu certains Samis mimer ses gestes et tenter de reproduire les prises qui lui avaient permis de vaincre Ture, mais, très vite, tous étaient passés à autre chose et s'étaient focalisés sur Asdan et ses chansons.

Seul Håkan était resté auprès d'elle et, portant régulièrement sa tasse de glögi à sa bouche, n'avait cessé de la scruter avec attention.

Finalement, après avoir enfourné un dernier morceau de brioche nappée de confiture de *lakka* – Auðr avait appris qu'il s'agissait de mûres polaires, à la couleur étonnamment ocre –, Håkan avait reposé sa tasse et avait incliné la tête vers elle.

— Je peux te poser une question, Auðr la guerrière ?

Elle avait hoché la tête.

— Je ne te garantis pas d'y répondre, mais je n'interdis jamais que l'on me pose des questions.

— Où as-tu appris à te battre ainsi ? Asdan m'a dit que tu étais coutelière, mais...

Elle émit un fin sourire, pensant que son compagnon de voyage avait bien fait d'expliquer de la sorte son métier au lieu d'annoncer tout de go qu'elle était une combattante sacrée. Vu la méfiance qu'éprouvaient ces gens envers les *berserkers*, apprendre que certaines femmes pouvaient également faire le choix de passer leur vie à se battre aurait risqué de renforcer leur antagonisme à son égard.

Elle s'était demandé comment répondre. La vérité les effraierait et, de toute façon, les *skjaldmös* étaient une telle légende que, s'ils découvraient qu'elle faisait partie de leurs rangs, cela fausserait toute relation entre eux. Elle se résolut à diluer la vérité dans un mensonge crédible.

— Je suis coutelière, donc je fabrique des armes, avait-elle répondu. Mon oncle, qui m'a élevée, m'a enseigné qu'il n'y a pas meilleure façon pour un artisan, afin de prouver la qualité de ses produits, que de s'en servir lui-même. En outre, il voulait que je sois à même de me défendre si je me faisais attaquer, comme je n'avais plus de père, que ce soit dans notre village du Danemark ou lors d'une expédition.

Håkan avait émis un sourire approbateur.

— Ton oncle était un homme sage. Mais pourquoi a-t-il voulu que tu sois coutelière ? Pourquoi ne t'a-t-il pas donnée à un homme, pour te protéger ? À l'époque, tu n'étais certainement pas...

— Balafrée ? compléta-t-elle en le voyant hésiter sur le mot.

Non, c'est vrai. Mais je n'ai jamais voulu me marier ni dépendre d'un homme. J'ai toujours été indépendante et solitaire, et je n'ai jamais apprécié la compagnie ni les activités des femmes. Même enfant, j'étais plus grande, plus forte et plus sauvage que toutes les filles qui peuplaient la halle de mon oncle. Je ne jouais qu'avec les garçons, et les battais souvent à la lutte et au combat. Quand il a vu que j'aimais ça, mon oncle a décidé que la voie des armes était faite pour moi, et je m'en suis contentée.

— Pourtant, tu as un mari.

Auðr avait hoché la tête. Ça, au moins, n'était pas un mensonge.

— Étonnant parcours pour une femme étonnante, avait fini par conclure Håkan avant de verser une rasade de baume carélien dans sa tasse encore à moitié remplie de glögi et de la lui tendre.

— Je bois à ta santé, Auðr la combattante. Bois avec moi, et soyons amis pour cette nuit.

Ils avaient bu et, juste après, Håkan s'était levé pour rejoindre son compagnon Svante et n'était pas revenu. Auðr était restée seule à contempler les Samis, divertis par Asdan qui avait multiplié les chansons, sagas et récits épiques jusqu'à ne plus avoir de voix. Ensuite, il s'était assis à côté d'elle et s'était rassasié de tartes aux myrtilles, n'échangeant avec elle qu'à quelques reprises pour discuter du trajet du lendemain.

Quand il vacilla encore, après avoir tenté de récupérer une baie sombre échappée de sa part de tarte, elle le stabilisa d'une main sur l'épaule.

— Allez, il est tard, il faut se coucher. Demain, tu auras du mal à conduire ton traîneau.

Les Samis à proximité éclatèrent de rire en l'entendant sermonner le musicien comme un enfant.

— Allez, va te coucher, petit musicien, ta maman va te border !

— Vu comme elle bat les hommes, j'aurais peur qu'elle lève la main sur moi !

— Tu ferais mieux de lui obéir, sinon elle va se fâcher et te fesser...

Les commentaires allèrent bon train, devenant de plus en plus crus et graveleux, voire rabaissants, au fur et à mesure que les langues se déliaient. Auðr crispa les mâchoires et se leva pour prendre le chemin de sa *lavvu*, située juste derrière.

— Tu fais comme tu veux, Asdan, je ne suis pas ta mère, lança-t-elle en récupérant ses armes, qu'elle avait posées derrière son siège.

Mais Asdan ne répliqua pas sur le même ton. Avec précaution, il se mit debout, rassembla ses instruments éparpillés autour de lui et les rangea avec soin dans leurs étuis. Voyant avec quelle minutie il les protégeait, elle se demanda s'il était aussi soûl qu'il l'avait laissé paraître. Elle étrécit les paupières et, reculant en direction de la *lavvu*, continua à guetter ses gestes. Il ne titubait pas et ses gestes, malgré leur lenteur, étaient déterminés et sûrs.

Elle fit demi-tour et, quand elle souleva le rabat de la tente pour s'engager à l'intérieur, elle eut juste le temps de le voir soulever son *jouhikko* et son petit tambour avant de prendre la même direction qu'elle.

— Je n'écoute pas Auðr parce que j'ai peur d'elle ou qu'elle pourrait me battre comme un enfant, lança-t-il en s'éloignant du feu. Je l'écoute parce qu'elle a raison et qu'il n'y a aucune honte à obéir quand quelqu'un dit la vérité. Je suis fatigué, on a eu une journée difficile, et je n'ai pas envie que celle de demain soit encore plus dure. Bonne nuit à tous.

Auðr entra dans la *lavvu* avec un léger sourire et maintint le rabat en hauteur pour éviter à Asdan d'avoir à faire le mouvement avec son bras blessé.

— Merci.

Asdan lui jeta un regard surpris. Quand il était entré dans la tente, il lui avait juste adressé le même mot et s'était affairé à ranger ses instruments à l'écart de l'espace central réduit, pour ne pas risquer de les bousculer.

La *lavvu*, prévue pour une seule personne, n'était pas vaste, même si Auðr avait été surprise de ses dimensions quand elle l'avait montée. À deux, ils étaient un peu à l'étroit, mais bien moins que dans leur abri de glace durant la tempête. Ils y seraient même plus à l'aise pour la nuit.

Pour la soirée, Auðr avait étouffé les flammes avec un peu de cendre pour ne pas gaspiller de bois, et il ne restait plus que des braises maintenues au chaud, qu'elle raviva avec un peu de paille et d'excréments de renne séchés. Puis, quand une flammèche s'éleva, elle disposa ensuite quelques brindilles et du petit bois, puis dispersa encore un peu de cendre pour éviter que le tout ne se consume trop vite. Grâce à ses efforts, un petit feu clair les réchaufferait pour la nuit sans trop consommer de bois ni les étouffer.

Enfin, une fois sûre d'avoir préparé la nuit, elle s'était débarrassée de sa broigne et de ses chausses et, vêtue de sa simple chemise et de braies souples et légères, s'était glissée dans ses fourrures. Mais, avant de se rouler en boule, elle avait tourné la tête vers Asdan pour le remercier.

— Merci pour quoi ? lui demanda-t-il.

— Pour ce que tu as dit avant de quitter le feu, tout à l'heure. Je ne suis pas ta mère, mais tu aurais pu me reprocher de t'avoir donné des ordres comme si je l'étais.

Asdan lui adressa un grand sourire.

— Quand tu rencontreras ma mère, tu verras que je lui obéis encore régulièrement. Et tu découvriras qu'en général tout le monde lui obéit.

Auðr haussa un sourcil surpris.

— Ta mère est si effrayante que ça ? lança-t-elle, se moquant à moitié.

— Effrayante, non. Ce n'est pas une guerrière comme toi. Mais elle est impressionnante et surtout très sage. Tout le monde sait que, quand elle dit quelque chose, elle a souvent raison, alors les gens préfèrent éviter de se ridiculiser et lui obéissent.

— Même ton père ?

— Surtout mon père.

Auðr plissa les lèvres.

— Un homme qui obéit à sa femme, c'est plutôt rare.

— Pourtant, je l'ai fait tout à l'heure.

— Je ne suis pas ta femme, argua-t-elle.

— Aux yeux des Samis, si. Et je tenais à ce qu'ils voient que tu mérites que l'on t'obéisse sans que tu aies à te battre.

— Alors, merci encore. Mais ils risquent de moins te respecter à cause de ça.

— Je n'ai pas besoin qu'ils me respectent. Je me respecte, tu me respectes. Cela me suffit.

— Comment sais-tu que je te respecte ? s'enquit-elle avec une curiosité sincère.

Il se redressa sur son coude gauche, qu'il avait posé au sol en s'installant face à elle.

— Tu m'as protégé lors de l'attaque et soigné après. Tu t'es battue avec ce Sami, au risque de t'attirer l'ire de sa tribu tout entière, pour m'assurer une bonne nuit de repos sans que l'on ait à repartir et à voyager de nuit. Tu prends soin de moi sans m'inférioriser ni m'obliger à t'appeler à l'aide. J'appelle ça du respect.

Auðr fronça les sourcils. Elle n'avait pas envisagé les choses sous cet angle. Pour elle, s'occuper d'Asdan avait été un geste naturel, normal. Elle aurait fait de même pour ses sœurs *skjaldmös* ou pour un membre de sa famille. Mais, en effet, elle ne prenait soin que des gens qu'elle appréciait et respectait. Il avait donc raison. Ce constat lui fit un effet étrange. Après s'être sentie attirée par lui dans l'après-midi, elle découvrait à présent qu'elle le considérait comme un ami, un proche, un membre de sa tribu, pour parler comme les Samis, pour qui ce lien était aussi important que celui qu'ils avaient avec la nature et leurs rennes. Elle finit par hocher la tête.

— Je comprends ce que tu veux dire. J'avais juste peur, quand je t'ai proposé d'aller se coucher, que tu le prennes mal. Après tout, je ne suis pas ta mère, mais je ne suis pas non plus ta femme.

— Non, confirma Asdan. Tu es l'épouse du *jarl* Gustav d'Aldeigiuborg, je sais.

— Et ça ne te gêne pas ? s'étonna-t-elle.

— Non. Je savais déjà que tu étais mariée à un autre homme.

— Pourtant, tout à l'heure, on a…

— Failli s'embrasser, oui, compléta-t-il.

— C'était mal.

— C'était bien.

Auðr détourna la tête. Oui, cela avait été bien. Plus que bien, même. Mais elle peinait à l'admettre. Pas devant cet homme qui lui faisait trop d'effet, qui faisait battre son cœur plus vite et la rendait plus vulnérable que jamais. Pas alors qu'elle avait tant peiné à se remettre après l'abandon d'Ansgar et la mutilation qu'elle avait subie. Elle ne savait pas si elle serait assez forte pour guérir une seconde fois.

— Gustav...

Elle se racla la gorge.

— Gustav ne m'a jamais touchée et ne me touchera jamais. Ce mariage a été arrangé pour des raisons politiques. Nous unir nous aidait chacun à parvenir à un but. Nous ne l'avons jamais consommé.

— Alors Gustav est plus bête que je ne l'aurais imaginé.

Auðr haussa de nouveau son sourcil.

— Pourquoi ?

— Je ne sais pas comment il fait pour avoir une aussi belle femme dans son lit et ne pas la toucher. Soit il est aveugle, soit il est fou, soit il est impuissant.

Elle émit un rire amer qui se termina presque en sanglot. Elle fit semblant de tousser pour dissimuler son trouble.

— Tu es belle, Auðr. Je te l'ai déjà dit et je te le dirai jusqu'à ce que tu me croies.

— Tu es aveugle, toi aussi, alors. Soit aveugle soit menteur. Sais-tu que tu n'as pas besoin de me mentir pour que je termine ce voyage avec toi ? lança-t-elle avec une amertume qui la surprit elle-même.

— Je ne te mens pas, protesta-t-il. Que dois-je faire pour que tu me croies ?

— Il n'y a rien à faire, marmonna-t-elle en lui tournant le dos pour s'enfoncer dans ses fourrures. Bonne nuit.

— Si, je pourrais faire quelque chose pour te le prouver..., chuchota-t-il d'une voix étouffée.

Elle ne répondit pas.

— Je pourrais me lever, je pourrais te forcer à te retourner et t'embrasser jusqu'à ce que tu me croies. Je pourrais vénérer ton corps et ton visage jusqu'à ce que tu saches que je pense chaque mot que j'ai dit. Je pourrais te faire l'amour jusqu'à ce que tu cries grâce et que tu admettes que tu es belle, forte et courageuse, et que tu mérites tout le bonheur et le plaisir que je pourrais te donner.

Auðr réprima un hoquet de stupeur. Ses mots la surprenaient mais, surtout, ils la touchaient au plus profond d'elle-même. Elle ne s'était pas attendue à ce qu'il lui fasse une telle déclaration, et encore moins à ce qu'elle soit empreinte d'une telle ferveur. Elle ne pouvait mettre sa sincérité en défaut, tout ce qu'il avait dit semblait marqué du sceau de la vérité.

Une larme lui échappa. Elle ne parvint pas à la retenir et, quand une autre la suivit, ce fut comme si le barrage qu'elle avait érigé entre le monde et elle, entre ses sentiments et elle, entre son cerveau et son cœur, venait soudain de céder. Un torrent de larmes mouilla soudain ses joues, et elle se mordit les lèvres pour éviter à tout son de les franchir. Elle laissa juste ses pleurs couler, le plus silencieusement possible, pour éviter qu'Asdan entende à quel point ses propos l'avaient bouleversée.

Mais elle ne devait pas avoir été aussi silencieuse qu'elle l'avait espéré car, soudain, une main chaude se posa sur son épaule droite. Elle sursauta. Elle ne l'avait pas entendu se lever et se rapprocher d'elle. Mais sa réaction ne fut pas défensive. Elle était tant en confiance avec lui qu'il pouvait bouger et empiéter sur son espace personnel sans que ses réflexes guerriers se réveillent. Cela, plus que tout, lui fit comprendre à quel point elle en était venue à se reposer sur lui, même s'ils ne se connaissaient pas depuis longtemps.

Elle ne bougea pas. Il allait repartir. Quand il verrait qu'elle ne réagissait pas à son contact, il allait retourner dans sa couche et la laisser pleurer en paix.

Il ne partit pas.

— Auðr, regarde-moi.

Elle secoua la tête.

— Auðr, ne me force pas à te traiter comme une enfant et à te retourner de force. Regarde-moi, s'il te plaît.

— Pourquoi ? marmonna-t-elle d'une voix lourde de sanglots.

— Parce que je veux te voir, et je veux que tu me voies.

Avec un soupir outrancier, elle roula sur le flanc pour se retrouver face à lui. Il était assis à côté de ses fourrures, sa main gauche sur son épaule. Quand elle avait pivoté, il n'avait pas ôté sa paume et celle-ci reposait à présent à la base de sa gorge, presque sur son sein. Ses doigts, à la lisière du col de sa chemise, effleuraient sa peau. Elle retint son souffle. Elle avait à la fois peur et envie qu'il la touche.

Il la toucha. Sans cesser de la fixer, comme s'il voulait graver ses traits dans son esprit, il déplaça ses doigts avec une infinie délicatesse pour qu'ils reposent non pas sur le tissu fin de sa chemise, mais sur sa peau nue juste à côté. Puis il les immobilisa là, comme s'il craignait de la heurter ou qu'elle le rejette.

— Regarde-moi, Auðr.

— Je te regarde, protesta-t-elle de sa voix déchirée.

— J'ai envie de t'embrasser. J'ai envie de passer la nuit avec toi. Sans faire l'amour si tu ne veux pas, mais juste de t'embrasser si tu le souhaites, te tenir dans mes bras, et m'endormir en respirant ton odeur, en écoutant ton souffle, en sachant que nous sommes ensemble, au moins pour cette nuit.

— Pourquoi ? gémit-elle. Je n'ai pas besoin de ta pitié ni...

— Ce n'est pas de la pitié, enfin ! s'exclama-t-il soudain. Je n'ai pas pitié de toi, j'ai envie de toi ! Je brûle d'envie de t'arracher ta chemise et de te faire l'amour, mais je me contenterai de ce que tu veux me donner. Et, si tu acceptes juste que nous dormions ensemble, j'en serai déjà heureux.

Auðr déglutit, la gorge sèche, et faillit détourner les yeux de son regard intense. Elle se força à river ses iris aux siens. En regardant ailleurs par peur de ce qu'elle lirait dans son regard elle aurait fait preuve de lâcheté, et elle ne voulait pas être lâche, pas alors qu'il avait paru si honnête. Alors elle étudia son visage, ses traits, son expression. Et rien ne lui parut faux en lui. Il était sincère, franc. Il était raide d'émotion, tendu de désir, frémissant d'impatience et de peur mêlées.

Alors, sans un mot, elle se recula un peu pour lui laisser de la place et souleva ses fourrures pour qu'il s'étende dessous.

Asdan lui adressa un sourire et ôta sa tunique et son pantalon pour se retrouver avec juste une chemise fine ouverte sur le torse. Elle devina le galbe de ses pectoraux à travers et se força à détourner cette fois la tête pour qu'il ne remarque pas qu'elle le fixait. Enfin, il se coucha à côté d'elle. Sans perdre une seconde, il glissa le bras gauche sous sa nuque et l'attira à lui. Il plongea le nez dans ses tresses et la huma longuement. Puis il émit un soupir de satisfaction et recula la tête pour la regarder avec une expression amusée.

— Désolé, je t'ai menti.

Elle se raidit et se prépara à entendre la dure vérité. Ce n'était qu'une plaisanterie pour lui, il allait ressortir du lit, il avait fait un pari avec les Samis, elle était laide, repoussante, horrible, aucun homme ne pouvait vouloir d'elle.

— Oui, je t'ai menti, Auðr : je serais bien incapable de te tenir dans mes bras et de me contenter de dormir. Je vais t'embrasser et, si tu m'y autorises, je vais te faire l'amour jusqu'à ce qu'on s'endorme baignés dans l'odeur de notre plaisir.

Sans attendre sa réponse, il fondit sur ses lèvres pour l'empêcher d'articuler quoi que ce soit.

De toute façon, elle n'aurait pu rien dire tant le soulagement et l'émotion lui coupaient la voix. Alors, faute de pouvoir prononcer un mot, elle fit la seule chose qui lui demeurait possible : elle lui rendit son baiser, déversant dans ses lèvres toute sa passion, sa douleur et la certitude que cette nuit serait l'unique qu'il lui offrirait.

Leurs lèvres s'affrontèrent cette fois sans la moindre retenue, sans la moindre hésitation. La bouche d'Asdan avait un goût d'alcool et d'épices, et, quand leurs dents s'entrechoquèrent avec rage, elle comprit qu'il était habité de la même passion qu'elle. Elle glissa ses mains autour du corps du *skald* pour le rapprocher d'elle et gémit en sentant la chaleur de sa peau. Il était brûlant. Ses blessures le rendaient-elles fiévreux ou se consumait-il de désir pour elle ?

Elle l'ignorait, mais elle se rappela de veiller à ne pas brutaliser ses blessures, puis chassa toute autre pensée de son esprit. Elle n'aurait probablement qu'une nuit avec lui, elle voulait en profiter au maximum. Ce serait peut-être sa dernière nuit de femme, avec un amant trop ivre pour se préoccuper de son apparence. Mais, après tout, cela importait peu. Elle ne croyait pas un mot de ce que lui avait dit Asdan. « Tu es belle, Auðr. »

C'était un mensonge. Il le pensait, elle en était persuadée, elle l'avait lu dans son regard, dans son expression ardente, mais il n'était pas objectif. Cependant, pour cette nuit, elle refusait d'y penser. Elle avait trop envie de vivre une ultime nuit de plaisir, de sentir les bras d'un homme autour d'elle, d'être consumée par sa force, emplie par sa virilité.

Sa dernière nuit en tant que femme, avant de reprendre sa quête de pouvoir.

D'une main ardente, elle palpa les biceps d'Asdan, s'émerveillant de leur dureté malgré sa silhouette fine. Le *skald* était bien plus musclé qu'il n'en avait l'air, tout en muscles durs et nerveux. Ce n'était pas un guerrier massif et volumineux, mais sa stature dissimulait une puissance qu'elle n'aurait pas imaginée et, quand il imita son mouvement pour effleurer ses seins à travers sa chemise, elle découvrit que ses mains de musicien étaient aussi habiles avec un corps de femme qu'avec un instrument.

Quand il titilla ses tétons, elle lui mordit la lèvre inférieure, et il fit de même. Leur affrontement amoureux tournait au combat, chacun cherchant à dominer l'autre. Mais, alors qu'elle faisait courir ses doigts sur ses pectoraux, éprouvant les plans durs de son abdomen et le fin duvet qui le couvrait, il passa une main entre eux et la descendit jusqu'à trouver l'ourlet de sa chemise pour la remonter sur ses cuisses. Elle se tortilla pour l'aider à l'enlever et se retrouva enfin nue dans ses bras. Asdan ne portait plus qu'une tunique légère et ses chausses, et elle s'empressa de dénouer le lacet qui les maintenait à sa taille pour tirailler la ligature de cuir qui servait de ceinture et les abaisser, avant de l'aider à ôter sa tunique sans lui faire mal au bras. Puis elle s'écarta de lui, s'installant à genoux à côté de lui, les fourrures repoussées, et le contempla un instant.

Il était allongé sur le dos, la contemplant avec un regard fiévreux à peine lucide, mais l'émerveillement et la ferveur qu'elle lisait dans ses yeux compensaient son manque de raison. Il avait envie d'elle. Quels que soient son état ou ses blessures, il la désirait et, en cet instant, c'était tout ce qui importait. Les flammes basses du foyer rougeoyaient et baignaient son corps de lueurs orangées, embrassant le duvet d'un blond doré qui le parsemait.

Asdan était… beau. Il n'y avait pas d'autre mot. Alors que, vêtu, elle l'avait toujours trouvé trop fin ou délicat, à présent qu'elle le contemplait offert et à sa merci, elle découvrait qu'il était en parfaite condition physique, avec un corps à la charpente déliée et élégante, aux muscles proportionnés.

Elle se rappela certains chevaux du sud que le roi suédois Björn Járnsíða[1] avait rapporté de ses expéditions, quelques décennies plus tôt, jusque dans le royaume Al-Andalus contrôlé par les Maures. Contrairement aux chevaux de trait, habitués au climat rude du Danemark, et aux lourds palefrois des guerriers francs, ces montures des cavaliers sarrasins étaient fines et nerveuses, élégantes et racées, taillées pour la vitesse et les escarmouches rapides. Asdan lui faisait l'effet d'un pur-sang, parfait, gracieux et vif.

Il la contemplait avec la même ferveur, la même intensité qu'elle avait remarquée chez lui, comme s'il la voyait jusqu'au cœur et que ce spectacle l'émerveillait. Avec lenteur, après lui avoir ôté son pantalon, elle fit glisser ses mains sur ses cuisses et remonta, évitant avec malice son aine pour caresser son ventre et remonter sur ses pectoraux, puis sur ses épaules avant de longer ses bras et de redescendre sur son bas-ventre. Asdan esquissa un sourire douloureux quand elle effleura sa virilité avant de s'en détourner. Elle jouait avec lui.

Elle carra les épaules pour mettre ses seins en valeur. Elle savait que c'était son meilleur atout. Elle était peut-être trop grande et trop musclée pour une femme, mais les années d'entraînement aux armes et les longues expéditions lui avaient sculpté un corps tonique et sec, sur lequel sa poitrine, lourde et ferme, couronnait son torse et témoignait d'une féminité triomphante.

Le regard d'Asdan se posa sur ses seins, et il se lécha les lèvres. Il leva une main – la plus mobile – et prit son sein droit en coupe. Sa paume était à la fois douce et brûlante, et elle se

1. Il s'agit du nom en vieux norrois du célèbre Bjorn Côtes-de-Fer, popularisé par la série *Vikings*.

pencha en avant pour savourer ce contact délicieux. Quand il tenta de se relever pour l'attirer à lui, elle pressa sur son torse pour l'empêcher de se faire mal et elle se souleva pour s'installer sur lui. Assise à califourchon sur ses cuisses, elle se tortilla pour remonter et se cala sur son entrejambe avant de s'abaisser pour l'embrasser dans le cou. Entre ses jambes, la virilité d'Asdan, dure, rigide et chaude, témoignait de son excitation et, si elle n'avait pas été résolue à faire durer le plaisir pour profiter au maximum de cette unique nuit, elle n'aurait pas attendu pour monter sur lui. Déjà, son intimité brûlait de désir, et elle sentait une humidité cuisante l'inonder, un vide torturer son sexe et son ventre, lui hurlant de prendre Asdan en elle, de le guider au cœur de son corps et de le chevaucher jusqu'à ce qu'ils jouissent ensemble. Mais elle n'en fit rien. Il n'y aurait qu'une seule fois, et elle voulait en tirer le meilleur parti. Aussi, savourant la sensation de son sexe dur niché contre le sien, elle s'inclina et fit pleuvoir sur son torse une myriade de baisers, léchant, mordillant, embrassant et agaçant ses tétons au passage, inspirant son odeur, fourrageant dans le duvet doré qui auréolait ses pectoraux avant de descendre encore plus bas, dans un sillage humide, pour exciter son bas-ventre, là où les poils se resserraient pour servir d'écrin à sa virilité. Elle s'était décalée pour pouvoir l'embrasser de la sorte, et si son intimité hurla de frustration en perdant le contact avec son pénis, elle compensa en faisant glisser sa langue dessus. Asdan avait un goût délicieux, à la fois viril et subtil, et elle se délecta de faire courir ses lèvres sur toute la longueur de son sexe, savourant les halètements de plaisir qu'il poussait, ses poings crispés dans ses tresses et les soubresauts de ses hanches alors qu'il tentait de ne pas se cambrer.

Enfin, après un long moment à le torturer de la sorte, alternant baisers et caresses, elle céda à la tentation et le prit en bouche. Il était si épais et dur qu'elle peina à l'englober mais, dès qu'elle y parvint, une sensation de plénitude l'envahit. Asdan ne put résister et se mit à onduler des hanches pour l'inciter à faire des allers-retours, caressant sa tête sans la maintenir. Il s'efforçait de la laisser contrôler leur union, mais le plaisir montait trop vite, et il peinait à ne pas céder à la tentation d'imposer son rythme. Elle lui en était reconnaissante. Peut-être avait-il compris qu'elle détestait qu'on la domine, à moins qu'il n'aimât, de son côté, lui laisser tenir les rênes, mais elle appréciait de pouvoir le guider et le mener où elle le voulait.

Elle adopta un rythme lent, faisant coulisser ses lèvres autour de son sexe et massant la base de sa main pour prolonger ses va-et-vient. Asdan continuait à fourrager dans ses tresses, et ses mèches ornées de perles glissaient sur son ventre et ses cuisses. Il ne cherchait plus à réprimer ses gémissements de plaisir et ondulait sous elle pour accentuer le mouvement. Soudain, elle le sentit se tendre davantage et releva la tête. Asdan la fixait d'un air hagard, ses doigts crispés sur ses cheveux, et il se redressa un peu.

— Auðr, je vais… je vais…

— Oh non, pas tout de suite, susurra-t-elle. Tu jouiras quand je l'aurai décidé, pas avant.

Il hocha la tête, une lueur émerveillée dans les yeux.

— Alors laisse-moi te faire du bien, d'abord, la supplia-t-il. Moi aussi, je veux te donner du plaisir.

Elle hésita un instant. Elle prenait déjà un plaisir immense à jouer avec lui et à le garder sous son contrôle. Et, pour prouver sa domination, tandis qu'elle réfléchissait, elle reprit son sexe dans sa main et le fit coulisser une fois de plus avant de le reposer, érigé et tendu, sur son ventre pour passer les doigts entre ses jambes et caresser ses bourses. Elle prit une décision.

Asdan gémit de nouveau.

— Auðr, s'il te plaît…

— Oui, je veux bien. Que veux-tu que je fasse ?

Il se redressa sur son coude gauche et lui donna une longue caresse, qui alla de la ligne de sa mâchoire jusqu'à son ventre. Sa main s'immobilisa là. Puis il effectua une légère pression pour l'inviter à s'étendre là où il s'était trouvé et il se pencha en avant, tout en descendant les doigts un peu plus bas. Ils se nichèrent sur le duvet sombre qui dissimulait son intimité. Elle se mordit la lèvre inférieure.

— Je veux te faire ce que tu m'as fait. Je veux te goûter, te savourer. Je veux t'amener au bord de la jouissance.

— Oui..., répéta-t-elle.

Sa voix rauque était encore plus basse, alourdie par le désir.

— Alors, allonge-toi, et laisse-moi faire. Je veux juste que tu gardes les yeux ouverts. Je veux te voir prendre du plaisir, et je veux que tu me voies le faire.

Elle réprima un gémissement à cette idée et lui obéit. En règle générale, elle n'aimait pas trop se retrouver à la merci d'un homme, elle avait toujours préféré être au-dessus, à contrôler et dominer les échanges, et il n'y avait eu qu'avec Ansgar qu'elle...

Non. Elle ne voulait pas penser à un autre homme en cet instant précis. Elle voulait ne penser qu'à Asdan, qu'il soit le seul et unique de cette nouvelle vie qui était la sienne depuis que son corps et son cœur avaient été brisés et rafistolés.

Elle s'allongea donc sur le dos avec souplesse, couvée par le regard ardent d'Asdan, qui n'attendit pas un instant avant de basculer sur elle. D'un genou, il lui fit écarter les cuisses et s'y installa. Comme elle l'avait fait, il la caressa de haut en bas, jouant avec son sexe pour mieux s'en éloigner, avant de faire courir ses lèvres dans son cou, aspirant ses tétons l'un après l'autre, mordillant son ventre, léchant son nombril tout en évitant de s'intéresser à son sexe. Après une éternité, tandis qu'elle luttait pour ne pas crier de frustration ou plonger les mains dans ses cheveux cuivrés pour guider sa tête entre ses jambes, elle comprit qu'il l'imitait et lui infligeait exactement la torture qu'elle lui avait imposée. Elle lâcha un gémissement.

— Je t'en prie, Asdan...

Il émit un petit rire bas, et son souffle glissa sur la peau sensible de son bas-ventre.

— Tu as envie ?

— Oui...

— Vraiment envie ?

— J'en ai très envie.

— Alors je ne te ferai pas attendre davantage.

Sans un mot de plus, il glissa ses doigts sur son intimité humide. Son gémissement se transforma en râle. Elle avait cru qu'il allait la lécher, mais c'était encore pire. Ses doigts agiles de *skald* jouaient une musique délicieuse sur sa peau et, quand il atteignit son clitoris, elle ne put s'empêcher de se cambrer avec un cri de plaisir. Il posa la main gauche sur son sein pour la maintenir en place et souffla sur son sexe. Le contraste entre la chaleur qu'elle éprouvait et le froid de l'extérieur la fit défaillir et, cette fois, elle ne put empêcher ses mains de fourrager dans ses cheveux pour l'inviter à l'embrasser à cet endroit.

— S'il te plaît...

— Tes désirs sont des ordres, ma belle guerrière.

Il y avait tant d'affection, non, de vénération, dans ses mots qu'elle ne s'offusqua pas du terme mensonger. Quand il inclina la tête et infligea un coup de langue décisif sur son sexe, elle oublia toute autre pensée. Elle n'était plus que plaisir, sensations, souffle rauque, gémissements et ondulations. Elle oublia tout ce qui n'était pas Asdan.

Asdan et ses doigts habiles qui glissaient dans son intimité, Asdan et sa langue magique qui jouait avec son clitoris, Asdan et son souffle brûlant qui attisait son désir.

Soudain, alors qu'il avait trouvé son point le plus sensible et effectuait des cercles dessus avec sa langue, il glissa un doigt en elle pour la caresser de l'intérieur. Elle émit une longue plainte et se cambra.

— Tu aimes ?

— Oui...

Elle ne put prononcer un mot de plus. Déjà, il avait plongé un autre doigt en elle, puis un troisième, et elle poussa un cri encore plus sonore. Les sensations étaient exquises, délicieuses. Entre sa langue et ses doigts, il jouait avec elle comme d'un instrument, et sa main plaquée sur son sein, dont il massait et caressait son téton, ne faisait qu'amplifier son plaisir.

Mais elle en voulait plus. Ses doigts ne suffisaient pas. Elle voulait le sentir, lui, en elle, et jouir en même temps que lui. Elle voulait être emplie de sa virilité et qu'il jouisse en elle. Elle voulait éprouver son poids sur son corps, s'arc-bouter sous lui, enrouler ses jambes autour de ses hanches et accompagner ses mouvements. Quand il écarta le visage de son sexe pour respirer, sans cesser les va-et-vient de ses doigts, elle se crispa et le regarda bien en face.

Elle ne l'avait pas lâché des yeux, mais la jouissance, si proche, avait flouté ses iris et elle n'avait pas remarqué que lui aussi la fixait, comme s'il vérifiait qu'elle prenait vraiment du plaisir, comme s'il voulait s'assurer qu'elle le voyait, qu'elle savait que c'était bien lui qui lui faisait cette offrande.

— Asdan, je veux... je veux... Je te veux en moi.

— Tu en es sûre ? Après, il n'y aura plus de marche arrière.

Elle ne réfléchit pas à ce qu'il lui disait et se contenta de hocher la tête. En cet instant, tout ce qu'elle voulait, c'était qu'il la prenne. Qu'il la possède jusqu'à ce qu'elle hurle son plaisir. Car elle savait qu'avec lui ce serait un plaisir tel qu'elle n'en avait jamais connu. Elle opina une nouvelle fois, et Asdan lui sourit. Un vrai sourire, si sincère et juvénile qu'elle faillit éclater de rire tant il était spontané.

Puis il l'embrassa de nouveau sur le sexe, cette fois sans atteindre son clitoris ni insister. Comme un baiser d'au revoir, une promesse de revenir bientôt et, après une dernière caresse de ses doigts qui faillit la faire basculer, il ôta sa main et se positionna sur elle. Le vide après avoir presque connu la plénitude manqua de la faire hurler de frustration, mais elle se contenta de se cambrer pour venir à sa rencontre. Il pressa ses hanches sur les siennes pour lui imposer l'immobilité, tout en l'embrassant de nouveau pour réprimer toute protestation.

Sa bouche avait le goût de son plaisir, et elle savoura cette saveur inattendue. Puis, tandis qu'elle se tortillait pour retrouver la sensation de son sexe sur le sien, il prit son visage entre ses mains et plongea son regard dans le sien.

— Tu es belle, Auðr. Tu es forte, courageuse, et très belle, et je suis honoré que tu m'aies choisi.

Elle ouvrit la bouche pour protester mais, au même instant, il plongea en elle avec une telle force qu'il la fit basculer. Il s'enfonça avec détermination, jusqu'à ce que son pénis atteigne le cœur de son intimité, et elle hurla de jouissance. Sans s'arrêter, voyant qu'elle prenait son plaisir, il commença à augmenter les va-et-vient, son sexe plongeant et replongeant en elle, la comblant, la submergeant de sensations si intenses, si incroyables, que son orgasme se renforça et qu'elle ferma les yeux tant il était puissant.

Sa voix, au creux de son oreille, lui parvint presque étouffée.

— Regarde-moi quand tu jouis, Auðr. Je veux que tu me regardes. Je veux te voir jouir, encore et encore.

Elle ouvrit les paupières. Le visage d'Asdan était tout contre le sien, il se mordait une lèvre pour se contrôler et son front luisait de sueur, mais ses yeux étaient rivés aux siens, et elle se plongea dedans pour ne pas perdre pied. Il la scrutait avec toujours la même tendresse, la même intensité, et elle se raccrocha à ses iris verts pour incruster ce moment dans sa mémoire.

Asdan continuait à effectuer des va-et-vient rapides, forts et puissants, et quand son rythme s'accéléra, comme son souffle, elle comprit qu'il était au bord de la jouissance. Peinant à garder le contrôle tant le plaisir l'emplissait, elle glissa une main entre eux et lui saisit la base du sexe à l'instant où il se retirait pour prolonger leur union. Quand il se renfonça en elle, d'un dernier coup décisif, elle accentua la pression de sa main, l'envoyant basculer dans la jouissance.

Ils parvinrent à l'orgasme ensemble, et elle hurla son plaisir tandis qu'il inclinait la tête dans son cou et la mordait à l'épaule pour étouffer son propre cri. Il effectua encore quelques allers-retours après et, enfin, s'effondra sur elle.

Elle apprécia qu'il ne se retire pas tout de suite. Elle voulait prolonger ces sensations, ce bien-être, le poids de son corps sur le sien. Il était lourd, mais pas trop, détendu, et peu à peu son souffle se fit plus lent et régulier.

Enfin, quand il ralentit encore et qu'un léger ronflement émana de ses lèvres, elle comprit qu'il s'était endormi sur elle et elle ferma les yeux pour le rejoindre dans le sommeil, une main sur son dos et l'autre dans ses cheveux pour le maintenir contre elle.

14

Asdan

Asdan s'était assoupi sur Auðr et, quand il se réveilla, il crut être mort dans son sommeil et se retrouver dans les bras d'une Walkyrie. Il était blotti dans des fourrures chaudes et confortables, avait le corps agréablement engourdi et l'esprit encore empreint de sensations délicieuses et, surtout, il était étendu sur un corps féminin.

Il le reconnut aussitôt.

Auðr. Il s'était endormi après avoir fait l'amour avec Auðr et reposait sur elle, la tête au creux de son cou, et ses bras réconfortants le tenaient serré contre elle pour l'empêcher de glisser durant son sommeil.

Écoutant sa respiration lente, il comprit qu'elle s'était endormie et il s'émerveilla que, même inconsciente, elle continue de veiller sur lui. Se décalant doucement, il se laissa glisser à côté d'elle et, sans s'éloigner de ses bras, se blottit contre son flanc. Ses blessures lui faisaient toujours mal, mais il n'était pas fiévreux et, surtout, il avait repris des forces. Auðr était un miracle. Son miracle. Sa seule présence suffisait à le submerger d'une quiétude et d'un bien-être inconnus.

Quand il avait basculé contre elle, elle avait resserré son étreinte sur lui, comme pour l'empêcher de partir, et il dut lever la tête pour la contempler.

Les yeux fermés, ses longues tresses emmêlées dans les

fourrures formant comme une couronne autour de sa tête, elle était belle à lui couper le souffle. Il peinait encore à comprendre comment un homme, un prince qui plus est, ait pu rejeter une telle femme, tant elle était digne d'être reine. Comment Ansgar avait-il fait pour ne plus vouloir d'elle ? Comment faisait Gustav pour résister à l'attrait qu'elle inspirait ?

Une énième fois, il regretta qu'elle soit hors de sa portée. Il le savait encore plus aujourd'hui. Il avait espéré, en faisant l'amour avec elle, que la fascination qu'elle lui inspirait se dissiperait, ou du moins s'atténuerait assez pour qu'il puisse envisager de penser, un jour, à une autre femme. Mais il n'en était rien. Bien au contraire, son attirance pour Auðr n'avait fait que s'accentuer durant la nuit, et le plaisir ressenti dans ses bras, la joie qu'il avait éprouvée à lui offrir des orgasmes, n'avaient fait que lui prouver une chose : Auðr était la seule, l'unique, et le demeurerait jusqu'à son dernier jour. À ce stade, ce n'était plus de la fascination, c'était une obsession, et il savait que, jusqu'à son ultime souffle, il n'éprouverait plus aucun sentiment pour une autre femme.

Avec lenteur, veillant à ne pas la réveiller, il leva une main et lui caressa la joue pour repousser une tresse qui s'était égarée sur son visage. Même ses cheveux étaient à l'image de son corps : une merveille de complexité, ornée de bijoux qui ne faisaient que la rendre plus unique, plus précieuse.

Il passa le reste de la nuit à la contempler, savourant chaque seconde de ces instants avec elle, car il savait que, dès qu'elle ouvrirait les paupières, elle redeviendrait cette guerrière indomptable qui n'accordait sa confiance à personne, pas même lui.

Que devrait-il faire, quand ils auraient atteint leur destination ? Rester avec elle, pour lui prouver, encore et encore, son attachement, dans l'espoir qu'un jour elle ouvre les yeux sur la sincérité de ses sentiments et l'accepte, ou s'éloigner pour la laisser s'envoler et vivre sa vie en solitaire, comme elle le souhaitait ?

Que c'était dur ! Dans les deux cas, il souffrirait, car il savait qu'il ne pourrait jamais rien faire pour influer sur les choix de la *skjaldmö*, et que toute sa vie dépendrait d'elle, et que peut-être il mourrait sans jamais avoir pu la toucher une seconde fois.

Il tenta de se rendormir à plusieurs reprises. Il échoua toujours. Dès qu'il fermait les yeux, des réminiscences de leurs moments d'extase revenaient le tourmenter et son pénis durcissait et le lançait, l'exhortant à plonger en Auðr, à la posséder encore et encore, à l'éveiller d'un orgasme magistral. Mais il ne le fit pas. Il savait que la guerrière n'apprécierait pas d'être ainsi dépossédée de son libre arbitre. Aussi il serra les dents chaque fois et s'imposa cette contrainte.

À l'aube, quand il entendit, autour de leur *lavvu*, les Samis s'activer pour démonter leur camp, il s'arracha aux bras de la femme endormie et, après avoir déposé un baiser sur ses lèvres closes, enfila ses vêtements et sortit de la tente.

Le brouhaha discret qu'il avait entendu en s'éveillant, ponctué des brefs aboiements des chiens qui attendaient leur nourriture, se renforça quand il quitta la protection de leur abri. Les Samis, avec la rapidité et l'efficacité de voyageurs habitués à la même routine, pliaient le campement, presque sans échanger une parole. À part quelques appels pour attirer l'attention ou demander de l'aide, tout se faisait en harmonie, chacun connaissant son rôle et sa place.

Devant le rabat de leur *lavvu*, Asdan les regarda faire avec admiration. Il avait déjà assisté à ce spectacle à plusieurs reprises, ayant arpenté les contrées du Nord chaque été depuis cinq ans, mais il ne s'en lassait pas. Il assimilait ça à un travail de bijoutier ou de nacrier, tant leur danse était habile. Tel groupe démontait les tentes à grands gestes ordonnés, telle personne rangeait les fourrures dans un traîneau, telle autre nourrissait les chiens pendant que certains, accroupis devant le feu, rangeaient les ingrédients de la veille, préparaient un repas sommaire pour la matinée, ou enterraient les reliefs pour éviter d'attirer les ours et les charognards. Un gruau additionné de fruits polaires mijotait dans une petite marmite tandis que, juste à côté, une femme faisait griller des petits pains plats sur une pierre, sur lesquels elle déposait aussitôt une tranche de fromage *leipäjuusto* qu'elle surmontait d'une couche de confiture aux mûres arctiques. Asdan sourit. Ce fromage, originaire de la région de Kainuu, avait une consistance tellement élastique qu'il collait aux dents quand on le mangeait, et il avait fallu des années d'insistance de la part de Berislava, sa grand-mère, et une bonne dose d'imagination, pour qu'elle parvienne à lui en faire apprécier le goût. Même maintenant, il ne le consommait que nappé de ces délicieuses *lakkas* d'un jaune doré, et de préférence chaud, pour qu'il soit moins compact et un peu fondu. Il était tellement plongé dans ses souvenirs d'enfance heureux qu'il sursauta lorsqu'une main lourde, mais amicale, se posa sur son épaule.

Il pivota pour découvrir Svante. Le chef sami était déjà en tenue de voyage et devait s'être levé tôt pour s'occuper de ses animaux en premier, car il avait les joues rouges et constellées de taches de givre, et des touffes de poils, certainement de chien, parsemaient ses gants en peau de renne.

— Tu manges avec nous avant de repartir, Asdan le musicien ?

— Avec plaisir, répondit le *skald*.

— Ta compagne n'est pas là ?

— Auðr dort encore. Elle s'est battue plusieurs fois hier, et m'a soigné après. Elle avait besoin de se reposer. Je vais préparer nos affaires et on partira à son réveil.

Le chef sami hocha la tête et s'avança vers le feu, où il saisit deux tasses qu'il remplit de *glögi* bien chaud. Les tasses en bois sculpté étaient tellement brûlantes que, malgré leur épaisseur, Asdan eut du mal à garder la sienne dans ses mains. Contrairement à Svante, il n'avait pas encore pris la peine d'enfiler ses gants.

Imitant son voisin, il s'assit sur une souche, puis prit une grosse tranche de *kalakukko*, une tourte au poisson. Il reconnut dès la première bouchée le goût caractéristique du hareng, agrémenté d'herbes aromatiques arctiques.

Au bout de plusieurs bouchées, il finit par remarquer que Svante le scrutait d'un air intrigué et, voyant que le chef sami ne disait rien mais ne détournait pas la tête et mâchonnait sa lanière de poisson séché sans remarquer qu'il se mordillait presque les gants, il leva les yeux au ciel.

— Je sais que tu as une question à me poser, Svante. Est-elle si embarrassante que tu n'oses pas la formuler devant moi ?

L'homme émit un petit rire gêné.

— En fait, oui. C'est...

— Vas-y, je te promets de ne pas me vexer.

— Pourquoi as-tu épousé une femme comme cette Auðr ? Tu es jeune, plutôt bel homme, tu as du talent, je devine à tes vêtements que tu es issu d'une famille aisée ou que tu as un protecteur fortuné... Tu aurais pu trouver une épouse bien plus belle que cette guerrière étrange...

Asdan pinça les lèvres. La question, en effet, ne lui plaisait pas du tout, et un autre que lui aurait pu s'en vexer. Il réfléchit quelques instants à la réponse à donner, qui ne révèle pas son secret ni n'ébruite ses sentiments pour Auðr. Tant qu'il ne s'en était pas ouvert à elle, il ne voulait pas que d'autres le sachent. C'était une question de respect, quelle que soit la réponse qu'elle lui donnerait à sa question, qu'il ne savait pas non plus comment formuler.

Il décida d'éluder par une question.

— Tu trouves donc Auðr si laide ?

L'homme parut surpris.

— Eh bien... oui. Son visage est...

— Balafré, je sais, trancha Asdan. Je ne suis pas aveugle.

La franchise de Svante le choquait. Même de la part d'un homme qui n'aimait pas les femmes, ce jugement était bien dur. Il décida d'en jouer pour dissimuler le fond de son cœur.

— Tu l'as remarqué, je ne suis pas un guerrier. Pas même un bûcheron fort et puissant comme Ture, qui peut compter sur sa stature pour se défendre. J'ai toujours eu peur que, si je prenais une femme trop belle, on me la vole, ou qu'elle finisse par me quitter pour un homme plus riche, plus fortuné, qui pourrait lui offrir des bijoux et des soieries en échange de sa beauté. Avec Auðr, je ne crains ni de devoir me battre pour elle, ni qu'elle me quitte, ni qu'on me la vole. Je ne risque rien de tout cela. Auðr est une femme loyale et honnête.

— Et personne ne voudrait d'une femme laide, à part un *skald* itinérant, compléta Svante.

— Personne ne voudrait d'une femme laide, à part un *skald* itinérant, répéta Asdan, en baissant la tête pour méditer ces mots.

C'étaient des paroles cruelles, et les prononcer, ne serait-ce que pour donner à Svante l'impression qu'il abondait dans son sens, lui faisait mal. Il ne trouvait pas Auðr laide ni défigurée, bien au contraire. Elle était le feu et la passion, et ses cicatrices ne faisaient que refléter son caractère torturé, sa fierté explosive et son honnêteté intransigeante. Ces marques étaient la preuve de son courage, des épreuves qu'elle avait traversées. Oui, quelques années plus tôt, elles devaient avoir été impressionnantes et lui avaient certainement conféré des traits démoniaques, capables d'effrayer les enfants, comme elle l'avait dit elle-même. Mais à présent, effacées et éclaircies par le temps, elles n'étaient que des dessins marbrant sa peau, pas plus choquants que des tatouages ou des scarifications rituelles. Non, à ses yeux, Auðr n'était ni laide ni défigurée, et il avait du mal à imaginer qu'on puisse la considérer comme telle, lui qui avait consacré la nuit à rendre hommage à son corps, et l'avait trouvée si belle dans la jouissance.

« Personne ne voudrait d'une femme laide, à part un *skald* itinérant. »

Les mots avaient résonné dans l'esprit d'Auðr avec le poids et la dureté d'une pierre, et ils y ricochaient avec la force d'un coup de poing dans le ventre. Elle avait eu tellement mal, en entendant Asdan répéter cette phrase atroce, qu'elle peinait à respirer et avait dû se plier en deux, presque à genoux devant l'entrée de la *lavvu*, pour ne pas s'effondrer.

Quand elle s'était réveillée, elle avait cherché, instinctivement, la chaleur du corps d'Asdan dans les fourrures et les avait découvertes froides. Son cœur s'était aussitôt mis à battre la chamade et, un instant, elle avait cru avoir rêvé la nuit qu'ils avaient vécue.

Mais non. De telles sensations, de telles images, elle ne pouvait les avoir inventées. Asdan l'avait regardée avec tant d'affection, de respect, d'émerveillement, qu'elle avait imaginé un tout autre avenir que celui vers lequel elle se dirigeait depuis plusieurs années. C'était pour cela, après avoir passé la nuit dans ses bras, s'être endormie dans son odeur, bercée par les chants et les mots doux qu'il lui murmurait, qu'elle avait avec un naturel confondant palpé leur couche pour se blottir contre lui et prolonger ces moments délicieux.

Elle n'avait pas réfléchi. Elle aurait dû. Tout comme elle aurait dû se rappeler ce qu'elle était quand, ne le trouvant pas à ses côtés, elle s'était levée et avait rapidement enfilé sa chemise et ses braies pour partir à sa recherche.

Encore ensommeillée, elle avait ravivé les braises de leur petit feu et s'était rapprochée de l'entrée de leur tente. N'étant pas beaucoup habillée, elle avait jeté un coup d'œil à l'extérieur pour voir si Asdan ne se trouvait pas juste devant et si, s'il était seul, elle ne pouvait pas le héler pour l'inciter à revenir se coucher. Peut-être avait-il juste eu besoin de se soulager ?

Quand elle l'avait aperçu, non loin, assis à côté de Svante en train de discuter avec lui, elle avait souri de manière amusée et avait laissé retomber le rabat de cuir pour finir de s'habiller et les rejoindre. Asdan avait dû se lever et aller lui chercher de quoi manger, et le chef sami l'avait rejoint pour discuter avec lui. Sans doute ne tarderaient-ils plus, mais elle avait faim – faim de nourriture et faim d'Asdan.

Tout en enfilant ses chausses plus épaisses et une tunique chaude, elle avait tendu l'oreille pour savoir de quoi ils parlaient. Le voyage, les préparatifs du matin, la nourriture samie, la relation difficile du *skald* carélien au fromage sami, Asdan expliquant à Svante qu'il la laissait se reposer.

Puis cette question.

Intriguée et curieuse de savoir ce qu'Asdan répondrait, elle s'était figée et s'était rapprochée du rabat pour mieux écouter. C'était ainsi qu'elle avait entendu la fin de leur échange et cette phrase, si brutale, si impitoyable, que le chef sami avait énoncée.

Cette phrase qu'Asdan avait répétée, avec un ton à la fois déterminé et méditatif qui lui avait brisé le cœur.

Après tout ce qu'elle avait vécu, Auðr avait cru que son cœur, brisé, piétiné, broyé et fendu ne pouvait plus rien éprouver. Elle s'était habituée à subir les brimades, les marques de dégoût, les expressions de peur, le mépris et le rejet. Elle s'était endurcie aux phrases assassines et aux remarques dures. Elle avait accepté de ne plus jamais être celle qu'elle avait été et compris que tout ce qu'elle avait autrefois espéré obtenir lui serait à présent interdit. Elle avait trouvé une nouvelle force, un nouveau but, et s'était appliquée à les préserver, à les gagner.

Tout cela, elle l'avait conquis, et jamais elle n'avait été plus proche de réussir.

Elle avait même, l'espace d'une nuit, espéré... quelque chose. Quelque chose qu'elle avait cru disparu et qui s'était imposé à elle comme une évidence. Une vérité inatteignable qu'elle n'avait plus imaginée ou espérée depuis bien longtemps et qu'elle avait même chassée de son esprit. De ses mots, de ses mains, de son corps, de son regard, Asdan avait fait renaître cet espoir en elle. Et, d'une seule phrase, il avait tué cet amour dans l'œuf.

Car oui, maintenant qu'elle savait l'avoir perdu, Auðr pouvait l'admettre : elle avait cru retrouver l'amour en Asdan. Elle avait imaginé voir refleurir ces sentiments qu'elle pensait disparus et, en se réveillant, avait eu envie de chanter, de danser, de serrer cet homme merveilleux dans ses bras et de faire la suite de son voyage avec lui.

Elle le ferait, ce voyage, et même elle le ferait avec lui. Car c'était ce qui était prévu : qu'ils fassent route ensemble jusqu'à Kannanlakši. Mais cela s'arrêterait là. Tout ce qu'elle avait esquissé dans son esprit, tout ce qui avait commencé à naître ne verrait jamais le jour.

Ce n'était pas grave.

Elle avait eu la nuit qu'elle avait voulue, et elle avait deviné dès le début qu'il n'y en aurait qu'une. Une nuit d'égarement pour un homme sans maison ni attaches, qui n'y accorderait aucune importance et repartirait le lendemain sans se retourner. Une nuit d'égarement pour elle, qui n'avait plus de famille et n'en reformerait plus, et qui allait poursuivre le but qu'elle n'aurait jamais dû perdre de vue. Elle non plus ne se retournerait pas.

Pinçant les lèvres, elle attendait que la douleur diminue.

Elle mit longtemps. Si longtemps qu'elle crut qu'Asdan allait revenir et la trouver là, pliée en deux dans la *lavvu* qu'ils avaient partagée, des larmes brûlantes coulant sur son visage défiguré.

« Personne ne voudrait d'une femme laide, à part un *skald* itinérant. »

Comment était-il possible que de simples mots lui fassent plus mal que toutes les blessures qu'elle avait reçues ? Même les serres des rapaces qui avaient déchiqueté son visage ne l'avaient pas fait autant souffrir.

Entendant des pas à l'extérieur, elle se força à inspirer un grand coup, serrant les dents sur la déchirure qui brisait sa poitrine, et se redressa. Elle pinça les lèvres et, quand Asdan entra dans la *lavvu*, elle ne se retourna pas. Elle savait que ses épaules étaient raides et sa démarche saccadée, mais elle espérait qu'il mettrait ça sur le compte de la gêne après leur nuit ensemble.

— Tu es réveillée depuis longtemps ? Quand je suis sorti, tu dormais profondément.

— Je ne dors jamais beaucoup, grinça-t-elle. Et j'ai le sommeil léger. Habitude de guerre.

Elle l'entendit glousser et serra les poings sur les fourrures qu'elle repliait.

— Pourtant, tu as bien dormi, cette nuit. Tu as même bavé sur moi.

— La journée a été rude. Je te rappelle que j'ai dû me battre pour toi, et ce, à deux reprises. J'avais besoin de reprendre des forces pour la suite du voyage.

— Bien sûr, confirma-t-il d'un ton lénifiant.

Elle l'entendit se rapprocher d'elle. Elle continua à s'affairer et, quand il se campa dans son dos, si près qu'elle vit ses pieds de part et d'autre des siens, elle ne fut pas surprise qu'il pose une main sur son épaule.

— Je peux..., entama-t-il.

— Non, tu ne peux pas.

Sa voix avait sonné plus rude et plus rauque que jamais, mais elle s'en fichait. À présent, peu lui importait de paraître féminine ou effrayante. Tout ce qui importait était qu'il ne voie pas sa douleur ni sa détresse. Si elle le repoussait et le répugnait, il n'insisterait pas.

— Ah. Je pensais qu'après cette nuit on pourrait...

Était-il déçu ? Son ton lui en donnait l'impression, mais elle chassa cette pensée au plus vite. « Personne ne voudrait d'une femme laide, à part un *skald* itinérant. » C'était à ça qu'elle devait penser chaque fois qu'elle aurait l'impression qu'il se montrait gentil, doux ou tendre envers elle. Ce n'était qu'une manœuvre pour obtenir une garde du corps, une protection, une compagne de voyage, une présence pour se réchauffer la nuit. Cela ne signifiait rien de plus. Elle respecterait donc sa part du marché : elle le protégerait et ils partageraient tout jusqu'à parvenir à destination... sauf une couche. Sauf son corps. Sauf son cœur.

— Tu pensais mal. Cette nuit était une erreur qui ne se reproduira plus. Désolée de t'avoir laissé espérer autre chose, mais je ne cherche ni amant ni jouet pour mon lit, et je suis déjà mariée.

— Oui, je... Bien sûr.

Cette fois, elle en était sûre, il était déçu. Mais non. *Rappelle-toi, Auðr : « Personne ne voudrait d'une femme laide, à part un skald itinérant. »*

Elle hocha la tête d'un air décidé et se releva après avoir empaqueté ses fourrures dans un sac de voyage, à part celle qui lui servait de manteau. Quand elle se retourna vers Asdan, elle s'était recomposé un visage neutre, dénué de larmes et d'émotions. Aussi ne réagit-elle pas quand elle vit ce qu'il lui tendait. Elle avait cru qu'il ne la touchait que d'une main parce que son bras droit était blessé et qu'il évitait de trop le bouger – même si, la nuit dernière, il n'avait pas paru beaucoup en souffrir – mais ce n'était pas ça : sous son coude droit, il avait calé un gros pain rond parsemé de fruits secs et d'où émanait une bonne odeur de miel et d'épices. Et dans sa main, il tenait une tasse remplie de *glögi* fumant.

— Je t'avais préparé ça, pour que tu n'aies pas à sortir dans le froid pour manger. Prends-le, souffla-t-il, la tête basse et l'expression vaincue. Même si tu ne veux rien de moi, tu dois te nourrir.

Elle hocha la tête d'un air neutre et accepta le repas. Quand elle eut terminé de manger, Asdan lui tendit sans un mot la sacoche qu'il avait passée en bandoulière et qui contenait des lanières de renne séché et du fromage.

Elle hocha la tête en remerciement puis, la bouche pleine, lança un coup de menton vers ses blessures.

— Comment ça va ? marmonna-t-elle, priant pour que sa mastication dissimule la douleur dans sa voix.

Il haussa une épaule.

— Tu m'as bien soigné, je ne souffre quasiment plus, même si c'est loin d'être guéri. Les Samis m'ont donné de l'infusion de saule, pour atténuer la douleur et aider à la cicatrisation. Entre tes cataplasmes et leurs décoctions, je n'aurai bientôt que quelques cicatrices en souvenir de cette mésaventure.

Auðr faillit répliquer que ses cicatrices ne seraient jamais aussi voyantes que les siennes, mais elle se mordit la lèvre inférieure pour s'empêcher de prononcer ces mots. Moins elle parlerait avec Asdan, moins elle partagerait son vécu, moins il aurait d'emprise sur elle. C'était une question de protection.

— Penses-tu être en état de repartir aujourd'hui, ou veux-tu te reposer encore une journée ? demanda-t-elle néanmoins.

Cette fois, une lueur d'intérêt traversa le regard du jeune homme. Elle eut le sentiment de le voir ressusciter. Mais, quand ses yeux croisèrent les siens et y lurent sa dure résolution, il perdit son allant.

— J'ai discuté avec Svante tout à l'heure. Les Samis nous aiment bien et m'ont proposé que l'on fasse route avec eux. Ils comptent faire halte à Kannanlakši pour y vendre leurs produits, avant de continuer leur chemin vers leurs territoires du Nord. En leur compagnie, nous risquerions moins d'être de nouveau attaqués, et cela nous permettrait de voyager plus vite, plus en sécurité, et de profiter de leur nourriture.

— Que demandent-ils en échange ?

— Que je joue de la musique et chante pour eux le soir, durant les veillées.

— C'est tout ? insista-t-elle.

Il hésita un instant.

— Ils aimeraient aussi que tu te battes.

Auðr vit rouge. Elle n'était donc que cela : un animal de foire, une guerrière au rabais, tout juste bonne à être exhibée comme un animal à la vente ou une esclave. Elle refusait catégoriquement de...

— Ils veulent juste que tu leur enseignes certaines de tes techniques, et il n'y a pas de meilleur moyen pour apprendre que de regarder le maître, argua Asdan. Ils ne te demandent pas de te donner en spectacle, juste que tu leur montres des mouvements plus complexes que ceux qu'ils savent faire avec leurs lances et leurs épieux. Il y a de plus en plus de voyageurs sur leurs routes. Des Varègues, des Kriviches, des Vikings, d'autres tribus samies ou slaves avides de s'approprier leurs rennes et leurs biens. Ils se sentiraient plus en sécurité si, pendant que l'on voyage avec eux, ils bénéficiaient de tes enseignements en plus de ta protection.

Auðr réfléchit quelques instants. La tirade d'Asdan lui faisait voir les choses sous un autre angle. Enseigner son savoir était plus valorisant qu'être exhibée, et elle avait toujours aimé partager ses connaissances. Elle l'avait fait bien volontiers quand elle n'était qu'une apprentie *skjaldmö* avec ses plus jeunes sœurs.

— Je ne leur apprendrai pas les techniques des *skjaldmös*, c'est propre à notre caste, c'est sacré, répliqua-t-elle en fronçant les sourcils. Qui plus est, cela me dénoncerait. Ils me prennent pour une simple coutelière, s'ils me voient effectuer des combats rituels, ils se douteront de quelque chose.

— Je l'avais deviné et j'ai expliqué que tu ne leur présenterais que des techniques de base et non les plus complexes.

Auðr étrécit les paupières.

— Tu t'es engagé pour moi ?

Sa voix s'était faite basse et menaçante, semblable à un grondement de tonnerre lointain.

— Non, lui assura Asdan. J'espérais que tu accepterais, mais je leur ai juste dit que, si tu le faisais, ce serait à cette condition.

— Bien. Alors j'accepte. Quand partons-nous ?

— Dès que nous serons prêts. Les Samis ont déjà presque terminé.

15

Auðr

La conversation matinale avec Asdan avait au moins eu le mérite d'adoucir la gêne entre eux, mais la discussion qu'Auðr avait surprise demeurait dans sa mémoire et y tournait en permanence. Elle était incapable de l'oublier, si bien que, chaque fois qu'Asdan la regardait, l'effleurait ou juste passait un peu trop près d'elle, elle se rétractait comme si le seul poids de son regard ou la proximité de son corps l'avait brûlée.

La nuit venue, quand, tout naturellement, après une journée chacun sur son traîneau et une soirée à chanter pour les Samis – pour Asdan – et reproduire au ralenti des parades simples à l'épée – pour Auðr –, ils se retrouvèrent seuls sous leur *lavvu* que les Samis les avaient aidés à monter en un temps record, la gêne revint.

Lorsque Asdan vint poser ses fourrures contre celles d'Auðr, elle se leva d'un bond.

— Je peux savoir ce que tu fais ?

— Je... me couche avec toi, balbutia-t-il d'une voix hésitante, ses fourrures dans les mains.

— Non.

— Tu es sûre ? Nous pourrions nous tenir plus facilement chaud, et ce serait réconfortant. J'aimerais juste te prendre dans mes bras et m'endormir contre toi, au rythme de ta respiration...

Auðr hésita un instant. Les mots d'Asdan semblaient si justes, si sincères, comme s'il avait vraiment envie qu'ils partagent une couche, un peu de chaleur et d'affection. Puis elle se rappela. « Personne ne voudrait d'une femme laide, à part un *skald* itinérant. »

— Je te l'ai dit ce matin et je te le répéterai aussi souvent qu'il le faudra pour que ça rentre dans ta tête de *skald* emplie de vent : nous ne partagerons plus jamais de couche ni de nuit ensemble. C'était une erreur qui ne se reproduira pas. Je regrette déjà...

Elle avait failli dire qu'elle regrettait de lui avoir cédé, mais c'était un mensonge qu'elle ne voulait pas prononcer. Il y avait une limite à ce qu'elle était prête à dire pour se protéger, et renier ce qu'elle avait ressenti serait tout aussi blessant pour son intégrité que ce qu'Asdan avait dit à Svante.

— Tu regrettes ce qui s'est passé entre nous ? compléta néanmoins Asdan d'un ton blessé.

Elle ne répondit pas, mais son dos crispé, quand elle pivota pour dissimuler ses larmes, parla pour elle.

— J'en suis désolé, chuchota Asdan. Je croyais... qu'importe. Je ne t'importunerai plus. Dors bien, Auðr la guerrière au cœur de pierre.

Cela aussi lui fit mal. Si son cœur était devenu de pierre, c'était à force d'avoir été malmené au point de se briser. Mais mieux valait qu'Asdan la prenne pour une femme au cœur de pierre que pour une guerrière incapable de protéger son âme. Elle résolut de ne plus jamais baisser son bouclier. *Skjaldmö* elle était, *skjaldmö* elle resterait.

— Bonne nuit, Asdan le *skald* sans attaches, grommela-t-elle. Si tu as besoin que l'on refasse tes pansements, tu pourras demander aux Samis, ils ont l'air de t'adorer.

C'était vrai : toute la soirée, Asdan était passé d'un groupe d'éleveurs à un autre, jouant avec les enfants, chantant des chansons d'amour aux femmes, entonnant des mélodies festives avec les hommes, tout en grappillant des rasades de vin de pain et des friandises un peu partout. Grâce à lui, les Samis s'étaient bien amusés. En revanche, ceux qui étaient restés le plus longtemps avec Auðr pour voir et apprendre ses techniques étaient souvent des aînés n'ayant plus le cœur ou l'énergie à la fête et pensant uniquement à mieux protéger leurs troupeaux. Auðr avait également remarqué que plusieurs jeunes filles samies s'étaient attardées dans le sillage d'Asdan, laissant leurs moufles bien visibles accrochées à leur ceinture, jouant avec les franges de leur châle et triturant leurs cheveux avec coquetterie pour lui faire admirer leurs coiffes.

Elle s'en était enragée avant de se rappeler qu'ils n'étaient rien l'un pour l'autre et qu'elle n'avait aucun droit sur lui.

Mais il ne s'était rien passé de la soirée et, quand Auðr s'était retirée dans sa *lavvu* pour la nuit, Asdan l'y avait rejointe presque aussitôt, seul et quasi sobre.

La même scène se reproduisit le lendemain, et le soir suivant. La seule chose qui évolua fut qu'Asdan ne proposa plus à Auðr de dormir avec lui et que, dès qu'ils se retrouvaient seuls, leurs échanges étaient de plus en plus brefs et douloureux.

Si Auðr n'avait pas été si sûre de son fait, elle aurait presque pu croire qu'Asdan souffrait de son rejet. C'était en tout cas l'impression qu'il donnait.

Mais elle refusa d'y accorder la moindre foi. Elle l'avait entendu, elle ne s'était pas trompée, et elle refusait de repenser à ces mots si douloureux.

Ce ne fut que durant leur dernière veillée avant Kannanlakši, alors que l'alcool coulait à flots pour fêter l'imminence de cette halte importante et la fin de leur cohabitation, que la tension et la frustration entre eux éclatèrent.

Contrairement aux autres soirs, Auðr avait accepté une tasse de baume carélien, avant son premier combat, et l'homme à qui elle avait enseigné ses coups, pour célébrer le compliment qu'elle lui avait fait, avait réclamé qu'elle trinque avec lui. Par politesse, elle n'avait pas refusé. Mais, les voyant boire, le suivant avait exigé d'échanger une rasade avec elle aussi, et le troisième également. Quand Auðr avait compris qu'ils en avaient fait un jeu pour savoir jusqu'où la guerrière du Nord les suivrait, il était trop tard, et arrêter aurait vexé les derniers et risqué de mettre à mal leur bonne entente. Elle s'était donc résolue à continuer, essayant tant bien que mal de cracher discrètement l'alcool à la sauvette quand elle le pouvait. Mais, petit à petit, ses coups s'étaient faits moins précis, elle avait moins réussi à doser sa force et, plusieurs fois, elle avait mis à terre et frappé un opposant bien plus fort qu'elle ne l'avait prévu. Ses adversaires en avaient ri, mais elle avait vu l'un d'eux s'éloigner en se massant le dos et son voisin boiter. Elle savait qu'elle était ivre.

Aussi avait-elle, dès que possible, mis fin à sa participation et elle s'était retranchée dans sa *lavvu* pour en finir avec cette soirée déplorable.

Cette fois, Asdan ne l'avait pas rejointe.

Elle l'avait attendu bien malgré elle, habituée à sa présence malgré leur désaccord et le malaise entre eux. Les heures avaient passé sans qu'il apparaisse. Dehors, les rires résonnaient, les cris de joie, les chants. Elle reconnaissait parfois la voix d'Asdan, peut-être un peu plus forte, plus éméchée. Cela ne l'avait pas rassurée. Les jeunes Samies n'avaient pas cessé de lui tourner autour et, si la guerrière qui était censée être son épouse défigurée n'était pas là, qui sait jusqu'où elles iraient pour attirer son attention ? Et qui sait s'il ne céderait pas ?

Après tout, ils n'étaient rien l'un pour l'autre…

Cette pensée l'horrifia et, sans réfléchir, Auðr se retrouva dehors, sans manteau ni fourrure, à parcourir le camp de l'extérieur dans l'espoir de repérer Asdan sans se faire remarquer.

Elle ne tarda pas à le trouver. Il était là, derrière un traîneau dressé à la verticale, entouré de chiens à moitié endormis, et en compagnie d'une jeune fille au châle rouge et bleu presque noir dans la pénombre.

Ils étaient proches, très proches, et la jeune fille se hissa soudain sur la pointe des pieds, posa les mains sur les épaules d'Asdan, et sa bouche sur la sienne.

Asdan… ne recula pas.

Il n'eut pas le temps.

Avec un cri de rage, Auðr était sortie de l'obscurité où elle se terrait et s'était ruée sur la jeune fille pour la repousser.

Avec une telle force que l'autre tomba à la renverse, sur un chien qui, éveillé en sursaut, jappa de panique et mordit dans la chair de son agresseur.

La jeune fille, paniquée et blessée, poussa un hurlement qui ne fit qu'aggraver la peur du chien. Celui-ci, ameutant ses congénères de ses grognements, se mit à tirer sur sa proie, cherchant à l'entraîner au loin pour l'achever. La jeune Samie se débattait, hurlait, lançait ses pieds et repoussait le chien de sa main libre. Celle qui était prisonnière des crocs du chien semblait noire tant le sang opacifiait sa peau. Auðr avait failli se jeter à la suite de sa rivale quand celle-ci était tombée et ce n'était que les grondements des chiens et la vue du sang qui l'en avaient empêchée.

Elle s'était rappelée. Elle se souvenait de la sensation des serres des faucons de Mya sur son visage, de la souffrance quand ils avaient déchiré sa peau, ruiné sa chair, ravagé son corps. Elle se remémorait encore leurs piaillements perçants, leurs battements d'ailes assourdissants, les cris des gens autour et la chaleur du sang, de son propre sang, qui nappait ses traits et échouait à engourdir la douleur. Tout du long, durant cette éternité qu'avait duré son calvaire, elle avait compris qu'elle était en train de tout perdre. Elle avait compris que, si elle survivait à ces blessures, elle ne serait plus jamais la même.

Aujourd'hui, tout recommençait. Mais elle n'était plus la proie des bêtes féroces, elle était celle qui y avait jeté une autre victime, une autre femme, encore une fois par jalousie.

L'horreur de son propre acte la percuta de plein fouet, et elle vacilla. Elle n'avait pas voulu faire de mal à cette jeune fille, juste l'éloigner d'Asdan, l'empêcher de le lui voler, même s'il ne lui appartenait pas, ne pas voir plus longtemps ce spectacle de l'homme qu'elle aimait en train d'embrasser une autre. Elle avait juste voulu cesser de souffrir, enfin. Mais, à cause d'elle, une autre femme était en train de subir ce qu'elle avait enduré et verrait sa vie détruite à jamais.

Elle était un monstre, elle était indigne de vivre, elle était…

Asdan poussa un cri qui sortit Auðr de sa paralysie. Il était si empreint de peur et de douleur qu'elle crut que le *skald* était blessé et qu'elle suspendit son geste pour voler à son secours. Mais, quand elle pivota, les yeux hagards et le souffle court, elle vit qu'il était indemne et que, autour de lui, tous affichaient la même expression de terreur impuissante.

Il n'avait rien à craindre. Personne n'avait rien à craindre. Seule cette jeune fille souffrait, à cause d'elle.

Donc elle devait mettre un terme à cela. C'était son rôle de *skjaldmö*, et surtout son devoir pour expier ses fautes. Tant pis si le chien se retournait contre elle, tant pis si elle recevait une cicatrice de plus, si elle perdait l'usage de ses mains en arrachant sa proie à un fauve, elle devait agir.

Sans réfléchir, elle se jeta sur le chien qui resserrait encore sa prise sur la jeune femme. Son bras droit, puissant et fort après des années à manier la hache et à porter le bouclier, s'enroula autour du cou de l'animal et serra, serra, serra. Excité par le goût du sang et les aboiements de ses congénères, le chien ne réalisa pas qu'un humain venait de l'entraver et se secoua à peine, sans tenter de mordre cet étau qui l'étranglait. Quand, enfin, le souffle lui manqua, il relâcha sa prise pour respirer et secoua la tête pour se débarrasser de ce qui le dérangeait. Auðr profita de ce que sa gueule s'entrouvrait pour y insérer son poignet gauche, le plaçant en travers de la mâchoire, le plus au fond possible pour empêcher le chien de resserrer davantage sa prise. Elle sentit les crocs du chien se défaire de la chair qu'ils déchiraient et le bras de la jeune fille bougea un peu. Elle força davantage et enfonça son avant-bras encore plus profondément dans le gosier écumant de rage. Le chien commença à suffoquer. Entre la prise autour de son cou et le bras qui l'empêchait de mordre, il était impuissant, et ses ruades ne faisaient que pousser l'humaine qui l'écrasait à s'alourdir encore plus sur lui.

Enfin, il renonça. Avec un couinement étranglé, il abandonna sa proie et ouvrit la gueule en grand en grognant dans l'espoir de chasser cet obstacle qui l'empêchait tant de respirer que de mordre. Auðr ne lâcha pas. Quelqu'un tira vers lui la jeune fille qui gémissait et, après quelques secondes durant lesquelles la guerrière demeura immobile sur le chien qui luttait pour la chasser, une personne inséra une lame sous son bras et égorgea l'animal. Elle ne bougea pas. Il s'affaiblit peu à peu sous elle, émettant des gargouillements pitoyables et, quand il n'eut plus assez de vie en lui pour maintenir sa posture et s'effondra, elle dégagea son bras et se remit debout.

Elle haletait. Elle n'avait pas réfléchi, juste agi, mais à présent que le danger était écarté, elle se sentait vidée de toute force, épuisée et terrifiée. Les chiens de traîneau n'étaient pas énormes, mais ils étaient taillés pour l'endurance et la traction, et possédaient une résistance qui avait puisé dans toutes ses réserves pour immobiliser cet animal. Soudain, son bras se mit à la lancer, à brûler, et elle baissa les yeux dessus.

La manche de son vêtement était déchiquetée et, entre les accrocs, sa chair transparaissait, nappée de bave et de sang. Elle n'avait même plus le courage de soulever les derniers lambeaux de tissu et d'essuyer les fluides pour savoir si c'était son propre sang qui la souillait ou celui de la jeune fille.

Elle n'osait pas non plus lever les yeux sur les Samis qui s'étaient attroupés en cercle autour de l'affrontement, sans pouvoir intervenir, de peur de les voir sortir leurs armes pour la mettre à mort. Elle avait provoqué des blessures graves chez un membre de leur tribu, une jeune femme innocente qui n'avait rien à se reprocher, à part avoir voulu séduire un homme. Certes, Asdan était censé être son époux, mais c'était cher payé.

Elle se racla la gorge et songea qu'elle devait profiter de la stupéfaction, ou de la peur, de l'assistance pour se réfugier dans sa *lavvu* avant qu'ils ne décident de l'égorger elle aussi. Elle baissa les yeux sur le chien, qui achevait de se vider de son sang à ses pieds, dans la neige piétinée et maculée de rouge, et frissonna. Cette pauvre bête aussi avait cher payé un instinct bien naturel.

Elle détourna la tête et prit le chemin de sa tente sans oser croiser le regard de quiconque. Mais, alors qu'elle quittait le cercle de spectateurs et s'enfonçait dans la nuit, elle entendit Asdan ouvrir la bouche :

— Vous l'avez tous vu ! Sans Auðr, ce chien aurait massacré Áile. Mon épouse s'est précipitée au-devant du danger, sans se soucier des risques, et a sauvé une jeune fille de la tribu !

Auðr s'immobilisa, les pieds dans la neige, son bras ballant contre son flanc. La tirade d'Asdan lui mit du baume au cœur, mais faisait-il cela pour la protéger ou juste parce qu'il était redevable envers elle ? Ou tenait-il à éviter une brouille avec les Samis ?

— Mais pourquoi mon chien a attaqué Áile ? intervint soudain une voix féminine furibonde. Il la connaissait très bien. C'est ma cousine et elle le nourrissait régulièrement. Jamais il ne l'aurait attaquée sans une bonne raison !

Auðr se figea. La femme avait raison. Si elle n'avait pas bousculé Áile, jamais cela ne se serait produit. Elle n'était pas une héroïne, elle était la coupable. Elle devait...

— J'étais là, gronda la voix grave de Svante, une seconde plus tard. Áile a fait quelque chose qu'elle n'aurait pas dû. Elle n'était pas à sa place, et le chien n'a fait que réagir.

— Elle a fait quoi ? insista la même femme - la propriétaire du chien.

— Elle a... Svante hésita un instant. Elle s'est jetée à la tête d'un homme marié, et la guerrière est intervenue pour protéger ce qui était à elle : son mari et son honneur. N'importe qui aurait fait pareil. Si Áile n'était pas une...

— Je t'interdis de parler de ma cousine comme ça ! Áile n'a rien d'une fille facile, elle...

— Áile est en tort et, quoi que tu dises, cela ne changera rien. Tu pourras lui demander ce qu'elle faisait quand Auðr l'a repoussée, elle te dira la vérité. Nous savons tous qu'Áile cherche désespérément un époux en dehors de la tribu pour quitter notre territoire, elle ne veut pas devenir éleveuse de rennes, elle l'a dit maintes et maintes fois. Je suis désolé de ce qui lui est arrivé, Oajá, je sais que tu aimes ta cousine, que tu la considères comme ta fille depuis que ses parents sont morts et que tu t'occupes d'elle, mais tu ne peux fermer les yeux plus longtemps : Áile était prête à tout pour s'enfuir avec un homme et elle en a fait les frais. Auðr ne l'a pas attaquée, elle s'est contentée d'intervenir pour l'éloigner de son homme. Seule la malchance - ou Horagállis, le dieu du Tonnerre et des Sacrifices - a fait qu'elle est tombée sur ton chien et qu'il l'a mordue. Cesse de protester et va t'occuper d'elle. Nous prierons tous Beaivi qui chasse les mauvais esprits pour que ses blessures ne soient pas trop graves.

Puis Svante se tut, et un silence lourd de sens se fit, brièvement entrecoupé de commentaires et de marmonnements.

— Auðr, feras-tu un sacrifice pour la guérison d'Áile ? lança soudain le chef de la tribu d'un timbre qui résonna dans la nuit.

Sans se retourner, Auðr hocha la tête, et sa voix rocailleuse s'éleva :

— Comment s'appelle votre déesse de la Santé et de la Guérison ?

— Máttaráhkká. C'est elle qui crée le corps et le protège.

— Demain, j'irai chasser l'ours ou le loup, et je rapporterai une proie en sacrifice à Máttaráhkká. Áile pourra en garder la fourrure pour se faire un manteau ou un beau vêtement avec. Ce sera mon expiation pour ce qui s'est passé.

Les murmures reprirent autour de la scène ensanglantée mais, cette fois, ils étaient approbateurs et bien moins empreints de colère. Svante lança quelques appels et échangea avec Håkan avant de reprendre :

— Tu n'as rien à te reprocher, guerrière, à part d'avoir voulu protéger ton mariage. Et tu es intervenue pour sauver une femme de notre tribu alors que la peur nous paralysait tous. Sois-en remerciée. À partir d'aujourd'hui, nous avons une dette envers toi. Si un jour tu as besoin de nous, nous ne te refuserons rien.

Un brouhaha plus fort couvrit la fin de sa phrase, que Håkan fit taire en frappant dans ses mains. Il ordonna que plusieurs hommes aillent porter Áile auprès de la chamane, la *noaidi* Gáren, qu'Auðr n'avait jamais rencontrée, et tous se dispersèrent peu après.

Sentant une douleur lancinante se diffuser dans son avant-bras, Auðr les imita et se retira dans sa *lavvu*, espérant qu'Asdan ne l'y rejoindrait pas tout de suite.

— Je peux t'aider ?

Hélas, Asdan l'avait suivie de près, et Auðr n'avait eu que le temps d'ôter sa tunique et de remonter les lambeaux de sa chemise pour examiner ses blessures avant qu'il ne s'empresse auprès d'elle.

— Je ne t'ai rien demandé ! rugit-elle, piquée par la souffrance qui remontait jusqu'à son épaule.

— Je sais, tu es trop fière et orgueilleuse pour demander de l'aide, même lorsque tu en as besoin.

— Je n'ai pas besoin de ton aide, je me débrouille très bien toute seule. Et je me serais aussi passée de ton intervention dehors...

Elle refusa de se tourner pour faire face au *skald* et continua à enlever les débris de tissu de son avant-bras, collés à sa peau par un mélange écœurant de sang et de bave. Plus elle enlevait les fibres, plus l'air froid de la *lavvu* – le feu s'était éteint – faisait naître des frissons qui la parcouraient de la tête aux pieds. Ou peut-être le choc et la fatigue avaient-ils eu tout simplement raison d'elle. Elle n'avait aucune envie d'y réfléchir. Elle se focalisa sur ses blessures et s'accroupit devant un bol pour tremper un linge dedans et commencer à nettoyer les plaies. Pour l'instant, cela ne lui semblait pas grave. Mais les plaies causées par les crocs, griffes, becs ou serres d'animaux étaient toujours plus dangereuses que celles provoquées par des armes et avaient tendance à pourrir très facilement.

— Sans mon intervention, les Samis risquaient de se retourner contre toi, ou contre moi.

— Et, sans toi, je n'aurais jamais eu à intervenir, vociféra-t-elle, toute retenue envolée. Si tu n'avais pas fricoté avec cette fille, je n'aurais pas eu à défendre mon honneur et rien de tout cela ne serait arrivé.

— Ton honneur ? Mais nous ne sommes pas mariés, Auðr ! protesta Asdan d'un ton outré. Et tu m'as bien fait comprendre que tu ne voulais rien de moi ! Ni de mon aide, ni de ma compagnie, ni même de ma présence. Tu agis comme si ma simple fréquentation te répugnait, et après tu brutalises une fille qui n'a d'autre tort que de s'intéresser à moi. T'est-il donc impossible de concevoir que, ce que tu refuses, d'autres puissent le vouloir ?

— Ce n'est pas ça, c'est juste que...

— Juste que quoi ? reprit-il après quelques instants d'attente, comprenant sans doute qu'elle ne terminerait pas sa phrase.

Qu'y a-t-il ? Pourquoi me repousses-tu ainsi, alors que je fais tout pour te plaire ?

— Tu m'as..., entama-t-elle. J'ai...

Puis elle secoua la tête. Ce n'était pas la peine. « Personne ne voudrait d'une femme laide, à part un *skald* itinérant. » Elle devait se rappeler ces mots. Quoi qu'Asdan dise à présent, quoi qu'elle explique, ces mots horribles constitueraient toujours un barrage infranchissable entre eux.

— Rien, conclut-elle d'un ton ferme. Je vais finir de nettoyer mes plaies et me coucher. Laisse-moi. Tu pourras revenir quand j'aurai fini. Et, à l'avenir, veille à ne pas te... rapprocher d'une femme. Même si notre mariage est fictif, je ne veux pas perdre la face devant les Samis. Quand nous arriverons à Kannanlakši et que nos routes se sépareront, tu seras libre de te jeter dans les bras de la première femme qui te les ouvrira. Ou du premier homme, pour ce que ça m'importe. En attendant, tiens-toi à distance.

Asdan poussa un profond soupir. Elle attendit qu'il réponde, qu'il lui fasse aussi mal qu'elle venait de le faire, mais il ne prononça pas un mot. Après quelques instants à attendre, le cœur battant la chamade, la pique qu'il ne manquerait pas de lui envoyer, elle entendit le rabat de cuir se soulever et ses pas s'éloigner dans la neige. Il avait quitté la *lavvu* sans même lui accorder un au revoir. Il lui avait obéi, et elle le regrettait amèrement.

Quand elle se coucha, après avoir pansé ses plaies, qui n'étaient que des égratignures bien plus superficielles que les ravages dans son cœur, Auðr eut l'impression d'avoir perdu quelque chose qu'elle n'avait même pas eu conscience de posséder.

Elle demeura longtemps dans ses fourrures, à tenter d'apaiser son souffle et son cœur, sans jamais y parvenir. Chaque fois qu'elle réussissait à penser à autre chose, des images de la soirée s'imposaient dans son esprit, mêlant souvenirs du passé et visions du présent. Dans sa tête, Áile était défigurée, rejetée, seule et réprouvée.

Au bout d'une éternité à se tourner et se retourner sur sa couche sans jamais fermer les yeux, Auðr finit par céder à ses craintes et se releva. Dans l'obscurité de la *lavvu*, elle chercha ses vêtements à tâtons, s'habilla, puis accrocha un poignard à sa ceinture – elle ne voulait pas prendre ses haches, de peur d'effrayer tout Sami qu'elle croiserait sur sa route, malgré l'heure indue – et contourna le foyer où seules quelques braises rougeoyaient. Asdan ne dormait pas, lui non plus. Il ne bougeait pas et n'avait pas ouvert les yeux, mais elle entendait son souffle erratique et savait qu'il guettait ses mouvements. Elle fit comme si elle n'avait rien remarqué et sortit de la tente sans prononcer un mot.

Même si elle n'avait jamais échangé avec Gáren, la chamane de la tribu, elle l'avait vue de loin à plusieurs reprises et savait où celle-ci plantait sa tente chaque soir – un peu à l'écart des autres pour préserver son intimité et ses rituels, mais pas trop loin pour ne pas décourager celles et ceux qui voudraient lui demander conseil.

Elle traversa le campement, faisant attention à ne pas déranger les chiens qui, les yeux brillants à la lumière de la lune, la regardaient passer avec attention. C'étaient de bons gardiens mais, tant qu'elle ne chercherait pas à les détacher, à entrer dans la tente sur laquelle ils veillaient ou à s'approcher des traîneaux à proximité, ils n'aboieraient pas. Elle sillonna le campement et ce ne fut qu'une fois parvenue devant la *lavvu* de Gáren qu'elle hésita. La tenture en peau de renne qui fermait l'entrée était ornée de symboles rituels, notamment un losange avec quatre rayons dont Auðr avait appris qu'il représentait le soleil, entouré d'un cercle pour symboliser le *meavrresgárri*, le tambour magique dont la chamane se servait pour entrer en transe.

Elle faillit faire demi-tour. Comment Gáren l'accueillerait-elle ? N'ayant pas assisté à la confrontation de fin de soirée, elle n'avait dû entendre que les échos des Samis qui avaient amené Áile, et les dires de la jeune fille qui devait souffrir le martyre. Non, à coup sûr, elle ne serait pas bien reçue. Mieux valait repartir et demander des nouvelles de la blessée le lendemain à Svante ou Håkan.

Mais, alors qu'elle tournait les talons, une pensée lui vint.

Lâche. Tu es lâche, tu l'as toujours été et tu le seras toujours.

Auðr serra les mâchoires. Cette voix, elle l'entendait encore. C'était celle de son oncle Ingmar, c'était celle de son amant Ansgar, c'était celle de Gustav, d'Oleg le régent varègue, de tous les hommes à qui elle avait cru pouvoir se fier, ou à qui elle avait prêté allégeance sans obtenir leur approbation, leur affection ou leur respect. Elle avait beau se savoir peu objective sur le sujet, elle le ressentait comme ça, et la pensée de sa propre inutilité, de ses échecs, lui mit un goût amer dans la bouche. Non, elle n'était pas lâche, du moins elle ne voulait pas l'être, et il était hors de question qu'elle recule face à une nouvelle difficulté, face à un risque de rejet.

Avec résolution, elle se campa derechef devant le rabat de cuir et gratta la peau de ses ongles pour avertir la chamane de sa présence. Elle savait, pour l'avoir vécu avec Frikke, la *völva* qui l'avait soignée après l'attaque des faucons, que les guérisseurs et chamanes détestaient être interrompus dans leurs tâches ou leurs prières, et que les surprendre n'était jamais une bonne idée. Voyant que personne ne répondait, elle recommença, puis heurta ses phalanges sur la perche qui maintenait la peau de rennes à droite du rabat. Cela fit un peu plus de bruit et, cette fois, un froissement de tissu résonna à l'intérieur de la *lavvu*, accompagné de marmonnements. Elle attendit. Quelqu'un était alerté de sa présence et on lui ouvrirait en temps et en heure. Elle prit son mal en patience et se força à l'immobilité durant les longues minutes de son attente. Enfin, alors que le froid commençait à pénétrer dans ses bottes de neige et que ses mains s'engourdissaient, le rabat se souleva et des yeux perçants l'inspectèrent de la tête aux pieds. Auðr inclina la tête avec respect, sans prononcer un mot.

— Donc, c'est toi. Je me demandais si tu oserais montrer ton visage ravagé à ma porte, marmonna une voix grinçante, presque aussi rauque que la sienne. Entre, guerrière *wīcing*.

Auðr ne se fit pas prier malgré cet accueil assez froid, avide d'un peu de chaleur.

Quand elle pénétra, pliée en deux tant l'ouverture était basse dans la *lavvu*, la clarté à l'intérieur la surprit. Non seulement le foyer central crépitait de flammes vives et brillantes, mais plusieurs bougies de graisse étincelaient un peu partout, et la guerrière frissonna à l'idée du risque d'incendie dans l'espace restreint empli de matières inflammables. Elle se tint à distance de toute source de feu.

La chamane ricana.

— Tu crois que je ne sais pas protéger ma *lavvu* des incendies, femme d'un autre peuple ? J'ai vécu toute ma vie dans une *lavvu*, je sais veiller à ma sécurité et à celle de mes hôtes, même si je ne t'ai pas invitée.

Auðr inclina de nouveau la tête et pénétra plus avant, réprimant les répliques qui lui montaient à la bouche. Elle n'était pas venue chercher la confrontation, aussi préféra-t-elle poser directement la question qui la taraudait.

— Je viens juste prendre des nouvelles d'Áile, expliqua-t-elle. Je veux savoir comment elle va et si je peux faire quelque chose pour elle. Ensuite, je vous laisserai en paix.

Auðr inspecta la *lavvu* du regard. La tente était bien plus grande que la sienne, prévue pour accueillir plusieurs personnes, et elle repéra à l'autre bout deux peaux de rennes tendues sur des cadres en bois qui protégeait un espace invisible. C'était la seule zone dépourvue de lumière et elle comprit que la jeune fille blessée devait s'y reposer.

— Elle dort, confirma Gáren d'un ton bas. Veille à ne pas la réveiller, elle a besoin de repos pour guérir.

— Je ferai attention, promit Auðr. Je ne suis pas venue troubler son sommeil ni tes soins, je veux juste... réparer mes torts, admit-elle.

Le regard de la *noaidi* s'adoucit, et elle se pencha au-dessus de son feu pour puiser une louche de breuvage dans la marmite suspendue au-dessus et en verser le contenu dans une tasse en bois. Puis, sans se déplacer, elle tendit le récipient fumant à Auðr, forçant celle-ci à se rapprocher du foyer – et d'elle.

Auðr prit l'offrande et en profita pour examiner son hôtesse. La lumière des flammes éclairait davantage ses traits et elle découvrit une femme d'une jeunesse étonnante, qui ne devait même pas avoir une vingtaine d'années. À vrai dire, elle devait être aussi jeune qu'Áile, à peine sortie de l'adolescence. Ses traits étaient encore enfantins et son visage empreint des rondeurs de l'enfance. Sa peau était d'un blanc très clair dans lequel ses grands yeux sombres en amande étincelaient, encadrés par de longs cheveux raides d'un noir profond et une frange droite qui abaissait son front haut. Des lèvres charnues adoucissaient un nez épaté un peu busqué et des tatouages abstraits ornaient ses traits. Une ligne verticale divisait son visage en deux, passant au milieu de son front, sillonnant son nez et courant jusque sur sa bouche. Deux mêmes traits horizontaux et parallèles sur chacune de ses pommettes, surmontaient le motif en losange du soleil et des triangles jumeaux, qui devaient représenter des montagnes ou des seins de femme. Sa voix rocailleuse avait induit Auðr en erreur et, en découvrant son jeune âge, elle se demanda comment la femme avait pu devenir chamane et guérisseuse si tôt dans la vie, et obtenir la confiance des Samis pour veiller sur leur santé et communiquer avec les dieux.

Voyant son embarras, la femme sourit.

— Il n'y a pas d'âge pour devenir *noaidi* dans notre peuple, et je suis entrée dans le *saivo*, l'état de transe, pour la première fois très tôt, alors que je n'étais qu'une toute petite fille, sans l'aide d'une *fadno*[1], d'un tambour *meavrresgárri* ou d'un *noaidi*. Mon *joik*, mon chant sacré, m'est venu tout seul durant cette transe, et les ancêtres m'ont parlé pour m'indiquer la voie que je devais suivre, expliqua-t-elle d'un ton dans lequel Auðr décela une forme d'émerveillement. Toute ma formation a porté sur les prières rituelles, les sacrifices et les pratiques de guérison. Mon mentor a toujours dit qu'il n'avait jamais vu de *noaidi* plus douée que moi. Je n'avais pas quinze ans quand j'ai pratiqué mon premier sacrifice dans un *sieidi*, un lieu sacré sur l'île Ukonkivi, au sud du lac Aanaarjävri, conclut-elle avec une sorte d'emphase qui fit comprendre à Auðr qu'elle devait manifester son admiration.

— Je… ne connais pas cet endroit, admit la guerrière en espérant que cela ne lui aliénerait pas la femme.

1. Baguette rituelle pour atteindre l'état de transe.

— C'est un des lieux les plus importants pour notre peuple, toutes tribus confondues. Il se trouve sur le territoire des Samis Inaris, et comporte plus de trois mille îles, dont certaines sont sacrées pour les nôtres : il y a Hautuumaasaari, où nous inhumons nos chefs et nos *noaidis*, Ukonkivi pour les sacrifices, et Korkia-Maura, l'île de Čáhcolmmái, où sa présence est si forte que, dans la caverne où il vit, la glace ne fond jamais, pas même en été.

Auðr haussa un sourcil. Les dieux samis ne lui étaient pas familiers, mais une grotte qui ne dégelait jamais ne lui semblait pas miraculeuse, c'était à ses yeux le signe d'un froid polaire ou d'une autre manifestation du climat arctique. Mais qui était-elle pour juger ? Il y avait bien, au Danemark, un lieu nommé Stevns Klint où les poissons avaient été emprisonnés dans la pierre par un dieu farceur, et on disait que Thor avait dû frapper cet endroit de son marteau pour créer la cuvette et les falaises qui constituaient cette côte déchiquetée où quelques îles surnageaient. Chaque peuple avait ses coutumes et ses croyances, elle n'avait aucun droit de les critiquer.

Elle baissa la tête, admettant son ignorance.

— Ton parcours est étonnant et digne d'éloges, concéda-t-elle avec humilité. Tu as beaucoup voyagé et appris de nombreuses choses. Tu dois être une grande *noaidi*.

La jeune femme ricana.

— Je ne te disais pas cela pour te soutirer des compliments mais, oui, mon parcours est impressionnant et j'en suis fière. Mais je ne suis pas une aussi bonne *noaidi* que l'était mon arrière-grand-père, que je remplace aujourd'hui. C'est pour lui rendre les derniers hommages sur l'île de Hautuumaasaari que je me suis rendue sur le lac Aanaarjävri. À sa mort, je l'ai accompagné jusqu'à notre île-cimetière et je l'ai rendu à Varaldenolmmái, le dieu de la Fertilité, avec son tambour *meavrresgárri* et son *ballem*, le marteau sacré servant à battre la mesure du joik. Puis je suis revenue dans ma tribu et j'ai pris possession de ses affaires, en tant que nouvelle *noaidi*. C'est pour cette raison que ma *lavvu* est marquée des symboles d'un chamane masculin : elle était à lui autrefois.

— Tu ne te sers pas d'un tambour, comme lui ? osa questionner Auðr, ne sachant pas si sa demande serait une offense.

— Dans notre religion, les femmes *noaidis* ne se servent pas du *meavrresgárri* et du *ballem*, du moins c'est rare. Je préfère utiliser des *árpas* en os et des *fadnos*[1]. Ton musicien, là, il est comme moi ; lui aussi préfère la flûte au tambour.

— Ce n'est pas..., l'interrompit Auðr avant de se mordre la lèvre.

— Ce n'est pas ton musicien ou ce n'est pas ton mari ? se moqua ouvertement Gáren, un rire juvénile tranchant avec la sévérité de son ton. Tu peux me le dire, je le sais déjà.

— Qui te l'a dit ?

— Personne. Ou plutôt, ton comportement et le sien, expliqua la jeune femme. Il est clair que tu ressens de l'attirance envers lui, au vu de ta réaction quand Áile s'est jetée à sa tête. Et sa façon de te défendre en permanence témoigne de son attachement envers toi.

— Il ne me défend pas ! protesta Auðr, repensant à la phrase qui avait brisé ses rêves.

— Ah bon ? Pourtant, il a plaidé en ta faveur plusieurs fois depuis votre arrivée parmi nous. Il parle de toi avec respect et révérence, vante tes talents au combat, refuse les avances des femmes et n'a d'yeux que pour toi.

— Alors, qu'est-ce qui te dit que nous ne sommes pas réellement mariés ?

— Justement, parce qu'il te suit du regard comme un chien suit un morceau de viande. Si vous étiez mariés, il ne te couverait pas ainsi, comme si tu étais la seule femme au monde.

— Pourtant...

— Suffit ! trancha Gáren d'un ton brusque. Ça ne me concerne pas et ne m'intéresse pas plus. Vous n'êtes que des passagers sur notre route, et vos problèmes, tant qu'ils n'influent pas sur ma tribu, ne sont pas de mon ressort. Prends-le ou rejette-le, tout ce qui m'importe est que l'accident de ce soir ne se reproduise pas. Je ne veux pas que d'autres membres de ma tribu soient blessés.

1. Les *árpas* et les *fadnos* sont des flûtes magiques.

— Je suis venue pour ça, rappela Auðr avec détresse. Je voulais prendre des nouvelles d'Áile.

— Je sais, tu me l'as dit, la houspilla Gáren. Mais, moi, ce que je veux savoir, c'est pourquoi tu t'en préoccupes. Demain, nous atteindrons notre destination et nous ne nous reverrons plus. Pourquoi te soucies-tu d'une fille qui a cherché à te voler ton mari… ou ton je-ne-sais-quoi ?

Auðr chercha ses mots. Que devait-elle dire ? S'inquiétait-elle pour Áile par simple humanité, par culpabilité, ou parce qu'elle s'identifiait à elle ?

— Áile ne méritait pas ce qui lui est arrivé, finit-elle par énoncer. Regarde mon visage. J'ai vécu ce qu'elle a vécu, et pour des raisons similaires. Je ne souhaite cela à personne. Vivre défigurée, en portant jusqu'à la fin de ses jours le souvenir honteux d'une erreur, c'est dur. J'aimerais m'assurer qu'elle ne paiera pas le prix de cette erreur comme moi je le paie.

Le regard de Gáren s'adoucit encore plus et, après quelques instants de silence, elle hocha la tête d'un air méditatif.

— Je comprends et… j'approuve. Je vais te dire comment va Áile : elle va mal.

Elle fit un geste de protestation devant le cri horrifié que poussa Auðr.

— Non, non. Son corps va bien. Seul son bras a été touché par les chiens et, grâce à toi, ses blessures sont superficielles. Elle aura des cicatrices, certes, mais peu profondes et qui s'atténueront avec le temps, et elle ne perdra l'usage ni de sa main ni de son bras. C'est son esprit qui a souffert.

— Comment ?

— Áile… n'a jamais aimé vivre parmi nous, et, depuis des années, elle est prête à tout pour fuir notre peuple et notre mode de vie. Aujourd'hui, elle s'est jetée à la tête d'un homme qui ne lui était pas destiné, et non seulement ce dernier n'a pas répondu à ses avances, mais sa compagne – puisque tu n'es pas sa femme – l'a surprise et humiliée. Toute la tribu a assisté à sa honte et l'a vue se faire attaquer par ses propres chiens, comme si eux aussi la reniaient. Les Samis sont très proches les uns des autres, et le rejet est difficile à vivre. Áile aura du mal à s'en remettre.

— Que va-t-elle devenir ? s'enquit Auðr, la gorge nouée.

— Je ne sais pas. Nos deux *hoavdatt* en discuteront avec leurs pairs quand nous arriverons à la réunion des tribus. Ils trouveront une solution pour qu'Áile ne soit pas condamnée à une vie qui ne lui convient pas. En attendant, il lui faudra guérir et s'armer de patience.

Auðr hocha la tête. Comme l'avait dit la chamane, ce n'était pas de son ressort. Il n'y avait qu'une chose qu'elle pouvait faire. Elle porta la main à sa ceinture et décrocha la petite bourse qu'elle y avait suspendue. Elle fouilla à l'intérieur et en tira plusieurs objets, qu'elle tendit à Gáren.

— Tiens, c'est pour elle, déclara-t-elle en posant les bijoux dans la paume de la femme. Ne lui dis pas que cela vient de moi si tu penses qu'elle les refuserait.

— D'où viennent ces bijoux ? demanda la *noaidi* en admirant la parure, composée d'un torque, de boucles d'oreilles assorties et d'un bracelet épais, le tout en or et parsemé de gros rubis dont l'éclat rouge flamboyait au gré des flammes. C'est un ensemble magnifique, et qui vaut une fortune.

— La fortune d'un prince, oui, confirma Auðr avec un sourire amer. Ils m'ont été offerts par l'homme que je voulais épouser autrefois, un prince danois, et qui m'a rejetée pour une autre. C'est pour avoir voulu conserver ses faveurs que mon visage a été déchiqueté par des faucons. Ces bijoux sont le souvenir d'une erreur que j'ai faite, et ils ne m'ont pas apporté le bonheur. Je tiens à les offrir à Áile en compensation de ce que je lui ai fait subir. Peut-être lui porteront-ils plus chance qu'à moi. Elle pourra aussi les revendre si elle veut s'acheter des rennes, un commerce ou un mari.

Gáren hocha la tête avec sagacité.

— C'est un présent très honorable, et qui lui sera utile. Je lui transmettrai. Et toi ?

— Moi ? Moi, je pourrai enfin aller de l'avant, libérée du poids du passé, souligna Auðr.

— Il y aurait un autre moyen, pour toi, pour t'affranchir de tes souvenirs, proposa la chamane.

— Lequel ?

Auðr se méfiait.

— Tes cicatrices... Je peux les tatouer. Elles seront toujours visibles, comme elles le sont aujourd'hui, mais je peux les orner de motifs de guérison et de protection, pour que le souvenir du passé soit supplanté par le signe d'un nouveau départ. Enfin, si tu es prête à tourner le dos au passé, comme le don de ces bijoux me le laisse penser. Tu n'es pas obligée de te décider tout de suite, ajouta la chamane après un instant de silence. Demain est un autre jour, et Kannanlakši t'attend.

Auðr réfléchit encore quelques secondes, puis elle opina.

— Je n'ai aucun besoin d'attendre, je suis d'accord. Recouvrons les traces du passé par la marque de l'avenir. Je n'ai qu'une demande à formuler.

— Et qui est ?

— Que mes cicatrices demeurent visibles. Tes motifs les orneront sans les dissimuler.

La chamane hocha la tête puis, faisant signe à Auðr de ne pas faire de bruit pour ne pas éveiller Áile qui, probablement dérangée par les voix qui résonnaient dans la *lavvu*, s'agitait derrière ses paravents. Auðr suivit la femme sur le côté de la tente et s'étendit, sur son ordre, sur des fourrures moelleuses, à côté d'un petit trépied sur lequel reposaient des instruments qu'elle reconnut. De la cendre, une lancette, un petit marteau. Le nécessaire pour pratiquer les marques rituelles sur la peau.

Elle détourna la tête. Étrangement, elle vouait une confiance immédiate et instinctive à Gáren, mais elle ne souhaitait pas contempler ni réfléchir trop longtemps à ce qu'elle se préparait à faire. Sinon, elle reculerait. Mais cet acte, elle l'avait accepté avec autant de facilité qu'elle avait accepté Asdan dans sa vie et elle ne voulait pas faire demi-tour.

Alors qu'elle s'apprêtait à parler, Gáren posa un index déterminé sur ses lèvres.

— Tais-toi, et laisse-moi faire. Je n'en ai pas pour très longtemps, je sais déjà ce que je vais faire. Tu pourras retourner à ta tente après, et me laisser enfin dormir. Máttaráhkká m'a soufflé le motif qui te conviendrait à l'instant où je t'ai vue devant ma *lavvu*, et il est facile à réaliser. Tu en seras contente.

Quand Auðr se recoucha, deux heures plus tard, elle se sentait épuisée, vide et dépourvue de la moindre force, mais un profond sentiment d'apaisement et de sérénité l'accompagnait. Elle n'avait pas regardé le dessin que Gáren avait tracé dans sa peau, mais elle savait, pour l'avoir senti dans sa chair, que la *noaidi* avait respecté sa demande. Elle contemplerait son œuvre le lendemain, mais pour l'instant elle n'aspirait qu'à un peu de sommeil pour reposer son âme et son corps meurtris.

À son entrée dans la tente, elle ne vérifia même pas si Asdan dormait ou s'il avait attendu son retour. Elle ôta ses vêtements, appliqua une généreuse couche de graisse de renne sur sa peau pour protéger sa chair meurtrie. Une fois blottie dans ses fourrures, elle ferma les yeux, savourant le sentiment de plénitude et de fatigue agréable qui la submergeait, et attendit que le sommeil vienne enfin.

Cette fois, il ne se fit pas attendre. Mais, contrairement à ce qu'elle avait espéré, il ne fut pas aussi reposant qu'elle l'avait imaginé.

Alors qu'elle croyait avoir tourné la page et fait enfin la paix avec son passé, au vu de l'apaisement qu'elle avait ressenti après ses heures passées à parler avec Gáren, ses cauchemars familiers revinrent la hanter.

Elle lutta un moment, s'efforçant de se réveiller, de combattre les démons à tête de rapace qui lui déchiquetaient encore et encore la chair, de tuer une nouvelle fois les ennemis qu'elle avait déjà vaincus, de chasser de ses oreilles les insultes blessantes qu'un Asdan grimaçant lui crachait au visage, mais en vain. Au bout d'un moment, elle abandonna le combat et laissa les images de ses erreurs et de ses échecs investir son esprit et submerger son sommeil.

16

Asdan

Asdan avait entendu Auðr se lever et avait failli la suivre. Il avait beau savoir qu'en pleine nuit, tout juste vêtue de ses vêtements d'extérieur et sans ses haches ni son manteau, Auðr ne prévoyait pas de s'enfuir, il craignait une initiative malheureuse.

Et surtout, il craignait pour sa sécurité. Les Samis ne lui feraient pas le moindre mal. Il les avait vus, malgré leur méfiance initiale, accepter peu à peu la guerrière dans leurs rangs et apprendre à la respecter. Même l'incident de ce soir ne remettrait pas leur loyauté en cause. Ils avaient compris que ce n'était que ça, un malheureux accident, et qu'Auðr n'avait jamais eu l'intention de nuire à Áile. D'ailleurs, quand il y repensait – et il y avait repensé toute la soirée et une bonne partie de la nuit –, il en portait la responsabilité tout autant qu'Auðr et que la jeune fille. Celle-ci était déjà lourdement châtiée pour avoir tenté de séduire un homme censé être marié, mais Asdan s'en voulait quand même. Il n'avait répondu ni à ses avances autour du feu ni à son baiser, quand elle l'avait rejoint alors qu'il revenait après s'être soulagé. Il n'avait pas même réagi à son baiser et, quand ses lèvres s'étaient plaquées sur les siennes, c'était la surprise de ce contact imprévu, l'étonnement de sentir un corps féminin pressé contre le sien, qui l'avait figé. Il n'avait même pas ressenti de désir, malgré la joliesse de la jeune fille. Et à peine s'était-il ressaisi et se préparait-il à l'éconduire avec le plus de gentillesse possible qu'Auðr était intervenue, et tout le monde connaissait la suite. Mais il aurait pu réagir plus tôt. Ne pas sourire à Áile, ne pas accepter les plats qu'elle lui tendait, ne pas accepter qu'elle s'assoie si souvent à côté de lui ou pose sa main sur son poignet quand il jouait de la musique. Il n'aurait pas dû attendre si longtemps avant de lui dire qu'il n'était pas intéressé – car il le lui avait dit, juste avant de quitter la veillée – et encore moins avant de la repousser. Il avait eu peur de la blesser, et le résultat était qu'elle porterait des cicatrices bien plus traumatisantes qu'une simple vexation.

Mais ce qu'il craignait avant tout pour Auðr, c'était le mal qu'elle pouvait se faire à elle-même. Il l'avait vu, elle était le juge le plus dur qui puisse exister envers ses propres torts et il ne doutait pas qu'elle devait s'en vouloir horriblement. Il supposait même qu'elle devait s'identifier à la jeune fille et se reprocher encore plus ses blessures.

Aussi, quand elle était sortie de la *lavvu*, il avait décidé de la suivre de loin, pour veiller à ce qu'elle ne se fasse pas de mal. Il l'avait donc espionnée et s'était rassuré en découvrant qu'elle ne se rendait que chez la *noaidi* de la tribu, certainement pour prendre des nouvelles d'Áile. Il ne s'était donc pas attardé et avait rebroussé chemin pour regagner sa couche. Il savait, pour avoir échangé avec Gáren, que celle-ci, malgré son jeune âge et un caractère un peu bourru de prime abord, était la bonté même et qu'elle ne reprocherait rien à Auðr. Il s'était donc résolu à attendre le retour de la guerrière.

Il avait attendu longtemps. Si longtemps, en fait, qu'il s'était endormi, l'esprit empli d'images d'Auðr, et ne s'était même pas réveillé quand elle était rentrée.

Il avait été tiré de ses songes, en revanche, par les plaintes qu'elle s'était mise à pousser au bout d'un moment. Il ne les avait pas entendues tout de suite, et elle devait avoir gémi et s'être mordu les lèvres durant un long moment car, quand il avait ouvert les yeux et s'était rapproché d'elle, il avait remarqué ses yeux écarquillés de peur même si elle ne le voyait pas, ses joues striées de larmes et... était-ce un tatouage, là, sur sa pommette droite, là où commençaient ses cicatrices ?

Il ne s'en soucia pas. Auðr faisait des cauchemars, c'était évident, mais il ignorait s'il devait tenter de la réveiller ou si les démons qui s'en prenaient à son âme ne l'emporteraient pas avec eux s'il l'arrachait à leurs griffes.

Il hésita quelques instants, durant lesquels Auðr poussa un cri encore plus fort, avant de se mettre à se débattre contre ses fourrures comme si celles-ci cherchaient à l'étrangler. Voyant qu'elle se mettait à se griffer le cou, puis à lancer des coups de pied en secouant la tête, il craignit qu'elle ne se blesse et décida d'intervenir.

Avec précaution, car Auðr demeurait une guerrière aux réflexes mortels, il posa une main sur son épaule et la pressa doucement.

— Auðr, réveille-toi.

Elle ne réagit pas. Elle sursauta à son contact, mais continua à balbutier des phrases inintelligibles dans lesquelles il crut discerner des excuses. Il recommença à la secouer avec précaution. Il se tenait sur le côté, pour éviter qu'Auðr ne frappe ses blessures si elle l'attaquait, se croyant aux prises avec un ennemi dans son sommeil.

— Auðr, ce sont des mauvais rêves, réveille-toi.

Elle gémit, et ses yeux se révulsèrent. Son visage était couvert de sueur, et elle affichait des traits torturés, paniqués, comme si une intense souffrance la traversait. Elle poussa un nouveau cri déchirant et, cette fois, il n'hésita plus. Il la gifla et la saisit par les épaules pour l'asseoir de force contre lui. Elle ne résista pas et, quand elle ouvrit les yeux et plongea ses pupilles dilatées dans les siennes avec un hoquet étranglé, il comprit qu'elle s'était enfin éveillée et le voyait vraiment.

Elle émit un sanglot et inspecta son visage comme si elle s'attendait à ce qu'il se change en un monstre grimaçant. Puis elle poussa un profond soupir et baissa la tête. Sur ses cuisses, ses mains tremblaient et il sentait, aux frissons qui agitaient ses épaules, qu'une nouvelle crise se préparait.

— Auðr, calme-toi, c'est moi, Asdan. Tu ne crains rien, tu as juste fait un cauchemar, c'est fini, tout va bien.

Il murmura des mots apaisants jusqu'à ce qu'Auðr s'apaise

peu à peu et, quand il la sentit s'affaisser contre lui et pousser un profond soupir qui parut la vider jusqu'à son âme, il comprit que le danger était écarté. Mais, quand il se recula pour contempler son visage, il vit que de nouvelles larmes débordaient de ses yeux. Auðr la guerrière, la *skjaldmö* invincible qui avait combattu des ennemis et vaincu dans d'innombrables guerres, était épuisée, terrorisée, à bout de forces. Et elle était dans ses bras. Il résolut que, quoi qu'elle dise ou fasse pour le chasser, il ne la laisserait pas faire. Il la garderait contre lui, avec lui, jusqu'à ce qu'elle comprenne qu'il ne la laisserait jamais seule.

— Je suis là, tout va bien. Laisse-moi m'occuper de toi, ma guerrière..., demanda-t-il encore.

Cette fois, Auðr ne résista pas quand il l'attira à lui. Ses mains se refermèrent sur ses épaules, et il la sentit s'effondrer dans ses bras, enfouir son nez au creux de son cou. Elle s'affaissa contre lui, abandonnée et offerte, et il la sentit sangloter quelques instants avant de s'apaiser. Ils demeurèrent ainsi un long moment, à écouter le son de leur respiration, de plus en plus lente, à percevoir le rythme de leurs cœurs, qui battaient à l'unisson, à savourer la chaleur de leurs corps imbriqués.

Enfin, quand elle lui parut sereine, il se redressa et la contempla avec tendresse.

— Veux-tu finir la nuit avec moi ? Juste pour rester dans mes bras, pour que je te protège de tes cauchemars.

Auðr avala sa salive tout en évitant son regard, et il crut qu'elle allait refuser. Après tout, elle l'avait déjà rejeté plusieurs fois pour cette même proposition. Mais, alors qu'il allait baisser la tête et la lâcher pour respecter sa décision, même si elle le décevait, elle esquissa un petit signe affirmatif.

— Tu veux bien ? insista-t-il.

— Oui.

Le mot avait été chuchoté si bas qu'il en était presque inaudible, mais il s'en contenta. Avec un sourire de reconnaissance, il la reprit contre lui pour s'allonger à côté d'elle. Mais il n'avait pas prévu ce qu'elle fit. Au lieu de se remettre dans ses bras pour se rendormir, elle se jeta contre lui avec désespoir et plaqua sa bouche contre la sienne. Ses bras s'enroulèrent autour de son dos, et elle lui imposa un baiser brûlant, ardent, désespéré. Il ne résista pas. Il s'offrit à Auðr comme il avait toujours espéré le faire, cédant à son désir comme à sa passion, car il savait qu'à présent, quoi qu'il adviendrait d'eux par la suite, il était totalement perdu, possédé par cette femme.

Auðr

La *skjaldmö* était prise dans un maelstrom de pensées et de désirs conflictuels. Quand elle s'était éveillée dans les bras d'Asdan, réconfortée par ses mots lénifiants et ses bras réconfortants, elle avait eu du mal à séparer le rêve de la réalité et avait cru que les démons qui avaient envahi son esprit lui jouaient un nouveau tour. Sans doute cette nouvelle vision d'Asdan allait-elle faire mine de la rassurer pour mieux la poignarder ensuite, quand elle aurait abaissé son bouclier. Elle s'était tenue sur la défensive, raide dans ses bras, jusqu'à ce que les sensations la pénètrent et la persuadent que ce n'était pas un piège de plus. Asdan était là, avec elle, bien réel, et il la berçait, lui parlait, séchait ses larmes. Il sentait son habituel mélange de bois et d'huile parfumée, de feu de camp et de fourrure, il était chaud, et sa voix était douce comme le miel. C'était bien lui.

Elle s'effondra dans ses bras et se laissa aller. Elle n'avait plus la force de lutter. Tant pis s'il ne l'aimait pas, s'il ne voulait d'elle qu'une compagne d'une nuit faute de mieux, qu'il partirait sans se retourner quand ils arriveraient à Kannanlakši. Pour cette nuit, après tant de peurs, de luttes, de remords et de souvenirs, elle avait juste envie de s'abandonner aux sensations délicieuses qu'il savait lui offrir. Elle souffrirait le lendemain, elle le savait, mais entre-temps elle aurait chassé ses démons pour quelques heures, et engrangé quelques souvenirs agréables de plus.

Aussi, quand il lui proposa de dormir avec lui, elle n'hésita pas et se jeta dans ses bras. Elle avait sommeil, certes, mais elle avait avant tout envie de le sentir, lui. De le sentir dans ses bras, dans sa bouche, dans son corps. Elle voulait qu'il la prenne corps et âme, et elle voulait le prendre aussi corps et âme. Elle l'embrassa de tout son soûl, avec avidité et désespoir, et quand il ouvrit la bouche et répondit à son baiser avec la même passion, elle comprit qu'il ne la repousserait pas. Bien au contraire, il approfondit leur étreinte, sa langue dansant contre la sienne et faisant naître des palpitations brûlantes au creux de son ventre et entre ses cuisses. Lorsqu'il prit l'initiative de leur étreinte et qu'il la repoussa avec détermination sur les fourrures pour s'étendre sur elle, elle le laissa faire.

Cette nuit, elle n'avait ni l'envie ni l'intention de le dominer. Elle voulait juste recevoir, être acceptée, être aimée.

Et Asdan l'aima comme elle en avait rêvé.

Après l'avoir embrassée jusqu'à ce qu'ils soient tous deux à bout de souffle, il la déshabilla avec ardeur, lui ôtant ses vêtements l'un après l'autre tandis qu'elle arrachait les lacets au col de sa tunique pour la lui enlever au plus vite. Quand ils furent tous les deux nus, il ne perdit pas de temps. Il posa de nouveau sa bouche brûlante sur son corps et la dévora de la tête aux pieds. Il l'embrassa, la mordit, la lécha et la caressa de telle sorte qu'aucune parcelle de sa peau ne fut explorée par ses soins. Il la parcourut de ses mains, de ses lèvres, de sa langue, la faisant frissonner et gémir, chassant jusqu'au moindre souvenir des cauchemars qui l'avaient hantée pour ne plus laisser que lui dans sa tête et dans son corps.

Enfin, quand elle ne fut plus que souffle haletant, chair pantelante et ardeur frustrée, il la pénétra d'un grand coup de reins, plongeant en elle comme si elle lui avait toujours appartenu. Elle l'accueillit avec bonheur et soulagement. Le vide en elle était enfin comblé, rassasié, et elle se mit à onduler des hanches avec vigueur pour l'encourager à la posséder encore plus vite, encore plus fort. Quand elle tenta de l'agripper pour le serrer contre elle, il saisit ses mains et les releva au-dessus de sa tête. Ses longs doigts de musicien enserrèrent ses poignets d'une seule prise et les clouèrent dans les fourrures pour qu'elle se retrouve à sa merci, les bras relevés, la poitrine offerte, le visage tendu vers lui. Elle avait toujours détesté être ainsi soumise au désir d'un homme et avait toujours fait en sorte de renverser les situations pour que ce soit elle qui domine les ébats. Mais avec Asdan, dans cette *lavvu* perdue au nord de la Carélie, cela n'avait plus d'importance. Elle savait que, pour ces quelques heures, il n'y avait qu'eux au monde et qu'il ne lui ferait aucun mal. Alors elle accueillit sa domination avec joie et le laissa la posséder comme il le voulait, comme il le faisait si bien. Tandis qu'il plongeait en elle encore et encore, la faisant se cambrer et gémir sous son poids, il fit courir sa main gauche sur sa gorge, descendit jusqu'à sa poitrine et lui caressa les seins. Il joua avec ses tétons l'un après l'autre, les agaçant et les pinçant, lui arrachant des cris et des plaintes irrépressibles, alors qu'il ralentissait le rythme de ses coups de reins, la faisant défaillir. Elle en voulait encore plus, toujours plus, mais il refusait de le lui donner. Il la possédait avec une détermination sans faille, l'amenant toujours plus près de la jouissance sans jamais la lui donner, faisant monter les sensations sans lui offrir le répit auquel elle aspirait. Quand elle ouvrit la bouche pour le supplier de prendre un rythme plus ardent, il la fit taire d'un baiser passionné, et elle lui mordit la lèvre inférieure, lui arrachant un rire satisfait. Il retira sa bouche et, se pliant, lui mordit un téton en réponse, ce qui la fit se cambrer contre lui pour en réclamer davantage. Sa main droite lui maintenant toujours les poignets, il glissa la gauche entre eux et, lorsqu'il se retira d'elle presque complètement, ne laissant que son gland jouer à l'entrée de son sexe, il chercha son clitoris d'un doigt et se mit à le caresser, l'exciter et le stimuler jusqu'à ce qu'elle se morde la lèvre pour ne pas crier de détresse. Les sensations étaient incroyables mais, à ce stade, elle avait juste envie de jouir tant c'était fort.

— Ne te tais pas, Auðr, chuchota-t-il alors à son oreille. Je veux que tu cries mon nom…

— Non…, gémit-elle.

— Je ne te ferai pas jouir tant que tu n'auras pas crié mon nom, insista-t-il. Je veux que tu l'entendes, que tu saches, intimement, que c'est moi et nul autre qui te fais jouir, et que personne ne te fera jamais plus jouir comme moi.

Elle gronda de colère et releva la tête pour plonger son regard dans le sien.

— Espèce de musicien arrogant ! Jamais je ne...

Mais elle ne put continuer. Il venait de plonger en elle d'un seul coup décisif, au plus profond, jusqu'à atteindre le point culminant de son plaisir. Il reprit en même temps ses caresses sur son clitoris, le pressant et le titillant avec une telle dextérité qu'elle manqua de s'évanouir. Mais une fois encore, alors qu'elle frissonnait et se tendait, sentant les vagues de l'orgasme monter, il se retira complètement.

Elle poussa un long cri de frustration et creusa les reins pour retrouver le contact de son sexe. Elle tendit les bras, cherchant à échapper à sa prise pour le ramener à elle, en elle, mais il plaqua ses mains dans les fourrures et l'écrasa de son corps avec un rire conquérant.

— Tu n'y arriveras pas, Auðr. C'est moi qui décide, cette nuit. Je veux que tu cries mon nom, répéta-t-il en faisant glisser son pénis le long de son sexe.

Elle ferma les yeux.

— Tu es sûre que tu ne veux pas... ? susurra-t-il.

Alors qu'elle faisait non de la tête, incapable d'ouvrir la bouche de peur que son nom lui échappe, il la retourna d'un coup, la faisant basculer sur le ventre de sa main tout en continuant à lui maintenir les bras devant elle de son autre main. Elle se retrouva étendue dans les fourrures, le dos et les fesses offerts, et il se plaqua de nouveau contre elle.

— Redresse-toi, ma belle. Montre-moi tes fesses.

Cet ordre ne fit que l'exciter davantage, mais elle n'eut pas le temps de réfléchir à ce qu'il lui demandait qu'il avait glissé une main sous son ventre et l'avait soulevée, la faisant se mettre à genoux, l'arrière-train tendu vers lui. Son torse plaqué contre son dos, sa verge collée à son sexe, il avait lâché ses poignets pour lui imposer ce changement, et elle était accoudée dans les fourrures, les reins creusés.

Sa main gauche quitta son ventre pour s'insinuer dans son sexe, écartant ses lèvres, le caressant et jouant avec son clitoris pour l'exciter davantage, jusqu'à reculer, encore et encore, pour trouver l'entrée de son sexe. Elle gémit et se cambra, et il pressa son autre main entre ses épaules pour la forcer à tendre encore plus les fesses vers lui. Son pénis descendit vers son vagin, mais ce furent ses doigts qui la trouvèrent en premier. Il enfonça son majeur dans son sexe, puis son index, et entama des va-et-vient presque aussi rapidement que lorsqu'elle était sur le dos. Elle crispa le bas-ventre pour savourer les sensations mais, alors qu'il ondulait derrière elle, la plaquant et faisant glisser son pénis le long de son sexe, il la mordit à l'épaule, la marquant de son désir.

— Dis mon nom, Auðr, si tu veux que je te prenne...

Cette fois-ci, poussée par le désir qui la rongeait et par cette pulsion en elle qui lui hurlait de céder à la jouissance, elle ne résista pas.

— Prends-moi, Asdan. Je t'en supplie, prends-moi.

Il obéit. Ses doigts se retirèrent et guidèrent son sexe jusqu'au sien, qu'il pénétra d'une longue poussée conquérante. Auðr poussa un cri de jouissance à la sensation de plénitude qui l'envahit. Elle était complète. Asdan la possédait totalement, elle était à lui, corps et âme, et il la prenait à grands coups de reins. Il plongea en elle encore et encore, de plus en plus vite, de plus en plus fort, jusqu'à ce qu'elle oublie où elle commençait et où il finissait. Ils ne faisaient plus qu'un et, quand elle sentit le plaisir monter encore en elle, elle creusa davantage les reins, s'offrant toujours plus, et il appuya sur son clitoris, la faisant basculer d'un coup.

Elle poussa un cri déchirant quand les spasmes de la jouissance la traversèrent. En elle, Asdan continuait à aller et venir, frappant au plus profond de son sexe, heurtant le point tout au bout, là où elle avait l'impression qu'il martelait son cœur, et une nouvelle vague d'orgasme la parcourut, supplantant la précédente.

Mais il ne s'arrêta pas là. Il ne lui avait pas suffi de la faire céder, de la faire jouir. Alors qu'elle s'affaissait dans les fourrures, repue et rassasiée de plaisir, presque ivre de sensations, il ralentit le rythme, la laissant s'effondrer sur le ventre. Il ne se retira pas d'elle et continua à faire des va-et-vient lents, profonds mais doux, la berçant comme s'il avait l'intention de continuer indéfiniment. Le plaisir continua ainsi en elle, faisant succéder à l'orgasme un bonheur diffus, mais irradiant, qui ne cessait de la combler. Elle avait l'impression de flotter, d'être dans les nuages, ou entre deux eaux, de ne plus avoir de corps, d'être juste une sensation, une plénitude, un plaisir inconnu, offert par Asdan pour remplacer sa douleur.

Alors qu'il reprenait avec lenteur ses coups de reins, il parcourut son dos d'une lente caresse, puis, une fois sa main sur ses hanches, la glissa sous son ventre et revint la nicher entre ses jambes. Il saisit la base de son sexe et enfouit un doigt là où son pénis se trouvait. Ses va-et-vient se firent plus intenses, accentués par les caresses de ses doigts sur son clitoris. Une nouvelle fois, le plaisir monta en Auðr, et elle se crispa pour mieux recevoir les sensations. Elle se tortilla, elle voulait se remettre à genoux, pour mieux profiter de toute la longueur de son sexe, pour lui permettre de la pénétrer avec plus de force, mais il ne la laissa pas faire. Il la maintint dans les fourrures et approfondit encore son rythme sans accélérer, mais en s'enfonçant en elle au plus profond, jusqu'à caresser son intimité d'une façon totalement inconnue, qui lui donna l'impression qu'il la possédait entièrement. Elle se sentit submergée d'un nouveau plaisir, moins intense mais plus prolongé, et gémit son nom.

— Asdan, je... je viens encore.

— Moi aussi, Auðr. Moi aussi, je veux... venir avec toi, grogna-t-il, la voix tendue de désir retenu.

— Alors, prends-moi fort, cria-t-elle. Fais-moi jouir.

Il se déchaîna alors sur elle et, après trois allers-retours d'une force incroyable, l'envoya au sommet du plaisir, tandis qu'il jouissait en elle avec un râle de plaisir.

Il s'abattit sur elle, et elle se sentit baigner dans sa chaleur et dans son odeur, saisie d'un bien-être total qui l'engourdissait et l'emplissait de satiété et de sérénité. Son souffle saccadé se diffusait dans son cou et son rythme cardiaque emballé se régula bientôt sur le sien, et ils restèrent ainsi, l'un sur l'autre, à guetter le ralentissement de leurs corps repus jusqu'à ce qu'ils sombrent ensemble dans le sommeil.

Au moment où Auðr s'endormait, elle sentit Asdan rouler sur le côté et remonter les couvertures sur eux. Elle tendit une main pour se blottir dessous et, quand il vint se caler contre son flanc, il l'embrassa sur sa joue, juste au-dessous de ses nouveaux tatouages.

— Tu es belle, Auðr. Je t'aime.

Puis il sombra dans le sommeil.

La guerrière se figea. Tout sommeil l'avait quittée.

Pourquoi ce mensonge ? Pourquoi lui dire ces mots cruels, qui gâchaient le moment de plaisir qu'ils venaient de vivre ? Elle ne lui demandait rien, elle ne lui avait rien réclamé. Aucune parole, aucun engagement, aucune promesse. À quoi lui servait-il alors de lui mentir, de tenter de la berner de faux-semblants, si excessifs qu'il lui était impossible de les croire ? Elle voulait bien admettre qu'il éprouvait peut-être une sorte de loyauté à son égard, de reconnaissance pour l'avoir sauvé, et d'engagement jusqu'à la fin de leur voyage. Elle était capable de concevoir qu'il puisse même ressentir une forme d'affection, née de la proximité, d'avoir partagé la chaleur de leur tente et de leur corps. Mais l'aimer ? La trouver belle ? Quelle idiotie ! Quelle impudence, la prendre pour une idiote, une crédule, une femme si avide d'amour qu'elle serait prête à croire la première déclaration venue, alors même qu'elle avait surpris des mots criant l'inverse ! Or Asdan ne savait pas qu'elle avait surpris sa conversation avec Svante et il ne le saurait jamais. Ainsi, si un jour il essayait de se servir d'elle, avec ses mots doux et ses yeux brûlants, pour la manipuler ou obtenir un quelconque avantage, elle pourrait utiliser sa propre phrase contre lui et lui prouver qu'elle n'était ni bête ni crédule.

Elle serra les dents et décida que, dès qu'ils atteindraient Kannanlakši, elle lui tournerait le dos et tracerait son chemin. Seule comptait sa mission. En attendant, elle devait se reposer, à défaut de dormir, et se lever à l'aube pour préparer la dernière étape de ce voyage.

17

Auðr

Ils arrivèrent à Kannanlakši avant le crépuscule, alors que le soleil, déjà disparu sous l'horizon, avait laissé place à la nuit blanche qui, dans cette région du cercle arctique, durerait presque toute la nuit. Auðr commençait à s'habituer à ces nuits qui n'en étaient pas. Elle n'avait pas dormi pour autant, mais la clarté ambiante n'était pas en cause, et elle ne ressentait même pas la fatigue.

Depuis qu'elle avait résolu de quitter Asdan et les Samis à leur arrivée, elle s'était focalisée sur ce but et n'avait accordé que très peu d'attention au reste. La journée s'était passée en traîneau, à guider les chiens pour qu'ils restent sur la piste presque invisible sous la neige, tandis que les Samis réunissaient leurs troupeaux pour éviter qu'ils ne s'éparpillent et ne s'égarent avant leur destination. Elle savait, pour les avoir entendus en parler, qu'ils ne rentreraient pas dans le village. Ce dernier était avant tout un point de regroupement pour les marchands itinérants et les commerçants, pas un lieu de vie sédentaire. Les éleveurs de rennes préféraient monter leurs *lavvus* à l'extérieur, par petits groupes de tribus familiales, et se rassembler, le soir venu, pour échanger les derniers potins, les nouvelles, négocier les unions et les marchés, conter des histoires et remercier leurs dieux pour une nouvelle saison profitable.

Elle ne resterait pas avec eux. Elle ne savait pas ce qu'Asdan ferait, mais elle ne le lui avait pas demandé et ne le ferait pas.

Quand il s'était réveillé, au petit matin, elle était déjà debout et habillée, en train de nourrir les chiens et de ranger son équipement pour préparer le départ. Il s'était approché d'elle dès qu'il l'avait vue au sortir de leur tente et avait esquissé le geste de la prendre dans ses bras, la mine encore chiffonnée de sommeil. Elle l'avait trouvé attendrissant. Ainsi décoiffé, les yeux troubles et les traits presque innocents, dépourvus de sa malice naturelle, il était irrésistible et elle avait brûlé de se réfugier dans ses bras et de respirer son odeur.

Rien qu'une fois, une ultime fois.

Mais, au dernier moment, alors qu'il faisait le geste de la serrer contre lui pour l'embrasser, elle s'était reprise et avait reculé. Elle avait amorcé un demi-tour pour récupérer la besace de viande pour les chiens et avait repris sa distribution, faisant mine d'être trop affairée par sa tâche pour avoir remarqué le geste affectueux.

Asdan s'était figé et avait émis un hoquet de stupéfaction avant de pousser un profond soupir. Puis il avait fait demi-tour, la tête basse, et était allé rejoindre Svante et Håkan pour manger le porridge qu'ils lui réservaient chaque matin.

Elle ne l'avait pas revu depuis.

Avant de partir, elle était allée voir Gáren pour que celle-ci vérifie que ses tatouages n'avaient pas suinté ni fait de croûtes durant la nuit, puis avait pris des nouvelles d'Áile. Le bras de la jeune fille allait bien. Ses plaies étaient superficielles, et son ego était bien plus meurtri que sa chair. Quand elle avait vu Auðr s'approcher, elle avait tourné les talons et s'était réfugiée dans la *lavvu* de la *noaidi* sans prononcer un mot. La chamane avait haussé les épaules et expliqué à la guerrière que sa patiente était à la fois vexée de son comportement envers Asdan et embarrassée par le présent qu'Auðr lui avait fait la nuit passée, mais qu'il ne s'agissait aucunement de rancune ni d'aversion envers elle. Seulement elle ne voulait pas la voir. Auðr l'avait compris et n'avait pas insisté. Áile allait bien, c'était le principal.

Puis la tribu s'était mise en route et, voyant Asdan positionner son traîneau entre ceux des deux chefs du clan, sans doute pour continuer à discuter avec eux, Auðr avait fait mine de démêler les rênes de ses chiens et s'était placée en queue du convoi. Ainsi, elle pouvait le protéger des attaques par l'arrière tout en restant seule. Personne n'avait protesté, et la journée s'était passée ainsi, sans qu'elle ne parle à personne, et nul ne lui avait prêté attention.

Lorsque le soir arriva et que les rennes furent réunis dans la plaine au nord de Kannanlakši, à proximité du groupement de *lavvus*, Auðr prit congé des deux *hoavdatt*. Ils lui rappelèrent leur promesse de lui prêter assistance si besoin était, puis elle fit un demi-tour avec son traîneau et quitta les Samis avec qui elle avait voyagé pendant plusieurs jours sans un regard en arrière. Elle traversa le campement sans voir Asdan et fit son possible pour ne pas guetter sa silhouette familière et sa crinière de cheveux roux flamboyants.

Peut-être ne le reverrait-elle plus jamais.

Cette idée lui brisait le cœur.

Mais cela valait mieux. Son cœur avait déjà trop souffert, elle n'avait pas besoin de se gorger une dernière fois de sa vue, pas besoin de l'entendre lui mentir davantage. Elle ne ferait qu'en souffrir d'autant plus.

Aussi, même si elle avait l'impression qu'il était là, à la regarder s'en aller, attendant un geste, un signe, pour l'inviter à la rejoindre – comme elle aurait tant aimé le faire –, elle se força à se tenir droite, le visage tourné vers les remparts de bois de la petite cité.

Asdan

Le *skald* la regarda s'éloigner sans un coup d'œil en arrière.

À chaque foulée des chiens, à chaque mouvement du traîneau qui emmenait sa guerrière loin de lui, il avait l'impression que son cœur s'alourdissait un peu plus.

Peut-être ne la reverrait-il plus jamais.

Cette idée lui brisait le cœur.

Il ne le permettrait pas. Auðr ne l'acceptait pas pour le moment, certes. Elle n'était pas prête, elle n'était pas en état d'accepter, de croire ce qu'il lui disait et qui venait pourtant du plus profond de son âme. Mais il ne renoncerait pas. Il ne la laisserait pas se sauver et s'en tenir à cet avenir sombre et solitaire qu'elle s'était résolue à se forger. Il savait qu'elle y parviendrait. Cette femme était dotée d'une volonté de fer et d'une ambition digne d'un roi, et si elle avait résolu de devenir reine de son propre royaume, elle le ferait, il n'y avait pas le moindre doute.

Aussi ne comptait-il pas la laisser se perdre dans ses résolutions qui n'étaient guidées que par sa douleur et par les blessures de son passé.

Peut-être ne l'aimerait-elle jamais. Peut-être son cœur serait-il toujours relié à cet homme de son passé qu'elle avait aimé et qui lui avait causé tant de peine. Mais il pouvait l'accepter. Il se savait indigne d'elle. Auðr était si belle, si courageuse, si forte, si intelligente. Comment lui, un simple *skald* qui avait échoué à faire honneur à ses parents, aurait-il pu gagner son amour ? Mais cela n'importait pas, tant qu'elle l'acceptait à ses côtés. Il était prêt à tout lui offrir, son cœur, son corps, son âme, sa fidélité et sa loyauté, tant qu'elle tolérait sa présence et son affection, même si elle ne la lui rendait pas.

Il en était rendu là. C'était pitoyable, il en était conscient. Mais c'était ainsi, et il n'en pouvait plus de lutter contre cette passion dévorante qui emplissait son cœur en permanence dès qu'il était en présence de cette femme dont le manque le taraudait incommensurablement quand elle était loin de lui.

Il fallait donc qu'il reste à proximité, prêt à la retrouver dès qu'elle lui ferait le premier signe. Si besoin était, il serait là pour la protéger, pour la sauver, pour la guider, si elle se perdait.

Auðr

Si sa rencontre avec le boyard Ottar à Soroka n'avait pas correspondu à ce qu'elle avait imaginé, sa présentation au *jarl* Eero se passa exactement comme elle l'avait prévu. Eero était originaire du Bjarmeland, contrée dominée par les tribus tchoudes, et son ascendance se voyait à ses yeux si clairs qu'ils en paraissaient blancs, et à son teint qui ne l'était pas moins, malgré les taches brunes provoquées par la réflexion du soleil. Le contraste était stupéfiant : sa peau couleur de lait, moins fripée que celle de Gustav, était marquée de tavelures foncées qui créaient un motif irrégulier, stupéfiant, mais pas laid pour autant. Ses cheveux d'un blond presque blanc étaient noués en un chignon haut qui dominait son crâne et dévoilait des tempes rasées autour de ses oreilles, où sa peau bicolore était parsemée de tatouages bleus rituels. Auðr faillit porter la main à sa pommette en se rappelant les siens, encore frais de la veille, mais la chamane samie lui avait bien dit de ne pas les toucher tant qu'ils n'étaient pas cicatrisés. Pour l'instant, elle ne les avait pas regardés et avait refusé que Gáren les lui décrive, et comme Asdan ne lui en avait pas parlé, elle ignorait ce que la *noaidi* avait représenté sur sa peau. Ce n'était pas important. L'urgence était de parvenir à un traité avec Eero et, pour cela, elle devait lui faire bonne impression.

Quand elle avait pénétré dans sa *goahti*, la tente lourde et rigide que les habitants de cette région utilisaient, à la place d'une *lavvu*, quand ils ne se déplaçaient pas, elle avait été surprise par ses dimensions et par sa chaleur. De l'extérieur la structure ressemblait à un grand cône surmonté de pierre et de terre sur laquelle des herbes rases et de la mousse avaient poussé, mais à l'intérieur les petites ouvertures tout autour de la tente stabilisée créaient une luminosité ambiante harmonieuse, et le cercle de foyers de pierre, au centre, formait un halo de flammes claires dont les résidus de fumée montaient directement vers le trou au sommet. Les compagnons et soldats du *jarl* étaient campés autour de la *goahti*, munis d'épées, de lances et de scramasaxes, et gardaient les yeux rivés sur l'entrée d'où elle avait émergé.

Elle se rapprocha et put examiner Eero. Elle savait qu'il venait du Bjarmeland et était l'ennemi de Gustav, mais elle n'avait pas imaginé qu'il serait si beau. Il n'était pas tout jeune, mais affichait un visage fier et arrogant sur lequel son front haut, son nez droit et ses lèvres ourlées formaient une expression à la fois noble et cruelle. La cicatrice qui striait le côté gauche de ses traits, partant de la lisière de ses cheveux et tranchant son sourcil et sa pommette, pour descendre jusqu'à son menton, n'ôtait rien à sa beauté, lui ajoutant un côté dangereux plutôt séduisant. Elle se sentit étrangement attirée par cet homme, comme si son port orgueilleux et ses blessures appelaient quelque chose en elle, une filiation, une proximité. Plus qu'un traité ou une alliance qu'elle était venue chercher, elle eut envie de nouer autre chose avec lui, une relation, peut-être une proximité.

Puis elle repensa à Asdan. À sa douceur, sa gentillesse et sa tendresse quand il lui faisait l'amour. Même s'il lui avait menti, elle avait cru en ses gestes plus qu'en ses mots, et il demeurait le parangon des vertus masculines, l'idéal auquel elle n'aurait jamais droit et auquel elle devait renoncer. Peut-être devrait-elle se contenter d'un Eero, finalement, ne pouvant avoir un Asdan. Peut-être un homme aussi blessé qu'elle, aussi brisé, un guerrier, lui conviendrait-il mieux qu'un poète, un musicien, à la langue aussi habile que ses doigts pour la manipuler et lui mentir.

Se rappelant la phrase meurtrière de son amant, elle ferma son cœur et se focalisa sur sa mission. Pas à pas, elle se rapprocha d'Eero, qui la regardait avancer en silence, et, une fois parvenue au pied du siège prestigieux rehaussé de fourrures sur lequel il trônait, elle s'inclina légèrement.

— Je te salue, *jarl* Eero du Bjarmeland. Je suis Auðr Larsendöttir, épouse du *jarl* Gustav d'Aldeigiuborg et *skjaldmö* vouée à Freyja. Je viens négocier les termes d'une alliance entre mon mari et toi, qui vous serait profitable à tous les deux.

Dès qu'elle se tut, Eero la considéra en silence, sans répondre, et ce, durant un si long moment qu'elle commença à craindre de s'être trompée. Ottar avait-il eu le temps de prévenir son allié de son arrivée et de ses intentions ? Des espions d'Eero avaient-ils annoncé son arrivée et son but ? Eero comptait-il...

— Bienvenue à Kannanlakši, *skjaldmö* Auðr, épouse de mon ennemi Gustav d'Aldeigiuborg, et guerrière sanguinaire des Danois, finit-il par énoncer d'une voix aussi juvénile que son apparence. Je ne te souhaite pas la bienvenue. Je sais à quelles fins tu es venue, et je connais l'objectif réel de ton époux, qui t'a envoyée ici. Je ne m'y soumettrai pas. Je ne céderai pas à Gustav. Rentre chez toi, *skjaldmö*. Rentre dans ton pays par-delà la mer Baltique, et ne reviens pas. J'écraserai Gustav, et je t'écraserai aussi si tu restes à ses côtés. Aussi pars, le plus vite possible, et ne te retourne pas, si tu ne veux pas que je balafre l'autre côté de ton visage à tel point qu'aucun tatouage ne pourra atténuer ta laideur.

Auðr crispa les mâchoires. Outre la rebuffade diplomatique, à laquelle elle s'attendait à moitié, l'insulte ouverte la perturbait. Elle brûlait d'infliger un camouflet supérieur à celui qu'Eero venait de lui asséner, et seule une maîtrise parfaite de sa rage l'empêchait de décrocher ses haches pour décapiter Eero d'un seul coup.

Ce dernier, voyant ses poings se serrer sur le manche de ses armes, esquissa un sourire. Elle se força à ouvrir les mains pour les écarter en un geste pacifiant.

— Que tu ne souhaites pas d'alliance, je peux le comprendre. Mon époux et toi n'avez jamais été en relation, et ton pacte avec le boyard Ottar de Soroka ne peut t'inciter à te liguer avec Gustav à ton détriment. Mais réfléchis : Soroka est moins bien placée qu'Aldeigiuborg, et le boyard Ottar a été détrôné au profit de ses épouses, qui n'auront certainement aucune envie de s'allier avec l'ami de leur ancien bourreau. Tandis que, moi, je suis en lien avec elles, et je pourrai négocier un traité avec Soroka. Et une fois Soroka du côté d'Aldeigiuborg, tu n'auras plus aucun accès au sud, ni par la mer Blanche, ni par la Vyg, ni par le lac Onega, ni par Aldeigiuborg qui fait le lien entre le lac Ladoga et le golfe de Suomenlahti pour commercer avec les autres pays. Tu seras coupé de tout et de tous, et ton peuple dépérira peu à peu. Réfléchis à cette alliance, *jarl* Eero, car à moins de renouer avec ton Bjarmeland natal, tu n'as aucune chance de pouvoir te passer de moi ou de mon époux.

Eero haussa un sourcil moqueur.

— Et qu'est-ce qui m'empêcherait de commercer avec mon pays d'origine, comme tu le dis ? Je viens d'une tribu tchoude et j'y ai encore de la famille. J'ai aussi des proches à Soroka et sur les îles Solovki. Je pourrais commercer avec eux.

— Non, tu ne pourras pas. Si tu as quitté le Bjarmeland, je me doute que c'est parce que l'on t'en a chassé, ou qu'il n'y avait rien pour toi là-bas. Et, à Soroka comme sur l'archipel Solovki, tout est sous contrôle des épouses d'Ottar, qui ne voudront rien avoir à faire avec les *jarls* ayant traité avec leur mari. Ton unique chance d'asseoir ta position et ta fortune, c'est de t'allier avec moi et de me donner ce que mon époux exige.

Eero esquissa un sourire rusé.

— Oh ! Mais j'ai bien prévu de donner quelque chose à ton époux, *skjaldmö*. Et je vais le lui offrir sans tarder.

Auðr repositionna ses mains sur ses armes. Le ton d'Eero ne lui disait rien qui vaille, et sa détermination face à son raisonnement était plus qu'inquiétante. Il avait prévu quelque chose, ou il savait quelque chose, qui lui donnait l'avantage sur elle. Elle se demanda soudain si Gustav ne l'avait pas envoyée dans un piège, ou à tout le moins dans une mission perdue d'avance, pour se débarrasser d'elle tout en offrant un présent gratifiant à un ennemi pour l'amadouer – un présent ressemblant fort à une épouse encombrante qui permettrait à son adversaire de s'offrir la mise à mort prestigieuse d'une *skjaldmö* danoise. Mais non. Ce n'était pas logique. Gustav avait voulu l'épouser, tout comme il avait voulu la former et l'envoyer en mission. Il ne se serait pas donné tant de mal pour l'envoyer à son trépas. Alors quoi ? Pour ne pas se séparer de ses deux haches, elle déporta sa main gauche sur son scramasaxe et le tira discrètement à moitié de son fourreau. Mais elle n'eut pas le temps d'achever son geste qu'Eero avait tapé dans ses mains et que, d'un même mouvement, tous ses soldats s'étaient agglutinés autour d'Auðr, la dimension de la *goahti* leur permettant de l'encercler de leurs lances d'un seul geste, sans avoir à bouger pour qu'elle ne puisse faire trois pas sans s'empaler sur leurs fers.

Elle se figea, les yeux étincelants de rage impuissante. Eero se leva de son siège d'un mouvement gracieux et traversa les rangs de ses hommes pour se rapprocher d'elle. Alors qu'elle se demandait si elle pourrait dégainer son poignard pour le prendre en otage, les lances se rapprochèrent au point de bloquer ses mouvements, et elle ne put que lever les mains d'un geste conciliateur.

Eero vint se poster devant elle, si près qu'elle sentit son parfum submerger ses narines, un mélange de cardamome et de baies polaires – il devait en mâcher régulièrement, par gourmandise ou pour soulager des maux de ventre, ce qui expliquait aussi la teinte d'un rose soutenu de ses lèvres. Il afficha un sourire moqueur et tendit la main vers elle. Elle se raidit, mais se révéla impuissante à l'empêcher de lui dérober, une après l'autre, ses armes. Puis il porta les doigts à son menton et lui leva la tête pour examiner son visage sous tous les angles, comme il l'aurait fait d'une jument sur le marché.

— Mes informateurs m'avaient appris, il y a de nombreuses lunes, l'union de mon vieil ennemi avec une guerrière danoise. Je savais qu'il avait fait ça pour s'approprier les services d'une *skjaldmö*, et il ne m'a pas fallu longtemps pour comprendre son but secret : récupérer le pouvoir à Soroka, que je lui avais dérobé trente ans plus tôt, ce qu'il n'a jamais accepté.

— Tu te trompes, protesta Auðr entre ses dents crispées. Gustav ne veut pas...

— Tu es une piètre menteuse, guerrière, épargne-toi cette honte, la tança Eero, toujours du même ton doucereux. Je suis parfaitement au fait des intentions de Gustav, et c'est moi qui l'ai incité à passer à l'action en lui dérobant ces documents auxquels il tenait plus que tout. Regarde...

Eero claqua dans ses doigts et, à son ordre, un homme qu'Auðr avait déjà eu l'occasion de rencontrer, bien que brièvement, quelque temps plus tôt, souleva un rabat de cuir dissimulé derrière le trône d'Eero pour pénétrer dans la *goahti*. Le voleur. C'était l'espion, l'assassin, le traître, qui avait dépouillé Gustav de ses parchemins et de ses rouleaux, et qui avait lancé Auðr dans cette quête désespérée pour les récupérer. Il les tenait d'ailleurs dans ses mains, les berçant comme s'il s'agissait d'enfants chéris. Le cœur d'Auðr se vida en voyant l'homme se rendre auprès d'Eero, qui prit un des parchemins et s'écarta d'elle pour le porter au-dessus d'une flamme. La peau d'agneau tannée, précieusement annotée d'inscriptions runiques, se recroquevilla avec un grésillement, noircit et se froissa, sous le regard horrifié d'Auðr.

— Ne fais pas ça ! Gustav te...

— Préfères-tu que ce soit ta peau à toi qui brûle de mes mains ? l'interrompit Eero, de sa voix toujours douce mais d'une froideur inhumaine. Je peux le faire, et je le ferai avec grand plaisir. En fait, je n'attends qu'un mot de ta part pour m'atteler à la tâche. La seule question qui devrait te préoccuper, à l'heure actuelle, c'est de savoir quelle mort tu préfères : lente et douloureuse, ou rapide et indolore ?

Il se tourna vers elle sans ôter le parchemin des flammes, où il se racornissait de plus en plus. Quand il fut presque entièrement détruit, l'espion qui tenait les autres en tendit un suivant à Eero, qui reproduisit son geste. Mais plus personne ne prêtait la moindre attention aux précieux documents qui se consumaient.

— Car ta mort est inéluctable, guerrière, reprit le *jarl*. Tu vas mourir, sois-en sûre. Tu as signé ton arrêt de mort le jour où tu as épousé Gustav, et plus rien ne peut changer cela. La seule chose que tu peux contrôler, c'est la façon dont tu trépasseras. Et, pour cela, j'ai besoin de ta coopération.

Auðr réfléchit brièvement. La mort ne lui faisait pas peur. Elle l'avait déjà affrontée à maintes reprises et l'avait vaincue, et elle avait aussi connu la souffrance et la honte. Rien de tout cela ne l'avait détruite. Mais elle ne voulait pas renoncer à son but ni échouer. Ce serait intolérable. Une idée lui vint.

— Si tu ne veux pas d'alliance avec Gustav, que dirais-tu d'une union avec sa fille ? proposa-t-elle d'un ton qui lui parut un peu trop empressé. La princesse Hilde est jeune et belle, et héritera d'Aldeigiuborg à la suite de son père. Tu n'es pas sans savoir qu'il est en mauvaise santé et ne survivra pas très longtemps. Un mariage avec Hilde te permettrait à la fois d'obtenir la légitimité qui te manque sur ce fief que tu convoites, d'engendrer un héritier de sang noble, de t'allier le peuple du lac Ladoga, et d'obtenir la main d'une très belle femme, intelligente et bien éduquée, que...

Eero éclata d'un grand rire, rejetant la tête en arrière.

— Une épouse ! La fille de Gustav !

Il marcha vers Auðr pour lui souffleter le visage.

Celle-ci sentit le goût du sang dans sa bouche, qui souleva en elle la fureur de la bataille. Mais elle n'y céda pas. Elle ne voulait pas lui offrir ce plaisir et savait que la véritable victoire serait de surmonter cet affront et de survivre pour tuer Eero un autre jour.

— Je n'ai que faire d'une génisse, aussi belle et bien éduquée soit-elle, et encore moins intelligente ! La fille de Gustav n'est qu'une bâtarde, et le peuple se retournera contre elle à la première occasion. Tu dois vraiment être désespérée, ou Gustav doit l'être, pour me proposer une telle misère ! Non, je vais m'en tenir à mon premier plan. Gardes ! hurla-t-il.

Les soldats se rapprochèrent, et trois d'entre eux saisirent Auðr par les épaules, les poignets et le cou.

— Mettez-la aux fers. Demain, quand j'aurai fini de détruire ces documents, elle sera décapitée et sa tête envoyée à Gustav à titre d'avertissement. Le *jarl* d'Aldeigiuborg a fait une dernière tentative pour récupérer son fief d'origine, mais il a perdu, et recevoir la tête de son épouse suffira à lui couper toute envie de recommencer.

Il se détourna d'Auðr, qui jurait et crachait des insultes, se débattant contre les hommes qui la maintenaient, et fit signe à ses soldats de l'emporter.

18

Asdan

Le *skald* n'était pas à l'aise dans la peau d'un espion, mais se faufiler dans le noir, sans faire de bruit, ne lui était pas étranger. Durant des années, il avait fugué de sa chambre dans l'isba de ses parents pour écouter les musiciens de passage ou rejoindre les écuries, où il dormait mieux en compagnie des chevaux que dans son lit trop moelleux.

Mais, cette nuit-là, il ne se dirigeait pas vers les écuries, et les enjeux comme les risques lui coupaient le souffle.

Il avait réussi à se faufiler par-delà la ligne de gardes qui veillait autour de la *goahti* d'Eero, mais il craignait que les sentinelles soient plus nombreuses autour de la geôle d'Auðr. Il savait, pour avoir entendu les gens parler au marché, qu'une prisonnière était détenue en secret dans une *lavvu* à l'écart de la *goahti* centrale du *jarl*, et que cette femme, probablement une espionne ou une criminelle, serait décapitée à l'aube le lendemain. La description ne permettait aucun doute, « un visage semblable à celui d'un démon, bardé de tatouages et strié de cicatrices dues aux flammes de Jómali ». Ses nombreux voyages avaient permis à Asdan d'identifier ce nom comme étant celui du principal dieu des Tchoudes, le peuple primitif du Bjarmeland, dont le *jarl* Eero était originaire. Mais il avait également entendu les gens marmonner des invectives à l'intention de leur chef, qui lui avaient fait comprendre que le *jarl* et sa cohorte de guerriers, bien que régnant sur Kannanlakši depuis plus de trente ans, étaient considérés comme des ennemis par les locaux. Cela ne l'avait pas étonné. Les Tchoudes étaient les ennemis jurés des Samis, à tel point que leur nom, dans la langue des indigènes, signifiait « adversaire ». Néanmoins, à force de fréquenter ces gens, les Samis avaient fini par s'associer à leurs dieux, et Jómali était visiblement révéré ici au même titre que Horagállis – que les Samis appelaient Dierpmis plus au sud – ou Beaivi. Mais, malgré l'antagonisme récurrent que suscitait Eero, les envahisseurs du sud, dont le mode de vie et la mentalité étaient encore plus étranges aux yeux de ces gens, les effrayaient encore plus, et la crainte qu'une femme venue d'ailleurs mette en péril leur existence et leurs habitudes les poussait à saluer son exécution imminente.

Asdan n'avait pu supporter cela. Il se l'était promis dès le début : il restait à Kannanlakši pour s'assurer qu'il n'arriverait rien à Auðr et y resterait autant qu'elle, jusqu'à ce qu'elle soit hors de danger. Désormais elle était prisonnière, menacée de mort, peut-être blessée et vulnérable. Il s'était donc résolu à intervenir au plus vite pour lui éviter cette mise à mort. Son plan avait été facile à mettre en œuvre : il avait attendu la nuit, dépassé la première ligne de gardes, et allait la libérer pour qu'ils s'enfuient avant le lever du soleil.

Le début se passa bien, et Asdan parvint devant la *goahti* basse et sombre où les prisonniers étaient relégués. Il savait, pour avoir questionné discrètement la cuisinière d'Eero, qui venait acheter du poisson au marché et se plaignait de l'agitation des gardes qui la bousculaient dès qu'elle faisait un pas de côté depuis que cette prisonnière était arrivée, que la *goahti* où Auðr était détenue était gardée par un seul homme, un Vepse à l'air fourbe que nul ne connaissait à part Eero, et qui ne répondait qu'à lui. Mais cet homme, pour ce qu'Asdan avait entendu, était d'origine vepse et parlait le bepslaane, la langue du sud. Il passait son temps à espionner pour rapporter les propos qu'il entendait à Eero et se faisait récompenser. Il avait disparu, quelque temps plus tôt, et les habitants de Kannanlakši avaient espéré qu'il ne reviendrait jamais. Après plusieurs lunes, il était réapparu, porteur de parchemins, et avait repris sa place aux côtés d'Eero. Depuis hier, il montait la garde devant l'entrée de la *goahti* où la prisonnière était détenue, et bien malin qui parviendrait à échapper à sa surveillance. Asdan avait compris qu'il s'agissait de l'homme qu'Auðr traquait depuis Aldeigiuborg et que, depuis le début, il agissait pour le compte d'Eero, dont il était l'espion et le serviteur. Cependant sa principale préoccupation n'était pas ses origines mais sa loyauté : comment parviendrait-il à circonvenir ce fidèle serviteur pour qu'il trahisse son maître et libère Auðr ? Ou, tout du moins, comment pourrait-il déjouer sa vigilance et faire évader son amante sans qu'il ne rameute la garde ?

Il continua à progresser furtivement, veillant à n'alerter personne, jusqu'à parvenir aux abords de la *goahti* où, en effet, un homme fin et sec se tenait assis. L'espion lui déplut au premier abord, même si des femmes auraient pu le trouver plutôt séduisant, avec un profil juvénile et des traits aimables. Ses lèvres charnues, ses yeux clairs et sa silhouette bien découpée devaient faire tourner des têtes. Mais l'expression de son visage détruisait tout. Il affichait un air amer, cynique et cupide qui laissait penser que sa seule loyauté concernait le profit et l'argent. Asdan se demanda si la bourse emplie de pièces et de dirhams accrochée à sa ceinture pourrait le convaincre de fermer les yeux avant de se raviser. Ce n'était guère prudent. Il réfléchit à une nouvelle option.

Mais, tandis qu'il étudiait ses possibilités, sa cible se leva de la souche sur laquelle elle était assise, saisit une outre en cuir et la tendit à travers les croisillons de bois qui bloquaient l'accès à la geôle d'Auðr. La main de celle-ci, dépourvue de gant malgré le froid glacial, apparut brièvement, se tendit, et frôla l'outre. L'homme la retira de sa prise à la seconde et versa le contenu au sol, où il se solidifia. La rapidité avec laquelle il se gelait fit comprendre à Asdan que ce n'était pas un alcool fort, peut-être juste de la bière légère ou du vinaigre adouci à l'eau.

Le cœur d'Asdan se figea devant cette cruauté, tandis que le garde éclatait d'un rire mesquin. Dans sa cellule, Auðr émit un juron en danois, et l'humeur d'Asdan s'allégea en l'entendant vitupérer avec une telle énergie. Si elle protestait si fort, cela signifiait qu'elle n'était ni blessée ni affaiblie, et que son caractère n'avait pas souffert de son incarcération.

Il résolut de ne pas traîner davantage et de tenter de jouer le tout pour le tout.

Saisissant la flûte qu'il gardait toujours accrochée à sa ceinture, à l'opposé de son poignard, il s'avança à découvert, les mains écartées en signe de bonne foi, vers la sentinelle.

— Bien le bonsoir, mon ami. Ton maître m'envoie soutirer des derniers renseignements à sa prisonnière avant son exécution demain.

L'homme sursauta et pivota vers lui à une vitesse effarante, portant la main à son arme avant de se détendre en avisant la posture amicale d'Asdan. Ce dernier continua à progresser, bien que plus lentement, et se campa face au garde.

— Le *jarl* Eero a d'ultimes questions à poser à cette femme et n'avait pas envie de se déplacer en pleine nuit. Ça ne prendra pas longtemps.

L'homme l'inspecta de la tête aux pieds, une expression mauvaise au visage.

— Je ne te connais pas, et Eero n'a jamais aucune question pour les prisonniers. Tout ce qui l'intéresse, c'est leur mort.

— Ce n'est pas faux, reconnut Asdan. Mais cette femme est l'épouse d'un de ses plus grands ennemis, et il craint qu'elle ne passe de vie à trépas sans lui avoir confié les secrets de son mari. Il veut que je m'assure qu'elle ne lui aura rien caché avant d'ôter sa vilaine âme de son vilain corps.

Le garde lança un coup d'œil à l'entrée de la prison avant d'émettre un rire bref et d'ouvrir, sans plus de difficulté, la porte constituée de croisillons de bouleau tortueux.

— Eero a raison, c'est plus prudent. Mais je resterai avec toi, tu ne me fais pas l'effet d'être capable de la retenir si elle tente de s'enfuir. C'est vrai qu'elle est bien grande et bien abîmée, pour une épouse de *jarl*. Je ne comprends pas comment un chef a pu la mettre dans son lit. Rien à voir avec...

— Avec qui ? lança Auðr, toujours invisible dans les ténèbres de sa geôle. Avec la belle Fridgunn, que tu aurais dû épouser ?

La *skjaldmö* apparut à la clarté de la nuit polaire, dans l'encadrement de l'entrée de la *goahti*. Asdan fut soulagé de voir qu'à part une ecchymose sur sa joue gauche, probablement due à la brutalité de son gardien, elle ne semblait pas avoir souffert. Son visage était tordu de colère et ses tatouages, encore frais sur son côté droit, irradiaient de noirceur sur sa peau, comme s'ils brûlaient eux aussi de son ire. Elle se rapprocha de l'homme d'un pas souple.

— Te souviens-tu encore de la douce et tendre Fridgunn, ta promise, la nacrière que tu devais épouser, ou l'as-tu oubliée en même temps que tu reniais ton honneur, ta loyauté et ton peuple ?

L'homme tituba en arrière, comme si Auðr l'avait frappé.

— Arrête, femme ! Tu ne sais rien de moi ! Je ne connais pas de Fridgunn, je ne suis pas...

— Tu n'es pas Svartgeirr, le Vepse qui devait épouser la fille du nacrier Anton ? Tu n'es pas le cousin par alliance de la tisserande et guérisseuse Sari de Sumskii ? Tu n'es pas le voleur de parchemins que je traque depuis des lunes, et qui ignore qu'il me suffirait de me rendre sur les îles Solovki pour rencontrer tes parents qui te croient mort, tes sœurs qui attendent ton retour, tes frères qui espèrent te revoir un jour ?

L'homme émit un cri étranglé et recula encore, se saisissant la tête pour se tirer les cheveux comme s'il cherchait à s'arracher le cerveau. Asdan consulta Auðr du regard, mais celle-ci ne le vit pas. Elle était totalement focalisée sur son gardien. Elle se rapprocha de lui sans qu'il réagisse et lui prit le scramasaxe qu'il portait à la ceinture, ainsi que son coutelas court. Il ne parut même pas s'en apercevoir.

— Sais-tu que je me suis rendue aux îles Solovki et que j'ai parlé à ta famille ? Sais-tu que j'ai dormi sous le même toit que Fridgunn et qu'elle regrette encore de t'avoir perdu, et se demande ce qu'il t'est arrivé ? Sais-tu que Sari déplore toujours que tu n'aies jamais eu le temps de lui prouver que tu n'étais pas le bon à rien pour lequel elle te prenait dans ta jeunesse ? Tu es tombé bien bas, Svartgeirr le Vepse, pour, de jeune homme gaillard et rustre, être devenu un espion, un assassin, un traître et un parjure. Je comprends que tu n'aies pas envie que l'on te reconnaisse..., énonça-t-elle d'un ton où transparaissait plus de pitié que de colère.

L'homme, durant son monologue, était tombé à genoux et se martelait les cuisses de douleur. Quand Auðr eut fini de parler, il ne cessa de se fustiger, comme s'il entendait toujours ses reproches, ou comme si ses mots avaient ouvert la porte à ses propres remords et que ceux-ci l'assaillaient en force. Enfin, quand elle fit un dernier pas devant lui, elle posa une main sur son menton et le força à relever les yeux vers elle. Asdan constata que son visage était tordu de douleur et ses joues couvertes de larmes.

— Je... je... je n'avais pas le choix, hoqueta-t-il d'une voix enrouée. Ottar détenait des informations sur moi, il aurait... tué ma famille. J'ai dû lui obéir, j'ai dû partir, et après...

— Et après... ? insista Auðr d'un ton implacable.

— Après, il était trop tard, acheva l'homme avec honte. Après, plus personne n'aurait voulu de moi, en sachant ce que j'avais fait. J'ai espionné, j'ai trahi, j'ai dénoncé, j'ai torturé, j'ai tué. Tous m'auraient rejeté, banni, craché dessus. Alors je suis resté auprès d'Ottar et, quand il m'a donné à Eero, j'ai saisi cette occasion pour fuir enfin ce lieu où tout me rappelait ce que j'avais perdu.

— Il n'est pas trop tard, intervint Asdan après s'être raclé la gorge pour prévenir Auðr de sa présence. Il n'est pas trop tard pour toi, si tu veux te repentir, comme disent les chrétiens. Fais une bonne action, une fois dans ta vie, et laisse partir cette prisonnière qui n'a d'autre tort que d'avoir cherché à éviter une guerre entre son époux et ton *jarl*. Laisse-la s'enfuir, et pars avec nous. Rejoins ta fiancée qui ne t'a pas oublié, retrouve ta famille qui t'attend, et reprends ta vie là où elle s'est arrêtée...

L'espion hoqueta et secoua la tête avec désespoir.

— Il est trop tard pour moi ! gémit-il. Fridgunn est mariée à Ottar, je l'ai vue ! Ottar les fera tous tuer, et ce sera ma faute, ma faute, ma faute...

Avec un cri d'horreur, il se jeta sur Auðr, son poignard dégainé, pour lui trancher la gorge.

Mais la *skjaldmö*, même désarmée, n'était pas sans défense. Peut-être avait-elle prévu cette attaque, à moins que ce ne fussent ses réflexes de guerrière, mais elle esquiva l'assaut d'un pas sur le côté et, saisissant le bras droit de l'homme, elle le lui tordit d'un geste vif dans le dos et tira vers le bas. Svartgeirr, le coude presque brisé, dut se plier en deux pour éviter la fracture. Sous l'effet de la douleur, il poussa un cri et ouvrit les doigts. Le poignard tomba à terre. Asdan se précipita pour le saisir, mais Auðr fut plus rapide que lui et se baissa pour le prendre. À la seconde suivante, l'espion avait la lame plaquée sur sa gorge.

— Auðr..., plaida Asdan, conscient que la guerrière n'hésiterait pas à égorger l'homme qui l'avait humiliée, emprisonnée et malmenée.

Elle lui jeta un regard amer.

— Je devrais le faire, Asdan. Tu sais qu'il représente une menace pour moi tant qu'il sera en vie.

— Je le sais, mais...

— Mais je ne le ferai pas.

Elle retourna l'arme d'un mouvement du poignet et en tendit le manche à Asdan.

Puis elle se retourna vers Svartgeirr.

— Je t'épargne la vie à sa demande, étant donné qu'il a sauvé la mienne. Retourne à Soroka, tu verras que beaucoup de choses ont changé. Fridgunn est libre et règne sur le fief, en compagnie des autres compagnes d'Ottar. Le marché de Solovki a retrouvé son intégrité et ses artisans leur libre arbitre. Ta famille t'attend. Je ne te promets pas que ce sera facile ni qu'ils t'accepteront après tout ce que tu as fait. Mais tu as une chance de reprendre la vie qui t'a été arrachée pour une erreur de jeunesse, et je te fais grâce pour que tu saisisses ta chance. À toi de voir ce que tu en feras.

L'homme hésita un instant. Son regard passa d'Auðr à Asdan, puis se porta de nouveau sur la guerrière. Enfin, après un long silence, il hocha la tête et esquissa un mouvement pour se redresser. Voyant que personne ne l'en empêchait, il se remit vivement debout et s'enfuit à toutes jambes.

Un seul mot parvint aux oreilles d'Asdan tandis qu'il disparaissait dans la nuit blanche.

— Merci...

Auðr poussa un profond soupir.

— J'espère que je ne le regretterai pas.

— On ne regrette jamais une bonne action, Auðr, déclara Asdan avec un sourire fatigué. Peut-être ne réussirons-nous pas à nous enfuir, mais nous aurons au moins sauvé une vie.

— Sauf s'il se fait tuer entre-temps. Sauf si je me ravise, plaisanta Auðr avant de se rapprocher de lui, les sourcils froncés. Pourquoi es-tu là ?

— Pour te libérer.

Elle hocha la tête.

— Oui, mais pourquoi ?

— Parce que je ne pouvais pas laisser Eero te tuer comme ça. Il nous reste trop de choses à vivre ensemble, ou trop de non-dits à élucider, énonça-t-il avec fermeté. On en parlera plus tard, d'accord ? Nous devons partir au plus vite.

Auðr opina et se mit en chemin, précédant Asdan pour cheminer à travers les *goahtis* avec souplesse et fluidité, comme si elle avait toujours parcouru les allées de ce village. Ses bottes de cuir souple ne faisaient aucun bruit, et sa silhouette se fondait dans la pénombre comme si elle-même avait été une ombre. Asdan la suivit avec difficulté. Il n'était pas accoutumé à de telles manœuvres, ni à errer dans le noir, et il peinait à imiter ses pas sans trébucher ni se heurter aux perches des habitations. Enfin, au bout d'un moment, il reconnut où ils se trouvaient : Auðr les avait emmenés derrière la *goahti* centrale, celle où Eero logeait. Il se figea brusquement.

— Pourquoi est-on ici ? chuchota-t-il d'un ton paniqué.

— Ma mission était de conclure un traité avec Eero pour récupérer les parchemins et le fief de Soroka. Mais si je n'y parvenais pas, je devais...

— L'assassiner, c'est ça ? cracha Asdan avec amertume.

Auðr détourna la tête. Le *skald* était outré par cet aveu muet. Il savait depuis toujours qu'Auðr était une guerrière, qu'elle avait tué des gens. Il l'avait même vue faire. Mais il n'avait pas imaginé qu'elle pourrait assassiner quelqu'un. Ce n'était pas la même chose que de se lancer dans une guerre, une bataille, un duel. C'était un meurtre. Tuer par-derrière – même si Eero était tout sauf innocent et devait avoir, lui aussi, les mains rouges de sang – en profitant de la nuit pour accomplir son forfait et se sauver, c'était...

— Tu trouves ça lâche, n'est-ce pas ? marmonna Auðr en évitant son regard.

— Je... ne sais pas, admit Asdan, qui avait pensé à ce mot sans vouloir le formuler. Je ne trouve pas ça très honorable, en tout cas. Ça me surprend de ta part.

— Pourquoi ? Quand ai-je prétendu être quelqu'un d'honorable ? J'ai mon code d'honneur, mes principes et mes valeurs.

— Et le meurtre ne les bafoue pas ?

Elle fit quelques pas de plus en direction de l'entrée arrière de la *goahti*. Asdan avait eu l'occasion de visiter les grandes étendues de bouleaux que les Samis pliaient dès la racine, durant leur croissance, pour que les arbrisseaux poussent en adoptant la forme incurvée nécessaire pour former l'armature des *goahtis*. La structure en bois courbé comportait, entre deux arches, une petite ouverture en forme de trapèze servant d'issue annexe en cas de mauvais temps ou de blocage de l'entrée principale par la neige. Auðr avait dû remarquer ce passage dès son arrivée à Kannanlakši pour s'y être dirigée aussi instinctivement. Avant de pénétrer à l'intérieur, elle se tourna vers lui.

— Si, le meurtre les bafoue. Mais, parfois, il faut savoir faire des concessions pour parvenir à son but.

Alors qu'elle s'engageait dans le passage, Asdan la retint par l'épaule.

— Et c'est quoi ton but, Auðr ? Où me vois-tu là-dedans ?

Elle freina brutalement et le fixa, interloquée.

— Mon but ne concerne que moi, Asdan le *skald*, et je ne te vois pas dedans. Tu ne t'y es jamais trouvé, et tu ne t'y trouveras jamais.

— Mais pourquoi ?

Malgré la nécessité de rester discrets, Asdan n'avait pu s'empêcher de crier ce dernier mot.

Auðr recula d'un pas, s'arrachant à son emprise, et son visage disparut dans l'ombre de la *goahti*. Asdan eut l'impression qu'elle disparaissait, qu'elle était engloutie, qu'il ne la reverrait plus. Alors qu'elle continuait, pas à pas, à s'éloigner de lui, elle ouvrit une dernière fois la bouche.

— Parce que « personne ne voudrait d'une femme laide, à part un *skald* itinérant », énonça-t-elle d'une voix brisée. J'ai tout entendu, Asdan. Ce qu'a dit Svante sur moi, et ce que tu as répété. Je ne sais pas à quel jeu tu as voulu jouer avec moi, mais sache que je n'ai jamais été dupe. Je sais ce que je suis, et aucun de tes mensonges ne m'a leurrée, même si je n'ai aucune honte à admettre que j'ai pris du plaisir dans tes bras. La seule chose que je n'ai jamais comprise, c'est ce que t'apportaient ces mensonges. Mais cela n'a pas la moindre importance.

— Non ! protesta Asdan en s'élançant vers elle, pour s'arrêter aussitôt quand, d'un geste vif, elle dégaina le poignard qu'elle avait volé au Vepse – il aurait fait un pas de plus et elle l'embrochait. Ce n'est pas vrai ! Ça ne s'est pas passé comme ça, Auðr. Je ne voulais pas...

— Ce qui m'indigne, c'est que tu es horrifié, là, que je puisse assassiner un homme. Tu dis que c'est indigne de moi, que c'est un déshonneur. Mais tu ne vois même pas que c'est ce que je suis : laide à l'intérieur comme à l'extérieur. La laideur de mon visage ne t'a pas empêché de faire l'amour avec moi, même si tes mots m'ont fait comprendre que je te répugnais, mais tu réprouves la laideur de mon âme, alors qu'elle n'est que le reflet de mon corps. Pars, Asdan le *skald*. Je te remercie de m'avoir aidée à me libérer, mais va-t'en. Je n'ai pas besoin de toi pour assassiner un *jarl*.

Elle se détourna, rengaina son arme et s'enfonça dans l'obscurité. Asdan se précipita derrière elle, désespéré. Il brûlait de lui dire ce qu'il ressentait vraiment, ce qu'il éprouvait pour elle, il ne pensait qu'à ça : la détromper de ces maudits mots qu'il avait prononcés afin d'imaginer leur sens, sans les penser. Il ne les avait jamais pensés. Jamais il n'avait trouvé Auðr laide, pas même alors qu'il ne la connaissait pas et découvrait pour la première fois cette guerrière dans la halle de son père, à

Onegaborg. Elle l'avait fasciné, obsédé, attiré, mais jamais répugné. Mais, à présent, il ne savait plus quoi faire ni dire pour le lui prouver.

Il courut derrière elle, et quand il parvint dans l'espace central de la *goahti*, là où Eero devait certainement dormir avec ses hommes - ou ses compagnes -, il découvrit un spectacle inattendu.

Auðr s'y trouvait.

Au centre, près du foyer de cinq feux qui luisaient faiblement, à peine éclairée par leurs flammes. Entourée de soldats qui la maintenaient par les coudes, une épée pointée sous son menton, la forçant à lever le visage pour ne pas être aiguillonnée par sa pointe.

Eero était là aussi, à moitié étendu sur sa couche débordant de fourrures, une silhouette féminine plantureuse à côté de lui, inerte.

Dès qu'il comprit qu'Auðr était tombée dans un piège, Asdan envisagea de reculer pour se renfoncer dans les ténèbres, mais c'était trop tard. Le bruit de sa cavalcade avait résonné dans le couloir de cuir menant au cœur de la *goahti* et tous avaient tourné la tête pour voir qui arrivait. Il trébucha dans sa précipitation, manquant de tomber, et quand il voulut faire demi-tour, il s'aperçut que le passage avait été condamné par trois hommes vêtus de fourrures.

Il pivota, chercha Eero du regard. Ce dernier fixait tour à tour Auðr, puis lui, une expression méditative au visage. Voyant l'interrogation qui se lisait sur ses traits pâles, la *skjaldmö* jura.

— Tu avais tout prévu, *jarl* Eero, depuis le début..., grogna-t-elle. Tu es pire qu'un chien !

Asdan comprit qu'elle cherchait à détourner l'attention du *jarl* sur elle. Pour qu'il se sauve ou pour qu'il la tue plus vite ?

Eero émit un petit rire.

— En effet, j'avais tout prévu. Que Gustav m'enverrait sa chienne de guerre, que tu remonterais la trace de ses parchemins jusqu'à Ottar, ce qui causerait sa perte, puis qu'il s'interposerait entre ton but et toi. J'avais prévu que tu viendrais ensuite ici sous couvert d'alliances et que tu essaierais de m'assassiner aussitôt. Je le savais. Comment crois-tu que j'aie régné dans divers fiefs de Carélie pendant trente ans, alors que j'ai accédé à mon premier trône quand je n'avais pas quinze ans ? Je suis plus fort, plus intelligent, plus jeune que ce maudit Gustav et, depuis tout ce temps, je le manipule comme une marionnette pour le mener là : à ma merci, à la merci d'une femme déchue, ce qui lui fera perdre toute crédibilité, et par la même occasion sa couronne. Trente ans que je prévois ce coup, et tu pensais m'en empêcher ? Toi, une guerrière défigurée, accompagnée d'un *skald* sans nom ?

— Le *skald* n'est pas avec moi ! rugit Auðr. C'est un musicien itinérant qui a croisé ma route et que j'ai autorisé à m'accompagner, parce qu'il me fournissait une bonne couverture pour m'attirer la confiance des Samis. Il n'est rien pour moi...

— Tu protestes trop, coupa Eero en faisant signe à ses hommes, qui encadraient Asdan, de l'amener en pleine lumière.

Asdan rechigna à les suivre, mais la pointe d'une épée dans ses reins le convainquit d'obéir. Il savait quand il ne servait à rien de lutter.

— Voyons voir à quoi tu ressembles, *skald*.

Eero le fit tourner sur lui-même comme un ours savant, puis le contempla longuement, les paupières étrécies.

— Ton visage me dit quelque chose..., murmura-t-il d'un ton pensif en se caressant les tempes. T'ai-je déjà vu ?

— Non, gronda Asdan, sans dire un mot de plus.

— Aucune importance. Tu mourras avec ta compagne.

— Non ! hurla Auðr en se débattant.

Asdan réfléchit quelques secondes. Eero n'hésiterait pas à mettre sa menace à exécution, il le savait. Il était déjà prêt à faire assassiner Auðr la veille, et la vie d'un *skald* ne lui serait pas plus importante. Il n'avait qu'une solution s'il espérait sauver sa tête... et celle d'Auðr.

— Tu ne peux pas me tuer, *jarl* Eero, déclara-t-il d'une voix forte en se redressant.

Ses mains se portèrent à son vêtement, et il tira de la petite bourse à sa ceinture le bijou qui ne le quittait jamais, un collier orné d'un pendentif que son père, Hrafn, lui avait confié avant son départ. Il s'agissait d'une pierre de lave que l'on ne trouvait qu'en Islande, et que le vieux jarl avait fait graver à son emblème juste avant de quitter son pays. Le motif ne l'avait jamais quitté et était devenu son blason, que tous connaissaient et qu'il avait fait reproduire sur sa halle, sur ses navires, sur ses documents et sur les boucliers de ses hommes. Quiconque arborait ce symbole était sous sa protection : membre de sa famille, de son clan, de sa maison.

— Je suis Asdan Hrafnson, fils de Hrafn Hakansson, *jarl* d'Onegaborg et héritier de son fief. Je demande ton hospitalité, ton asile et ta clémence pour mon amie Auðr Larsendöttir, *skjaldmö* vouée à Freyja.

Auðr émit un bruit étranglé et le fixa, les yeux écarquillés. Eero se tut aussi et le contempla, les paupières étrécies. Autour d'Asdan, les soldats du *jarl* ne savaient plus s'ils devaient le tenir ou s'incliner en signe de respect. Même si le fief d'Onegaborg était distant de plus de cent cinquante lieues, la colonie que dirigeait Hrafn était un comptoir commercial florissant, un point stratégique du commerce avec les Varègues de la Rus' de Kiev et jusqu'aux Grecs, les habitants de cette contrée méditerranéenne obéissant à un empereur vêtu de soie. Tout le monde avait entendu parler de Hrafn et de son pouvoir, et tous respectaient son âge, son passé et sa sagesse. Asdan savait que, en prononçant son nom et en affichant sa filiation avec lui, il s'octroyait une immunité, car aucun chef au nord d'Onegaborg ne risquerait de s'attirer les foudres de Hrafn et de bloquer le commerce avec le sud.

Eero secoua la tête.

— Si tu es le fils du *jarl* Hrafn, que fais-tu ici, sous l'identité d'un misérable *skald* itinérant, sans nom ni fortune ?

Asdan haussa les épaules et se redressa.

— Je suis le fils unique de Hrafn et j'étais son héritier, mais je ne suis intéressé ni par le trône ni par le pouvoir. Je ne suis pas fait pour être *jarl* et diriger un fief. J'ai décidé de quitter Onegaborg avec l'accord de mon père pour parcourir le monde et recueillir ses chants et ses contes, dès qu'un successeur digne de prendre sa relève se présenterait. Mon père a trouvé cet héritier en son neveu, le prince Ansgar du Danemark, qui s'apprête à lui succéder à la tête d'Onegaborg avec son épouse varègue Mya Lissenko.

Eero émit un fin sourire, qui révéla des dents très blanches et étrangement aiguisées. Asdan se demanda s'il ne les avait pas limées pour se rendre plus impressionnant.

— Si tu n'es plus l'héritier de Hrafn, tu n'as donc aucune valeur..., argua-t-il.

— Je demeure son fils unique, et le cousin de son héritier Ansgar. Crois-tu vraiment que l'affront de ma mort ne déclenchera pas leur courroux, ainsi qu'un blocage de tout commerce passant par Onegaborg ? Je vois que tu aimes le luxe, *jarl* Eero. Tu es vêtu de soieries aux teintures coûteuses, tu portes des bijoux de nacre et d'ivoire, et tu te parfumes aux senteurs d'Orient. Tu devras renoncer à tout cela si mon père te déclare la guerre pour venger ma mort, ou s'il décide juste de couper toute transaction avec toi. Même ton peuple risque de mourir de faim...

— Je me moque que les gens d'ici meurent de faim, ce ne sont que des sauvages, grommela Eero. Mais tu as raison, j'aime mon confort et je n'ai pas envie de le perdre. J'ai une autre question pour toi, Asdan, fils de Hrafn : pourquoi, si j'épargne ta vie, devrais-je épargner celle de cette femme, venue ici sous un prétexte mensonger pour m'assassiner ?

Asdan déglutit et lança un coup d'œil à Auðr, avant de se raviser. La guerrière avait les yeux rivés sur lui et le contemplait comme si sa réponse déterminerait sa vie – ce qui était le cas, en quelque sorte.

Il avala de nouveau sa salive avec difficulté, carra les épaules, redressa le menton et pinça les lèvres. L'aveu qu'il allait faire était douloureux, et il craignait les réactions qu'il déclencherait, celle d'Auðr comme celle d'Eero.

Enfin, il se lança.

— Parce que je l'aime. J'ai vu cette femme pour la première fois dans la halle de mon père, alors qu'elle accompagnait le prince Ansgar et que nous croyions tous que nous allions mourir de leur main. Cela ne s'est pas produit, mais quand Auðr est repartie, laissant Ansgar et son épouse à Onegaborg, j'ai compris qu'elle avait emporté mon cœur avec elle, et j'ai résolu de la suivre et de la protéger. J'ai pour espoir qu'un jour elle deviendra ma compagne.

— Elle est l'épouse d'un autre, argua Eero en haussant un sourcil. Et pas n'importe quel homme : le *jarl* Gustav, qui est à la fois mon ennemi et celui de ton père, jeune prince. Que fais-tu de ce détail ?

Asdan soupira. Il refusait toujours de regarder Auðr de peur de lire le rejet, le mépris ou le dégoût sur ses traits.

— Je le sais aussi et j'en souffre. Je sais également qu'elle ne m'aimera jamais. Son cœur appartient au prince Ansgar.

— Mais tu tiens quand même à la sauver…

— Oui. Son cœur ne se tournera peut-être jamais vers moi, mais je pense qu'elle pourrait quand même devenir, un jour, ma compagne, et je veux qu'elle vive. Je suis prêt à tout pour la sauver. Et même si elle refuse de m'épouser, à la mort de Gustav, je resterai à ses côtés, si elle veut bien de moi, que ce soit comme amant, comme ami ou comme compagnon. C'est tout ce que je désire.

Le silence, après ces mots, pesa lourd dans la *goahti*. Asdan ne savait plus que penser. Il gardait les yeux rivés sur le visage impassible d'Eero, refusant de regarder Auðr. Puis, enfin, le *jarl* afficha une réaction. Étendu sur ses fourrures, il rejeta la tête en arrière et éclata de rire, hurlant comme un loup à la lune.

Son hilarité se prolongea longtemps, si longtemps que des larmes perlèrent à ses yeux et coulèrent sur ses joues, qu'il frappa sur ses fourrures, réveillant la femme qui dormait à ses côtés.

— Tu es… pitoyable, jeune *skald*. Prêt à tout pour sauver une criminelle, une tueuse sans visage ni honneur, et qui ne voudra jamais de toi. Mais tu m'amuses. J'ai un marché à te proposer, Asdan Hrafnsson. Écoute-moi bien.

Asdan se força à focaliser son attention sur Eero, sur ses yeux cruels et son sourire méprisant. Il savait que le *jarl* allait jouer de son pouvoir sur lui pour soutirer un quelconque avantage sur son père, mais il voulait tenter de sauver Auðr, à n'importe quel prix. Il savait que Hrafn ne mettrait pas son fief ni le bien-être de son peuple en péril au bénéfice d'une inconnue, mais il le ferait pour son fils. Après avoir tout perdu, femme, enfants et pays, une première fois, il ne ferait pas passer de nouveau des biens matériels avant sa famille. Mais jusqu'à quelles concessions pourrait-il se soumettre sans affronter une révolte ?

— Je veux une alliance avec ton père, ainsi qu'avec son véritable héritier, ce prince Ansgar, pour me protéger de Gustav. Je veux un traité commercial et une promesse de non-agression, ainsi qu'un pacte de soutien si Gustav m'attaquait.

Asdan n'eut pas à réfléchir longtemps. Pour ce qu'il voyait du personnage, son père n'aimerait pas Eero, mais il n'aimait pas non plus Gustav et, tant qu'il ne devait pas l'attaquer en premier, il ne verrait pas d'inconvénient à promettre de s'allier à d'autres pour se protéger de lui. Quant à des traités commerciaux, il n'était pas en mesure de négocier pour son père, qui se chargeait personnellement de ce genre d'affaires, mais Hrafn était un fin négociateur qui ne manquerait pas de trouver des avantages à un arrangement mutuel. Finalement, il hocha la tête. Il ne s'était écoulé que quelques secondes.

— Je suis d'accord. Je ne peux pas m'engager pour mon père ni te proposer des conditions commerciales précises, mais je peux te promettre que Hrafn ne s'alliera pas avec Gustav contre toi et qu'il acceptera de signer un traité de protection et de non-agression qui vous sera mutuel. Je peux également lui rapporter ta proposition d'alliance générale.

Eero afficha un air satisfait, puis désigna Auðr, qui demeurait silencieuse, tenue en joue par ses hommes.

— Et je veux cette femme en gage de bonne foi.

— Non ! protesta aussitôt Asdan.

Rien de tout ce qu'il négocierait n'aurait de sens si Auðr demeurait prisonnière...

Eero haussa les épaules.

— Ce n'est pas négociable. Si tu refuses, elle meurt. Si tu échoues, elle meurt. Je veux que cette femme renonce à son allégeance et à son union à Gustav, et me jure fidélité. Elle se mettra à mon service et ne touchera plus jamais une arme. À ton retour, si tu es porteur de bonnes nouvelles, nous reparlerons de son avenir, mais en attendant elle aura la vie sauve… à condition qu'elle obéisse à ces clauses.

Cette fois, Asdan regarda enfin Auðr. La guerrière fulminait visiblement. Son visage était blême de rage, et ses cicatrices contrastaient violemment avec sa peau, rouges à cause de l'afflux de sang. Elle avait les épaules crispées, les poings serrés, et ses narines se dilataient à chaque souffle tant elle réprimait son ire. Plus que jamais, il lui trouva la beauté féroce de sa déesse. Dépouiller une telle femme de ses armes et de son talent martial était un crime, mais c'était le prix à payer pour sa vie, et il était prêt à le faire.

— J'accepte.

— Non !

Cette fois, c'était Auðr qui avait rugi cette protestation.

Asdan consulta le *jarl* du regard et ce dernier, un éclair amusé dans l'œil, opina brièvement pour l'autoriser à se rendre auprès de sa prisonnière. Néanmoins, ses hommes ne s'écartèrent pas. Il en bouscula un pour se camper à côté d'Auðr et carra les épaules pour tenter de la dissimuler à leur vue. Il lui était intolérable de la voir ainsi, prisonnière et impuissante, en butte aux regards et au mépris de ces hommes qui, seuls contre elle, n'auraient jamais été capables de la vaincre. Mais il savait que, si Auðr acceptait le marché d'Eero auquel il s'était déjà lui-même soumis, elle subirait bien pire que des crachats et des insultes. Il devait l'accepter et prier pour qu'elle tienne bon jusqu'à son retour. Il ne craignait pas tant pour sa sécurité que pour son orgueil : si Auðr ne supportait pas les avanies qui ne manqueraient pas de lui pleuvoir dessus, elle se rebellerait, elle riposterait, et Eero en profiterait pour lui faire payer sa tentative d'assassinat. Et lui, à son retour, ne trouverait que le cadavre de la femme qu'il aimait.

Il devait donc non seulement la faire plier à ces conditions humiliantes, mais également la convaincre d'accepter sans broncher tout ce qui lui serait imposé.

— Tu dois accepter, finit-il par chuchoter dès qu'il se trouva assez près d'elle. Tu dois accepter, il en va de ta vie.

— Crois-tu que je craigne la mort ? lança-t-elle avec un regard méprisant.

Il ne l'en admira que davantage. Même brisée, sans aucun espoir de fuite ou de victoire, elle gardait la tête haute. Mais, durant une seconde, il fut irrité de cette force et de cette opiniâtreté qui risquaient de lui coûter cher.

— Non, je sais que tu ne la crains pas. Mais, moi, je crains pour toi. Je n'ai pas envie de te perdre.

— Tu ne me possèdes pas.

Il lui lança un regard suppliant et, quand elle esquissa une mimique amère de ses lèvres pleines, il posa les mains sur ses épaules et l'attira à lui pour la serrer dans ses bras, même si, contre son torse, elle demeurait raide et stoïque. Il resta ainsi, sans parler ni bouger, juste à la tenir et à inspirer son odeur. Il crut durant un moment que jamais elle ne céderait, mais, au bout d'une éternité, il la sentit se ramollir contre lui, s'affaisser, et il comprit que, malgré ses dehors durs, elle était aussi effrayée, aussi fatiguée que lui.

— Je ne te possède pas, et je ne te posséderai jamais, Auðr, reprit-il de sa voix la plus douce. Mais, toi, tu possèdes mon cœur. Je l'ai dit devant Eero et je le dis devant toi, afin que nul autre ne l'entende : je t'aime. Je t'aime et je t'aimerais toujours, même si tu ne devais jamais partager mes sentiments. Et c'est pour ça que je suis prêt à mettre en danger le fief de mon père, à miser mon honneur, et à me rabaisser devant ce parvenu. Pour sauver ta vie. Parce que, sans toi, je n'aurai plus envie de vivre. Parce que, si tu n'es plus de ce monde, je n'ai plus de raison d'y rester, et je tenterai moi aussi de tuer Eero pour venger ta mort. Et si je fais ça et qu'il m'assassine, mon père déclenchera une guerre pour lui faire payer ma mort. Ainsi, par ta faute, si tu donnes à Eero la satisfaction de te tuer, tu porteras la responsabilité d'une guerre sanglante qui décimera nos peuples. Est-ce ce que tu veux ?

Il la sentit émettre un petit rire contre lui, qui vibra au creux de son cou. Il reprit espoir.

— Tu es beau parleur, *skald*. Crois-tu que je ne voie pas tes manipulations ?

— Tu comprends beaucoup plus de choses que tu ne le laisses paraître, Auðr. Mais, dans ce cas, je suis sûr que tu as aussi compris à quel point je suis sérieux.

Elle se détacha de lui, toujours entravée, et recula d'un pas pour l'étudier de la tête aux pieds.

— Pourquoi devrais-je te faire confiance ? Tu as dit toi-même que tu es persuadé que tu ne gagneras jamais mon amour…

— Je n'en suis pas persuadé, je le sais, confia-t-il d'un ton morne. Je t'ai entendue prononcer le nom d'Ansgar en dormant, alors que tu venais juste de faire l'amour avec moi. Je ne suis pas de taille à lutter contre lui, si tu l'aimes encore après ce qu'il t'a fait subir.

Auðr détourna la tête, et il crut voir passer un éclat inconnu dans ses yeux. De la honte ? De la colère ? Lui en voulait-elle d'avoir surpris ce moment de faiblesse ou se reprochait-elle les mots qui s'étaient échappés de sa bouche durant son sommeil et qui risquaient à présent de causer sa perte ?

— Et toi, je t'ai entendu dire que personne, à part un *skald* itinérant, ne voudrait d'une femme aussi laide que moi, gronda-t-elle d'un ton plus fort qu'il ne l'aurait aimé.

Il pria pour qu'Eero et ses hommes ne l'aient pas entendue, mais le gloussement amusé dans son dos lui confirma que le *jarl* avait surpris leur échange. Sans nul doute était-ce pour lui un jeu de plus, une distraction. Mais, oui, il avait bien prononcé ces mots, il se rappelait parfaitement le moment où il les avait répétés, après les avoir entendus dans la bouche de Svante, pour découvrir quel effet ils feraient dans la sienne. Il avait détesté l'impression d'avoir souillé la *skjaldmö* avec, et de s'être sali également. Et, maintenant qu'il savait qu'Auðr les avait entendus, il comprenait pourquoi elle n'avait cessé de le rejeter et de se replier sur elle-même depuis. Elle avait cru…

Il la lâcha et se redressa.

— Oui, j'ai dit ces mots, mais je ne les pensais pas. Mais ce n'est pas le moment pour en discuter, trop de vies sont en jeu. Alors, Auðr Larsendöttir, si tu veux découvrir un jour ce que je pense vraiment de toi et pourquoi je tiens tant à te sauver, fais en sorte de rester en vie. Promets-moi de ne rien tenter qui puisse nuire au *jarl* Eero, d'obéir à ses ordres, de te soumettre à ses consignes et de le respecter, jusqu'à ce que je revienne avec les traités et promesses qui te libéreront.

Auðr plissa les paupières et jeta un regard lourd de sens au *jarl* qui les observait, l'air matois d'un chat sauvage perché sur une branche haute devant sa proie.

— Je veux bien essayer de te faire confiance, Asdan le *skald*, car, en dépit de tes paroles, tes actes m'ont prouvé que tu étais quelqu'un d'honnête et de loyal. Mais lui, cracha-t-elle en dardant un regard venimeux sur Eero, qui me dit qu'il respectera sa promesse ?

Ce défi incita les hommes du *jarl* à redresser leurs lances vers eux, et l'une d'elles égratigna même Auðr sur le cou. Une goutte de sang perla, mais elle ne parut pas le remarquer. Son regard était rivé à la silhouette d'Eero, et elle affichait une expression meurtrière. Asdan plaqua une main sur sa joue pour la forcer à le regarder, lui.

— Parce que malgré ses propos menaçants, il a tout à gagner à une alliance avec mon père, et beaucoup à perdre s'il te tue et que je te suis dans la mort. Donc il veillera à ce que tu restes en vie... tant que tu ne le provoques pas. En vie et intacte ! ajouta-t-il à l'intention d'Eero, d'un ton plus menaçant.

Ce dernier émit un petit rire satisfait.

— Tu fais bien de le préciser, Asdan le *skald*, sinon je m'en serais donné à cœur joie avec elle. Je te promets de ne pas trop la maltraiter en attendant ton retour. Tant qu'elle me donne satisfaction et n'agresse personne.

— Et tant que je n'ai pas à écarter les cuisses pour toi ni à satisfaire tes désirs ou ceux de tes hommes. Je suis une *skjaldmö* dédiée à Freyja, et mon honneur est le sien, je ne le souillerai pas, pas même pour sauver ma vie. Est-ce clair ?

Eero hocha la tête d'un air désinvolte.

— Je n'ai pas la perversion de désirer une femme mutilée, même si coucher avec une *skjaldmö* m'aurait intéressé, pour voir jusqu'où j'aurais dû aller pour la briser. Et mes hommes m'obéiront. Ton honneur sera sauf tant que tu respecteras mes ordres et mes règles, guerrière.

Avec une réticence visible, Auðr hocha la tête.

En partie soulagé, Asdan s'écarta d'elle, craignant de ne plus pouvoir se détacher s'il restait à son contact, et pivota vers le *jarl*.

— Je vais donc me remettre en route au plus vite. Me confieras-tu un traîneau et des chiens, ou un cheval, pour que je revienne dans les meilleurs délais ?

— Tu pousses un peu trop ta chance, *skald*, gronda Eero en se levant. Mais soit. Je n'ai aucun intérêt à faire traîner cette alliance. Mon homme de main, Svartgeirr, t'accompagnera.

Il claqua dans ses mains, et l'espion qu'Auðr avait failli tuer, peu de temps auparavant, apparut. Il affichait des meurtrissures sur le visage et boitait lourdement, une tache écarlate maculant le col de sa tunique. Sa bouche était tuméfiée, et il gardait les yeux baissés.

De peur ou de honte ? se demanda Asdan en voyant à quel point l'homme semblait désireux de se tenir loin de son maître.

— Mon espion préféré a été surpris en train d'essayer de fuir mon fief, alors même que vous tentiez de faire intrusion dans ma *goahti*. Je me suis demandé à quel point c'était une coïncidence. Mais Svartgeirr ne brille pas par son courage et m'a tout raconté sans rechigner, de son incompétence à sa lâcheté, en passant par sa traîtrise. Je l'ai puni, comme il se devait, et il n'aspire plus à présent qu'à me prouver sa loyauté. Il te secondera et restera avec toi à chaque instant, Asdan le *skald*, pour s'assurer que tu cours bien rejoindre ton père afin de négocier ces traités avec lui. Quand tu reviendras, sa présence et ses propos me garantiront qu'il n'y a pas de piège.

Asdan hocha la tête. Cela lui importait peu. Il lança un dernier regard à Auðr. Celle-ci avait baissé la tête et, l'espace d'une seconde, il lui trouva l'air... vaincue. Malgré ses paroles bravaches et sa rigueur affichée, elle était, pour la première fois depuis qu'il la connaissait, dépouillée de cette armure d'impassibilité et d'orgueil qu'elle affichait en permanence. Elle n'avait plus de but, plus d'allégeance, plus d'armes, plus de soutien. En dehors de sa déesse, elle n'avait plus rien, et donc n'était plus rien.

Il se promit de revenir et de lui prouver qu'elle n'avait besoin ni de métal ni d'atours pour être une reine.

Sans prendre le temps d'un dernier salut ou d'un dernier regard, il se détourna et quitta la *goahti* par le chemin d'où il était venu, laissant Svartgeirr trébucher derrière lui dans l'espoir de le suivre sans se faire distancer. À présent, une seule chose comptait : rejoindre Onegaborg au plus vite pour convaincre son père de signer un traité avec Eero et revenir délivrer Auðr.

19

Auðr

— Servante, apporte-moi à boire !

Auðr réprima une grimace. Il lui avait suffi d'une nuit et d'une journée pour comprendre qu'il ne servait à rien de traîner, et que la moindre mimique inconvenante de sa part lui vaudrait une humiliation de plus. Aussi, depuis le départ d'Asdan, quand elle s'était élancée, malgré les quatre soldats qui l'entouraient, pour s'emparer du pichet de bière à côté d'Eero et le lui déverser sur le crâne, elle n'avait plus fait mine de se rebeller. Le *jarl* ne l'avait pas punie pour son geste, du moins pas de manière violente. Il ne l'avait pas fait fouetter, pas fait marquer au fer rouge, il ne l'avait pas même giflée. En réalité, sur le moment, il n'avait pas réagi. Il avait tout d'abord affiché une expression de surprise puis, après avoir essuyé le liquide ambré qui coulait sur son visage et jusque dans son cou, il avait esquissé un sourire victorieux.

— J'espérais bien un tel geste de ta part, Auðr la guerrière, avait-il susurré d'un ton doux.

Puis il avait claqué des doigts, et ses soldats s'étaient emparés d'Auðr et l'avaient forcée à s'agenouiller devant lui. Il s'était mis debout, avait avancé jusqu'à elle et avait écarté les pans de sa tunique pour défaire la ceinture qui maintenait ses braies à sa taille. Durant une seconde, Auðr avait cru qu'il s'apprêtait déjà à rompre la promesse faite à Asdan – après tout, elle avait brisé la sienne de ne pas attaquer Eero ouvertement – et à la violer, mais elle avait très vite compris. Une fois son entrejambe découvert, il avait adressé un signe de tête à un de ses hommes, qui avait posé une main sur le crâne d'Auðr et l'avait forcée à maintenir la tête haute.

Puis il lui avait uriné dessus.

Auðr s'en était étranglée de rage et d'humiliation, et quand elle avait clos la bouche et les yeux pour éviter que le liquide infâme ne pénètre en elle, une secousse l'avait forcée à rouvrir les paupières. Elle avait craché, juré, maudit et promis de lui faire payer cet affront, mais Eero n'avait fait qu'en rire et, après avoir essuyé son sexe sur la tunique d'Auðr, qui n'avait même pas pu tourner la tête pour tenter de le lui arracher avec les dents, il s'était penché vers elle.

— Je recommencerai jusqu'à ce que tu comprennes ta place, femme. Ici, tu n'es plus épouse de *jarl*. Tu n'es plus *skjaldmö*, tu n'es plus émissaire d'un boyard… tu n'es plus rien. Même mes esclaves ont plus de valeur que toi. Je t'urinerai dessus jusqu'à ce que tu le saches et, si cela ne suffit pas, je te déféquerai dessus. Et si cela non plus ne te suffit pas, je t'affamerai jusqu'à ce que tu sois prête à manger mes excréments et ceux de mes hommes en guise de pitance.

Auðr avait grondé une ultime menace, qui n'avait eu d'autre effet que faire naître un sourire cruel à Eero.

— Tu crois que je ne le ferais pas ? J'en serais enchanté. Rien de ce que je te ferai subir ne brisera ma promesse envers ton piètre *skald*, mais j'ai beaucoup d'imagination, et je vais prendre plaisir à briser ton orgueil jusqu'à ce que tu me lèches la botte droite et me supplies de te tendre la gauche. Est-ce bien clair ?

Auðr avait soutenu son regard un instant. Ses yeux avaient plongé dans ceux d'Eero et ce qu'elle y avait lu l'avait… effrayée. Oui, c'était le mot. Dans ses pupilles dilatées, elle n'avait vu ni humanité, ni compassion, ni même la colère, l'envie, l'ambition ou la mesquinerie qui incitaient la plupart des hommes à leurs actes les plus cruels. Dedans ne luisaient qu'une obscurité abyssale, une cruauté absolue, une perversion intense. Eero brûlait d'envie de lui faire mal, de la briser, et ce, sans réelle raison.

Si Asdan tenait sa part du marché qu'ils avaient passé, Eero obtiendrait tout ce qu'il voulait, sa vengeance envers Gustav comme ses avantages pécuniaires. Il n'avait nul besoin de s'en prendre à Auðr pour obtenir tout cela. Il le ferait uniquement par envie, par plaisir. Il était le mal. Pour la première fois, Auðr perçut la nature même de Loki, et imagina qu'il devait en être de même du diable que craignaient les chrétiens : l'incarnation du mal, parcourant le monde des mortels pour y répandre son horreur innommable.

Elle avait alors compris qu'il lui suffirait de peu pour déchaîner sur elle les pires tourments. Et elle avait réalisé que, malgré son orgueil et son honneur, elle ne le souhaitait pas. Elle voulait vivre. Elle voulait revoir Asdan, respirer le grand air, chevaucher les collines, sentir les flocons sur son visage, se baigner dans des rivières et faire l'amour dans des fourrures ou dans l'herbe. Elle ne voulait pas périr ainsi, sans honneur ni vaillance, pour le plaisir d'un homme cruel. Elle voulait vivre et était prête à tout pour cela. Non seulement pour elle, mais aussi pour Asdan qui semblait tenir à elle, sans qu'elle comprenne encore pourquoi – et elle voulait le comprendre – et également pour frustrer Eero de ce plaisir.

Depuis, chaque brimade ne lui avait arraché qu'un hochement de tête résigné et Eero semblait de plus en plus irrité de ne pas réussir à provoquer d'autre réaction. Sa cruauté empirait d'heure en heure. Mais il ne vaincrait pas.

Avec un hochement de tête indifférent, elle alla chercher le pichet tenu par une autre domestique, puis le rapporta à Eero et remplit sa corne à ras bord. Avec un rire réjoui, il lui asséna une bourrade qui la déséquilibra, et elle évita de justesse de verser le baume de Carélie, dont Eero raffolait, à côté. *Ouf !* Ses réflexes de guerrière lui servaient encore. Si elle avait gaspillé l'alcool coûteux et souillé ses fourrures, il l'aurait certainement fait fouetter. Ou pire. Dès le premier jour, il avait profité d'un regard de sa part qu'il avait trouvé insolent – si elle parvenait à tenir sa langue, son expression était tout aussi parlante – pour lui administrer le bâton. Comme il le lui avait dit avec un grand rire : « Le fouet laisse des plaies et des cicatrices. Le bâton fait plus mal et ne laisse que des ecchymoses, c'est bien plus intéressant afin de s'amuser sans rompre notre accord. »

En soi, elle était d'accord avec lui : il tenait sa promesse. Pour l'instant. Elle refit le compte dans sa tête, tout en s'éloignant d'Eero au plus vite : trois jours qu'Asdan était parti. Si le *jarl* lui avait bien confié les chevaux qu'il lui avait promis, dans dix jours, il serait de retour, porteur de bonnes nouvelles – ou non. Même si elle avait fini par accorder sa confiance à Asdan, elle doutait toujours de la bonne volonté de son père. Hrafn était un *jarl*, un homme de guerre, un combattant exilé qui avait connu les rigueurs des affrontements et savait juger de la menace d'un ennemi. Il n'avait aucune raison de s'allier à Eero, hormis contre Gustav, qui ne représentait plus pour lui une menace bien réelle depuis que ce dernier avait vieilli et que le prince Ansgar avait accepté de lui succéder. Elle ne pensait pas que Hrafn mettrait en péril ce qu'il avait acquis après des décennies de lutte acharnée pour sauver une *skjaldmö* qui lui était inconnue, juste parce que son fils le lui demandait. Au contraire, il avait tout intérêt à ce qu'elle reste l'esclave d'Eero, jusqu'à ce qu'il la tue. Ainsi, Gustav serait affaibli, Eero serait occupé, et Asdan finirait par renoncer à elle et serait susceptible d'épouser une noble pour former une alliance intéressante – peut-être même Hilde, la fille de Gustav, dont le *skald* avait déjà parlé et avec qui une union avait été évoquée. Elle serra les dents à cette idée. Celle-ci lui était intolérable. Pire encore que les sévices d'Eero, pire que l'idée de finir ses jours en servitude, humiliée et désarmée, pire que se faire encore battre ou uriner dessus. La perspective qu'Asdan en épouse une autre lui faisait mal. Cela lui rappelait douloureusement qu'elle avait déjà perdu un homme comme ça, le prince Ansgar, qui s'était uni avec la fauconnière slave et coulait des jours heureux avec elle en attendant de remplacer Hrafn sur le trône d'Onegaborg. Mais, plus que la cérémonie officielle qui unirait Asdan à une autre femme, à un autre fief, c'était l'idée qu'il cesse de l'aimer et de veiller sur elle qui la bouleversait, qui l'affaiblissait. Elle s'était habituée, malgré sa méfiance et les mots qu'elle avait entendus, à croire en lui, en sa loyauté, en sa fidélité, en son soutien et son regard confiant posé sur elle. En dépit des paroles blessantes qu'elle avait surprises, son attitude contredisait ses propos. Il lui avait promis de s'expliquer à son retour, qu'il ne pensait pas ce qu'il avait dit et qu'il la trouvait belle. Elle voulait le croire. Mais, surtout, elle voulait qu'il lui dise pourquoi il avait répété la phrase de Svante, et elle voulait revoir son regard sur elle et s'assurer qu'il était empli d'affection et de tendresse, de fierté et de réconfort. Elle avait besoin de ça. Elle avait besoin de retrouver cette confiance en elle qu'elle avait perdue quand son visage avait été détruit. Grâce à Asdan, elle regagnait cette fierté féminine, cette force. Il lui suffisait de croiser ses yeux et d'y lire son respect et son estime pour se sentir de nouveau belle et forte, libre, digne d'être aux côtés d'un homme. Elle en était venue à compter dessus et à puiser dans ces sentiments pour trouver l'énergie et l'envie de continuer, d'aller plus loin. Elle s'apercevait que ces sentiments, provoqués par la simple présence d'Asdan, lui étaient devenus vitaux. Hélas, elle ne s'en était rendu compte qu'après l'avoir perdu et c'était arrivé à plusieurs reprises : quand elle avait quitté l'isba de Sari à Sumskii après leur dispute, quand elle s'était repliée sur elle-même après l'avoir entendu discuter avec Svante. Et elle l'avait perdu une dernière fois quand il était parti, trois jours plus tôt, dans l'espoir de la sauver. Mais, jusqu'à ce dernier départ, elle n'avait pas réalisé à quel point elle avait besoin de lui. Jusqu'à présent, elle s'était renfermée dans son armure, dans son esprit, et elle avait fait comme si rien ne la touchait. Ni ses mots, ni ses regards, ni sa musique. Ni son absence. Mais à présent qu'elle était seule, vulnérable et à la merci d'un homme cruel, elle s'apercevait que ce n'était ni ses armes, ni ses serments, ni ses ambitions qui la maintenaient : c'était l'idée de retrouver Asdan qui la faisait tenir, et la peur de le perdre qui menaçait de la faire s'écrouler. Elle en venait même à se demander ce qui se passerait s'il revenait et parvenait à la faire libérer, et qu'ils avaient enfin la discussion qu'il lui avait promise. Que ferait-elle s'il continuait à vouloir rester à ses côtés. Qu'est-ce que cela impliquerait ? Voudrait-il l'aider à achever sa mission pour qu'elle réclame son fief à Gustav ? L'accompagnerait-il ensuite à Kotka et resterait-il avec elle pour la guider et la conseiller au cours de son règne ? Lui demanderait-il de renoncer à ce projet, dont elle rêvait depuis si longtemps et pour lequel elle avait sacrifié tant de choses, pour qu'elle le suive... ? Où voudrait-il aller ? Retournerait-il à Onegaborg pour soutenir son père ? Continuerait-il à voyager jusqu'aux confins de Miðgarðr ? Espérait-il la convaincre de devenir, comme lui, une éternelle voyageuse sans fief, sans famille ni foyer ? Et elle, le voulait-elle ? Elle l'ignorait. Elle tournait et retournait cette question sans cesse dans sa tête pour ne pas se focaliser sur les brimades d'Eero sans parvenir à trouver de réponse. Elle ne savait plus ce qu'elle voulait, en dehors du fait qu'elle brûlait de rester avec Asdan. Mais serait-elle prête à sacrifier le fief qu'elle convoitait et la vie qu'elle s'était tracée pour devenir la compagne d'un *skald* itinérant ? Et lui, le voudrait-il seulement, si elle n'était plus la *skjaldmö* qu'il connaissait ? Serait-elle capable de se délester de ses haches et de son bouclier au profit d'un *jouhikko*, d'un *stråkharpa* ou d'une flûte ? Elle n'en était même pas sûre. Mais la vision de Kotka qu'elle avait entretenue si longtemps s'effaçait peu à peu au profit d'autres images, d'autres envies. Sa seule certitude était qu'elle voulait survivre à Eero, lui échapper et être enfin libre de toute allégeance, de toute subordination envers un homme, qui que ce soit. Même ses engagements et ses serments envers Gustav disparaissaient au profit d'autres loyautés. Elle savait, à présent, que Gustav l'avait manipulée dès le début. Il n'avait jamais réellement eu l'intention de la faire régner à ses côtés, ni de lui léguer son fief – pour lequel Hilde se serait battue, de toute façon – et encore moins de renouer avec sa tribu lointaine. Aveuglée par ses propres buts et ses ambitions brisées, elle avait perçu Gustav par son propre filtre et interprété sa proposition en s'aveuglant. Gustav avait vu en elle une arme, tout comme elle avait vu en lui un bouclier et une marche pour accéder à un trône, et il l'avait polie, aiguisée et affûtée jusqu'à ce qu'elle devienne telle qu'il le souhaitait. Depuis le début, il avait prévu de l'utiliser pour vaincre Hrafn et Eero, les deux hommes qu'il haïssait depuis trente ans. Si elle avait réussi, il aurait soit fait tuer ces *jarls*, soit obtenu des traités et des alliances qui lui auraient donné l'ascendant sur eux. Ensuite, il se serait débarrassé d'elle en lui confiant un fief lointain dont il aurait perçu les bénéfices. Il aurait été gagnant sur tous les plans. La conscience d'avoir été manipulée la dérangeait énormément. Cela aussi lui faisait remettre en question ses ambitions. Elle n'avait pas envie d'offrir à Gustav davantage de pouvoir, ni de lui prouver qu'il avait eu raison de la former comme il l'avait fait. Comme d'autres avant lui, Gustav l'avait utilisée, et elle refusait de lui accorder ce droit, ou les bénéfices.

Un pli amer aux lèvres, elle secoua la tête et s'empressa d'aller chercher le plateau de volailles rôties qu'une esclave venait d'apporter dans la salle principale de la *goahti*. La voyant approcher, la vieille femme recula d'un pas et courba les épaules comme si elle craignait un mauvais coup. Auðr secoua la tête en la voyant se recroqueviller.

— C'est bon, je ne vais pas te faire de mal…, souffla-t-elle.

La vieillarde se nommait Vuohkku et affichait une marque sur le côté droit du visage, sans doute provenant d'un coup de fouet assez ancien. Elle recula encore et releva la tête pour lui cracher au visage.

— Ne m'approche pas, chienne *wīcing*. Tes mains portent la mort !

Auðr fit la moue et s'écarta en haussant les épaules. Se faire traiter de *wīcing* ne l'offensait pas. Ce terme, que son propre peuple avait adopté à force de l'entendre prononcer par les habitants des autres pays pour les caractériser, avait beau signifier « pirates » ou « maraudeurs », elle le trouvait approprié. Même si les siens étaient des explorateurs intrépides, des combattants redoutables, des marins exceptionnels et des commerçants florissants, ils étaient avant tout des pirates, des pillards et des maraudeurs, et nul ne le niait. Voire ils en tiraient une fierté et avaient fait de leur mode de vie de combats et de rapines une tradition et une gloire. Et, elle, elle incarnait l'excellence dans ce domaine. Elle était une servante dévouée de la déesse de la Guerre, elle était formée au combat et n'avait jamais été vaincue sur le champ de bataille. Elle était la parfaite *skjaldmö*, et ses mains portaient la mort. Elles l'avaient donnée à de nombreuses reprises et la donneraient encore… si elle échappait à Eero.

Depuis qu'elle était sa captive, elle n'avait pas eu accès à ses armes. Les hommes les gardaient toujours sur eux et la surveillaient de près, veillant à ce qu'elle ne s'approche pas trop. Cela ne l'aurait pas empêchée de les tuer si elle en avait eu envie. Elle se savait assez compétente pour en éliminer plusieurs avant de succomber à leur nombre, mais c'était là le cœur du problème : elle n'avait pas envie de mourir. Elle avait envie de vivre, de vaincre et de cracher sur le corps d'Eero et de ses sbires.

Mais, parfois, elle désespérait. Asdan ne reviendrait pas avant une dizaine de jours, si tout se passait bien. Si, chaque matin, elle se réveillait sur sa couche misérable et glacée pleine d'espoir, au fil des heures et des brimades, sa foi en lui vacillait et elle craignait de ne pas réussir à survivre jusqu'à son retour – si tant était qu'il reviendrait. Les avanies et moqueries d'Eero ne la touchaient pas physiquement, mais mentalement elle faiblissait. Elle doutait, elle redoutait et perdait son peu de confiance chaque jour un peu plus.

Le lendemain fut pire.

Le surlendemain encore plus.

Quand la première semaine fut écoulée, Auðr désespérait.

Elle s'efforçait de ne rien en laisser paraître, mais les autres serviteurs devaient forcément l'entendre. Le soir, quand elle s'effondrait, épuisée, affamée, le corps moulu de coups et de fatigue, sur sa maigre paillasse, dans la *goahti* rapiécée qui servait d'abri aux plus misérables des domestiques, elle ne pouvait retenir des sanglots secs qui déchiraient son cœur. Elle ne pleurait pas. Ses larmes ne coulaient jamais. C'était sa dernière fierté, la seule qu'il lui restait. Mais ses cris, bien que retenus entre ses dents serrées et sa gorge nouée, débordaient quand même. Elle plongeait son visage dans la fourrure usagée qu'on lui avait jetée et étouffait ses plaintes dedans, mais celles-ci n'en demeuraient pas moins audibles et il était arrivé qu'on lui jette un vieil os déjà rongé ou une chaussure de cuir élimée pour la faire taire.

Depuis, elle se renfonçait dans le fond de la *goahti* oblongue pour éviter la proximité des autres serviteurs – et surtout leurs projectiles.

Elle savait qu'avec un peu de chance, dans moins de sept jours, Asdan reviendrait et son sort serait fixé. À ce stade, elle ne s'en souciait plus. Elle voulait juste que le calvaire de l'attente s'arrête, que cette incertitude insoutenable prenne fin.

Elle aspirait même à pouvoir mourir, du moment qu'elle arrivait à voir Asdan une dernière fois. Elle n'en demandait pas davantage.

Enfin si : tuer Eero avant de s'offrir à Freyja.

Elle en rêvait. C'était la seule chose qui la maintenait debout et l'aidait à résister à ses brimades. Pourtant, maintenant que sa mesquinerie d'origine avait pu s'épancher, il finissait par tomber à court d'humiliations. Elle portait encore les traces de ses sévices, mais il avait veillé à ce que celles-ci ne portent pas à conséquences et soient effacées quand Asdan reviendrait – s'il revenait un jour.

Il lui avait fait passer la nuit au pilori deux jours plus tôt. Elle avait commis l'erreur de donner un relief de viande à un chien et celui-ci avait vomi un os aux pieds de son maître. Eero avait prétendu que c'était son animal préféré et avait privé Auðr de repas pour qu'elle connaisse les souffrances de l'animal avant de l'exposer au poteau, sans manteau ni fourrures. Durant la veillée, les enfants et les serviteurs, enhardis par son immobilité forcée, l'avaient assaillie de projectiles divers, restes de nourriture, jets de boissons, crachats et autres horreurs. Elle n'avait rien manifesté. Elle s'était une fois de plus renfermée sur elle-même et avait pensé à Asdan pour oublier ce qu'elle subissait. Mais à un moment une odeur infecte l'avait tirée de sa torpeur et lui avait fait ouvrir les yeux. Elle avait découvert un pot de chambre tout près d'elle, prêt à être renversé sur sa tête par une jeune fille à peine sortie de l'enfance, et elle avait enfin réagi. Elle avait poussé un rugissement de rage outragée et s'était arc-boutée dans le dispositif, se soulevant de terre à la force de ses bras, agrippée aux chaînes qui maintenaient ses poignets en l'air, et avait utilisé ses dernières forces pour effectuer un mouvement vif de balancier qui avait projeté ses jambes vers l'avant. Ses pieds avaient heurté le récipient infâme et ce dernier avait basculé en arrière, aspergeant la gamine qui, une expression horrifiée au visage, avait chuté sur le dos, tombant de l'estrade de bois où Auðr était exposée. Elle était restée dans la boue à moitié glacée quelques instants, hoquetant de stupeur et d'horreur, couverte d'immondices puantes, sous les huées de ses pairs qui avaient aussitôt reporté leurs moqueries sur elle, trouvant cette victime imprévue plus facile d'accès que la guerrière. Auðr avait repris sa position et refermé les yeux. Cela ne la touchait plus.

Depuis cet événement atroce, elle désespérait. La seule chose en laquelle elle gardait foi, c'était qu'un jour Eero finirait par relâcher sa surveillance. Elle pourrait alors s'emparer d'une arme et le tuer. Elle avait envisagé de le faire à mains nues. Elle savait qu'elle avait suffisamment de force pour étrangler un homme de la sorte, elle l'avait déjà fait, mais elle aurait du mal à parvenir à lui et à le maintenir assez longtemps pour le tuer, car ses hommes ne manqueraient pas d'intervenir pour l'en empêcher. Par ailleurs Eero ne restait jamais seul avec elle. Elle faisait donc son possible pour ne pas réagir, pour paraître inoffensive, éteinte, et priait pour qu'avec le temps il croie l'avoir réellement brisée et baisse sa surveillance. Ainsi, elle pourrait assouvir sa vengeance. Ensuite, elle retournerait son arme contre elle et en finirait avec cette existence misérable.

Jusqu'à présent, jamais elle n'avait envisagé le suicide comme une fin possible pour elle. Elle connaissait des sagas qui en parlaient comme d'une voie acceptable pour échapper à ces afflictions ou malédictions rendant la vie intolérable. Elle avait même vu certaines *skjaldmös*, vieillissantes ou blessées, qui l'avaient pratiqué pour éviter un avenir de douleur ou de dépendance. Personne n'y trouvait jamais rien à redire, et les prêtresses considéraient même que c'était une fin digne et honorable. Plutôt la mort, une lame à la main, que finir dans un lit solitaire, ou tributaire de la charité d'autrui. Elle n'avait jamais critiqué ce choix. Il lui avait paru, à l'époque, être une forme de lâcheté, mais maintenant elle comprenait.

Elle comprenait qu'une vie d'humiliations et de dépendance, sans espoir d'amélioration, de libération ou de fuite, était pire que la mort. Pire que le déshonneur. Et que la seule solution, raisonnable et honorable, était de finir en guerrière. Quand son propre corps devenait l'ennemi, il fallait le vaincre une bonne fois pour toutes.

Auðr en était là.

Les jours continuèrent à filer de la sorte, entre corvées, brimades et faim.

Elle perdit peu à peu le fil du temps et se noya dans le quotidien.

Chaque matin, elle se levait pour nourrir les cochons, balayer le sol en terre de la *goahti* d'Eero et lui servir son petit déjeuner. En général, il lui en jetait les restes comme il l'aurait fait à son chien, et elle les mangeait sans honte. Manger lui permettait de garder quelques forces et de tenir plus longtemps pour pouvoir se venger. Et cela amusait Eero de la voir ramper à terre pour ramasser quelques fruits secs ou des miettes de gâteaux. Ensuite, elle secouait ses fourrures, allait traire les animaux et nettoyer les ustensiles pour que les cuisinières préparent le dîner, qui serait beaucoup plus consistant que le gruau aromatisé de miel, de fruits et de lait fermenté qu'Eero prenait le matin. Elle s'était étonnée qu'il ne consomme pas de viande ou de poisson durant son premier repas, puis avait remarqué qu'il grignotait des lamelles de viande de renne ou des petits poissons séchés ou fermentés à longueur de journée, pour s'occuper et attendre le festin du soir. Elle aidait ensuite les femmes à la cuisine, se chargeant de toutes les corvées qu'elles n'aimaient pas faire : éplucher les légumes et nettoyer les racines, écorcher et vider les animaux, touiller les soupes et ragoûts, et ce qui nécessitait de la force comme tourner la broche des grillades. Une fois ces tâches épuisantes effectuées, elle devait aller à la rivière et casser la glace pour laver le linge, le battre et l'essorer, avant de le mettre à sécher sur de grandes perches – différentes de celles qui servaient à fumer la viande et le poisson. Cette dernière tâche aussi, elle devait la faire, après avoir écaillé, écorché et vidé les prises du jour. Quand la nuit, qui n'en était pas une, tombait, elle se sentait sale, puante, recouverte d'une couche de suie et de déchets, et n'avait qu'une envie : s'effondrer sur sa couche pour quelques heures et oublier ce quotidien misérable. Jamais auparavant Auðr n'avait accordé d'importance particulière à la vie des serviteurs, encore moins à celle des esclaves, mais elle comprenait à présent à quel point son statut, malgré les difficultés et les épreuves, avait été privilégié. Et elle voyait également combien la vie des nobles dépendait de cette myriade de petites corvées qui composaient les journées des basses classes. Durant quelques jours, avant de découvrir à quel point eux aussi la haïssaient, elle avait envisagé de se rallier à eux pour tenter de renverser Eero, mais toutes ses tentatives pour se lier avec les domestiques s'étaient soldées par des échecs.

Au milieu de la troisième semaine, elle comprit qu'Asdan ne viendrait plus. Malgré l'épuisement et le découragement, elle était parvenue à garder le fil des jours, gravant sur sa peau, dans la cuisine, un trait par journée écoulée, quand elle parvenait à mettre la main sur une lame, et elle avait réalisé qu'Asdan aurait déjà dû être revenu depuis au moins trois jours. Elle ne pensait pas qu'il ait pu être retardé ni que les négociations avec son père prendraient tant de temps. Il était parti et ne reviendrait pas. Il lui avait tourné le dos, malgré ses promesses et son regard aimant, et il l'avait sans doute déjà oubliée.

« Personne ne voudrait d'une femme laide, à part un *skald* itinérant. »

Finalement, cela n'était pas un mensonge. Elle ne comprenait pas, et à présent elle ne le comprendrait probablement jamais, pourquoi le *skald* avait joué à un jeu aussi cruel avec elle, mais cela n'avait plus la moindre importance. Elle lui avait accordé sa foi et sa confiance en dépit de ce qu'elle avait entendu et, pour la énième fois, un homme lui avait prouvé qu'elle avait eu tort de se fier à lui et de le croire.

Elle ne répéterait pas cette erreur.

Forte de cette résolution, elle décida de passer à l'action.

Quitte à mourir, puisqu'elle ne doutait plus qu'elle finirait ses jours dans les chaînes d'Eero, autant le faire avec panache, en emportant un maximum d'adversaires. On ne se souviendrait peut-être pas d'Auðr la *skjaldmö* comme d'un grand *jarl*, d'une conquérante ou d'une reine glorieuse, mais on se souviendrait à jamais de sa vengeance et de sa fin honorable et sanglante, entraînant avec elle tous ceux qui lui avaient fait du mal.

Eero serait le premier et, quand elle tomberait à son tour, ce serait entourée de ses soldats, une hache à la main.

Elle savait exactement comment procéder.

C'était au matin du dix-septième jour. Elle venait de laver des draps et revenait de la rivière, un grand panier en osier empli de linge propre dans les bras et un soldat bjarmien derrière elle. Elle croisa la vieille Vuohkku et lui tendit sa corbeille alourdie par le poids de l'eau dans le tissu. Elle profita de ce que celle-ci manquait de la lâcher pour se rapprocher d'elle et lui glisser quelques mots à l'oreille.

— Vuohkku, que faudrait-il que je fasse pour que tu me donnes l'accès à la chambre d'Eero ? chuchota-t-elle.

L'aïeule sursauta et lui coula un regard outré.

— Que penses-tu vouloir faire, chienne *wīcing* ? Tu espères t'introduire dans sa couche pour obtenir ta liberté ? N'y pense même pas : la place est prise par Gáddjá et Máidna, les jumelles de ma fille, qui sont plus jeunes, plus belles et plus obéissantes que toi.

Voilà. C'était exactement la réponse qu'Auðr attendait.

Eero était si cruel et puissant que nul n'imaginait qu'elle puisse encore, après une vingtaine de jours passés à subir ses avanies, penser se rebeller. Dans le fief, personne ne le faisait. Sans doute y avait-il eu des tentatives de révoltes au début du règne d'Eero, car Auðr avait entendu des rumeurs parlant d'une sédition, de fuites, d'émeutes, mais toutes les manifestations de mécontentement avaient été écrasées dans le sang, et plus personne n'envisageait de se rebeller. Les villageois subissaient leur sort et tentaient de l'améliorer à grand renfort de dénonciations, de traîtrises ou de manipulations.

Elle esquissa un sourire cruel.

— Non, je n'ai aucune envie de remplacer tes petites-filles dans la couche d'Eero. Cette place ne me convient pas et Eero n'a aucune attirance pour les femmes défigurées. Mais… je pensais plutôt à autre chose. Quelque chose qui nous sera profitable à tous.

La femme resta courbée, une main sur ses reins, comme si le poids du panier et la douleur de ses vieux os l'empêchaient de se relever, et elle glissa un regard méfiant à Auðr.

— À quoi penses-tu, alors ?

— À le tuer, énonça Auðr sans hésiter. C'est pour ça que j'étais venue. J'ai échoué la première fois parce que je ne connaissais pas les lieux, mais, à présent, si je peux m'introduire près de lui, j'ai une bonne chance de réussir.

— Non.

— Si. Réfléchis. Que je réussisse ou que j'échoue, tu es gagnante : si je l'assassine, vous serez débarrassés d'un chef cruel, un maître étranger qui vous rudoie et vous maltraite impunément sur vos propres terres, et vous prive de votre mode de vie ancestral. Si je n'y arrive pas, il me mettra à mort et vous serez débarrassés de mon encombrante présence et de la menace que je représente.

— Tu ne représentes plus aucune menace, femme ! se moqua la domestique avec un rictus méprisant. Les tiens t'ont abandonnée, même ton prétendu amant n'est pas revenu pour toi. Tu es seule et vaincue, tu n'as aucune chance de réussir.

— Si tu ne m'aides pas, c'est vrai. Les soldats se méfient trop de moi pour me laisser l'approcher sans ton assistance. Mais je demeure toujours une menace : mon époux est le *jarl* Gustav d'Aldeigiuborg. Même si je ne suis qu'un outil pour lui, il a consacré trop de temps et d'argent à me façonner pour accepter d'être spolié par un ennemi. Il apprendra forcément ce qui m'est arrivé, car Asdan, même s'il ne revient pas, est un *skald* et chantera ses aventures dans toute la Carélie. Alors Gustav lèvera une armée sous le prétexte de venger l'affront fait à son nom et à son épouse. Il n'a pas d'autre choix. Quel *jarl* pourrait encore régner et être accepté de ses pairs alors que sa femme est prisonnière d'un rival et humiliée ?

— Si tu meurs, il te vengera, argua l'autre femme.

Auðr retint un soupir. C'était le point noir de son plan. Mais elle comptait jouer sur la méconnaissance que les domestiques avaient de la politique des nobles pour faire valoir son argument.

— Je suis stérile, je n'ai pas su lui donner de fils. Tant que je suis en vie, il est forcé de rester avec moi et de défendre mon honneur et ma réputation. C'est pourquoi il viendra me chercher. Mais, si je meurs ici, il sera débarrassé d'une épouse inutile et pourra s'unir avec une autre femme qui lui apportera des richesses, des terres, et surtout lui donnera un héritier, car il n'en a pas. Tu vois ? Tu as tout intérêt à m'aider dans mon projet car, tant que je suis ici et en vie, je suis une menace pour vous tous. Qui, à ton avis, sera sacrifié en premier, lorsqu'une guerre sera déclarée ou qu'un siège menacera les réserves de vivres ? C'est la spécialité de Gustav d'affamer la population pour faire céder ses chefs, et il n'hésitera pas à l'employer ici.

La vieille femme grimaça et lâcha d'une main son panier, qui bascula sur le côté, déversant au sol le linge, elle dégaina le couteau à dépecer qu'elle portait à la ceinture et le brandit devant le visage d'Auðr.

— Je pourrais aussi te tuer moi-même. Nous serions débarrassés de toi.

Auðr n'hésita pas. D'un geste vif, elle bloqua le poignet de la femme et le tordit, la forçant à ouvrir les doigts avec un cri de douleur.

Mais, quand le couteau tomba à terre, la guerrière ne le ramassa pas. Elle s'écarta vivement, comme si la simple vue de l'arme l'avait emplie de frayeur, et recula jusqu'à ce que le soldat, dont l'attention avait été attirée par l'éclat métallique de la lame et la plainte de la domestique, le voie et s'en empare.

— Recule, femme ! ordonna-t-il à Auðr en faisant mine de lui donner un coup de pied.

Satisfaite de voir que son plan réussissait, Auðr mima un mouvement de crainte et recula encore plus, se recroquevillant sur elle-même à côté de la vieille femme comme si elle redoutait un châtiment. Les deux se tinrent côte à côte, à genoux, se lançant des regards mauvais tandis que le soldat ramassait le couteau. Il attrapa ensuite la servante par le col de sa robe de toile fruste et la releva de force.

— Pourquoi as-tu sorti ton couteau, toi ? Tu voulais la tuer ?

L'aïeule fut tellement terrorisée par la proximité de la lame, qui menaçait son œil gauche, qu'elle fut incapable de répondre. Elle se mit à balbutier des mots incohérents, postillonnant et gémissant de peur, tandis que ses pieds battaient dans le vide pour trouver un appui.

Auðr mima la contrition. Sans se redresser, elle tirailla le bas de la cotte de mailles du soldat.

— Pardon ! supplia-t-elle. Pardon, c'est ma faute ! Je... Elle chercha une excuse en toute hâte.

— Je n'ai pas le droit de toucher une arme, et j'avais besoin de vérifier que la viande était cuite. Je lui ai demandé de le faire pour moi..., expliqua-t-elle en désignant vivement le cochon qui grillait sur une broche tout près.

L'homme jeta un coup d'œil indifférent à la viande encore saignante qui rôtissait et lâcha la vieille femme, qui s'empressa de reculer, avant de lancer son couteau à ses pieds.

— Fais attention, femme. Cette prisonnière n'a pas le droit de toucher à une arme. La prochaine fois que tu la laisses t'en dérober une, tu perdras une main !

Après avoir grondé ces mots, il fit demi-tour et retourna se camper à sa place précédente, à l'entrée du site au centre du village, où le sol était creusé de quelques mains pour empêcher les vents de disperser les braises. Les divers feux de cuisson y étaient réunis en une cuisine de plein air – pour éviter d'enfumer les *goahtis* sombres.

La cuisinière se dépêcha de récupérer son arme et de la remettre à sa ceinture, après avoir craché aux pieds d'Auðr. Alors qu'elle tournait les talons, celle-ci la héla d'un ton bas, mais pressant.

— Tu l'as entendu ? Pour une simple incompréhension, tu auras une main coupée. Est-ce l'avenir que tu souhaites ? Je t'offre une autre possibilité : celle de regagner votre liberté. Tu n'as rien à perdre, et tout à y gagner. Soit je meurs et tu n'auras plus jamais affaire à moi, soit je vis et Eero et ses hommes disparaissent de votre village. Réfléchis, mais pas trop longtemps. Je veux passer à l'action dans deux jours.

Dans deux jours se déroulerait la fête du renard, une nuit exceptionnelle durant laquelle le renard qui créait les aurores boréales en parcourant le ciel, dansait encore plus longtemps que d'habitude et faisait naître des tourbillons de neige et des étincelles avec sa queue. Cette nuit était réputée être la plus courte de tout l'été dans cette région et, surtout, la plus colorée. Le feu du renard illuminerait le ciel arctique et les Samis danseraient toute la nuit, buvant, honorant leurs dieux et faisant la fête pour célébrer le renard nocturne qui embellissait ainsi leur firmament. Eero n'était pas parvenu à museler cette croyance et, pour donner l'impression qu'il accordait à son peuple une permission exceptionnelle, le déliait de toute servitude pour la soirée. Il en profitait pour festoyer avec ses hommes, pour commémorer, de leur côté, leur Bjarmeland natal.

Cette nuit-là, Eero et ses soldats seraient ivres, repus et engourdis, tandis que les villageois en liesse couvriraient les bruits. Nul ne prêterait attention à une ombre furtive.

Auðr pria pour que la vieille Vuohkku accepte sa proposition.

Elle n'eut pas à attendre longtemps.

Le lendemain, le hasard la mit en présence des jumelles de Livli, la fille de Vuohkku. Livli avait une quarantaine d'années mais affichait, comme sa mère, les stigmates d'une vie misérable. Ses épaules affaissées et ses seins lourds témoignaient d'une multitude d'accouchements tandis que son visage, qui avait dû être joli et restait harmonieux, arborait une expression usée et fatiguée. Comme sa mère, elle portait le kofte sami, souvent bleu et blanc dans cette région, mais son châle était rapiécé et effiloché et les broderies de sa jupe avaient vu des jours meilleurs. Pourtant, Auðr se rappelait avoir croisé ses filles à plusieurs reprises dans la *goahti* d'Eero et celles-ci étaient toujours bien vêtues et affichaient des silhouettes plaisantes et bien en chair. Sans doute Eero permettait-il à ses favorites de ne pas travailler pour qu'elles demeurent agréables plus longtemps. Quand il s'en lasserait, elles retourneraient à leur vie de servitude, et leurs yeux s'éteindraient aussi vite que ceux de leur mère et de leur grand-mère.

Livli s'approcha d'elle alors qu'elle tournait la lourde broche haute permettant de rôtir un renne entier. En prévision du festin du soir, Eero avait réclamé qu'un renne soit intégralement cuisiné et farci pour que ses hommes et lui fassent bombance. Les villageois étant accaparés par leurs propres préparatifs, la tâche avait échu à Auðr qui s'en était contentée.

La guerrière entendit des pas légers se rapprocher, puis s'arrêter près d'elle. Trop près et dans son dos. Elle crispa les doigts sur la broche et se prépara à plonger, pour que l'assaillant, s'il lui prenait l'envie de l'attaquer par-derrière, tombe dans les flammes.

— C'est moi, guerrière, marmonna une voix à l'accent sami prononcé. Livli, la fille de Vuohkku. Ne te retourne pas.

Auðr se pencha en avant pour flairer la viande qui cuisait et hocha la tête comme si elle était satisfaite de l'avancée de son rôti.

— Que veux-tu, Livli, fille de Vuohkku ?

— Ma mère a discuté avec moi, et moi avec mes filles. Nous sommes d'accord pour t'aider, chuchota la femme. Mais à une condition.

Auðr dut résister à l'envie de jeter un coup d'œil surpris par-dessus son épaule. Cette femme pensait-elle vraiment être en mesure de lui imposer une condition ? Alors qu'elle risquait sa vie pour son peuple ?

— Que veux-tu ?

— Les testicules d'Eero. Mes filles veulent que tu prélèves ce trophée pour elles, quand tu l'auras occis. Elles le méritent, après ce qu'il leur fait subir depuis tant d'années.

Auðr manqua d'en lâcher sa broche.

La demande était plus qu'inattendue, mais après tout...

— Et toi, réclames-tu aussi une part de lui en souvenir ? Sa langue pour toi, ses yeux pour ta mère ? Ses mains, peut-être ?

— Non. Sa mort me suffira amplement. Mais mes filles...

La femme n'acheva pas sa phrase, néanmoins Auðr comprit, au silence qui suivit, qu'elle n'avait pas besoin d'en savoir davantage. Elle était devenue guerrière pour ne pas dépendre d'un homme et, même si elle avait réussi, elle avait vu de ses propres yeux ce que les femmes subissaient aux mains des conquérants. De plus Gáddjá et Máidna étaient presque aussi jeunes que Fridgunn…

Elle hocha la tête d'un air absorbé.

— Comment procéderez-vous ?

— Cela ne te regarde pas. Tout ce que tu auras à faire, ce soir, c'est d'attendre que le renard de feu glapisse. Tu sauras que tu dois agir.

De nouveau, Auðr opina.

Quand elle osa tourner la tête, profitant de ce qu'elle passait de l'autre côté du feu pour inspecter la viande, elle ne vit que le dos de Livli, qui retournait à l'intérieur de la grande *goahti*, sous l'œil indifférent du garde qui la surveillait.

Attendre le glapissement du renard, songea Auðr. Ce n'était pas malin. La nuit, les renards arctiques s'en donnaient à cœur joie, jappant, sifflant et criant, ponctuant leur chasse d'une multitude de sons pour communiquer. Elle connaissait à présent la légende du renard de feu, mais en quoi son cri serait-il différent ? Comment le reconnaîtrait-elle ?

Elle fronça les sourcils et secoua la tête avec fatalisme. Elle ne pouvait guère interroger la femme, elle était déjà bien contente que, malgré l'animosité contre elle et la méfiance naturelle de ces gens, ces quatre femmes aient accepté de la soutenir dans son projet. Il ne lui restait plus qu'à le mettre à exécution.

Comme elle l'avait dit, demain soir, elle vivrait ou mourrait.

20

Auðr

La nuit du renard de feu avait commencé, et les aurores boréales illuminaient le ciel. Auðr avait beau en avoir déjà vu plusieurs depuis son arrivée en Carélie, que ce soit de magnifiques spectacles qui enflammaient le firmament de couleurs multiples durant des heures ou d'intenses vagues monochromes qui chatoyaient un court instant avant de disparaître, elle s'en émerveillait toujours. Aujourd'hui, le panorama était plus magnifique que jamais. Néanmoins, elle n'en profitait pas. Elle s'était couchée, comme d'habitude, tout habillée, afin de lutter contre le froid de la *lavvu* trouée et rapiécée qu'elle partageait avec d'autres misérables, mais, contrairement à eux, elle ne s'était pas endormie. La tente en peau usée était moins peuplée qu'à l'accoutumée : les Samis issus des classes les plus pauvres n'étaient pas venus rejoindre leur lit, avides d'oublier leur quotidien sordide dans cette fête annuelle, et seuls les esclaves provenant d'autres contrées et ne partageant pas les mêmes croyances demeuraient avec Auðr. Elle s'était brièvement demandé s'ils ne voulaient pas rejoindre les autres, ne serait-ce que pour profiter d'une soirée de liesse, ou s'ils craignaient d'être rejetés, mais elle avait écarté cette pensée de son esprit assez vite. Malgré sa compassion toute récente envers leur sort, leur vie ne la concernait pas. Ils ne s'intéressaient pas plus à elle qu'elle à eux. Si, un jour, elle régnait sur son fief, elle ferait en sorte d'améliorer le quotidien des plus misérables mais, pour l'instant, c'était son propre objectif qui la tourmentait.

Les Samis dehors, alternaient cris de joie, appels, *joiks* chantés et histoires clamées, et faisaient un tel raffut que, pour une fois, la nuit regorgeait de cris qui n'étaient pas animaux. Avec tout ce vacarme, Auðr n'avait entendu ni hurlement de loup, ni ululement de chouette, ni renâclement de renne. Encore moins de glapissement de renard.

Elle s'efforçait de ne pas remuer sur sa couche afin de ne pas attirer l'attention et tentait de tendre l'oreille pour distinguer, par-dessus les chants et les conversations, les bruits susceptibles de provenir de la *goahti* principale, qui se trouvait presque au centre du village. Sa *lavvu*, quant à elle, se situait en bordure. Mais la rivière Neva, contre laquelle la ville était accolée, conférait à la colonie une forme oblongue : d'est en ouest, la cité ne faisait pas la moitié d'une lieue, pour deux lieues du sud au nord, sans compter les immenses prairies de taïga dans lesquelles paissaient les troupeaux de rennes en cette saison.

Elle pouvait donc ouïr les allées et venues des soldats d'Eero qui sortaient uriner ou vomir à l'extérieur avant de retourner profiter du banquet de leur chef. De là aussi, des chants allègres montaient, étouffés par les lourdes épaisseurs de terre et de pierre qui recouvraient la *goahti* mais bien perceptibles quand les soldats ouvraient les panneaux de bois et de cuir.

Soudain, alors qu'elle se demandait si Livli et ses filles ne s'étaient pas découragées, un flot de jurons, émis par une voix masculine, retentit, bien plus proche qu'elle ne s'y attendait.

Une voix dont l'accent n'était pas sami mais bjarmien.

— Jovnna ! éructa ensuite le timbre grave. T'as vu ça ? C'était pas leurs foutues lumières, non ?

Un rot sonore lui répondit.

— Allez, regarde ! On dirait...

De nouveau le silence, puis, soudain, un cri.

— Au feu ! La *goahti* brûle !

Auðr réprima un juron et se renfonça dans ses fourrures tandis que, autour d'elle, les autres serviteurs se levaient en hâte. Qu'avaient pensé Gáddjá et Máidna ? Parce que c'était forcément elles. Les aurores boréales étant considérées comme le feu provoqué par la queue d'un renard sur les cimes des montagnes, l'incendie ne pouvait être que ce « glapissement du renard » que lui avait promis Livli. Mais les deux jeunes filles s'imaginaient-elles qu'Auðr pourrait pénétrer dans la *goahti* pour tuer Eero sans se faire remarquer maintenant que la tente était en proie aux flammes et cernée de soldats, de villageois et de serviteurs ?

Tenter de mettre son plan à exécution dans ces conditions était un suicide pur et simple.

Auðr y réfléchit quelques instants… et repoussa ses fourrures pour se lever.

Elle allait le faire. Quitte à mourir dans une gerbe de flammes, autant que celles-ci soient réelles. Au moins, elle n'aurait plus froid.

Quand elle parvint devant la *goahti*, elle se rendit compte que l'idée des deux maîtresses samies d'Eero n'était pas si mauvaise. Les soldats avaient réparti les villageois et serviteurs en une chaîne humaine reliant la demeure de leur maître à la rivière, et tous se concentraient sur la tâche urgente et dangereuse de s'approcher au maximum des flammes pour les asperger d'eau glacée. L'incendie n'était pas encore très répandu, mais en cette saison, alors que la période où la neige fondait et humidifiait bois et cuirs était terminée et que le soleil permanent asséchait tout, les matières inflammables ne manquaient pas. Seules les zones plus sauvages, où les forêts et les montagnes permettaient aux neiges de s'attarder, étaient préservées de ce risque. Si le feu se propageait, le village entier se transformerait en brasier. Les réserves de grains exploseraient, envoyant voler des étincelles et des projectiles dans les tentes voisines, qui s'embraseraient aussi, allumant de nouveaux départs d'incendie qui, à leur tour, se répandraient aux perches tendues où séchaient des tissus, des peaux, de la nourriture. Même si la nuit s'achevait sans morts, l'hiver serait fatal pour les plus démunis, qui se retrouveraient sans la moindre nourriture.

Auðr occulta cette question et contourna la *goahti*, passant derrière les femmes et enfants attroupés qui participaient à l'effort collectif en transportant des seaux plus petits de manière désorganisée. Un homme vêtu d'une tenue traditionnelle samie lui agrippa le bras au passage, mais elle se dégagea d'une prise rapide avant de marmonner qu'elle avait l'ordre de protéger des documents précieux. L'inconnu se désintéressa d'elle, et elle reprit sa route d'un air empressé, avant d'aller rejoindre un soldat, près de l'entrée arrière de la *goahti*.

Dès qu'elle fut à portée de vue, elle se mit à courir vers lui, affichant un air affolé.

— Gáddjá ! Máidna ! Où sont Gáddjá et Máidna ?

Le garde tourna vers elle une tête incrédule.

— Quoi ? Les concubines du maître ? Elles doivent être avec lui, dans sa chambre, pourquoi ? Quelle importance ?

— C'est très important ! Leur mère... leur grand-mère... l'incendie... Je dois...

Elle tenta de pénétrer dans la tente, mais l'homme l'arrêta par le coude. Elle s'était efforcée de baisser au maximum la tête, pour que ses tresses dissimulent ses traits, et surtout ses cicatrices bien trop reconnaissables, et elle craignit un instant qu'il ne l'eût identifiée.

— On s'en fiche, des traînées d'Eero ! Sa *goahti* flambe ! S'il n'en sort pas très vite, elle s'effondrera sur lui, et sans lui nous perdrons Kannanlakši. Nous n'arriverons jamais à tenir la ville sans le *jarl*, c'est lui qui...

— Je vais le chercher ! hurla Auðr de sa voix la plus frénétique, priant pour que son timbre rauque et son accent danois ne la trahissent pas. Je vais sauver notre maître, dussé-je y perdre la vie !

Le soldat hésita un instant, puis haussa les épaules.

— Mieux vaut toi que moi, alors. Vas-y, femme ! Et ne reviens pas sans lui !

Marmonnant un « merci » qui ressemblait plus à un juron, Auðr le dépassa et s'enfonça dans les profondeurs du couloir qu'elle avait déjà emprunté une première fois sans succès.

Aujourd'hui se présentait sa seconde chance, et surtout la dernière. Cette fois, il n'y aurait plus Asdan pour la sauver et, si elle échouait, elle périrait de la main d'Eero... ou d'une mort tout aussi atroce dans les flammes.

Mais peut-être serait-ce pour le mieux car, si elle succombait à l'incendie, cela signifierait qu'elle n'avait pas réussi à rejoindre Eero ou à ressortir à temps, et qu'il serait mort en même temps qu'elle.

Oui, les flammes seraient un pis-aller acceptable, songea-t-elle en se ruant vers ce qu'elle savait être la chambre d'Eero, au cœur de la *goahti*.

Heureusement qu'elle avait fini par apprendre la disposition de la tente par cœur, car la fumée et les flammes rendaient l'endroit étouffant et inhospitalier. N'arrivant plus à distinguer quoi que ce soit dedans, et elle finit très vite par progresser à tâtons, se brûlant les mains sur les parois de cuir et les planches de bois calciné.

Elle s'arrêta en parvenant dans l'espace central de la *goahti*. Il fallait faire vite. Presque tout à l'intérieur était embrasé. Le feu s'était emparé des fourrures accrochées aux perches, des sacs d'excréments séchés qui servaient à alimenter les foyers, des tabourets et bancs en bois qui longeaient l'estrade. Les flammes léchaient les parois en cuir et les planches utilisées comme support pour le large siège d'Eero. Derrière se trouvait l'entrée de sa chambre. Il devait s'y être terré avec ses maîtresses dans l'espoir que ses hommes éteindraient l'incendie avant qu'il ne soit parvenu jusqu'à lui. Eero était aussi couard que cruel, il préférait risquer la vie de ses soldats plutôt que la sienne en traversant le brasier.

Mais d'abord... Auðr inspecta autour d'elle. Elle savait ce qu'elle cherchait. Chaque fois qu'elle s'était trouvée dans cette salle, à servir Eero, elle avait vérifié qu'elles y étaient toujours, soigneusement exposées, à portée de main du *jarl*, mais pas des siennes. Oui ! Elles étaient là ! Ses haches, le seul présent que son géniteur lui eût jamais offert et qui ne l'avait jamais quittée. Elle se rua vers elles et les empoigna, indifférente à la brûlure qui lui blessa les mains au contact du bois brûlant. Au passage, elle récupéra aussi un poignard, abandonné par terre, qu'elle glissa à sa ceinture.

Ensuite seulement, elle courut jusqu'au panneau de peau de renne tendu sur un cadre de bouleau qui fermait l'accès à la chambre d'Eero. Elle ne le poussa pas, ne l'ouvrit pas. Un coup de hache lui suffit à le fendre, et elle pénétra dans la chambre comme dans une ville assiégée : en maître.

Elle s'arrêta sur le seuil, interloquée par le spectacle qui s'offrit soudain à sa vue.

Eero était bien là, en compagnie des jumelles Gáddjá et Máidna. Mais, contrairement à ce qu'elle avait imaginé, ils ne s'étaient pas retranchés dans la pièce pour se protéger des flammes, non. Ils... faisaient l'amour. Ou plutôt ils copulaient. Car ce qu'Eero faisait à la femme plaquée face à la paroi extérieure de la *goahti*, le visage pressé contre le cuir calciné, n'était pas de l'amour. Jusqu'à ce jour, Auðr n'était jamais parvenue à différencier les jumelles tant elles se ressemblaient, avec leurs visages harmonieux à la peau mate, leurs cheveux noirs fluides comme une rivière d'encre et leurs grands yeux sombres en amande. Mais elle savait que, si elles survivaient à cette nuit, elle ne se tromperait plus jamais, car celle qu'Eero était en train de ravager avec tant de sauvagerie porterait à jamais des cicatrices sur son visage.

Elle porta la main à sa joue, interloquée par la vague de compassion qui la submergea, puis se reprit. Ce n'était pas le moment de penser à ça. Ses blessures lui avaient été infligées de façon horrible, certes, mais pas aussi atroce que ce qu'Eero était en train de faire à cette malheureuse, et cela faisait une raison de plus pour intervenir.

Il ne l'avait pas remarquée. Le dos tourné à elle, assénant de grands coups de reins à sa victime, si fort qu'elle était presque soulevée de terre à chaque poussée, il ahanait, indifférent aux flammes qui les entouraient. Sa main droite, tendue au-dessus de lui, était crispée autour de la perche courbe qui, pas encore touchée par les flammes, reliait à hauteur de tête les croisillons externes, tandis que l'autre jumelle de Livli, nue et en larmes, attachée au sol juste à côté, était contrainte de contempler le supplice qu'il faisait subir à sa sœur. La jeune femme était secouée de sanglots, mais, ses cheveux piégés dans la poigne d'Eero, elle ne pouvait détourner la tête. Ses mains étaient liées dans son dos, qui, lui, affichait des traces de fouet qu'Auðr n'avait jamais remarquées jusqu'à aujourd'hui. Pour ce qu'elle en voyait, les corps des deux sœurs étaient striés de cicatrices similaires.

Auðr comprenait mieux pourquoi Livli avait réclamé les testicules d'Eero en trophée pour ses filles, et elle se jura de les leur donner elle-même. Voire de les laisser les lui arracher si elles préféraient.

Mais, alors qu'elle s'approchait et qu'elle levait sa hache droite pour asséner un coup décisif, le plancher craqua sous ses pieds. Les yeux rivés à son ennemi, elle n'avait pas pris garde à ses mouvements et s'était engagée sur une latte en bois déjà fragilisée par le feu, qui avait cédé sous elle. Une brûlure soudaine lui traversa la jambe et, avec un craquement retentissant, son pied s'enfonça jusqu'à mi-mollet dans la terre ramollie dessous. Elle baissa les yeux et vit que des éclats de bois s'étaient enfoncés dans sa chair et la retenaient prisonnière. Alors qu'elle se baissait pour retirer son membre, un cri résonna.

— Attention !

Eero avait dû entendre le son du bois fracturé et s'était aperçu de sa présence. Le corps pressé contre sa prisonnière, il avait lâché son support pour empoigner la dague attachée à sa ceinture. Il pivota brusquement, se servant de sa victime comme bouclier, puis projeta l'autre sœur d'un coup de pied vers Auðr. Coincée par le bois, la guerrière ne put reculer à temps et dut lâcher une hache pour éviter d'être percutée par la femme qui tomba sur elle.

— Gardes ! hurla Eero. Gardes !

Puis il fit courir son poignard sur la gorge de la femme qu'il tenait toujours.

— Regarde, chienne *wīcing*, ce que je fais aux femelles qui me résistent, moi...

Contre elle, Gáddjá – ou Máidna – poussa un hurlement en voyant sa jumelle s'effondrer, les yeux exorbités et la gorge ruisselant de sang. La femme porta la main à son cou pour tenter d'étancher le flot écarlate, puis tomba à genoux, le visage empreint d'une expression d'incrédulité horrifiée et de douleur.

Le côté droit de sa face était un magma de chairs fondues et brûlées, dans lequel seul son œil semblait survivre, stupéfait et horrifié. *Pour peu de temps*, songea Auðr. Une telle blessure nécessitait des soins immédiats.

La jumelle survivante éclata en sanglots, tandis qu'Eero continuait ses menaces et ses imprécations. Toujours nu, il continua à appeler ses gardes, frappant de son arme sur les perches en bois et les ustensiles métalliques à sa portée pour attirer leur attention par-dessus le crépitement des flammes.

Auðr n'écoutait que d'une oreille ce qu'il disait. Sa priorité était de se dégager de l'étau qui broyait sa jambe et de la femme effondrée sur elle, qui sanglotait en se raccrochant à ses vêtements.

— Lâche-moi, enfin…, marmonna-t-elle en écartant les pointes de bois qui immobilisaient son pied.

Elle commença à le retirer pouce par pouce, serrant les dents à cause de la douleur qui la lançait à chaque mouvement. Contre elle, la jumelle sanglotait à perdre haleine et s'agrippait à ses vêtements.

— Lâche-moi, si tu veux vivre. Si tu veux que je le tue, tu dois…

Elle n'eut pas le temps d'en dire plus.

Soudain Eero se jeta sur son esclave et la projeta sur le côté avant de saisir Auðr par la gorge et de la soulever par le cou. Déjà affaiblie par sa traversée de la *goahti* enfumée, la guerrière se mit à chercher désespérément à respirer, son pied droit protestant à chaque mouvement qu'elle faisait pour se débattre. Elle avait lâché sa hache droite et il ne lui restait plus que la gauche, mais déjà ses forces s'enfuyaient et elle savait que, si elle ne parvenait pas à se libérer d'Eero très vite, elle serait perdue. Sa vision se troubla.

Elle lâcha sa hache pour se saisir du poignard qu'elle avait ramassé en même temps que ses armes. Elle parvint à le dégainer – au corps-à-corps, il lui serait bien plus utile. Sans faire de geste excessif, pour ne pas éveiller les soupçons d'Eero, qui devait la croire au bord de l'évanouissement et continuait à appeler ses gardes, elle le dégaina et positionna la lame derrière l'épaule de son adversaire pour le frapper au creux du cou, là où le métal pénétrerait sans difficulté et s'enfoncerait dans les tissus mous pour cisailler directement les veines.

Elle abaissa la main et... une douleur intense la traversa, occultant la sensation de brûlure dans sa gorge, la souffrance lancinante dans ses pieds et l'asphyxie dans ses poumons. Elle détourna le regard d'Eero pour le porter à sa gauche, par-dessus son épaule. Une dague, lancée par un inconnu, avait crucifié sa paume, la traversant de part en part. Elle ne s'était même pas aperçue qu'elle avait lâché son arme.

Son regard se reporta sur Eero. Lui aussi la regardait. Il la contemplait avec une satisfaction mâtinée de cruauté, un sourire mesquin étirant ses lèvres.

— Je savais que tu tenterais de me tuer, tôt ou tard, *skjaldmö*. Il ne pouvait en être autrement. Et maintenant que tu as rompu ta promesse, je suis libre de faire de toi ce que je veux..., gronda-t-il, les yeux luisants d'un appétit sans nom.

— Tue-moi, ordonna Auðr, insufflant dans sa voix rauque toute l'autorité qu'elle put réunir. Tue-moi en guerrière.

Il émit un rire sordide et s'écarta d'elle, la laissant s'effondrer au sol, sa main mutilée pendant à son côté tandis que l'autre se portait à sa gorge dans l'espoir d'inspirer un peu d'air. Derrière Eero, l'homme qui avait lancé la dague fatidique se rapprocha.

— Mon *jarl* ?

— Mets cette femme aux fers. Demain, elle nous offrira une belle mise à mort. Je lui promets une fin... digne d'une reine. Et fais emmener cette esclave chez la guérisseuse des Samis. J'espère qu'elle la sauvera, je n'ai jamais baisé de femme défigurée, j'ai hâte d'essayer.

Puis il se tourna vers la jumelle qui restait, qui s'était réfugiée dans le dernier espace encore épargné par les flammes.

— Et toi, occupe-toi de moi. Ta sœur n'a pas réussi à me satisfaire, et la nuit n'est pas finie.

21

Asdan

Le *skald* savait qu'il était en retard.

Le cheval que lui avait prêté le *jarl* Eero était une haridelle atroce, à tel point que la frustration le faisait parfois penser qu'il aurait été plus rapide à pied. L'espion du *jarl*, Svartgeirr, n'était pas en cause. Il s'en était même étonné, avant de se rappeler, après quelques jours passés à pousser sa monture jusqu'à ses limites, que l'homme avait tenté de se libérer de l'emprise de son maître et qu'il n'était pas plus consentant que lui pour le servir. Sans doute espérait-il être délivré de lui si Eero était vaincu ou s'il parvenait à se concilier un autre maître – peut-être même Hrafn.

Ils avaient atteint Onegaborg au bout de dix jours, au lieu des sept qu'il avait prévus. Quand il était arrivé chez son père, il lui avait encore fallu attendre deux jours de plus : Hrafn était parti accompagner des marchands sur la rive sud du lac Onega, pour les inciter à établir un comptoir à mi-chemin entre la petite ville d'Ust'e, qui faisait encore partie de son fief, bien qu'à son extrémité, et celle de Zobovo, sur la rive nord du lac Beloïe, qui appartenait à un chef rival avec lequel il espérait conclure un accord. La rivière Volgo-Baltiyskiy, qui les reliait, permettrait de nouer un commerce florissant entre les lacs et d'enrichir les deux fiefs.

Tout cela, c'était la grand-mère d'Asdan, Berislava, qui le

lui avait raconté. La vieille femme avait repris le trône de son gendre en son absence et, quand Svartgeirr s'était étonné que le *jarl* islandais confie son fief à une aïeule bedonnante et non à un homme responsable, la vieille femme s'était levée avec une rapidité étonnante, compte tenu de son embonpoint, et lui avait asséné un soufflet retentissant sur la joue. L'homme, stupéfait, avait reculé d'un pas et porté la main à son visage cramoisi, bouche bée.

— Tu apprendras, jeune malotru, que j'ai dirigé ce fief pendant quinze ans sans l'aide d'aucun homme, et que Hrafn me demande conseil chaque jour pour tout ce qui concerne ce domaine ! Nul n'est mieux placé que moi pour régner en son absence ! avait tonné la matriarche avant de retourner s'asseoir d'un pas pesant, le souffle court.

Puis, une fois réinstallée et une pâtisserie à la main, elle avait croqué une bouchée et mâchonné d'un air satisfait, avant de plisser les yeux avec espièglerie.

— Enfin, à part ma fille Akoulina. Elle est aussi intelligente que sa mère, celle-là. Mais elle est partie avec son époux visiter cette nouvelle colonie que *je* leur ai conseillé de fonder.

Enfin, elle avait tourné son regard vers Asdan et l'avait toisé de haut en bas. Le jeune homme s'était d'abord recroquevillé sous son expression sévère. Il se rappelait fort bien les brimades et punitions que la doyenne de la famille n'hésitait pas à lui infliger quand il désobéissait, et il se souvenait avec précision des remontrances que celle-ci lui avait assénées quand elle avait eu vent de sa décision de renoncer à son titre d'héritier pour courir le monde en tant que *skald*. Depuis, il n'était pas revenu à Onegaborg et il se doutait que, durant les années qui s'étaient écoulées, Berislava avait eu tout le temps de méditer ses prochaines réprimandes et qu'il allait endurer un mauvais moment. Puis il avait remarqué la lueur amusée dans ses yeux et la fossette qui creusait sa joue rebondie. Un fin sourire étirait discrètement ses lèvres nappées de miel et, si ses doigts frémissaient sur l'accoudoir de son trône, ce n'était probablement pas pour lui administrer à lui aussi une gifle, mais plutôt pour se retenir de venir le serrer dans ses bras. Il s'était détendu.

Sa grand-mère avait toujours été comme ça : aussi sincère et brusque dans ses affections que dans ses haines, et aussi prompte à châtier qu'à câliner.

Mais il s'était efforcé de ne pas s'attendrir et s'était empressé de conter ses mésaventures à Berislava, dans l'espoir que celle-ci pourrait prendre la décision qu'il avait espéré soutirer à son père. La vie d'Auðr en dépendait.

Hélas, la vieille femme avait refusé d'agir. Elle compatissait à sa douleur et lui avait promis qu'ils en parleraient à Hrafn dès son retour, mais elle refusait de prendre la décision d'un traité, pire, d'une alliance, avec Eero, et préférait s'en remettre à l'autorité de son gendre, le *jarl* en titre, pour une négociation d'une telle importance.

Il avait donc fallu attendre.

Deux jours. Deux longues journées qui avaient été un véritable supplice pour Asdan. Il se doutait qu'Eero, durant ce délai, ferait tout pour qu'Auðr s'en prenne à lui.

Enfin, Hrafn et Akoulina étaient revenus, porteurs de bonnes nouvelles. Asdan avait pu tout expliquer : son amour pour Auðr, leur voyage, leurs déchirements, la captivité de la *skjaldmö*, la promesse qu'il lui avait faite, et sa mission pour Eero. Sur le moment, il avait craint que son père refuse. Voyant son visage fermé et ses lèvres pincées, il s'était imaginé que la haine que lui inspirait le conquérant bjarmien serait plus forte que l'attachement qu'il vouait à son fils. Il craignait que l'idée de traiter avec cet envahisseur sans pitié ni scrupules lui fasse trop horreur pour qu'il privilégie la vie d'une guerrière qu'il ne connaissait pas, au risque de compromettre son honneur et son intégrité.

Mais il avait suffi d'une main d'Akoulina sur l'épaule de son mari. Il avait tourné la tête vers elle, et ils s'étaient longuement regardés. Puis la paume d'Akoulina avait glissé sur la joue de son époux, et elle lui avait souri avec tendresse et fierté. Hrafn lui avait rendu un regard empreint d'amour, et Asdan avait compris. Dans cet échange silencieux, sa mère avait transmis un message à son père, et l'avait fait changer d'avis. Il aurait son accord, il pourrait sauver Auðr.

Dès le lendemain, quand le parchemin signé par Hrafn avait

été sec et que Svartgeirr avait appris par cœur les termes du traité pour les confirmer à Eero, ils étaient repartis à vive allure, sur des montures de bien meilleure qualité fournies par Hrafn, afin de parcourir les cent cinquante lieues qui les séparaient de Kannanlakši... et d'Auðr. Mais chaque jour qui passait ne faisait qu'amplifier la peur d'Asdan : et s'il était déjà trop tard ? Et si Auðr était morte ?

Auðr

L'aube s'était levée avec une lenteur exaspérante, emportant avec elle les résidus de fumée et de suie qui s'étaient attardés durant les heures dépourvues de soleil. Les cendres, volant dans l'air nocturne, avaient rendu la nuit blanche presque aussi sombre que celles qu'Auðr avait connues autrefois, et elle avait apprécié ce répit dans ce clair-obscur étouffant. La pénombre adoucissait tout. Elle n'avait plus distingué les faciès haineux des gens, les ravages de l'incendie, les corps des défunts, les blessures et les débris. Les habitants de Kannanlakši avaient en outre été trop affairés pour s'intéresser à elle, et elle avait savouré ce répit, les villageois de son passé, que ce soit au Danemark ou à Aldeigiuborg, ayant toujours eu tendance à se repaître des misérables prisonniers du pilori pour les humilier, les fustiger, leur cracher leur mépris et leur haine au visage. Un criminel vulnérable et impuissant, qui avait de fortes chances de ne pas voir le soleil se lever le lendemain, faisait un bouc émissaire parfait pour la vindicte populaire. Elle n'avait, pour sa part, jamais aimé participer à ces lynchages publics auxquels même les enfants s'adonnaient, profitant de l'occasion pour se venger des mille et une petites brimades et punitions que les adultes leur infligeaient au quotidien. Même quand elle était toute petite, cela ne lui plaisait pas. Elle ne voyait pas l'intérêt de tourmenter un être impuissant, vulnérable et qui ne pouvait pas se défendre. Elle avait assisté aux exécutions publiques que son oncle ordonnait, voire qu'il accomplissait lui-même, mais elle ne s'y impliquait pas. Elle ne détournait pas non plus la tête. Elle fixait le condamné – ou la condamnée – le scrutant de la tête aux pieds pour tenter de comprendre ce qu'il ou elle avait commis, pourquoi il l'avait fait et comment il aurait pu se débrouiller pour ne pas se faire incriminer. C'était cela qui l'intéressait : comment, à sa place, elle aurait pu se montrer plus maligne, plus rusée, afin de ne pas subir le même sort.

Et voilà qu'aujourd'hui elle était à cette place peu enviable, à se réjouir que les vestiges d'un incendie accaparent trop la population pour que celle-ci se délecte de son supplice à venir et l'accentue de plusieurs heures de brimades.

Elle poussa un profond soupir et guetta l'avancée du soleil. Le vent matinal avait chassé les dernières fumées et, après avoir éteint les ultimes flammes et piétiné les braises qui persistaient dans les sacs de céréales, les planches les plus épaisses et les cuirs, les gens s'affairaient à déblayer les débris, balayer les cendres et réparer ce qui pouvait l'être. Les soldats d'Eero avaient transporté les corps, samis et bjarmiens mélangés, à l'écart. Ils seraient incinérés ou inhumés plus tard, le froid permettant d'éviter la décomposition des cadavres, qui auraient attiré les charognards.

Auðr avait hâte que le jour se lève réellement. Parce que, quand le soleil brillerait au-dessus de Kannanlakši, elle serait exécutée. C'en serait fini de cette attente intolérable, de cette position humiliante, de cette vie d'échecs. C'était, d'ailleurs, son seul regret : elle n'avait pas réussi à tuer Eero et ne périrait pas en guerrière, son arme à la main. Elle mourrait de l'épée ou la hache d'un autre, peut-être d'Eero lui-même, et ne serait pas emmenée par les Walkyries rejoindre les guerriers morts au combat. Au lieu de ça, cette mort ignominieuse la conduirait dans la demeure de Hel où finissaient ceux qui avaient trépassé sans gloire. Auðr n'avait jamais souhaité d'autre sort que périr les armes à la main, et connaître la fin glorieuse des héros. Elle n'y aurait pas droit. C'était son ultime échec et, à présent que sa fin était proche, elle avait hâte d'échapper à cette vie où elle avait renoncé, un par un, à chacun de ses buts. Plus rien de tout cela n'avait d'importance. Elle voulait mourir.

Elle vit une lueur percer les nuages blancs et se redressa.

Eero sortit de la *lavvu* qu'il avait fait dresser par ses hommes en catastrophe pour y passer le restant de la nuit, tandis que les gens réparaient les dégâts du feu. Derrière lui, l'une des jumelles de Livli boitillait, un lourd collier de fer au cou, terminé par une chaîne sur laquelle le conquérant bjarmien tirait avec brutalité pour faire avancer sa prisonnière. Il avait dû comprendre que c'était l'une de ses deux maîtresses – ou les deux – qui avait allumé l'incendie criminel et avait châtié celle sur laquelle il détenait encore un pouvoir, l'autre étant probablement morte. La femme portait à peine quelques haillons déchirés et son visage affichait des meurtrissures bleuâtres, qui se reproduisaient sur ses bras et ses jambes. Il avait dû passer ces dernières heures à la rouer de coups, et à la voir progresser d'un pas douloureux, les jambes raides et écartées, Auðr comprit que ce n'était pas le seul supplice qu'il avait dû lui infliger.

Elle détourna la tête. Elle ne pouvait rien y faire, hormis éviter de la dévisager.

Son heure était proche.

Quand Eero s'arrêta devant elle, elle releva subrepticement les yeux et vit qu'il tenait ses haches dans la même main. Ainsi, il allait la décapiter avec ses propres armes. Tant mieux. Ce serait un juste retour des choses, et la fin la plus rapide et digne qu'elle pouvait souhaiter – à condition qu'il ne la torture pas d'abord.

Après ce constat, elle referma les yeux et s'efforça de se dissocier de son corps, de son environnement, de la scène. Quoi qu'il se passe, quoi qu'Eero dise, elle ne voulait pas lui offrir la satisfaction de hurler, de supplier et de pleurer. Il lui fallait donc se distancier de ce qui allait se passer. Elle savait que tout ce qu'elle dirait ne ferait qu'accentuer le désir de son bourreau de la torturer davantage, et elle se refusait de lui concéder cette ultime victoire.

Son seul regret, en laissant son esprit s'envoler, fut de ne pas avoir entendu une dernière fois la voix d'Asdan. Elle aurait tant aimé s'éteindre au son de sa musique.

— Moi, Eero, déclare cette servante coupable de trahison, de corruption, de vol d'armes, d'incendie et de tentative de meurtre sur la personne de votre *jarl*. Je la condamne donc à mort par strangulation, mais d'abord, en châtiment de ses nombreux crimes, cette femme aura les pieds et les mains coupés, le crâne tondu et les yeux arrachés. Ainsi, elle sera dépouillée de tout ce qui lui aura servi à faire le mal. Que justice soit rendue, et que cela serve d'exemple à tous ceux qui pourraient être tentés de suivre son comportement abominable !

Asdan avait attaché son cheval en lisière des bois et, Svartgeirr sur ses talons, avait progressé de *goahti* en *goahti* jusqu'à parvenir derrière celle qui se trouvait le plus près du cœur du village. Dès qu'ils s'étaient approchés de Kannanlakši, à l'aube, il avait compris que quelque chose clochait, et son cœur s'était mis à battre à tout rompre.

Il avait consulté son compagnon de voyage du regard, et l'espion d'Eero avait hoché la tête sans prononcer un mot, confirmant ses craintes. Au fil du voyage, et encore plus qu'à l'aller, Svartgeirr et lui s'étaient rapprochés et avaient noué ce qui lui semblait être les prémices d'une camaraderie mêlée de prudence. Le fait que Hrafn avait promis l'immunité à l'ancien espion et voleur, ainsi qu'un nouveau départ, libre de toutes ses allégeances précédentes, avait aidé à cette solidarité. À l'aller, malgré le retard dû à sa monture, Asdan avait constaté que l'homme, s'il possédait des talents indéniables pour le vol, la maraude et l'espionnage, n'y avait aucune affinité et ne le faisait que contraint et forcé. Il l'avait interrogé là-dessus et avait appris que cet ancien artisan nacrier s'était vu contraint à cette vie par le boyard Ottar de Soroka, pour éviter un sort peu enviable à ses proches. Ce dernier avait constaté, au hasard d'une rencontre où Svartgeirr, alors jeune et bête, avait profité d'une visite du boyard sur le marché des îles Solovki pour le dépouiller de sa bourse d'une main habile, que l'homme possédait un talent naturel pour se faufiler partout sans se faire repérer et délester les gens de leurs biens et informations les plus secrètes. Hélas pour Svartgeirr, ce jour-là, Ottar avait repéré son manège et l'avait fait emprisonner, et seuls son bagout et ses doigts agiles lui avaient valu la vie sauve. Svartgeirr avait accepté de trahir les siens et de tout quitter, atelier, famille et fiancée, pour se mettre au service du boyard dans l'espoir qu'un jour celui-ci lui rendrait sa liberté. Il n'en avait rien été et, au fil des ans, Ottar l'avait prêté à un autre noble parmi ses alliés, le bjarmien Eero, qui en avait fait son espion, son homme de main, son voleur, et parfois même son assassin. Mais l'ancien nacrier avait toujours guetté une occasion de renouer avec son ancienne vie et de se délier de sa servitude, et il avait vu en Auðr et en Asdan une chance de le faire. Aussi, quand Eero l'avait envoyé accompagner Asdan en mission diplomatique auprès de son père Hrafn, Svartgeirr s'était empressé d'aider le *skald* à parvenir à son but au plus vite et, une fois à Onegaborg, avait plaidé sa cause auprès du *jarl* islandais, jusqu'à ce que ce dernier lui accorde ce qu'il désirait : un nouveau départ. Durant le voyage du retour, soulagé et empli d'espoir, Svartgeirr n'avait cessé de répéter à Asdan à quel point il était reconnaissant à Hrafn et avide de lui manifester sa gratitude. Il avait tout fait, à chaque étape, pour prouver ses dires. Durant les cinq jours qu'avait duré le trajet d'Onegaborg à Kannanlakši, Asdan n'avait pas eu une seule fois à s'occuper de leurs montures, de chasser ou de préparer le camp. Svartgeirr faisait tout pour lui et se levait dès l'aube, le lendemain matin, pour qu'ils puissent repartir à la première heure sans perdre de temps.

Il avait bien fait, car, en arrivant à Kannanlakši, ils avaient aussitôt constaté qu'un événement grave avait dû se passer. Aux abords du village, quelques heures avant l'aube, une odeur de fumée entêtante les avait alertés et, quand ils s'étaient rapprochés à pied, aux premières lueurs du jour, ils avaient constaté que leur nez ne les avait pas trompés : la colonie affichait les stigmates d'un violent incendie et les gens étaient déjà affairés à nettoyer les traces des flammes. Asdan avait même repéré, à l'extrémité du camp, un amoncellement de corps, entassés à la va-vite, que les soldats avaient déposés là en attendant de leur donner une sépulture. L'espace d'un instant, il avait craint de reconnaître les traits d'Auðr sur l'un de ces visages malmenés. Puis il avait secoué la tête. Non, il ne devait pas croire Auðr morte. Elle était trop forte et trop intelligente pour ça.

Aussi, après avoir attendu que les allées et venues des soldats diminuent, ils s'étaient faufilés jusqu'au centre du village pour y faire une reconnaissance avant de décider s'ils pouvaient se rendre auprès d'Eero et lui faire part de l'accord de Hrafn.

Mais, quand Asdan parvint au centre de la colonie et découvrit la silhouette solitaire enchaînée, les mains en l'air, au bâton de torture disposé au milieu de la place de terre battue, son cœur manqua un battement.

Auðr. C'était elle. Elle était là, en vie. Amaigrie et sale, vêtue de haillons et les cheveux emmêlés, mais encore vivante et, en apparence, indemne. Mais sa position laissait comprendre qu'un drame s'était joué, et Asdan n'osait espérer qu'elle n'avait été mise au pilori qu'en guise d'avertissement. Pour ce qu'il connaissait d'Eero et ce que Svartgeirr lui en avait dit, le Bjarmien était adepte des châtiments immédiats et cruels, et la mise au pilori précédait presque toujours une exécution publique.

Asdan comprit qu'Auðr devait être à l'origine de l'incendie du village et avait été condamnée pour ce crime.

Quand il vit Eero apparaître, porteur des deux haches de la *skjaldmö* et affichant un sourire triomphant, il comprit que le sort de sa guerrière était scellé. Derrière Eero marchait une autre femme enchaînée, qui avait visiblement été malmenée, mais il ne s'en préoccupa pas. Il aurait tout le temps du monde pour lui venir en aide quand la femme qu'il aimait serait sauvée.

Il regarda le *jarl* traverser la place d'un pas conquérant, appelant les villageois à se réunir autour du lieu du supplice comme si tous savaient ce qui allait se passer. Les gens s'assemblèrent, commentant et hochant la tête en faisant passer leurs regards de la femme au pilori à l'homme qui s'était campé en face d'elle.

Auðr avait la tête haute et fière, son visage orgueilleux dressé vers son tortionnaire comme si elle le défiait mais, malgré la distance, Asdan vit que son regard était absent. La *skjaldmö* se savait condamnée et avait déserté son corps. Il avait déjà vu des guerriers agir ainsi. Pour échapper à la mort ou à la souffrance, ils renonçaient à la vie et s'emprisonnaient au plus profond de leur esprit pour ne plus rien vivre ni ressentir de ce qui allait se passer.

Il se demanda si, s'il parvenait à faire échouer cette exécution, il réussirait à arracher Auðr de sa torpeur, ou s'il était trop tard. L'avait-il perdue ? À cette pensée, un frisson glacial remonta le long de son échine, et il sentit son cœur se figer. Non. Il ne devait pas imaginer cela. Il devait mettre un terme à cette exécution et obtenir la grâce et la libération d'Auðr. Ensuite, il aurait le temps de la ramener parmi les vivants et de lui faire reprendre goût à la vie, de lui prouver qu'il l'aimait et qu'il voulait partager son existence.

Enfin, Eero prit la parole.

— Moi, Eero, déclare cette servante coupable de trahison, de corruption, de vol d'armes, d'incendie et de tentative de meurtre sur la personne de votre *jarl*. Je la condamne donc à mort par strangulation, mais d'abord, en châtiment de ses nombreux crimes, cette femme aura les pieds et les mains coupés, le crâne tondu et les yeux arrachés...

Asdan n'entendit pas la suite. Un bourdonnement assourdissant écrasa la voix d'Eero, et le sang se mit à tambouriner dans ses tempes. Une fureur divine l'emplit et, sans attendre la suite, il serra la main sur le poignard à sa ceinture et fouilla, dans sa besace en cuir, pour en sortir les documents précieux que Hrafn lui avait remis. Il les brandit dans sa main, sortit à découvert et avança en direction d'Eero, qui lui tournait le dos. Derrière lui, Svartgeirr l'appela d'une voix basse, mais pressante. Il n'en tint pas compte. Il lui adressa sans se retourner un signe de tête, lui ordonnant de l'imiter.

Quand Eero eut fini de parler, il fit quelques pas de plus en direction de sa prisonnière, dont deux soldats avaient détaché les mains et qui maintenaient ses bras en croix à l'horizontale. Asdan comprit, en voyant Eero poser une des haches d'Auðr et prendre son élan avec l'autre, qu'il s'apprêtait à lui trancher les mains.

Un cri de rage gronda dans sa gorge, mais il se força à le

réprimer. Son cerveau prépara des mots. Son esprit se rappela les consignes de son père, les phrases de négociation qu'il lui avait fait apprendre, les termes diplomatiques apaisants, les propos de modération et d'alliance.

Mais rien de ce qui sortit de sa bouche n'y correspondit.

— Non ! Cette femme est mienne, et je refuse qu'on la tue ! hurla-t-il, d'une voix rauque et presque inintelligible en raison de sa fureur.

Eero se figea. Les haches retombèrent à ses côtés, l'une d'elles frôlant le poignet d'Auðr, qui ne réagit pas. Le silence se fit dans l'assemblée, les villageois tournant un par un la tête vers le nouveau venu. Plusieurs soldats, disséminés au premier rang dans la foule, dégainèrent leurs épées ou pointèrent leur lance vers lui. Il ne s'en préoccupa pas. Son regard brûlant était focalisé sur Eero, sur son dos large qui montait et descendait au rythme de sa respiration, sur les haches qui pendaient à ses mains.

Enfin, Eero pivota sur ses talons et, découvrant Asgan en train d'avancer vers lui à vive allure, ses parchemins battant l'air au-dessus de sa tête, esquissa un sourire matois.

— Ainsi, tu es revenu, petit *skald*. Mais tu reviens trop tard. Ta guerrière a rompu sa promesse et m'a attaqué. Elle a provoqué un incendie qui a ravagé mon village et tué de nombreuses personnes, tout ça dans l'espoir de m'assassiner. Je suis donc libéré de ma promesse envers vous deux, et je peux faire d'elle ce que bon me semble.

Asdan secoua la tête d'un air affligé.

— Tu as raison, tu peux le faire. Mais es-tu prêt à renoncer à tout espoir d'une alliance avec le puissant *jarl* Hrafn d'Onegaborg ? Tu m'avais envoyé auprès de lui négocier un traité, un pacte de non-agression et de protection contre le *jarl* Gustav, et un accord commercial. Je t'ai obtenu tout cela, et bien d'autres avantages encore, auxquels tu n'avais pas pensé... et tu y renoncerais pour le simple plaisir de tuer une femme qui n'est rien pour toi ? Je ne te pensais pas si bête, Eero le Bjarmien. Tu me déçois...

Derrière lui, il entendit Svartgeirr émettre un cri étranglé, et il devina que l'ancien espion d'Eero craignait la vindicte de son maître. Nul n'avait dû se moquer de lui ou le défier de la sorte depuis bien longtemps – à part Auðr, peut-être, qui en payait le prix fort.

Mais Eero ne sembla pas s'en offusquer plus que ça et ouvrit les bras en grand, laissant tomber la hache qu'il tenait au sol.

— Eh bien, dans ce cas, qu'attends-tu pour me décrire ces propositions, Asdan, fils de Hrafn ? s'écria-t-il, pour que toute l'assistance puisse l'entendre. Mais prends garde, reprit-il d'un ton plus dur. Car si ton marché n'est pas aussi bénéfique que tu le laisses entendre, je pourrais bien décider de poursuivre cette exécution, pour le simple plaisir de m'en tenir à ma parole, et de te faire perdre ce pour quoi tu as tant bataillé. Car il ne sera pas dit que l'on peut se moquer, narguer et attaquer le puissant Eero impunément.

— Rassure-toi, ô puissant Eero, reprit Asdan en laissant pénétrer dans sa voix le plus de moquerie qu'il put invoquer. Tu verras que les clauses de Hrafn sont toutes à ton avantage. Pour t'en donner les grandes lignes, et afin que tous ici témoignent de la générosité et de la bonne volonté de mon père, le sage Hrafn d'Onegaborg, sache qu'il te propose un accord de protection non seulement contre le *jarl* Gustav qui te menace, mais également contre tous les *jarls* de Carélie mitoyens de nos deux fiefs qui pourraient te menacer. Il t'offre également le monopole du commerce de la nacre du lac Onega dans tous les royaumes au nord de son territoire, ainsi que l'exclusivité des bénéfices que te rapportera la revente des produits du lac Onega. Il te propose également une taxe préférentielle pour écouler tes marchandises au sud du lac Onega, ce qui te permettra de te faire une marge plus substantielle que tous tes concurrents et, ce qui a été le plus dur à négocier, mais que j'ai obtenu pour toi : le droit exclusif de vendre les rennes de ton territoire sur son fief. Seul un éleveur dont les rennes porteront ta marque pourra vendre, échanger ou faire se reproduire ses animaux sur les terres de mon père, et ce, pour toute la durée de son règne.

Quand il eut fini, Asdan laissa ses paroles peser et guetta la réaction d'Eero. Le silence se fit. Dans l'assemblée, les soldats se jetaient des coups d'œil incrédules, tandis que les villageois échangeaient des commentaires à voix basse. Trop basse pour qu'il puisse les entendre distinctement, mais Asdan percevait dans leur ton pressé et dans les expressions des visages des soldats l'excitation, l'espoir et l'avidité que ces propositions incroyables suscitaient. Il savait que son père avait vu juste : Hrafn lui avait dit que, pour ce qu'il savait d'Eero, il lui faudrait des offres particulièrement alléchantes et juteuses pour que l'envahisseur bjarmien, réputé pour sa cruauté et sa rancune, passe outre son ressentiment et oublie sa vengeance. Si l'on en croyait les réactions de la foule, les termes de son traité avaient tout lieu de séduire l'homme, qui semblait aussi cupide que malveillant. Mais Asdan pouvait-il se fier à ce que pensaient les gens du commun ? Eero n'était pas fait du même bois, et peut-être préférerait-il se venger d'Auðr, quitte à déclencher une guerre avec Hrafn et à perdre richesses, commerce et soldats, plutôt que de renoncer à cette prisonnière qui l'avait défié si longtemps.

Enfin, Eero hocha lentement la tête, et un sourire malsain naquit sur ses lèvres.

— Tu as dû être très convaincant, Asdan, fils de Hrafn, pour que ton père concède de telles conditions, je n'en espérais pas autant de toi. Tu dois beaucoup tenir à cette femme. Et mon homme de main, Svartgeirr de Solovki, où est-il ? Peut-il confirmer tes propos ?

Derrière Asdan, l'espion marmonna quelques mots qu'Asdan ne comprit pas et se décala pour que son maître le voie. Il contourna son compagnon de voyage et vint se camper à ses côtés. Svartgeirr avait gagné en carrure et en assurance depuis qu'il avait quitté l'ombre de son jarl, mais en tombant de nouveau sous son regard froid, ses épaules s'affaissèrent et il baissa la tête comme il le faisait autrefois. Asdan comprit qu'il lui faudrait bien du temps pour se dégager de l'emprise d'Eero.

— Alors, Svartgeirr ? reprit le Bjarmien. Qu'as-tu entendu de ces négociations ?

— Asdan le *skald* a dit vrai, maître, confirma l'espion. Je n'ai pas quitté sa compagnie un seul instant, et Hrafn d'Onegaborg m'a fait apprendre les termes exacts du marché qu'il te propose. Ils correspondent exactement à ce que Asdan Hrafnsson vient de t'énoncer. Les parchemins qu'il t'a apportés confirment ces clauses et comportent la signature et le sceau de Hrafn, ainsi que ceux de son épouse Akoulina et de sa belle-mère Berislava qui règnent à sa place quand il s'absente et respecteront également ces traités.

— Pff, des femmes ! se gaussa Eero. Pas étonnant que Hrafn ait engendré un fils aussi faible s'il laisse ses femmes gouverner à sa place !

Puis, sans qu'Asdan ait eu le temps de riposter à l'insulte faite à sa famille, le Bjarmien se rapprocha d'un pas leste d'Auðr, qui semblait toujours absente de son corps, et lui releva la tête en tirant sur ses tresses. Son visage maculé de cendre apparut au grand jour, blafard et amaigri, parsemé d'ecchymoses. Il n'en demeurait pas moins magnifique et orgueilleux, et Asdan, le cœur noué de la voir toujours aussi digne et fière malgré ce qu'elle avait subi, se promit de le laver et de le soigner de ses propres mains pour effacer jusqu'au souvenir de ses brimades.

— Tu as bien œuvré pour moi, Asdan le *skald*, reprit Eero en passant un doigt possessif sur la pommette d'Auðr. Ce traité me convient, et il vaut même que je te concède cette femme à laquelle tu tiens tant. Aucune femelle ne vaut fortune et sécurité. Je vais donc accepter ton offre : je te la rends pour que tu en fasses ce que bon te semble, dès que j'aurai vérifié ce traité et que nous l'aurons tous deux signé.

— Parfait, je veux juste m'assurer que...

— Mais ! tonna Eero en lui coupant la parole. Mais j'ai une condition à cela.

— Laquelle ? s'enquit Asdan d'un ton méfiant.

— Je te rendrai cette femme... une fois qu'elle aura eu les deux mains coupées. Malgré sa promesse de ne pas m'attaquer, à la première occasion, elle a déclenché un incendie et m'a volé des armes dans l'espoir de m'assassiner. Je veux que ses mains criminelles soient tranchées, afin qu'elle ne puisse plus jamais manier d'armes et s'en prendre à moi.

— Hors de question, protesta Asdan. Je te promets que...

— C'est non négociable, l'interrompit de nouveau Eero. Je te laisse la nuit pour y réfléchir. Si tu acceptes, elle aura les mains coupées et cautérisées à l'aube, et tu pourras l'emmener quand bon te semblera. Si tu refuses, la sentence que j'avais énoncée ce matin sera appliquée et tu pourras repartir chez toi en te contentant d'avoir la vie sauve, pour annoncer à ton père que tu as échoué dans ta mission. En attendant ta décision, tu es mon hôte et tu pourras dîner à ma table ce soir, tandis que cette femme retournera dans sa cellule jusqu'à demain.

— Laisse-moi au moins lui parler, accorde-moi la nuit avec elle, plaida Asdan.

Sans attendre la réponse du Bjarmien, il se rua auprès d'Auðr, bousculant le *jarl*, qui trébucha en arrière, et prit le visage d'Auðr dans ses mains, pour presser sa bouche contre la sienne et la serrer contre son torse.

— Aie foi, ma guerrière, lui chuchota-t-il d'un ton pressant à son oreille. Aie foi en moi, en nous. Je vais te sauver, je te le promets. Je ne sais pas comment, mais je te jure que, dès demain, tu seras libre et indemne, je ne le laisserai pas te couper les mains, ni t'infliger quelque mutilation que ce soit, pas même un coup de fouet, je te le jure. Fais-moi confiance, bientôt, tout sera fini…

Avec un dernier baiser, sans attendre de voir si Auðr avait réagi à ses mots ou si elle était toujours perdue dans sa transe, il recula pour ne pas permettre aux soldats d'Eero de poser la main sur lui. Le cœur brisé, il les vit tirer Auðr par les bras pour la traîner hors du pilori afin de la reconduire jusqu'à sa geôle.

En l'espace de quelques secondes, la jeune femme avait disparu.

Asdan se détourna d'Eero. Il ne voulait plus voir cet homme, ne voulait plus entendre son rire cruel.

Il rejoint Svartgeirr et, ramassant les haches d'Auðr, prit le chemin de sa monture pour y récupérer ses affaires.

22

Auðr

La *skjaldmö* avait cru entendre la voix d'Asdan.

Au plus profond de sa torpeur, alors qu'elle était persuadée d'y être plongée si loin qu'elle ne percevrait rien même quand elle mourrait, elle avait perçu son timbre mélodieux. Tout d'abord, elle s'était laissé bercer par ce souvenir exquis, savourant sa chaleur et sa mélodie comme elle l'avait fait de l'hydromel de Gustav.

Puis, au fil du temps, à force de se remémorer en boucle la tonalité de sa voix et ses paroles, qu'elle ne comprenait même pas, elle avait fini par s'apercevoir de plusieurs détails.

Alors que, dans ses rêves, Asdan lui susurrait toujours des mots d'amour, là, il avait prononcé autre chose. Il avait parlé de blessures, de mutilations.

Alors que, dans ses rêves, Asdan avait une voix douce et rassurante, là, il avait paru dur, affolé, désespéré.

Alors que, dans ses rêves, Asdan semblait patient et aimant, là, il avait été pressé, hâtif, comme si quelque chose ou quelqu'un l'avait retenu ou menacé.

Quelqu'un menaçait-il Asdan ? s'était-elle demandé avant de replonger dans ses rêveries. Mais non, ce n'était qu'une illusion. Elle était morte, et Asdan était en vie. Rien ne le menaçait, rien ne les menaçait plus.

Mais, dans ce cas, pourquoi avait-il semblé si réel ? Pourquoi ne lui avait-il pas dit une nouvelle fois qu'il l'aimait ? Pourquoi avait-il parlé de promesses, de finir quelque chose ?

Qu'est-ce que cela signifiait ?

Elle ne voulait pas, elle ne voulait plus s'en préoccuper. Elle n'avait plus envie de se battre, de souffrir, de s'inquiéter et de se tourmenter. Enfin, elle était en paix.

Oui, mais... et si Asdan, lui, ne l'était pas ? C'était alors son devoir à elle de l'aider et de le secourir, comme ils l'avaient fait l'un pour l'autre à de multiples reprises.

Tandis qu'elle n'aspirait plus qu'à se reposer et à laisser son corps épuisé trouver enfin la paix, l'idée qu'Asdan puisse encore être menacé la tracassa tellement qu'elle sortit de sa transe, prête à en découdre pour le sauver une dernière fois.

Elle se réveilla dans une noirceur totale et, sur le moment, ne comprit pas où elle était. Tout lui faisait mal. Son corps était meurtri de coups, ses épaules tiraillaient comme si elle avait été écartelée, et ses poignets la lançaient comme si des fers l'avaient retenue durant des heures. Ses paumes la brûlaient...

C'était ça. Des brûlures. Soudain, tout lui revint. L'incendie, Eero et les jumelles. Son pied coincé dans le plancher et son échec. Sa condamnation, le pilori, la mort qui l'attendait, Eero qui s'approchait, sa hache à la main. Et ensuite, plus rien. Elle ne savait plus rien. Mais une chose était sûre : elle n'était pas morte.

Cela signifiait donc que son exécution avait été interrompue. Elle ne voyait qu'une raison possible à cela : contre toute attente, Asdan avait dû revenir à Kannanlakši, porteur d'un traité qui avait suffisamment intéressé Eero pour qu'il annule ou reporte sa mise à mort. Mais ce qui la tourmentait à présent, c'était qu'elle se trouvait en prison – car, elle le savait maintenant, elle était de retour dans la grotte qu'Eero réservait à ses prisonniers les plus dangereux – et qu'Asdan n'était pas avec elle.

Avec difficulté, elle fouilla dans ses souvenirs. Que lui avait-il dit ? Il avait parlé de lui couper les mains, de la fouetter... Oui. Elle se rappelait, maintenant. Eero avait accepté le marché qu'Asdan avait négocié auprès de son père mais, pour libérer Auðr, il demandait qu'elle ait d'abord les mains coupées, pour ne plus jamais manier d'armes.

C'était malin, elle devait en convenir, songea-t-elle en faisant jouer ses poignets et ses doigts douloureux pour leur conférer un peu plus de souplesse. Dans sa position, elle aurait fait pareil. Cela offrait à Eero à la fois une assurance de ne plus être agressé, servait d'exemple auprès de son peuple, et lui permettait de lui épargner la vie sans perdre la face. Il était gagnant sur tous les fronts.

Mais tiendrait-il sa part du marché ? Dès qu'elle aurait eu les mains coupées et que le traité aurait été signé, ne les ferait-il pas exécuter tous les deux et mettrait-il leur mort sur le compte de pillards, de maraudeurs ou de mercenaires ?

Elle secoua la tête et se leva du sol en terre gelée pour faire quelques pas hésitants. Elle ne devait pas attendre l'aube. Elle devait s'enfuir. Elle devait aller chercher de l'aide et détruire la menace que représentait Eero une bonne fois pour toutes. Asdan avait accompli un exploit pour la sauver, c'était à elle de continuer à présent, pour leur garantir un avenir dénué de la menace que représentait Eero une bonne fois pour toutes.

— Tu es prête, guerrière ?

La voix inconnue la fit sursauter. Devant le trou, qui était l'entrée de la grotte, fermée par une grille, une silhouette sombre venait d'obscurcir le peu de clarté que la Lune laissait filtrer.

— Qui es-tu ? grogna-t-elle.

— Svartgeirr, répondit l'autre.

Elle se rappelait ce nom. C'était l'espion d'Eero, celui qui était à l'origine de ce voyage, celui qui l'avait conduite jusqu'ici et qui avait accompagné Asdan jusqu'à Onegaborg. Sans doute était-il revenu avec lui. Mais que lui voulait-il ?

— Prête à quoi ?

— À t'évader. À moins que tu n'aies l'intention d'attendre ici que l'on te coupe les mains demain matin ?

— Hors de question. Mais pourquoi devrais-je te faire confiance ? Tu es à la solde d'Eero.

— Je l'étais, oui. Contraint et forcé. Mais Asdan m'a ouvert une autre voie et, à présent, je suis au service de Hrafn, qui est un maître plus fort, plus riche et bien plus juste que ne le sera jamais Eero.

— Et tu ne vas pas le trahir en me livrant à Eero dès que j'aurai passé cette grille ? se moqua Auðr avec un rire amer.

— Je n'en ai pas l'intention et, surtout, je n'aurais aucun intérêt à le faire. Quoi qu'en dise Eero, j'ai eu l'occasion de voir la puissance de Hrafn, la richesse de son fief et la loyauté de ses hommes. Si Eero le dupe, si Asdan ou toi mourez, Hrafn n'hésitera pas une seconde à lever son armée et à tuer Eero, et tous ceux qui se ligueront avec lui. Il me l'a promis quand il m'a fait apprendre les termes du traité qu'il souhaitait passer avec Eero pour te sauver. Il espérait que son fils parviendrait à raisonner ce fou, mais il se doutait que ce ne serait pas possible ou qu'il chercherait à vous duper, et il a exigé de moi que je te fasse évader, avec son fils, pour vous sauver tous les deux.

— Et qu'y gagnes-tu, toi ? Je ne pense pas que tu fasses cela par pure bonté d'âme ou par remords...

— C'est vrai. J'y gagne une nouvelle vie : Hrafn m'a promis le pardon et l'immunité pour tous mes crimes si je revenais avec vous. Si on ne veut plus de moi à Solovki, comme je le crains, je pourrai recommencer une vie d'homme honnête à Onegaborg, sous la protection de Hrafn. Donc crois-moi, si ma reconnaissance envers Asdan et son père ne me motivait pas, ce serait par simple instinct de survie que je me placerais de leur côté.

Auðr n'hésita pas un instant de plus. L'homme était convaincant et, surtout, elle savait qu'il avait raison. Hrafn ne se lancerait peut-être pas en guerre pour elle, mais il le ferait pour Asdan, et elle ne doutait pas que, si elle mourait, le *skald* ferait une bêtise qui forcerait Eero à le tuer, ce qui déclencherait une réaction en chaîne qui mènerait à cette confrontation sanglante. Svartgeirr était rusé et il avait vu juste.

— Alors, fais-moi sortir d'ici, je dois partir au plus vite, le pressa-t-elle quand l'homme déverrouilla la grille de sa prison.

— Et Asdan, tu comptes fuir sans lui ? demanda l'homme, étonné, en s'écartant pour la laisser ramper hors du trou, alors qu'elle aspirait une grande bouffée d'air pur. N'oublie pas que je dois vous sauver tous les deux et que, sans lui, je n'ai aucun intérêt à te faire évader.

— Je ne l'oublie pas, n'aie crainte. J'ai déjà tenté par deux fois de m'introduire dans la *goahti* d'Eero, et j'ai échoué. Aujourd'hui, je ne ferai pas la même erreur.

— Que comptes-tu faire, alors ?

— Chercher des renforts, et revenir dans ce village. Je veux non seulement libérer Asdan, mais aussi délivrer Kannanlakši tout entier du joug d'Eero. Ce tyran a régné trop longtemps, cela s'arrête maintenant.

— Dans ce cas, j'accepte de t'accompagner, déclara l'espion. Mais je te promets que, si tu m'as menti et que tu fuis pour abandonner Asdan à Eero à ta place, c'est moi qui te tuerai. J'attendrai que tu t'endormes et je te trancherai la gorge.

Auðr, qui se faufilait entre les *goahtis*, pliée en deux, tourna la tête pour lui adresser un sourire démoniaque par-dessus son épaule.

— Alors on est d'accord, Svartgeirr l'espion. Parce que je te réserve le même sort si c'est toi qui me trahis.

Asdan

Asdan se réveilla au son d'une trompe qui résonnait.

Il se demanda tout d'abord si un des Samis n'avait pas décidé d'appeler son troupeau à l'aide d'un *čoarvi*, avant de se rappeler qu'Eero avait proscrit l'entrée des rennes dans le village – plus pour sa tranquillité personnelle que par risque d'accident. Était-ce un des musiciens de la veille qui testait un instrument à vent ? Il y en avait eu deux à la veillée d'Eero, un à la flûte, un au luth, et une chanteuse dont le timbre grave et rauque, quand elle avait entonné un chant de gorge propre aux peuplades du Nord, lui avait douloureusement évoqué celui d'Auðr. Mais il ne se souvenait pas avoir vu l'un d'eux utiliser un *čoarvi*, puisque c'était le nom qu'ils donnaient à ce cor que lui-même nommait *lur*.

Puis il s'éveilla réellement et sursauta.

Auðr. Ce ne pouvait être qu'elle.

Ce n'était pas de la musique ou l'appel d'un éleveur à ses

bêtes. C'était un timbre d'alerte, de traque. Auðr avait dû s'évader. Étouffant un juron, il bondit de sa couche et enfila ses vêtements à la hâte. Il devait empêcher Eero de lancer ses chiens et ses soldats à ses trousses.

Mais à peine eut-il fini de mettre ses chausses et ouvert la porte de sa chambre qu'il se retrouva encadré par deux gardes bjarmiens.

— Venez avec nous, le *jarl* vous réclame de toute urgence.

En panique, Asdan n'eut d'autre choix que d'obéir. De toute façon, il voulait parler à Eero au plus vite, donc autant obtempérer.

Quand il pénétra dans l'espace central de la *goahti*, il fut stupéfait des changements qui s'y étaient produits. Hier, il avait été frappé par les traces de l'incendie. Eero avait refusé qu'on lui monte une nouvelle demeure et avait ordonné à ses serviteurs de débarrasser les principaux dégâts de l'incendie et de masquer les autres par des couvertures, des fourrures et des tapisseries épaisses. Néanmoins, les vestiges des flammes perduraient par les perches de bouleau courbes noircies et fissurées, par les traînées fuligineuses sur les peaux de renne tendues, par l'absence de tissu multicolore sur les parois et par terre, par l'odeur de brûlé qui s'attardait dans l'air. Mais, ce matin, tout était plus neuf et rutilant que jamais. On n'aurait jamais dit qu'un brasier s'était emparé des lieux. De nouvelles perches, claires et lisses, remplaçaient les anciennes, des tissus aux motifs bleus, verts et rouges, sur fond blanc, parsemaient les peaux de renne au plafond et d'épaisses fourrures moelleuses, dont la couleur argentée indiquait que nombre de renards polaires avaient donné leur vie pour former ce tapis coûteux, protégeaient le sol du froid. Des brassées d'herbes aromatiques avaient été suspendues un peu partout pour éliminer les derniers relents de fumée, et les pichets, vasques et bassines en métal rutilaient, frottés à neuf. Le regard d'Asdan parcourut tout cela en une seconde avant de se reporter sur Eero, qui, jambes écartées et coudes appuyés sur les cuisses, dardait sur lui un regard aiguisé. Il fut une fois de plus frappé par la beauté froide de cet homme. Tout en lui évoquait un serpent. De son regard incolore à ses cheveux d'un blond polaire, de sa peau tavelée comme par des écailles à ses manières sinueuses et son sang-froid, il était plus glacial qu'un reptile, tout aussi insondable, tout aussi dangereux. Il se promit de ne plus rien accorder à cet homme.

Dès qu'il fut devant lui, Eero se leva, le dominant de sa taille, rehaussée par l'estrade sur laquelle il se trouvait.

— Ta guerrière et mon espion se sont enfuis ensemble cette nuit, *skald*. Tout accord entre nous est rompu. J'ai lancé mes hommes à leurs trousses. S'ils me les ramènent, je les mettrai à mort comme je l'avais prévu. S'ils échouent, ils mourront tous à leur place... et toi aussi tu mourras.

— *Jarl* Eero, laisse-moi..., entama Asdan en se redressant. Mon père...

— Ton père n'est rien pour moi, rien d'autre qu'une menace lointaine, et dont je me fiche éperdument. Ta *skjaldmö* et toi vous jouez de moi et de ma patience depuis le début, et ce jeu m'indispose. J'avais prévu une exécution aujourd'hui et je l'aurai. Que ce soit la sienne ou la tienne, cela m'importe peu.

— Tu vas déclencher une guerre..., l'avertit Asdan. Une guerre que tu ne peux gagner.

À ces mots, Eero, qui s'était mis à arpenter son estrade, revint se planter devant lui.

— Je le sais. Et de cela aussi je me fiche. Que m'importe de perdre ce fief, que m'importe de perdre cette guerre. Si je ne peux vaincre Hrafn ou Gustav, mes soldats et moi repartirons, et nous conquerrons un autre royaume plus loin, plus riche et plus grand. Que ce soit ici ou ailleurs, je continuerai à régner quand vous serez morts. En attendant, tu vas rester avec moi pour que je te surveille. Et, quand mes hommes reviendront, nous verrons qui de ta guerrière ou de toi mourra.

Le temps s'écoula à une vitesse effroyablement lente.

Eero avait demandé à Asdan de lui jouer de la musique, puisqu'il était *skald*, mais le jeune homme avait refusé et même les menaces n'avaient pu le faire changer d'avis. Aussi la matinée s'était-elle écoulée dans un silence pesant, Eero lançant des ordres à ses hommes, réglant les conflits ou rudoyant ses serviteurs, tandis qu'Asdan se réfugiait dans son esprit pour se remémorer ses chansons et ses sagas, penser à ses parents ou, ce qu'il affectionnait particulièrement, revivre ses moments délicieux avec Auðr.

Il brûlait d'envie de la serrer dans ses bras, mais il savait qu'il y avait peu de chances que cela se produise. La *skjaldmö* n'avait pu aller chercher de l'aide auprès de Hrafn ou de Gustav, leurs fiefs étaient bien trop loin. Elle ne pouvait le délivrer seule et n'avait ni alliés à proximité ni argent pour louer les services de mercenaires. Il en avait donc déduit que Svartgeirr et elle avaient dû conclure un pacte pour s'enfuir ensemble.

Il était déçu, certes, mais il était surtout content. Auðr méritait de vivre. Elle méritait d'être libre, de conquérir le royaume qu'elle désirait tant et de trouver, enfin, la paix. Il regrettait que ce rêve ne s'accomplisse pas avec lui, mais il était heureux pour elle. Quant à lui, s'il ne mourait pas ce soir, il ferait vœu de célibat, comme ces moines chrétiens qui se consacraient à leurs prières, et se dédierait à sa musique. Ce serait tout aussi honorable. Car plus aucune femme n'aurait d'intérêt pour lui.

Il n'y avait qu'elle. Auðr et ses haches, Auðr et son sourire conquérant, Auðr et son regard fier et aimant, Auðr et...

Un tumulte l'arracha à ses pensées. Depuis qu'il s'était mis à penser à la guerrière, il n'avait pas vu le temps passer et, quand il jeta un coup d'œil par l'ouverture centrale de la *goahti*, d'où un panache de fumée issue du foyer central sortait, il s'étonna de voir le soleil presque à la verticale au-dessus. On était au beau milieu de la journée.

De nouveau, des cris résonnèrent, puis un tumulte de course. Des gens dépassaient la *goahti* à toute vitesse, appelant et hurlant, et leurs pas semblaient envoyer voler des nuages de poussière. Fuyaient-ils quelque chose ?

Aussitôt, il se leva, très vite imité par Eero qui avait lui aussi entendu le brouhaha.

— Soldats, en défense ! beugla le Bjarmien en dégainant son épée. Dárbmu, va voir ce qu'il se passe dehors !

Un Sami trapu, qui ne portait pas le costume typique de son peuple mais la tenue des Bjarmiens, à savoir une broigne de cuir gris épaissie de plaques métalliques martelées, une tunique bordée de fourrure sombre et des braies noires maintenues par des bandes de cuir aux mollets, se rua dehors. Quand il souleva le rabat de la tente, le brouhaha s'intensifia, et Asdan vit des ombres passer devant. L'homme parut comme aspiré à l'extérieur et, quand le rideau retomba, le silence revint, avec la pénombre. Asdan compta les secondes. Le temps, qui s'était écoulé si lentement tout à l'heure, lui semblait à présent filer à la vitesse de l'éclair. Le dénommé Dárbmu ne réapparut pas et, quand Eero envoya un autre homme, celui-ci disparut aussi.

Lorsque le chef bjarmien en eut assez d'attendre, il se rua vers Asdan, l'obligeant à se placer devant lui, et enroula son coude autour de son cou pour le maintenir de force et le faire avancer. Ils sortirent ensemble de la *goahti*, Asdan piétinant devant Eero, ce dernier protégé par son corps.

D'abord aveuglé par la luminosité du soleil sur la neige, Asdan plissa les yeux. Autour de lui, des silhouettes massives filaient comme des flèches, entrecoupées de gens qui couraient, tombaient, trébuchaient, hurlaient, entraient dans les *goahtis* pour se cacher ou en ressortaient avec des armes.

Puis, quand ses yeux s'habituèrent à la clarté et qu'il y vit mieux, Asdan comprit.

Les Samis. Il reconnut Svante sur un renne, qui menait un groupe d'une douzaine de membres de sa tribu, tous armés de lances et d'épieux, à l'assaut. À sa gauche, Håkan, lui aussi juché sur une de ses bêtes, passait entre les tentes au galop, conduisant une dizaine d'autres Samis. Devant eux, les habitants du village fuyaient, en panique, et tentaient de s'abriter, tandis que les soldats bjarmiens s'efforçaient de les abattre. Mais les Samis, habitués à manœuvrer leurs bêtes et aidés par l'effroi de la population qui bousculait les soldats à pied, esquivaient leurs projectiles sans difficulté et les abattaient un à un. Voyant cela, Asdan se rendit compte que, finalement, Eero n'avait pas énormément d'hommes à ses ordres. Il avait tenu le village d'une main de fer pendant des années mais, des marins qui l'avaient accompagné lors de ses expéditions, il ne devait rester qu'une vingtaine d'hommes, qui composaient sa garde rapprochée et s'étaient pour l'essentiel tous tenus dans ou devant sa *goahti* pour veiller sur lui. Pris au dépourvu par cette attaque à laquelle personne ne s'était attendu, les soldats bjarmiens n'avaient pas eu le temps de fortifier le village ou de dresser des protections, et ne s'étaient même pas équipés pour la guerre. Ils n'avaient, pour se battre, que les armes qu'ils gardaient en permanence sur eux. C'était peu. Ils étaient en sous-nombre, à pied contre des cavaliers, et leur chef n'était pas avec eux pour les motiver.

— Auðr la *skjaldmö* ! rugit soudain Eero, maintenant Asdan contre lui d'une main de fer. Montre-toi, ou j'égorge ton amant !

La lame froide du poignard d'Eero vint se loger sur le cou d'Asdan, qui se raidit en prévision du geste fatal. Il n'avait jamais su se battre, malgré les innombrables séances d'entraînement que son père lui avait imposées. Jamais il n'était parvenu à se résigner à devoir blesser quelqu'un ou, pire, à le tuer. Cette seule idée le rendait malade. Pourquoi aurait-il fait cela ? De quel droit ôterait-il la vie à un autre être humain ? Qu'est-ce qui lui donnait la prétention de croire que sa vie était supérieure à celle d'un autre, que, pour la sauver, il devait en priver quelqu'un ? Il ne s'y résignait pas.

Tant pis. S'il devait mourir, ici, maintenant, de la main d'Eero, qu'il en soit ainsi. Au moins, il avait tout tenté pour sauver Auðr et, maintenant qu'elle était libre et accompagnée des Samis, elle avait de meilleures chances de s'en sortir. En ce sens, il avait déjà accompli son but. Il pouvait donc mourir l'âme en paix.

Son seul regret était de ne pas l'avoir revue. De ne pas avoir pu la toucher, l'embrasser, voir si ses joues ternes avaient repris un peu de couleurs au contact du grand air et si, ses armes à la main, elle avait retrouvé sa vaillance, son appétit de vivre, sa rage de vaincre. Auðr était une guerrière, pas comme lui.

Lui, il... il brûlait trop de désir pour elle pour permettre à Eero d'éteindre sa flamme. Non, en fait, il ne voulait pas mourir comme ça. Pas tant qu'il n'avait pas tenu Auðr dans ses bras, pas tant qu'il ne lui avait pas dit une dernière fois qu'il l'aimait, pas tant qu'il ne lui avait pas prouvé, par ses gestes, par ses mots, par son corps, qu'il l'aimait à la folie. Il lui avait dit qu'il était prêt à tout pour elle mais, à la première difficulté, il se résignait à la mort sans même s'être battu. C'était hors de question.

Sans rouvrir les yeux, pour ne pas perdre sa concentration, il se rappela ce que son père lui avait enseigné, à force de patience et de répétitions, ce qu'il devait faire si quelqu'un l'attaquait par-derrière et lui faisait une clé au cou pour l'immobiliser.

Attraper le bras qui le maintenait. S'en servir de levier. Se plier en deux. Faire basculer son agresseur par-dessus son corps. Le projeter au sol en se servant de son poids. Puis, une fois son adversaire à terre devant lui, le bourrer de coups de pied, le transpercer d'une épée, le poignarder en plein cœur, lui trancher la gorge. Au choix.

Asdan appliqua les consignes à la lettre. Ce fut étrangement facile, comme si, finalement et malgré sa résistance, les heures passées à répéter encore et encore les mêmes gestes sous la tutelle de Hrafn avaient gravé cet enchaînement en lui. Avec un cri étranglé, Eero roula sur le dos d'Asdan et par-dessus sa tête, maintenu par son bras qu'il tenait à deux mains pour garder sa prise sur lui. Quand tous deux furent au sol, le *skald* lui tordit le poignet pour le forcer à ouvrir les doigts. Le poignard que tenait le Bjarmien lui échappa, et Asdan le récupéra.

Ce ne fut qu'à ce moment-là qu'il hésita.

Devait-il égorger Eero ou lui planter la lame dans le cœur ? Durant une seconde, une pensée atroce le traversa : il avait envie de lui ouvrir le ventre pour voir ses entrailles se répandre au sol, dans ce mélange de terre et de cendres qu'était devenue la place centrale de Kannanlakši, et le regarder agoniser ainsi. C'était une mort horrible, très douloureuse, il le savait. Mais vu ce qu'Eero avait infligé à Auðr, et probablement à une multitude d'autres femmes, ce ne serait que justice.

Puis une horreur innommable s'empara de lui à l'idée de ce qu'il avait failli faire et il tituba en arrière, pétrifié de dégoût envers lui-même. Le *jarl*, à moitié assommé par sa chute, leva les yeux vers lui avec un gémissement. Eero avait sans doute perdu l'habitude de se battre durant ses années de règne, car une chute de ce genre n'aurait pas dû l'immobiliser de la sorte. Mais, quand il croisa le regard du *skald*, il dut lire dans ses yeux quelque chose qui l'effraya car, au lieu de son rire cynique habituel, il émit une plainte pitoyable et leva les mains vers Asdan d'un air implorant.

— Ne me tue pas, petit *skald*. Je vais signer le traité avec ton père, tu vas pouvoir reprendre ta *skjaldmö* et repartir, ne me…

— Tu ne mérites pas de vivre, gronda Asdan, que les suppliques d'Eero avaient tiré de sa paralysie.

Il s'approcha de l'homme et leva le bras pour lui asséner le coup de grâce. Il ne lui infligerait pas la mort indigne qu'il avait envisagée. Eero la méritait peut-être, mais lui ne méritait pas les remords et la honte qui le hanteraient jusqu'à son dernier jour.

Mais, à l'instant où il abaissait le bras, une voix le déconcentra.

— Asdan, ne le tue pas !

Sa lame se planta dans la neige, à quelques pouces du visage d'Eero, qui avait fermé les yeux et poussa un cri étranglé.

Asdan leva les yeux et croisa les iris les plus verts, les plus beaux, les plus intenses, qu'il eût jamais vus.

Auðr.

Elle était là.

Face à lui, descendant d'une monture frémissante de peur et d'agitation, ses deux haches à la main. Ses tresses emmêlées étaient rejetées dans son dos et ondulaient au rythme de sa course et, quand elle s'arrêta devant lui, il vit qu'elle haletait et que son souffle chaud formait un nuage de buée autour de ses lèvres. Il eut envie de l'embrasser. Il eut envie de la serrer dans ses bras.

— Pourquoi ? demanda-t-il, au lieu de céder à ses pulsions.

— Parce que je ne veux pas que tu salisses tes mains avec son sang. Parce que je veux le terrasser moi-même. Parce que j'ai promis un trophée à quelqu'un.

Sans prononcer un mot, il hocha la tête et tendit au *jarl* le poignard qu'il lui avait dérobé.

Auðr regarda Eero le prendre d'un air désemparé presque comique et se relever avec fébrilité, tandis qu'Asdan s'écartait. Autour d'eux, les Samis avaient apparemment conquis le village. Les quelques combattants bjarmiens étaient rassemblés par des hommes montés sur des rennes et poussés vers une *goahti* à la pointe de lances tandis que les villageois apeurés guettaient depuis l'entrée de leurs habitations. Des appels en langue samie résonnaient, des invectives parfois, mais le plus souvent des mots rassurants.

Eero jeta un regard autour de lui.

— Tu veux que je... que je me batte, guerrière ? Pourquoi ?

— Pas pour sauver ton honneur, je sais que tu n'en as pas. Mais pour restaurer le mien. Tu m'as privée de mes armes, tu m'as privée de ma force, tu m'as privée de ce que je suis. Aujourd'hui, je vais redevenir une guerrière en te terrassant.

Eero cracha au sol et dénoua le chignon presque blanc qui surmontait son crâne. Ses cheveux lisses et longs tombèrent en cascade autour de sa tête, dissimulant ses tempes rasées et les tatouages qui parsemaient sa peau tavelée. Ainsi, face à face, il était à peine plus grand et plus large qu'Auðr, et semblait lui faire un pendant parfait. Il reprenait sa morgue de seconde en seconde, et Asdan craignit que, très vite, il ne passe à l'attaque sans qu'Auðr ne l'ait anticipé.

Il était à un doigt de lui crier un avertissement quand, soudain, Eero, qui s'était rapproché de l'un des Samis, lui arracha son épée des mains et s'élança à l'assaut de la *skjaldmö*.

Auðr

Eero se jeta sur elle mais, s'il avait cru la prendre au dépourvu, ce ne fut pas le cas. Elle avait vu sa manœuvre et s'attendait à ce qu'il veuille récupérer une arme. Elle n'avait pas souhaité l'en empêcher. Pour ce qu'elle en savait, il avait dû être un fier combattant – après tout, il avait mené de nombreuses expéditions, et conquis et pillé plusieurs villes et colonies. Mais quel guerrier aurait pu la vaincre armé d'un simple poignard ?

Elle ne voulait pas que cette victoire soit trop facile. Elle voulait l'humilier complètement, lui prouver qu'à armes égales elle était meilleure que lui. Elle jeta même une de ses haches pour équilibrer davantage le combat et, quand Eero parvint à portée de son arme, elle préféra esquiver le coup plutôt que parer au risque de briser son épée et d'abréger le combat.

Il n'en demeura pas moins désespérément court.

Il suffit à Auðr de quelques passes pour comprendre que, si Eero avait été un grand guerrier autrefois, cela devait faire longtemps qu'il n'avait pas manié l'épée et se reposait sur ses hommes pour sa sécurité. Au bout de plusieurs assauts, il haletait et s'épuisait en grands coups de taille qui le déséquilibraient et l'envoyaient tituber sur le côté. Le poignard qu'Asdan lui avait remis gisait dans la neige. Il avait tenté de le lancer sur Auðr, mais celle-ci s'était baissée et avait sans difficulté esquivé le coup. Depuis, il n'avait plus que son épée et, n'étant pas familiarisé avec son poids, la maniait avec maladresse.

Pour corser le duel, elle recula de quelques pas après l'avoir fait courir et le regarda se plier en deux pour reprendre son souffle. Autour d'eux, les villageois s'étaient assemblés, le visage grave. Elle reconnut l'une des jumelles de Livli, appuyée sur sa grand-mère. La femme semblait épuisée, presque plus que son aïeule.

— Sais-tu que j'ai promis tes testicules à quelqu'un ? lança-t-elle d'une voix forte, afin que tout le monde l'entende. Je ne sais même pas si je te tuerai d'abord. Je pourrais t'émasculer comme ça, offrir tes parties à celle qui me les a réclamées, et attendre de voir si tu vas te vider de ton sang ou si tu survivras comme eunuque. Ce serait intéressant, non ?

— Ch... chienne..., gronda Eero, à bout de souffle.

— Oui, c'est une idée, aussi, concéda Auðr. Je pourrais te laisser aux chiens. Tu préférerais ? Avec une blessure pareille, je ne doute pas que l'odeur du sang les affolerait et qu'ils t'achèveraient avant la fin de la nuit. Mais cela risque d'être douloureux. Que préfères-tu ?

— Je vais te...

— Oh non, tu ne me tueras pas. Tu ne me feras rien, tu ne feras plus rien à personne, Eero le Bjarmien. Parce que tu as déjà perdu. En fait, tu ne le sais pas, mais tu es déjà mort. Veux-tu savoir à qui j'ai promis tes testicules ? À une femme. Ou plutôt à deux.

— Tu vas... crever...

— Un jour, c'est vrai, comme tout le monde. Mais, toi, tu seras mort et oublié depuis longtemps. En attendant, j'ai une dernière nouvelle à t'annoncer, Eero : ce sont tes maîtresses, ou plutôt tes esclaves sexuelles, qui m'ont réclamé tes attributs en trophées. Parce qu'elles savaient, elles, que je te vaincrais. Que tu serais battu, humilié et émasculé par une femme. Et parce qu'elles te détestent depuis bien longtemps. Tu les as violées, torturées, battues et violentées si longtemps qu'elles ne rêvaient que de ça, et que c'est la seule chose qu'elles m'ont réclamée en échange de cet incendie qui m'a permis de parvenir jusqu'à toi. Je ne t'ai pas tué ce jour-là, mais je vais te tuer aujourd'hui, et les jumelles de Livli porteront tes testicules en pendentif.

— Non.

Auðr sursauta. Ce n'était pas Eero qui avait prononcé ces mots. Eero s'était effondré au sol devant sa diatribe, terrorisé et vaincu. Plus que le combat, plus que la défaite, c'était l'humiliation, la prise de conscience que son propre peuple, que ses propres victimes, le haïssaient qui l'avait détruit. Il se tenait à genoux, les mains posées sur l'épée qui ne lui avait servi à rien, et il grimaçait de détresse, conscient qu'il allait mourir.

La *skjaldmö* leva les yeux.

Une femme s'avançait jusqu'à elle, pliée en deux et soutenue par une autre, plus âgée et vêtue de la tenue cérémonielle des chamanes samis. Elle reconnut l'autre jumelle, Gáddjá ou Máidna. Celle qui avait été ravagée et brûlée. Mais elle avait survécu. Ses yeux, dans son visage à moitié dissimulé par des bandages, étincelaient de haine malgré la douleur qui lui faisait pincer la bouche. D'un pas lent mais déterminé, elle se porta au-devant de sa sœur et prit sa main. Ensemble, aidées par la *noaidi*, elles cheminèrent jusqu'à Eero, et l'autre sœur se baissa pour ramasser le poignard qu'il avait laissé tomber. Il poussa un cri de détresse, se cacha le visage et ouvrit la bouche, mais celle qui tenait l'arme ne lui laissa pas le temps de l'implorer. D'un geste vif, elle fendit sa tunique et ses braies, et commença à trancher ses testicules. Eero s'écroula au sol avec un hurlement bestial, tordu en position fœtale, tandis que les villageois regardaient les femmes qu'il avait torturées lui couper les parties intimes. Lorsqu'elle eut fini, la femme se redressa, lui cracha dessus et tendit la lame ensanglantée à sa sœur. Celle-ci la saisit, mais sa main, qui avait dû être abîmée par le feu, peina à se refermer sur le manche. L'autre l'aida. Elle posa ses doigts sur les siens, raffermissant sa prise et guidant son geste.

C'est ensemble qu'elles tranchèrent la gorge d'Eero. Son sang coula dans la boue, ses cris se changeant en une plainte gargouillante, qui s'étouffa très vite.

Personne ne réagit. Ni Auðr, ni Asdan, ni les villageois. Les jumelles avaient gagné le droit à cette mort par des années de maltraitance et de violences. Personne ne le leur aurait refusé et personne ne le leur reprocha.

Eero s'éteignit ainsi, dans la honte et la boue, des mains de celles qu'il avait cru briser.

Lorsque même les soubresauts de son cadavre s'effacèrent, Auðr se détourna et alla récupérer ses haches.

C'était terminé. Sa mission était accomplie, et même au-delà. Pour la première fois, elle avait vaincu sans tuer. Elle avait gagné sa liberté, atteint son but, honoré son ambition. Que lui restait-il, à présent ? Qu'allait-elle faire ? Quel serait son prochain acte, sa prochaine décision ?

Un sentiment de vide l'étreignit. Tout se mêlait dans sa tête. Gustav, Hrafn, Asdan, les trois épouses d'Ottar...

Puis un nom surnagea dans la brume de son esprit. Asdan. Ce fut le seul sur lequel elle parvint à se focaliser. C'était lui son but, son ambition, son ancre dans la tourmente de sa vie.

Alors, elle sut ce qu'elle devait faire.

23

Asdan

Le village semblait avoir subi un pillage en règle, néanmoins, Asdan savait qu'il n'en était rien. Les Samis n'avaient pas décimé leur propre peuple et la dévastation qui l'entourait provenait essentiellement des dégâts de l'incendie et de la panique qui avait saisi les habitants quand une horde montée à dos de rennes avait envahi leurs rues. Les gens s'étaient emparés de leurs possessions les plus importantes et avaient fui entre les *goahtis* et les *lavvus* sans réfléchir, avant de se raviser et de faire demi-tour, abandonnant parfois leurs biens quand ils avaient reconnu des proches ou des cousins éloignés.

Cela avait été le but dès le départ. Susciter la panique, inciter la population à semer le chaos, perturber les soldats d'Eero afin qu'ils ne sachent plus où donner de la tête et se dispersent un peu partout au lieu de se focaliser sur l'exécution prévue.

Svante et Håkan le lui avaient expliqué quand ils l'avaient rejoint, toujours juchés sur le dos de leurs bêtes, leurs mains gantées agrippées à leurs bois duveteux. Ils lui avaient dit avoir hésité quand Auðr leur avait demandé de créer cette diversion pour lui permettre d'accéder à Eero et de le défier. Kannanlakši était un nœud commercial important, dans lequel tous les membres de la tribu avaient de la famille. Chaque année, les clans y faisaient escale, s'y arrêtaient pour plusieurs mois, profitant de la belle saison pour établir leur camp en périphérie

du village et se reposer. Les enfants nomades et sédentaires se mêlaient, les troupeaux fusionnaient, les adultes se retrouvaient, échangeaient, troquaient, se disputaient ou faisaient la fête ensemble. Les jeunes en profitaient pour se livrer à des cours amoureuses compliquées qui étaient impossibles à mettre en œuvre lors de la transhumance. La mixité offerte par cette zone où venaient des tribus vde toutes les extrémités de la Sapmi permettait des unions profitables à tous, l'isolement annuel empêchant les rencontres en dehors du clan. S'ils mettaient la colonie à sac et que les gens leur en voulaient, leur clan se verrait rejeté l'année suivante, et ils perdraient de nombreuses opportunités de commerce, de socialisation, de commune. Les deux *hoavdatt* n'avaient accepté d'aider Auðr qu'à l'unique condition qu'aucun villageois ne soit molesté et qu'ils ne fassent que passer dans les rues avec leurs armes dégainées. Seuls les soldats d'Eero, s'ils manifestaient une intention menaçante, se verraient combattus.

Maintenant qu'il savait cela, pour avoir entendu Svante et Håkan le lui expliquer et constaté que les quelques cadavres étaient tous des Bjarmiens, Asdan comprenait que la ruse avait fonctionné. Il n'en demeurait pas moins stupéfait que les Samis aient accepté de suivre Auðr dans cette manœuvre périlleuse, alors qu'il lui avait toujours semblé que les éleveurs de rennes n'appréciaient pas particulièrement la guerrière.

Tout en explorant les allées du village en tous sens afin de vérifier que rien n'avait été abîmé et d'aider les gens à récupérer leurs affaires, il décida d'interroger Svante sur ce point. Le chef bourru lui avait toujours paru plus franc et direct que son compagnon, plus porté aux amabilités et à la diplomatie. Svante, qui était en train de récupérer les petites figures en bois sculpté d'un enfant, tombées dans la neige, les essuya d'une manche négligente.

— Pourquoi avez-vous accepté d'aider Auðr ? Je croyais que tu ne l'aimais pas..., s'enquit-il après un instant d'hésitation.

Svante lui lança un regard étrange.

— Je n'ai rien contre elle, argua l'homme en haussant les

épaules. Qui plus est, ce n'est pas pour elle que nous l'avons fait mais pour toi.

— Je ne suis rien pour vous, pourtant, protesta Asdan en récupérant un jouet qui avait échappé à la vue de l'homme, en partie caché sous le rabat d'une tente, pour le lui tendre. Je ne suis qu'un *skald* itinérant, et vous m'avez bien fait comprendre que la tribu passait avant tout. En aidant Auðr, vous risquiez de vous aliéner les habitants de ce village, qui sont de votre peuple, et de vous priver de ressources importantes. Tout ça pour un *skald* étranger et une guerrière qui a blessé l'une des vôtres.

Svante s'interrompit dans sa tâche et fourra l'amas de figurines dans les bras de l'enfant qui les suivait pas à pas, tendant les bras vers ses possessions retrouvées. Puis il se tourna vers Asdan et posa une main sur son épaule.

— Tu n'es pas juste un *skald*, nous savons que tu es fils d'un chef et que, si tu mourais, ton père déclencherait une guerre pour te venger, qui mettrait en péril notre peuple, nos bêtes et notre territoire. En outre, Auðr n'est pas une ennemie mais l'une des nôtres, tout comme toi. Vous avez vécu avec nous, vous avez partagé notre nourriture, notre feu, nos veillées. Ta compagne a enseigné son art à nos hommes et donné ce qu'elle avait de plus précieux à celle des nôtres qui l'avait offensée. Aux yeux du peuple sami, vous n'êtes plus des étrangers mais des membres de notre famille. Votre *joik* est notre *joik*.

Asdan se rappela que, pour les Samis, le *joik*, ce chant propre à chaque être vivant, était la caractéristique essentielle de ce peuple, qu'il partageait uniquement entre membres de la même tribu. Avec gravité, il hocha la tête.

— Mon *joik* est ton *joik*, acquiesça-t-il.

— Mon *joik* est ton *joik*, Asdan le *skald*, confirma une voix féminine derrière eux.

Asdan se retourna et découvrit avec surprise Áile, la jeune femme qui avait tenté de le séduire et avait failli mourir sous les crocs des chiens pour cela. Elle portait aux oreilles, aux poignets et au cou une parure de rubis magnifique, et afficha un sourire contraint quand elle remarqua qu'Asdan admirait ouvertement les bijoux. À côté d'elle, Håkan posa une main sur son épaule et lui adressa un signe de tête encourageant.

— C'est ta compagne qui m'a offert ces bijoux, expliqua-t-elle avec un rire gêné. Pour compenser mes blessures, même si ce n'est pas elle qui me les a infligées.

— Comment vont-elles ? s'enquit Asdan avec sincérité.

Elle tendit les bras et releva ses manches. Sa peau était encore rouge et gonflée, mais les croûtes de ses plaies étaient tombées et la chair dessous affichait des traces plus propres qu'il ne l'aurait imaginé. Áile aurait des cicatrices, mais ne serait ni handicapée ni défigurée. Elle avait eu de la chance.

Elle le confirma d'un hochement de tête.

— J'ai eu de la chance… et de très bons soins. Cela ne m'empêchera pas de trouver un mari.

Asdan émit un petit rire gêné et détourna les yeux. Le sujet était délicat.

— C'est pour ça que je suis venue, reprit Áile en haussant le ton. Je voulais te présenter mes excuses, comme je l'ai déjà fait à Auðr. Je n'aurais pas dû me jeter à ton visage comme ça, alors que je savais que tu étais marié. J'étais en tort et j'ai été punie. Je te promets que je ne tenterai plus rien envers toi… ni envers aucun homme marié. C'est pour ça que je suis venue à Kannanlakši avec les hommes : j'ai plus de chances dans cette colonie de trouver un mari hors du clan et de pouvoir mener une autre vie.

Asdan réfléchit un instant.

— Tu pourrais aussi quitter la région. Mon père dirige un fief plus au sud, sur les rives du lac Onega. Je peux te donner un sauf-conduit qui te permettra de t'y rendre, et de t'y installer en toute sécurité, sous la protection de ma famille. Ma mère et ma grand-mère ne refuseront pas de veiller sur toi et de t'aider à trouver un métier, ou un mari si c'est ce que tu veux.

Les yeux de la jeune femme s'illuminèrent.

— Tu pourrais faire ça ? Je pourrais quitter…

Elle se tourna vers les deux *hoavdatt* qui contemplaient l'échange sans intervenir.

— Je peux ? Vous accepteriez que je quitte le clan ?

— Tu dois demander à ta cousine Oajá, qui t'a élevée à la place de tes parents. Mais nous n'y voyons pour notre part aucun inconvénient, acquiesça Håkan avec bonhomie avant de consulter Svante du regard.

Ce dernier hocha la tête.

— Je parlerai à Oajá si elle fait la forte tête, grommela l'homme. Elle a trop envie d'une saillie avec mon meilleur renne pour me le refuser. Mais je refuse que tu voyages seule. Tu attendras que nous ayons trouvé un marchand ou un voyageur de confiance pour partir avec lui.

Áile en sauta de joie, puis s'inclina devant Asdan.

— Merci. Mille fois merci ! Grâce à toi, je vais pouvoir mener la vie dont j'ai toujours rêvé et...

— Svartgeirr pourrait t'accompagner, s'il n'est pas encore reparti de Kannanlakši, proposa Asdan sans hésiter. Maintenant qu'Eero ne le tient plus sous sa coupe, je pense qu'il va rejoindre Soroka et les îles Solovki pour retourner auprès de sa famille. Malgré son passé, c'est un homme loyal et courageux, tu ne risqueras rien avec lui. Et, une fois à Soroka, tu n'auras aucun mal à rallier Onegaborg avec une caravane.

— Je demanderai aux trois *jarls* qui dirigent la colonie de lui fournir l'équipement nécessaire à ce voyage, résonna soudain une voix rauque. Ainsi qu'une escorte pour la protéger. Elles ne me le refuseront pas.

Le quatuor se tourna vers la nouvelle venue, et Asdan sentit son cœur battre à tout rompre en voyant la silhouette familière d'Auðr.

La guerrière se rapprocha d'eux et, sans accorder d'attention à Asdan, se pencha vers Áile.

— Je pourrais aussi t'escorter moi-même jusqu'à Soroka. Je dois retourner dans le Sud, j'ai des affaires à régler à Aldeigiuborg, même si les documents que j'étais venue récupérer ont été détruits.

Elle lança un regard étrange à Asdan, mais reprit sans lui adresser la parole.

— Enfin, si ma compagnie ne t'est pas trop douloureuse.

Áile secoua la tête avec véhémence et la remercia à profusion de sa proposition et du cadeau qu'elle lui avait fait, puis elle s'en alla avec Svante et Håkan, qui s'empressèrent de prendre congé de la *skjaldmö* et du *skald*.

Dès qu'ils furent seuls, un silence pesant s'établit entre eux. Asdan ne savait plus que dire ni que faire. Depuis qu'Eero était mort, il cherchait Auðr du regard un peu partout, sans jamais la trouver, et maintenant qu'elle se tenait face à lui, son esprit était vide et sa bouche paralysée. Il brûlait de lui parler, de lui déclarer sa flamme, sa reconnaissance, son émotion, de la serrer dans ses bras, de l'embrasser à en perdre haleine, de lui faire l'amour, de l'inspecter sous toutes les coutures pour vérifier qu'elle allait bien, de...

— Tu... vas bien ? Tu n'es pas blessée ?

— Non. Et toi ?

Il secoua la tête.

— Tu veux donc retourner auprès de ton époux ? lança-t-il ensuite, un goût amer dans la bouche.

— Oui. Je dois lui rapporter le résultat de ma mission et rétablir les choses entre nous.

Asdan réfléchit un instant. Il se demandait ce que ses mots sous-entendaient. Qu'attendait-elle de lui, et de son mari ? Où en étaient-ils, tous les deux ? Maintenant qu'Auðr avait accompli son but, qu'allait-elle vouloir faire de sa vie, quelles étaient ses ambitions ? Mais elle ne lui laissa pas le temps de trouver comment formuler ses questions.

— Veux-tu m'accompagner ? demanda-t-elle à toute vitesse, comme si elle avait eu peur que les mots refusent de sortir de sa bouche.

Il en fut tellement surpris qu'il eut l'impression d'avoir reçu un coup de poing dans l'estomac. Pour la première fois, il releva la tête et ses yeux croisèrent les siens. Il se perdit dans ses iris verts à l'étonnante intensité, et ce qu'il y lut le stupéfia : peur, affection, timidité, hésitation... La *skjaldmö* redoutait-elle autant sa réponse ?

— Tu voudrais que je t'accompagne voir... ton mari ? Alors que tous ici croient que je suis ton époux ?

— Ils ne seront pas là pour en parler, contra Auðr avec un sourire embarrassé, et Gustav ignore ce que tu es pour moi.

Puis les mots suivants touchèrent Asdan en plein cœur.

— Mais je le lui dirai. Je ne veux plus que cette mascarade de mariage continue. Gustav n'est pas réellement mon mari et, maintenant que j'ai fait ce qu'il attendait de moi, il n'a plus besoin de perpétuer ce simulacre. Je vais lui demander la dissolution de cette union.

Asdan ouvrit la bouche, puis la referma, incapable de trouver les mots.

— Tu... tu...

Puis une seule idée surnagea dans les flots déchaînés de son esprit.

— Tu vas réclamer ce fief qu'il t'avait promis ?

— Je ne sais pas. Tu le veux, toi ?

Enfin, il sut. Il sut ce qu'il devait dire, ce qu'il devait faire, ce qu'il avait espéré depuis sa première rencontre avec Auðr et ce qu'il n'avait pas osé lui dire.

— Ce que je veux, c'est être avec toi, Auðr. Du moment que tu veux de moi. Si tu veux réclamer ce fief que tu désirais tant et régner dessus, y fonder une lignée, je te suivrai et je t'aiderai. Si tu veux retourner à Soroka et diriger ce comptoir avec les trois épouses d'Ottar, je resterai à tes côtés et t'assisterai dans l'ombre. Si tu veux accompagner Áile à Onegaborg et y vivre au sein de ma famille, aux côtés d'Ansgar et de son épouse Mya, j'y viendrai avec toi et renouerai avec mon passé. Tout ce que je désire, c'est être avec toi tant que tu voudras de moi.

Puis, il inspira à pleins poumons et replongea ses yeux dans les siens, tentant d'insuffler dans son regard toute la sincérité, la fierté et l'amour qu'il ressentait.

— Je te demande pardon pour les mots que j'ai prononcés avec Svante et qui t'ont blessée. Je ne les pensais pas, je ne les ai jamais pensés, et je suis désolé que tu aies cru qu'ils étaient vrais. J'ai bêtement répété à voix haute la phrase qu'il avait dite pour en mesurer l'absurdité, parce que notre couple était... est non-conventionnel et que je ne savais pas comment l'expliquer... et tu t'es malheureusement trouvée là à ce moment. Je te trouve belle, Auðr. Je te trouve magnifique, séduisante et fascinante depuis la première fois que je t'ai vue, quand tu accompagnais ton prince pour rencontrer mon père. Dès lors, je n'ai rien désiré d'autre que te retrouver, et je suis prêt aujourd'hui à passer ma vie à tes côtés, si tu veux de moi, que ce soit en tant que musicien, mari ou juste ami. Je t'aime et, même si tu ne me rends pas mes sentiments, mon amour est assez fort pour se contenter de ce que tu pourras me donner.

Quand il eut fini, il haletait et son cœur battait la chamade, pétrifié d'angoisse et torturé à l'idée qu'elle puisse refuser. Qu'elle ne veuille pas de lui, pas même comme compagnon de voyage. Le silence se prolongea et, avec lui, toutes ses craintes. Il crut qu'il allait s'effondrer sur place tant ses jambes tremblaient. Ses mains étaient moites, et il les essuya sur ses chausses sans oser détourner le regard. Dans les yeux d'Auðr, il croyait lire de l'incrédulité, de l'amour, de l'émotion, mais il avait trop peur de s'y fier pour avoir le cœur brisé ensuite quand sa guerrière le rejetterait.

Elle effectua de petits cercles avec son pied droit dans la terre, traçant des motifs abstraits, et il remarqua soudain qu'elle ne portait pas ses haches. Pourtant, elle les avait récupérées après son combat contre Eero. – Tu... qu'as-tu fait de tes haches ? demanda-t-il pour briser le silence qui l'asphyxiait.

Elle haussa les épaules.

— Je les ai rangées. Je n'ai plus envie de me battre, Asdan. Je n'ai plus envie d'un fief, d'un trône, d'une couronne ou de régner. Je ne désire plus devenir *jarl* et diriger des gens qui m'obéiraient par peur. Je...

Elle semblait hésiter, et Asdan reprit espoir. Si elle délaissait ses ambitions et souhaitait également mettre fin à son union avec Gustav, cela signifiait-il qu'elle envisageait... autre chose ?

— Je t'aime aussi. Je sais que tu crois que ce n'est pas vrai parce que j'ai prononcé le nom d'Ansgar dans mon sommeil, mais sache que, si je l'ai aimé et qu'il tiendra toujours une place importante dans mon cœur, je ne pense plus à lui de cette manière. Ansgar fait partie de mon passé. Il a modelé ma vie, j'en porterai à jamais les cicatrices et je ne peux l'effacer. C'est pour cela que je prononcerai parfois son nom, mais, quand je l'évoque maintenant dans mon esprit, c'est en tant que prince, en tant qu'ami, en tant que *jarl* et en tant que… frère. Car c'est ce qu'il est devenu pour moi : un frère danois, envers qui je conserve ma loyauté, mais rien de plus. Ansgar est heureux avec Mya et je suis heureuse qu'ils se soient trouvés. Mais moi, à présent, je t'ai trouvé et j'ai envie d'être heureuse avec toi. Je n'ai pas besoin de fief, de trône et de couronne pour être heureuse et libre. J'ai besoin de toi. Je veux vivre à tes côtés, en tant que femme si tu veux bien de moi, et nous fonderons le foyer que nous cherchons.

Asdan sentit une chaleur inconnue faire exploser son cœur et se diffuser dans tous ses membres. Soudain, l'air lui parut brûlant, le soleil brilla plus fort et son sang se mit à palpiter à ses tempes. Ses mots, il avait tant espéré les entendre, sans jamais avoir réellement cru qu'Auðr les prononcerait un jour. Mais il manquait quelque chose.

— Oserais-je croire que tu es en train de me faire une déclaration, Auðr la guerrière ? Que dois-je comprendre de tes mots ?

Elle émit un rire étranglé, et il se rendit soudain compte que si ses yeux verts brillaient autant, c'était parce qu'ils étaient emplis de larmes, qui se mirent à déborder pour couler sur ses joues. Quand il tendit la main pour les essuyer du pouce, il prit soin d'effleurer avec douceur les traces bleues du tatouage que la *noaidi* des Samis avait tracé sur sa peau. Des fleurs et des baies polaires, accompagnées de feuilles arctiques stylisées, dessinaient un motif un peu abstrait, mais très reconnaissable, qui serpentait entre les cicatrices que les serres des rapaces avaient tracées sur sa peau tant d'années plus tôt. L'ensemble formait un dessin complexe, qui parlait de blessures et de guérison, d'espoir et de renouveau.

Elle hocha la tête.

— Ces mots signifient que je t'aime, Asdan le *skald*, c'est cela que tu voulais entendre ? Je t'aime, idiot, et j'ai envie de découvrir le monde avec toi, avec ton regard. Cette liberté que j'ai toujours cherchée, c'est avec toi que je l'ai trouvée, car tu m'acceptes telle que je suis, et je veux vivre avec toi, que ce soit pour voyager jusqu'à la fin de nos jours ou pour nous installer où tu voudras quand tu auras assez parcouru l'horizon.

Il éclata d'un rire étranglé tant l'émotion le nouait.

— Je crois que j'ai assez voyagé pour toute ma vie. J'ai envie de m'établir et de fonder une famille. J'ai envie de ne plus chanter et jouer de la musique que pour les enfants que nous aurons ensemble, si tu veux que nous en ayons, et de vieillir avec toi.

Elle esquissa un sourire d'une tendresse qu'il ne lui avait jamais vue. Des flocons se mirent à tomber, semant une myriade de points immaculés sur ses tresses sombres. Elle secoua la tête, faisant voler ses cheveux, dont les perles et ornements en ivoire, en ambre et en métal s'entrechoquèrent en une mélodie subtile.

— Alors, allons à Soroka pour informer les épouses d'Ottar du changement de situation ici. Puis partons pour Onegaborg prévenir tes parents et confier Áile à leurs bons soins, et ensuite rendons-nous à Aldeigiuborg pour me libérer de mes liens avec Gustav et lui annoncer que son ennemi n'est plus.

— Et ensuite ? lança Asdan d'un chuchotement presque inaudible.

— Ensuite, nous reviendrons ici pour aider à reconstruire la colonie. Nous pouvons en devenir les *jarls*. Les Samis m'ont déjà proposé de gouverner cette cité. Nous pourrions le faire ensemble.

— Et ensuite ?

— Ensuite, nous pourrons nous marier, et avoir des enfants. J'ai toujours eu envie d'avoir des enfants, de leur offrir le foyer et l'affection que je n'ai jamais eus, même si je ne sais pas comment faire.

Asdan émit un cri de joie et, enfin, perdit toute la retenue qui l'avait immobilisé jusque-là. Dans un élan d'enthousiasme, il se rua sur Auðr et la serra dans ses bras de toutes ses forces, avant de la soulever en l'air et de la faire tournoyer, tandis qu'elle éclatait d'un rire heureux. Puis il la reposa au sol et prit son visage dans ses mains en coupe et lui asséna le baiser le plus doux, le plus féroce, le plus possessif et le plus amoureux de toute sa vie. S'il n'avait pas dû respirer, il l'aurait embrassée ainsi jusqu'à sa mort. Il ne voulait plus jamais se détacher d'elle. Il ne voulait plus jamais la lâcher, au risque de la voir s'enfuir. Il avait enfin gagné le cœur de sa guerrière, ce cœur si fier, si fort, si ardent, et il ferait tout pour ne jamais le blesser ni le perdre.

Épilogue

Auðr

Auðr n'avait pas voulu de couronne en or ni de trône prestigieux. Au lieu de cela, elle portait une couronne de feuillages tressés avec des fleurs qui rappelaient les motifs tatoués sur son visage. Elle portait à la ceinture la dague ornée de nacre qui lui avait été offerte par le père de Fridgunn et était vêtue d'une robe d'un blanc immaculé, dont seules les broderies rouges rappelaient les traditions samies et le sang versé qui avait autrefois été sa vie. À côté d'elle, Asdan était vêtu d'une tunique blanche brodée de fleurs bleues et arborait avec fierté la flûte qu'elle avait sculptée avec maladresse lors de leur réclusion dans l'abri de glace au plus fort de la tempête.

C'était fait, ils étaient mariés. Entourés du clan sami qui était devenu une nouvelle famille, ils avaient été unis par la *noaidi* de Kannanlakši, devant les villageois réunis, qui avaient acclamé leur couple heureux qui les dirigeait depuis à présent quelques lunes.

Auðr était le *jarl* en titre du comptoir, car Asdan avait refusé cet honneur. Ayant décliné le trône de son père, il ne voulait pas l'offenser en acceptant un autre ailleurs et préférait, de toute façon, se contenter du rôle de conseiller de son épouse, même si, dans les faits, toutes les décisions étaient prises à deux.

Depuis la mort d'Eero, le couple n'avait fait que voyager : ils s'étaient rendus comme prévu à Soroka, puis à Onegaborg, et enfin à Aldeigiuborg. Partout, ils avaient répandu la nouvelle des changements de dirigeants et conclu des alliances, des traités et des pactes. Les quatre fiefs étaient à présent unis par des liens de sang autant que de commerce, et tous bénéficieraient de ces arrangements.

Mais ce n'était pas le plus important, songea Auðr en caressant son ventre.

Ce qui importait, c'était qu'Asdan et elle avaient trouvé leur place dans ce monde. Ils avaient aspiré à la liberté, à la paix et à l'amour, et ils avaient obtenu les trois, ensemble.

Et ce soir, quand Asdan terminerait la dernière libation avec les Samis, qui avaient insisté pour que le *skald* les gratifie d'une ultime chanson avant de rejoindre sa jeune épousée, elle aurait une merveilleuse nouvelle de plus à lui annoncer.

Comme s'il avait entendu qu'elle pensait à lui, ses longues mains se posèrent sur ses épaules. Elle ne sursauta pas. Elle l'avait senti dans la pièce à l'instant où il en avait franchi la porte et s'était préparée à son contact délicieux. Son grand corps vint se plaquer contre le sien, son torse chaud épousant les formes de son dos et ses bras l'enveloppant en une étreinte affectueuse.

— À quoi penses-tu, mon épouse ?

Elle sourit doucement, consciente qu'il ne comprendrait pas tant qu'elle ne le lui aurait pas dit.

— Que dirais-tu si je t'annonçais que, dans quelques années, je reprendrai les armes ?

Il se raidit et sursauta.

— Pourquoi ferais-tu cela ? Je... Tu as le droit de reprendre les armes si tu veux, de toute façon tu continues à t'entraîner chaque jour, mais prévois-tu une guerre ? As-tu l'intention de lancer une invasion ?

Malgré son humour, elle sentit l'inquiétude percer dans sa voix et se résolut à abréger sa plaisanterie pour ne pas l'inquiéter davantage.

— Non, je continue à savourer la paix et n'ai aucune envie de me lancer dans une guerre, même si je crois que la *skjaldmö* en moi y sera toujours préparée. Mais, dans quelques lunes, je serai trop lourde et trop grosse pour continuer à manier la hache et le bouclier, et dans quelques années, nous aurons un petit *berserker* ou une petite *skjaldmö* à qui il faudra bien apprendre à se battre.

Asdan émit un hoquet de surprise, et son étreinte se resserra sur elle. Elle porta les mains à ses poignets et les fit descendre pour que ses paumes reposent sur son ventre encore plat.

— Une graine a germé, mon amour. Dans quelque temps, ce seront des berceuses que tu chanteras.

— Tu feras une mère magnifique, glissa Asdan à son oreille d'une voix émerveillée. J'espère que je serai à la hauteur de la *skjaldmö* et de la reine la plus vaillante de toute la Carélie.

— Tu le seras, puisque tu es mon époux, lui promit-elle. Mais comme, sous peu, nous serons trop occupés ou trop fatigués pour le faire, que dirais-tu si je te proposais de m'emmener dans les fourrures et de me ravir un peu plus ?

En réponse, il déposa une pluie de baisers sur sa mâchoire et dans son cou, tandis que ses mains glissaient vers l'encolure de sa robe pour se faufiler sous le tissu et caresser sa peau. Il poussa un petit rire.

— J'en serais fou de joie. Laisse-moi te ravir, ma femme, et oublions le monde pour quelques heures.

Tandis qu'il l'attirait, d'une main pressée, vers leur couche, Auðr le regarda se défaire de sa ceinture et de sa flûte qui y était accrochée, et songea que, de toute sa vie, jamais elle n'avait imaginé qu'elle serait un jour aussi amoureuse d'un simple *skald*, elle qui avait toujours rêvé de combats, de guerriers et de princes. Mais Asdan était celui qu'il lui fallait, son homme, un musicien et un poète, et il était tout ce qu'elle avait jamais désiré. La *skjaldmö* et le *skald* étaient plus heureux qu'elle aurait cru possible de l'être.

Vous avez aimé *La guerrière des glaces* ?
Plongez-vous sans attendre dans *La fauconnière des glaces*,
pour découvrir l'histoire de Mya et Ansgar !